KB235259

『칠조어론』 깊이 읽기

『칠조어론』 깊이 읽기

· · · · · · · · · · · · · · · · ·

인쇄 2004년 5월 10일 • 발행 2004년 5월 20일

지은이 • 임 금 복
펴낸이 • 한 봉 숙
펴낸곳 • 푸른사상

등록 제2-2876호
서울시 중구 을지로3가 293-10 장양B/D 202호
대표전화 02)2268-8706~8707 팩시밀리 02)2268-8708
메일 prun21c@yahoo.co.kr / prun21c@hanmail.net
홈페이지 //www.prun21c.com
편집 • 김윤경 · 송경란 · 심효정
기획영업 • 한신규 · 김두천 · 지순이

ⓒ 2004, 임금복
ISBN 89-5640-207-8-03800

값 25,000원

· · · · · · · · · · · · · · · · ·

*저자와의 합의하에 인지 생략함.

『칠조어론』 깊이 읽기

Appreciating 『Chilzoeoron』
Lim Kuembok

| 임금복 |

푸른사상

『七祖語論』 1 (문학과지성사, 1990) 표지

『七祖語論』 2 (문학과지성사, 1991) 표지

『七祖語論』 3 (문학과지성사, 1992) 표지

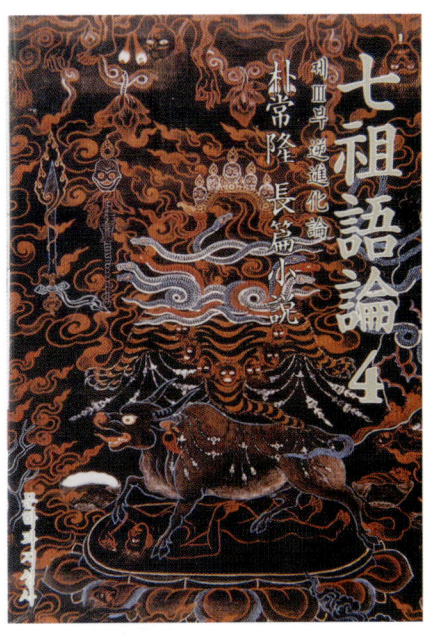

『七祖語論』 4 (문학과지성사, 1994) 표지

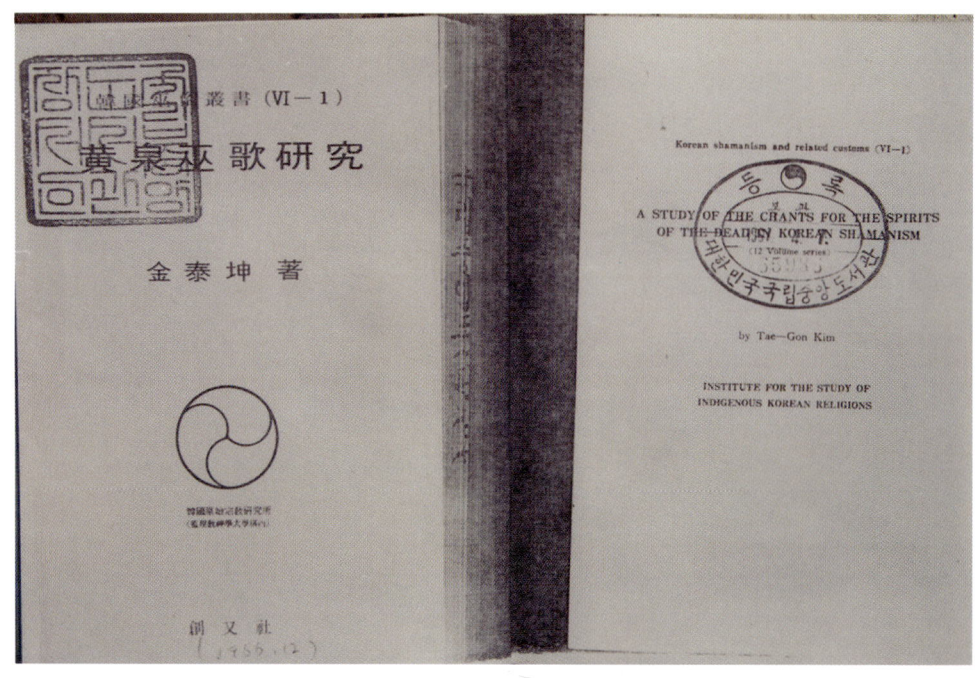

▲ 김태곤의 『黃泉巫歌硏究』 (『'죽음의 한 연구' 깊이 읽기』에서) 복사본

(상략) 천별산 대장군님 금탈에 비우님이 한날 한시에 죽어서 워이 가이너 워이 가이너 저승길이 멀다더니 문턱 밑이 저승질이로다 비리데기 눈물을 이리 닦구 저리 닦구 산산으루 흐터지구 곽을 끌구 철판을 떼어 피샐물을 치풍구 내풍구 피샐꽃을 치시구 내리시구 숨터칠 꼬틀 치시구 내리시구 야감지 치재구 내리지구 숨터칠 물을 이베다가 네무아츨네니 영감 할마씨 한날 한시에 죽었다가 한날 한시에 서풀 치구 일어난다 나 유야 허여 — 나무아미타불 (『칠조어론』 1. 228쪽 관련된 대목)

◀ 엘리엇의 『황무지』 (『'죽음의 한 연구' 깊이 읽기』에서)

(公도 만약, 품바타령으로, '쿠마場'을 지내 보았다면, 거기서, 몸을 지워 없앤다고 하여, 기억까지도 지워지지 않는 경우를 보았었을 것이다.) (『칠조어론』 1. 278쪽 관련 대목)

* '쿠마장의 쿠마를 황무지에서 발견했어요' '무녀 시바가 살던 곳이며 샨티 샨티 샨티는 맨 끝에 쓰여 있는데 서문에는 쿠마가 있었어요. 옴은 시작이고 샨티 샨티 샨티는 인도 사람들이 처음에 하는 말과 나중에 끝내는 말이라.'

▶ J. 웨스턴의 『제식으로부터 로망스로』
(1992. 7. 18. 일기에서)

여기에는, 씨앗 하나 뿌릴 비옥함이 없넵지,
그런즉, 아무 곡물도 자람이 없음,
반려자를 얻지 못하여 처자들만 슬피 울고
그러니 사람의 새끼인들 태어날 수가 없으매,
나뭇가지에는 잎은 하나도 보이지 않으며,
들에도 푸른 들이 자라지 않음. (『칠조어론』 1. 16쪽
관련 대목)

* 박상륭의 소설은 1960년대 단편에서 모르던
문제가 『칠조어론』에 답이 나올 수도 있고 서로
가 서로에게 상호의존되어 텍스트를 읽어야 한
다. 텍스트內性이라 해야 할까. 웨스턴의 『제식
에서 로망스로』와 관련된 성배 전설, 어부왕 신
화와 관련되는 부분도 많은 것 같다.

◀ 박경리의 『土地』(1992. 9. 8. 일기에서)

"한의 여인 서희……끈끈한 삶의 파노라마"
"평사리를 떠나 쫓겨간 북간도서 일제 만행
속에 살 서민의 애환이…" 줄거리를 읽으면
서 확실히 든 생각은 박경리와 박상륭의 비
교라는 삭막한 계획이었던 '토지와 땅'의
문제에서 보다 확실히 자궁의 상상력으로
나아갈 가능성이 있다는 점이다. 박경리가
정치적 자궁이라면, 박상륭은 상징적, 신화
적, 종교적, 우주적 자궁이란 상징성을 띤
다.

◀ 『티베트 死者의 書』(바르도토돌)

문제는 헌데지, 그 '善惡을 아는 지혜'를 가졌다는 有情들까지도, (『바르도 見聞錄』에 의하면) 입은 그 '지혜의 껍질'을 한번 벗었다 하면, 이제껏 고수해왔던, 그 '善惡'에의 구별심을 잃고, 혼돈 가운데서 방황한다는 데 있습지. (『칠조어론』 1, 103쪽 관련)

그렇다 허기는, '마음'이란 '빛'이다, 原初的 빛! (『바르도 토돌』을 참고하고 하는 말이지만) '맑은 빛', 아직 "해도, 달도, 아무 별도 없으되, 박명이나 여명과도 같이 밝은" 빛, 原初的 빛, 그것을 보기 위해서는, 꼭히 肉眼이 필요없다고 일러지는 빛, 그것은 분명히, '眞空'과 동의어로서, 그렇다, 意識하는 有情에 제휴할 때, '마음의 본래적 상태'라고 일러져오는 것, 빛, 마음은 그래서, 저 빛은 그래서, 빛이며 마음이다. (『칠조어론』 3, 138쪽 관련)

▶ 혜능의 『六祖壇經』

몸이 보리수니
마음은 밝은 거울들과 같네,
때때로 부지런히 털고 닦아서
컨지며 티끌 못 앉게 하세. (『칠조어론』 4, 279쪽 관련)

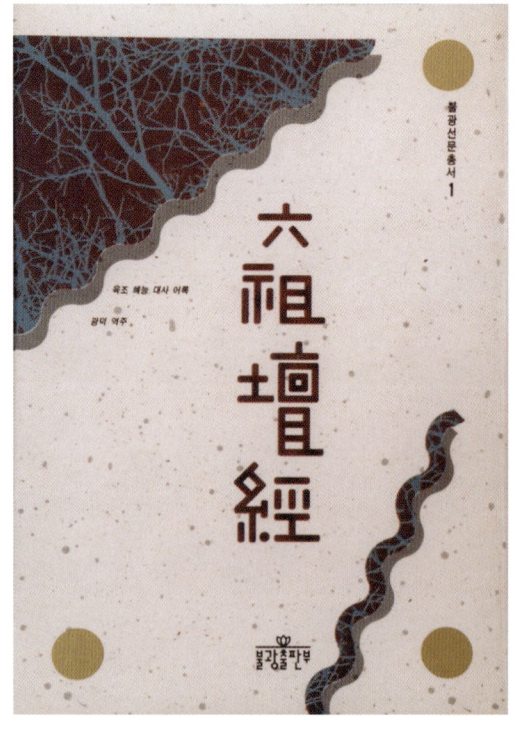

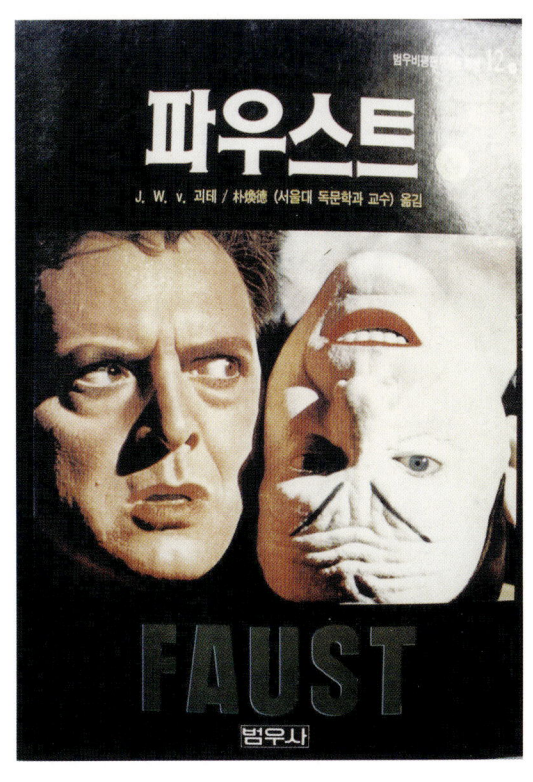

▶ 괴테의 『파우스트』

저 한 솥의 (鍊金을 위한) 質料는, 허긴
얼핏 들여다보인 대로만 셈한다면, 왼통
허비하고 만 듯했지만, 하늘에서는 그러
는 중에도, 꽃비가 내렸던가, 그 솥에 송
이송이 꽃이 담기더니, 차 넘쳐지고 있었
다. (알맹이를 強奪당한 메피스토펠레스
는 파우스트의 해진 신발 한 짝만 부둥켜
안고 있는냐!) (『칠조어론』 4, 46쪽 관련)

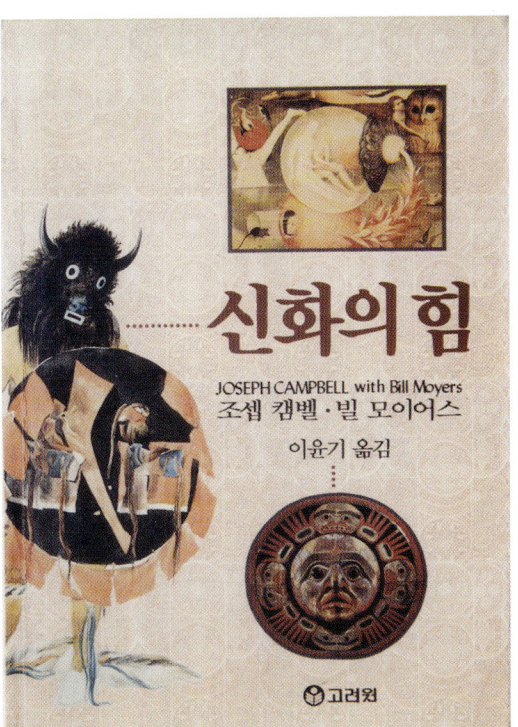

◀ 조셉 캠벨의 『신화의 힘』(「'죽음의 한 연구' 깊이
읽기」에서)

* 조셉 캠벨의 『신화의 힘』(이윤기 번역, 고려원, 1992)
을 읽었다. 황무지, 한국전(1950)/ 세계전, 시간
의 북, 마하칼라(大黑天) 등 박상륭의 『칠조어론』
3 표지와 관련되는 것 같다.

◀ 『그리스 · 로마 神話』

"제우스의 下命을 받잡고, 프로메테우스가, 사람과 짐승을 지었다. 본즉은, 짐승의 수가 사람보다 월등 많은지라, 제우스가, 그 지은 자에게 명하여, 짐승 중의 얼마를 새로 짓되, 그것들로 사람이 되게 하자고 한즉, 그렇게 되지라. 문제는 헌데, 본디 지어지기를 짐승이었다가, 새로 지어져 사람이 된 것들은, 삶의 형태를 입고도, 본디 짐승이었던, 그 獸性을 버리지 못하고 있다는 것이었다." (『칠조어론』 3, 61쪽 관련)

▶ 『우리말 八萬大藏經』 · 『聖經』 · 『天道教經典』(1994. 2. 14. 일기에서)

'아담+하와+간교한 뱀' = '陽+陰+陽'(물론, 이 '뱀'의 性別이 확실히 밝혀진 대목은 없으되, 우리들의 상상력 속에서는 그것[뱀]이, '四元素' '세월' '男根' 등의 原型性을 띠어 있는 데다, 그 '유혹'의 손이, 여자에게만 뻗친 것을 함께 고려하면, 그 '간교한 뱀'의 성별이 저절로, 그리고 확실히 밝혀집습지.) (『칠조어론』 1, 102~103쪽 관련)

(도류들, 촌승이 꼭 그렇게 지적해 말하지 않는다 해도, 이 특정한 '집단'은, '天 · 地 · 人'이라고도 하고, '人乃天'이라고도 할 때의 그 '天'의 개념과도 통하는 데가 있다는 것을 고려해주십습지.) (『칠조어론』 1, 94쪽 관련)

日爾子姪 아이들아, 敬受此書하였어라. (東學經典, 『龍潭遺詞』 중 「교훈가」) (『칠조어론』 4, 365쪽 관련)

* 실천적 종교를 열심히 믿었던 어머니(天眞教, 修心精氣, 至極精誠 등). 그리고 뒤늦게 천도교를 다니며, 천도교의 높은 진리를 어제야 실체적으로 목격한 나로서 적당한 것이 아닌가? 한국도, 천도교도 따뜻은 당상. 남은 것은 어머니를 종교(특히 천도교)로 승화하는 것과 천도교 관련된 모든 것을 고구하며 써야만 하는 일이 남은 것이다. 이제 다시 성경, 불경, 사서삼경, 천도교 경전을 열심히 읽는 것이 남아있는 셈이다.

▶ 호메로스의 『오뒤세이아』

(아으 오딧세우스임세. 그럼에도, 道流의 발이, 그 흙을 딛게 되기 까지는, 아직도 모른다. 그 닻이 그 바닥에 닿기 전에, 道流를 시기하는 광풍이, 노도가, 道流의 배를 밀어붙여. 애먼 데로 밀어붙여, 이 세계의, 바다 저쪽 끝 어디에다 내동댕이쳐버릴지라도, 아직은 모른다. (『칠조어론』 4, 304쪽 관련)

◀ 『미라래빠의 十萬頌』

　그, 그리고도 가봤자, 道流는 그리고는, 헤이키! 나름으로 성취한 그 '空'을 두고, 그것이 대체 어떤 것이나 되는지, 그것을 살펴보려하고 있는다? 그래서는 道流는, 제법 속차린 노름꾼모양, '마음'이야말로 '빈 것'으로서, 虛한 것이기 보다는, 꽉찬(眞) 실다움이어야 된다고, '虛空'과 '眞空'을 대비하고 있는다? (『칠조어론』 4, 12쪽 관련)

▲ J. 프레이저의 『黃金 가지』

　아흐, 늙은 것이 죽었네라우! (『칠조어론』 3. 14쪽 관련)

◀ 헤로도토스의 『歷史』

　(헤로도토스가 전하는 얘긴데) 어느 나라의 임금애기로서, 이자는, 자기의 왕비의 몸보다 더 아름다운 몸을 구비해 있는 여자는, 이 땅 위에는 없다는 믿음에 들려 있었던 자라고 이릅습메다. (『칠조어론』 3, 365쪽 관련)

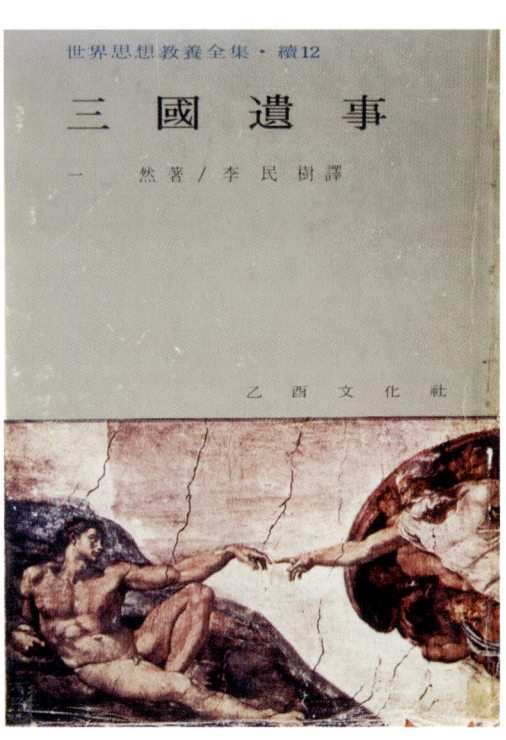

世界思想教養全集・續12

三 國 遺 事

一 然 著／李 民 樹 譯

乙 酉 文 化 社

◀ 일연의 『三國遺事』

  그래서 이것은, '熊女神話'처럼, 宗敎인데, 民譚化한 宗敎라는 것입습지. (『칠조어론』 1, 141쪽)
태어나지 마라 죽기 어렵느니라,
죽지 마라 나기 어렵느니라.
말이 많구나
낳기나 죽기가 다 고통이다
말이 많구나
苦. (『칠조어론』 3, 16쪽 관련)

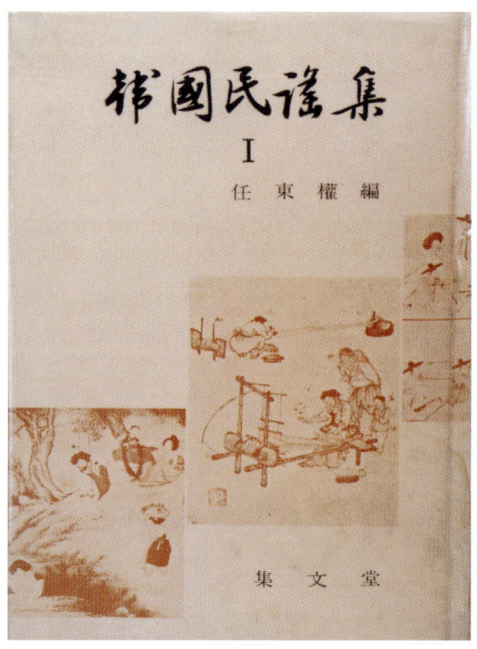

韓國民謠集

Ⅰ

任 東 權 編

集 文 堂

▲ 임동권의 『韓國民謠集』

리로 리런나
로리라 리로런나
아으,
로라리 리로리런나
오리러나
나리러나
다리러디러
로런나
로라리로 리런나 (『칠조어론』 2, 193–4쪽 관련)

아겔다마

박상륭 소설집

문학과지성사

◀ 박상륭의 『아겔다마』

  바로 저 '개인적 죽음'을 '집단화'하는, 그 儀式[祭式] 用 犧牲羊은 그리고, '유다'였는데, 나중에 그가 죽었을 때 보면[사도행전 1장 17절] 그는, 한 마리 짐승의 죽음을 치러놓고 있었다. (『칠조어론』 2, 318쪽 관련)

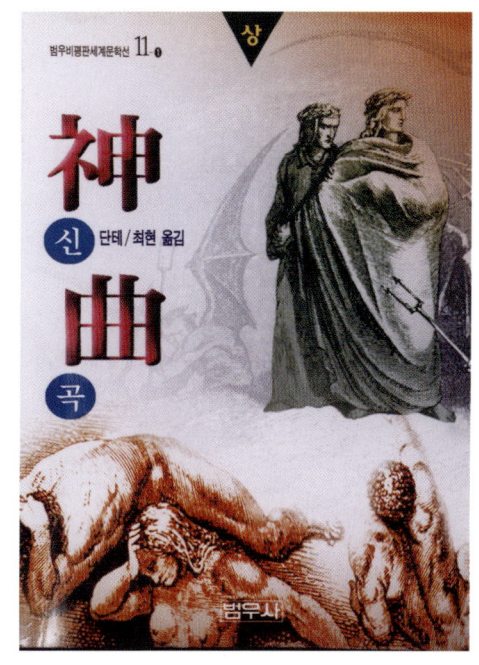

◀ 『天道敎經典解義』

　(상략) "마음이 선뜻해지며 몸이 떨려서 병이라 해도 증세를 잡을 수 없고 말로도 형상할 수 없을" 지경에 처해, 매우 당황하고 초조해진 증상을 드러냈다. (『칠조어론』 4, 302쪽 관련)

▲ 단테의 『神曲』

　(상략) 제 살들을 벗어 푹신하게 깔고, 또 제살을 포개고 포개 높이 베기뿐만 아니라, 두텁게 덮어누워서는, 지난 여름, 가을철에, '몸'이라는 그 프라브리티 負袋 속에 저장하여 익힌 술, 빛의, 我執의, 그 술독에 꿈의 용수를 질러 넣어, 잠을, 그렇다, 純毒한 잠을, 길어올리고 있을 것이다. (『칠조어론』 4, 133쪽 관련)

◀ 『無門關』

("어"와, "아"는 달라, 같지 않다 말입습?)
……因學人間, 大修底人, 還落因果也無歟, 某甲大云, 不落因果. 五百生墮野狐身. 今請和尙, 代大轉語一, 貴脫野狐. 遂問, 大修行底人, 還落因果也無. 師云, 不昧因果 (『칠조어론』 4, 188쪽 관련)

◀ 이희승의 『국어대사전』

☆ 아음 아슴
　　옴
（『칠조어론』 4, 382쪽 관련）

洪庭植譯解
般若心経 金剛経 禪語録
World's Great Books 4

▶ 『般若心經』과 『金剛經』

　　이 初句와 次句의 구조는, 촌숭께 이해되기는, 『心經』의, "色卽是空 空卽是色"을 그대로 빌어서 쓴 것이어서, 새로울 것은 없는뎁, '菩提/色' '本無/空' '明鏡/空' '臺/色'의 도식이며, 3행 4행은, "空不異色 色不異空"의 구조입습지. (『칠조어론』 1, 37쪽 관련)

　　그런뒤 그들은, 그 '말'을 파괴해버리려 할 것인 뎁습지, 六祖의 노력은 그 극명한 예라고 보이는군입습지.(그러기 전에 우리는 먼저, 『金剛經』을 염두하기 됩습지.) (『칠조어론』 1, 36쪽 관련)

　　說한 八萬經을 깡그리 지우기 위해, 새로 보태서 說해진 『金剛經』에 의하면, 불타의 혀의 말만 오류는 어디에 있었는가? (『칠조어론』 3, 38쪽 관련)

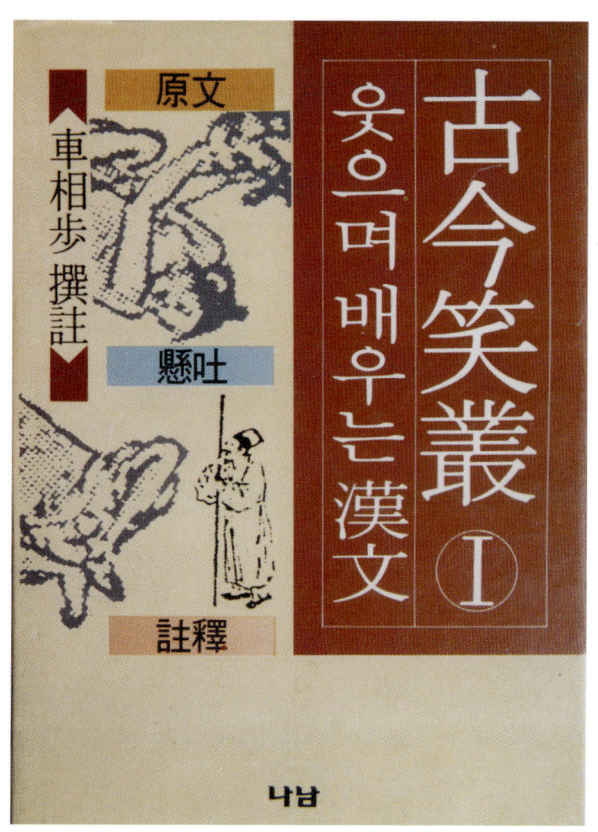

◀ 『古今笑叢』

「願爲雌狗」라, 『古今笑叢』중「蒙學强敎」章에서 빌은 것인데, 이 章에 나오는, '蒙士'와 '閻王' 간에 주고받은 얘기를 인용해보면 이러하다.

閻 : 네가 옛글로써 좀 주머니를 삼아 너의 배를 채우며, 후생을 그릇 가르치니, 그 죄가 막대하도다. 연고로 혓바닥을 밭갈이하는 지옥에 떨어뜨리게 하고 六畜이 되게 하리라.

蒙 : 육축과 같이 된다면 원컨대 암캐가 되겠나이다.(「願爲雌狗」) (『칠조어론』 2, 107쪽 관련)

▼ 『리그베다 頌歌』

가봤습지, 이거, 눈썹부리가 가려운 일로 따지건대, 우리가 아마도, 末世의 노래를 어지간히는 불러젖힌 듯도 싶습멥지, 획—禪家/魔職袴를 펄럭 꺼내어, 모든, 있던 것을 위에 골고루 덮어, '없음'으로 보쌈을 해, 寂滅 속에다 흐트러버리든지, 아니면 거꾸로, 없는 것에다, 글쎄, 지, 아무것도 없는데다, 아 그렇습지, 무슨蓮도 비슷한 것을 한폭 그리고, 그 잎 위에는 물론, 푸르게 蛙公(은, '소마汁'에 대취해 『梨俱吠陀(VEDA)』를 읊어내던 騷客들께는, '비'의 有情化하며, '豊饒'의 상징이던 것.) 하략 (『칠조어론』 1, 143쪽 관련)

◀『장자』

　見性, 또는 解脫과 관계된, 그렇다, 禪家네 나비는, 天鳥(가루다)라든, 龍, 그리고(巫家네 나비로서는) 쇠로 된 부리와 날개와 발톱의 독수리나, 白鳥 등으로 나타난다. (이렇게 되면, '나비'와 '原型性'을 획득하지 못한 데 있어 보이며, 그래서 그것은 詩學에 머문 듯하다.) (『칠조어론』3, 23쪽 관련)

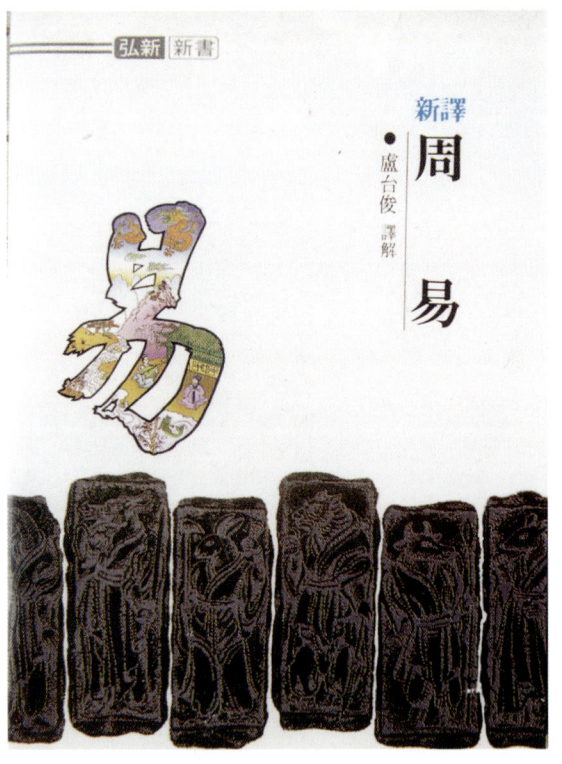

▶『周易』

　때에, 한 火山이, 그 律動의 中心, 그 靜止 가운데로부터 터져 올랐다(『易』여, 저 卦가 있는냐? ?, '易卒'을 '卦' 따위로 도식화하다니? '흐름'이며, '바꿈'을 '틀' 속에 묶어넣다니? (『칠조어론』2, 183쪽 관련)

▶『죽음의 한 研究』

 (상략) "…… 허긴 소승의 부친께선 조그만 여관을 경영했으니 말입지. 그런 절시의 쾌감은 아주 어려서부터도 알아온터였습지. 헷헷헷, 모르시겠지만입지, 소승은 말입지, (그 절시의 쾌감을 따기 위해섭지,) 소승이 장가들었던 계집의 방에입지, 소승의 친구를 들여보내고 말입지, 그 둘을 다 살해한 뒤 유리로 떠들어온 것이었습지"(『죽음의 한 연구』, 124面)랬다. (『칠조어론』 4, 179쪽 관련)

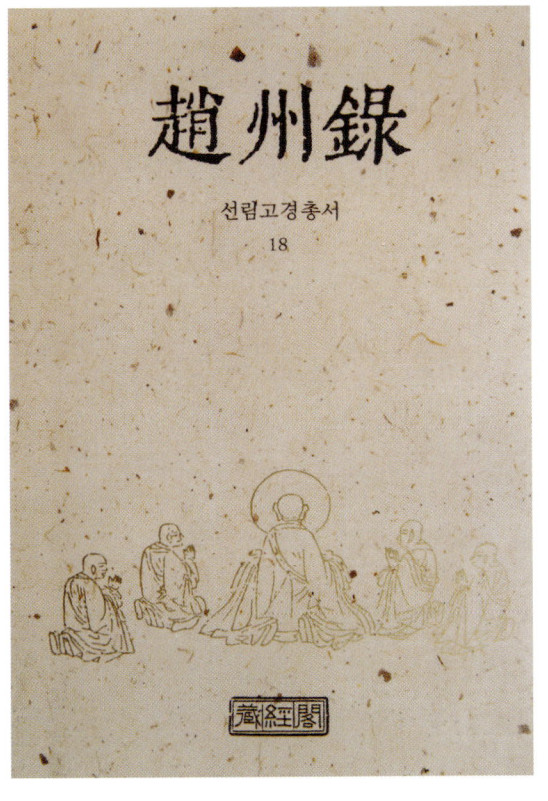

◀『趙州録』

 헤, 헨데, 藝術도 때로, 그것에 접하는 자에게, 이리 재고[再考], 저리 쑤시고 [數十考], 앞재고, 뒤쑤시고 하는, 이성적 판단보다도, 종교적이랄 맹목적적 신앙을 강요하는 수가 있는데, 文學이 때로, 그 권리를 조금 행사하려한다해서, 콩콩 짖고 나설 개상놈이 있느냐? 있는다면, 趙州네 부엌칼을 비려 佛알을 뽑아, 개에게나 던져주버릴 일일놀랄.) (『칠조어론』 4, 336쪽 관련)

▶『마하바라타』

　(이것은 그렇다면, 저들이 '無門'을 열어, '저쪽'에서 '이쪽'에로 나왔다는, 그런 얘기겠는가? "단하나의 병정도 죽은 일이 없다"는, 八萬六千行의, 大戰譚『마하바라타』는 그러면 어디에서, '十八파르바[권]'에 달하는, 피비린내의 오류를 범하고 있는가?(『칠조어론』 3, 38쪽 관련)

◀『라마야나』

　(상략), 예로써, 王이나 村長이 苦行길에 올랐다거나, 또는, 이웃 정복 길에라도 올라, 그 龍床을 비우지 않으면 안되는 경우, 그 왕의, 평소 신었던 신발 한짝을 그 용상에 모셔, 그 '御鞋'를 왕인 듯이 뫼시는, 어떤 國俗)天쯔俗,「라마야나」참조)을 들었으며, 해석하여, (하략)(『칠조어론』 3, 350쪽 관련)

◀『우파니샤드』

샨티 샨티 샨티. (『칠조어론』 4, 362쪽 관련)

▶『이솝전집』

(그런 여러 '形相'들로 '흙[Homo]'으로 지어졌었
을 것이라면, 그것들께 '情'이 일어난 그 순간, 그것
들도 '사람[Human]'이라고 불려졌어야 함은 당연
했었을 터이다. 이 의문에 대해서는, 이솝투의 創世
記가 잘 대답해주고 있어 보인다. '사람'도, 그 입어
진 질료에 의해서는 '짐승'과 다름없으니, 畜生道 소
속이다. 그렇잖은가.) (『칠조어론』 4, 103쪽 관련)

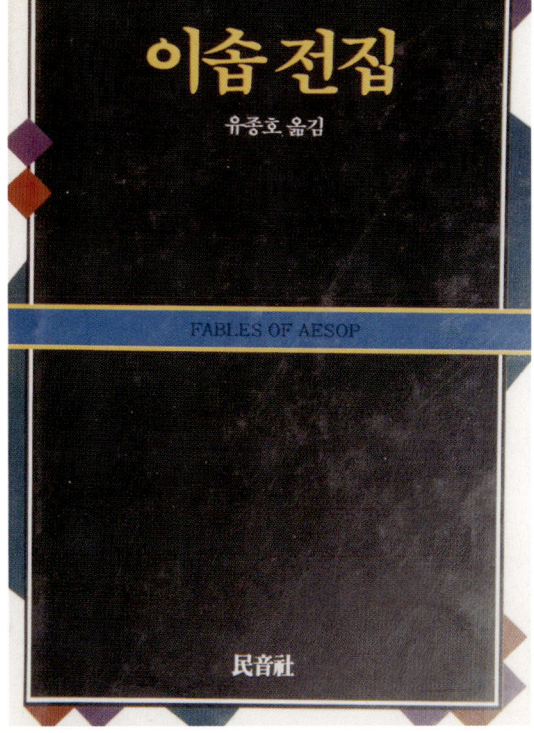

◀ 안젤름 키퍼의 최신 조각
「날개달린 책」(납, 스틸, 주석).
인간 예지의 연면한 계승매
체로서의 책에 대한 키퍼의
찬양이 담긴 작품이다. (조선
일보, 1995년 9월 21일)

▲ 중국의 전통적 문화구조를 야유하는 쉬빙
의 〈천상의 책〉 (한겨레신문, 1997년 7월 25일)

▶ "펄펄 '책'이 옵니다 … " (동아일보, 1999년 12월 18일)

책머리에

　박상륭 텍스트와 처음으로 인연을 맺은 것은 1992년 1월 10일이었다. 그동안 관념의 난해한 덩어리 속에 헤매인 것이 어느덧 만 10년이 되었다. 박상륭 텍스트를 비유한다면 형이상학적 高山과 형이하학적 深海가 넘나드는 우주적 遊泳場이라 할 수 있다. 10년을 매달린다고 결코 끝날 수 없으나 부족한대로 일단락을 맺고 싶다. 졸저『박상륭 소설 연구』(1998)와『'죽음의 한 연구' 깊이 읽기』(2000)에 이어, 이번『'칠조어론' 깊이 읽기』(2004)에서는 박상륭의 소설『칠조어론』에 대한 일곱 가지 방법론을 동원한 읽기의 한 형태로 만들어졌다. 곧, 어머니 심리, 宇宙藏 思想, 생명주의, 그리스 신화와 사유, 무속, 수사학, 연구 일기, 방법론을 동원하여 해석하였다.

　1997년에 썼던 2편의 글, "어머니로 읽는『칠조어론』"은 따뜻한 어머니로 떠받들여지는 어머니의 모정 심리나 픽션적으로 의미를 탐색하여 상상력의 도움을 통하여 형상화된 어머니의 예술적 형상을 어머니로 읽었다. 운명적 모정과 소설문화적 어머니 형상화하기, 어머니 속에 파고 들어가 어머니 심리 대리 읽기, 작가의 소설문화적 어머니상 창조하기, 인생의 원형적 전형화와 우주적 어머니 창조로 읽었다.

　또 "宇宙藏으로 읽는『칠조어론』"은 한 인간에 총체적으로 내재된 사유의 우주인 '宇宙藏 사상'으로 피력하였다. 우주 사유의 세기와 '宇宙藏 思想' 풀기, 일원론적 대우주의 삼원론적 소우주론, 소설언어로 '宇宙藏 思想' 풀기로 읽었다.

　2000년에 썼던 1편의 글, "생명주의로 읽는『칠조어론』"은 우주적 현실과 맞물린 살해되는 몸생명을 가부장적 지도자의 피살로 인해 죽어가는 반에코페미니즘으로 읽었다. 병든 우주의 시대와 생명주의의 이중 맥락, 살해되는 '몸생명', 가부장적 지도자의 우주 현실 읽기, '남성이란 절반'의 생명주의 : 남성 생명력의 신화적 회복, '여성이란 절반'의 반에코페미니즘, 생명주의와 반에코페미니즘로 읽었다.

2002년에 썼던 2편의 글, "그리스 신화와 사유로 읽는『칠조어론』"은 신화에서 소설로 육화시켜 주는 창작 신화의 과정을 보여 주어, 소설을 통해 신화를 읽을 수 있는 방법적 재미를 세계관, 이미지의 재창조, 철학성, 공간 확장 등 다양한 의미의 삶 또는 내면의식, 현실의 내면화된 의식 투영에 상응한 유추 신화로 재창조한 부분을 규명하였다. 오르페우스 신화, 아도니스 신화, 프로메테우스 신화, 나르시시즘 신화, 등을 신화적 소설, 다원적 원형 테마의 재창조 심리, 그리스 신화의 소설 육화 과정, 신화와 소설, 소설과 신화, 현실과 신화로 읽었다. 그리스 사유로 읽는 방법에서는 인문학적 상상력의 기원의 소설화를 호메로스의 서사시, 소포클레스의 비극, 헤로도토스의 역사, 엠페도클레스의 원소론, 히포크라테스의 의술, 이솝의 우화를 통해 사유의 재창조 심리를 보여주었다. 그리스 사유의 기원, 인문학적 상상력의 기원, 그리스 사유의 소설화, 서사시, 비극, 역사학, 과학, 의학, 우화의 재창조 심리로 읽었다.

또한 "무속적으로 읽는『칠조어론』"은 무속의식의 육화 과정을 무속의식 담론, 무속적 향가와 무가의 수용과 변용, 서사무가 바리데기의 플롯과 후일담을 한국적 핵의 수용양상으로 읽었다. 무속의식의 소설 육화 과정, 박상륭의 무속의식 담론, 무속적 향가와 무가의 수용과 변용, 서사무가「바리데기」의 플롯과 후일담, 한국적 핵의 정신문화 수용 양상으로 읽었다.

2003년에 썼던 1편의 글, "수사학적으로 읽는『칠조어론』"은 박상륭 소설의 난해함이 헛갈리는 통욕망, 32대인상의 삼천대천세계를 헛갈리는 잡설들, 종교, 철학, 신화, 심리, 사회, 문자 등에 비롯되었다고 보았고, 잡스러운 생각의 천변만화를 잡스러운 심리와 어투로 비논리, 반논리, 초논리의 세계로 규명하였다. 우주적 개인과 32대인상의 통욕망주의,『칠조어론』의 超플롯, 통욕망 구조(불상 앞 설교 방식, 봄뜰 앞 잡설 방식, 마을의 촌로와 공의 문답 방식), 수사학적 雜說들, 三千大天世界의 꿈으로 읽었다.

1992년 1월 10일부터 2002년 1월 10일까지 10년간 다양한 일기 형태로 박상륭 연구 일기를 써 왔던 부분의 피력은 "연구 일기로 읽는 『칠조어론』"이다.

화보는 10년간 연구 일기에 강조했던 주요 항목에 해당하는 책의 표지들이다. 또한 『칠조어론』 본문에 수용되어 있을 뿐만 아니라 작가의 사유의 근간이 되었던 동서 고전, 명저들의 표지를 소설 대목과 함께 화면으로 엿본다.

그동안 개인적으로 청년기인 30대 시절, 10년을 관통하면서 만났던 상징적 權力, 상징적 텍스트, 상징적 鬼神, 상징적 狂氣, 상징적 道, 상징적 時間들, 모두 개인적 운명에서 만난 난제 중의 난제, 형이하학적 현실은 형이상학적 테마로 연금술 할 수밖에 없는 운명이었다. 운명의 가혹함에서 만난 상징적 宇宙所에서 만난 이들은 시간이 지나면서 연금술의 대상이면서 본인 스스로에게 모두 스승으로 변하였다. 그러기에 힘의 연금술사, 악의 연금술사, 교만의 연금술사를 보았기에, 貴無의 연금술사, 善의 연금술사, 겸손의 연금술사를 갈망해 본다. 善的 스승, 惡的 스승, 中庸的 스승, 모두는 나에게 있어 적어도 72 사제지간이자 우주 삼라만상이 나에게는 모두 스승이 되었음을 감사드리며 이 책을 모든 스승에게 바친다.

2004. 4. 8.

부천 중동에서

임 금 복

3

■ 차례

1

어머니로 읽는 『칠조어론』

– 우주적 어머니像의 형상화에 대한 한 語論

어머니로 읽는 『칠조어론』*
― 우주적 어머니像의 형상화에 대한 한 語論

1. 운명적 모정과 소설문화적 어머니 형상화하기

한국인에게 있어 어머니라는 존재는 어떤 의미를 띠는가? 모성의 힘과 희생
과 헌신의 대명사, 또는 슈퍼우먼 신드롬[1]의 완벽한 모성 역할 강요라든가 인
고의 여인상이나 한과 수난의 여인상 등이다. 특히 한 자식으로서 그것도 아
들로서 느껴지는 어머니를 어떻게 받아 들여야 하는가? 자식들과 맺어진 운명
적 관계의 어머니는 생명체로서의 자신의 기원이 된 존재의 근원이란 원형의
조건을 벗어날 수 없으면서도 또 독립적 개체 생명체로서는 극복되어야 할 인
생 기원의 존재 핵이다. 그동안 한국 어머니의 숭고성은 높히 사고 칭송해 왔
다. 그러나 그동안 낯익었던 어머니의 전형적 의미들은 20세기 말까지 의미적
으로 연속되어 오다가 분명 새로운 소설문화적 의미 변화를 일으켜 왔다. 이
는 시대에 따라 어머니 의미의 색채도 다양하게 입혀지고 있음을 반증한다.

---

* 「우주적 어머니像의 형상화에 대한 한 語論」, 『창조문학』 통권 28호, 1997년 겨울호, 34
  3~364쪽에 수록됨.
1) 마조리 핸슨 새비츠, 『슈퍼우먼 신드롬』, 홍수원 옮김(우아당, 1986).
  여성을 위한 모임, 『일곱가지 여성 콤플렉스』(현암사, 1992).

그것의 소설적 독법을 이제는 우주적 어머니라는 이름으로 어머니를 향한 소설문화적 투영을 탐색해 보고자 한다. 따뜻한 어머니로 떠받들여지는 어머니의 母情 심리나 픽션적으로 의미를 탐색하며 상상력의 도움을 통하여 형상화된 어머니의 문화예술적 형상의 어머니를 통해서 말이다. 그 본질적 의미 탐색으로 관념적 실존과 존재의 승화를 끌어올린 어머니의 존재 철학을 통한 우주적 어머니상의 한 형상화에 대한 한 견해를 박상륭의 『칠조어론』2)(1990 – 1994) 읽기의 한 방식으로 택하고자 한다.

특히 박상륭은 개인적 이력으로 작가 이전에 한 어머니의 아들로서 어머니란 이름의 다정한 호칭에 따른 상실 환경3)을 비교적 일찍 가졌다. 그에 대한 이러한 실제 배경은 한 인간으로의 자연인으로서의 모습과 인간 누구나 자신의 선택과 상관없이 無起 죽음이라는 불가항력을 대면하게 된 운명적 사실이며 운명적 모성으로 길게 그의 내면에 드리워진다. 특히 자라나고 있는 소년기의 당자에게는 육친의 죽음이란 상실 환경이 실존 굴레에 있어 가장 무서운 공포적 사실로 다가오게 된다. 불가해한 죽음으로 인한 환경의 변화라든가 자신의 존재 기원에 있어 부딪친 붕괴적 심리들이 여러 갈등과 분열을 초래하게 되고, 사회적 존재로 맞닥뜨려 나갈 때마다 과거의 원형 붕괴 사실은 수없이 현재적 결핍감으로 접하게 되거나 상기하게 되고 더욱 가중되어 절망하게 된다. 그렇다고 자신의 존재성을 송두리째 무너뜨린 육친의 원형적 요소를 다시 복원할 수도 없는 일이다. 그러한 사실에서 특히 생명의 아들에게 있어 모성의 붕괴는 그 누구도 채워줄 수 없는 원형적 상처로 자리잡혀가게 된다. 그리고 원형적 붕괴나 상처는 사회적 좌절과 실패가 거듭될 때마다 증폭하여 느끼게 되며 언제나 절망의 나락이 친구가 된 것처럼 살 수밖에 없는 삶으로 이어진다. 이 인간의 불가사의적 심리의 환경, 주술같은 미혹한 실존이나 마력같은 원형 심리에 대해 박상륭은 모성 절망의 고착과 그 존재 규명성을 소설문화적으로 어머니상을 복구하기에 일생을 바친다. 즉 운명적 모정의 관계를 소설문화적 어머니로 형상화하고 있다. 그것의 운명의 정직성의 심리적 투영이 작가

---

2) 박상륭, 『칠조어론』(1~4)(문학과지성사, 1990~1994).
3) 고교시절 어머니 돌아가심.

활동 초기에는 부정적으로 나타나다가 후기에 이르러 변모되어 나타난다. 먼저 초기에는 박상륭의 부정적 어머니의 등장은 살해당하는 여자 유형[4]이라든가 출가해 나가는 소식이 없는 여자들, 또는 어머니의 죽은 현장[5]으로 나온다. 그러다가 후기에는 어머니의 문화적 탐구를 통한 새로운 의미로 창출된 어머니의 저승암캐론 등 다양한 모성의 현상이 허구적으로 변형되어 등장된다. 이러한 과정이 작가 인생 후반기에 이르러서야 자기 존재론적 조건의 중요한 계보로 어머니상의 총체적 의미를 소설문화적으로 탐구, 정립하게 된다. 그것이 박상륭의 『칠조어론』에 구현된 소설적 어머니상으로 한 어린 아들이 읽는 어머니의 대리 심리와 한 작가로서 만든 픽션적 어머니상이다. 한마디로 그가 창조한 소설문화적 어머니는 이 작가의 소설 헌신적 삶과 관련지어 우주적 모정 찾기를 통한 존재 기반 찾기와 실존의 아이덴티티 자기 세우기가 된다.

이 글은 박상륭의 작품 『칠조어론』에서 문학적으로 창출한 의미문화적 어머니를 심리의 어머니와 철학문화적 어머니로 정립해가는 과정을 유추, 한 작가의 '소설어머니'론의 창조 형상을 종합하여 우주적 어머니상 형상화에 대한 語論으로 밝혀보고자 한다.

2. 어머니 속에 파고 들어가 어머니 심리 대리 읽기

보통 한 아이는 태어나서 자라 한 인간으로 존립할 때까지 어머니의 절대적 보호 속에 성장하게 된다. 이 때 어머니의 절대적 사랑과 푸근한 사랑에서 제외되면 될수록 사랑 요구의 갈증도 증폭되어 나타난다. 이 애정 결핍자의 심리는 여러 여성의 대리적 의미 심리로 누이, 딸, 아내, 모든 여성 존재체에서 푸근한 모정의 갈망을 꿈꾸고 그 변형이 박상륭 소설에 다양하게 펼쳐진다. 어머니와 딸, 어머니와 누이, 아내와 어머니의 동일 심리 문법으로 드러내는 데에서 시작하여 결국 어머니의 사랑, 어머니의 인품론 등으로 살펴진다. 그러

---

4) 박상륭의 단편소설 「아젤다마」에서는 노파 살해당함. 「세 변조」에서 어머니 죽음, 「천야일화」에서 어머니의 죽음, 「남도」 2에서 할머니 죽음 등.
5) 「남도」 2, 어머니 출가.

면서도 박상륭은 특별히 어린 아들의 심리적 측면에서 어머니 속에 파고 들어가 어머니 심리를 대리로 읽는 독법을 취하고 있다.

한 자식의 인생길에 마주친 운명의 감정인 모정 심리의 결핍감은 인간에게 대리 모정 세계를 계속 추적하게 된다. 그때 우리가 만날 수 있는 것은 어머니의 실제 유사형 인물은 부재하고 추억 영상에 잠겨있는 어머니의 고착성을 언어의 기억 풀이로 펼쳐간다.

그러면서도 박상륭은 특히 어머니 심리를 대리로 읽으며 모든 자식들에 대한 권고를 어머니 情論이자 존경심 논리로까지 펼치고 있다.

먼저 어머니에게 자식으로서 취해야 할 도리를 어머니의 情의 심리와 진심의 공경하기 논리로 대신 그리고 있다.

> 모든 자식들에 대해서는, (그 否定的 국면에서, '계모'라든지, '따님' '마녀'나, '암구렁이' 등을 제외한다면) '어머니' 말고, 무엇이 또, '어머니'에 비할 것이 있겠느냐. 그렇다면 道流들은, 무엇보다도 먼저, '어머니' 공경하기를 통하여, '사랑'을 일깨우는 것이 권고되어질 만하다고 생각지 않겠느냐? 그렇다, 는즉슨, 道流들은 먼저, 호흡을 조절하여, 마음을 평정히한 뒤, 어머니의 영상을 떠올려 뫼신 뒤, 생각을 깊이하여, '인자하신 분 어머니는, 이런 자식을, 당신의 子宮에 받는 그 순간부터, 한번도 저어하심이 없이, 깊은 정으로 보살펴오신 분. (중략) 이 자식을 돌보기 위한 그 한 이유만으로, 어머니는, 苦海를 헤매며, 왼갖 종류의 고통을 다 겪어야 하시다니!'—이렇게 하여, 진심의 공경심을 계발하여야 할 것이다. (『칠조어론』 1, 369쪽, 이후 『칠조어론』 1~4(문학과지성사, 1990~1994) 책명과 쪽수만 밝힘)

위의 대목에서 보이듯 박상륭은 어머니를 향한 모든 자식들이 보편적으로 가져야 할 마음을 情愛의 어법으로 펼치고 있다. 부정적 모정상에 해당되는 여인상은 전통적으로 부정적 모성 성향이 강하게 내포된 계모라든가 미숙한 여인이자 딸의 은근한 존칭인 젊은 여인인 따님, 그리고 惡心이 강한 소유자인 마녀 여인6)과 여성성이 농후해 암컷 형상의 동물 성향인 암구렁이 등의 비

---

6) 베티 프리탄, 『여성의 신비』 상, 김행자 역(평민사, 1989), 55쪽.

유 어법을 통한 부정적 어머니상에 해당되는 자들이다. 박상륭은 이 부정적 여인상을 제외하고 모든 총체적 어머니에 대한 긍정적 모성상 읽기를 부각시켜 어머니 공경하기를 강조하고 인자한 어머니의 형상을 드러내 부각시키고 있다. 즉, 어머니는 생명 출발부터 자궁의 태아에게 정을 준다든지 세상이란 고해에 대해 아들을 보호하며 고생을 마다하지 않는 보편적인 한국의 어머니 심리로 간파하고 있다. 이런 측면에서 박상륭은 한 아들의 영상에 끼어있는 보편적 모정 심리를 통해 보편적 자식들인 道流들에게까지 어머니 대리 심리를 다시 드러내 기존의 익숙한 가치관을 새롭게 환기시키고 있다.

그러면서도 어머니에 대한 정애론의 논리는 어머니의 설움을 대변하다가 역설적으로 의미를 강조하고 있다. 즉 자식의 아픈 마음과 어머니의 아픈 마음을 쌍벽 심리로 다루면서 격발되는 母子 심리의 투영으로 나타내고 있다.

> 그랬기커녕, 그 자식의 오열을, 어미의 情의 크기만큼이나 과장해서는, 몹시 어깨를 들먹였는데, (그날, 이 아낙네 자식에의 장갓길에 구경을 나서 보았던 사람들이라면, 누구라도 그 내력을 아는 바대로) 그 어미의 설움은 혀가 짧아, 말을 만들지 못했다. (『칠조어론』 2, 111쪽)

이 대목 역시 어머니가 자식의 아픔과 어머니의 정을 대비 심리의 과장법을 통해 어머니의 정과 어머니의 설움으로 표현하고 있다. 이 어머니는 가난한 시대에 살았던 흔히 만날 수 있는 한국의 어머니가 자녀들에게 보여주었던 보편적 초상이 형상화된 반증이다.

다음으로 박상륭이 보인 어머니상은 속을 썩이는 아들의 입장에서 어머니의 심리를 주시하고 있다. 즉 불효자 아들로 인해 속을 태우는 어머니의 심정으로 제시하고 있는 것이다. "무슨 이유로서이든, 자식 때문에 썩히는 어미 속은, 어떤 어미 속이든, 지옥의 雨季처럼 그럴 것이다."(『칠조어론』 2, 112쪽)라는 지옥의 우계이미지 대목에서 보이듯 한국적인 삶의 환경 속에 무수히 만나는 고통의 얼굴을 띤 개별적 어머니상이나 불효자의 어머니론에서 한국의 어머니는 자식들에게 있어 이해를 초월하고 논리를 초월하는 초이해, 초논리의

안네리제 외, 『힌두교의 그림언어』, 전재성 역(동문선, 1994).

심정 및 母票論의 강한 특성으로 지적하고 있다.

이어, 그 비극성을 더 격렬하게 표현하기 이해 홀어머니와 홀아들의 비극적 심리로까지 더욱 강화시켜 그려내고 있다.

> 모든 홀로 된 엔네들이, 독자를 키운데서 일어나는 비극, 천편일률적 비극. 그런고로 그 비극에 대해, 어쩔 수 없이, 하나쯤의 의문이 일어나게 되지만, 그러면 대체, 저런 과부어미는, 장성하게 될 자식에게서 무엇을 기대하였었던가? 그 자식 또한, 홀어미의 부르튼 손과, 굽은 등을 생각해, 장가도 들지 말고, 어미 무덤 곁에 초막져 살며, 그 밭 한 뙈기를 헤매다 늙어, 어미 무덤 곁에 누워야겠는가? 그 자식은 그러면 이제, 누가 묻어줘야겠는고? 어미 무덤에서 손이 나와, 그 자식의 기저귀를 갈아줄 일이겠는가?)
> (『칠조어론』 2, 114쪽)

위의 인용에서 보이듯 박상륭은 홀어머니와 홀아들의 상황을 빌어 그 靈的 비극성을 무덤의 초막론에서 기저귀라는 유아기 사물을 이용한 수사까지 설의법을 동원한 즉, 요람의 물체와 무덤의 물체 수사법을 통해 그 비극성을 보다 강렬히 읽어내고 있다. 한국인들의 사회역사적 상황에서 보편적으로 아버지 부재자로 목격되는 어머니인 과부 어머니의 실존을 그려본다면 그 여인은 어머니임에도 불구하고 '아버지 남성' 대리체로 '아들 남성'을 장악까지 하는 성향을 지니고 있다. 그 상황에서 아들 남성 역시 끝까지 어머니 여성의 마음이 밀착되기를 비는 무의식적 반영을 통해 비극 여성적 母의 심리와 비극 남성적 子의 심리로 여성·남성 심리가 대비된 어머니·아들이란 복합적 심리로 그리고 있다.

또한 한국에서 흔히 만나는 어머니들에 이어 한국 사회 속에 떠도는 성인이면서 성인이 아닌 어린 성인의 아들까지 마지막으로 어머니에 대한 '어른 아이'7)의 모습으로 그리고 있다. 이는 어머니들이 아들을 과잉 보호하는 환경에서 지속되어 나타난 모자 연합의 심리로 주체적 독립체가 안된 아들을 즉 '어

---

7) 임금복, "1960년 박상륭의 소설사회 세계", 『대전어문학』 제15집(대전대 국어국문학회, 1998. 2), 영적 기형인 兒童成人과 통하는 이미지.

른 아이'를 어머니와 아내론을 동시에 등장시켜 어머니에 대한 아들 심리로 펼치고 있다.

> 신랑이라는 사내는, 그 첫날 저녁을, 자기의 신부 곁에서도 아니고, 그렇다고, 妻를 맞았기도 전에 맞아였던 妾, 그 젊은 수도부를 끼고서도 아니고, 그날 저녁때 내내 어디서 시간을 보냈던지 모르되, (중략) 제 어미네로 돌아와, 제 에미 곁에서 잤다. 그래서는, 팔공산만큼이나 큰 이 자식은, 암소 크기나 될, 제 어미 품을 파고들며, (유리 사람 치고는 모를 일이지, 모를 일인데) 왠지, 뜨겁게, 목메인 울음을 울었다. (『칠조어론』 2, 110쪽)

이 부분은 결혼을 한 성인 아들까지도 원형적 심리가 어머니에 고착되어 한 사람의 독립적 인간이 아닌 미숙한 인간으로까지 족쇄를 채우는 심리인 부정적 양상으로 그리고 있다. 이는 아내를 대리한 어머니에게로 향한 여성 심리를 모정 변형 심리로 대치시켜 그린 것이다.

> 오래 전에, 어미의 젖 쥔 손을 풀고 한번 떠나간 뒤, …(중략)…근래는, 차라리 어미 쪽에서 인연을 끊으려고까지 하여, 멀리두고, 소적하게 지냈더니, 그 자식이 헌데, 그런 어미를 어미라고 여겨 새로 돌아와, 그 늙은 젖가슴을 파고들며, 흘려내는 뜨거운 몇 방울의 눈물은, 그 늙은 어미께는, 어떤 의미로든, 불비였다, 소금이었다. …(중략)…하필 늙은 어미 품에 머리를 묻고 쿨쩍이는 이유를, 妾里사는 것이라면 뉘집 수탉까지라도 의문해할 것이지만, 그 어미 하나만은, 아무것도 의문해하지 안했다. (『칠조어론』 2, 111쪽)

그러면서도 결국 한국의 보통 어머니는 세상끝 자식이 향하는 곳이라면 어느 곳이든지 따라가는 심리로 아들의 심리를 다 포용하는 현상으로 그려내고 있다. 그것은 한국 어머니의 특수한 심리인 초월성, 초이해 성향으로 보편적 어머니란 사실을 초극한 부분이다.

어머니가 아이를

치마폭에 감싸듯, 따님 (『칠조어론』 3, 128쪽)

아이가 어미품에 안겨들 듯, 당신의 품 한 자락 빌어 누웠는뎁습지,
(『칠조어론』 3, 192쪽)

(전략) 젊은 어머니의 젖퉁이에의 夢想? '屍灰'와 비 묻게 하는 '암개구
리'!) 이 자식은, 후레자식은, 그 어미 품에 포소곤히 안겨, 그 젖꼭지를 물
고, '잠'을 자려고, 그래서 돌아왔다고 했었다. (『칠조어론』 3, 260쪽)

(전략) 어미의 품에 안긴 아이의 잠이 깊고도 평안하여 거의 子宮에까지
이어져 있어 보이는 것은, 어미의 가슴의, 그 계속적인 고동이, 아이의 몸
으로, 비밀스레 스며들기 탓인 것이다, 어미가 아이를 내려 눕히려하면, 아
이는 깨이기가 쉬운데, 그렇다면 이 벌뢰도, 타의에 의해 떼어내지려 하면,
어떤 저항을 보일 것은 분명할 것이다. (『칠조어론』 4, 322쪽)

결국 가장 이상적인 형상으로 박상륭이 그려낸 아들의 심리적 상황은 아이
가 어머니 품에 싸여 포근히 감싸여 있는 바다와 같은 모정 심리학이자 원형
심리로 드러낸다. 가장 행복한 모자 원형의 한 순간을 갈망하는 자궁의 우로
보로스[8] 심리학의 순간 형상화로서 말이다.

이상과 같이 박상륭은 아들의 입장에서 어머니 속에 파고 들어가 어머니 심
리를 대신 그리면서 어머니의 입장에서 나타나는 다양한 심리를 표출하고 있
다. 자식의 도리로서 어머니의 모정 심리를 그리거나, 설움의 자식으로서 설움
의 어머니를 표현하고, 또 불효자 아들로서 속타는 어머니를 그리고 있다. 홀
아들 남성의 입장에서 홀어머니 여성의 입장은 미숙한 아들을 분리시키지 않
는 부정적 어머니로 그리면서, 모순 그 자체를 포용하는 어머니를 그려 한 자
식의 어떤 미숙성으로든 포용되는 어머니의 초논리, 초이해 심리 등 여러 양
상으로 그려내고 있다. 이들 박상륭이 그려낸 어머니 심리 형상들은 한국의
실존 환경에서 만날 수 있는 가장 흔한 서민의 보편적 어머니이자 특수한 심
리를 가진 한국적 어머니상이다. 이와같이 박상륭은 어머니의 다양한 심리적
초상을 통해 기존의 의식과 생활 속의 어머니를 소설적으로 환기시켜 보편의

---

8) 조르쥬 나타프, 『상징·기호·표지』, 김정란 역(열화당, 1992), 56쪽.

어머니 심리와 특수한 한국만의 어머니 심리를 소설의 모정 심리학으로 재환기시키면서 우주적 어머니의 한 양상으로 표출하였던 것이다.

3. 작가의 소설문화적 어머니상 창조하기

박상륭은 보편적 어머니 심리를 소설적으로 환기시키는 것에 이어 보편적 어머니의 문화예술적 의미 승화를 소설적으로 새롭게 의미를 정립하거나 문화적 양상에서 보이는 다원적인 어머니상을 차용하는 기법을 語論으로 펼치고 있다. 그것의 소설적 형상화는 저승 어머니상이나, 어머니·아버지상의 동시 육친론, 또 문학 오이디푸스론, 신화·철학 수사법적 어머니상과 새로운 아이 탄생론 등으로 펼치고 있다.

먼저 박상륭은 어머니의 소설문화적 현상을 그리고자 새롭게 저승 암캐론으로 형상화하고 있다. 저승 어머니와 이승 아들이라는 시공 초월의 모자 관계를 생명 일원론적 개체 이원론을 빌어 어머니의 걱정론으로 펼치고 있다. 이는 한국적 어머니를 끊임없이 자식을 걱정하는 원형적 음덕 심리를 이승만이 아닌 사후까지 영속시켜 강인한 생명 탯줄이자 모의 육신 분신론으로 해부학적 생명체인 창자 생명을 통해서까지 육신을 지배하는 심리로까지 그리고 있다.

> 그러다 생각해낸 것은, 우리 어머니라면 분명히, 그 까닭을 아실것이라고 했었읍지. 자식 하나 이승길 내보낸다며 어머니는 호롱불 밑에서, 저승을 하나씩 꼴깍꼴딱 새우며, 그 자식의 별로 크지도 못한 체신 속에다, 이승 가면 많이, 많이많이 먹으라고, 창자를, 한 발도 말고, 두 발도 말고, 그것도 열두 발 씩이나 사려넣고 꿰매준 듯한뎁습지. 아으 어맘님, 어맘님은 걱정이 너무 많으셨에읍, 염려가 너무 많으셨에읍, 허, 헌뎁습지, 그 뿐만은 아니던 것을, 그 어미의 자식은 알게 되기에 이르렀는뎁지, 그, …(후략)… (『칠조어론』 1, 8~9쪽)
> 허, 허, 어맘님, 어맘님이 설마, 그, 그럴 수가, 어맘님이 그라실 수가? 어맘님은 저승암캐─그 뒷두리는 황천에 잠과놓고, 제 자식의 창자를 빨대

로 이승을 빨아, 자기의 자궁에 기름을 쌓는 자식놈의 암컷, 자식께 배고 품을 뱃속에 배부르게 처넣어놓고, 그 몸부림을 통해, 저만 덕지덕지 기름을 얹는 암컷, 그 자식은 그렇게 하여, 그 어미년의, 자급자족의 종교를 위해, 끝없이 순교만을 감행하야 하는 운명인 것을. 새끼를 낳는대로 그 에미는, 그 새끼의 똥창자 끝에 구멍을 뚫어 제 목구멍을 딱 잇워 꿰매고, (에미와 자식이 한몸임) 그리고는, 그 새끼에게 젖먹인다고 제가 제 젖을 빨다가, 그 새끼가 자라는 대로, 그 새끼의 根 끝에서 精水를 빨아내, 그 새끼의 정수로 새로 새끼를 배는뎁지, 道流들, 그래서 과연 이 자식은, 한 번이라도, 그 에미의 下門을 벗어나온 적이 있었느갑? (『칠조어론』1, 9쪽)

그러면서도 역설적으로 모육체의 생명 분신론에 이어 '어머니 핵우산론'에서 꼼짝할 수 없는 아들 입장의 심리를 결국 한치도 벗어날 수 없는 '어머니와 아들'이란 일원적 육체론의 지배 정서로 그린 것이다. 계속하여 박상륭은 이미 돌아가신 어머니까지 동원하여 아들 심리, 어머니 심리를 그려내고 있다. 이는 저승에 간 어머니상의 정립을 통해 한국 정신 문화 환경 속에서 저승에 간 어머니는 이승에 남은 아들의 무의식적 의미의 표출인 걱정론까지 대두시키고 있다. 이는 죽은 어머니, 死母를 통한 모정 심리학의 문학적 형상화의 한 반영이자 박상륭이 그의 어머니 심리학의 氣를 펼칠뿐만 아니라 저승 어머니의 문학적 형상화로까지 표출한 것이다. 그러면서도 어머니의 저승론에서 보다 동물 어머니상으로 접근하여 암컷론과 자급자족의 종교라는 인식론까지 도달하게 된다. 또 박상륭은 어머니와 아들의 母子二代 육신의 생명 계승 일원론으로 대비시키고 있다. 결국 아들도 영원히 어머니 분신체를 벗어날 수 없다는 모자 육친의 절정 비극을 묘출해 내고 있다. 그 마지막 절정심을 "그런 후, 이 별보기총각님은, 송장이 된 어머니의, 솥은 젖꼭지로, 저승 샘물을 길어올려 마시며, 울다 자다, 자다 울다, 새어미를 맞았었을 것이었는데, (하략)" (『칠조어론』3, 374쪽)에서 보이듯 송장 어머니인 死母와 저승 샘물의 새어머니인 再生母論의 이원적 모성 원리를 소설 어법으로 현실에 펼치고 있다. 결국 박상륭은 저승 어머니상을 이승 아들의 입장에서 그리면서 유년기 콤플렉스의 고착증과 자궁 태아의 콤플렉스[9], 그리고 어머니 동물성의 재생성과 어머니의 저승 암캐론이라는 '죽은 어머니'를 창조 소설자로 하여금 소설 문화적 현상으로 탐구하여 어머니상을 형상화하였다.

다음으로 박상륭은 자식 동물의 입장에서 연결된 어머니·아버지의 동물적 입장과 관련하여 동시적인 육친론으로 펼치고 있다.

> 아으, 우리 어머니는, 낙태를 하고 싶어도, 그 자신의 갈마가 다하지를 안해, 낙태도 못 하는 짐승의 새끼를 배고, 아직도(그리고 세상 끝날까지), 그 産痛으로 몸을 뒤꼬는뎁, 우리 아버지 짐승의 大王은, 그 자식이 낳아 지는 대로, 그 더운 연한 살에다 독아를 박으려, 붉은 눈으로 지켜 기다리 고 있습지. 짐승인녀려, 어머니─아버지의 뱃속과 아가리는 벗어나기 어려 움, 어려움. (『칠조어론』 1, 85쪽)

위의 대목은 어머니와 짐승의 새끼, 아버지 짐승과 낳아진 자식의 과정 속 에 자녀 짐승론을 펼쳐 자식 생명자로서 어머니·아버지의 뱃속과 입에서 벗 어나기 어렵다는 것을 이야기하고 있다. 이는 한 자식의 생명 기반 및 기원에 있어 자식 존재자의 존재성의 규명을 영원히 탈피할 수 없는 원형 핏줄론으로 그리고 있다. 즉 자식 존재자로서 어머니·아버지의 육신적 생명 기반을 벗어 날 수 없다는 논리로 동양의 영속적인 지배 이념인 혈연 시간의 논리이자 부 모와 자식의 이대 계승 논리로 대변하고 있다. 또 "처음, 火天─징글 맞은 왕, 전신에 피를 붉게 발라 나서고, 다음, 아비 어미들 눈물을 흘리며, 자기네들의 첫새끼를 그 불 가운데 던져넣는다."(『칠조어론』 3, 131쪽)에서 보이듯 그러면 서도 세상에 홀로 서는 그 생명 자식 사람의 홀로서기인 종립적 상황을 母父 사람이 세상에 자녀사람을 던져 놓는다로 논리 설파로 그리고 있다.

> 그 가슴에 마른늪의 젖퉁이를 풍더분히 해달아 있는 어머니, 아으 어머 니. 자식이 낳아지는 대로 물어 삼켜들이기 위해 입 벌려 기다려 있는, 아 버지 붉은 龍의 아가리를 요니로 해갖고 있는 어머니, 그러니 그 요니가 아버지의 입술인, 어머니, 우리 어머니, 어머니는 無門.─유리에는, 안개비 가 스름 스름 흽싸여, 짙어지기 시작하고 있었다. (『칠조어론』 3, 170쪽)

---

9) 마광수, "미의식의 원천으로서의 子宮回歸本能에 대하여", 『심리주의 비평의 이해』(청하, 1987).

이는 황폐한 어머니, 세상문을 지키고 서 있는 붉은 용의 아버지 형상을 갖고 있는 어머니, 어머니의 무문이라는 자신만의 견해를 통해 자식과 어머니 관계에서 자녀를 부모의 원형적 관계성에서 사회 심리학의 기원성을 통한 세상의 환원 원리를 통해 母人의 아니무스화 심리학으로까지 그리고 있다. 즉, 부의 원형성, 모의 원형성을 문화적 변이 현상의 모습으로까지 그리면서 母父의 남성적 경향과 여성적 경향을 복합시켜 내포한 새로운 육신적 형상으로 양성 일체의 어머니·아버지 성향을 포함한 어머니·아버지 육친론으로 그리고 있다.

> (전략) 三世의 어머니-아버지들이, 각기 그 종류별로 짝지어, 쌍으로, 배 붙여, 아버지들은, 고름 같은 불을 토해내고, 어머니들은, 배고픈 듯 그것을 핥아, 빈 胎 속에다 쌓고 있는 것을 보며, 안되게도, 아랫배를, 또는 잠지를 아파하거나 꿀려하고 있는데, 동시에 道流는 또, 아버지들이, 배가 고픈 듯이, 어머니들의 태 속의 것이 태어나는 대로 잡아 먹으려, 붉은 눈을 하고 있는 것을 보고도 있다. 그러면서도 道流는, 특히 어떤 한 쌍의, 어머니-아버지에 눈을 묶이고, 마음을 묶이고, 무량겁의 목숨을 묶이고, 독주에 청주 섞어 마시듯, 질투에다 사랑을 섞어 찔끔거리고 있구나. (『칠조어론』 4, 12쪽)

이 역시 과거와 현재, 미래라는 三世 공간을 포괄하였으며, 의미가 확장된 원형적 母人像, 父人像을 그리고 있다. 붉은 눈을 하고 지켜있는 세상적 원리의 아버지라든가 한 쌍의 어머니·아버지와의 육친적 운명성을 맛보게 한다. 결국 세상나가기의 훈련을 그의 전단계에 모, 부를 통해 세상의 사회 현실 원리와 母父 속에 잠재된 사회성의 얼굴로 드러내고 있다. "(試圖해 보인 '符命圖'를, 어머니-아버지가 만나는 자기 깊숙이에다 넣어 묻어두기로 한다면, 六祖가 유리의 '마른 늪'에서 낚아올린, 그 '물고기'의 형상을 띨 것이다. '양극을 갖는 타원형.')"(『칠조어론』 4, 148쪽)이라든지, 그 절정의 도표를 母父의 도식기호인 생명의 양성으로 그린다든지 "(전략) (크리슈나의 어머니가, 자식의 입 속을 열고, 들여다본 뒤에, 밝힌 소문을 좇자면,) 옐헤, 저런 수가, 그 속에도 고스란히, 한 벌의 우주가 複寫되어 있더라 했다."(『칠조어론』 4, 191쪽)로 그려 결국 어머니와 아들의 관계를 재환기시켜 어머니, 자식의 관계가 우주의 영속적 고리로 이어져 있음을 그리고 있다. 또 "땅에 닿기만 했다 하면, 그 아들은, 그 어미로부터, 새 힘의 수혈을 받는다."(『칠조어론』 4, 256쪽)에서 보이듯 지상의 세상에서 아들 생명은 어머니와 우주 탯줄로 연결되고 있다는 것으로 그리면서 더군다나 "어미비(젖+줖)를, 어미들게 부여쥔 産痛이 훨씬 더 크지 못했음을, 원망하고 저주했다."(『칠조어론』 4, 317쪽)로까지 그리고 있다. 이는 어머니 암컷과 아버지 수컷의 복합적 형상을 어미비의 새로운 전형으로 만들면서 어머니의 아픔을 모부의 지난한 고통이라는 새로운 의미로 모부 심리학과 자녀 심리학을 우주 탯줄론이란 母父 육친론으로 문화적 의미를 탐구하여 그 의미를 환기시키고 있다.

또한 박상륭은 그의 소설에서 문학 오이디푸스론에서 어머니를 새롭게 母父 문화 심리로 드러내고 있다.

어머니와 아내의 원리를 오이디푸스 콤플렉스[10]에서 심리학적 이론까지 아내·어머니와 아버지·아들을 대치시켜 원용하고 있다. 먼저 아버지·아들의 입장에서 본 아내·어머니의 입장이다. 오이디푸스 콤플렉스 이론을 한국 고시가인 「처용가」의 구조에까지 적용하여 명명하거나 동일한 구조로 밝히게 되며, 나아가 생명의 기원적 시간을 거슬러 올라가 어머니 자궁 속의 남자 태아 입장에서 바라본 남자 태아의 어머니 애착 태아 심리와 아버지 증오 태아심리까지 그려내고 있다. 한 남자 태아를 통해 한 여자의 두 여자화를 아내와 어머니로 이원화시켜 아버지의 아들 질투란 그 심리적 기원론을 모태론까지 결부시키고 있다.

> 그리하여 우리는, ('외디푸스 複合性'이라는 것에 對剋하는 복합성도 있는 것을 고려하게 되는바) 저 동화는 다름아닌, '붉은 龍―애밴 여자―어린 羊'이라는, '아비(라이우스)'와 '아들(외디푸스)'이 '아내·어미'를 둘러싸고 대치한 處容歌로서, 이 경우에는, 아들을 질투한 아비가, 아들을 상하게 하려, 선수를 쓰고 있음을 관찰하게 됩습지. ('라이우스 複合性'?) 그러자 현명한 도류들께서는, "어미의 자궁에 든 어떤 念態가, 그것 자신의 지각자를

---

10) 김명훈·정영윤, 『심리학』(박영사, 1980), 211쪽.

통해, 아비에 대해 심한 증오와 질투, 그리고 어미에 대해 깊은 애착을 느끼면, 그 母胎 속의 새끼는 장차, 수컷이 되어 태어날 것"이라는, '시드바바르도(Sidpa Bardo)'의, 어느 한 과정을 염두하는 것이 분명하군입지. (『칠조어론』 1, 178쪽)

위의 인용 대목에서 보이듯 아버지와 어머니, 어린 아들의 관계를 붉은 용과 애밴 여자, 어린 양이나, 라이우스와 요카스타, 아들 오이디푸스의 인류 본능의 삼각 관계로 설정하여 애밴 여자와 아버지·아들/아내·어머니 관계로 본 처용가와 어머니 자궁 염태와 모태 속 수컷을 자궁 오이디푸스 심리로 원초적 공간에 펼치고 있다. 즉 남자 태아 입장에서 바라본 어머니에 대한 호애의 정, 이어 남자 태아 입장에서 모의 자궁 심리론의 이야기 논리로까지 펼치고 있다.

이어 당굴 주인공의 입장에서 어머니에 대한 호애의 정과 아버지에 대한 질투심 역시 오이디푸스 콤플렉스의 심리적 차용이다. 두 여자 심리와 한 남자의 육체 원형적 삼각 관계 심리를 당굴과 어머니의 관계는 "그렇다, 그리하여, 당굴이 어미에 대해 일으키는, 好愛의 情과, 아비에 대해 일으키는 嫉妬心이 고조되자, (후략, 중략) 그때 그것은, 아비에의 嫉妬心과, 어미에의 호애의 정으로. 소금보다 짜갑고 있었다."(『칠조어론』 1, 401쪽)에서 잘 드러나 있고 또 "그래서 저 처녀인 어머니는, 자기의 남정이며 자식을 씹어먹어 새로 남정이며 자식인 것을 잉태하는갑, ─완벽한 자급자족. 저 腋氣에 코를 묶이고, 그 붉디붉은 陰脣에 눈을 묶인(남편이며, 동시에) 자식인 것들께는, (하략)…"(『칠조어론』 1, 21쪽)으로, 처녀 어머니와 아들의 관계는 "(전략) 어떤 아비의 하초를 튀어나온, '精蟲이' 어떤 '어미의 (卵子에 휩싸여) 子宮에 들기', 그 '精蟲의 주인(아비)'이 배경에 있어, 보이지가 않고, '精蟲(자식)' 자신이 주역을 담당하고 있는 그 점인바, 그래서 이 경우도, (아비─어미─자식) 處容歌를 이루는 것을 보게 됩습지."(『칠조어론』 1, 114쪽)로, 정충아비와 난자어미와 정충자식의 관계는 ""女性인 것의 至難함이여!" 이런 진통은 그러나, 오늘이 처음은 아닌 듯했다. 그 母胎 속에다, 아이(單數)를 심어준 아비들(複數)만 알 터이지만, 저 불효놈의 胎兒는, 그 어미가, 그 아이놈의 아비들에의 연모의 정을 일으켰다하면,

동시에 진통을 일으키되, 아직 달이 차지를 안해, 언제나 달이 차게 되려는지는 에미도 모른다."(『칠조어론』 4, 63쪽)로 태아와 모태, 복수 아비의 관계로 다양하게 변형시켜 인류 문화적 어머니의 새로운 상에 대해 고뇌의 상상력을 펼친다.

더군다나 박상륭은 새로운 소설 문화적 어머니상을 의미 탐구하여 철학·신화 수사법 어머니로 그리면서 法母를 道母와 童貞母의 이미지로까지 투사시켜 새롭게 의미를 부여한 상징체로 나타내고 있다.

> (전략) 촛불중은, 자기가 갑자기 마주하게 된, 두려운 어머니, "송장을 파 먹으며, 송장을 디뎌 춤추는, 열여섯 살 먹은 처자," '밤'을 깨우는 자, 죽음, 을, 하나의 우주적 法母라고 알기(知)뿐만 아니라, 그렇게 느끼기(感) 도 하려 하여, 못 참을 고통을 겪으며까지, 자기를 낳아 무릎에 받아준 '이 승',이라는 어머니, 에의 집착은 여의기 도모하여, (하략)… (『칠조어론』 3, 246쪽)
>
> (촛불중이 法의 배꼽줄을 이어 있는 法母네서는, 궁극적으로는, 아무 누 구의 큰 손에 의해서도 말고, 모든 有情은, 자신만이 자신을 구원할 수 있 을 뿐이라는 法이, 法으로 받아들여지고 있다는 것을 염두해야, 촛불중식 의 자기 구원을 위한, '매듭 풀기'가, 듣는 귀들('他')께도 의의를 띠게 될 것이다.) (『칠조어론』 4, 178쪽)

위의 대목에서 보이듯 박상륭은 16세 처자와 죽음의 수사법과 우주적 法母 의 이미지로 그리고 있다. 우주적 깨달음을 주는 우주적 법모상을 언어적 새 로운 상황인 법모라든가 철학적 동정모의 상징적 언어 제시를 통해서 보이고 있다.

마지막으로 박상륭은 신화와 설화에 나타난 탄생 설화를 통해 새로운 아이 상의 탄생 설화로 의미를 재구현시키고 있다. 불교 신화나 성경 신화에 등장 하는 탄생 설화를 통해서 제시하고 있다. 새로운 탄생 설화를 통해 새로운 모 성상과 새로운 아이상을 설정하고 있다. "'마음의 우주'의 개벽은, 아는 분은 아는 바대로, 하필, 그 어머니의 '옆구리'를 열고 나온, '한 '거대한 흰 코끼리' 로 상징을 입어오는바, '말씀'의 母胎는 '해골'이었는데, '마음'의 그것은 '옆구리'로 바뀝습지."(『칠조어론』1, 85쪽)에서 보이듯 마음 우주의 개벽을 어머니 옆구리로 나온 거대한 흰 코끼리로 연결 말씀 모태 해골로까지 제시하고 있다. 더욱 구체적 접근은 석가모니 탄생 설화를 통해 20세기에 새로운 한 인간의 탄생을 기대하는 구조로 제시하고 있다. 그것도 왕녀의 태생 설화를 통해서 말이다.

> (전략)…한 왕녀는, 꿈에, 한 거대한 흰 코끼리의 내방을 받았더라고 하
> 며, 그날부터 胎氣 있어, 한달두피를모아슥달늑달입덧나다섯달에반짐실어
> 여섯달에㐲정안구일곱달에九朔받아여덟달에한짐가득실어아홉달에운무좌겨
> 하옵시고열달가만을곱게지와좋은날좋은시를당한즉, 괴이쩍을 일이로다, 사
> 내 아이가, 그 어미의 옆구리를 터 나오거늘, 본즉 그는, 人身에 象頭를 얹
> 어 있는데, 羊水가 마르는 대로 일어서는가 했더니, 한손으로는 하늘을, 다
> 른 손으로는 땅을 가리키어, 일곱 걸음 걸으며, 四方을 둘러보고, "天上天
> 下唯我獨尊!"이라고 외치놋다, 엘시구나 잘이한다. (중략) 다른 한 왕녀는,
> 그 왕국의, 아무도 어거치 못하는, 그렇게나 사납고도 거대한 황소에 화풍
> 병이 들어설람엔, 타오르는 음심 탓에 죽어가다 못해, 종내, 그 왕궁의 일
> 등가는 목수에게 분부하여, 저 황소에 버금갈, 속이 빈, 木牛의 암컷을 하
> 나 만들라 하여서 만들어진즉, 雲雨에 익금갈, 이르렀던바, 그날부터 그
> 왕녀에게도 胎氣가 있어, 열달가만을곱게지와좋은날좋은시를개려순산허구
> 돌아보다, 저 마낸님은 깜짝 까무러쳐버려꼬나, 낳기는 사내 아이를 낳았
> 는데, 사라몸의 송아지(牛頭)를 낳아꼬나,…(하략) (『칠조어론』1, 112쪽)

위의 대목에서 보이듯 불교의 탄생 설화를 한 왕녀의 태아의 뱃속 생활 10 달 구조로 바꿔 그려내고 있다. 즉 사내 아이의 기이한 탄생을 어린 부처의 탄생담으로 천상천하유아독존을 설파, 그와 대비한 한 왕녀는 송아지를 출산, 두 탄생 설화를 대비시켜 한 인간은 어린 부처인 空兒人, 또 한 인간을 어린 짐승인 色兒人으로 태어난 것으로 그려 인간의 내적 道心 성향을 이원 분리하여 두 아이 탄생 설화로 대비하고 있다.

이어 지혜의 어머니와 어머니란 의미의 인류 공간화의 이미지를 윤회장소로 상징적 의미를 추출시켜 성령의 임신으로 드러내고 있다.

이제 그러면 우리는, '어머니'라고 하여, 반드시 '輪廻의 장소' '저주' '위험' 자체만은 아니며, …(중략)… '處容歌'의 어머니는, '永生'과 '天國'을, 즉슨 '말씀의 우주'를 임신했던 옌네.여서, 무엇이 이보다 더 거룩할지 모를 일입습지. 글쎄 그 옌네는, 땅의 精('옛뱀')대신, 하늘의 大義('聖靈')을 받아 임신하였었으니, 장차 그 뱃속의 아이가 태어나는 날은, 크고 좋은 날, 땅이, 축생도가, 즉슨죽음이 정복되는 날일 것으로 기대, 예상됩습지. 그렇다면, 이 특정한 어머니께 임신되어 있는, 이 아이는, 땅에 대해서, 그리고 축생도에 대해서, 즉슨 사망에 대해서, 그 중 해스러운 적일 것이어서, 이왕 임신되어 있는 이상, 이제 저것들이 바라 도모할 일이란, 그 "아이가 태어나는 대로 잡아먹는 일" 뿐이겠습지. (『칠조어론』 1, 115쪽)

위의 대목은 성경의 탄생 신화를 새롭게 어머니가 말씀의 우주인 자궁이며 땅의 정령대신 하늘의 大義를 받아 임신하게 되고 그 아이는 태어나는 날 그 시간에 땅인 축생도 세계에 죽음이 정복된다는 관념 복음을 논리 이야기로 펼치고 있다. 또한 이 부분은 예수의 탄생 설화를 인류 생명 구조로 변환시켜 불모 대지에 생명을 분만하는 어머니로 등장시켜 우주적 생명화를 뜻의 임재로 드러내 후인식하며 우주적 의미의 임재를 聖靈兒人의 탄생으로 그리고 있다. 박상륭은 인간 본연의 의미와 시대의미, 그리고 원형의 의미를 추구하여 새로운 아이 탄생형을 불경과 성경의 탄생 신화를 빌어 공아인, 색아인, 성령아인의 전형으로 탄생시켜 이 시대의 인간 탄생의 원형적 전형과 메시아적 전형을 창출하여 불모 대지론에 생명 재생론의 이중 구조로 의미를 강화시켜 구현하고 있다.

이상과 같이 박상륭은 탐구 작가 입장에서 새롭게 의미를 창출시킨 소설 문화적 어머니상을 다양하게 소설적 창조로 보여주고 있다. 이승 아들과 연결된 저승 암캐론의 어머니론으로, 자식동물 입장에서 본 어머니·아버지 동물적 입장 관련 동시 육친론의 의미 강화, 남자 태아 입장에서 문학 오이디푸스론을 모의 자궁 심리론까지, 철학 소설자 입장에서 새로운 新母像을 철학, 신화 수사법 어머니로 法母, 道母, 童貞母로, 태아의 신탄생 설화를 생명을 탄생시킨 모의 입장에서 말씀 자궁론으로 色兒人, 空兒人, 聖靈兒人의 입장을 형상화한 어법을 취하고 있다. 이들 어머니 관련 소설 문화, 철학 문화적 어머니상은 소설 문학에 새롭게 의미를 창출한 박상륭만의 독특한 어머니상의 계발에서 이루어진 픽션적 어머니상의 다양한 표출이다. 박상륭이 창출한 저승 탐구, 심리 탐구, 육체 탐구, 말의 탐구, 道의 탐구 등을 관념의 어머니, 이론의 어머니, 말씀 자궁의 어머니 등 새로운 어머니상에 접맥하여 새로운 소설적 의미 투영 및 소설 문화적 변화 시대 및 세계관을 소설 어법으로 환기시켜 어머니 소설의 창조 심리학으로 새로 정립하면서 우주적 어머니상의 여러 구현을 보여주었다.

4. 인생의 원형적 전형화와 우주적 어머니 창조

한 인생을 전형화하는 것은 작가의 몫이다. 한 인간의 존재 기반이자 생명 기원의 해당자는 어머니와 아버지이다. 그 중에서도 어머니는 전통적으로 모성의 역할을 극대화하며 어머니가 생명의 기반 및 계보로 강조되어 왔다. 그러한 육신 생명의 존재 계보의 영향력은 극대하게 한 생명 계승자인 자녀에게 극대한 영향력을 미친다. 그러기에 어머니는 한 아들 한 자식에게 있어 자기 인생의 前生人生이 된다. 불교적 언어 차원의 전생으로 얘기하고 있지만 가정 공간 내에 원형적 전생에 해당되는 이가 어머니이고 특히 성이 다른 아들 생명에게 있어 지대한 영향력을 미친다.

작가 박상륭은 어머니와 아들이란 생명의 이대 계보에서 중간 이탈적 실존 환경인 조기 母死의 운명이었기에 더욱 강인한 모정, 모성 집착 심리를 소설 언어로 풀이하면서 인생의 한 원형적 전형을 정립하였다. 그것은 한 아들의 입장을 떠나 소설가 인생에 있어 지대한 영향력을 미쳐 소설가 아들의 몫으로 소설 문화적 어머니의 창조에 큰 힘을 미친다. 그 소설 어머니 창조를 박상륭은 특히 심리적 어머니와 소설 문화적 새로운 어머니상을 포용한 우주적 어머니의 형상화 논리 펼치기에 소설업을 주력하게 된다.

먼저 심리적 어머니를 아들의 입장에서 어머니 속에 파고 들어가 어머니 심리 묘출하기에서 자식으로 모정 심리를, 설움의 자식으로서 설움의 어머니를,

불효자 아들로서 속타는 어머니를, 홀아들의 입장에서 홀어머니의 심리를, 미숙한 아들을 분리시키지 않는 어머니를, 모순 그 자체를 포용하는 어머니를 그려 한 자식의 어떤 미숙성으로든 포용되는 어머니의 초논리, 초이해 심리를 여러 양상으로 그려내고 있다. 그러면서도 박상륭은 한국의 실존 환경에서 만나는 보편적 어머니와 특수한 심리의 어머니를 표현하여 기존의 의식과 생활 속의 어머니를 소설적으로 환기시켜 어머니 심리를 소설의 모정심리학으로 재환기시키면서 우주적 어머니의 한 양상을 표출하였다.

또한 박상륭은 한국의 어머니 심리를 소설적으로 환기시키는 것에 이어 보편적 어머니의 문화 예술적 의미 승화를 소설적으로 새롭게 의미 정립하거나 차용하는 기법을 어론으로 취하고 있다. 그것의 소설 문화적 형상화는 이승 아들의 저승 어머니론, 자식 동물 입장에서 바라본 어머니·아버지 동시 육친론, 남자 태아의 입장에서 본 자궁 오이디푸스론, 철학 탐구적 소설가 입장에서 창출한 신화·철학 수사적 어머니, 새로운 아이의 탄생 설화인 色兒人, 空兒人, 聖靈兒人의 삼중적 의미 탄생 구조로 새로운 신생아의 원형과 메시아 상징성 등으로 펼치고 있다.

결과적으로 박상륭은 '어머니'란 화두로 원형적 전형화는 물론 우주적 어머니 창조라는 새로운 화두로 제시한 소설 문화 탐구를 어론으로 펼쳤던 것이다. 이 주제 탐구 방법론은 한국문화의 독특한 정신사를 소설 문화적 어머니를 구현하는 심리 구조와 의미 구조를 복합시킴은 물론 세계 속의 문학 어머니상의 한 전형의 형상화 의미로서 한 작가의 어머니 탐구의 혼바치기 결과로 이루어졌다고 볼 수 있다.

그런 의미에서 소설가 박상륭은 우주적 어머니상의 형상화에 대한 한 語論이란 방법론적 초극 또는 승화를 통해 보여주었다. 그것을 『칠조어론』에서 한 어머니 읽기 독법으로 새롭게 펼쳤다는 데에 한국적 어머니에 대한 소설 문화적 어머니라는 철학의 의미 부여에도 큰 몫을 던졌다는 점에 의의가 크다 하겠다.

■ 참고문헌

박상륭, 「아겔다마」, 『아겔다마』(문학과지성사, 1997).
──, 「세 변조」, 『아겔다마』(문학과지성사, 1997).
──, 「천야일화」, 『아겔다마』(문학과지성사, 1997).
──, 「남도」 2, 『열명길』(문학과지성사, 1986).
──, 『칠조어론』 1 (문학과지성사, 1990).
──, 『칠조어론』 2 (문학과지성사, 1991).
──, 『칠조어론』 3 (문학과지성사, 1992).
──, 『칠조어론』 4 (문학과지성사, 1994).

김명훈・정영윤, 『심리학』(박영사, 1980).
마광수, "미의식 원천으로서의 子宮回歸本能에 대하여", 『심리주의 비평의 이해』(청하, 1987).
여성을 위한 모임, 『일곱 가지 여성 콤플렉스』(현암사, 1992).
임금복, "1960년대 박상륭의 소설사회 세계", 『대전어문학』 제15집(대전대 국어국문학회, 1998. 2).

마조리 핸슨 새비츠, 『슈퍼우먼 신드롬』, 홍수원 옮김(우아당, 1986).
베티 프리탄, 『여성의 신비』 상, 김행자 역(평민사, 1989).
안넬리제 외, 『힌두교의 그림언어』, 전재성 역(동문선, 1994).
조르쥬 나타프, 『상징・기호・표지』, 김정란 역(열화당, 1992).

2

우주장으로 읽는 『칠조어론』

– 소설언어로 '宇宙藏 思想' 풀기

우주장으로 읽는 『칠조어론』*
― 소설언어로 '宇宙藏 思想' 풀기

1. 우주 사유의 세기와 宇宙藏 思想 풀기

박상륭의 『칠조어론』 1~4(1990~1994)는 방대한 사유 체계를 소설적 구현으로 드러낸 그의 30년 철학 소설 작업이 총 규합되었다. 첫 작품 「아겔다마」(1963)에서 세상을 舊宇宙와 基督神의 죽음의 피밭으로 선포하던 그의 구호가, 관념적 절정으로 이루어진 『칠조어론』 4(1994)에서 新宇宙의 개벽과 人神인 7조로, 巫의 노래밭으로 그 대단원의 막을 내렸다고 볼 수 있다.

박상륭의 작품 시기인 초기 1960년대에서는 우주에 대한 생명 모색 구호가 주요 특색으로 드러났고, 중기 70년대에서는 우주 관념의 이동으로 그 사유의 기반을 변형 처리하였다. 이 시기 그는 '공시태적 우주의 사람'을 用·體的 관념으로 변형한 「유리장」(1971)과 '통시태적 인생기의 사람'을 탐구 기법으로 드러낸 『죽음의 한 연구』(1975/1986)에서 중간 결산으로 마무리 지었다. 그리고 1990년대에서는 新宇宙에 해당하는 '사람'의 선포기를 통해 21세기 우주를 전망했다고 볼 수 있다. 그런 점에서 박상륭은 20세기 사회의 말세적 상황을 舊宇宙로 죽음을 선포하고, 21세기 '미래 우주'를 新宇宙로 전망했던 것이다. 그 방법론은 東·西 지혜의 장르적 총합을 통한, 사람의 무한 내면의 우주 드러내기와 우주적 사람으로의 내면화 작업이 동시에 나타났다.

박상륭의 『칠조어론』[1]은 그간 평론계[2]의 평이 눈에 띠지 않았다. 그 이유는 방대한 형이상학적 사유로 작가의 우주 읽기가 난해하게 펼쳐졌던 점이 될 것이다. 평론을 쓰는 필자 역시 '覺道 비평'이라는 한 가설 위에, 현재의 한 시각으로 깨달아가는 과정의 한 자리를 펼칠 수밖에 없음을 고백하면서 그의 '七祖 道場'을 향한 여행길을 떠나려고 한다. 동양의 불교 사상은 이미 불교 신자가 아니더라도 부처님 마음을 누구나 노래하고 있는 如來藏 사상[3]으로 구현되고 있다. 또한 동학 신도들은 한울님을 모시고 있는 존재인 侍天主 사상[4]으로 설파하고 있다. 그렇다면 불교 사유, 동학 사유와 같은 맥락인 누구나 우주적인 존재자로서의 '사람 마음'을 말로만 이야기하고 있다. 그러나 그것을

* 「소설언어로 '宇宙藏 思想' 풀기」, 『박상륭 소설 연구』(국학자료원, 1998. 3), 197~216쪽에 수록됨.
1) 박상륭, 『칠조어론』(문학과지성사, 1990. 3). / 『칠조어론』 1(문학과지성사, 1990. 6).
　　——, 『칠조어론』 2(문학과지성사, 1991. 3).
　　——, 『칠조어론』 3(문학과지성사, 1992. 9).
　　——, 『칠조어론』 4(문학과지성사, 1994. 11).
2) 그간의 『칠조어론』 1, 2, 3, 4에 대한 평론은 아래와 같다.
　　『칠조어론』(1990. 3) 관련 평론
　　김　현, "병든 세계와 같이—아프기"—『칠조어론』의 주변, 『칠조어론』(문학과지성사, 1990. 3).
　　金仁煥, "짐승세계로 逆進化하는 巫俗的편력"—朴常隆의 『七祖語論』, 동아일보, 1990. 5. 14.
　　성민엽, "인류학적 想像力과 言語"—朴常隆의 장편소설 『七祖語論』, 한국일보, 1990. 8. 17.
　　『칠조어론』 1, 2(1990. 6/1991. 3) 관련 평론
　　김진수, "<몸 입기>의 지난함과 지복함", 『세계의 문학』, 1991, 여름호.
　　『칠조어론』 3(1992. 9) 출판 후 관련 평론 없음.
　　『칠조어론』 4(1994. 11) 완간후 관련 평론
　　김인환, "신화와 종교 통한 근대의 뿌리 찾기"—박상륭의 『칠조어론』과 이윤기의 『하늘의 문』—, 『문학동네』, 1995. 봄호.(개괄적 포괄로 『칠조어론』 1~4를 다룸)
　　서정기, "『칠조어론』: 말씀의 마을"—정념passion에서 수난Passion으로, 피학(被虐)과 가학(加虐)의 형이상학, 『문학과 사회』, 1995. 봄호.(실제적으로 『칠조어론』 1만 다룸)
3) 정호영 지음, 『如來藏 사상—불성사상의 원형』(대원정사, 1993).
4) 柳炳德 편저, 『東學·天道教』(교문사, 1993).

이론으로 체계화함과 아울러 종합 체계를 실현시킨 박상륭은 우주장 사상의 주요 골격을 소설적 어법으로 『칠조어론』에서 꿰뚫어 보이고 있다.

이제 박상륭의 우주 공간에서는 사람이라는 존재를, '사람' 그 자체의 단독적 존재자인 '개체 인식론'으로 펼치고 있다. 한 시대나 사회 속에 橫的인 존재자로서의 상징성을, '共時態的 사람', 즉 '공시태적 사람 우주'로 사람의 무한한 내면의 공간 우주를 다 담아내며 '우주 공시태'로 풀어가고 있다. 또 하나는 사람이라는 존재 자체가 우주 속에 단독 존재자이기도 하지만 나 이전의 '과거 사람'의 계보를 이어 받아 '지금 사람'으로 서 있고, '지금 사람' 이후 '미래 사람'은 또다시 '현재 사람'의 계보를 이어 나간다면, 인류라는 큰 줄기 속에 편입될 수밖에 없는 '통시태적 사람'이라는 차원에서 사람을 '인류사 우주'로 풀어나갈 수 있다. 그 공시태 사람으로서의 단독자 우주인 人類種 속의 '사람의 계보 우주'를 박상륭은 東·西 인류의 총 지혜를 동원하여, 관념으로써 우주화 인식 과정을 펼치고 있다. 그 여행을 도를 닦는 마음으로 '말의 說法' 한자리 떠나보자.

2. 一元論的 大宇宙의 三元論的 小宇宙論

사람이라는 개체인 단독자 우주는, 한 시초를 시작으로 하여 한 끝을 맺을 수밖에 없는 공시태적 존재자다. 특히 인간은 우주 속에 사유하는 존재자로서 의미의 탐색 과정이 곧, 삶의 전개 방법론이라 할 수 있다. 그런, 사람이란 존재몫을 최대화하여 인식한다면 우주 인식의 한 전형이 될 수 있다.

> (전략) 이 한 개인은, 전우주와 그 무게가 다름이 없음을 보게 되던 것을 상기하기로 합습지. 그 우주도 그때쯤은, 人世用 原型이라는 틀 속에 잡혀든 바 되었겠습지. (34쪽)
> '自我를 捨象'해버리기로써, '밖'을 지워 없애고, 하나는 '自我를 擴大'하기로써, '宇宙化'를 성취했거나, '남김이 없이' 된, 그것이겠습지. (151쪽)
> 꼭 닫힌 한 우주는, 그 자체가 열림인 것―모든 通時態의 母胎, 空時態.

위의 대목에서 보이듯이 박상륭은 우선 『칠조어론』1에서 한 개인을 전체 우주와 대치시켜 하나의 인간 세상의 원형으로까지 그의 사유를 펼치고 있다. 그리고 이 사람을 우주적 존재로 풀어나가며 인식하는 방법을 '몸·마음·말' 인 삼원론으로 나누어 볼 수 있다. 물리적 존재자로서의 '몸', 靈的 가슴을 느 끼며 인식할 수 있는 '마음', 그리고 성장 교육과 더불어 인간이 만물의 영장 이라고 숭앙받는 지혜의 덩어리 '말'로 삼단계화 할 수 있을 것이다. 박상륭은 무엇보다도 공시태적 우주의 삼분법을 '몸의 우주장', '마음의 우주장', '말의 우주장'인 '공시태로서의 사람 우주'로 설정하고 있다. 그것을 불교 관련 영적 존재 등위로 마음의 佛(부처), 몸의 菩薩, 말씀의 龍樹로 나누어 秘義化하고 있 기도 하다.

　　－헌데 어느 도류가, '佛'은 '마음의 우주'의 익명이며, '菩薩'이란 '살의
　　우주'를 돕는 者로서, 양자 공히, '마음'의 宗家네 방언이라고 하여, 먼저
　　촌승의 不學을 비난하고, 그런 뒤, '말씀의 우주'를 개벽한 자를, 바로 그
　　'마음'의 義尺으로 써 재려 한다면, 프라브리티를 니브리티의 척도로 재려
　　했던 龍樹모양, 誤尺行을 범하게 되겠을 일이므로, 부디, 그 法心일랑 발하
　　려 마실 일입숩지. 글쎄ㅂ지, '말씀의 우주'는 '마음의 우주' '살의 우주'를 휩
　　싸아 안으며, 그 가운데 자리잡아 있습지. (『칠조어론』1, 60쪽)

그러면 비의화된 불교측 세계관의 삼분법 공시태적 '사람 우주'에 대하여 노자 세계관으로 아울러 살펴보자. 노자는 "도가 하나를 낳고, 하나가 둘을 낳 고, 둘은 셋을 낳고, 셋이 만물을 낳습니다"⁶⁾라고 했듯이 노자의 우주 철학관 의 체계와 또, "둘은 둘을 낳은 하나보다 크다고 할 수 없고, 셋은 셋을 낳은 둘보다 크다고 할 수 없으며, 만물은 만물을 낳은 셋보다 크다고 할 수 없다. 둘이며, 셋이며, 그리고 만물은 다 하나에서 출발한다. 자연은 하나이면서 곧

---

5) 박상륭의 장편소설, 『七祖語論』1(문학과지성사, 1990. 6).
6) 老子 원전, 『도덕경』, 오강남 풀이(현암사, 1997), 183쪽.

만물이다. 만물은 다양성이며, 그 다양성 속에 조화가 존재한다."[7]는 음양 사상의 체계론을 총합한 우주 원리에서도 박상륭식의 인식 방법이 일맥상통한다고 볼 수 있다.

이는 박상륭의 삼분법적 불교·노장적 인식론으로 대우주를 접근해 가는 근거를 마련해 준다. 즉, 삼분법적 일원론을 통한 우주 만물의 해법은 박상륭 소설의 철학적 미학을 푸는 주요 열쇠가 된다.

1) '사람 우주' 풀기

(1) '마음의 宇宙藏' 풀기

사람으로서 가장 뜨거운 가슴을 느낄 수 있는 영적 부분이 마음 영역이다. 이 마음은 프로이트에 의하면 무의식, 의식, 전의식 영역까지 두루 포함한 인간 스스로도 감당할 수 없는 영역이 아닐까 한다. 때로는 부처가 되기도, 신선이 되기도, 우주가 되기도, 半人半神이 되기도, 半語佛 半語魔가 되기도, 半魔半人이 되기도 하는 인간 의식의 양극, 모순 성향의 위대한 역설이 확장되는 부분으로 실로 가장 자유자재로 변주되는 곳이 마음의 영역이다. 박상륭은 그 마음 공간을 통해 '마음의 우주장'의 설법으로 강조하고 있다.

> 그런고로 그들은, "한 마음을 넓히면, 그것이 우주자체"라고 가르치는 것이 아니겠는갑? (『칠조어론』 1, 46쪽)

위의 대목은 한 마음의 팽창 심리와 우주 자체의 대치 인식론이 잘 드러나고 있다. 그렇다면 단순히 사람의 마음을 우주적으로 확대하면 되는가? 무수한 사람들은 우주의 탑을 쌓았다가 허물고 다시 쌓았다가 또 무너뜨리고 그 반복의 삶의 리듬을 유지할 뿐이다. 선종의 영향을 받은 신유학 중에서 특히 육상

---

7) 이상철, "자연관에 있어서의 시스템론적 사고와 음양사상의 연계", 『과학사상』 23호, 1997년 겨울호, 153~4쪽.

산과 왕양명으로 대표되는 心학파에서는 우주는 곧 나의 마음이요 나의 마음이 우주라는 물론 마음이 곧 理이므로 먼저 마음을 알도록 하고 마음만 알면 자연히 우주의 이치를 다 알 수 있다[8]고 했다. 그러기에 에리히 프롬도 내부 공간을 탐구하는 우주인이라 역설[9]했다. 그러나 누구나 다 아는 마음의 과정을 총체적으로 인식화하여 말로 풀어가는 박상륭은 마음의 우주를 어떻게 드러낼 수 있는가? 그것은 우선 우주 속에 한 사람이라는 단독자 개체로 그리면서 인간은 심오한 우주 원형 자체가 된다는 것이다. 그런 염려 속에 박상륭의 논의 기원은 인간의 왜소성을 초극하고 팽창시키므로 마음의 경계선을 무너뜨려 나와 남, 나와 또다른 나, 나와 사회, 나와 우주, 기존의 고정되어 있는 관념을 해체시키고, 모두 한 동아리 우주 속에 나인지, 나 속에 들어온 우주인지 선후 관계가 불분명할 정도로 인식만의 에네르기만 남겨둔 채 모든 것을 우주에 실리기 때문에 가능한 것이 아닌가 한다.

> 라는 말씀은, 巷間事도 六道(宇宙)化하면, 原型性을 띤다는 그 말씀인바, 이런 과정에 의해서, 한 개인들의 '마음(心)'이라도, 그것이 '안·밖'을 잃으면, 우주 자체가 될 수 있다고 할 것입습지. (『칠조어론』 1, 111쪽)

위 대목의 핵과 같이 개체적 마음의 경계 지우기라는 측면을 '사람 마음'의 사유의 경계성 해체로 마음의 절대 자유성을 드러내고 있다. 이는 불성이란 말과 함께 만물 평등의 우주적 절대 평등론[10]과 통하면서 마음의 절대 자유성까지 드러낸 부분이다. 나와 남의 자유로운 상호 교류 마음과 세계가 일치된 합일의 세계가 바로 우주로 대치된다.

그렇다면 박상륭은 왜 그러한 마음의 우주를 그려낼 수밖에 없는가가 관건이다. 박상륭은 오랫동안 고국과 등진 채 처절한 외로움을 만끽하면서 백인종 집단의 사회 내에 외로운 이방인 황인종으로서의 의식, 마음, 풍속 그 어떠한 것도 통하지 않는 고독의 섬 그 자체로서, 자신의 철저한 왜소함을 만끽하다

---

8) 老子 원전, 『도덕경』, 205쪽.
9) 위의 책, 206쪽.
10) 이은윤 지음, 『중국 선불교 답사기』 2 (자작나무, 1997), 301쪽.

못해 중병이 들었고, 그것의 초월적 의미를 모색, 생명의 확대성을 마음의 우주로 상승시켜 그의 외로움을 달래는, 소아적 구원에서 시작되었지만 후에는 모든 경계가 해체되면서 어떠한 사유든지 자유롭게 넘나들면서 가장 절대적 자유를 만끽할 수 있고, 그 연단 초극의 과정을 '마음의 우주'이자 '대아적 우주'로 승화시켰을 것이다. 동족 사회로부터 소외 또는 유리된 '小我 우주'에서 출발, 동족을 뛰어넘어 인류 보편성으로까지 초월하는 '大我 우주'를 지향해 나가는 자기 구원에서 타자 구원인 우주 구원으로 향하는 과정이 '마음의 우주장'으로 표출되었을 것이다.

(2) '언어의 宇宙藏' 풀기

박상륭은 두 번째, 사람의 공시태적 우주에서 '말씀의 우주'를 내세웠다. 사람은 어머니 자궁으로부터 분리되어 세상에 나오면서 옹아리를 시작, 어머니와 원형적으로 밀착된 삶에서 언어를 배우며 자라나고, 사회적 언어화 과정을 통하여 원형적 언어와 사회적 언어 또는 선천적 언어와 후천적 언어, 아니면 口語 언어나 文語 언어 등 이중의 언어 학습을 마스터하게 된다.

그러나 이 언어는 동족의 운명이 어떻게 지워지느냐에 의해 운명 원형적 언어는 규정지어질 수밖에 없다. 그러나 삶의 문명권을 또 어떻게 이주하느냐에 따라 사회적 언어는 새로운 옷을 입을 수밖에 없으며, 그러할 때 박상륭은 한국 口語의 원형이 완전히 거세된 사회 환경에서 극도의 이중 언어 사회 속에 살아야만 했다. 그에게는 한국 口語 사회는 탈락되고 내면화된 한국 文語 또는 '소설말'(靈的 소설 언어)로 내장된 채 그것을 펼쳐내고 있고 그 지혜의 말씀 무기로 '言語藏 우주'를 풀이하고 있을 가능성이 높다. 그러한 상황 속에 한국어와 서구어의 공통적인 인식체인 '말(언어)'이라는 공통점 밖에 없는 그로서는 그 말의 우주에 대한 최대값을 인류 공존 존재인을 위한 인식과 논리의 지혜로써 말을 모색하게 된다. 그는 그러한 기반 위에 말이야말로 인류의 지혜가 그대로 전수되는 골자라고 통찰했기 때문에, 인류 천재들이 지혜에 대해 도전해 왔던 삶의 과정사를 통하여 신세기를 향한 구세기의 지혜사의 통과와 정립으로 세기말 우주를 말씀의 무기로 열어 젖혔던 것이다. 그러기에 '말씀의 우주'인 '언어 宇宙藏'을 세울 수 있었던 것이다.

> 다른 주요한 방언들은 그렇다면, 空化色의 언어, 잘 짜여진 문법적 구조에 의하여, 非化現을 化現으로 바꾸는 언어들이던 것이고, 그리하여 우리는 '말'이야말로, 우주적 大力으로, 더욱이 '창조력'으로 이해해옵습지. (44쪽)
> "말씀의 肉身이 되어, 우리 가운데 居"함! '말씀의 우주'가 開闢함! (63쪽)
> '말씀'은 그래서, '自然'―저 加虐的 붉은 龍에 대한 승리입습지! (126쪽)
> , 언제든 거기에서는 우주화한 自然力이, '짐승'의 모습을 띠어, 그 한 우주에 군림한다는 것이다. 이 '짐승(옛뱀)' '붉은 龍'은 어느 날, 사람의 아들('人子')에 의해 죽어야 할 것이다. '말씀의 우주'의 개벽임. (『칠조어론』 1, 258쪽)

위의 대목에서 보이듯 박상륭은 말씀 대목과 관련지어 우주적 대력인 창조력, 말씀의 우주, 자연에 대한 말씀의 초월론 등을 이야기하고 있다. 박상륭이 강조한 이 말씀에 대한 인식 모티프들은 우주적 존재체로부터 '사람 인간'을 차별화할 수 있는, 만물의 영장이 될 수 있는 근거가 된다. 그리하여 사람의 아들인 '人子'는 자연 물성에 대한 말씀으로 우주에서 승리할 수 있으며, 사회화된 독룡의 정체인 악의 질서, 악의 형이하학을 물리칠 수 있는 가장 강인한 약, 즉, 독룡 퇴치약은 지혜의 말씀이 될 것이다. 사회 자체가 말세적 징후가 농후하면 할수록 그 집단 사회 자체가 자연계의 큰 '거구 동물'처럼 변화되고, 그 암흑 사회 성향의 군중들을 이길 수 있으며 악마 사회 군중을 대변하는 오염 왜곡된 독소들을 퇴치하고, 새로운 치유어로 변화시킬 수 있을 것이다.

진정 새로운 사회를 도래케 할 말씀의 우주의 창조야말로, 즉 '말씀 우주' 개벽이야말로 인간이 지혜 사유자로 해낼 수 있는 가장 큰 논리 무기의 의미가 될 것이기에, 박상륭은 '말씀의 우주'로 인식의 강화를 펼쳤을 것이다. 박상륭은 『칠조어론』 1에서 이렇게 '언어 宇宙藏'의 한 모습을 드러냈던 것이다.

(3) '몸의 宇宙藏' 풀기

박상륭의 세 번째 우주는 몸의 우주다. 그에게 있어 몸은, 아무리 뛰어난 우주적 존재자라도 죽어지면 그 뿐이라는 것이다. 죽음 이전인 살아 생전에, 물리적 몸과 살과 뼈를 갖춘 생존 시기에야 무엇이든 할 수 있다는 것이다. 그래서 몸을 기반으로 지혜를 진화시키고, 마음을 키워가고 할 수 있는 기반 자체가 생존 그 자체이며, 그 생존의 기본체가 몸이기에, 몸을 높이 사 '몸의 우주'로 드러낼 수 있었던 것이다.

그렇다면 굳이 몸의 재료를 인식의 중요한 틀로 삼을 이유가 무엇일까, 그의 초기 단편에서도 언급되고 있지만, 그는 자기 성장의 밑거름이 되는 원형의 기반 부재에 대해 처절하게 절망하고 아파했다. 여러 소설 속에서 보이듯이 그의 고향에 대한 언급, 「2월 30일」(1965)에서 '고향은 마비였다', 「늙은 개」(1971)에서 '고향은 개였다', 『죽음의 한 연구』(1975)에서 '고향은 재였다'로 표명되는 그의 사고 저변에, 그의 원형의 파산의 아픔을 운명적으로나 총체적 아웃아이더로서 인식하고 감당해내야만 했다. 그것이 인식되면서, 자신에게 있는 것은 무엇인가? 자기라는 몸, 마음이 전부라 표현하면서, 「2월 30일」의 '자루, 주머니', 「쿠마장」(1967)의 '항아리'의 은유어로 드러내듯, 그의 재산이 된 '자기 몸'만을 철저히 인식의 기반으로 삼으면서, 그것이 '몸사람의 우주장'까지 드러낼 수 있었던 것이다.

> 무엇이 그것을 입었든, 그 입은 '몸'이야말로, 그 '생명'의 진화와 퇴행의 전 조건이 돼 있다는 것을 거듭거듭 명심해 두기로 하십습지. (39쪽)
> '살(畜生道)의 우주'에 대해, 그것을 초석으로 한, '말씀의 우주'가 개벽한 것이다. 이 새로 개벽한 우주는, 그 우주내의, 有情들의, 그 입어진 '獸皮'를 질료로 하여, 그 '獸皮'를 완전하게 벗겨내리려는 것을 목적으로 하고 있어, (202쪽)
> 이 두 우주적 十二蟲은 같은 한 위장을 쓰고 있는 것일 것. 우주적 雙頭蛇, 헌데도 이 쌍두사는, 그 몸이 우주 자체여서, 아무데로도 움직일 수가 없어, 그냥 한 자리를 차지한 채, 두 입만 벌리고 가만히 기다려 있다가, 그 입 속에를 걸어드는 것만 삼킨다고 하제. (『칠조어론』 1, 335쪽)

위의 대목에서 박상륭은 몸은 생명의 진화와 퇴화의 조건으로, 인간 육신의 살 부분은 기본 생명력으로, 우주적 쌍두사(말과 몸) 중 하나인 몸체 우주를 강조하고 있다. 그렇지만 박상륭은 몸의 우주를 기반으로, 인식의 진화가 나아가지만, 몸의 또 하나의 모순성은 인간의 사회화된 몸, 동물적 요소로 가식화된 요소를 철저히 벗기는 요소로도 작용한다.

그러나 박상륭은 결국 자신의 자의식을, 한 개체 우주를 기반으로 세 우주를 꿈꾸다보니, 一身三頭가 되어 기력의 에네르기가 과도 소비되어, 원숙한 늙은이 또는 중년의 사람이 조로로 인해 생명의 노숙함을 이야기하고 있다. 박상륭은 이를 비극적 해탈의 미학으로 묘사하고 있다.

어쨌든, 반모섬의 양지에 앉아, 한 우주를 꿈꾸고 있었던, 저 한 원숙한 늙은네는, 신명들린 巫 같았을 터이며, 神檀樹도 같고, 그리고 무엇보다도, 태우지도 않는 불을 우거지도록 훨훨 이고 있는 가시떨기나무 같았던 것입지. (『칠조어론』 1, 120~1쪽)

위의 대목의 원숙한 늙은네, 신명들린 무당, 초탈 도인으로 '신단수', '가시나무 떨기'의 형이상학적 인식 나무의 상상력으로 그리고 있다. 이는 우주적 인격자인 해탈 도인[11]과도 의미가 상통하는 우주적 몸의 소설 은유적 형상화의 구현이라 할 수 있다. 결국 박상륭은 사람이라는 '공시태적 우주'를 삼분화하여 '마음의 우주장', '말의 우주장', '몸의 우주장'으로 나누어, 총체적 공시태적 우주 존재자로 사람을 드러냈다. 공시태적 우주적 사상을 박상륭의 소설쓰기는 삼분법적 小宇論이자 일원론적 大宇宙의 사유 기반인 '사람 우주'를 통하여 한 인간의 '우주 원초성', '원형적 人性'을 밝혀 냈던 것이다. 그 절정의 대목이 소설에서 "―그 通時態로서의 '三位'가, '一體'라는 共時態 속에 용해되어, 그 드러남(化現)의 형태가 바뀌었다는 것입지. 그렇게, 運動과 흐름에서 通時性이 해체되어버리면, 프라브리티의 우주는, 그 원초성을 회복하는뎁지,"(『칠조어론』 1, 124쪽)에서 보이듯 우주적 원초성의 회복을 주요한 인식 결론으로 강조하고 있다.

---

11) 이은윤 지음, 『중국 선불교 답사기』 2, 159쪽.

2) '인류 우주' 관념 차용 풀기

　　그래서 어쨌든, 그럼에도 神들이 살을 입어 오지 않으면 안 되는 필연적 이유들은 있을 것인뎁습지, 그런 이유며, 그 행적들을 말해놓은 것이, 神話라든, 敍事詩, 그리고 經典 같은 것들이 아니겠는갑. 저런 재료들에 의해, 촌승 나름으로, 그 이유들을 짚어내어 집약키로 한다면, 첫째는 물론, 한 宗家의 創世와 관련하여, 향후의 한 우주가, 그것을 궤도로 法輪을 굴림에 있어, 탈선치 않을, 法軌(敎儀)를 놓아, 그 法車를 타고 죽음에로 달려가는 운명들께, 그 神의 '이름'아래에서, 그 神이 창조한 그 우주 살기/죽기에의 소망/(敎義)을 주기 위해서, 그래서 온 것이 아닌가, 하는 것이 꼽히고, 둘째로는, －말씀드린 바와 같이 그렇게 되어, 한 우주가 질서정연하게 잘 운영되어 오고 가던 중－어느 때를 당해, 어떤 훼방꾼들이 나타나, 그 法軌의 여기저기에다 훼손을 입혀, 그 法車의 운행이 불가능하게 되었다거나, 심지어는 그 法의 한 우주가 파멸의 위기에 처해 있다고 할 때, 저 우주적 불한당의 세력을 눌러 꺾고, 그 파손당한 궤도를 새로 손질해, 그 한 우주를 구하려는 목적으로 오는 것이 꼽힙습지. (『칠조어론』 1, 61~2쪽)

　　사람을 통시태적으로 풀면 우선, 인간의 계보를 '인류의 계보'로 살펴야 할 것이다. 사람이라는 존재는 전무후무하게 똑 떨어져 나올 수 없다. 나의 전생을 밝혀낼 선조, 나의 후대를 이어갈 후손, 즉 '과거 우주'와 '미래 우주', 나아가, 인간종이 살던 태초로서는 창세기, 최후의 종말 세기라든가, 인류 시초와 인류 종말의 연속선상 고찰, 또한 개체의 어린 아이성과 노인성, 그러한 모든 사람의 인류사는, 결국 한 시대를 살다가 죽을 인간에 대해, 기존의 인류 지혜를 빌어 통시태적 인류를 읽을 수 있을 것이다. 인류사의 발전, 후퇴, 전장, 성취, 대속, 인간의 모든 지혜를 거대한 서술 체계 속에 담아내고 있는 장르는 인류의 보편적 사유 체계인 신화와 서사시, 동화, 종교 정전들이 될 것이다.

　　그래서 결국 박상륭은 통시태적 인류사를 밝히는 데, 고전적 장르를 복합적으로 원용하면서, 그의 개별적 우주를 보편적 상황으로 설정하면서 총체적으로 드러내고 있다. 어른의 지혜와 그 민족의 지혜가, 그 시대의 지혜가 포괄적으로 짜여진 승화된 신화와 서사시, 시대와 인류를 감싸안은 지혜 언어의 집합체 '경전 우주', 인간의 행복화 과정을 가장 전형적으로 보여주는 동화 장르까지 다 포함하면서 보여준다. 이 과정은 '마음 우주'를 지옥과 천국의 우주로, '말 우주'를 말세와 개벽의 우주로, '몸 우주'를 죽음과 생명의 우주로 풀어가고 있다.

(1) 독룡 퇴치의 '동화 지혜 우주'

박상륭의 첫 번째, 인류 우주의 관념 차용은 '동화 우주'이다. 동화 장르는 원형 사회의 학습기부터 지혜를 배워 나갈 수 있는 가장 일찍 만나는 관념 장르이다. 그러기에 지혜를 일찍이 배우는 자라면 동화의 필독이 이루어져야 할 것이다.

그렇다면 박상륭은 동화 우주를 통하여 무엇을 설파하고 있는가. 인간의 나약함을, 어린 아이의 운명적 환경을 도저히 손댈 수 없는 마술 세계로 설정, 그 마술을 주술 체계로 하나하나 벗겨 나가면서 합리화, 논리화하면서 어른이 되어가는 길, 그것이 행복에 이르는 길이 아닐까 한다. 또, 어른 사회의 현실 질서를 상징 은유적 문법을 통하여 학습해가면서 거대 사회에 현명하게 살아나가는 인생의 진리를 제시하는 주요 장르로 삼았기 때문이 아닐까 한다.

이와 같은 박상륭의 동화 관념 원형성은 그의 글 "아으, 누가 이 공주를 구해줄 것이냐-동화 한 자리"(『문학동네』 창간호, 1994년 겨울호), "아으, 누가 저 毒龍을 퇴치하여 공주를 구할 것이냐-동화 한 자리"(『문학동네』, 1995년 여름호, 가을호)를 통하여 어른 세상의 사회적 질서를 동화 은유법으로 세상의 조기 훈련하기 위한 幼用·幼體 관념법인 동화로 펼칠 수 있었고, 그의 유년기 행복한 삶의 원형을 간직할 수 있는 매체가 동화적 삶의 구현체가 되었던 것에서도 엿볼 수 있다.

> (이것이 童話的 상상력에 제휴하면, 당연하게도, 人世라는 무대가 畜生道에로 환치되는뎁지, "저녁이 되면, 들에서 돌아와, 입었던 獸皮를 벗었다가, (자고) 아침만 되면, 그것을 다시 입어 숲으로 나가는, 魔女의 呪術에

걸린 王子"의 얘기 같은 것이 그런 대표이겠습지. 동화적으로는 '魔女의 呪術'이라는, 갈磨 탓에, 人間인 것들이, 거역하지 못하고, 獸皮를 입어, (하략), (117쪽)

('벌거벗은 임금님'의 동화에서 그것이 극명히 보이듯)벗기는 짓이 됐습지. (까짓것, 헛헛허헌데, 이왕 '꾀벗은 임금님' 얘기가 나왔으니 말입지만, 裁縫은, 누구에게 무엇을 '입히기'위해서뿐만 아니라, '벗기기' 위해서도 계발된 기술이라는 생각이 입습지. (120쪽)

우리들의 이 英雄譚의 주인공이 '딸(公主)'이 됐을 경우로서, 왜냐하면 '아들(王子)'의 경우와 정반대로 이번에는, '막내딸'들이야말로 위의 '언니들'에 비해 총명 영특할 뿐만 아니라, 근면하고, 그 마음이 大地처럼 넓고 깊어, ('언니들'을 물리치고) 장차는 國母가 되는 결과이기 때문입습지. (138쪽)

(이 부분은, 동화적 어휘로, 그래서 동화적으로 확대한다고 하면, '毒龍退治'에 나선 자들의 무용담이 이뤄질 것이다.) (220쪽)

자기가 찾아나선 '公主'가 다름아닌, 그 '魔女'라고 알 때의, 그 '王子'의 놀라움은 크겠느냐? 그 놀라움을 통해 부디 그 젊은네는 見性커라. 그리고 公은, '모험찾아 길 떠난, 세 王子'의 얘기를 잘 새겨두거라, 왜냐하면, 見性키 전에, 인간이라는 有情의 苦海 헤치기는, 저렇게 요약되기 때문이다. (『칠조어론』 1, 323~4쪽)

위의 대목과 같이 박상륭은 『칠조어론』 1을 통해 동화적 세계관의 강조를 무엇보다 강조하며 그 핵심 모티프를, 마녀의 주술과 인간의 獸皮벗기, 입히기와 벗기기, 영웅담의 주인공, 막내공주의 國母되기, 독룡 퇴치 무용담, 공주와 마녀, 고해 헤치기 등으로 그 중요성을 그리고 있다. 이는 한 방법론인 동화적 세계관으로 '인류 우주'의 관념 차용을 통해 대우주를 설파하고 있는 것이다.

(2) 신의 단어 구슬 꿰기의 '경전 지혜 우주'

박상륭의 두 번째, 인류 우주 관념 차용은 '경전 우주'다. 인류의 수많은 종교가 번창을 했다가 쇠퇴하기도 하고, 또 지역을 옮겨 다른 모습으로 바뀌기도 하지만 종교 경전이야말로 인간의 현실을 가장 정확히 읽어내고 그것을 포함하면서 감싸안는 악마와 신의 이중주, 태초의 우주와 최후의 우주를 제시하면서 인류의 영원한 교과서로 자리매김하게 된다.

인간의 가장 말세적 상황을 통하여 가장 유토피아 지향의 상황으로 설정, 교리 교의가 신앙의 대상으로 체계화되어 있기에 무엇보다 의미가 크다고 볼 수 있다. 나아가 사회 황폐가 가속화되어 질수록 종교의 지혜를 새롭게 갱신, 重生, 부활해 나가는 의미에서 총체적 지혜 경전을 규합하여 도움받을 수 있을 것이다. 혼란한 사회 속에 한 지혜만이 통용될 수 없고 각종 지혜가 다 동원되어야 함을 박상륭은 東·西 경전을 통해 열어 나갔던 것이다. 그 영적 우주를 창세와 말세 우주인 거대 이중 체계로 읽어내면서 新宇宙 부활의 도래를 설법했던 것이다.

그래서 영적 눈과 귀와 말을 가진 작가야말로 신의 지혜를 꿰뚫어 보태어 나가는 지혜의 탑을 쌓을 수 있을 것이다. 이 경전 우주 관념은 박상륭의 실제 관념 학습기 10여 년간을 "사서삼경과 구약성서, 팔만대장경을 꿰어차며 연구했다"[12]는 이문구의 증언처럼 그의 경전 관념의 또 하나의 설정이 '인류 우주'를 향한 어법임이 내재되어 있다고 할 것이다. 아이의 지혜가 무르녹은 '동화 우주'와 더불어 인류 어른의 지혜가 녹아있는 '경전 우주'를 박상륭은 시대 변혁기에 그 지혜의 재조립으로 펼쳤던 것이다.

> 이 바르도를 열심히 들여다본 자라면 그래서, 자기가 아주 조그맣게, 이 한 삼천대천세계 속에 던져져 있는지, 아니면 이 한 삼천대천세계가 자기의 속에 있는지, 그것을 의문하기 시작하고, 그래서는, 한 우주를 새로 짓기 시작합습지. (103쪽)
> 흐트러진 한 우주의, (神의) 單語의 구슬들을 꿴 꿰미. (『칠조어론』 1, 117쪽)

위의 부분과 같이 박상륭은 삼천대천세계와 자기, 신의 단어 구슬 꿰기로 그려 인류 우주의 관념의 한 측면을 드러내고 있다. 이는 최근의 선불교의 핵

---

12) 이문구, "박상륭, 그는 누구인가", 『한국문학』, 1975. 5.

심 원리인 平常心是道[13])가 육화되어 있는 소설 "平心"(『작가세계』, 1997, 가을호)에서도 잘 드러내고 있다.

(3) 창세와 말세의 '신화 지혜 우주'

박상륭의 세 번째, 인류 우주 관념은 '신화 우주'로 펼치고 있다. 박상륭은 인류사의 우주를 읽어내는 지혜 장르로 신화나 서사시를 통하여 사회 속에 끝없이 변주되는 죽음의 상황 읽기, 그리고 그것에 대한 다시 살기, 부활하기 구조를 죽음과 重生 우주, 파괴와 創造 우주로 펼치고 있다.

특히 그는 죽음과 파괴가 난무하는 사회야말로 사회적 메시아가 나와야 하며 主의 탄생을 필요로 하고 있다. 그러한 곳에 선지자가 나와 말세를 다시 부활시키기 위한 설법을 펼치며, 새로운 미래를 개벽할 새 의미를 전파하므로서 무엇보다도 강력한 우주 개혁자이자 新宇宙 부활론자임을 박상륭은 천명하고 있다. 그것을 처용을 통하여, 한국식 선지자로 상징화하였던 것이다.

> (전략) 村僧께는, 「處容歌」야말로, 한 우주의 창조와 파괴의, 진화와 퇴행의, 그 근간의 구조인 듯이 보여지기 때문입습지. (109쪽)
> , 그렇게도 많은, '末世를 播種하는 자'들도 물론, 그런 先知者들이었는 뎁지, (중략) 그 하나하나의 씨앗이 얼마나 참이든, 한 家門에서 쏟겨나온 그렇게도 많은 先知者들이란, 그 宗門에 대해서는 물론, 그 한 세계에 대해서도, 한 작은 나룻배에 탄, 그 매 손님이, 자기네 고향 나루터에서는 일등간다는 사공들로만 모여 있는, 그 결과를 초래했겠습지. (129쪽)
> , 우리들의 處容歌의 第一曲과 第三曲이 한자리에 모여, 뒤섞여버린 그것입습지. ("내린 비 끝의, 붉은 석양." 創世와 末世가 어우러짐) (『칠조어론』 1, 145쪽)

위의 대목과 같이 박상륭은 설화집 『삼국유사』 소재의 「처용가」를 빌어 한 우주의 창조와 파괴, 진화와 퇴화의 말세를 읽는 시대 변혁기를 선지자 시선

---

13) 이은윤 지음, 『중국 선불교 답사기』 2, 164쪽.

으로 그리고 있다. 박상륭의 신화적 세계관 역시 인류 우주 관념 차용이라는 '지혜 우주'를 통해 大宇宙의 논리 인식으로 펼치고 있다.

3. 소설언어로 '宇宙藏 思想' 풀기

박상륭은 '소설 한국어'를 통하여 '우주장 사상'을 새롭게 소설에 정립시켰다. 그는 사람의 공시태적 우주자로서 '사람 우주' 풀기를 '몸의 우주장'과 '마음의 우주장'과 '말씀의 우주장' 사상으로 읽어 풀이했고, 그것을 '관념의 覺道 人生史 비평'이라는 측면에서 자기 시간의 헌신에 대한 제물로 몸과 마음과 말씀을 다 바쳤던 것이다. 스스로 '七祖 道場'을 위한 제물이 되어, 半人半神의 승화적 전형을 '語佛'로, 半人半魔의 하강적 전형인 '語魔'의 이중주를 통하여 우주장 사상의 문을 열었던 것이다.

그리고 그것에만 그치는 것이 아니라 '통시태적 사람 우주'를 인류사의 지혜를 빌어 '인류 우주' 풀기, '독룡 퇴치의 동화 지혜 우주'와 '신의 단어 구슬 꿰기의 경전 지혜 우주', 그리고 '창세와 말세를 신화 지혜 우주'로 그려내어 '인류사 우주'를 읽어냈던 것이다. 스스로 자기 시간의 제물을 받쳐 인류를 구원하겠다는 야심은 자신을 실어증 환자로, 세상과의 면벽 9년으로, 소경 벙어리로 자신의 불구적 상황의 상징적 의미를 통하여 '代贖 우주'를 찾아냈던 것이며 그것은 소설 한국어로 '宇宙藏 思想'을 풀어냈던 것이다. 무엇보다 동양 출신자로 서구에 살면서 동양 지혜와 서구 지혜의 장르를 인류 장르로 총 규합하면서 동양의 우주장 사상을 한국말, '소설 한국어' 문법으로 풀어냈다는데 의의가 있으며, 이것은 한국, 동양, 서구 현재를 포함한 세기말적 사회의 징후를 통찰하면서 새 세기를 新宇宙로 개벽하고자 하는 작가 의지를 '宇宙藏 思想'의 소설 언어화로 강력하게 펼쳤던 것이다.

결국 박상륭은 초기 단편에서부터 우주의 황폐를 노래하고 생명주의 리듬을 노래하고, 중기작 「유리장」과 『죽음의 한 연구』에서 공시태적 인간의 원형 전형화를 세우고, 통시태적 인생살이의 전형을 총합시켜 『칠조어론』 1에서 '사람의 공시태적 우주화'와 '인생의 통시태적 우주화'를 실현시켰던 것이다. 우주적 구호의 노래에서 창작 중반기에는 사람과 인생의 전형 세우기로, 창작 후반기에는 사람의 우주화, '인류 우주'의 한 전형을 총 지혜로 규합하면서 '우주장 사상'을 소설 한국어로 드러내었다.

이는 박상륭이 한국 소설사의 한 전형을 '七祖'인 이름을 가진 '宇宙的 學人'이란 인물을 창조하였고, 이 인물은 새로운 전형의 소설 선지자라는 측면에서 새로운 언어와 새로운 사상 '소설 언어로 우주장 사상 풀기'를 형상화하였던 것이다.

■ 참고문헌

박상륭, 『七祖語論』 1(문학과지성사, 1990).

김인환, "짐승세계로 역진화하는 무속적 편력"—박상륭의 『칠조어론』, 동아일보, 1990.
　　　5. 14.
──, "신화와 종교 통한 근대의 뿌리찾기"—박상륭의 『칠조어론』과 이윤기의 『하
　　　늘의 문』, 『문학동네』, 1995, 봄호.
김진수, "<몸 입기>의 지난함과 지복함", 『세계의 문학』, 1991, 여름호.
김 현, "병든세계와 같이 아프기"—『칠조어론』의 주변, 『칠조어론』(문학과지성사,
　　　1990).
老子 원전, 『도덕경』, 오강남 풀이(현암사, 1997).
서정기, "『칠조어론』: 말씀의 마을"—정념passion에서 수난passion으로, 피학과 가학의
　　　형이상학, 『문학과 사회』, 1995, 봄호.
성민엽, "인류학적 상상력과 언어"—박상륭의 장편소설 『칠조어론』, 한국일보, 1990. 8.
　　　17.
유병덕 편저, 『東學·天道敎』(교문사, 1993).
이문구, "박상륭, 그는 누구인가", 『한국문학』, 1975. 5.
이상철, "자연관에 있어서의 시스템론적 사고와 음양사상의 연계", 『과학사상』 제23호,
　　　1997년 겨울호.
이은윤, 『중국 선불교 답사기』 2(자작나무, 1997).
정호영, 『如來藏 사상—불성사상의 원형』(대원정사, 1993).

3

생명주의로 읽는 『칠조어론』

– 몸생명주의와 반에코페미니즘

생명주의로 읽는 『칠조어론』*
― 몸생명주의와 반에코페미니즘

1. 병든 우주의 시대와 생명주의의 이중 맥락

지구를 자신만의 삶터로 삼고자 하는 인간의 텃세는 인간의 터전을 망가뜨리고 있다. 지구의 위기를 인간의 위기로 생각하며, 인간과 지구는 유한하고 생명은 모두 하나이기에, 인간과 지구의 유한성을 몸으로 의식하고 인간 중심적 사고 방식으로부터 인간의 삶에 의미를 부여하는 생태적 관계로 시각을 돌려야[1] 하는 시기다. 심층 생태주의는 생태계 파괴의 주범이었던 서구의 사유 체계를 전복하려는 입장을 취하고 있다. 그 전복의 대상은 인간 중심주의, 이원주의, 원자주의, 계급 질서주의, 경직된 자율성과 추상적 합리주의, 오만한 인간들은 하나님을 살해하고 위대한 존재 사슬의 점검에 자신을 올려놓고 있는데, 생태 여성주의는 가부장제가 지구를 파괴시킨 주범이기에 남성 중심주의의 맹점을 비판[2]하고 있다. 생태 여성주의와 심층 생태학은 외적 변화를 얻

---

* 「몸생명주의와 반에코페미니즘」, 『돈암어문학』 제13집, 돈암어문학회, 2000. 9, 35~57쪽에 수록됨.
1) 이진우, "깨어 있는 이성의 꿈은 가능한가", 『녹색 사유와 에코토피아』(문예출판사, 1998), 18~20쪽.
2) 마이클 짐머만, "심층 생태학과 생태여성주의 : 떠오르는 대화", 아이린 다이아몬드・글로

기 위하여 내적 변혁을 부르짖는다는 의미에서 심층 철학으로 보여지고[3] 있다. 남성 중심적 세계관의 분석에는 남성들에게만 그렇게 인식되며 가부장제 사회에서 여성들은 평가 절하된 자연 세계와 동등한 존재로 인정되고, 종종 그들 자신 역시 그러한 존재로 인정되고 있다.

악성 발전을 조성하는 지배적 사고 형태는 환원주의, 이원주의와 일직선주의에 기초하고 있다. 특히 일직선적 환원주의의 관점은 서구 남성들의 역할과 힘의 형식을 여성들과 모든 비서구인들과 심지어 자연에까지 강요, 서구 남성 지향적 관념들과 가치들에 근거하여, 자연과 여성, 제3세계의 원주민들은 발전을 필요로 하는 부족한 존재들, 악성 발전은 여성들의 퇴보와 자연의 퇴보(생태학적 위기 심화)[4]라는 측면이 있다.

박상륭은 생태적 생명 체계로서의 몸을 '남성의 권력과 兩性一體 대지의 관계적 관념'을 심층적 생태주의와 결부시켜 남성 생명 세계관으로 펼치고 있으며, 여성 생명 세계관은 견제 또는 방치시키는 이중 맥락으로 펼치고 있다.

우선 박상륭이 펼쳐 왔던 세계를 보자. 그는 60년대 단편소설, 70년대 중·장편소설, 90년대 연작 장편소설에서 일관되게 생명 담론을 언급하고 있다. 특히 이중적 맥락으로 피력한 그의 인식론적 생명의 진행 과정을 먼저 살펴보고자 한다.

박상륭은 60년대 소설에서 현실을 황폐한 세계라는 반생명적 현상들을 남성의 제국주의적 욕망과 결부지어서 생명 파괴 현상으로 읽으면서 그 전망을 생명주의의 정신으로 살펴보았다. 먼저 반생명주의는 남성들의 절대자에 대한 도전으로 인한 땅의 황폐, 생명적 언어인 우주 언어가 파괴된 섬과 더불어 생성력의 포기, 생식력이 파멸된 여인의 불모 생식력과 불모의 대지로 확대시키고 있어 60년대를 황폐한 우주와 파괴의 현장 자체로 읽었던 것이다. 그것에

리아 페만 오렌스타인 편저, 『다시 꾸며보는 세상—여성생태주의의 대두』, 정현경·황혜숙 옮김(이화여대 출판부, 1996), 221~223쪽.
3) 마티 길, "생태여성주의와 심층 생태학 : 정체성과 차이성에 대한 고찰", 『다시 꾸며보는 세상—여성생태주의의 대두』, 202쪽.
4) 반다나 쉬바, "서구 가부장제의 새로운 계획으로서의 발전", 『다시 꾸며보는 세상—여성생태주의의 대두』, 290~291쪽.

대한 생명주의는 생명 리듬의 상상력, 여인의 자궁 상상력, 대지의 윤회를 통한 생명의 재탄생을 대속적이며 환원적인 상상력으로 우주적 대질서를 창조적 상상력으로 제시했었다.[5] 즉, 그의 60년대 소설에서는 복합 추상화된 생명 회복의 의지를 피력하였다.

그가 표출한 70년대 소설에서는 『유리장』이란 중편을 통해 한 생명력에 집념을 보인 문학인으로 살아가는 求道 과정을 실질 상징계는 해체시키고, 인식 상징계로 재현하는 종합론적 방법론을 취해 드러내고 있다. 먼저 반생명주의는 '大地母', '生命女', '色根男', '時計父', '핏덩이' 등 실질계의 생명핵을 죽임·죽음의 패러다임으로 보여주고 그것에 대한 생명주의는 인식 방법론의 두뇌인, 前生風景의 핏덩이, 中庸的 兩性 속성의 생명체로 살림·되살림이라는 패러다임으로 변환하여 드러내고 있다.[6] 또한 70년대 장편소설 『죽음의 한 연구』 역시 실제적으로 여성을 살해할 뿐만 아니라 부정적 여성상을 그려내면서, 인류 사회의 부조리한 남성을 통해 여성상과 모성상을 드러내는 과정에서 극단적 대비를 드러내어 상극적 모순의 페미니즘 담론이 도출된다. 남성의 생명력은 靈性 논리의 1인자로 남성을 절대화시키고 여성은 견제, 살해시키는 영혼의 폭행을 가하는데 영성을 다루면서 영혼을 구원한다는 부조리한 어법을 보여주고 있다. 한 시대의 한계성인 남성 영혼의 우월적이며 절대성 논리는 여성 영혼의 전통적 반복 및 재생산 논리를 답습하며 부조리한 인류의 삶을 드러내고 있다.[7] 특히 박상륭의 70년대 소설에서는 반생명주의를 첨예하게 드러낼 뿐만 아니라 여성 생명력의 죽음이나 부정적 속성과 더불어 남성 생명력의 독재적 속성을 부조리하게 강변하고 있다.

박상륭의 60년대, 70년대 펼쳤던 이러한 이중 논리는 그의 90년대 소설 『七祖語論』에서도 더욱 두드러지고 있다. 『七祖語論』에서 그의 생명에 대한 이중

---

5) 임금복, "박상륭의 1960년대 작품세계"—생명, 땅, 성의 황폐와 생명주의의 상상력—,『성신어문학』제6집, 성신어문학연구회, 1994. 2, 156~157쪽.

6) 임금복, "殺佛殺祖의 求道 패러다임", 『한국문예비평연구』제3집, 한국현대문예비평학회, 1998. 12, 305~306쪽.

7) 임금복, "여자 살해와 부조리한 페미니즘", 『작가연구』제7·8호, 새미, 1999. 10, 326—327쪽.

논리는 일원론적 대우주의 삼원론적 소우주론으로 본 '사람 우주'를 중심으로 삼분화되어 있는 방법론 '몸의 우주장', '마음의 우주장', '말씀의 우주장'8)으로 나누어 설파하고 있다. 삼분화된 우주를 남·녀로 나누어 몸의 우주적 측면에서는 '남성 몸'의 불모성 고자주의와 '여성 몸'의 불모성 不姙주의로 나누어 동일하게 병든 우주의 생명 구성원으로 읽고 있다. 그것이 마음의 우주와 말씀의 우주 영역 차원에서 남성은 영성적 생명력을 신화주의와 해탈주의 측면으로 나아가고 있으나, 여성의 영성 생명력은 마음과 말씀은 병듦 자체에서 治病으로 나아가지 못하고 방치 상태에 있다. 또하나의 논리는 그의 세계관을 『七祖語論』 1-49) 총소설 분량(1611쪽)에서 삼분화시켜 『七祖語論』 1·2 中道論(768쪽-48%), 『七祖語論』 3·4 進化論(810쪽-50%), 『七祖語論』 4의 일부 逆進化論(33쪽-2%)으로 나타내고 있다. 이 소설에서 중도론 장에서는 魔性 및 佛性의 생명력으로, 진화론 장에서는 남성 村長 생명력의 신화적 회복주의와 소승적 해탈主義로, 역진화론 장에서는 여성 邑長의 기능主義와 동물주의로 나누어 논지를 펼치고 있다.

특히 이 글의 관점은 생태여성주의(Ecofeminism)를 표방하면서 박상륭 소설에 나타난 반생태여성주의를 재검하는데 의의를 두고자 한다. 생태여성주의는 사람들이 지구를 구하려는 다양한 여성들의 노력과 서구에서 여성과 자연에 대한 새로운 관점이 가져다주는 여성주의적 변화로 1960년대말 여성 운동의 출현과 함께 여성주의자들은 역사적으로 여성들에 대한 남성들의 지배를 정당화시켜 주는데 사용되었던 생물학적 결정주의의 강철같은 틀을 제거10)하고 있다. 생태여성주의적 정책들은 서구 문명의 남성 중심적 그리고 인간 중심적 편견 제거, 문화와 자연, 이성과 감정, 인간과 동물들의 이원론에 대한 비판이

---

8) 임금복, "소설언어로 '宇宙藏 思想' 풀기", 『박상륭 소설 연구』(국학자료원, 1998), 202-207쪽.

9) 박상륭, 『칠조어론』 1(문학과지성사, 1990).

———, 『칠조어론』 2(문학과지성사, 1991).

———, 『칠조어론』 3(문학과지성사, 1992).

———, 『칠조어론』 4(문학과지성사, 1994).

10) 아이린 다이아몬드·글로리아 페만 오렌스타인 편저, 『다시 꾸며보는 세상-생태여성주의의 대두』, 정현경·황혜숙 옮김(이화여대 출판부, 1996), 15쪽.

제기된 이상, 생태여성주의로 모든 생명을 유지시키는 생물적, 문화적 다양성을 인식하고, 가치를 부여하는 새로운 이야기를 엮어나가게 소외로부터 생태적 지혜에로의 존재 방식을 찾아가고 있다. 이러한 생태주의 운동은 남성의 여성 지배 뒤에 있는 역동적인 힘의 정체가 가부장적 문화의 모든 표현들 위계 체계적, 군국주의적, 기계주의적, 산업주의적 형태를 이해하기 위한 열쇠가 된다는 것을 함축[11]하고 있다. 이러한 관점에서 박상륭의 우주적 현실과 맞물린 살해되는 '몸생명'과 가부장적 지도자의 우주적 현실 읽기, 남성성이란 절반의 생명주의인 남성 생명력의 신화적 회복주의, 여성성이란 절반의 반에코페미니즘이라는 논지로 '몸생명주의와 반에코페미니즘'의 입장에서 읽어보고자 한다.

2. 살해되는 '몸생명', 가부장적 지도자의 우주 현실 읽기

생명에 대한 실체적 기반은 '몸생명' 그 자체와 정신·마음·말씀이 추상화된 내면의 생명체로 나누어 인식해 볼 수 있다. 여기에서 몸 그 자체는 특히 실체적 생명체다. 몸에 대한 무의식화된 담론은 우주적 현실이 含藏되어 있기에 그 투영을 통해 상징적 현실 읽기가 된다. 박상륭의 남성적 차원의 '몸생명주의' 담론은 데카르트적 남근 지배론과 심층적 생태론이 결부되어 있다. 그것은 여성몸이 병들어 있음을 방치한 채 우주적 남성의 상상력으로 남성 몸 생명력의 역사적 현실을 반복 강화시켜 투영시키고 있다.

몸에 관한 페미니즘 철학이나 신체 페미니즘은 현대의 철학적 사유에 다양한 파장을 일으키고 있으며, 살의 철학으로서 페미니즘은 몸과 정신에 대한 근대주의자들의 이분법의 한계를 폭로한 바 있다. 이들 견해는 특히 몸에 대해 몸은 사회적 동물의 근본의 근본이며 인간이 사회적으로 되는 것은 무엇보다도 몸과 몸의 만남을 통해서 가능하다[12]고 지적하고 있다.

---

11) 샤를린 스프레트낙, "생태여성주의 : 우리의 뿌리와 꽃 피우기", 『다시 꿈꿔보는 세상─
   생태여성주의의 대두』, 30쪽.
12) 정화열, 『몸의 정치』, 박현모 옮김(민음사, 1999), 22쪽.

박상륭은 몸과 몸의 만남에서 남성몸과 여성몸의 이분화 현상으로 그리고 있다. 그는 『칠조어론』에서 '몸생명'을 남성은 가학주의자로 '여성과 아이'는 피학주의자라는 이분법적 설명으로 나타내고 있다. 특히 그의 몸생명을 바탕으로 하는 문맥은 탈역사적 색채인 듯 하나 그것을 변형시킨 우주적 현실로 읽으면서 생명체에 대한 가학주의자를 주체자로 보고 있다. 그 개별적 변주 양상이 '땅'(축생도, 사망), '붉은 용'(옛뱀), '괴물과 대지', '아비'(붉은 용) 등 남근지배주의 담론의 재수용으로 읽어 가부장적 지도자의 우주적 현실 읽기로 드러내고 있다.

> 그렇다면, 이 특정한 어머니께 임신되어 있는, 이 아이는, 땅에 대해서, 그리고 축생도에 대해서, 즉슨 사망에 대해서, 그 중 해스러운 적일 것이어서, 이왕 임신되어 있는 이상, 이제 저것들이 바라 도모할 일이란, 그 "아이가 태어나는 대로 잡아먹는 일"뿐이겠습지. (『칠조어론』 1, 115쪽)
> "그 발 아래는 달이 있고, 그 머리에는 열두 별의 면류관을 쓴……장차 철창으로 만국을 다스릴 남자……아이를 배어 해산하게 되매, 아파서 애써 부르짖는……해를 입은 여자," "마귀라고도 하고, 사탄이라고도 하는, 왼 천지를 꾀하는 자가, 하늘의 전쟁에서 이기지를 못하고 땅으로 내쫓긴……일곱 개 머리에 일곱 면류관을 쓴, 열두 개씩이나 뿔을 단……옛뱀, 붉은 용, 그 붉은 용"은 "해산하려는 여자 앞에서, 그 여자가 해산하면, 그 아이를 삼키고자" 하고 있고, '시온산에 선 어린 양,' 그리고 아흐, 독의 벌레며, 아흑, 흉악한 짐승들……따위들이군입습지. (『칠조어론』 1, 121쪽)
> 이 괴물도 大地모양, 自給自足을 하는뎁지, 때로 이것은, 大地보다도 더 영악해서, 말씀드린 바 있는대로, 想像姙娠을 통해, 想像分娩을 하고, 그 想像兒(幻兒)를 잡아먹기로도, 세 겨울 잠을 자고도 남을 기름을 얻기도 하던 것이더군입지. (『칠조어론』 1, 169쪽)
> 이 '아비'는 그리고, ('잠'이 '꿈'에 지배당하기를 염두할일인데,) 그 '震怒'의 국면을 드러내고, 저 '암컷'의 뱃속의 자식이 태어나는 대로 잡아먹으려 벼르고 있어, '붉은 용'의 모습이었다. (『칠조어론』 3, 104쪽)

박상륭의 생명체는 주체적 입장에서 가학성으로 설정 우선 남근 지배론과 상통하고 있는 은유법으로 설정하고 있다. '임신되어 있는 아이', '해산하려는

여자의 아이', '想像兒', '암컷의 뱃속에 들어있는 자식'을 살상하는 '축생주의
자', '만국을 다스리는 남자와 온 천지를 꾀하는 자', '괴물', '아비' 등 제국주
의, 가부장제, 치세주의가 복합된 가부장적 지도자 형상으로 생명력을 살해하
는 양상으로 표출하고 있다. 이는 남성 생명력 입장에서는 남성의 强壯力을
피력하고 있지만 여성 생명력과 합일된 태초의 생명체는 피학의 대상이 되어
무참하게 살해되는 가부장적 지도자의 어법을 답습하고 있다. 이러한 박상륭
의 상징적 현실 읽기인 남근 지배 담론은 우선 질타의 대상이 될 수 있겠다.
프랑스의 여성 담론자 이리가레이는 신체 페미니즘 또는 현상학적 페미니즘은
논리 중심적, 자아 중심적, 시각 중심적 코키토의 데카르트적 남근 지배를 전
복하는 일을 대표하며, 사유자와 연장자를 분리하고 명석 판명한 관념을 추구
하고 있는 데카르트의 코키토는 사상의 남성화 그 자체이며 여성적인 것으로
부터 도피[13]하고 있다고 했다. 즉 데카르트의 남근 지배라는 남근 일원론으로
세운 일방적 성 모델을 전복시키며 넘어서야만 한다.[14] 특히 박상륭은 '여성
몸'과 '태아몸'의 생명성을 남성의 가부장적 권력에 논리로 살해시키면서 남성
정신의 대변자와 여성몸에 대해서는 도피성으로 양분화시키는 남근 지배 논리
로 펼치고 있다.

또하나 박상륭은 불모의 현실에 기반이 되어 나타난 불모 생명 어법에서 자
연적 생명을 인위적 생명으로 變種시켜 보여주는 상상력을 취하고 있다. '수도
부의 자궁과 불의 우박', '불씨의 어머니며 아버지인 7조 내시와 8조의 낙태',
'불씨의 자궁에 담긴 씨앗의 유산, 낙태와 윤회의 반복'으로 드러내 실체 생명
수도부의 자궁을 8조 바르도라 하여 모태에 상상력의 씨를 넣고 있는 듯하지
만 은유를 통해 실체 생명체의 변환이란 여성 생명 단절의 역사로 보여주고
있다.

> 그러며 그는, 破戒하고 있었는데, 글쎄 그는, 저 수도부의 자궁 속에다,
> 타조알 만큼씩이나 큰 불의 우박을 쏟아넣고 있던 것이다. (『칠조어론』 2,
> 97쪽)

---

13) 정화열, 위의 책, 247쪽.
14) 정화열, 위의 책, 248쪽.

이 祭祀의 祭長 七祖야말로 그래서, 이 祭祀의 司祭役인 것인데, 글쎄 그는, 오래 전에, 여러 칼파 전에 入寂한 저 불씨의 아비되는 자와, 그런 오랜 후에야 母胎를 얻어(그 어미께 두 번째로) 姙娠된, 그 어미되는 자 사이에 있어오며, (間場) 그 자신이 그 불씨의 어머니며 아버지로서, (間場) 한 宿主, 한 橋梁이고 있었는데,—그래서 (羑里의) 七祖는 內侍, 八祖의 바르도, 間場, 그 탓에, 그는, 그 불의 소리를, 慢性盲腸炎 모양 싸아안고, 제 길헐녀려, 그녀려 풀 곳이 없는 性慾도 같은, 異物의 불편함으로 헤매기도 많이 헤맸었느니, 鱧魚여서 드디어 고향에 돌아와 그는, 제길헐녀려 그 붉은 피를 토해버린 것이다, 재(灰)까지 바쳐버린 것이다. 거기 黃泉이 입 벌려 있다, 더 '불의 意味'를 받아먹고 있었다. 그리하여 八祖는, 落胎되고 말았다. (『칠조어론』 2, 174쪽)

그 아비 하나는, 나무를 하고, 한 우주를 위쪽으로 올라가버리기로, 橫的 흐름에 단절을 일으켰던 사내였었으며, 아비 하나는, (이 時相의 倒錯은 매우 권장할 만하다 할 어떤 것이다.) 장차, 그런 '세상나무'를 거꾸로, 흙을 파내려, 아래로 올라가버리기로, 또한 橫的 時間에 단절을 일으켰던 사내였는데, 저런 縱的 '멈춤의 흐름'의 會陰에서 일궈진 불씨는, 母胎(子宮)라는, 橫的 宇宙가 주춧돌을 놓는 자리에 담겨졌을 때, 결과는, 그 특정한 씨앗의 流産, 그리고 流産이 동시에 受胎, 受胎는 또한동시 落胎인, (얼핏 그것은 兩面的인 듯해도) 그 單面的 輪廻만을 거듭할 뿐일 것이다. (『칠조어론』 2, 175쪽)

자연은 종교적 명상의 자원이 되고 심미적 감상의 자원이 되고, 형이상학적 자유의 자원이 되며, 기술시대의 생태학적 위기를 극복하기 위해서 자연이 심미적 자원으로서 경제적, 정치적으로 진지하게 받아들여져야 한다.[15] 심층 생태학은 자연과 인간의 삶을 돌이켜 보아야 하고, 자연의 생태학적 원리에 보다 심층적인 이해를 요구하며, 인간과 비인간의 구분이 없으며, 존재하는 모든 것들은 동등한 가치를 지니고 서로의 유대 속에서 참된 정체성을 갖아야만 한다. 그러나 박상륭은 '破戒와 불의 우박 내리기', '祭長 7조, 불씨의 어머니며 아버지로서 붉은 피를 토하고 불의 의미 받아 낙태'시키고, '횡적 시간을 단절

---

15) 이진우, "환경위기의 근원과 생태학적 진보주의", 『녹색사유와 에코토피아』(문예출판사, 1998), 223쪽.

시키는 사내는 불씨로 씨앗을 유산'시키는 등의 상상력을 통해 생명 중심적 평등[16] 세계관에서 남성 생명력 중심의 가부장적 논리 폭력의 强壯性을 들어 여성 생명력에 대한 반역을 落胎 어법을 빌어 표현한 반자연적 황폐 현상으로 나타내고 있다.

이런 점은 은유적 상상력을 차용하지만 살인과 강간을 찬양하는 남성적 폭력과 지배가 예술에서 이상화하는 신화의 변형으로, 강한 남자의 법이 이상화되고 신의 위탁을 받은 것으로, 고독의 창조적이고 평화로운 사회에서 남성성(masculinity)은 지배와 정복과 동일시되지 않는다[17]고 하듯이 남성성의 가학적 주체자로서 母胎 생명력에 逸脫을 가져오는 남성 생명력 중심자로 설정되어 있다. 그래서 박상륭의 우주적 현실 읽기는 살해되는 몸생명의 가부장제 지도자의 가학주의와 인위적 변형이란 생명 전복주의가 탈피되어야만 한다. 이는 반생명주의와 반생물주의로 나아가는 상징적 현실에 대한 위엄성의 경고로 다가오기도 한다. 그러나 대생명주의의 차원에서 아이의 생명력을 內藏한 생명력이 滅衰되는 생물학적 담론에 생명의 폭력을 가하는 가부장적 지도자의 담론을 그대로 답습하고 있다. 가부장제 문화인 현재의 인류 문명 체제가 남성이 여성을 지배하고 억압하는 착취 구조인 것처럼 인간과 자연의 관계도 착취 구조로 이루어져 있는 것이다.

3. '남성이란 절반'의 생명주의 : 남성 생명력의 신화적 회복

일단 박상륭은 남성성의 생명력을 두드러지게 나타낸다. 남근 지배 담론과 남성 논리 담론으로 雜設場을 펼치며 남성성의 우주적 생명에 대한 상상력과 남성몸의 신화적 회복주의와 治病的 해탈주의로 펼치고 있다. 먼저 남근 지배

---

16) 이남호, "문학은 녹색이다", 『녹색을 위한 문학』(민음사, 1998), 59―60쪽.
17) 리언 아이슬러, "지구의 여신(Gaia) 전통과 미래의 동반자적 관계 : 생태여성주의 선언", 『다시 꾸며보는 세상―여성생태주의의 대두』, 63~64쪽.

담론에서는 상징적 우주 현실인 질병 상태에 대해 스스로 男根去勢주의가 되어 불모의 우주를 회생하는 代贖的 입장을 표명하고 있다. 치세주의 입장에서 병들어 있는 왕과 허약한 개인화로 차용 스스로 '남성몸'을 거세시킨후 '물고기 상징' 상상력과 '空化된 몸의 해탈주의'로 귀환하고 있어 신화 은유로 생명 회복을 꾀하고 있다. 그 자세한 과정은 첫째, 불모적 현실과 남성의 생명 회복, 둘째, 남성의 불모성과 변화된 양성일체의 우주적 창조력, 셋째, 초석적 폭력과 성스러움의 신화로 차용, 남성 생명력의 회복을 지향하며 드러내고 있다.

1) 불모적 현실과 남성의 생명 회복

성배 탐구의 목표가 되는 왕의 병과 땅에 내린 재앙의 이유는 어부왕과 땅을 이롭게 하기 위해 왕의 허약이 땅의 재앙을 초래하게 된다.[18] 생식력의 상실이 대자연의 생성 과정을 멈추게 하며, 왕의 불행이 모두 재앙으로 발전한다는 통치자와 그 땅의 밀접한 관계 양상을 띠며, 생명 신앙의 제식은 왕을 생명과 풍요의 신성한 원칙과 동일시하는 기반[19]을 취하고 있다. 박상륭은 왕의 병, 땅의 황폐를 동일화시키는 治世主義를 村長의 병과 땅의 황무지라는 현대의 개인 신화로 변형하여 드러내고 있다. 즉 남성 村長의 不毛性과 생명의 황폐성을 지적하면서 그것의 회복을 男根 代贖주의로 상징화시키고 있다.

그러면 세상은, 아무데도 열림이 없어 불모한 데다, 불밭의 사막이라고,
아으, 그래서, 마른 늪 둔덕에라도 앉아, 빈 낚시질로, 잃어진 '불알'을 낚
아내려 하여, 끼욱끼욱 울음이라도 울어볼 일인가.

여기에는, 씨앗 하나 뿌릴 비옥함이 없넵지,
그런즉, 아무 곡물도 자람이 없음,
반려자를 얻지 못하여 처자들만 슬피 울고,
그러니 사람의 새끼인들 태어날 수가 없으매,

18) J. 웨스턴, 『제식으로부터 로망스로』, 정덕애 역(문학과지성사, 1988), 33쪽.
19) J. 웨스턴, 위의 책, 131쪽.

나뭇가지에는 잎은 하나도 보이지 않으며,
들에도 푸른 풀이 자라지 않음,
새들도 둥지를 짓지 않으며, 노래도 부르지 않으매,
불운한 철, 짐승들도 새끼를 배지 못함,

羑里派의 苦行은 그래서, 우리들의 魚夫王 一祖村長 때, 한번 가출해버
린 뒤, 돌아올 줄을 모르는 우리들의 어머니 저 푸른 바다를 되불러오기
위해, 이 불밭의 사막에다, 水路를 트기에 비쳐지고 있는 것이 아니었던
갑? (그래서 항간 푸루죽죽한 입으로, 羑里파 중놈들게 준 法名이 있던바,
'手淫派'가 그것이겠읍지.) 이 不毛, 또는 內侍性의 회복을 위해, 그 황폐,
그 해골 속에다 羑里에서는, 六祖村長의 불알을 까, 그 붉은 精水를 뿌렸
었읍지. (『칠조어론』 1, 16쪽)

박상륭은 성배 신화를 통해 '羑里'라는 세상의 은유화된 땅을 통해 治者의
통치력 상실과 더불어 남자의 流失된 男根 생명력, 대지, 여성 생명력의 황폐
로 드러내고 있다. 더군다나 불모지인 황무지 현장에 곡물이 자라지 않고, 반
려자가 없는 처자라든지, 잎, 풀, 새, 짐승의 생명체가 없고 어머니 부재, 생명
력 부재, 황폐 현장에 남성 생명력 대속주의를 표방하고 있다. 이는 역설적으
로 상실된 남성 생명력의 회복을 위한 개인적 신화 차용으로 생명 회복 기운
을 지향하고 있는 것이다.

따님(大地), 품을 열으십수사,
따님의 품을 빌어, 들어가,
그 품속에 안기려는,
이 씨앗을 위해,
안식을 베푸시사
짓눌러 으깨지 마십수사,
어머니가 아이를
치마폭에 감싸듯, 따님
그렇게 그를 감싸옵수사.
그렇게 그렇다 羑里에서는, 불의 씨눈 하나를, 그곳의 마른늪 가운데,

달귀진 모래의 한가운데를 열고, 묻어놓았다. (『칠조어론』 3, 128쪽)

더불어 박상륭은 '따님과 대지'라 은유화된 우주의 대지에 '불의 씨눈'을 마른 늪에 묻는 代贖的 어법을 취하고 있는데 이는 몸을 대지 철학적 개념20)에서 변형 차용하고 있는 것이다. 즉 우주 황폐에 대한 상징성을 남성성의 대속, 남성의 정수, 불의 씨눈 바치기 대속 기법으로 그려내 남성 생명 회복의 재생 신화를 은유화시켜 드러내고 있다.

2) 남성의 불모성, 변화된 양성 일체의 우주적 창조력

지구를 대지(Mother Earth)라 한다든가, 가이아(Gaia)라고 본 것은 역사적으로 오랫동안 있어 왔으며, 여러 종교에서도 관념적으로 포용하고 있다.21) 지구의 생물들은 복잡한 시스템을 형성하여 하나의 생물처럼 간주되어 왔고, 가이아의 자기 규제적인 실체로의 생물권 대표로서 가이아는 이 지구상의 모든 생물을 위하여 스스로 적당한 환경을 조성할 수 있도록 피드백 장치나 사이버네틱 시스템을 구성한 총합체22)라 본다. 그래서 이 가이아 가설은 자연을 인간이 정복하여야만 하는 본원적인 힘을 가진 대상으로 간주하는 독선적 견해에 대안23)으로 자리잡고 있다.

박상륭은 가이아의 본원적 힘에 대한 개념을 원칙적으로 수용하고 있으나 한발 더 나가 남녀가 복합된 兩性一體의 母胎 변형이란 인위성으로, 즉 자연적 자궁의 인위적 자궁의 창조력으로 바꾸어 드러내고 있다. 즉『칠조어론』에서 '불모의 대지에 생명 분만, 어머니와 동정녀 여자 아들 아버지 나 땅위에 태어남, 아들—아담, 흙—어머니 양성 일체', '생성 달마, 시간 모태, 죽음 불멸 무시간의 탄생', '정액과 말 임신 자기 속량 성취'로 변형시켜 나타내고 있다.

---

20) 정화열, 위의 책, 243쪽.
21) J. E. 러브록, 『가이아—생명체로서의 지구』, 홍욱희 옮김(범양사출판부, 1992), 13쪽.
22) J. E. 러브록, 위의 책, 34쪽.
23) J. E. 러브록, 위의 책, 35쪽.

그리하여 우리 '둘'은, '하나'로서 왔었넵.

여기, 저 不毛의 大地에 그리하여 나는,

그이에 의하여 임신하여, 생명을 분만했었넵.

나는 그렇게 어머니가 되었으되, 그러나 아직도 童貞女

그것이 나─여자인 자.

나의 아들은 그러므로 동시에, 나의 아버지.

………

나는, 나에게 생명을 준 그 어머니에게 생명을 주었는뎁,

나를 통해 그 여자는 땅 위에 다시 태어났뎁.

　…(중략)…

첫째로 갈피가 잡혀져야 하는 것은, '아들─아담' '흙─어머니'는, 兩性一體였다는 점이겠읍. 이 '아담'은, 누구나 아는 바가 그것이듯이, '흙으로 빚어진 최초의 사람'이어서,─그의 후손들처럼, '사람의 여자'의 子宮을 빌어 태어난 자가 아니어서─그 '흙'의 품을 한번도 벗어나본 적이 없어, 그 흙 속에 임신되었다가, 그 흙에서 숨을 받아, 그 흙에 발바닥이나 등을 붙여 살다, 그 꼭같은 흙에로 돌아가버린 것이어서, 비유로 말한다면, 아담의 삶이란, 어머니들이 반죽하는 밀가루의 묽음 속에, 한 공기 방울이 휩싸이기 같으며, 그의 죽음은 그렇다면, 그 공기 주머니에 구멍이 뚫려서 피썩, 그 공기만 빠져나가버리기와 같겠읍지. (『칠조어론』 1, 123쪽)

헌데 羑里에서는 오늘 아침, "生成을 달마로, 時間을 細胞組織으로 한 母胎"를 거친 어느 것 하나가, '생명' 대신 '죽음'으로, '必滅' 대신 '不滅'로, '時間' 대신 '無時間'으로, 헌데 유리에서는, 오늘 아침, 그런, 것이, 하나, 태어난, 것이다. 참 별 희한하고도 요상한 일도 다 있다, 맹랑한 일도 다 있다. 그러자 그 子宮은, 羊水가 죽어 소금이 되고, 모래가 되고, 재가 되어, 말을 잃는, 침묵의, 불모의, 황폐뿐인데, 그래도 달 떠오르고 기울기에 좇아 그런 고장에로도, 한 번씩, 안개비가 哭婢들모양 머리 풀어 와, 저 荒冷한 모랫벌의 죽음을 적신다. (『칠조어론』 2, 197쪽)

그 엔네는 그런데, 자기 父祖(六祖)의 정액과, '혀(말)'을 임신하고, 만삭인 채, 陰府에 누워 있다. 그 엔네가 姙娠해 있는 것은, 그 엔네의 남정(六祖)의 자식(七祖) 말고, 또 누구겠는가.─그렇게, 엄연하고도, 非情的 한 '具象'이 '象徵'化하기에 의해, 촛불중의 삶 속에, 매듭해 있었던, 숨은 癌腫과도 같았던 한 '매듭'은, 그렇게 풀렸던 것이다. 分娩할 수 없는 子宮에 姙

娠되기─다시 말하면, 자기를 犧牲物로 바쳐, 자기 贖良을 성취하기. (『칠조어론』 4, 178쪽)

박상륭의 자연적 자궁의 허구적 변형은 가부장적 지배와 통제에 사로잡힌 사람들에 의해 가속화되는 기술 관료주의 사회, 여성의 기본적 힘의 구성 요소인 모든 생물학적 과정의 통합을 밀치고, 자연이라는 거대한 세력을 정복한 것처럼 위장, 자연과 참된 교류, 우주 자체를 정복하겠다는 기대와 더불어 임신과 수태에 대한 통제까지 反생물적 혁명 수행으로 여성의 자궁에 대한 가부장제의 지배[24]를 철저하게 나타내고 있다. 박상륭은 양성 일체의 생명력인 우주적 창조력을 '아들─아담, 흙─어머니'를 강조하며 여자의 자궁이 아닌 '대지 자궁'이란 생명력의 신화를 변용하고 있다. 또 '시간의 모태와 무시간 탄생', '구상이 상징화 되기 기법'이란 새로운 잉태 기법이란 창조력을 드러내고 있다. 이는 남성 생명의 경우 여성적 대지 상징의 兩性─體의 大地 상징화, 여성 모태가 아닌 시간의 모태화, 구상의 임신이 아닌 말의 임신 등 새로운 관념적 영역의 확장으로 새로운 창조력에는 해당되나 여성 생명적 측면에서는 반생물적, 반생명적 역설 현장이 된다. 이와 같은 남성의 생명 영토 확장을 위해 대지와 여성의 자궁이 변형되거나 제외시켜 버리는 생명이 파괴되는 여성 실존은 강하게 비관적 색채를 띤다. 이러한 우주론적 비관주의는 인간 실존의 연속성을 부정[25]하는 측면이 있다.

3) 礎石적 폭력과 성스러움

제의적 희생, 제의는 인간이나 동물같은 희생물을 바쳐 신의 노여움을 풀고 신의 선의를 기대하는 제의, 좋은 폭력으로 나쁜 폭력을 막는 종교적 기능을 수행[26]한다. 합법적 폭력의 초월성은 나쁜 폭력의 내재성을 이겨낼 수 있다.

---

24) 샤를린 스프레트낙, "생태여성주의 : 우리의 뿌리와 꽃피우기", 『다시 꾸며보는 세상─여성생태주의의 대두』, 37~38쪽.
25) 이진우, "생명윤리와 생태학적 존재론", 위의 책, 29쪽.
26) 김현, 『르네 지라르 혹은 폭력의 구조』(나남, 1991), 47쪽.

병과 치유의 동일성의 상징적 의미를 띠며 폭력적 상호성을 지우고 평화를 세우며, 속죄양은 공동체를 화해시킨다. 이 때 희생양은 혼란에서 질서로 이행하는 것의 상징이 아니라 이행 그 자체다. 희생양이라는 희생물의 무고함과 더불어 희생물에 대한 집단 폭력의 집중과 이 집중의 집단적 결과를 동시에 가리키며 박해 기록의 논리에 갇힌 박해자들은 그 논리에서 벗어나지 못하나, 폭력에 자양분을 대어주고 있으며 자양분을 얻고 있는 박해의 기록을 받아들임으로 집단 효과에 가담하고 있는 셈[27]이며 희생물 메커니즘이 된다.

박상륭은 남성 성스러움의 회복을 위해 초석적 폭력까지 차용 남성 생명력의 부활을 위한 속죄양주의를 취하고 있다. 즉 『칠조어론』에서 우주 자연으로 돌아가는 '물고기 상징'과 '해골의 空化'로 보여주는 몸생명의 속죄양주의를 표방하고 있다. 이러한 심층적 생태주의 입장에서 '空의 다비식', '7조 불의 물의 연어로 살기', '칠조의 입적과 죽음의 선법', '마른 늪에 공으로 충만하기'로 속죄양 상상력의 은유화로 나타내고 있다.

> 그 사흗날로, 沙漠의, 그 마른 늪 바닥에서, 저 '空'의 茶毘式이 거행되었다. (중략) '茶毘'에, '꽃喪輿와 棺槨'은 무엇의 소용이겠느냐 싶으되, 七祖는 鰱魚, '불의 물의 鰱魚'던 것을 상기하면 좋을 것이다. (『칠조어론』 4, 379쪽)
>
> 그 바위 무덤을 헐어냈던, 그 인부들이 돌아온 그날로, 그의 주검의 모습이 읍에 전해져, 한 읍으로 하여금 웃다, 소롯이 흰 숯이 되게 했던, 그 소문대로, 七祖는, 入寂하고도 꼿꼿하게 正坐해 있었는데, (그의 後祖-九祖로 하여금도 몹시 의혹하게 하여, 의혹 탓에 흰 숯을 만들게 한 것은, 역시) 한쪽 蓮足에는 신발을 신기고, 다른 짝 신발은, 千葉蓮(사하스라라—頭上)의 한가운데에다 安置해놓고 있는, 그 '죽음의 禪法'을 취하고 있었던 까닭이었다. (『칠조어론』 4, 380쪽)
>
> 그리고 이제, 상두꾼들이, 天蓋를 덮고, 隱釘을 박으려 하며, 그 棺돌 속을 들여다보다가, 들여다본 자들은, 모두가 하나같이, 돌等神들이 되버렸다. (중략) 骸骨이었으며, 마른늪—'비임(空)'으로 꽉채워져(滿) 있었다. (『칠조어론』 4, 395쪽)

---

27) 르네 지라르, 『희생양』, 김진식 옮김(민음사, 1998), 73쪽.

예방은 종교의 영역, 종교적 예방책은 폭력적 성격을 갖으며, 희생제의라는 엄격한 장치 뒤에 대상을 바꿔치기하는 폭력 속성의 교묘한 조작이 숨어 있다.[28] 성스러움의 진짜 핵심과 감추어진 본체를 이루고 있는 것 역시 폭력이다. 죽음은 인간에게 닥치는 최악의 폭력이다. 그러기에 미학의 영역에서 개인의 특성은 종교적 도그마의 힘을 지니며 속죄양이 총체적인 폭력 작용과 일치함을 확인시켜주며, 제물일 때 왕은 작용의 주체자로서 왕이 미래의 희생자이며 속죄양의 대리자, 희생제의 효과를 강화시키는[29] 역할을 한다.

박상륭은 인부들, 상두꾼에 의해서 목격되는 '죽음像'을 남성 생명력의 小乘的 해탈주의 자세를 취하는 남성 속죄양주의를 개인 신화화시켜 나타내고 있다. 더불어 '불의 물의 연어'라는 물고기 어부의 상징을 취하고 있는데 이는 생명의 상징으로 생명의 근원과 보존에 관련 있는 신들과 태초서부터 연결[30]되고 있어 생명의 태초로 복귀하는 양상을 띠고 있다. 이는 박상륭이 모든 이데올로기와 욕망이 구조 속에 억압되고 속박되어 있는 상태에서 탈주하여 일종의 무위 자연 속에서 생태학적 숭고미 상태에 머물 수 있기를 바라는[31] 측면도 있다.

4. '여성이란 절반'의 반에코페미니즘

일단 박상륭의 생명주의는 절반의 병든 남성 생명력의 생명 회복주의는 신화 은유적 기법으로 불모적 현실과 생명 회복, 변화된 양성 일체의 우주적 창조력, 폭력과 성스러움의 신화를 차용하여 강력한 남성 신화의 회복을 지향하고 있다. 이에 비해 여성의 창조적 생명주의는 절반의 병든 여성 생명력은 그대로 방치된다. 즉 여성의 황폐한 생명성은 남성 생명력의 여성영역 침탈주의

28) 르네 지라르, 『폭력과 성스러움』, 김진식 · 박무호 옮김(민음사, 1993), 35쪽.
29) 르네 지라르, 『폭력과 성스러움』, 169쪽.
30) J. 웨스턴, 위의 책, 142쪽.
31) 정정호, "예술의 생태학적 개입과 녹색 문화 만들기 : 환경과 예술의 접속", 『팽팽한 밧줄 위에서 느린 춤을―생태학적 탈근대론과 21세기 문화윤리학』(동인, 2000), 37쪽.

와 여성의 하향화로 드러낸 반에코페미니즘을 취하고 있다. 그 자세한 과정은 첫째, 불모의 자궁 생명력과 남성의 상상 아이 출산, 둘째, 창세적 땅, 양성 일체의 자궁주의, 셋째, 여성의 기능주의와 동물주의로 나누어 살펴보자.

1) 불모의 자궁 생명력과 남성의 '상상 아이(道兒)' 출산

여성이 갈망하는 갱신이란 어머니 지구와 그녀의 풍부한 창조력을 존경하며, 견디어내는 사랑과 성의 성스러움을 확인하고, 죽음의 필연성과 영혼의 불멸성에 대한 믿음으로 되돌아오는 것[32]이다. 그러나 박상륭은 여성의 생명력의 부활에 대한 노력보다는 여성의 창조적 생명력의 기반을 변형시켜 드러내고 있다. 즉 '오류의 자궁', '불모 자궁 송장', '상상 임신과 상상 분만, 6도 분만', '사내의 애배기와 道兒의 씨앗' 등 자궁의 불모력과 동시에 남성의 자궁으로 변형시켜 도아를 출산시키는 어법을 쓰고 있다.

> 말이 나왔으니 말입습지만, 그리고 본즉, 프라브리티 가운데의 니브리티('주관적, 텅 빈 정지의, 無')란, 한 넋이 들기에는 틀린 子宮인 것을 알겠군입지. (『칠조어론』 1, 51쪽)
>
> 처녀과부—임신하고 있지 않는 자궁은 모두, 아무리 기름져 있어도, 그것 자체는 송장이다. 한 마리 광견이, 저 검은 달이 불러내는 소리에 귀 열어 일어나, 그것의 자궁에 빠져 죽기에의 두려움으로, 도망간다고, 저 苦海로부터 도망가며, 힐끗힐끗 뒤돌아보기로, 홍등을 빠하게 켜 내걸고, 그 깊은 안위를 열어 보이는, 저 두 이파리짜리 붉은 蓮—苦海에 펴 떠 있는 것, 그것에의 타는 그리움을 느끼고 있다. (『칠조어론』 2, 34쪽)
>
> 즉슨, 神들의 想像姙娠을 통해서는, 六道가 分娩되어, 그것을 '마야(幻.宇宙)'라고 이른다고 하거니와, 그러나, (羑里의 村長들이라고 이르는) 몇 중들의 想像姙娠을 통해 分娩된, 저 八祖가 강보삼은 고장의 이름은 무엇이라고 한다는가? (『칠조어론』 2, 177쪽)
>
> "아, 그랴요이? 사설 이약을 허면 나도, 고것이 거짓소리가 아니기를 월

---

32) 마라 린 켈러, "엘레우시스인들의 신화 : 데메테르와 페르세포네의 고대 자연 종교", 『다시 꿈며보는 세상―여성생태주의의 대두』, 94쪽.

매나 바랬겠는그라우, 말요. 아 그렁개, 사나도 애를 밸 수가 있구만이라 말요? (중략) "그런즉 무슨 날을 가릴 건 없겠습지. 주위가 조용하여섭지, 방해받을 일이 없는 시각이 좋을 것입지. 남자는 월후로 子宮을 씻어내지 않는 이상, 마음으로 월후를 대신해야 되는뎁, 그러기 위해서는, 그 결합을 宗敎로까지 고양해야 할 것입지. 자기가 情 바치는 이를 神으로 모시고, 그리고는, 情을 제물로 한 祭祀를 드려야 되는뎁지, 그러며 그 祭祀에 '마음'을 모으기뿐만 아니라, 숨에도 가락을 얻도록 해야겠습지. 자지가 줄어들고, 丹田의 아랫부분에서, 氣의 둥근 광채가 솟아오르는 것을 보게 될 것인바, 그러면 道弟의 몸은, 生産을 위해, 충분한 준비가 되어 있음을 알 일입지." (『칠조어론』 3, 57쪽)

숨쉬기에 좇아, 머리를 쳐들었던 그 陽氣가 안쪽으로 새로 숙어들면, 이제 그 氣가 애(道兒)의 씨앗이 되는 것인뎁, 이 씨앗은 流失해서는 결과가 없는 것. (『칠조어론』 3, 58쪽)

박상륭은 여성 생명력을 불모의 생성력 또는 모태가 변형된 반생물주의 입장을 취하고 있다. 즉 남성 생명력의 창조력이란 어법을 차용, 창조력 영역에 대한 성전환시키는 기법을 쓰고 있다. 남성의 道的 자궁과 道兒 출산을 빌어 남성 생명력에게는 새로운 장을 펼치나 여성 생명력은 衰滅하여 생명의 장을 강탈당하게 나타내고 있다.

이제 여성은 자신의 신체의 다면적인 영역을 통해 억압적이고 차별적인 남근적 사유 방식을 벗어나 여성의 몸으로 생각하고, 말하고, 쓰고, 행동하는 방식을 배워야 할 것이다. 이를 통해 남성 지배의 봉쇄 전략에 맞서 가부장제를 흔드는 문화 정치학으로 나아갈 수 있는 것이다. 억압적인 논리와 이성에 토대를 둔 남성주의의 인식 체계, 지각 체계, 감각 체계에 혼란과 충격을 주어 남성들에게 여성적인 신체의 흐름, 흐느낌, 침묵, 속삭임, 웃음을 통해 인식의 충격을 구현할 수 있다.[33] 박상륭은 불모의 자궁 생명력을 '여성 신체의 흐름'에서 부활시키는 입장이 아니라 여성의 생물학적 신체 리듬을 차용하여 남성의 생명력 창조력이란 입장까지 접맥시키는 반자연주의, 반생명주의를 취하는 남성 사유방식의 논리적 개발주의 입장을 취하고 있다.

33) 정정호, "몸/신체 담론의 문화정치학", 위의 책, 105쪽

2) 창세적 땅, 양성 일체의 자궁주의

지구에 기초한 영성은 내재성과 상호 연관성, 공동체라는 세 가지 기본 개념에 뿌리, 내재성이란 지구가 살아있는 우주의 일부로서 생존한다는 우리의 최우선적 이해를 표현[34]하고 있다. 우리가 지구를 그 자체로 영이 육화한 존재이고, 우주는 살아있는 생명체임을 이해하며, 그것은 모든 것이 서로 연결되어 있다는 것을 이해하는 일이다. 목표는 공동체의 창조에 있고 그 공동체는 우리가 힘을 받고 지구와 결속되어 지구를 치유하고자 함께 행동을 취하는 곳이다. 박상륭은 공동체 생명체를 떼어내 개인의 생명체에 빌어 '지구의 창세적 땅과 양성 일체의 자궁', '우주 자궁'을 강조하는 은유법을 취하고 있다.

> 인용한 구절에서 읽혀지는, 創世적 '땅(地球)'은, 生命이 될 '씨앗(精蟲)'을 받아들일 준비가 다 되어 있는, 子宮 속과 조금도 다름이 없지 않는가, 하는 것을 고려하게 하기 때문인데, 이것에 연유하여 일어나는 생각은, 그리하여 확신을 갖게 하는 것은, 이 '땅(地球)'이란 다른 아무것도 말고, 宇宙라는, 그것은 분명히 兩性一體인, 저 거대한 한 '原人'의, '子宮'이라는, 그 器官이 아닌가, 하는 것이다. 그렇다, 그런고로, 그것의 입은 肛門이며, 肛門은 입이라고 한 것인데, '거듭 태어나기(重生)'를 통해, ('땅[地球]'의 양미간이든, 아니면 옆구리를 터서라도,) 이 '子宮'을 벗어나지 못하는 한, 한번 生命을 가졌던 것은, 죽었어도 또 돌아오고, 돌아오고(輪廻) 하기를 멈추지를 못한다. 그것이 '子宮(母胎)'의 生成力이던 것이다. (『칠조어론』 3, 27쪽)
>
> '宇宙의 子宮'이 되어 있는 惑星에서는, 가령, 오르페우스가 여행한 일이 있었던 것과 같은, (그 '동굴'이란, '유리디스' 그 여자 말고, 또 다른 무엇이었겠는가.) 깊고도 깊어, 빛까지도 미치지를 못하는, 동굴 속이라 해도 거기 濕氣가 있기가 한다면 그 濕氣를 좇아, 어김없이, 生命이 일어나(는 것이 발견되었)는데, 그러자니 그런 生物들은,('子宮' 속에 빛드는 것 보았는가? '子宮' 속에서 태어났다, '子宮' 속에서 스러지는 것.—이것은 그러자 무엇을 심심히 고려해보게 하는가 하면, '地球'라는 이 惑星에서 일어난 生

---

34) 스타호크, "권력, 권위 그리고 신비 : 생태여성주의와 지구에 기초한 영성", 『다시 꾸며 보는 세상―여성생태주의의 대두』, 123쪽.

物들이, 딴에들은 '빛'이라고 '밝게' 보는 그것도 그래서, 사실로 '빛'이라는 '빛'인 것이 분명한가, 하는 것 같은 것이다.) (『칠조어론』 3, 276쪽)

우리가 전체성을 단편화함으로써 얻어지는 방식 중 하나가 바로 남성과 여성이라는 분리를 통해서 우리는 영혼과 정신 및 초월적 영역을 남성의 영역으로 만들고, 자연과 대지를 여성성의 표상이라고 간주[35]하고 있다. 박상륭이 전개시키는 대지의 변형 은유화는 대지를 여성에 비유하는 최근의 에코페미니즘이 남성주의적인 자연 개발과 착취를 거부하고 자연과의 화해를 강조하며 인간들 사이의 평화 정치학[36]을 주장하고 있다. 이는 남성 중심의 개발주의에 깊은 지혜와 예리한 통찰력을 제공하기도 한다. 그러나 박상륭은 반에코페미니즘의 입장인 남성 중심 관념 개발주의를 연장시켜 나아가고 있어, 여성 생명의 역사적 측면에 생명 단절을 가져오고 남성 생명력은 접붙여 연장시켜 나아가는 악성 개발주의 자세를 취하고 있다.

3) 여성의 기능주의와 동물주의

생태여성주의라는 단어는 지구상에서 인간의 생존을 보장해 줄 생태학적 혁명을 일으킬 만한 여성의 잠재력 능력을 표현하기 위해서 필요하며, 생태계적 혁명은 여성과 남성, 인간과 자연 사이의 새로운 선관계 수립을 수반하게 될 것이다.[37] 생물학적 재생산은 종의 재생산과 더불어 먹을 것, 입을 것, 휴식을 통한 일상 생활의 재생산을 포함하며, 사회적 재생산은 사회 질서의 법적, 정치적 재생산을 포함하고 있다. 박상륭은 생물학적 재생산의 입장에서 병든 상황은 그대로 방치해두고 사회적 재생산 입장만 기능주의와 동물주의로 강변하고 있다. 즉, 『칠조어론』에서 '불의 물고기와 9조인 現 여자 읍장', '여

---

35) 수전 그리핀, "굽어진 길", 『다시 꾸며보는 세상─여성생주의의 대두』, 145쪽.
36) 정정호, "예술의 생태학적 개입과 녹색 문화 만들기 : 환경과 예술의 접속", 『팽팽한 밧줄 위에서 느린 춤을─생태학적 탈근대론과 21세기 문화윤리학』(동인, 2000), 34쪽.
37) 캐롤린 머천트, "생태여성주의와 여성론", 『다시 꾸며보는 세상─여성생태주의의 대두』, 161─166쪽.

자의 마음·말·몸' 바치기, '巫', '송장을 디뎌 춤추는 암캐'로 은유화시켜 표출하고 있다.

> '두 개의 子宮' 속을 헤엄치기가, 이 鱷魚의 '살기'였으니, '두 개의 子宮'을 벗어나기가, 이 鱷魚의 '죽기'일 것이다. 그리하여 이 '불의 물고기'는, 이 葬禮式의 喪主, 또는 祭司長役을 맡은, 그의 後祖, 九祖(現女子邑長)에 의해, 처음 '불의 물'에 씻겨질 것이며, 그리하여 입었던 모든 것을 벗기울 것인데, 그리고 남기게될 '意味'가 있으면, 收集되어져, 棺槨에 담겨, 喪輿에 실려서는, 그의 先祖 六祖의 뼈가 묻힌, '큰숲'에 옮겨와, 先祖 곁에 묻히게 될 것이다. '흙의 물' 속으로 돌아감일러람, 그리하여 벗어남일러람. (『칠조어론』 4, 379쪽)
> 그때는 여자는, 울고 있지 안했는데, 그렇게 여자는, 전에 이미, 그에게도 바쳐버렸던, 자기의 그 '마음·말·몸'을, 한번 더 바쳐올린 것이다, 祭祀한 것이다. 여자는 巫였다. 흰 암캐였다. (『칠조어론』 4, 381쪽)
> 소리의 지옥의 불의 타오르는 불의 지옥의 소리의 소용돌이 속에 던지워진 앞구렁이 틀어오른다 짖어오른다 송장을 디뎌 춤추는 흰 암캐,
> ㅁ(미음[無音]字)—춤이 빠져나간 자리 남은 髑髏 하나, 짖으며 틀어올라 빠져나가는 춤은 불(火) 두려움(恐)病 걸린 흰 암캐, 지옥의 검은 구렁이, (『칠조어론』 4, 382쪽)

현대의 생태학적 위기 상황은 여성주의자들이 생태학에 진지하게 몰두하도록 긴박감을 조성하며 실제적으로 여성 철학과 정책에서 생태학이 중심에 놓여져야 할 중요하다는 이유가 있다. 생태학적 위기는 백인 남성의 서구적인 철학 체계와 기술주의 그리고 그 외의 살해 장치 등을 통해 자연과 여성에 대한 혐오 제도와 밀접한 관계가 있다. 자연이 인간에 대해 전쟁을 선포하는 것이 아니라 가부장제의 인간들이 여성과 살아있는 자연을 통해 전쟁을 선포[38]하면서 비롯되었기에, 서구 남성 부르주아는 자기 자신을 유기체의 영역에서 빼내어 마치 자기들이 제우스의 머리에서 태어난 것처럼 공공 시민이 되며,

---

38) 이네스트라 킹, "상처의 치유 : 여성주의, 생태학 그리고 자연, 문화의 이원론", 『다시 꾸며보는 세상-여성생태주의의 대두』, 170쪽.

어린 아이들의 일을 멀리하며 자기 어머니를 자연에 희생시키면서 약화시키고 감상화시키고 있다. 생태여성주의 과제는 反이원론적이고 변증법적 이론과 실천을 유기체적으로 꾸준히 전개시켜 나가는 것, 자연 내부에서 그리고 외부에서 인류와 자연이 화해하도록 정신과 역사를 사용, 생태여성주의 출발점[39]이 되고 있다. 박상륭은 여성의 역할을 남성 촌장이 펼쳐놓은 '의미의 수집 역할', 남성에게 '마음·말씀·몸 바치기'로 2인자[40] 생명주의인 기능주의로 드러내거나 또는 '송장 위에 춤추기'와 '암캐주의' 등 동물로 평가 절하된 어법을 쓰고 있다.

남성들은 그 자신의 이미지에 따라 남성신을 만들며, 하나님 개념은 남성들로 하여금 여성, 자연, 자신의 몸으로부터 자신을 분리시켜 놓고 있다. 여성들이 위대한 여신과 연관되어 개별화되는 과정은 무엇이든 간에 새롭게 개체화된 남성들에 의해 공포와 억압하고, 질투심 많은 부신의 숭배자들은 '거짓'신들인 위대한 어머니, 위대한 여신의 숭배자들을 살해하며 성전 파괴를 일삼고 있다. 남성신을 숭배하는 의식의 역사는 남성의 발전의 역사로 드러나게 영웅적 남성은 위대한 모신의 무의식적이고 집단적인 세력의 수중에서 빠져나오기 위해 폭력적으로 저항해 왔으며, 가부장 문화, 남성 중심주의에 의해서 결정되어 왔다. 박상륭은 절반의 여성에 대한 반에코페미니즘 '불모의 자궁 생명력과 남성의 상상 아이 출산', '창세적 땅, 양성일체의 자궁주의', '여성의 기능주의와 동물주의'로 드러내고 있다. 오늘날 여성들과 남성들의 과제는 비가부장적이며 비모체 살해적 개체화 과정을 발전시키는 것이며, 龍을 학살하는 대신에 우리는 우리 자신에게 결여되었고 부정되었던 측면들을 재통합시킬 필요가 있다.[41] 박상륭은 개인적 방법론인 초인격적 깨달음 개념을 창조력으로 이끌면서 새롭게 보여주고 있다. 그러나 그것에 대한 위험은 한 개인으로 통합성을 상실, 자아 관계성의 결여로 인해 인간의 자기 교만적 생명의 색채를 띤 듯 보인다. 이제 남성은 교만적 생명력을 억제하기 위해 생명 중심적 평등주의 같은 도덕 원리로 발전시켜 나가야 할 것이다.

---

39) 이네스트라 킹, 위의 글, 185쪽.
40) 임금복, "여자 살해와 부조리한 페미니즘", 315쪽.
41) 마이클 짐머만, 앞의 글, 232쪽.

5. 생명주의와 반에코페미니즘

　박상륭의 가부장적 지도자의 우주적 현실 드러내기 기법은 악성 발전이 살아있는 상호 연결된 세계의 통합성을 파괴하여, 동시에 불의와 착취, 불평등과 폭력의 뿌리에 놓여 있다. 자연과 여성을 종속시키는 근시안적 환원주의로 자기 본위의 관심에 근거한 행동과 자연의 조화를 깨뜨리고, 더 이상 재생하며 지탱하지 못하도록, 생태적 불안정과 위기를 조성하는 '몸생명'의 상징적 차용을 통해 우주적 비관론으로 드러내고 있다.

　박상륭의 우주적 현실 읽기 맥락으로 병든 우주는 상징적으로 정확히 읽고 있다. 살해되는 몸생명, 가부장적 지도자의 우주 현실 읽기를 차용 몸생명의 가학주의자들의 피학화, 불모의 생명어법에 관념적 상상력을 통해 병든 우주의 현재를 정확히 읽으면서 작가로서 '관념 개발주의 생명론'으로 풀어가는 방식을 취하고 있다. 절반의 남성을 향한 남성 생명력의 회복 신화로 취하는 한편 절반의 여성 생명력을 향한 반에코페미니즘으로 취하고 있다.

　악성 발전이 편협한 서구 가부장적 부르주아의 이익을 보편적인 것으로, 부분적인 것을 전체적인 것으로 확대하는데 기초하며, 폭력은 이 일부의 관심을 나머지 전체 세상에 강요하는 데서 나온다. 여성은 남성에 의해서 소외되고 지배되었고, 자연은 남성에 의해 분리되고 착취되었다. 악성 발전은 따라서 창조적인 생명력과 여성적 원리의 힘이 배제된 발전이다. 악성 발전에서 자연과 여성들은 수동적인 비존재인 타자로 보여지고 있다.

　특히 박상륭의 악성 발전을 조성하는 지배적 사고는 환원주의 이원주의 일 직선주의에 기초하여 서구 남성의 힘의 형식을 신화적, 심층 생태적 상상력으로 답습 재생산하고 있다. 이때 강인한 남성 생명력은 부활하는 남성 권력주의자 입장에서는 의미가 강조될 수 있으나 여성 생명주의자의 생명력은 유보한 채 이루어진 남성의 생명주의는 시대를 역류하고 있다. 남성의 생명력은 중심 강조하게 되고 여성의 생명력은 타자화 소외화되어 버린 병든 우주의 이중적 맥락의 생명 읽기라는 모순적 세계관과 생명의 태도는 문제점이 된다. 그러나 그가 일찍이 서구 개발론자 환경에 몸담고 있었기에 악성 발전의 서구 남성의 자세인 몸생명으로 민감하게 반응 그 시대를 냉철하게 읽고 남성성 회복을 강조, 구원력은 펼치나 그것이 여성 생명력 구원은 유보된 채 이루어진 것은 심히 유감이다.

 이러한 박상륭은 생명 우주적 '몸 담론'을 통해 병든 남성 생명력은 신화적 회복주의와 治病의 생명주의를 취해 새로운 세계로 개척, 진취적으로 나아가나, 불모의 여성 생명력은 치병으로 나아가는 것은 유보시켜둔 채 사회 기능주의와 여성 생명의 비하로 전락하고 마는 반에코페미니즘의 입장을 취하고 있다. 그것은 박상륭의 생명관이 남성 생명력은 중심 권력부로 설정하고 여성 생명력은 주변 소외부로 대상화시키는 양극 모순 세계관을 취하고 있는 것이다. 불모 남성몸의 신화적 변형주의와 소승적 해탈주의로 양성 일체의 창조력주의를 표방하면서 불모 여성몸은 인색한 왜소주의로 불모 자궁을 그대로 두며 거기에 치유의지는 방치한 채 남성의 영역인 욕망인 양성 일체의 자궁주의, 여성생명의 하향화주의인 기능주의와 동물주의로 나타냈다. 이는 남성 생명력의 영역에서 관념 생명의 영역을 확장, 여성 생명력의 자연 생명의 영역 멸쇠라는 모순 양극주의를 취해 남성 생명력의 확대 극대주의, 여성 생명력의 위축 왜소화 기법을 쓰고 있다. 남성 관념 생명은 1인자의 强壯力주의를 '남성 생명의 부활 신화'로 생명 회복주의를 표방하나, 여성 몸생명은 2인자로 설정 不毛性주의를 그대로 방치한 반에코페미니즘을 띠고 있는 것이다.

■ 참고문헌

박상륭, 『칠조어론』 1(문학과지성사, 1990).
──, 『칠조어론』 2(문학과지성사, 1991).
──, 『칠조어론』 3(문학과지성사, 1992).
──, 『칠조어론』 4(문학과지성사, 1994).

김 현, 『르네 지라르 혹은 폭력의 구조』(나남, 1991).
이남호, 『녹색을 위한 문학』(민음사, 1998).
이진우, 『녹색사유와 에코토피아』(문예출판사, 1998).
임금복, "박상륭의 1960년대 작품세계"─생명, 땅, 성의 황폐와 생명주의의 상상력,
　　　『성신어문학』 제6집, 성신어문학연구회, 1994. 2.
──, "殺佛殺祖의 求道 패러다임", 『한국문예비평연구』 제3집, 한국현대문예비평학
　　　회, 1998. 12.
──, "소설언어로 '宇宙藏 思想'풀기", 『박상륭 소설 연구』(국학자료원, 1998).
──, "여자 살해와 부조리한 페미니즘", 『작가연구』 제7·8호, 새미, 1999. 10.
정정호, 『팽팽한 밧불 위에서 느린 춤을─생태학 탈근대론과 21세기 문화윤리학』(동
　　　인, 2000).
정화열, 『몸의 정치』, 박현모 옮김(민음사, 1999).

르네 지라르, 『폭력과 성스러움』, 김진식·박무호 옮김(민음사, 1993).
──── , 『희생양』, 김진식 옮김(민음사, 1998).
아이린 다이아몬드·글로리아 페만 오렌스타인 편저, 『다시 꾸며보는 세상─여성생태
　　　주의의 대두』, 정현경·황혜숙 옮김(이대출판부, 1996).
J. 웨스턴, 『제식으로부터 로망스로』, 정덕애 역(문학과지성사, 1988).
J. E. 러브록, 『가이아─생명체로서의 지구』, 홍욱희 옮김(범양사 출판부, 1992).

4
그리스 신화와 사유로 읽는 『칠조어론』
– 원형 테마의 재창조 심리와 인문학적 상상력의 기원

그리스 신화와 사유로 읽는 『칠조어론』*
─원형 테마의 재창조 심리와 인문학적 상상력의 기원

1부

1. 신화적 소설, 다원적 원형 테마의 재창조 심리

새로운 밀레니엄이 시작되기 이전부터, 시작된 이후까지 인간의 원형 상징에 대한 대중적 접근이 신화 열풍을 불러 일으키고 있다. 일찍이 서구 현실에 편승하여 달려온 지성인들은 서구 사유와 신화의 원초에 해당하는 그리스 신화들을 인문학적 상상력으로 재해석하고 있다.

20세기 한국의 근대화 여정은 서구의 근대화와 발전을 그 정점으로 지향하며 살아왔다. 서구 사유의 기원에 해당되는 서구화 담론을 끊임없이 사유의 지적 전통으로 편승해왔다. 그러기에 동양의 원형성이나 담론보다 서구 지성의 원류에 해당하는 원형성 상징에 보다 친근감을 느껴온 점은 주지의 사실이다. 문학인들 역시 여러 갈래로 글을 써 오면서 한국 신화 및 동양 신화의 현대적 소설화를 창작해온 전통 지향의 작가들의 맞은 편에 서양 신화의 소설적 육화 과정 역시 20세기 한국의 서구 사유의 한 측을 영혼으로 대변하는 실정이다.

특히 신화와 현실이 초기 그리스 문학에서 어떤 의미를 갖고 있었는가를 보기로 하자. 서사시는 신화를 이야기하고, 신화를 현실로서 받아들여 지상적인 층과 신적인 층인 두 개의 층으로 나누어 구축하고 있다. 여기에서 초지상적인 사태는 지상적인 것의 의미와 의의를 결정하고 있다.[1] 신들이 만물의 척도인 점은, 그리스 인들에게 세계는 Kosmos(질서, 질서 있는 세계)이고, 엄격한 질서가 만물을 지배하고 있다는 것을 의미한다. 그리스인들은 신들의 배후에 생의 풍부한 내용과 의미 그리고 근거를 주는 한층 포괄적이고 보편적인 것이 존재한다는 것을 명확히 이해하고 있다. 유럽의 문화는 이 질서를 인식하는 자에게는 법칙성으로서, 감각하는 자에게는 아름다움으로서, 행위하는 자에게는 정의로서 나타난다고 하는 그리스 인들의 발견에 토대를 두고 있다. 이 세계에 진리, 미, 정의가 존재한다는 신앙이야말로 그리스 인의 잃어버릴 수 없는 유산이다.[2]

일찍이 서구 현실에 편입한 작가 박상륭은(1969년 캐나다 이민, 1998년 한국 역이민) 서구 사유와 신화의 원초에 해당하는 그리스 신화들을 어떻게 재해석 하였는가?

그의 소설을 통하여 신화적 모티프의 수용과 재창작된 신화적 테마들의 핵심 요체를 밝혀보고자 한다.

특히 작가는 '냉엄한 현실의 신화화 과정', '통시태의 역사에서 현실성의 거세가 신화화로 되는 과정', '통시태에 입혀진 공시성을 벗겨 신화에서 현실을 이끌어내기' 등으로 접근, 신화에서 현실을 이끌어내는 역담론의 과정으로 해석해 간다. 그밖에도 역사에서 현실을 해독하고, 신화에서 역사를 비유나 상징으로, 말의 형성의 과정과 관계된 신화를, 현실의 신화화 과정 또는 신화가 현실로서의 발현되는 과정으로서 생명의 상징성을, 현실은 신화를 잉태하고 있는 과정, 즉 관념적 자궁에서 메타포 출산하기 과정 읽기로 흥미있고 다양하게 접근해 간다.

---

* 1부는 「그리스 신화로 읽는 '칠조어론'」, 『돈암어문학』 15집, 돈암어문학회, 2002. 12, 363~400쪽에 수록, 2부는 「그리스 사유로 읽는 '칠조어론'」, 『새국어교육』 제63호, 한국국어교육학회, 2002. 1, 325~346쪽에 수록됨.
1) 브루노 스넬, 『서구적 사유의 그리스적 기원 정신의 발견』, 김재홍 역(까치, 1994), 179쪽.
2) 브루노 스넬, 『서구적 사유의 그리스적 기원 정신의 발견』, 382쪽.

먼저 작가가 그의 장편 연작소설 『칠조어론』3)(1990－1994)에 신화와 관련시킨 언급을 주시해보자.

> (상략) …, ―저 멋깔없는, 냉엄한 현실은 어떻게 神話化를 겪는가! (『칠조어론』 1, 120쪽)
>
> (상략) …, 神話에서 現實을. (『칠조어론』 1, 171쪽)
>
> (상략) …, ('神話'에서 '歷史'를 엮어내려 한다면,) 비유나 상징들인 것이 분명한데, (중략), 어떤 '意味'는 어떻게 '記號'를 입었으며, 그리하여 그것(單語)들은, 어떤 秩序體系를 갖는가, (이 경우는 그러니, "닭보다 알이 먼저 있었다") 하는, '말의 형성의 과정'과 관계된 神話였다. (『칠조어론』 3, 314쪽)

이 글에서는 박상륭의 종합적 사유 세계가 고스란히 구현된 장편 연작소설 『칠조어론』을 통해 작가의 그리스 신화 모티프 수용 양상을 세계관의 재해석, 공간 상상력의 확장, 의미의 확충, 상상력의 보강, 이미지의 재창조 등, 신화에서 현실을, 현실에서 신화를, 역사에서 현실로 떠나는 다양한 담론적 여행을 떠나보고자 한다. 즉 신화의 소설 육화 과정을 해석해보려고 한다.

박상륭은 소설 『칠조어론』에서 그리스 신화를 다양한 담론으로 펼치기 위해서 신화 소설적 교과서4)라 할만큼 많은 것을 신화적 사유5)의 한 축으로 원용하고 있다. 원래 그리스 신화로 존재하는 '아도니스', '시지포스', '이카루스', '나르시시즘', '헤르메스(머큐리))', '제우스와 프로메테우스', '오르페우스', '히

---

3) 박상륭, 『칠조어론』(1～4부)(문학과지성사, 1990～1994).

4) 박상륭의 『칠조어론』에서는 그리스 신화뿐만 아니라 성경 신화(아담 신화, 하와 신화, 창세기 신화, 모세 신화, 욥의 신화, 바벨탑 신화, 소돔과 고모라 신화 등), 한국 신화(단군 신화, 바리데기 신화), 중국 신화(요순과 걸주 신화, 장자의 '나비' 신화, 주역의 '하도와 낙서' 신화, 주문왕 신화 등), 인도 및 힌두교 신화, 이집트의 오시리스 신화 등 다양하나 이 글에서는 그리스 신화만을 다루고자 한다.

5) 박상륭 소설에는 신화적 사유의 축 외에도 다원적 사유의 축으로 종교적 사유(불교, 기독교, 주역, 탄트라 등)의 축, 철학적 사유(진화론, 중도론, 역진화론, 연금술 등)의 축, 문학적 사유(한국 고전인 단군신화, 처용가, 李箱의 시, 서양 고전인 호머의 '오딧세이', 소포클레스의 작품 등)의 축 등이 모두 내재되어 있다.

드라', '사튀로스와 판', '메두사', '에뤼직톤', '케르베로스' 등의 신화를 변형시켜 소설에 육화된 과정을 밝혀보려고 한다.

2. 그리스 신화의 소설 육화 과정

그리스 신화에서 각 편으로 존재하는 여러 신화적 메타포가 작가 박상륭의 『칠조어론』에는 인물 신화, 동물 신화, 죽음 신화 및 저승 신화, 식물 신화 등으로 수용되어 있다. 그들 신화가 단독으로 존재하기 보다, 그리스 신화와 성경의 접맥, 그리스 신화와 불교의 접맥, 그리스 신화와 힌두교의 접맥, 그리스 신화와 한국 설화의 접맥, 그리스 신화와 연금술의 접맥 등 합성된 신화 및 복합적 사유 양상을 띠면서 드러내고 있다.

이들의 신화를 테마별로 유형화시키면 '輪廻 신화와 畜生道 우주의 신화'(아도니스), '신에 도전한 신화'(시지포스, 이카루스, 제우스와 프로메테우스), '신의 나르시시즘 신화'(나르키소스), '연금술 신화'(헤르메스(머큐리)), '저승 여행 신화'(오르페우스), '怪獸 신화'(히드라, 사튀로스와 판, 메두사, 에뤼직톤, 케르베로스)로 나누어 볼 수 있다.

1) 輪廻 신화, 畜生道 우주의 신화−아도니스

먼저 박상륭은 '아도니스 신화'에 대하여 대표적으로 '輪廻 신화', '畜生道 우주의 신화'의 의미 맥락 외에 '살의 우주', '재생의 공간 바르도', '우주적 생명력의 모순 통찰', '物活論 지배 시절' 등 다원적 해석을 가미하고 있다.

고대 이집트나 서아시아 인들은 오시리스, 티무즈, 아도니스, 아티스의 이름으로 해마다 생의 쇠잔과 소생, 특히 식물적 삶을 재현시킨다. 그들은 한 해 한 번씩 죽고 또 죽음에서 소생하는 신으로 의인화시켰다.[6]

페르세포네는 아도니스를 놓고 아프로디테와 서로 싸웠는데 아도니스는 아

---

6) 안진태, 『신화학 강의』(열린책들, 2001), 55쪽.

름다운 청년으로 이 두 여신의 사랑을 동시에 받았다. 아프로디테의 인간 연인은 미남인 아도니스로 젊은 사냥꾼였다. 아프로디테는 아도니스의 생명을 염려하여 그에게 사나운 짐승을 피하라고 주의를 주었으나, 사냥이 주는 스릴과 아도니스의 대담무쌍함이 그녀의 충고보다 더 강력했다. 하루는 아도니스가 사냥을 나갔는데 개들이 멧돼지를 보고 미친 듯이 짖어댔기에, 아도니스는 창으로 그 짐승에게 상처를 입혔는데 상처의 고통으로 미쳐버린 이 짐승이 그에게 달려들어 그를 갈기갈기 찢어버렸다. 아도니스가 죽은 뒤 일년 중 일정 기간 동안 지하세계에서 벗어나 아프로디테와 함께 지내도록 허락받았고, 아프로디테는 아도니스를 페르세포네와 공유하였다. 이 죽음과 환생의 신비한 주기가 아도니스 숭배의 기초가 되었으며, 그가 해마다 아프로디테에게 되돌아오는 것은 번식력이 되살아남을 상징[7]하고 있다. 아프로디테는 아도니스의 죽음을 슬퍼한 나머지, 그가 죽을 때 흘린 피에서 빨간 아네모네 꽃을 피게 했다.[8]

흔히 아도니스 신화는 여신들의 사랑과 충고, 신에 대한 위반, 짐승에 의한 죽임 당함, 아네모네 꽃으로의 환생, 번식력의 사용 등이 내재된 의미의 신화로 읽을 수 있다.

그러나 박상륭의 소설 『칠조어론』에서는 아도니스 신화를 '살의 우주', '재생의 공간 바르도', '우주적 생명력의 모순 통찰', '植物輪廻論', '畜生道 우주', '物活論 지배 시절' 등 다양한 사유의 상상력을 가미하여 드러내고 있다.

첫 번째로 박상륭은 '아도니스 신화'를 '살의 우주'인 육체적 우주로서 몸의 우주의 비유법으로 쓰고 있다.

그 자식들에게서 일어난, 저런 (비의적) 성욕은 동시에, '산 것들의 재생에의 욕망'(이라는), 즉슨, 죽고 싶음(말고 또 무엇이겠남?)과 뒤꼬여, (基督主義에 상대한) '아도니스 秘儀'化합슬지. ('말씀'의 우주에 상대한,) '살'의 우주(프라브리티)의 질서가, 어떻게 그 부정성, 또는 상극성에 의존해 질서

7) 진 시노다 볼린, 『우리 속에 있는 여신들』, 조주현·조명덕 역(또하나의 문화, 1996), 254쪽.
8) M. 그랜트, J. 헤이즈 공저, 『그리스·로마 신화사전』, 김진욱 옮김(범우사, 1993), 162쪽.

화할 수 있는가를, 도류들은 그러면 더 이상 의문스러워하지 않을 것이겠습지. (『칠조어론』 1, 26쪽)

박상륭은 아도니스 신화의 차용을 기독교의 '말씀의 우주'와 대비해서 '살의 우주', 곧 '몸의 우주'로 파악하고 있다. 아도니스란 인물의 죽음을 살의 죽음인 육체 어법의 분화적 표현의 죽음으로 보며, 그 죽음의 의미는 희생제 또는 불발력의 폭발로 보고 있다. 아도니스 비의를 '축생도 소속의 살의 죽음과 더운 피'(『칠조어론』 1, 27쪽)라는 부분에서는 아도니스 비의를 벗어나지 못하고 있는 것으로 보았으며, '犧牲祭와 不發力의 폭발'(『칠조어론』 1, 28쪽)에서는 아도니스 비의를 넘어서는 것으로 읽었다. 또한 '몸의 우주인 아도니스의 우주' (『칠조어론』 4, 145~6쪽)는 박상륭의 세 우주관인 '몸의 우주장', '마음의 우주장', '언어의 우주장'9)에서, 몸의 우주장을 설명하는 틀 중, 몸의 우주를 그리스 신화 어법으로 드러내고 있다.

두 번째로 박상륭은 '아도니스 신화'를 '재생의 상상력 공간인 바르도'로 차용하여 보여주고 있다. 티벳 불교의 모티프를 차용한 이 신화는 태어남과 재생의 의미적 맥락, 재생 공간의 설정으로 보여준다.

그럼에도 이 '重生'은, "낡은 옷을 벗고, 새옷으로 갈아입어 오기"라는, '몸'을 存在키의 주된 질료로 한, 아도니스적 '再生'과는, 그 '죽기'라는 점에 있어서는 닮았음에도, '태어나기'에 있어, 그 장소를 달리한다는 점에 있어 다르겠습지. 그래서, 아도니스의 우주는 영구히, '바르도/逆바르도'라는, 양면적, 그리고 횡적 프라브리티에 그 초석을 준 데 반해, 基督의 우주는 '붉은 龍'—아도니스의 손아귀를 벗어나려 노력하는 모든 정신, 또는 자아들은, 저 十字로 교차된, 우주적 일점에서, 縱으로, 橫으로, 찢김을 당하지 않을 수가 없을 것인뎁지, 그 일점에 있는 꼭 한 有情의 이름은 '사람'입습지. (『칠조어론』 1, 70쪽)

박상륭은 아도니스 우주의 탄생 공간을 기독 우주의 탄생 공간과 대비해서

---

9) 졸고, "소설언어로 '우주장 사상' 풀기", 『박상륭 소설 연구』(국학자료원, 1998), 202−208쪽.

보여주고 있다. 즉 두 우주를 비교하여 아도니스의 우주는 바르도와 역바르도로 비유된 세계인 과도적 자궁과 탈자궁으로 파악하고, 기독의 우주는 붉은 용과 생명의 희생양이 되어 생명의 질점을 교차점으로 파악하는 재탄생하는 것으로 보여준다. 여기서 아도니스의 우주 장소인 바르도는 두 상태 사이, 다시 말해 죽음과 환생 사이인 중간 상태, 과도기 상태[10]로 해석된다. 기독의 우주에서는 '붉은 용'[11]을 서양과 동양의 생명의 교차점으로 합성해서 보여주고 있다. 이외에도 '大龍의 冬眠'(『칠조어론』 1, 114쪽)에서 아도니스 비의가 도사려 있듯이, 겨울잠과 재생의 신화적 의미로 파악하고 있다.

세 번째로 박상륭은 '아도니스 신화'를 '우주적 생명력의 모순 통찰'로서 보여주고 있다.

> 살고 싶어하면 죽고 싶어함.─우리들의 求贖者가, 그것을 대신해 죽었음
> 에도, 우리들은 여전히 죽고 싶어함.─죽고 싶어하면, 죽어서 살고 싶어함.
> (삶에 얽매인 아도니스의 비극.) (『칠조어론』 1, 94쪽)

박상륭은 아도니스 그 자체를 삶에 얽매인 비극으로 파악하고 있다. 이외에도 '독룡 자신의 죽고 싶음 병증'이나, '한 易의 舞拍의 길이'(『칠조어론』 1, 249쪽)에서도 아도니스 비의를 우주적 생명력의 모순으로 파악하고 있다.

네 번째로 박상륭은 '아도니스 신화'에 나타난 재생에 대한 욕망론을 '植物的 輪廻論'으로 보여주고 있다. 이 측면은 그리스 신화와 동양의 순환론적 세계관의 접맥을 통해 보여준다.

> 첫째로는 그래서 아마도, 연금술적 견지에서, (그리고 그것은 매우 긍정

---

10) 졸고, "주석학으로 읽는 『죽음의 한 연구』", 『'죽음의 한 연구' 깊이 읽기』(푸른사상, 2000), 491쪽.

11) 타락 천사는 하늘에서 내던져진 붉은 용과 동일시되었고, 그와 함께 떨어진 부하 천사들이 이제부터 마귀들과 동일한 존재가 되었다. 그 붉은 용은 외관상 헤브라이 성서에 나오는 두렵고 무시무시한 초자연적 짐승들인 레비아단과 베헤못 그리고 바다의 용 라합과 연관된다. 천사─용─짐승은 아담과 이브를 에덴 동산에서 타락하게 된 그 태초의 뱀과 연관이 있다. 앨리스 K. 터너, 『지옥의 역사 Ⅰ』, 이찬수 옮김(동연, 1998), 127쪽.

적 관찰이 될 것인데) 저 한 '方言'을, 한 '원초적 질료'로 삼고, 저 '毒龍'을, '살(畜生道－自然)'의 擬人化, '不治의 病', 또는 '必殺의 毒'으로 이해하여, 突然變異를 전제로 한, (질료의) 進化論 같은 것을 운운했을 듯도 싶으며, (그것이 禪行苦行이 아니냐?) 둘째는 그리고, (그 부정적 국면이랄 데서 관찰하여) 體制的, 또는 社會的 動物이라고 일컬어지는 것들의 머릿수가 증가하기에 따라, 체제의 강화가 필요하게 되고, 그러다보면, 그 체제가 너무 강력해져, 지배적이며, 폭력적일 때, 저 '체제'는 그러면, 그것의 구성원들에 대해, 그 구성원들을 먹어치우는, '외눈배기 巨人,' 또는 '毒龍' 따위로 보였음에 분명하다는 얘기도 했을 법하며, 그리고 덧붙여, '죽음'에 대한 인식을 갖게 되기 시작하면서부터 저들도, 그 죽음에의 두려움 탓에, 再生에의 所願을 가져, 그 所願을 實相化하려 했을 터인데, 육신적 再生은 그럼에도, 그 육신의 죽음이라는 한 수단을 통해서만 성취된다는, (植物的 輪廻論의 계발－아도니스 秘儀) 그 한 믿음에 의해, 저들은 오히려, 종내, '죽음'을 형상화하여, "죽음에로 生命을, 活力을 불어넣어," 實相化해버린 뒤, 그 '죽음'에로 장가(시집)들기에 이른 것은 아니었는가, 그런 얘기를 했음도 분명하다. (『칠조어론』 1, 245쪽)

박상륭은 육신의 죽음 이후 아네모네 꽃으로 재탄생된 식물로의 변신한 신화에서 의미를 딴 식물의 윤회를 강조하고 있다. 이 아도니스의 죽음과 생명, 재생에의 소원의 의미를 박상륭은 그밖에도 '죽음과 재생에의 꿈'(『칠조어론』 3, 245쪽)이라는 아도니스 儀流들이 드러내는 공통적 특성, '죽음에 의상 입히는 재단사는 종교'(『칠조어론』 3, 369쪽)라는 의미로 아도니스 신화를 덧붙여 설명하고 있다.

다섯 번째로 박상륭은 '아도니스의 우주'에 대한 해석으로 '畜生道 우주'라 보고 있어, 그리스 신화와 불교적 세계관의 접맥으로 보여주고 있다. 즉, 새로운 우주관인 육신의 우주에 로고스의 임신론, 현빈적 우주로 본 축생도로 해석하고 있다. 축생계는 지옥 위에 존재하고 있다. 동물로 환생하는 것은 바람직하지 못하며, 동물들은 야수적인 본능에 지배당하며, 자신의 상황의 본질을 이해하거나 향상시키는 데 크게 도움이 되는 지적 능력이 부족하다. 동물들이 인간을 비롯한 많은 약탈자들에게 먹거리로 사냥을 당하는 의미[12]를 차용, 불교의 축생도적 세계관을 원용해 피력하고 있다.

"태초에 말(vach, Skt.)씀(manas, Skt.)이 있었다." (그러니 이 '말씀'은, '소리'와 '意味[理性]'의 合性—體인 것이다. 여호와는 'signifier'이면, 예수는 'signified'이다. 「舊約」은 '記號'役이며, 「新約」은 '意味[理性]'의 役이다. 여기 '神의 成肉身—말씀'이 있다. 이 한 言語[말씀]의 宇宙는 그래서, 基督에 의해 完成된다. 그래서 그는, 보디사트바였을뿐만 아니라, 붓다이다, '말씀의 宇宙'를 개벽한 佛.' 이런 관점에서는, '아도니스[肉身]의 宇宙'는, 불원간 '意味[로고스]'를 姙娠하게 될, 玄牝[記號]的 宇宙라는 것을 알게 된다. 畜生道.)—저것을, 단계적으로 살펴보기로 하면, 처음(우주적 소리의) 쿤다리니의 잠 깨임이 있었다. (『칠조어론』 3, 311쪽)

박상륭은 아도니스 우주, 즉 육신의 우주 의미를 임신하게 될 현빈적 우주, 기호학적 우주, 축생도적 우주로 보고 있다.

여섯 번째로 박상륭은 살의 우주인 '아도니스 비의'를 생명의 근원인 '物活論 지배 시절'로 해석하고 있다. 물활론은 물질 그 자체에 생명과 활력이 있다고 보는 견해로, 고대 그리스 이오니아의 자연학파의 견해였다.[13]

이런 견지에서는, '생명'은, '물(공기→불→물)'의 영역에 속한 것을 알게 한다. 그러면 이제, '돌'이 된 '공기,' 또는 '돌'이 된 '불,' 아니면, '돌'이 된 '물,' 즉슨 '돌'은 무엇인가? (아마도 이것은, [촛불중의 어휘를 빌면,] 希臘人 아도니스의 教義[즉슨 '物活論']가 지배적이던, '살의 宇宙'에 소속된 얘기겠지만,) 전에는, "하늘에서 떨어져 내린 돌(별똥 따위), 그것이 生命의 根源"으로 이해되어졌었다는 얘기가 있다. (『칠조어론』 3, 65쪽)

박상륭은 아도니스 교의를 물활론 지배 시절의 돌을 해석하는 방법에서, 생명의 근원으로 이해하고 있다.

이상과 같이 박상륭은 '아도니스 신화'를 통해 '살의 우주', '재생의 공간 바르도의 의미화', '우주적 생명력의 모순 통찰', '식물 윤회론', '축생도적 우주의 해석', '물활론 지배 시절' 등으로 자신의 세계관을 정립하는 한 축으로 설

---

12) 데미엔 키언, 『불교란 무엇인가』, 고길환 옮김(동문선, 1998), 61쪽.
13) 『철학사전』(중원문화, 1991), 236쪽.

정하고 있다. 특히 이 신화는 그리스 신화와 기독교의 접맥, 그리스 신화와 티벳 불교의 접맥, 그리스 신화와 불교의 접맥, 그리스 신화와 동양 신화의 접맥, 물활론이 보편적 범신론으로 지배하던 시절까지 다양하게 해석 서술되고 있다. 다원적 사유를 통해 우주관의 비교, 새로운 우주관의 정립을 보여주었던 것이다.

이런 점에서 볼 때 박상륭은 그리스 신화 차용 중 '아도니스 신화'를 가장 비중있게 다원적 신화의 상상력과 세계관으로 재해석하고 있다. 이는 서구 신화 속에 동양 사유와 유사성을 갖고 있는 순환관을 부각시키고 있는 반증으로 동양적 세계관의 해석을 접맥한 신화라 할 수 있다.

2) 신에 도전한 신화—시지포스, 이카루스, 제우스와 프로메테우스

박상륭의 『칠조어론』 연작 장편소설에서 보이는 신화 테마로 신에 도전한 신화들이 있다. 이러한 신화에는, '시지포스 신화', '이카루스 신화', '제우스와 프로메테우스 신화' 등이 있다.

먼저 '시지포스 신화'를 보자. 지상에 나와 코린토스로 돌아온 시지포스는 하데스의 명령을 이행하려 하지 않고, 교묘한 방법으로 저승의 신들을 납치하여 장수를 누렸다. 죽은 후 그의 유해가 타르타로스에서 벌을 받은 것은, 그가 제우스의 분노를 샀을 뿐만 아니라 신들에게 불경스러운 행위를 했기 때문이다. 그는 언덕에서 영원히 큰 돌을 밀어올려야 하는 벌을 받았다. 돌을 정상 근처까지 겨우 밀어올리면 다시 밑으로 굴러 떨어지는 것이었다.[14]

시지포스 신화는 신의 명령에 거부해서 영원한 형벌을 받는 주인공으로, 현대적 의미 맥락에서도 부조리 신화의 대표적 성격을 보여준다.

박상륭의 경우 '시지포스 신화'에서 추락성에 우선 관심을 두고, 그리스 신화와 연금술의 접맥을 통해 보여준다. 추락 상태를 시지포스의 바위와 관련되는 연금술의 黑 상태로 본 것이다.

---

14) 『그리스 · 로마 신화사전』, 153쪽.

말씀드려온 두 경우는 헌텝지, '白(알베도)'에서 일어난(발음) 말들이, '黑 (니르레도)'에로 퇴조 전이를 치른 것과, '赤(루베도)'에로 순조 전이를 치러, '현자의 돌'화한 것을 살펴본 셈인텝지만, 이 세번째 경우는, 일어난(化現) 말이, 순조 전이에 의해 '赤'에 도달했다하면,—시지포스의 바위(해)를 염두하십습지,—대번에 추락하여 '黑'에로 침몰하는바, 이는 매우 심상치 않습지. (『칠조어론』 1, 45쪽)

박상륭이 보인 추락된 黑 상태는 연금술에서 검은 색인 무채색으로 대작업의 제1 단계, 분해, 발효, 불길함, 지옥으로 떨어짐을 나타낸다.[15] 즉, 부조리 신화에서 연금술의 전체 맥락을 白 상태→黑 상태, 白 상태→赤 상태로 읽어가고 있다. 백 상태에서 흑 상태로 향하는 하강의 변화는 퇴화 의미로 읽고, 백 상태에서 적 상태로 향하는 상승의 변화는 순조 상태로 보면서, 시지포스 신화의 경우는 바위(해)로 추락한 黑 상태로 보고 있다.

또한 그는 '시지포스의 신화'를 불경인 <목련경>의 주인공 '羅卜'이자 한국 설화의 주인공인 신라의 사복[16]을 복합시켜 '羅卜'으로 등장시켜 고행에 지옥행, 종적 운행이라는 상상의 공간까지 확장시켜 보여주고 있다. 특히 이 신화는 그리스 신화와 불교 설화, 한국 설화의 접맥을 통해 보여주고 있다.

아으 시지포스여, 그래서 道流가 만약, 흐르릉이 입은 몸에 내려쪼이는 햇볕의 뜨거움이 좋아서, 그리고, 귀두의 간지러움이, 배고픔이, 살의 무거움이, 한 몸 뺑뺑하게 담아버린 苦海가 결코 싫지 안해서, 좋아싸서, 자청하여, 그곳의 유형수가 되려 하지만 않는다면, 羅卜님입습지, 싫어 싫어하며 地獄에로 내리기는, 그 밑바닥에 구멍을 뚫어, 나아가기, 오르기, 내리기는 오르기, 왜냐하면 縱的 運行은 그런 거이거든입지. (『칠조어론』 1, 148쪽)

박상륭은 시지포스 신화를 통해 연금술의 흑 상태까지 절망한 나락의 상태

---

15) 진 쿠퍼, 『그림으로 보는 세계문화상징사전』, 이윤기 옮김(까치, 1994), 75쪽.
16) 박상륭은 그의 중편소설 『유리장』(1971)에서는 蛇福을 주인공으로 등장시키고 있으나 『칠조어론』에서는 복합적 이름 '羅卜'으로 부르고 있다.

와 지옥 공간의 재현으로 보여주어 시지포스와 羅卜을 동일한 상태로 보여주고 있다. 창조적인 사람들에게는 지옥이 지닌 매력은 보통을 넘어선다. 고대로부터 전해온 지옥 전통, 지옥과 관련된 기발한 구상, 분석적 논증, 독단적 교리 등이 집적되어 실제적 지형을 갖추었기 때문에 저승의 지도를 그려 내려는 수천년 동안의 지속적 시도에 얽힌 단순하면서도 복잡한 신앙 때문이다. 지옥 경관은 상상의 역사에 있어서 최대 공동 건설 작업의 성과라 할 수 있다.[17] 즉, 지옥이란 관념은 오랜 세월에 걸쳐 수많은 사람들에게 그들의 삶을 규정하는 공포스런 實在로서 작용해 왔다는 사실이다. 박상륭 역시, 지옥 공간의 관념적 형상화를 작가의 개인적 운명과 애착심을 접합시켜 보여주고 있다.

다음으로 신에 도전했던 신화, '이카루스 신화'를 보자.

다이달로스의 아들 이카루스는 도저히 탈출할 수 없는 것을 알고 있다. 아버지인 다이달로스는 새의 날개와 같은 것을 만들어 하늘로 날아서 탈출하려고 했다. 아들인 이카루스는 흥분한 나머지 너무 올라가고 말았다. 태양열이 날개의 밀랍을 녹였기 때문에 이카루스는 바다에 추락하고 만다.[18]

이카루스 신화는 다이달로스 신화와 더불어 라빈토스에 갇혀 있다가 밀랍을 붙여 탈출한 신화로 아버지와 달리, 이카루스는 태양까지 날아간 비상력의 상징과 추락의 의미를 갖고 있다.

박상륭의 경우는 이카루스를 새라는 동물성의 메타포인 飛翔 이미지로 드러내고 있다.

> 그런 잠시 후에는, 저 숲의 水面에로 떠올라갔던, 빛에의 꿈들이 돌아와, 어제 해거름판에 벗어 그 숲에다 걸어두었던, 날개들을 찾아내 입고, 새들은 일제히, 빛에로 향해 날아오를 것이다. (새들은 이카루스.) (『칠조어론』 2, 137~138쪽)

박상륭은 이카루스 신화를 새의 신화화까지 승격시켜 보여주고 있다. 의인화, 상상력의 확장을 비상 이미지를 선험적 의미로 새에게 되돌려 보여주고

---

17) 엘리스 K. 터너, 『지옥의 역사 I』, 23~24쪽.
18) 『그리스·로마 신화사전』, 35쪽.

있다.

마지막으로 신에 도전했던 신화, '제우스와 프로메테우스 신화'를 보자.

제우스는 그리스 신들 중의 최고 지배자로서 그의 역할은 매우 이른 시기에 정리되어 우주의 모든 일은 그의 관할 하에 있고, 신들과 인간의 아버지로 일컬어졌다. 그는 인간을 창조하지도 않았고, 피를 나누지도 않았다. 인간은 프로메테우스가 흙으로 빚어 만들고, 여기에 아테네가 생명을 불어 넣었던 것이다. 따라서 제우스를 아버지라 부르는 것은 한 집안의 주인이라는 의미에서, 제우스는 왕이고, 인간의 왕들은 그의 특별한 보호를 맡고 있었다. 제우스는 프로메테우스를 오케아노스 강가에 있는 높은 바위에 묶어 놓고, 매일같이 독수리가 그 간장을 파 먹도록 하는 벌을 주고 있었다. 이것은 인간에 대한 제우스의 적의에 대하여 프로메테우스가 인간을 두둔하려는 데 대한 보복이었다. 프로메테우스의 손에 의해 인간이 창조된 이래, 제우스는 인간을 멸망시키려 하여 그들의 일생을 불쾌하고 짧은 것으로 만들려 했던 것이다. 이에 프로메테우스는 자신의 창조물을 위로하기 위해 신들로부터 불을 훔쳐 인간에게 주었다.[19] 제우스는 화가 나서 인간으로부터 불을 빼앗기로 했다. 그러나 프로메테우스는 이 명령을 어기고 올림포스 또는 헤파이스토스의 대장간에서 몰래 불을 훔쳐다 인간에게 주었다. 이와 동시에 제우스는 인간이 이전부터 가지고 있던 미래를 아는 능력을 그에게서 빼앗았다. 왜냐하면 프로메테우스가 그 능력을 가졌기 때문에 인간에게 비참한 일이 일어나리라 예견하고 이를 막아왔기 때문이다.[20]

신의 제왕인 제우스와 신에 도전한 프로메테우스는 인간을 창조한 신, 또는 인간에게 불을 가져다준 신으로 널리 알려져 있다.

박상륭의 경우는 먼저 프로메테우스를 아담과 합성시킨 최초의 인간 유형으로 보며, 그리스 신화와 성경의 접맥으로 의미를 창조하고 있다. 또한 프로메테우스에 상상력의 세포를 첨언하여 제시하고 있다.

---

19) 『그리스·로마 신화사전』, 360쪽.
20) 『그리스·로마 신화사전』, 521쪽.

그리고 나면, 그 '돌무덤' 속에서는, 鬼哭이 일어나거나, '빛 속에서 빛을 밝혀 다니던 자'의 귀신이 일어나, 만나는 자마다, 그들의 목덜미를 물어, 피를 낸다.—"제우스의 下命을 받잡고, 프로메테우스가, 사람과 짐승을 지었다. 본즉은, 짐승의 수가 사람보다 월등 많은지라, 제우스가, 그 지은 자에게 명하여, 짐승 중의 얼마를 새로짓되, 그것들로 사람이 되게 하자고 한즉, 그렇게 된지라. 문제는 헌데, 본디 지어지기를 짐승이었다가, 새로 지어져 사람이 된 것들은, 사람의 형태를 입고도, 본디 짐승이었던, 그 獸性을 버리지 못하고 있다는 것이었다." 아담 프로메테우스! "짐승 중의 얼마가, 사람에로 뒤바뀐 것"으로도 이해되어지는, 이 寓話에서, 홑겹 寓衣를 벗겨 버리기로 한다면, 말한 바의 '짐승들'이란, 프로메테우스라는 다른 方言의 이름을 가진, 최초의 사람[아담]의, 想像力을 細胞로 하여 태어난 것들인 것을 알게 되는 바, 그렇다면, 그것들은 다름아닌, 모두가 하나같이, 꾸어진 '꿈'의 형태인데, '꿈'의 子宮은, [인체상의] '목구멍'이라는, 기관인 것을 염두하면, 저 '짐승'들도, 결국은, 그 '목구멍'을 통해, 發音을 입은, 여러 짐승의 '이름'들 말고, 다른 아무것도 아니라는 것을 알게 된다. (『칠조어론』 3, 61쪽)

박상륭은 성경의 창세기 신화를 그리스 신화의 창세기식으로 적용하고 있다. 육체 분화 어법과 관념적 상상력을 육체 어법인 세포 등의 표현어를 쓰고 있다. 인간 창조자를 최초의 인간인 아담에 창조자 프로메테우스를 복합시켜 '아담 프로메테우스'라 명명하여 창조자와 더불어 상상력을 세포로 태어난자, 즉, 문학적 특성의 명명의 분화 어법으로 그 의미를 강화시키고 있다.

이상과 같이 살펴본 박상륭이 보여준 신에 도전했던 추락의 주인공들, '시지포스', '이카루스', '제우스와 프로메테우스 신화'의 주인공은 신성모독을 범한 공통점이 있다.[21] 이들 주인공인 '시지포스'는 연금술의 黑 상태나 지옥 공간의 재현을, '이카루스'는 동물의 신화화, '제우스와 프로메테우스'는 새로운 창조자와 상상력의 세포를 지닌 태초부터 문학적 인간으로 해석해 다양한 신화적 상상력의 확장을 보여주고 있다. 특히 이들 신화는 그리스 신화와 연금술의 접맥, 의인화 이미지의 확장, 그리스 신화와 성경 신화를 합성해 새로운

---

21) 유재원, 『그리스 신화의 세계』(현대문학, 1999), 347쪽.

명명의 신화 주인공 및 분화 어법을 보여주고 있다. 또한 박상륭이 표출한 신에 도전한 신화 중 시지포스 신화는 불경 설화 및 한국 신화와 접맥한 단일 신화적 의미가 아닌 복합적 합성 신화로 지옥 공간의 형상화 어법을 제시하고 있다.

3) 신의 나르시시즘 신화─나르키소스

신의 나르시시즘 신화로는 '나르키소스 신화'가 있다. 이 신화는 신화의 승격, 이분화 어법으로 보여주고 있다.

아름다운 청년으로 성장한 나르키소스는 많은 남녀가 구애했으나 모두 거절했다. 이윽고 님프인 에코가 그를 사랑하게 되었다. 그러나 에코는 제우스가 다른 님프들과 정을 통했을 때, 제우스에게 그의 아내인 헤라가 온다고 계속 경고를 했기 때문에 헤라로부터 벌을 받아, 귀로 들은 마지막 음절만을 되풀이 할 뿐 말하는 능력을 빼앗겼다. 그리하여 나르키소스가 에코의 사랑을 무시하자 그녀는 자꾸 몸이 여위어갔다. 그러나 나르키소스는 얼마 후 그녀를 무시한 보복을 받게 되었다. 그에 대한 간곡한 구애를 거절당한 에코가 네메시스에게 기도하자, 네메시스는 그녀의 간청을 받아들였다. 즉 나르키소스는 헬리콘 산의 샘에 비친 자기 모습을 들여다보도록 운명지어졌다. 나르키소스는 그 샘을 들여다보면서 자신의 모습에 도취했다. 그는 자신에 대한 사랑을 이기지 못하고 매일같이 샘만 들여다보다가 마침내 지쳐서 죽었다. 신들은 그를 수선화로 변신시켰다.[22]

나르키소스 신화는 자아 도취의 신화로 흔히 알려져 있다.

박상륭의 경우는 『칠조어론』에서 '나르키소스 신화'에서 신의 자기 도취, 신의 나르시시즘, 인간은 신의 나르시시즘으로 해석하고 있다.

> 당신은 그리하여 무엇을 보느냐? 아흐, 神의 자기 도취(나르시시즘)? 허긴 그랬었던가, 神은 자기의 형상대로, 한 有情을 빚었었더라니, 그것이 人

---

22) 『그리스·로마 신화사전』, 17~18쪽.

間(아담)이었던가? 水仙花 한 송이, 그리고 두 송이째, 핀 것은, 그 같은 水仙花의 갈비뼈에서 망울 튼 것이었더니, 그러던 어떤 날, 저 水仙花들은, 스스로 뿌리를 뽑아, 그 거울을 떠나버렸더라 했다. (중략) '人間'은 神에 대해 무엇이었는가 하면, 말이지만, 神 자기에게도 자기의 얼굴(存在)이 보이지 안해, 이전, 한번도 '自己'를 성취해볼 수가 없었던(제길헐, 記號를 못 입은 어떤 意味!) 한 勝利—肉身(記號)을 입어 '自己(意志)'를 성취해준, 한 言語, (神의 나르시시즘! 人間은 神의 나르시시즘!) 헌데 거울은 비었는가. 아으 아담(사람)아, 네가 어디에 있느냐? 神께서 그 사랑으로(나르시시즘!) 人間을 애절히 불러, 동산의 모든 곳으로 헤맨다. (『칠조어론』 3, 28쪽)

박상륭은 나르키소스 신화를 통해 인간의 자기 도취, 나아가 신의 자기 도취까지 의미를 끌어 올리고 있다.

다른 하나는 '나르키소스 신화'를 거울 몽상의 이중성을 자기 도취와 자기 혐오로 나누어 파악하고 있다.

(이왕에 나온 얘기니 말이지만,) '거울'에의 夢想은, (꾀 있는 匠色들에 의해, 그것이 여러 모양으로 발명 제조되고 난 뒤에, 왜냐하면 그것은 그 러자, 記錄化된 經典 같아서일 것이지만, 보다 광범위하게 보급되었거니와,) 헌데 꼭히, 저렇게, '자기 도취(나르시시즘)'만을 저변하고 있는가 하면, 반 드시 그런 것만은 아니다, 그럴 것이 왜냐하면, 그들(人間)이 아랫도리를 가린 뒤부터 비롯된 것이 분명하겠지만, 그 반대편에서는 차라리, '자기 혐 오'가, 그 주성분으로 되어 있는 것이 診候되기도 하기 때문이다. (『칠조어 론』 3, 29쪽)

박상륭은 신의 나르시시즘까지 승격시켜 보여주고, 또 하나는 이분화시켜 나르시시즘을 해석하고 있다. 기존의 신화에서 대상을 승격시킨 나르시시즘과 이원화시킨 어법의 나르시시즘으로 보여주고 있다.

이상과 같이 보면 '신의 나르시시즘 신화'에서 신과 인간을 끌어들여, 박상 륭은 나르키소스를 승격시킨 해석과 이분화시킨 해석법을 쓰고 있다. 즉 다양 한 해석법을 보여준 신화다.

4) 연금술 신화-헤르메스(머큐리)

박상륭이 『칠조어론』에서 보여준 신화 테마로 연금술 신화 '헤르메스(머큐리) 신화'가 있다.

헤르메스-머큐리는 연금술의 혼인 머큐리우스였는데, 머큐리우스는 근원적인 불길로 알려졌다. 머큐리우스의 불길은 신비로운 지식의 원천이 되며, 지구의 중심에 위치하는 것으로 상징된다.[23] 연금술에서 헤르메스-머큐리우스는 <수은>, 사물 속에 숨어 있는 기질이었다. 그는 모든 반대되는 것들을 통합하는 상징, 금속이지만 액체이기도 하며, 물질이지만 기운이기도 하고, 차가운 것이지만 불길 같은 것이기도 하며, 독이지만 치료제이기도 하다. 은유적으로 말해서 헤르메스는 영적인 금을 발견하는 길을 보여주는 신화다.[24]

그리스의 헤르메스 신화와 로마의 머큐리가 결합된 헤르메스-머큐리우스에서 특히 연금액을 머큐리로 호칭하고 있다.

신화와 연금술을 접맥시켜 보여준 이 신화에 대해, 박상륭은 연금액을 여성과 자기 자신을 연결시켜 보여준다.

먼저 연금액, '머큐리'를 강인한 생명력의 소유자 여성을 스스로 탈취하는 자[25]로서 결부시킨다.

> 그네들 하는 소리를 좇자면, 자기네들도, 자기네들이 느끼는 그것을 도저히 믿지를 못하겠음에도, 그네들이 하나같이 경험하고 있는 한 사실은, 그는 그 陽莖을 무슨 빨대 같은 것으로나 심은 듯이 하여, 배를 꼴록이기로, "쏟아낸 것을 다시 빨아올리는 듯한데, 그러기와 함께, 옌네들 자기네들 몸 속에 괴었던 물기도 빨아올릴 뿐만 아니라, 몸 속을 도는 젖은 물론, 기름, 그리고 종내는 眞髓(머큐리)까지 몽땅 빨아간다."는 것이었다. (『칠조어론』 2, 77쪽)

---

23) 진 시노다 볼린, 『우리 속에 있는 여신들』, 128쪽.
24) 진 시노다 볼린, 『우리 속에 있는 남신들』, 유승희 역(또하나의 문화, 1994), 193쪽.
25) 박상륭은 상극적 질서의 여성 신화를 처녀상, 여성상, 모성상, 암컷상을 반복시켜 등장시키고 있다. 졸고, "페미니즘으로 읽는 『죽음의 한 연구』", 『'죽음의 한 연구' 깊이 읽기』, 280쪽.

또 하나 박상륭은 자기를 순화시키는 방법으로 연금액, '머큐리'를 제시하고
있다.

> 그럼에도 人間은, 苦痛(은, '魂의 場所'라고 이른다.)과 苦行을 통해서만
> 純化를 성취하는 '불순한 짐승'이라면, 저 '사랑하기'를, 자기 순화의 錬金
> 液(머큐리)으로 삼는 것은, 이 우주간 무엇보다도 먼저, 그리고 마지막으로
> 권할 만한 것이라는 것은, 말하기조차 번거로울 것이다. (『칠조어론』 3, 31
> 쪽)

박상륭은 '헤르메스(머큐리) 신화'를 통해 고행과 고통을 순화시키는 사랑하
는 자기 순화의 방법론으로 머큐리, 연금액을 보여주고 있다.

이상과 같이 박상륭은 연금술 신화인 '헤르메스(머큐리) 신화'를 통해 여성
스스로 생명력을 탈취하는 속성과 자기 자신을 순화시키는 생명력에 연금술적
방법론에서 특히 연금액을 동원하여 해석하고 있다.

5) 저승 여행 신화-오르페우스

박상륭이 보여준 신화 테마로 저승 여행 신화인 '오르페우스 신화'가 있다.
그리고 이 신화 역시 시지포스 신화와 마찬가지로 한국 설화와 접맥시켜 보여
주고 있다.

오르페우스는 요정인 에루리디케를 아내로 맞이하였으나, 그녀가 산책 도중
에 양치기인 아리스타이오스에게 쫓겨 도망치다가 독사에 물려 세상을 떠났다.
슬픔에 잠긴 오르페우스는 아내를 찾기 위하여 저승으로 내려갔다. 그의 음악
연주에 감동한 저승의 왕 하데스와 그의 아내 페르세포네는 지상에 도착할 때
까지 절대로 아내의 얼굴을 돌아보지 말라는 조건으로 그녀를 데려갈 것을 허
락하였다. 그러나 마지막 한 걸음을 남기고 오르페우스가 그 약속을 어김으로
써 그의 아내는 다시 저승으로 사라지고 말았다. 아내의 죽음을 슬퍼하며 많
은 여인들의 구혼을 거절한 그는 트라키아 여자들의 원한을 사서 사지가 잘린
채 헤브르스 강에 하프와 함께 버려졌다. 시체와 하프는 레스보스 섬에 표착

하였는데, 레스보스 섬은 이 전설의 유래에서 서정시의 중심을 이루었다. 후에 하프는 하늘로 올라가 별자리가 되었고, 그의 영혼은 영원한 낙원 엘리시온으로 인도되었다.[26]

음악의 명인 오르페우스는 죽은 아내를 찾기 위해 저승 여행을 다녀온 신화로 널리 알려져 있다.

박상륭의 경우 오르페우스는 불경인 <목련경>의 주인공인 나복이를 신라의 사복과 보합시켜 羅卜으로 변형시켜 오르페우스를 귀신 찾기 구조로 바꾸는 저승길의 탐색자로 등장시키고 있어, 그리스 신화와 불경 신화, 신라 신화와의 결합을 통해 보여주고 있다.

> 傳說을 좇으면, 비가 오는 저녁에론, 무덤에서 귀신이 일어나, 백골이 젖어 꿈자리가 헤설프다고, 철없이 울고 한다고 하지만, 그 '무덤'의 현주소는 이승임에도, (羅卜이임세, 오르페우스임세,) 누구든 鬼神을 求(찾)하려면, 무덤의 뿌리 되는 데를 디뎌, 딛 딛, 디뎌 내려가, 이승에서 신은 '비단신발' 한 켤레가 다 해지도록 헤매다녀보아야 하듯, (헤헤헤, 修辭學만을 좇다보면 公은, 저승길 험난하기 이를데 없다는데, 그까짓 '비단신발 한 켤레'가 별수일까보냐, 그래서나 미투리도 한 죽씩을 어깨에 메고 떠난다고 하잖더냐, 랄지도 모르되, 저승은, 육신을 벗어 무덤 속에 뉘어놓고, 그리고 가는 곳인 것을, 公은 부디 잊으시기 마시게. 저승은 차라리, 발 대신에, 대가리를 바퀴삼아, 그걸 굴려가는 곳인지도 모르지 않남.) (『칠조어론』 4, 217쪽)

오르페우스와 동일시된 羅卜은, 『삼국유사』에 등장하는 '蛇福不言'[27] 신화에 등장하는 신라의 사복은 띠풀을 꺾고 지하 세계로 들어간 곳이 연화장이란 극락의 공간이었지만, 저승이란 공간으로 들어간 의미가 인간 육체가 해체되어 몸은 없고 머리만 있는 지옥 공간과 닮은 내면화된 심리로 부각시키고 있다.

> 저 늙은 불머슴이, 그날, 차려주었던 밥은, '모래와 소금으로 버무려놓고

---

26) 안진태, 『신화학 강의』, 251쪽.
27) 일연, 「蛇福不言」, 『삼국유사』, 이민수 역(을유문화사, 1983), 330쪽.

있었던 것'인데, 그것을 알 까닭이 없어, 그 밥을 숟갈질해 입에 넣고, 칵 물어 씹다 촛불중은, 地獄에로 떨어져내려버렸더랬더니, 아으, 地獄의 胃酸에 담겨 녹여지기의 고통은, 찰나도 겁파던 것을, 똥이 되었으므로 그 창자에서 밀려나, 벗어나게 되었었을 것인데, 오르페우스임세, 그랬음에도 오르페우스임세, '몸'을 입고 있었기의 法恩이 얼마냐, 어떻게 돼서든, 빛 가운데로 되나와져 있었음, —그 地獄이 헌데 새로 오늘, 고스란히 되살아나 버린 것이다. (『칠조어론』 4, 300쪽)

박상륭의 경우 오르페우스 신화는 한국식으로 재해석하는데 지옥 공간 심리로 재현시켜 부각하고 있다. 시지포스 신화와 마찬가지로 지옥이란 관념은 오랜 세월에 걸쳐 수많은 사람들에게 그들의 삶을 규정하는 공포스런 실재로서 작용해 왔다는 사실을 관념적으로 응용하고 있다.

특히 박상륭은 시지포스 신화와 더불어 오르페우스 신화를 저승 공간으로 부각시키면서 불경 신화와 한국 신화의 주인공인 羅卜으로 결부시켜 보여주고 있다. 즉, 오르페우스 신화는 지옥 공간과 닮은 내면의 유사 심리와 저승 공간으로 재현되고 있다.

6) 怪獸 신화—히드라, 사튀로스와 판, 메두사, 에뤼직톤, 케르베로스

박상륭이 보여준 그리스 신화 테마로 怪獸 신화가 있다. 괴수 신화에는 '히드라', '사튀로스와 판', '메두사', '에뤼직톤', '케르베로스'가 있다. 이 괴수들을 박상륭은 강인한 생명력의 비유법, 부패한 세상의 메타포, 현실의 독아를 숨기고 있는 毒口의 강력한 어법, 추한 동물의 실존지인 현실의 형상화, 비참한 현실을 광포성 이미지의 확대로 차용, 지옥의 지킴 이미지인 넋의 탈취자로 형상화하여 그려내고 있다.

공허, 무, 혼돈 등은 신화에서 악마와 연관되는 대표적인 상징이다. 혼돈, 깊이를 알 수 없는 깊은 구덩이, 크게 입을 벌린 공허는 세계의 시원, 또는 그 이전에 존재한 아직 형태를 갖추지 못한 미분화의 상태를 가리킨다. 대개의 신화는 이 혼돈에서 시작된다. 혼돈은 우주의 선행 조건으로 없어서는 안 되는 것이지만 우주는 혼돈을 멸망시켜야만이 형태를 갖추게 된다. 종말에 우주는 원초의 모습인 혼돈으로 돌아간다. 이것은 세계를 멸망시키면서 원초의 창조적 힘으로 귀환하는 이중적 효과를 지닌다.[28] 신화에서 영웅은 만들어지고 사회적 요청에 따라 세상에 등장한다. 영웅이 힘을 발휘하는 경우 직접적으로 사악한 존재를 몰아내거나 죽이는 것이고, 다른 하나는 문자나 문화의 전파를 통해 인류에게 힘을 주는 간접적 방식이다. 사람들에게 고통을 주고 파탄에 빠지게 한 사악한 존재와 대결해서 그를 물리치고 사람들에게 평온과 행복을 되찾아 주는 존재로 묘사된다.[29]

먼저 '히드라 신화'의 경우, 히드라는 아르고스 근교에 있는 레느네의 소택지인 아미모네 샘의 물뱀이었다. 이 히드라는 괴물의 동체는 개이고 머리는 5개 내지 100개나 되었으며, 머리는 불사신, 히드라를 보낸 것은 헤라였다. 헤라클레스가 히드라의 목을 베자 그 자리에서 다시 새로운 머리가 돋았으나, 조카인 이올라오스가 불타는 나무로 괴물의 목을 지지자 새로운 머리가 돋아나지 않게 되었다.[30]

히드라 신화는 흔히 알려져 있듯이 죽으려도 죽지 않는 머리를 갖고 있는 신화인데, 박상륭은 강인한 생명력의 비유를 히드라, 99戰의 독을 이기는 고생의 삶의 현상으로 파악하고 있다.

> 그럼에도 물론, 村老도 公과 더불어 무엇을 시인하는가 하면, '藥'은 '毒'을 상대로 百戰苦鬪를 해오는데, 九十九戰을 패하여, 그 탓에 몸을 입고 산 것들이, 통증과 죽음 가운데로 떨어져내리는 비극을 두고도, 어쩌지를 못하고 있는 것이다. 그럼에도 公은, 생명이란, 짜르면 짤라도, 그 머리가 자꾸 자꾸 돋아나는 怪蛇(히드라)모양, 그 머리를 羯磨에 얹고 있는 한, 결코 죽지를 못한다는 것도 염두하고 있어야, 九十九戰을 '毒'이 이기는 것 같은, 苦海에 처한 삶들의 苦生을 이해할 수 있을 것이다. (『칠조어론』1, 222쪽)

---

28) 이경덕, 『신화로 보는 악과 악마』(동연, 1999), 152쪽.
29) 이경덕, 『신화로 보는 악과 악마』, 209~211쪽.
30) 『그리스・로마 신화사전』, 557쪽.

박상륭은 '히드라', 즉 怪蛇 신화를 생명력의 인유로 자르면 잘라도, 그 머리가 자꾸 돋아나는 모양, 모양을 형상화하고 있다. 99戰의 방법론이 毒을 이기는 것 같은 고해에 처한 삶들의 고생을 이해하고 있다. 즉, 생명 원동력의 비유법을 99戰에 비유하고 있다.

다음의 괴수의 종류로 '사튀로스와 판'이 나오고 있다. 먼저 사튀로스는 디오니소스의 주연에 마이나스들이 동반했던 들판의 요정들로서 그들은 호색적이고 장난이 심하기로 유명하다. 나중에는 뾰족한 귀, 말의 발굽, 머리에 작은 뿔이 난 동물로 여겨졌다. 또 자연계에 있어서 억제되지 않는 풍요의 화신으로 생각되었다. 그들이 특히 즐기는 것은 님프들을 쫓아다니는 일로서, 그녀들을 통해 정욕을 채우려 했다.[31] 또한 판은 목장, 특히 양과 산양의 신, 아버지인 헤르메스와 마찬가지로 그 역시 아르카디아와 밀접한 관계가 있다. 그는 산양의 모습을 하고 머리에는 작은 뿔이 돋아 있었던 것이다. 저질스러웠던 판은 여자를 좋아하여 늘 님프들을 쫓아다녔다. 또 그는 양과 소의 번식에도 책임을 진 신으로 간주되었다.[32]

풍요와 번식의 신 '사튀로스와 판의 신화'는 흔히 알려져 있는데, 박상륭은 사튀로스와 판을 괴수로 등장시켜 부패한 세상의 메타포인 사탄, 마력의 비유 이미지를 쓰고 있다.

> (누구의 귀에 들려졌건 말았건, 그리하여 촛불중은, 나름의 한 法을 說하였더라, "아으 道流들은, 이것은 어쩌면, 쇠로 된 굵은 사슬을 벗어나기보다 천만 배나 더 어렵다고 할지 모를지라도, '修辭學的 聯想'이라고 이른 바의, 저 '말[言語]로 된 사슬'에서, 그것에 마늘 꿰어진, 道流들의 대갈통들을 뽑아낼지어다, 그러면 道流들은, '실다움'이라는 것은 道流들의 혀에 감아 먹어서는, '살[無明]'이라는 蛔蟲을 살찌우고, '혀'가 이뤄낸 '幻鬼'를, '살'이 이뤄낸 幻鬼에다 접붙여, 그것이야말로 '실다움'이라고, 예배해왔었음을 새로 발견하고, 경악할 것인데, 그 幻鬼의 이름은 '二元論'이랄 것이다. 그러기 위해서 道流들은, 生殖을 위해 몸을 휘감아 문질러대며, 정액을 늘여내는 괄태충이들모양, 서로가 서로의 혀를 휘감아 틀어, 독의 타액을

---

31) 『그리스 · 로마 신화사전』, 139~140쪽.
32) 『그리스 · 로마 신화사전』, 483쪽.

늘여내며, 혀의 동앗줄을 만드는, 그 혀들을 사려들이든, 아니면 동강을 내고 말 일일 것이다. '냉'이며, '월후,' '정액'이며 똥 오줌 냄새뿐만 아니라 세상은, 끈적거리면서도 미끄덩거리는, 뒤섞인 '침'냄새로도 꽉차 있구나. '월후'며 '정액' 따위가 고여 썩는 웅덩이에서는 '怪獸〔毒龍, 九尾狐, 판〔pan〕, 사튀로스〔satyros〕, 外 多數〕'가 일어나고, 뒤섞인 '침'이 고여 썩는 데서는, '魔〔사탄, 外 多數〕'가 일어난다. 헤이키 쉐—") (『칠조어론』 3, 97쪽)

　　박상륭은 '사튀로스와 판의 신화'를 부패한 세상의 독룡, 괴수류에 독룡, 구미호와 더불어 괴수의 부류로 제시하고 있다. 부패한 세상의 메타포로 쓰고 있다.

　　다음의 괴수는 '메두사 신화'에서 보인다. 메두사는 의미의 탐색꾼에 의해 부정적 여성 괴물로 등장되고 있다. 포르키스와 케토 사이에 태어난 세 딸로서 바다에 사는 추악한 얼굴의 괴물이다. 그녀들의 이름은 스텐노, 에우리알레, 메두사다. 메두사는 포세이돈의 사랑을 받아 아테나 여신에게 헌납된 신전에서 그와 정을 통했다. 그녀는 페르세우스에게 목이 달아났을 때 포세이돈의 아기를 배고 있었는데, 이 자식들은 그녀의 머리에서 태어났다. 매우 추한 모습을 얼굴로 하고 있다는 설이 있다. 둥글고 기괴한 얼굴에는 수염이 나고, 머리카락은 뱀, 몸체는 멧돼지, 손은 청동인데다 눈은 항상 부릅뜨고 있었다. 크게 찢어진 입으로 웃을 때는 기다란 혀가 나오고, 코는 사자코였다. 드러누울 때는 가랑이를 벌리고 때로는 암말의 하반신이 되기도 했다. 최소한 메두사의 눈만은 그것을 본 사람들을 돌로 변하게 했다고 한다. 페르세우스는 메두사를 죽여 그 머리를 아테나 여신에게 헌납했다. 아테나는 이것을 자신의 전용방패인 아이기스의 중앙에 박아넣었다. 메두사는 죽은 후 인간들과 마찬가지로 하데스의 왕국인 황천으로 내려가, 죽은 자들에게 두려움을 주었다고 한다.[33]

　　흔히 이 신화는 사람을 돌로 변화시키는 공포의 동물 메두사로 알려져 있는데, 박상륭의 메두사는 현실의 독아를 숨기고 있는 毒口의 강력한 어법을 드러내기 위해 차용하고 있다.

---

33) 『그리스·로마 신화사전』, 8~9쪽.

詩宮에는, (詩의 迷路에 처해, 못 벗어나는, 意味〔公主〕의 탐색꾼들께는, 그것의 아름다움도 아름다움이 못 되어) 그런 열두 마리의 암놈 아자가라 (메두사), 독아를 숨겨놓고 잇는 열두 毒니(이빨 달린 요니), 火天의 샘 많은 마누라 스바하(일곱의 혀), 낮에는 또아리쳐 등을 굽고, 밤에는, 불알이 여문 것들의 불알을 까(夢精을 받아), 기름하여, 어두움 쪽에로 눈떠,(라는 말은, 이쪽 편에서 보기에는 자고 있어 보이되,……) 푸룩 쓰룩 타고 있었음메다. (『칠조어론』3, 366~367쪽)

박상륭은 문학적 자궁인 詩宮에 시의 迷路, 의미 탐색꾼의 방법을 추한 동물의 메두사 실존지로 형상화하고 있다. 문학을 하는 방법론적 場에서 의미의 탐색을, 12마리의 암컷 메두사를 이겨내는 과정으로 그리면서, 그 형상적 영상을, 독아를 가진 낮과 밤, 어두움 속에서 타는 미로 시궁의 통과시에 목격하는 괴수로 등장시키고 있다.

다음의 괴수로 '에뤼직톤 신화'에 등장하고 있는 에뤼직톤이다. 에뤼직톤은 한번은 식당을 지을 재목이 필요하여, 불경스럽게도 님프들이 늘 춤추고 있던 데메테르 여신의 성스러운 떡갈나무 숲을 베었다. 그가 도끼로 나무를 찍자 피가 흘렀으므로 옆에 있던 사람이 나무를 베지 말라고 하자, 에뤼직톤은 그의 목을 잘랐다. 숲의 나무의 요정들이 데메테르에게 도움을 청하자 그녀는 여자 신관의 모습으로 나타나 성스러운 숲을 베지 말라고 간청했다. 그러나 에뤼식톤은 그녀를 비웃기만 했을 뿐이었다. 이에 여신은 산의 요정 하나를 페나이(굶주림)에게 보내어, 에뤼식톤을 심한 굶주림에 시달리게 하라고 부탁했다. 페나이는 그의 침실에 숨어들어가 잠자고 있는 그의 뱃속에 들어갔다. 에뤼직톤은 심한 허기로 눈을 뜨고 음식을 마구 먹었으나 아무리 먹어도 배가 부르지 않았다. 마침내 음식을 조달하기 위해 재산을 모두 날려버리고, 이제 남은 것이라고는 딸인 메스트라밖에 없었다. 에뤼직톤은 식량을 사기 위해 딸을 노예로 팔았다. 그녀가 포세이돈에게 도움을 청하자, 그는 어떤 동물로도 변신할 수 있는 능력을 그녀에게 주었다. 그 결과 메스트라는 아버지를 위해 모든 종류의 음식을 마련할 수 있게 되었다. 그러나 이 능력도 영원히 아버지

를 구할 수 없어서, 에뤼직톤은 결국 자기 자신의 육체를 먹고 죽었다.[34]

흔히 '에뤼직톤의 신화'는 데메테르의 신성한 숲을 훼손하다 게걸병에 걸려 비참한 최후를 맞는다 이야기로 알려져 있고, 박상륭의 경우 에뤼직톤을 비참한 현실을 광포성 이미지의 확대로 차용하고 있다.

> 허허헛, 허, 허지만, 저런순 별 볼 내력 없는, 뻘건白手(이눔, 테쌀리의 에뤼직톤 같으니!)들이, 저그 동네 잡년들을 끌럭 끌럭하다, 콧구멍을 파고, 그러다 그 창자에다 뭘 좀 밀어 넣겠다고, 그 코딱지를 감자에 발라 먿던 白面赤手들이, (이눔 에뤼직톤, 어디다 色氣하여 눈을 부릅뜨고, 도끼를 꼬나쥐놨다? 그리고는,) 홋홋홋, 그 손을 내밀어, 저 公主들의 玉手를 잡으러 덤비놨다? ([데메테르女神의,] 聖樹의 숲을 잘라 눕히놨다? 그런 방자함 탓에, 변가 강쇠놈은, 萬病에 굽도 잦도 못하다 뻘고, 에뤼직톤은, 배고픔으로, 하다못해, 제 허벅지 살을 제 이빨로 물어뜯어 먹기에까지 이르렀드라는데, 그 음식으로도 어쨌든지간에, 제 허벅지에 새살도 찼을 것이며, 그러면 또 그것을 뜯어먹고 했을 것임신다. (『칠조어론』 3, 367~368쪽)

박상륭은 에리직톤의 공포적 형상화의 이미지를 그 외에도 "게글거리는 火天은 에뤼직톤, 三世를 다 태와 먹고도 모자라, 그 자신까지 먹어치우는 자"(『칠조어론』 3, 366쪽) 등, 게걸병, 광포성의 이미지 확대로 보여주고 있다.

마지막으로 '케르베로스 신화'에 괴수 케르베로스가 등장하고 있다. 죽은 자는 헤르메스의 안내를 받아 저승으로 갔다. 그들은 스틱스 강을 건네다 주는 나루지기 카론에게 동전 몇 잎을 주어야만 케르베로스가 지키는 문을 통과할 수 있었다. 케르베로스는 몸집이 크며 머리가 세 개 달렸으며 죽은 자들이 저승에 기꺼이 들어가게 하도록 하였으나 죽은 자가 그곳을 떠나는 것을 막았다. 저승으로 가는 길목에 그들은 세 재판관, 미노스, 라다만티스, 아이아코스를 만나야 했다.[35]

저승의 문지기로 알려진 一身三頭 이미지인 '케르베로스'는 지옥 문전의 지킴이로 알려져 있는데, 박상륭의 경우 넋의 탈취자인 일신삼두 毒狗의 각 머

---

34) 『그리스·로마 신화사전』, 275쪽.
35) 『우리 속에 있는 남신들』, 127쪽.

리 역할로 드러내고 있다.

> 배고픈 巨鯨의 뱃속을 들었다 나온 것들이 있다는 소문은 있어도, 아자
> 가라뱀의 아가리를 넘어간 것치고는, 심지어 빛까지도 되돌아나온 법은 없
> 으며, 게글거리는 火天은 에뤼직톤, 三世를 다 태워 먹고도 모자라, 그 자
> 신까지 먹어치우는 자, 도, 물론 모든 玉門들이다 그런 것은 아닐 터이지
> 만, 靑孀煞 끼인 그것은, 아자가라의 아가자리에다, 불의 창자를 갖고 있는
> 것으로까지 알려져 있는 것, ―저 세 가지 것이 地獄門前에 있어, 도망하
> 려는 넋들을 잡아먹는,―身三頭 毒狗의 각 머리의 역할들을 나타내는 것들
> 일 것입닌다. (『칠조어론』 3, 366쪽)

박상륭은 케르베로스를 지옥의 지킴이 이미지를 형상화하면서 넋의 탈취자
로 그려낸다.

이상과 같이 박상륭은 그리스 신화 중 괴수 신화의 '히드라', '사튀로스와
판', '메두사', '에뤼직톤', '케르베로스' 등의 신화를 통해서, 광포한 현실의 은
유화된 이미지 차용, 신화적 등장인물에 상상적 이미지 부여를 통해, 박상륭은
첨예한 현실 차용을 통해 부정적 현실의 극대화, 지옥 공간의 광포성 이미지
로 재해석하고 있다. 즉, 생명 원동력의 비유법, 사탄, 마력의 비유법, 의미 탐
색의 방법꾼, 게걸병의 광포성 이미지, 지옥 문전의 지킴이 형상화, 엽기적 상
상력의 극대화 등으로 첨예한 현실을 각종 공포적인 수사법을 동원해 표출시
키고 있다.

3. 신화와 소설, 소설과 신화, 현실과 신화

박상륭은 서구의 원류에 해당하는 그리스의 신화와 지성을 신화로 육화시
켜 보여주여 신화 소설적 상상력의 지평을 보여주고 있다. 서양의 직선적 세
계관을 순환적 세계관으로 확장시킨 전환, 신화의 다양한 상상력의 지평 넓히
기를 통해, 새로운 우주관의 해석이나 담론, 인간과 세계에서 서로 넘나들며

상상력 교환하기, 공간의 지평 넓히기, 그리스 신화와 티벳 불교의 접맥, 그리스 신화와 불교의 접맥, 그리스 신화와 성경의 접맥, 그리스 신화와 연금술의 접맥, 한국 신화의 서구 신화와의 합성적 상상력의 제시 등을 흥미진진하게 신화적 소설화로 보여주고 있다.

박상륭 소설에 수용된 신화 테마로 '輪廻 신화 및 畜生道 신화', '신에 도전한 신화', '신의 나르시시즘 신화', '연금술 신화', '저승 여행 신화', '怪獸 신화' 등을 드러내고 있다.

첫 번째 신화 테마는 '輪廻 신화와 畜生道 신화인 '아도니스 신화'이다. 아도니스 신화를 통해 몸의 우주, 재생의 공간 바르도, 우주적 생명력의 모순 통찰, 植物輪廻論, 우주의 축생도적 해석, 物活論 지배 시절 등으로 자신의 세계관을 정립하는 한 축으로 설정하고 있다.

두 번째 신화 테마는 '신에 도전했던 신화'의 주인공들인, '시지포스', '이카루스', '제우스와 프로메테우스' 등의 주인공을 통해 다양한 상상력의 확장을 보여주고 있다. 연금술의 黑 상태나 지옥 공간의 재현, 동물의 신화화, 새로운 창조자, 상상력의 세포 등으로 해석해 다양한 신화적 상상력의 확장을 보여주고 있다.

세 번째 신화 테마는 '신의 나르시시즘 신화'인 '나르키소스 신화'다. 이 신화에서는 신과 인간을 끌어들여 박상륭은 나르키소스를 승격시킨 해석과 이분화시킨 해석법을 쓰고 있다.

네 번째 신화 테마는 '연금술 신화'인 '헤르메스(머큐리) 신화'를 통해 여성의 생명력의 특성과 자기 자신의 생명력에 연금술적 방법론을 동원하여 해석하고 있다.

다섯 번째 신화 테마로 '저승 여행 신화'인 '오르페우스 신화'이다. 이 신화는 저승 공간의 재현을 부각시키면서 불경 신화와 한국 신화의 주인공을 羅卜으로 결부시켜 지옥 공간과 닮은 내면의 유사 심리를 보여주고 있다.

여섯 번째 신화 테마는 '怪獸 신화'이다. 이 신화에선 '히드라', '사튀로스와 판', '메두사', '에뤼직톤', '케르베로스' 등의 신화를 통해서, 광포한 현실의 은유화된 이미지 차용, 신화적 등장 인물에 상상적 이미지 부여를 통해, 박상륭은 첨예한 현실 차용을 통해 부정적 현실의 극대화, 지옥 공간의 광포성 이미지로 재해석하면서, 생명 원동력의 비유법, 사탄, 마력의 비유법, 의미 탐색의 방법꾼, 게걸병의 광포성 이미지, 지옥 문전의 지킴이인 넋의 탈취자 형상화 등으로 표출되고 있다.

박상륭의 신화화 과정은, 상상력의 지평, 언어의 지평 확장하기, 공간의 확성화, 우주관의 복합화 등 신화적 사유로 새로운 관념의 세계를 다양한 수사법을 동원하여 재창조하고 있다.

박상륭의 장편 연작소설 『칠조어론』은 그리스 신화뿐만 아니라 한국 신화, 불경 신화, 중국 신화, 인도 신화, 성경 신화, 이집트 신화 등 다양한 측면이 제시되고 있어, 그 의미와 창작 원리를 밝혀도 재미가 있을 것이다. 물론 신화의 차용에서 비중있게 다각도로 차용된 '아도니스 신화'가 있으나, 대부분 다른 모티프들은 간략하게 차용하여 재해석, 재창조, 이미지의 확장, 이미지의 실물감, 이미지의 광포성 등을 보여주고 있다. 그러나 전체 소설 플롯이 신화 구조로 풀어보는 것에는 무리가 있다. 그러나 신화 열풍 시대에 신화 교과서 소설이라 부를만한 관념의 상상력 소설에서 그 단편적 재미가 작가의 상상력과 이미지 창출의 사유와 어떻게 관련되고 있는지에 더 주안점을 두었다. 고로 그 측면은 한계로 인정한다.

그렇지만 박상륭의 소설 『칠조어론』은 신화에서 소설로 육화시켜 주는 창작 신화의 과정을 보여주어, 소설을 통해 신화를 읽을 수 있는 방법적 재미를 느낄 수 있으며, 박상륭이 읽은 현실, 즉 세계관, 방법론, 이미지의 재창조, 철학성, 공간 확장 등, 다양한 의미의 삶 또는 내면 의식, 현실의 내면화된 의식 투영에 상응한 유추 신화로 재창조시켰던 것이다.

2부

1. 그리스 사유, 인문학적 상상력의 기원

20세기 한국의 근대화 여정은 서구의 근대화와 발전을 정점으로 지향하며 살아왔다. 서구 사유의 기원에 해당되는 그리스 사유에 대한 담론은 끊임없이 사유의 지적 전통으로 계승해 왔다. 그러기에 동양의 원형성이나 담론보다 서구 지성의 원류에 해당하는 원형성 상징에 보다 친근감을 느껴온 점은 주지의 사실이다. 문학인들 역시 여러 갈래로 글을 써 오면서, 서양 신화나 그리스 사유를 한국 사유의 한 축으로 지향해 왔다.

합리적 사유의 기원은 물론 그리스적 도시의 특이한 사회적, 정신적 구조에 결부된 것으로 볼 수 있다. 서구 지성의 기원에 해당하는 그리스의 이성은 자연을 병합시킨 것이 아니라, 실천적으로 신중하고, 체계적으로 인간에 대해 영향을 미칠 수 있도록 하는 이성이었다.[36]

서구 문명의 기원에 해당하는 그리스 신화와 그리스 지성들의 사유를 작가는 어떻게 인문학적 상상력으로 재해석하였는가?

이 글에서는 박상륭의 종합적 사유 세계가 고스란히 구현된 장편 연작소설 『칠조어론』[37](1990~1994)에서 작가의 그리스 사유 여행을 그리스의 서사시, 그리스의 비극, 그리스 시대의 역사, 그리스의 과학, 그리스의 의학, 그리스 시대의 寓話에 수용된 영웅담, 예언담, 낙원담, 복합 심리, 남성 헤게모니 秘史, 엠페도클레스 분열증, 암리타론, 축생도 수사학 등, 다양한 담론적 여행을 떠나보고자 한다. 즉 그리스 사유의 소설 육화 과정을 해석해보자.

박상륭의 『칠조어론』에서 그리스 신화와 그리스 사유는 다양한 담론으로 펼치기 위해서 다원적 사유[38]의 한 축으로 원용하고 있다. 원래 『칠조어론』에서

---

36) 장 삐에르 베르낭, 『그리스 사유의 기원』, 김재홍 역(자유사상사, 1993), 126쪽.
37) 박상륭, 『칠조어론』(1~4부)(문학과지성사, 1990~1994).

그리스 사유 중, 그리스 신화 테마 유형으로 존재하는 輪廻 신화 및 畜生道 신화, 신에 도전한 신화, 신의 나르시시즘 신화, 저승 여행 신화, 연금술 신화, 怪獸 신화가 변형되는 한 입장이 있다.

이 글에서는 다른 하나로 수용된 그리스 사유를 『칠조어론』에서 밝혀보고자 한다. 그리스의 지성인들인, 서사시인 '호메로스', 비극 작가 '소포클레스', 역사학자 '헤로도토스', 과학자 '엠페도클레스', 의사 '히포크라테스', 寓話 작가 '이솝'을 포함한 모티프, 그들이 피력한 문학, 문화, 정치적, 철학적, 담론적 모티프와 어울린, 그리스의 서사시, 비극, 역사, 과학, 의학적 사유, 우화담이 어떻게 소설적으로 육화되었는지 그 과정을 밝혀보려고 한다.

2. 그리스 사유의 소설화

박상륭이 그리스의 사유 중 서사시, 비극, 역사학, 과학, 의학, 寓話 장르의 대표성을 띤 6대 지성인인 호메로스, 소포클레스, 헤로도토스, 엠페도클레스, 히포크라테스, 이솝을 포함시켜 소설적으로 육화된 과정을 밝혀보자.

1) 호메로스의 서사시─영웅담, 예언담, 낙원담

박상륭의 소설 『칠조어론』에서는 그리스의 최대 서사시 『일리아드』, 『오뒤세이아』에 수용된 모티프가 내재되어 있다. 즉, 호메로스의 2대 서사시에서 주요 영웅으로 등장하는 '아킬레스', '오딧세우스', 예언자로 등장하는 '테레시아스', 낙원의 섬과 관련되는 '忘憂愁'라는 이상적 식물에 대한 이미지를 차용하고, 세 가지 방법론으로 육화시키고 있다.

---

38) 박상륭 소설에는 그리스 사유의 축 외에도 다원적 사유의 축으로 한국적 사유(신화, 고시가, 시조, 민요, 향가, 무가, 가사, 고소설, 패설집, 판소리, 현대시 등)의 축, 중국적 사유(논어, 주역, 노자, 장자, 손자, 중국의 고소설, 중국 巫歌 등)의 축, 인도 및 티벳적 사유(금강경, 반야심경, 바르도퇴돌, 탄트라, 밀라레빠의 『십만송』, 우파니샤드, 리그베다, 마하바라타, 라마야나 등)의 축 등이 모두 내재되어 있다.

그 방법론을 '영웅담', '예언담', '낙원담'과 관련된 영웅, 예언자, 물상 이미지 등으로 나누어 보자.

(1) 영웅담—아킬레스, 오딧세우스

이는, 자기에게 팔자지워진, '긴 목숨'을 값으로 몽땅 치르고, '명예'를 사버린, 영웅 ① <u>아킬레스</u>와 정반대편에 서는 경우입습지. 그래서 재고려케 되는 것은, 이 '명예'라는 것이, '代贖羊'의 역할을 담당한다는 것입습지. (『칠조어론』1, 77쪽)

'아작스의 悲劇'은, 先拂되어진 獸皮 값이,—분노에 의해, 아작스가 도살한 저 한떼의 羊皮 값[① <u>아킬레스</u>의 무기 말입지.] 말입지.—그 손에 피를 묻힌 당자 아작스의 손에가 아니라, ② <u>오딧세우스</u>의 손에 쥐어졌을 때 시작되는뎁지, 이 경우도, 시간이 逆流하고 있음을 봅습지. (『칠조어론』1, 171쪽)

"……헤헤헤, 그래서 소승은 이제, 대사의 눈꺼풀을 까뒤집고, 저 찬연한 햇빛 아래에서 눈물을 말릴 터인데입지, 눈물이 마를 때마다 말입지, 이 촛농을 그 눈물 대신, 대사의 저 영기 서린 안구에 떨어뜨려주려 합지……"—(그런 후 촛불중은 발을 개의해쌌는데, '발'과 '눈'? '눈'과 '男根(오이디푸스),' '男根'과 '뒤꿈치(① <u>아킬레스</u>),' 또는 '발바닥'? '蓮足에 입맞추이기'와 '불알 까이기〔去勢〕'?〔이 경우는, 저 '蓮足에 입맞추는 자'가, "한 옥함의 나드를 붓고, 그 머리칼로 씻기는" 女性이 아니라, 이스카롯 유다인 것이 문제겠는가?〕 그런 후 촛불중은, 발을 개의해쌌다.) (『칠조어론』2, 329쪽)

혹간, 가맜스라, 그리고는, 흐흐흐, 나비는, 그리고는, 가맜스라, 혹간, 그 '거울'의 '안'만 있고 '밖'이 없는, 또는 '밖'뿐이고 '안'이 없는 (거울은 뫼비우스의 고리? 그리고 水仙花? 뫼비우스의 水仙花! ② <u>오딧세우스</u>임세, '거울' 속을 航海할 때엔, 어디 닿을 곳(岸)에의 염원을 키울 것은 아님세라. 그런다면, 그 어디라는 데에 닿았다고 믿기워지는 그 즉시, 公은 다시 출발점으로 떨어져나가 있게 될 뿐인데, 왜냐하면 公은, 그 '염원'을 일으킨 그 당장, 클클클, 뫼비우스의 水仙花 '속으로 나아가'버린 까닭이다. 낙엽이 水面에 감금되기.) (『칠조어론』4, 291쪽)

불원간에, 촛불중 자기는, 자기의 옛집에 回收되어질 것이라는, 그 가능성만으로도, 촛불중은, 감격스러움을 느꼈는데, 그것은 분명히, 멀고도 먼 항해 끝에, 드디어 고향 항구에 돌아와, (배의) 닻을 내리고 있는, 水夫들이 느끼는 것에 비교될 그런 것이었을 것이다. (아으 ② <u>오딧세우스</u>임세, 그럼에도, 道流의 발이, 그 흙을 딛게 되기까지는, 아직도 모른다, 그 닻이 그 바닥에 닿기 전에, 道流를 시기하는 광풍이, 노도가, 道流의 배를 밀어붙여, 애먼 데로 밀어붙여, 이 세계의, 바다 저쪽 끝 어디에다 내동댕이쳐버릴지라도, 아직은 모른다, 인간은 모른다, 神들밖에는 모른다, 모를 것이, 알고 서였든, 또는 모르고서였든, 항해중, 道流가 맺었던 어떤 매듭들이, 다 풀리지 못했다면, 그 풀리지 않은 매듭에 〔道流의 운명이〕 홀맺혀 있어, 그 맺힘이 불러 끌어들이는 자리에로, 되돌아져버리게 될지, 그것은 모른다. (『칠조어론』 4, 304쪽) (번호 및 밑줄 - 필자)

위의 인용 부분에서 ① 아킬레스와 ② 오딧세우스로 나누어 풀어 보자.

먼저 ① 아킬레스는 『일리아드』에 등장하는 그리스 영웅들의 중심적 존재로, 아가멤논에 대한 그의 분노와 헥토르의 결투 등이 작품의 주요 테마로 이루어졌다. 아킬레스는 테살리아의 프티아왕인 펠레우스와 내레우스의 딸이자 바다의 여신인 테티스의 외아들이었다. 제우스와 포세이돈은 아름다운 테티스를 아내로 맞아 자식을 낳고 싶어했으나, 테티스와 프로메테우스가 두 사람에게 그녀의 아들이 그의 아버지보다 더 위대해질 것이라고 경고했다. 두 신은 자기보다 더 뛰어난 힘을 가진 아들을 낳는 모험을 저지르고 싶지 않기 때문에, 테티스는 인간인 펠레우스와 결혼시키기로 하고 결혼식을 성대히 거행하게 했다.[39] 아킬레스는 武勳을 고르면 단명한다는 어머니 테티스 여신의 충고를 듣고 친구의 죽음을 깊이 애도하며 원수를 갚기 위해 전장으로 돌아갔다. 어머니 테티스는 아들을 불사신으로 만들기 위해 막 태어난 아킬레스를 冥界의 강물에 담궜다. 그러나 쥐고 있던 두 뒤발꿈치만은 물에 닿지 않았기 때문에 그 부분이 아킬레스의 유일한 약점으로 남게 된다. 아킬레스가 죽은 후, 아작스는 그의 武具의 소유권을 놓고 오딧세우스와 싸워 패배하고 자해한다.[40]

흔히 뛰어난 용장으로 알려진 아킬레스는 어머니가 아들의 장수를 위해 태

---

39) M. 그랜트 · J. 헤이즐 공저, 『그리스 · 로마 신화사전』, 김진욱 옮김(범우사, 1993), 215쪽.
40) 요시다 아츠히코 외, 『세계신화 101』, 김수진 옮김(아세아미디어, 2002), 128쪽.

어났을 때 발꿈치 뒷부분만 빼고 목욕시켰던 예에서 보듯이 수명 장수가 중요하게 연결되어 있으나, 박상륭의 경우 아킬레스는 긴 수명과 바꾸어 명예를 사버린 영웅으로 알려지고, 여기서 명예는 대속양의 역할을 하고 있는 것으로 설정하고 있다. 아킬레스 사후의 무기를 샀던 아작스의 양피값과 바꾼 것으로 해설한 것에서 유추되듯이 아킬레스의 명예로운 무기의 물물교환성, 뒤꿈치의 상징성 아킬레스건으로 풀이하고 있다.

다음 ② 오딧세우스에 대해 알아보자. 호메로스의 또다른 서사시,『오뒤세이아』는 10년 동안에 걸친 오딧세우스의 방황과 그 후의 모험을 주제로 다루고 있다. 즉, 트로이 함락후, 귀국하는 도중에 폭풍우를 만나 船路를 잃고 10년간 표류한 뒤 귀국하는 오딧세우스의 이야기를 다루고 있다. 트로이 함락 후 10년째인 어느 날 천상에서 신들은 회의를 열고 아테네의 제안에 따라 오딧세우스의 귀국을 결정한다. 그는 요정 밑에서 고향을 그리면서 절해의 고도에 머무르고 있었다. 그가 없는 동안에 그의 부인 페넬로프는 많은 청혼자에 시달리고, 겨우 성인이 된 아들 텔레마쿠스는 이 무리들을 제거하지 못한다. 텔레마쿠스는 아테네 여신의 수호를 받으면서 아버지의 소식을 찾아 집을 떠난다. 그 동안 오딧세우스는 요정의 섬에서 뗏목을 타고 출발했으나 난파하여 파이에쿠스인들의 섬에 표착, 이들 왕의 환대를 받고 무사히 고향 이타카 섬으로 돌아온다. 오딧세우스 일행은 바람의 신 아이올로스의 섬에서 환대를 받고 고향 가까이 갔지만, 바람의 신에게 선물로 받은 바람 주머니를 일행이 마음대로 열었기 때문에 원래 있던 섬으로 다시 날아가버렸다. 바람의 신에게 쫓겨 식인종들의 나라에 이른 오딧세우스는 그곳에서 일행 일부를 잃었고, 마녀 키르케의 섬에 도착했을 때 배는 한 척밖에 남지 않았다. 일행의 일부는 키르케의 돼지로 변했으나 오딧세우스는 헤르메스의 도움으로 어려움을 피하고 일행을 구했다.[41]

흔히『오뒤세이아』의 주인공 오딧세우스 영웅은 10년 동안의 모험, 그리고 귀향담으로 잘 알려져 있으나, 박상륭의 경우 오딧세우스는 아킬레스의 사후, 아작스와의 대결에서 무기를 차지한 오딧세우스를, 거울 속의 항해와 뫼비우

---

41) 요시다 아츠히코 외,『세계신화 101』, 131쪽.

스의 수선화를 오딧세우스에, 오딧세우스 귀항 직전까지 광풍 노도의 사정 등과 관련지으면서, 오딧세우스의 기간의 역류, 귀향과 관련지어서는 도류를 시기하는 광풍으로 해석하고 있다.

이상과 같이 박상륭은 『칠조어론』에서 호메로스의 2대 서사시, 『일리아드』와 『오뒤세이아』에서 두 영웅 '아킬레스'와 '오딧세우스'를 통해 대속양, 무기값, 발꿈치의 상징성, 무기의 소지자, 거울 속의 항해, 영웅의 노정인 출항→전투→모험 및 귀향의 구조를 차용하고 있다.

(2) 예언담―테레시아스

박상륭이 『칠조어론』에서 다룬 또다른 인물은 『오뒤세이아』에 등장하는 예언자 '테레시아스'다.

테레시아스는 에우에레스와 요정 카리클로의 아들로 테바이의 눈먼 예언자다. 그가 장님이 된 데 대해서는 몇 가지 이유가 제시되고 있다. 「멜람푸스전」에 따르면 그는 뱀이 흘레하는 것을 보고 있다가 한번은 암놈을 죽여 여자로 바뀌었고, 한번은 수놈을 죽여 남자로 바뀌었다고 한다. 이러한 경험 때문에 제우스가 헤라가 그에게 성교할 때 남자와 여자 가운데 어느쪽이 더 큰 쾌감을 느끼느냐고 묻자 그는 여자가 남자보다 9배나 더 큰 쾌감을 느낀다고 대답한 까닭에, 헤라는 그를 눈멀게 하였으나 제우스는 그에게 예언력과 7배의 수명을 주었다고 한다. 다른 견해에는 그는 아테네 여신이 발가벗고 목욕하는 것을 보았기 때문에, 여신이 그의 눈을 멀게 했으나, 여신의 친구였던 그의 어머니의 부탁을 받고 그에게 새들의 말을 알아들을 수 있는 능력을 주었다고 한다. 테레시아스는 『오딧세이아』 외에도, 소포클레스의 「안티고네」, 「오이디푸스왕」, 에우리피데스의 「박코스의 여신들」, 「포이니케 여인들」에도 예언자로 등장하고 있다.[42]

흔히 테레시아스는 눈은 멀지만 지혜로운 예언자로 알려져 있으나, 박상륭의 경우는 內光, 우주의 개폐, 수사학적 魔職杖 등의 의미로 더 다양하게 세분

---

42) 호메로스, 『오뒤세이아』, 천병희 역(단국대 출판부, 1996), 400쪽.

시켜 테레시아스를 부각시키고 있다.

① 저런 꿈이 닿는 곳은, 이렇게나, 저렇게나, 종내는 하나뿐인데, 그 꿈을 꾸는 자의 知覺者, 또는 無明까지라도 否定性의 쬐꾸만 푸른 毒蛇에게 물려, 그 독이 번지는 탓에, 視力에 장애를 일으키고 있으면, (테레시어스여, 자네가 본 內光은 그래서 무엇이었는가?) 그는 虛無라는 절벽 위에서, 그 낭떠러지 쪽을 향해, 몇 하늘걸음을 떼어놓고 있으며, 그 반대인 경우는, (그는) 그 같은 절벽의 뿌리께 되는데, 그 같은 절벽이 거기서는 運命의 이름을 입어 있는데, 데서 이마를 맞대고, (거기서는) 배까지도 뜨지를 못해 가라앉는 ('시타'라는 이름의) 한 바다를 왼통 둘러 마셔, 배가 부른, 그 무거운 몸을 이끌어, 그 역 몇 하늘걸음을 떼어놓고 있음에 분명하다. (『칠조어론』 3, 22쪽)

② 生動하는 言語는, 그것 자체가 '谷神'이며, '玄牝'이다. (테레시아스의 푸른 뱀,) 이 쿤다리니의 일어서기와 눕기에 의해, 한 우주가 開/閉함이여! (『칠조어론』 4, 84쪽)

③ 티레시아스는, 그렇게 '內眼'이라는 것을 밝게 떴다 하잖더냐? 그런 '內眼'으로써도 보지 못할 것이 있겠느냐? 그런데 누가 '肉眼'도 아끼고 '內眼'도 떠 밝게 보고 싶거들랑은, 꼭히 入山修道할 것까지는 없다 하더라도, '肉眼'의 無明을 찢어버려야 할 處女膜 같은 것으로 알아, 정진하는 수밖에는 없을 터이다. 童貞은 잃어지기 위해 장치된 조건인데, 잃어져질 때, 하나의 우주적 道兒의 出産이 가능해질 것이다. '無明'을 깨우친 눈의 이름이 '內眼'일 것이다. 이것이 '제삼의 눈'이라고 일러지는 그것이겠으나, '無明을 깨우친 肉眼'이 저것인 것을 감안하면, '제삼의 눈이' 따로 있는 것은 아닐 것이다. 것임에도, '無明'을 찢김받지 못한 '肉眼'을 또한 감안하면, 따로 없는 것이 아닌 것도 아니다.) (『칠조어론』 4, 121~122쪽)

④ '구더기'는 먹어, 살이 찌고, 사실 그 음식물이 아니면 못 살고 스러져야 되는, 그 꼭같은 음식물을, 다른 有情이 먹었을 때는, 어째서, 음식이 아니라, 毒만을 먹은 것과 꼭같은 결과를 초래하는가? (이 특정한 '음식물'과의 관게에서는, 다른 有情보다, '구더기'가 커 보이지 않는가? 흐흐흐, 修辭學이라는, '티레시아스의 魔職杖'은, 靈長이라고 자처하는 한 종류의 有情을, 구더기만도 못하도록 패눕히는구나.) (『칠조어론』 4, 141쪽) (번호 및 밑줄 - 필자)

① ②의 경우 테레시아스는 장님이 된 과정, 그 결과 內光은 허무라는 절벽

의 운명의 이름으로 푸른 독사, 푸른 뱀의 이미지를 연결시켜 풀이하고 있다. 또한 ③ ④의 경우 無明을 깨우친 눈의 이름, 內眼, 제3의 눈으로 보았다.

이상과 같이 박상륭은 테레시아스를 내광의 소유자와 肉眼의 靈眼化 과정, 생동하는 언어인 우주의 開閉를 관장하는 자, 테레시아스의 魔職杖의 역할을 영장이라는 有情치기의 수사학으로 보여주고 있다.

(3) 樂園物談 - 忘憂愁 열매

박상륭은 『칠조어론』에서 『오딧세이아』에 등장하는 낙원의 섬에 있는 식물에서 유래된 '망우수'에 대해 다양한 상상력을 가미하고 있다. 이미 여러 편의 소설[43]에서 '忘憂樹'나 '몽락수'로 등장시키고 있는데, 『칠조어론』에서는 '忘憂愁'로 변형된 사유 이미지로 확대하고 있다.

이 소설 『칠조어론』에서는 『오뒤세이아』에 등장하는 '忘憂愁 열매'과 '망우즙', '망우수 열매즙', '忘憂藥'을 허무의 맛과 우수의 씨로 박상륭은 독특하게 비유하고 있다.

> 어디서 再婚을 했거나, 또는 어디서 忘憂愁 열매에 취했는 것이다, 한번 떠난 뒤, 羑里의 바다는, 그런 후 돌아올 줄을 모르고, 저 떠난 자리에, 황폐며 정적의 이끼만 사막처럼 덮었는데, 그런데도 어쩌면, 그 바다가 어디서 어쩌다 한 번씩, 떠난 자리 생각해 꾸는 꿈 탓일 것이냐, 탓일 것으로, 그 무게만 잃고 형상만 나타내 보일것인데, 羑里에는 그래서 철따라, 안개비가 바다처럼 내린다, 바다로 내린다, 바다여서 내린다. (『칠조어론』 3, 169쪽)

---

43) 박상륭은 그의 중편소설 『유리장』에서는 "그래서, 해도, 처도, 달도, 절기도, 날짜도, 조석도, 세일 수도 없는 길을, 슬픈 듯한 미소를 좀 물고, 무척도 표류하다가 사복은, 망우수(忘憂樹) 열매만 먹고 사는 족속의 땅을, 우연히 들르게 되었다."(377쪽) 또한 박상륭의 장편소설 『죽음의 한 연구』에서는 " 내 등뒤의 숲에서는, 몇백 년이나 쌓이며 썩던 이내가 새로 돼서 검푸른 울음을 울고, 내 발 밑에는 몽락수 꽃 수줍게 열려, 나를 싸아안기 바라고 있다."(하, 173쪽) 박상륭은 개인적 상징으로 세상의 고통과 근심을 잊어버리고 귀향할 의지도 잊어버린 꿈에 취한 상태로 빠져드는 식물로 차용하고 있다. 졸고, "주석학으로 읽는 『죽음의 한 연구』", 『'죽음의 한 연구' 깊이 읽기』(푸른사상, 2000), 466쪽 참조.

一母 十二玉이었는지, 多母 十二玉이었는지, 그것까지도 분명치는 아니하였어도, 어쨌든 사람 월골(詩骨)의 詩王, 저 山염소 뿔사니가 부는 피리 소리에, 누구의 귀가 접했다 하면, 하는 소리로는, 사내에게서는 느닷없이 羊脚이 드러나기뿐만 아니라, 羊角이 돋고, 꽃과 열매에는 忘憂汁이 괴일 뿐만 아니라, 계집이라고 치고, 첫 경도의 경험을 가진 후, 아직 그 閉期를 겪지 않은 계집에게서는, 비록 민들레꽃까지라도, 胎가 뒤틀리는 아픔에 당하지 않을 수가 없다고 했으니, 詩母에 관해 특기했어야 할 詩句도 없기는 없었겠습지. (『칠조어론』 3, 334~335쪽)

忘憂愁 열매汁의 맛은, 커어흐, 씁쓰으흐런 소주 맛이라던가, 그렇다던가? 누구든 한번, 이 汁에 맛을 들이면, 고향도, 그리운 사람도, 희망까지도 잊고 잃는다니, 허기는 虛無의 맛과도 비슷한 일이다. 그리고 물론, '개구리' 고기 맛일 것이다.—그렇게 망우수 열매 속에 누워, 남생이네 아비는 가다끔, 매우 비현실적인 느낌을 함께 하고서 말이지만, 자기가 등을 기대 앉은, 그 무덤 속의, 어쩌면 무량겁 전의, 과거의 시간 속에나, 아니면 무량 겁 후의, 미래의 시간 속에 소속된, 밑이 없도록 깊고도, 아스라히 먼, 그러니 그것은 저승이라고나 해야 할 곳에서 울려오는, 어떤 간절한 부름 같은 것을, 혀가 타 오그라붙는 신음 같은 것을 듣곤 했는데, 그러면 늙은네는, 忘憂愁 열매 속에도 憂愁의 씨알맹이가 박혀 있었던가, 하는 것을 의문하고 했다. (『칠조어론』 4, 138쪽)

밤에는, 열두 王子와 公主들 상에서 내밀어지는, 忘憂藥에 취하고, 公主들이 떠나고 나면, 그때부터서는, 어째선지 몸이 가렵고, 추워, 어제 저녁 벗어놓았던 獸皮들을 입어, 들로 나가 지내기로, 새로운, 그러나 어째선지 그들의 것 같지는 안해서 남의 것인 듯한, 運命의 연자방아를 돌리고 있던 중임시다. (『칠조어론』 3, 418쪽) (밑줄―필자)

망우수 열매의 경우, 망우즙, 꽃과 열매, 12왕자와 공주의 상에서 망우약, 忘憂樹를 忘憂愁 열매, 망우수 열매즙, 망우약 등으로 의미를 바꿔 세상의 고통과 근심을 잊어버리고 꿈에 취한 상태로 빠져드는 미약으로 보여주고 있다.

이상과 같이 박상륭은 망우수 은유를 상징체인 낙원물로 이미지를 창출하여 자신만의 문학 메타포로 아름다운 이미지를 정립하고 있다.

그런 점에서 본다면 박상륭은 호메로스의 2대 서사시를 통해 영웅담, 예언담 관련 인물군과 낙원담 관련 사물의 이미지를 메타포로 수용하고 있다.

2) 소포클레스의 비극—오이디푸스 복합 심리, 라이우스 복합 심리, 시간의 역류성

박상륭의 『칠조어론』에서 소포클레스의 비극 「오이디푸스왕」에서 연유된 '오이디푸스 복합 심리'와 '라이오스 복합 심리'를 차용하고 있고, 「아작스」에서는 시간의 역류성을 차용하고 있다.

먼저 소포클레스(기원전 496~406)는 아이스킬로스, 에우리피데스와 더불어 고대 그리스의 3대 비극 시인의 한 사람이다. 그는 아테네의 전성기에 아테네 시 교외 콜로누스의 부유한 가정에서 태어나, 최고의 교육을 받고 29세에 비극 공연에 첫 출연하여 우승한 이래 사망하기 직전인 90세까지 창작 활동을 계속하여 123편의 작품이 있다고 전해진다. 정치가로서 재무장관·장군·최고 정치 위원 등의 고관직을 역임하고, 만년에는 시기관도 지내 인망이 높은 행복한 생애를 보냈다. 그의 많은 작품 중에서 7편만이 완전한 형태로 남아 있다.

소포클레스의 비극 「오이디푸스왕」에서 윤리적, 심리적 차원으로 완성된다. 프로이트는 소포클레스의 왕의 이름을 빌려 모든 사람의 기본적 콤플렉스에 사용하고 있다. 주인공은 아버지를 죽이고 자기 모친과 결혼하지만 자기들의 정체를 모르고 있다. 이것은 어른이 자기의 오이디푸스적 경험을 이제는 의식하지 않고 있다는 사실의 시적 표현[44]이기도 했다. 라이오스가 아들 오이디푸스를 죽이려고 했으나 결국 죽이지 못한 것은 아들들을 죽이려 했던 그리스의 하늘 아버지 신들의 신화를 그대로 되풀이되고 있다. 오이디푸스 콤플렉스에 관한 심리 분석 이론에서 아버지는 갓 태어난 아기가 자기를 없애고 싶어한다고 믿고 그럼에 따라 아버지는 신생아를 위협적인 경쟁자로 다투게 된다. 크로노스와 제우스는 자신들이 자기 아버지들에게 이미 한 짓을 아들에게 당하게 될까봐 두려워했다. 라이오스는 아들의 보복의 대행자가 될까봐 두려워했

---

44) 안진태, 『신화학 강의』(열린책들, 2001), 224쪽.

다. 신화에서 자식을 죽이려한 아버지들을 합리화하려는 것은 늘 예언 때문이다. 제우스와 라이오스 같은 인간 왕들은 다른 사람들을 다스리는 지상의 통치자였다. 왕들은 제각각 지역과 백성들에 대하여 권력을 강화하였고 주권자로서 지배자였다. 이러한 통치 형태 및 그 속에 내재하는 가치 기준은 가부장적이다. 곧 남성들의 위계 질서라 할 수 있다.[45]

흔히 알려져 있는 오이디푸스 복합 심리를, 박상륭의 경우는 아버지에 초점이 맞추어진 라이우스 복합 심리까지 그리며, 오이디푸스 심리에 한국 향가 「처용가」를 접맥시켜 보여주고 있다.

> 그리하여 우리는, ('외디푸스 複合性'이라는 것에 對剋하는 복합성도 있는 것을 고려하게 되는바) 저 동화는 다름아닌, '붉은 龍—애밴 여자—어린 羊'이라는, '아비(라이우스)'와 '아들(외디푸스)'이 '아내·어미'를 둘러싸고 대치한 處容歌로서, 이 경우에는, 아들을 질투한 아비가, 아들을 상하게 하려, 선수를 쓰고 있음을 관찰하게 됩습지. ('라이우스 複合性'?) 그러자 현명한 도류들께서는, "어미의 자궁에 든 어떤 念態가, 그것 자신의 지각자를 통해, 아비에 대해 심한 증오와 질투, 그리고 어미에 대해 깊은 애착을 느끼면, 그 母胎 속의 새끼는 장차, 수컷이 되어 태어날 것"이라는, '시드파 바르도(Sidpa Bardo)'의, 어느 한 과정을 염두하는 것이 분명하군입지. (『칠조어론』 1, 178쪽)
>
> "……헤헤헤, 그래서 소승은 이제, 대사의 눈꺼풀을 까뒤집고, 저 찬연한 햇빛 아래에서 눈물을 말릴 터인데입지, 눈물이 마를 때마다 말입지, 이 촛농을 그 눈물 대신, 대사의 저 영기 서린 안구에 떨어뜨려주려 합지 ……" —(그런 후 촛불중은 발을 개의해쌌는데, '발'과 '눈'? '눈'과 '男根(오이디푸스),' '男根'과 '뒤꿈치(아킬레스),' 또는 '발바닥'? '蓮足에 입맞추이기'와 '불알 까이기〔去勢〕? 〔이 경우는, 저 蓮足에 입맞추는 자'가, "한 옥함의 나드를 붓고, 그 머리칼로 씻기는" 女性이 아니라, 이스카롯 유다인 것이 문제겠는가?〕 그런 후 촛불중은, 발을 개의해쌌다.) (『칠조어론』 2, 329쪽) (밑줄-필자)

---

45) 진 시노다 볼린, 『우리 속에 있는 남신들』, 유승희 역(또하나의 문화, 1994), 42쪽.

박상륭의 경우 오이디푸스 복합증은 아비와 아들, 아내와 어미론, 붉은 용과 임부론─어린 羊의 구조를 라이우스 복합증으로 그리고 있다. 유년의 남근기에 나타나는 오이디푸스 콤플렉스를 자궁의 수컷으로까지 소급시켜 원초적 심리, 자궁 오이디푸스 콤플렉스[46]로 보여주고 있다. 다른 하나는 내부 육체성의 남근을 남근기와 남근을 오이디푸스와의 유사성의 역할을 하는 외부 육체성인 눈과 남근, 남근과 뒤꿈치의 대비법을 쓰고 있다.

소포클레스의 또다른 작품 「아작스」를 보자. 아작스는 호메로스의 작품이나 소포클레스의 작품에 모두 등장하지만 이 글에서는 소포클레스 항목에 넣는다.

호메로스의 글에서 '아작스'는 아킬레스 다음가는 위대한 장군이며 커다란 방패를 손에 들고 싸움터로 나갔다. 오딧세우스가 곤경에 빠져 상처입었을 때 아작스는 그를 도와준다. 소포클레스의 글에서 상세히 서술되어 있는 '아작스'는 아킬레스 사망후 누가 갑옷을 이어받을까 논쟁을 하게 된다. 오딧세우스와 아작스가 요구하나 갑옷은 오딧세우스가 차지한다. 그래서 아작스는 자기편 군대를 밤중에 공격하려 했는데 아테네 여신이 그를 미치게 만들어 자기편 병사들 대신 양떼를 죽이게 한다. 제 정신이 든 아작스는 부끄러움과 회한으로 고민하던 중 헥토르에게서 받은 칼로 자살하게 된다.[47]

박상륭의 경우는 '아작스'와 '아킬레스'를 연결시켜 양피값과 무기값을 관련지어 풀어가고 있다.

> '아작스의 悲劇'은, 先拂되어진 獸皮 값이, ―분노에 의해, 아작스가 도살한 저 한떼의 羊皮 값〔아킬레스의 무기 말입습지.〕 말입습지. ―그 손에 피를 묻힌 당자 아작스의 손에가 아니라, 오딧세우스의 손에 쥐어졌을 때 시작되는뎁지, 이 경우도, 시간이 逆流하고 있음을 봅습지. (『칠조어론』 1, 171쪽) (밑줄─필자)

박상륭은 아작스 이야기를 아킬레스의 무기값과 연결지어 풀이하면서, 최강

---

46) 졸고, "우주적 어머니상의 형상화에 대한 한 어론", 『박상륭 소설 연구』(국학자료원, 1998), 271쪽.
47) M. 그랜트 · J. 헤이즐 공저, 『그리스 · 로마 신화사전』, 207~208쪽.

의 무장이라는 자부심에도 불구하고, 그 명예를 빼앗기고 설욕하려다가 실패하여 아름답게 살 수 없어서 아름답게 죽어 간 이야기[48]를 차용하고 있다.

이상과 같이 박상륭은 소포클레스의 비극 「오이디푸스왕」과 「아작스」를 통해 오이디푸스 복합 심리, 라이우스 복합 심리, 시간의 역류성, 양피값과 무기값을 대비해 부각시키고 있다.

3) 헤로도토스의 역사―남성 헤게모니의 관념 육체성 심리

박상륭은 『칠조어론』에서 헤로도토스의 『역사』 중 궁중비사를 차용하고 있다.

헤로도토스는 키케로에 의해 역사의 아버지라 불려진 기원전 5세기의 그리스 역사가로, 소아시아의 할리카르낫소스에서 기원전 480년대에 출생하였다. 가까운 친척 파니앗시스가 참주 리그다미스 2세에게 피살되자 그의 일족 사모스로 망명했다. 그후 기원전 445년경에는 당시 전성기를 누리던 아테네로 이주했다. 거기에서 페르클레스, 소포클레스 등과 친교를 맺고 시를 낭독하여 크게 인기를 얻었다. 기원전 443년 아테네가 남이탈리아에 건설한 식민도시 투리오이로 가서 펠레폰네소스전쟁 초기까지 살았다. 그의 여행 범위는 북으로 스키타이까지 간 것을 비롯해 동으로 유프라테스를 내려가서 바빌론까지, 남으로는 이집트의 엘레판티네, 서로는 이탈리아와 아프리카 키레네까지 미치고 있다.

헤로도토스의 『역사』 중 『칠조어론』에 수용된 대목을 우선 『역사』 원문 대목으로 보자.

> 리디아의 古史에서, 크로이소스 一門의 칸다울레스는 자기 아내를 너무 사랑한 나머지, 그녀가 이 세상에서 가장 아름다운 여자라고 믿고 있었다. 칸다울레스의 侍衛 중에 그가 특별히 총애하고 중요한 일도 숨김없이 상의하는, 다스킬로스의 아들 기게스라는 자가 있었는데, 칸다울레스는 이 기게스에게 아내의 용모에 대한 찬미까지 늘어놓으며 이를 듣게 하곤 했

---

48) 안진태, 『신화학 강의』, 278~279쪽.

다. "기게스, 자네는 내가 왕비의 용모에 대하여 이야기해 주어도 믿지 않는 것 같은데, 백문이 불여일견이니 내 말대로 하게, 한번 왕비가 옷을 벗은 걸 봐보게." 기게스는 기겁을 하며 큰 소리로 말했다. "전하, 무슨 당치 않은 말씀이십니까! 제게 왕비님의 옷 벗으신 모습을 보라고 말씀하시다니요? 여자란 치마와 함께 부끄러운 마음도 같이 던져버리게 마련입니다. 우리가 본받지 않으면 안될 옛 사람들의 명언이 많지만, 그 가운데 '자기 자신의 것만 보라'는 말이 있습니다. 저는 왕비님이 이 세상에서 가장 아름다운 여인이라고 확신하고 있습니다. 그러니 제발 제가 죄를 짓지 않도록 하여 주십시오." 중략 기게스는 그 말에 놀라 잠시 말을 잃었지만, 이윽고 그러한 선택을 무리하게 강요하지 말아 달라고 탄원했다. 그러나 소용이 없었다. 主君을 죽이든지 타인의 손에 죽든지, 그 어느 쪽이든 선택하지 않으면 안되는 운명에 처해 있음을 곧 깨닫고, 그는 살아 남을 수 있는 길을 선택했다.[49] (헤로도토스의 『역사』, 26~28쪽)

박상륭이 『칠조어론』에서 거의 인용 원문 전문을 수용한 부분의 내용은, 헤로도토스의 『역사』 중 리디아의 소사에서 비롯된다. 이 내용은 격분한 백성들이 무장 봉기하였을 때, 기게스의 일당과 민중들 사이에 타협이 이루어졌는데, 만일 델포이의 신탁이 기게스를 리디아의 왕이라고 선언하면 기게스 일족이 왕이 되고, 그렇지 않을 때에는 헤라클리드 일족에게 왕권을 넘겨준다고 합의를 보았던 것이다. 그러나 신탁을 전하는 여사제는 기게스의 5대 후손이 헤라클리드 가의 보복을 받게 될 것이라고 부인하였으나 리디아 사람들이나 역대의 군주들은 그 신탁이 실현될 때까지 그 사실을 전혀 마음에 두지 않았다.[50]

박상륭의 경우 헤로도토스의 『역사』 중 리디아 고사를 『칠조어론』에서 궁중 비사를 弑王 모티프 수용의 정치 심리로 풀어가고 있다.

(헤로도토스가 전하는 얘긴데) "어느 나라의 임금얘기로서, 이자는, 자기의 왕비의 몸보다 더 아름다운 몸을 구비해 있는 여자는, 이 땅 위에는 없다는 믿음에 들려 있었던 자라고 이릅습메다. 그 생각은 그에게, 그것을

---

49) 헤로도토스, 『역사』, 박광순 역(범우사, 1989), 26~28쪽.
50) M. I. 핀리, 『그리스의 역사가들』, 이용찬 · 김쾌상 역(대원사, 1991), 38쪽.

증명해보이고 싶은 데로 발전을 해, 종내, 자기가 그중 신뢰하는 신하를 하나 불러 어명을 했기를, 저녁에 內宮에 숨어들어, 왕비가 옷을 갈아 입을 때, 그 벗은 몸을 보라고 한 것임닌다. 거기까지는 좋았으나, 정작의 문제는 이제, 거기서부터 시작되었음닌다. (여기 어디에, 村家事와 宮中事의 다름이 있음에 분명할심다.) 왕비가, 그 사실을 알게 된 것이고, 당연한 결과로, 자기의 몸을 훔쳐본, 그 신하를 불러내기에 이르렀을 것임다. 왕비는 손에 비수를 들고 있다가 그에게 건네주며, 신하된 자로서, 國母가 되는 여자의 벗은 몸을 훔쳐본 자가 있으면, 그 죄벌은, 두번 물어볼 필요도 없이 죽음인데, 그럼에도 이 경우는, 경우가 매우 미묘한즉, 선택을 주겠거니와, 스스로 죽기가 싫으면, 그 같은 몸을 보아오며, 즐긴, 다른 이, 즉슨 왕을 살해치 않으면 안 된다는 것이었음신다."—이것이, (물론 저런 매우 미묘한 경우에 한해서 말이겠지만,) 宮中의, 어떤, 덮여 감춰져 있어야 되는 부분, 또는 患部 같은 것, 백성에게는 다만 聖스러운 禁忌여야 되는 것, 그런 것이, 어떤 백성의 눈앞에 드러내져, 보여졌을 때, 백성에게 주어지는, 운명보다도 더 회피할 수 없는, 괴로운 한 선택이겠음시다, (宮中의 正義에 의한,) 죽음이냐, 아니면, 叛逆이냐, 말입신다. (『칠조어론』3, 365쪽) (밑줄 —필자)

박상륭의 경우 소아시아 국왕을 등장시킨 남성성으로서 국왕의 육체 과시 욕인 육체 오만증을 통해 한 인간의 파멸을 죽음이냐 반역이냐는 결과론에 집중시키고 있다. 여성의 성적 대상 物化로서 제시하고 있다.

헤로도토스의 사유 공간은 관념적 공간 속에 포섭된 모든 나라와 민족들은 새롭게 자리매김된다. 관념적 제국이 질서와 통일가운데 거대한 체계를 형성되며, 헤로도토스의 후예들은 관념과 인식의 패권을 더욱 중시한다.[51]

그러나 박상륭이 차용한 『역사』중의 비사는 남성의 여성 폭력성의 당위화 드러내기, 남성헤게모니의 여성육체의 장난성 또는 성적 물화로서 제시되는 비사를 다시 차용하는 특면은 아쉬운 점으로 대비되어 나타난다.

---

51) 김상봉, 『나르시스의 꿈』(한길사, 2002), 212~213쪽.

4) 엠페도클레스의 원소론 - 엠페도클레스 분열증

박상륭은 『칠조어론』에서 그리스의 과학자 엠페도클레스의 '물과 불의 원소론'을 차용엠페도클레스 분열증으로 차용하고 있다.

엠페도클레스는 기원전 5C, 아그리장트의 철학자이다. 그는 철학, 의학, 물리학 등에 깊은 조예를 갖고 있어, 그를 마술사처럼 보이게 했다. 그가 에트나 화산에 몸을 던져 자살했다는 것인데, 그 화산은 신발 중의 하나만을 되던지고 그를 삼켜버렸다 한다. 이 몽상은 진정한 콤플렉스를 결정하는데 거기에서 불에 대한 사랑과 존경, 삶에의 본능과 죽음에의 본능이 결합된다.

인류의 역사는 火·水·風·土라는 4대 요소를 잘 다스리는 가운데 문명의 혜택과 인지의 발달을 가져오게 한 것이다. 그 중에서 물은 엠페도클레스에 따르면 바람·불·흙과 더불어 우주를 구성하는 4대 원소 가운데 하나이다. 물은 정화한다는 특성과 생명을 유지시킨다는 특성이 결합되어, 보편적인 호소력을 구현한다. 순진 무구의 세계에서 물의 상징이 주로 샘과 흐르는 시내로 이루어져 있다. 곧 물은 '순수'와 '새 생명'을 상징하는데 여기에 그리스도의 세례 의식과 모세가 바위에서 용솟음치게 하는 물을 상기해 볼 수 있다. 이 때 물은 죄를 씻어 버리고, 새로운 정신적 생의 시작을 상징하여 생명의 물이 되는 것이다.[52] 그리스 신화의 신들은 초월적 신 중심의 水成論이 아닌 인간 중심의 火成論에 입각해 있는데, 이의 대표적인 사례를 프로메테우스의 불씨에서 찾을 수 있다. 화성론은 창조의 원초적 힘을 불에서 찾아내는데, 불은 물질의 물리적 운동, 즉 마찰 원리에서 생성된다. 그 원리는 에로스의 원리로, 물질주의·지상주의·현세주의·인간주의를 철저히 따르기 때문에 만물 혹은 인간 영혼에 내재해 있는 신을 믿는 신비주의와 기본적으로 같다.[53] 그래서 유래된 엠페도클레스 콤플렉스는 불꽃 속에서의 죽음이라는 사고자와 함께 전 우주가 무화하는 우주적 죽음의 콤플렉스이다.[54]

박상륭의 『칠조어론』 경우에서는 물, 불, 흙, 공기 4원소 중 '물과 불의 원

---

52) 안진태, 『신화학 강의』, 189쪽.
53) 안진태, 『신화학 강의』, 191쪽.
54) 김현·곽광수, 『바슐라르 연구』(민음사, 1981), 212쪽.

소론'을 차용하고 있다.

> 하나는 물의 元素와 제휴해 있어, 水葬과 再生의 輪廻를 되풀이하고 있으며, 그래서 그것은 달[月] 같은 해[日]인데, 다른 하나는, 불의 元素를 입고 있어, 燒(消)滅과 再生의 輪廻를 되풀이하고 있어 그렇다. (아으, 엠페도클레스 分裂症에 앓고 있는 해! 그러고 보면 '불새'란, '엠페도클레스 複合症'과의 관련에서는, '象徵'이기보다는, '記號'인 듯하다.) (『칠조어론』 2, 259쪽) (밑줄—필자)

박상륭의 경우는 물의 원소와 수장과 재생의 윤회 반복을 해로, 불의 원소에 소멸과 재생의 윤회 반복을 불새와 기호로, 물과 불이란 2원소론에 동양의 순환 원리를 차용하고 있다. 즉, 엠페도클레스 분열증으로 그려내고 있다.

5) 히포크라테스의 의술─고해를 다스리는 암리타

박상륭의 『칠조어론』 본문 중 히포크라테스 부분은 원어로도 인용되고 있다.

히포크라테스는 코스 섬에서 태어났다. 기원전 460년에 태어나 기원전 355까지 살았다는 것으로 추정되며, 『질병의 원인과 결과』가 저서로 남아 있다. 떠돌이 의사로서 아카데미의 숲에서, 공중 목욕탕에서, 장소를 가리지 않고 환자를 치료, 히포크라테스는 전염병을 찾아 끊임없이 돌아다녔고, 히포크라테스의 이름이 널리 알려지기 시작하자 그리스 각지에서 사람들이 찾아 왔다. 히포크라테스는 관찰과 추론을 바탕으로 의술을 펼쳤고, 이때부터 관찰과 추론은 의학의 기본 바탕이 됐다. 히포크라테스 선서[55]로 널리 알려져 있는 인물이다.

박상륭의 경우 『칠조어론』에서 히포크라테스의 남근의 생명력과 연결되는 마성을 만유정의 비상력, 부유성을 힌두 신화와 결부 지어 소설적으로 육화시

---

55) 리차드 아머, 『모든 것은 히포크라테스로부터 시작되었다』, 이종석 역(시공사, 2001), 40 -45쪽.

키고 있다.

> 그러자 이제, 그 '젖바다'가 뜨거워져, 비등하기 시작했으며, '거품'이 일고, 거품 속에서 이제, '암리타'는 물론, 萬有情이 솟아올랐다. ("Friction on the penis and the movement of the whole man cause the fluid in the body to grow warm: becoming diffuse and agitated by the movement it produces a foam····" Hipocrates) 아직도 물론 그리고, 그 '젖바다 휘젓기'는 계속되어 오는데, 이러던 날, 神들과 魔力들이, 마신 '암리타'에 취해, 그 딸들을 쉬기로 하면, 行者여 그러면, 어떤 일이 일어날 것이겠느냐? 저 한 苦海는 그 당장 잠잠해져버릴 것이고, 일어날 물주름도, 거품도 없을 것이냐. (『칠조어론』 1, 223~224쪽) (밑줄 ─ 필자)

박상륭의 경우는 인용한 대목은 "남근의 마찰과 온 몸 전체의 움직임은 몸에서 정액을 만들어내고, 남근의 움직임에 따라 점점 뜨거워지고, 흩뿌리지며 휘저어지고, 그것은 거품을 만들어낸다"는 부분이다. 이는 히포크라테스의 젖바다 휘젓기와 더불어 만유정의 비상력, 부유성을 소설적으로 육화시키고 있다. 아버지 우라노스가 왔을 때 크로노스는 그 낫으로 아버지의 남근을 잘랐다. 남근 자체는 바다에 떨어져서 거품에 싸여 표류하다가 키프로스 섬, 사랑의 여신인 아프로디테로 변했다[56]는 신화 대목이 연상되는 이 부분은, 모든 질병의 원인은 신이 한 일(神業)에 의존되기 때문에 어느 질병의 원인이든 신이 한 일임과 동시에 인간적인 것으로 느껴지는 대목이기도 하다.[57]

신들과 악마들이 마실 액즙을 만들려고 우유바다를 휘저을 때 첫 번째 신은 만다라 신을 지탱하기 위해 거북이 되었다. 그런 후에 그의 손에 신주, 즉 단반타리를 떠서 담을 수 있는 국자를 들고 우유바다를 나왔다.[58] 특히 힌두 신화 모티프가 차용된 암리타는 죽지 않는다는 의미로 그리스어인 암브로시아(ambrosia)와 어원이 같은, 신들의 음료를 가리키는 말이다. 인도에서 甘露로 불리며, 글자 뜻대로 不死이다. 힌두 신화에서 생명의 물로 大海를 攪拌할 때 발

---

56) M. 그랜트·J. 헤이즐 공저, 『그리스·로마 신화사전』, 332쪽.
57) 히포크라테스, 『의학이야기』, 윤임중 옮김(서해문집, 1998), 68쪽.
58) 라다크리쉬 나이야, 『인도신화』, 김석진 역(장락, 1995), 55쪽.

견되었다. 암리타는 인드라가 애용한 음료인 소마와 같은 것으로 생각되며, 신들과 브라만들의 음료로 제공되었다. 인도에서는 모든 것을 태워버릴 듯한 태양의 가공할 열이 죽음에 이르게 하는 힘으로 여겨졌으며, 그에 대해서 소마―달이며, 물방울을 가져오는 것이고, 水界를 통제하는 것인― 는 생명의 원천으로서의 역할을 담당했다. 베다에는 "우리는 소마를 마셨다. 우리는 불사신이 되었다. 우리는 빛 속으로 들어갔다. 우리는 신들을 알게 되었다"고 노래하는 대목이 있다. 소마에 기분을 앙양시키는 성분이 있다는 것은 고대의 여러 종교에서의 마약의 역할을 상기시켜준다.[59]

박상륭이 차용한 히포크라테스 담론은 남근성의 신비성, 만유정의 생명력을 연결시키고 있어 고해를 다스리는 암리타로 은유화 할 수 있다.

6) 이솝의 寓話―축생도, 수사학적 압력의 카르마

박상륭의 『칠조어론』에서 이솝 우화 관련 모티프가 차용되고 있다.

이솝(기원전 620년경~560년경)은 고대 희랍의 우화 작가다. 헤로도토스와 그밖의 문헌에 의하면 소아시아의 프리지아 지방 출생이며, 한때는 노예로 팔려 이오니아의 사모스 섬의 지주 이아드몬 밑에서 일을 했으나 해방되었다. 자유의 몸이 된 그는 여러 나라를 돌아다니며 길가는 사람들을 모아 우화를 들려주고 인기를 얻었다. 우화로서 그의 이름이 유명했기 때문에 옛날과 또 다른 나라의 우화 혹은 그 후의 우화까지도 그의 이름으로 전해졌다. 그이 판본이 후대에 여러 언어로 바꾼 것 중 그 중 라틴어로 바꾼 것에는 주로 동물을 주인공으로 한 우화이며, 전체의 4분의 3을 차지하고 있다. 특히 여우와 사자가 많고, 염소, 말, 곰, 당나귀 등도 등장하고 있다. 인간과 신을 주인공으로 한 것, 식물에 대한 것도 있다.[60]

흔히 이솝은 우화의 원조에 해당하는 작가로 알려지고 있지만, 박상륭의 경우 이솝 우화의 특성을 작가 나름의 해석학적 담론으로 접근하고 있다. 특히

---

59) 아서 코트렐, 『그림으로 보는 세계신화사전』, 도서출판 까치 편집부 옮김(까치, 1995), 124~125쪽.
60) 이재철, 『世界兒童文學事典』(계몽사, 1989), 279쪽.

이 부분은 우화와 불교 세계관의 접맥으로 인간의 인간, 개구리 동물의 이름으로 나오고 있다.

　그래서 촛불중이, 이 '記號'를, '無意識'의 영역이라고 이르는데, '意味'에 의해서, 그 '無意識〔記號〕'은, (잠을) 깬다. 그러면 '숨' '빛' '生命'으로서의 '意味'는, 그 '記號'에 의해, 한 體系의 運命化한다. (寓話꾼 이솝이 잘 들여다 본 것도 이것이지만, 그 원초적 '숨'이야 어찌 되었든, '호랑이'의 形態〔記號〕에 제휴한 것은, '호랑이의 삶'을 살아야 하며, '암노루'는 '암노루의 삶'을 살아야 한다, 는 그것이다. 이 상태에서는 물론, '意味'와 '記號'가 一元化해 있어, 그 한 '말〔言語〕'의 자유와 장애, 행복과 비극이 나눠지지 않는다. 그것이, 프라브리티라는, 한 文章 속에 끼어든, 한 낱말〔單語〕의 運命이다. 修辭學的 壓力이 羯磨이다. (『칠조어론』 2, 293쪽)
　'獸皮'의 童話가 가르치는 것을 좇으면, '畜生道'로부터 한 '人間'이 태어나려면, 그렇게도 편안한〔王子는, '태워지는 자기의 가죽'을 큰 고통으로 보며, 말할 수 없는 절망 같은 것을, 느끼는 듯이, 이해되어지는 것을, 기억할 일이다.〕 '獸皮'를 벗어야 되는, 고통스러운 '殉敎'가 요구되며, 〔이 '殉敎'는 그래서, '代贖'性을 띠지 않는다.〕 그것이 '거듭나기'로 이해되고, '개구리'의 童話에서 배우는 것은, '거듭나기'를 겪지 않고 '人間'의 모습을 띠어 있는 '人間'은, 아직도 畜生道를 벗어난 것은 아니라는 것이다. 그러니 〔『이솝寓話』 참조〕 이런 '人間'은, 그 '記號'는 '人間'이라도, 그 '內容'은 '人間'이 아니라는 것〔反之亦然〕이다. 이 '짐승'은, '뭍'과 '물'에 집착해 있어, '멧돼지'나, '뱀장어'라도, '뭍-물'의 중간에 처한 '개구리'의 이름에 불리어진다.(『칠조어론』 3, 256~257쪽)
　('그러던 어떤 훗날,') 촛불중이 오늘, 예의 저 『寓話』를 새로 고려해보기 시작한 것은, 앞서 말 되어진 그런 까닭들도 물론 포함해서이지만, 그것 말고도, 한 중요한 까닭이 더 있어서이다. 이 까닭은 무엇인가 하면, 저 '憂愁의 女神'은 그때, 그래서 '사람'만 하나 빚어, 밤낮으로 그것 하나만 품에 안고 시름이나 하며, 세월을 보냈겠는가, 아니면, 그 외에도 무슨 다른 형상들을 더 빚어, 憂愁의 젖을 먹여, 그 한들을 채우려 했겠는가, 하는 의문이다. 그 『寓話』의 저자는 허기는, 그보다는 더 말하고 있는 것은 아니기는 아니로되, '흙'으로 생살 짓기와 관계된 다른 寓話들(예를 들면, 이솝 寓話)과, 또 누구라도 얼마 정도는 할 수 있는 추측까지도 보태어, 미루

어보기로 한다면, 저 '따님'은, 다름아닌 그 '시름겨움' 탓에도, '사람'뿐만
아니라, 여러 종류의, 많은 '形相'들을 만들어, 옹그랑 종그랑 한자리 모아
두었다가, (씨암탉의 뱃속에 맺힌, 포도 송이도 같은 알들을 보알시라.) '숨'
을 주관하시는 님 오시기 기다려, 그의 精水 받기를 원했을 것이었다. (그
런 여러 '形相'들도 '흙[Homo]'으로 지어졌었을 것이라면, 그것들께 '情'이
일어난 그 순간, 그것들도 '사람[Human]'이라고 불려졌어야 함은 당연했었
을 터이다. 이 의문에 대해서는, <u>이숍 투</u>의 創世記가 잘 대답해주고 있어
보인다. '사람'도, 그 입어진 질료에 의해서는 '짐승'과 다름없으니, 畜生道
소속이다, 그렇잖은가.) (『칠조어론』 4, 103쪽) (밑줄-필자)

　박상륭의 경우 이숍과 관련된 담론을 통해서, 기호의 운명화와 수사학적 압
력의 카르마, 축생도를 탈피하지 못한 인간은 인간과 짐승의 공존론을, '흙/사
람'이라는 축생도 소속 풀이하고 있다.
　이렇게 볼 때 박상륭은 '이숍'의 담론을 통해 기호와 의미의 일원화을 위해
한 단어의 운명을 수사학적 압력으로, 개구리와 인간의 상징법을, 인간의 축생
도 소속을 풀이하고 있다.

3. 서사시, 비극, 역사학, 과학, 의학, 寓話적 사유의 재창 조 심리

　박상륭은 서구의 원류에 해당하는 그리스의 대표적 사유들을 6대 지성인이
피력한 서사시, 비극, 역사학, 과학, 의학, 寓話에서 연유된 모티프를 소설적으
로 육화시켜 보여 주여 인문학적 상상력의 지평을 보여주고 있다.
　호메로스의 서사시 『일리아드』와 『오뒤세이아』를 통해 영웅담, 예언담, 낙원
담 모티프의 재해석으로, 소포클레스의 비극 「오이디푸스왕」과 「아작스」에서
기원한 오이디푸스 복합 심리, 라이오스 복합 심리, 시간의 역류를 추가시켜,
헤로도토스의 『역사』를 통해 남성 헤게모니의 육체성 담론을 강조하기 위해,
엠페도클레스의 4원소론 중 2원소론을 문학에 수용하여, 엠페도클레스 분열증

을, 히포크라테스의 의술은 고해를 다스리는 암리타라는 메타포를, 이솝의 寓話를 수사학적 압력의 카르마와 축생도 소속의 인간을 통해, 서양 지식의 모든 원류를 소설적으로 원용하여 인문학적 상상력으로 재창조하고 있다.

반면 남성중심의 신화를 수컷의 우월 심리로 드러내는 면도 드러낸다. 오이디푸스 복합 심리의 자궁으로의 시기 소급, 남성의 여성 폭력성의 당위성 드러내기, 남성 헤게모니의 여성 육체의 장난성 또는 성적 물화로서 제시되는 신화를 다시 차용하는 특면은 아쉬운 점으로 대비되어 나타난다.

박상륭의 소설은 그리스 사유뿐만 아니라 한국적, 중국적 사유, 인도적 사유 등 다양한 측면이 제시되고 있어, 그 의미와 창작 원리를 밝혀도 재미가 있을 것이다. 물론 복합적 철학의 차용에서 비중있게 다각도로 차용된 호메로스의 서사시 등이 있으나, 대부분 모티프를 차용 간략하게 문학적인 재해석, 예술적으로 재창조하고 있다. 그러나 전체소설 플롯을 서구 사유 기원으로 풀어보는 것에는 무리가 있다. 그러면서도 특히 문학 부문인 서사시와 비극, 우화는 차치하더라도 역사서, 과학서, 의학서도 문학적 상상력의 모티프로 어떻게 변형되는지 대한 안내이며, 관념 창조의 혼방된 형태주의로서의 다양한 육화 배경에서 방법론적 안내의 메타포 소설이라 여겨진다.

그러나 소설 특징이 워낙 통종교적, 통신화적, 통사유적 성향이 농축되어 있어 독자 자신의 접근 가능한 부분부터 주체적으로 독서하기 방법론, "『천개의 고원』을 접근하는 독법"61)처럼 읽는 과정의 독자적, 주체적으로 부분의 의미화를 통해 읽는 방법이 이 소설 『칠조어론』의 독법에 해당될 것이라 가만히 생각해 본다. 관념 상상력 소설에서 그 단편적 재미가 작가의 인문학적 상상력과 혼방된 상상력의 이미지 창출의 사유와 어떻게 관련되고 있는지에 더 주안점을 둘 것임으로 그 부분은 한계로 인정한다.

---

61) 질 들뢰즈/펠릭스 가타리, 『천 개의 고원』, 김재인 옮김(새물결, 2001), 서문 참조.

■ 참고문헌

1부

박상륭, 『칠조어론』 1~4부(문학과지성사, 1990~1994).

안진태, 『신화학 강의』(열린책들, 2001).
유재원, 『그리스 신화의 세계』(현대문학, 1999).
이경덕, 『신화로 보는 악과 악마』(동연, 1999).
일　연, 『삼국유사』, 이민수 역, 을유문화사, 1983).
졸　고, "소설언어로 '우주장 사상' 풀기", 『박상륭 소설 연구』(국학자료원, 1998).
———, "주석학으로 읽는 『죽음의 한 연구』", 『'죽음의 한 연구' 깊이 읽기』(푸른사상, 2000).
———, "페미니즘으로 읽는 『죽음의 한 연구』", 『'죽음의 한 연구' 깊이 읽기』(푸른사상. 2000).
『철학사전』(중원문화, 1991).

데미엔 키언, 『불교란 무엇인가』, 고길환 옮김(동문선, 1998).
브루노 스넬, 『서구적 사유의 그리스적 기원 정신의 발견』, 김재홍 역(까치, 1994).
앨리스 K. 터너, 『지옥의 역사 Ⅰ』, 이찬수 옮김(동연, 1998).
M. 그랜트, J. 헤이즈 공저, 『그리스·로마 신화사전』, 김진욱 옮김(범우사, 1993).
진 시노다 볼린, 『우리 속에 있는 여신들』, 조주현·조명덕 역(또하나의 문화, 1996).
진 시노다 볼린, 『우리 속에 있는 남신들』, 유승희 역(또하나의 문화, 1994).
진 쿠퍼, 『그림으로 보는 세계문화상징사전』, 이윤기 옮김(까치, 1994).

2부

박상륭, 『칠조어론』(1~4부)(문학과지성사, 1990~1994).

김상봉, 『나르시스의 꿈』(한길사, 2002).
김현·곽광수, 『바슐라르 연구』(민음사, 1981).
안진태, 『신화학 강의』(열린책들, 2001).
이재철, 『세계아동문학사전』(계몽사, 1989).
임금복, "우주적 어머니상의 형상화에 대한 한 어론", 『박상륭 소설 연구』(국학자료원,
　　　　1998).
─── , "주석학으로 읽는 『죽음의 한 연구』", 『'죽음의 한 연구' 깊이 읽기』(푸른사상,
　　　　2000).

리차드 아머, 『모든 것은 히포크라테스로부터 시작되었다』, 이종석 역(시공사, 2001).
아서 코트렐, 『그림으로 보는 세계신화사전』, 까치 편집부 옮김(까치, 1995).
M. 그랜트·J. 헤이즐 공저, 『그리스·로마 신화사전』, 김진욱 옮김(범우사, 1993).
M. I. 핀리, 『그리스의 역사가들』, 이용찬·김쾌상 역(대원사, 1991).
요시다 아츠히코 외, 『세계신화 101』, 김수진 옮김(아세아미디어, 2002).
장 삐에르 베르낭, 『그리스 사유의 기원』, 김재홍 역(자유사상사, 1993).
진 시노다 볼린, 『우리 속에 있는 남신들』, 유승희 역(또하나의 문화, 1994).
질 들뢰즈/펠릭스 가타리, 『천 개의 고원』, 김재인 옮김(새물결, 2001).
헤로도토스, 『역사』, 박광순 역(범우사, 1989).
호메로스, 『오뒤세이아』, 천병희 역(단국대 출판부, 1996).
히포크라테스, 『의학이야기』, 윤임중 옮김(서해문집, 1998).

5

무속적으로 읽는 『칠조어론』

– 한국정신사 핵의 문화창조적 심리

무속적으로 읽는 『칠조어론』*
― 한국정신사 핵의 문화창조적 심리

1. 무속의식의 소설 육화 과정

고대로부터 오늘에 이르기까지 면면히 내려오면서 그 나름의 고유한 체계를 가진 종교인, 한국의 巫신앙은 무당만이 독점하는 것이 아니라, 무당 이외에 초월적 존재로서의 엄연한 신령 체계가 있다.[1]

작가들은 영적 체계를 무당처럼 사설로 펼치는 성향이 농후하다. 박상륭은 다원적 성향의 소설 『칠조어론』[2](1990~1994)에서 무속적 속성, 신화적 속성, 기독교적 속성, 불교적 속성, 주역적 속성, 힌두교적 속성, 노·장적 속성 등을 다루고 있다. 그의 심층에 그러한 속성들을 원형적 사유 기반으로서 폭넓게 포용하고 있다.

특히 무속적 성향은 한국인의 생활에서 형성된 샤머니즘과 밀접한 연관을 맺는다. 한국 무속에 반영된 한국인의 의식을 점검하면서 박상륭의 무속적 원

---

* 「무속적으로 읽는 '칠조어론'」, 『한국문예비평연구』 제11집, 한국현대문예비평학회, 2002. 12, 113~137쪽에 수록됨.
1) 조흥윤, 『한국巫의 세계』(민족사, 1997), 33쪽.
2) 박상륭, 『칠조어론』(1~4부)(문학과지성사, 1990~1994).

형의 심리적 연결 고리를 생각해보자.

박상륭은 巫신앙을 고전 작품의 재창작 과정에서 원형 심리의 수용과 변용, 플롯의 속성 등 원형인식틀로 재창출하고 있다. 즉, 무속의식 담론의 메타포와 무속적 향가 및 巫歌의 수용과 변용, 敍事巫歌의 플롯은 물론 후일담 창출이라는 방법적 재창출을 수용하고 있다.

이 글에서는『칠조어론』을 통해 한국의 원형적 정신과 무속이 어떻게 재창작되어 작품에 나타났는지 그 부분에 주목하고자 한다. 박상륭은 일반적인 巫俗意識 담론의 메타포, 巫俗적 鄕歌와 무가인「처용가」와「풍요」,「軍馬大王」을『칠조어론』에서 수용하고 변용하여 드러내었다. 또한 敍事巫歌인「바리데기」의 플롯과 후일담 등도 그의 작품에 적절히 수용하였는데, 현대소설『칠조어론』에 무속적 측면이 수용된 양상을 살펴보겠다. 더불어 무속 측면의 담론, 메타포, 플롯, 후일담 등을 박상륭은 어떻게 소설에 육화하고 있는지 밝혀보고자 한다.

2. 박상륭의 巫俗意識 담론

박상륭은『칠조어론』에서 일반적인 무속의식과 다른 그의 사유 결과가 종합하여 추출해 낸 무속적 메타포와 무속의식 담론을 표출하고 있다.『칠조어론』에서 작가는 巫俗意識을 '巫物의 이미지' 표출, '巫 관련 인물 메타포'의 도입, '巫의 세계관' 정립 등으로 새롭게 드러내고 있다.

1) 巫物(巫花, 巫水, 巫鳥)의 이미지

박상륭은 먼저『칠조어론』에서 일반적인 메타포 '꽃', '물', '새'에 무속적 의미를 가미시켜 한국 문화의 상징화 과정을 접맥한 巫物의 이미지를 다양하게 보여주고 있다. 즉, '巫花', '巫水', '巫鳥' 등의 메타포를 통해 그는 새로운 이미지를 창출하고 있다.

먼저 그가 '巫花'와 '巫水'의 메타포로서 '환생시키는 꽃'과 '환생시키는 물'의 이미지를 새롭게 창출하였다.

> (상략) 혹간 그 길(道)이, 그 無爲라는 발에다 公을 신발로 꿰어신고, 公의 꿈의 뿌리가 따뜻이 묻혀 있다는, 그 '꿈을 애밴 여자' 속으로 내려가, '은가지살살레꽃' '금가지피살레꽃' '금강석가지숨터출꽃'들이 피어 있다는, 숲의 소로를 따라, '살살레물' '피살레물' '숨터출물'의 호수를 건너, 꿈들의 무도회장(프라브리티)에 가, 춤에 너무 취해, 봄뜰을 너무 날아버린 것인가, (하략) (『칠조어론』1, 189~190쪽)

위의 장면에 보이듯이 敍事巫歌에 등장하는 환생시키는 꽃과 환생시키는 물을, 박상륭은 '은가지살살레꽃', '금가지피살레꽃', '금강석가지숨털출꽃', '살살레물', '피살레물', '숨터출물'이란 의미와 음성이 부합된 이름으로 借名하였다. 특히 '환생시키는 꽃과 환생시키는 물이 있는 道의 길을 걷다'와 '巫花가 만발한 숲의 길을 따라 巫花가 피어 있는 호숫가'라는 공간을 자유에의 꿈과 해탈에의 꿈이라는 의미로서 작가는 아름다운 광경으로 제시했다. "저 동네 산은 왼통, '살살레꽃,' '피살레꽃' '숨터출꽃'으로 우거져 있어,"(『칠조어론』1, 203쪽)에서도 아름다운 풍경을 제시하였다. 이러한 꽃의 표현은 특히, 「바리공주 강화 송분임본」에 '살살이꽃', '피살이꽃', '숨살이꽃'[3] 등, 꽃이름이 명시된 것을 『칠조어론』에서 재창출했음을 유추할 수 있다. 박상륭은 이렇게 음을 약간 바꾸어 『칠조어론』에서 서천서역국의 산에 핀 巫花를 "'미리타 삼지바니(숨터출꽃, 숨터출물)' '수바르나카라니(살살레꽃, 살살레물)' '산다니(피살레꽃, 피살레물),'"(『칠조어론』1, 222쪽)로 표현하였다. 이 명명을 통해 불교의 이미지와 한국 무속의 환생의 꽃과 환생의 물의 이미지를 접맥한 부분에서 생명의 꽃, 생명의 물의 비유법을 차용하고 있다.

다음으로 살펴볼 것은 '巫鳥'의 이미지다. 무조는 上天과 下界를 수직적으로 날아다니며 오르내리는 새로 설정하였고, 공간의 이동을 고해의 차안 공간에서 피안 공간에까지 넘나드는 자유로운 이미지로 설정하고 있다. "곪은 禪—

---

3) 김진영·홍태한, 『서사무가 바리공주 전집 1』(민속원, 1997), 283쪽.

巫. 〔巫鳥—上天下界를 나는 새. 그래서 그 새는 현란하도록 아름다워 보이는데, 明界와 冥界가, 그 새의 두 날개의 이름이다. 苦海의 此岸에서 此岸으로 나는 새.]"(『칠조어론』 3, 43쪽)에서 보이듯, 특히 '巫鳥'는 샤만을 세계수의 가지 속에서 부화된 큰 새로 파악하는 모티프로, 북아시아의 신화, 무속신화에 널리 분포되어 있는 모티프[4]와 맥이 닿아 있다. 박상륭은 巫鳥 이미지를 천상과 하계를 날아다니는 새로, 분화된 명명인 날개의 두 이름을 '明界/冥界'로 기호화하여 표출하고 있다. 즉, 밝음계와 어둠계를 오르내리는 속성을 지칭하고 있어, 그리스 신화에 나오는 날개 달린 신이며 현세와 지옥까지 자유롭게 날아다니는 헤르메스 신의 이미지와 닮은 형상으로, 이승과 저승을 오고가는 무속적인 새, '巫鳥'로 설정하고 있다.

이상과 같이 박상륭은 단순한 물질계인 '꽃', '물', '새'에, 무속적 측면에서 생명의 꽃과 생명의 물인 '약꽃', '약물'의 이미지를 투영시켜 '巫花', '巫水'로 표출하였고, 차안과 피안 공간을 자유롭게 넘나들어 경계를 뛰어넘는 새를 '巫鳥'로 설정, 모두 새로운 메타포인 '巫物 이미지'로 창출시켰던 것이다.

2) 巫관련 인물 메타포

박상륭은 『칠조어론』에서 巫 관련 인물의 명칭과 속성을 아주 풍부하게 제시하고 있는데, 남자 무당 男巫와 여자 무당 女巫의 메타포들로 그 속성을 살펴보자.

먼저 박상륭이 보여준 男巫에 대해 알아보자.

覡은 남무로서 讀經, 逐邪, 박수 등을 포함시켜 무에 종사하는 남자들을 총칭한다. 巫의 입무과정에서는 세습무와 강신무, 學巫 등으로 나눌 수 있고, 무의 성격이나 직능에서는 독경을 하는 부류, 굿을 하는 부류, 점복을 하는 부류로 나눌 수 있다. 讀經을 주로 하는 經巫와 굿을 주로 하는 굿巫, 기타 雜巫로 삼대별하며, 독경형식은 병마가 무엇인지 그 정체를 점괘로 풀고, 그것이 독경에 의해서 치료될 것이면 택일하여 경당을 배설[5]하고 있어, 흔히 道佛의 습합

---

4) 미르치아 엘리아데, 『샤마니즘』, 이윤기 역(까치, 1992), 55쪽.

예6)에 해당한다.

　박상륭의『칠조어론』은 讀經을 읽는 經巫의 느낌을 연상하게 되며, 道佛 習合이 아닌 '巫佛'의 習合과 '巫基督'의 習合 형태로 무격 인물의 이미지가 나타났다.

> 　巫覡들은 그렇게, 半人半鬼가 돼버린 자들입지만, 그냥 일반적 사람의 아들〔人子〕이라도 어느 날, (건너뛰고, 소박하게 말하기로 합습지.) 사방으로 일곱 발자국씩을 걸은 뒤, 하늘을 가리켜 '아버지'라고 일렀을 때, (도류네 경전이 가르치는 바를 좇으면) 그 순간, 그 보편적 인간의 아들로부터, 그 보편성이라는 가벼운 人皮가 벗기워지며, 그 속에서, '말씀'이라는, 원형이 부화한 것을 보게 되고, 이 한 개인은, 전우주와 그 무게가 다름이 없음을 보게 되던 것을 상기하기로 합습지. (『칠조어론』 1, 34쪽) (밑줄 — 필자)

　위의 장면과 같이 박상륭은 巫覡과 부처와 기독교의 이미지를 부합시켜서 巫覡의 속성과 질량을 半人半鬼 되어버린 자이며, 전우주같은 무게를 지닌 자로 드러내며, '巫佛基督'의 습합이라는 삼중적 의미가 중첩된 이미지를 보여준다. 그 중첩된 의미를 보면, 무속에서 '행위'는 부처가 태어나 천상천하유아독존이라 외치며 일곱 걸음을 걸었던 행위에서, '말'은, 하나님은 빛이요, 생명이요, 말씀이란 차원에서 기독교의 이미지를 차용하여, 결국 '巫佛基督'이미지로 인물 메타포를 드러내고 있다.

　다음 장면을 보자.

> 　어쨌든, 반모섬의 양지에 앉아, 한 우주를 꿈꾸고 있었던, 저 한 원숙한 늙은네는, 신명들린 巫 같았을 터이며, 神壇樹도 같고, 그리고 무엇보다도, 태우지도 않는 불을 우거지도록 훨훨 이고 있는 가시떨기나무 같았던 것입지. (『칠조어론』 1, 120~121쪽)

---

5) 서대석, "經巫攷",『한국무가의 연구』(문학사상사, 1988), 303~306쪽.
6) 서대석, 위의 논문, 316쪽.

박상륭은 또한 위 장면과 같이 巫의 메타포를 원숙한 늙은네를 등장시켜 신명들린 巫와 신단수로 대비시켜 보여주고 있다. 즉, 사도 요한이 귀양살이했던 반모섬에서 예언서 「요한계시록」을 완성했듯이, 巫基督과 부합된 聖樹 이미지를 차용한다. 반모섬에 앉았던 사도 요한이나 불타는 가시떨기나무 앞에서 하나님의 음성을 듣던 모세, 신단수 아래로 하강해왔던 환웅의 이미지를 결합시키고, 신단수라는 나무 이미지까지 차용하여 무의 메타포를 보여주고 있다. 우리나라의 聖樹는 시베리아 샤머니즘과의 연관하에서 巫樹로서의 세계수 또는 우주목에 보다 더 큰 근친성을 지닌 것으로 간주되며, 나무를 타고 올라가는 샤머니즘 원리를 반영[7]하고 있다. 단군 신화는 제정일치 시대의 부족 사회 형성 신화라는 점에서 당시의 신앙이었던 샤머니즘과 직결[8]되듯이 巫의 메타포로 해석할 수 있다.

이런 점에서 볼 때, 박상륭은 巫의 이미지를 원숙한 늙은네와 신명들린 무, 신단수와 가시떨기나무, 우주를 꿈꾸는 자로 보여주는 데, 이는 단군신화와 구약성경, 신양성경의 기독교 관련 인물, 다종교 상징 이미지 접맥을 통해 '巫基督'의 습합을 보여주고 있다.

그밖에도 박상륭은 무당에 대한 새로운 메타포로 '火巫', '語巫', '불화라지', '화라지', '詩巫', '말의 박수', '불의 박수', '말 무당' 등을 창출시키고 있다.

먼저 '火巫'와 '語巫'를 보자.(『칠조어론』 3, 231~232쪽) 박상륭은 '늙은 火巫'를 꿈(夢)과 깨달음(覺) 사이의 과거·현재·미래를 포함한 三世 이야기의 說을 푸는 자로, 태어남과 죽는 것은 苦라는 生死苦를 풀이하고 있다. 또, '語巫'는 冥村에 기거하며 죽어서 갈 명촌 이야기를 하는 자로 그리면서, 특히 화무와 어무의 두 세계를 대비시켜, 火巫는 꿈과 깨달음 사이에서, 語巫는 어둠계의 마을 冥村에서 說談을 풀고 있어 담당 영역을 약간 차이 있게 보여준다. 특히 語巫는 의미의 법륜 구르는 소리와 혼이 깊은 데로 여울져 가는 소리까지 들린다고 표현하고 있다. 그밖에도 語巫는 『칠조어론』 중 다른 어법들인 '語佛', '語魔', '本語佛', '本者語魔' 등 다양한 맥락을 통해서도 볼 수 있듯이,

---

7) 김열규, 『한국신화와 무속연구』(일조각, 1982), 18~19쪽.
8) 유동식, 『한국종교와 기독교』(대한기독교서회, 1979), 19~20쪽.

'語巫', '語佛', '語魔'는 '말의 원소'에 대한 인식을 기조로 하면서 말의 說 풀기 어법에 맞추고 있다.

다음 표현은 '불화라지'이다.(『칠조어론』3, 235쪽) 박상륭은 '불화라지'를 火巫가 풀어냈던 이야기에서 태우기와 얼구기라는 주술 이야기로 그리면서, 업을 끊지 못한 얘기로 펼치고 있다. 즉, 잠의 노래를 부르거나 해원굿을 펼치면서, 화무 자신의 삶의 이력과 자서전을 펼쳐 보인다.

다음으로 시인과 '화라지', '화라지'와 춤꾼의 동일자로 그리는 '화라지'가 있다.(『칠조어론』3, 244쪽) 박상륭은 시인과 '화라지'의 비교를 통해, 시인은 상상만이 있고 제휴로 끝나고, 화라지는 상상은 못하고 제휴만 할 뿐으로 대비시키고 있다. 이 부분은 작가의 표현활동을 일종의 정신병에서 빚어지는 현상으로 해석, 작가란 일종의 광기에 사로잡힌 자이며, 뮤우즈에 의해 미묘하고 순진무구한 넋에 광기가 주입된 시인[9]이라는 해석으로 다가온다. 특히 화라지의 청취 영역 부분을 분화시켜 唱巫적 귀의 자태로 그리고 있다. 그러면서도 화라지의 상황은 지리멸렬하고, 권태롭고 외로우며, 침묵과 정적, 무음과 분노 ―독시, 저주의 해석학적 삶으로 보여준다. 또 화라지는 시간의 흐름에서 자기는 죽어가고 있는 박수라고 보았다.

다음은 '詩巫'로 보여준다.(『칠조어론』3, 444쪽) 박상륭은 늙은 시꾼 '詩巫'를 통해 도류의 목구멍 뒤집히기를 보여주며, '말의 박수'(『칠조어론』4, 12쪽)에 대해서도 공 속에 뚫린 말을 보여주는 대목으로 공의 집착과 말의 류사구덩이가 패가망신에 빠져드는 것을 보여주며, '불의 박수'(『칠조어론』4, 13쪽)로는 巫姦을 통해 도류의 아비와 상사라 등을 보여주고 있다. 그 밖에도 '말 무당'(『칠조어론』4, 154쪽)은 생각의 부재인 혼돈의 巫의 메타포를 보여준다.

이와 같이 박상륭은 남자 무당의 분화된 인물 메타포에서 도류의 목구멍 뒤집히기, 공의 집착과 말의 패가망신, 도류의 아비와 상사라, 혼돈과 무의 메타포 등 다양하게 분화된 의미를 특성화시켜 보여주고 있다.

男巫와 대비시켜 박상륭이 보여준 女巫의 경우는 세 따님, 세 무녀인 "우리

---

9) Dayid Daiches, *Critical Approaches to Literature*(London, 1967), P.6. 정한모·김용직, 『문학개설』 (박영사, 1983), 31쪽에서 재인용.

들의 세 따님(따님, 딸님, 땋님)"(『칠조어론』 1, 170쪽)으로 나오고 있다. 이 의
미에 대해 박상륭은 「유리장」이란 그의 중편소설에 '따님, 땉님, 땋님'을 '歲月
宮, 乳母宮, 胎宮'인 세 따님[10]으로 제시한 바 있다.

女巫의 경우에서 세 따님의 역할은 六道를 밝히거나, 하나의 풍경으로 셋을
바라보기, 또는 셋의 풍경으로 하나를 보는 링감의 암호 풀기를, 그녀들이 꾸
는 꿈과 화현력으로 나타난 巫의 능력은, 영매의 접신과 유정 속의 수성, 축력
깨우기를 통해서 보여준다. 시조모로 알려진 세 따님은 바리데기로 알려져 이
미지가 형상화되어 있다. 그것의 의미는, 구면사족형 괴물로, 생식력과 관계된
것을 통해서 보여주는데, 三頭巫女가 12충으로 둔갑한 巫의 형상화는 그리스
신화의 저승사자 三頭犬 케르베로스 이미지가 연상되는 형상을 통해 보여준다.
"'十二蟲'은, 그 응달쪽 저승문전에, 한 毒蛇의 몸뚱이에, 셋의 암캐 대가리를
달고, 눈은 한 개뿐인 것, 달(月)인 것을, 셋이서 돌려가며 밖을 보는, 세 따님
(巫女)들의 얼굴을 은닉해놓고 있다."(『칠조어론』 1, 198쪽)에서 보여지는 십이
충의 비유법과 세 따님 얼굴의 괴수 신화의 이미지화를 새로운 형상화 어법으
로 보여주고 있다.

> 몸은 셋씩이나 되는데도, 눈은 한 벌밖에 못 구비해 있는, <u>巫女들, [이
> '三位―體'는, '巫三位'랄 것으로, '세 따님'의 모습으로 神話化해 있습지.
> '따님[大地]/따님[달님]/따님[땋님―運命을 땋는 님. 땉님―모인 것은 흩트
> 리고, 흩트린 것은 따붙게 하는 님. 歲月.]]'</u> (『칠조어론』 3, 384쪽) (밑줄
> 필자)

위의 장면과 같이 무녀의 형상화에 쓰인 묘사는 몸은 셋인데 눈은 외눈인
무녀, '巫三位―體'라는 호칭으로 세 따님을 신화화하여 나타냈다. 그 의미가
따님(大地), 따님(달님, 月), 따님(땋님―운명, 땉님―세월)의 다른 이미지를 형상
화하고 있어, 「유리장」의 '세월, 유모, 태'의 의미에 '大地, 月, 운명'의 의미가
더욱 분화된 채 나타나고 있다.

---

10) 졸고, "살불살조의 구도 패러다임"―박상륭의 「유리장」론, 『한국문예비평연구』 3집, 한국
　　현대문예비평학회, 1998. 12.

그밖에도 巫와 흰 암캐를 관련시키는 대목에서도 무녀의 형상화가 두드러지게 나타난다. "그때는 여자는, 울고 있지 안했는데, 그렇게 여자는, 전에 이미, 그에게도 바쳐버렸던, 자기의 그 '마음·말·몸'을, 한번 더 바쳐 올린 것이다, 祭祀한 것이다. 여자는 巫였다. 흰 암캐였다."(『칠조어론』 4, 381쪽)에서 보이는 것은, 巫와 흰 암캐라는 동물어의 접맥으로, 어머니의 저승 암캐론11)과 같은 어법을 제시하고 있다.

이상과 같이 박상륭은 '巫 관련 인물 메타포'를 다양한 의미가 담기도록 새로운 해석을 가미하면서 표출하고 있다. 먼저 남자 무당은 半人半鬼가 되어버린 자나 신명들린 자로 드러내고 있다. 또한, 여자 무당의 경우는, 六道 밝히기와 생식력 관계망과 대지, 달, 운명의 이미지 등으로 표현하고 있다. '巫 관련 인물 메타포'로, 남자 무당은 '火巫', '語巫', '불화라지', '화라지', '詩巫', '말의 박수', '불의 박수', '말 무당'을, 여자 무당은 '세 따님', '三頭巫女', '12충', '따님, 달님, 땅님' 등을 드러내 새로운 巫人 메타포가 다양하게 창출되었다.

3) 巫의 세계관

한국 문화의 地核이랄 수 있는 巫敎는 그 의식이 민중문화 저변에 흐르면서 형성되었다. 이는 한국 문화의 심층에서 에너지를 발휘하여, 행동 양식을 결정할 가치 체계와 세계관으로 지배12)하고 있기 때문이다. 이러한 민중 문화의 저변과 문화의 심층적 세계관을 박상륭은 소설 『칠조어론』에서 더욱 분화 특성화시켜, '巫村', '巫祭', '巫界'로 '巫의 세계관'을 창출시키고 있다.

먼저 박상륭은 『칠조어론』에서 '巫村'을 무속의 세계관이 지배적인 사회와 관련된 호칭으로 쓰고 있다. "巫村, 그렇습지, 그 경계에, 우리들 선조 때부터 자리잡아온, 고장은 巫村─. 여기서는, 인과율이 당대적으로 완성되어지는 듯하여, 짓기와 헐기, 잠자기와 깨이기, 서기와 눕기, 같은 것들 사이에 별로 뚜

---

11) 졸고, "우주적 어머니상의 형상화에 대한 한 어론" -박상륭의 『칠조어론』 읽기의 한 방식, 『박상륭 소설 연구』(국학자료원, 1998).
12) 유동식, 『한국무교의 역사와 구조』(연세대 출판부, 1985), 15쪽.

렷한 구별이 없어 보입습지."(『칠조어론』1, 29쪽)에서 보이듯, 박상륭은 한국 정신 원형의 특성으로 '巫의 세계관'을 선조때부터 자리잡아온 고장인 巫의 마을, '巫村'이란 어휘 선택으로서 나타냈다. 그 마을의 지배원리는 인과율이 당대에 완성되는 곳으로서, 그곳에서 이루어지는 반복 행위가 짓기와 헐기〔作/壞〕, 잠자기와 깨이기〔眠/覺〕, 서기와 눕기〔起/臥〕 등으로 드러났는데, 무속의 특성인 '未分化'[13] 사고를 그대로 반영하고 있다. 즉, 미분화된 사고를 의식의 혼합 형태로 나타내고 있다.

다음으로 무속의 세계에서 한 측면인 제의는 代贖祭인 '巫祭'를 통해 드러내고 있다. "그러면 諸道流, 촌숭이 아끼는, 代贖祭란 무엇보다도 축생도와 연관이 있다고 말한 것에 보태, 이것은 또한, 巫祭라고 이르는 것을 눈치채셨겠습지."(『칠조어론』1, 29쪽)에서 엿보이듯이, 박상륭은 대속제와 축생도를 연결시킨 폭력과 성스러움의 근원적인 의미 맥락을 '巫祭'라 표현하고 있다.

또한 그는 무속의 세계에 대해 '巫界'란 어휘를 사용하였다.

> 홍보는 재미를 떠난다면, 촌숭께는, 저 셋째번 경우밖에 흥미를 못 느끼는뎁지, '셋째 왕자'의 '모험담'이 극명히 하는 바와 같이, 우리가 그리하여 은유적 세계를 실제화하고, 이제껏 익명으로 불리워왔던 것에서 그 실체를 부둥켜안기로 한다면, 하나는 축생도로 가고, 하나는 巫界에로 갔으며, 하나는 人世를, 즉슨 '말씀의 의도'를 성취한 얘기가 저것이겠습지. (『칠조어론』1, 33쪽)

위의 장면에 보여지는 세계는 三道的 세계관인데, '축생도', '巫界', '人世'이다. 이러한 세계관 중 축생도는 불교 세계관을 염두에 두면서 풀어 볼 수 있다. 불교의 六道는 축생도, 수라도, 지옥도, 천상도, 인간도, 아귀도[14]인데 박상륭은 그중 하나인 축생도를 수용했음을 알 수 있다. 즉, 우주를 三道의 세계관, '畜生道', '巫界', '人世'로 나누고 있다. 무속의 세계인 무계에서는, 그 명칭을

---

13) 김태곤, 『한국무속연구』(집문당, 1985), 482쪽.
14) 데미언 키언, 『불교란 무엇인가』, 고길환 역(동문선, 1998), 63~65쪽. 삼계는 욕계, 색계, 무색계로 나눔.

일관성있게 설정하고 있다. 그리하여 작가는 巫界 속의 마을 巫村, 그 마을 巫村에서 지내는 제의를 巫祭로 넓은 의미의 巫界의 세상, 그 속의 한 마을 巫村, 그리고 그곳에서 지내는 巫祭로 무속의 세계를 드러내고 있다.

한국 巫의 혼합주의의 기원은 중국으로부터 기원전 1세기에 유교, 4세기에 불교와 도교 같은 종교들이, 그리고 근세에 들어와 외국 선교사를 통하여 기독교가 전파된 점과 관련이 있다. 한국 巫는 이들 종교들로부터 여러 특성, 특히 그 신들을 받아들여 왔다.[15] 박상륭 역시 巫에, 다른 정신이 이중, 삼중으로 습합된 특성을 보여준다고 할 수 있다.

박상륭의 『칠조어론』에서 보여준 巫에 대한 작가만의 독특한 사유 규명을 巫哲學 심리로 제시하는데, 巫/易, 축생도/巫儀, 覺+道+色=巫 등이다. 이 측면의 양상은 巫와 周易의 습합, 불교와 巫의 습합, 불교와 道家의 습합의 속성으로 보여준다. "禪門에도 그렇다면, 巫家에서와 마찬가지로, 巫家에서 巫病이라고 부르는 것과 같은, 그런 무슨, 禪病이랄 것이 있는 듯하게도 보입습지."(『칠조어론』 1, 51쪽)에서 드러나듯이, 무병을 포함한 일련의 복합적 징후는 일종의 종교 체험으로 보아지고, 신령에 의한 소명에 해당[16]하듯이 '巫病'과 마찬가지로 도에 이르는 과정 중 병증을 '禪病'이라 호칭하고 있다. 나아가 택함을 받은 자의 심적 고독은 격리와 성무의례의 고립을 겪으며, 격리와 의례적 독거에 상응한다. 그리고 신병에 걸린 샤만 후보자가 느끼는 죽음에 대한 절박감은 바로 통과의례에 나타나는 상징적 죽음을 환기[17]시키듯이, 작가는 그것에서 禪病의 의미를 도출하고 있다.

이렇게 박상륭은 巫와 道家의 접맥을 시도했다.

> 佛이며, 菩薩. 헌데 村僧이, 사족을 하나 붙인다면, '巫(signified)'와 '易(signifier)'이 달마가 되어 있는 '살의 우주'—畜生道에다 그가, 자기 입었던 살을 벗어준 菩薩行에 의해, 우리들께는 그의 菩薩面이 확대 압도되어져 왔다는 것, 그것을 하나 지적해됐으면 합지. (『칠조어론』 1, 60쪽)

---

15) 조흥윤, 『한국의 巫』(정음사, 1983), 17쪽.
16) 조흥윤, 『한국의 巫』, 11쪽.
17) 미르치아 엘리아데, 『샤마니즘』, 이윤기 역(까치, 1992), 50쪽.

위 장면에서는 무와 주역의 접맥을 살의 우주인 축생도 벗기의 보살행으로 보여준다. "그러나 그것은, '易'의 법칙에 의해 운영되는, 축생도와 巫儀라는 것을 기억하기로 합습지"(『칠조어론』 1, 67쪽)에서 보이듯이, 역의 법칙으로 운영된 축생도와 巫儀의 두 세계는 體·用(巫儀와 축생도)으로 인식하고 있으며, "그래서 저런 어떤 救贖을 위한, 犧牲祭란, 축생도의 與受의 법칙과 관계된 巫儀라고 하는 것입습지."(『칠조어론』 1, 67쪽)에서도 관계가 잘 드러난다.

제의적 희생이란 종교적이며 문화적인 활동의 원형이다. 전세계에 널리 퍼져 있는 격렬한 제의는 인간이나 동물같은 희생물을 바쳐 신의 노여움을 풀고 신의 선의를 기대하는 것이다. 단일한 희생물로 모든 가능한 희생물을 대치시키며, 동물로 인간을 대치시키는 경제적 기능뿐만 아니라 좋은 폭력을 통해 나쁜 폭력을 막는 종교적 기능을 수행한다. 또 속죄양은 공동체를 화해시키는데, 상호적 폭력에서 일인에 대한 만인의 폭력으로의 이행이 바로 모든 문화의 기원[18]에서 보인다. 박상륭이 보여주는 희생제는 축생도의 여수 법칙과 관계된 巫儀로 드러난다. 『칠조어론』에서 우주 자연으로 돌아가는 물고기 의 상징과 해골의 空化가 몸의 속죄양을 표방한다. 이러한 입장에서는 空의 다비식과 七祖의 불의 연어로 살기, 칠조의 입적과 죽음의 선법, 마른 늪에서 공으로 충만하기 등등 속죄양의 은유화[19]가 잘 표출되었다. "그럼에도 그 양자간의 同義性은, '代贖羊 같은 것을 죽여 더운 피 뿌리기祭' 같은 것이 意義를 띠는, 그 점에 두고 있는 것이 아닌가 합습지. 誤讀의 결과로, 누가 이 巫洞實學(犧牲祭)을, 저 두번째 경우('죽은 神' 살려내기)에라도 적용하려 한다는 일이 있다고 한다면, 결과는 아마도, 畜生道만 더 붉게 할 듯합습지."(『칠조어론』 1, 128쪽)에서 작가는 무속 마을 巫村의 희생제를 巫洞實學이라 호칭하여 속죄양을 해석하고 있다. 또한 그는 巫의 세계를 다음과 같이 표현하였다. "'覺+道+色'=巫. '覺+道+空'=禪 이 '道'가 이 도식에서는, '女性(陰)'化해 있음을 주목하십고, 과연 '道'란, '魂'과 마찬가지로, 大地(프라브리티)의 속성이 아니겠는가를, 고려해보십습지."(『칠조어론』 1, 102쪽) 그 중에서도 작가는 巫病과 禪

---

18) 김현, 『르네 지라르 혹은 폭력의 구조』(나남, 1991), 44~47쪽.
19) 졸고, "몸생명주의와 반에코페미니즘"-박상륭의 『칠조어론』을 중심으로, 『돈암어문학』 제13집, 돈암어문학회, 2000. 9, 48쪽.

病 그 속성에서, 巫는 물질계에서의 깨달음으로, 禪은 정신계에서의 깨달음으로, 세분화시켜 드러내었다. 즉, '覺+道+色=巫'와 '覺+道+空=禪'으로 대비시켜 속성을 보여주고 있다.

또한 그는 巫에 대해 冥界에 있는 半身의 문화화로 보며, 아래쪽으로 더 파고드는 종교로서의 이름 巫라는 해석을 가미하고 있다.

> 村僧에 이해되기는, 이 俗屬의 삶까지도, 그것이 文化化를 치러버린 때로부터 시작해, '畜生道－自然'으로부터, 그 半身쯤을 뽑아내고 있어, 그 햇볕 비낀 쪽의 삶을 촌숭은, '예술'이라고 이해하고, 그 달빛 비추이는 쪽의 것은, '巫'라고 이해합습지. 〔冥界에 또아리쳐 있는, 半身의 文化化－巫!〕이런 얘기는, 앞으로도, 몇 번이나 더 반복될지는 村僧도 모르되, 어떤 有情들이, '獸皮'를 벗어 위쪽으로 오르는 종교의 이름은 그런즉 '예술'이며, 〔그 반대로, '흙의 살'을 벗어, 아래쪽으로 파고드는 종교의 이름은 '巫'일 것.〕 그런 뒤, '文化'로부터 다시 解脫을 성취하는 藝術은, 더 이상 藝術이라고 이르지 않으며, '宗敎'라고 일러온다는 말씀은 드린 바 있습지.) (『칠조어론』 1, 138쪽) (밑줄 ― 필자)

위에서 드러나듯이 축생도는 자연과 어두움이 반영된 무속의 세계다. 반면 밝음계는 예술 위쪽에 해당하는 종교로 박상륭은 보고 있다.

이상과 같이 박상륭은 한국의 '巫의 세계관'에 원형적 집단무의식을 다양하게 분화시키고 특성화시켜 작품에 그리고 있다. 그 결과에서 공간 명명은 '巫村', 제의 양식은 '巫祭', 하나의 세상은 '巫界'로 巫의 특성을 표출하였다. 나아가 박상륭은 巫/易, 覺+道+色=巫, 반신의 문화화라는 巫哲學을 새롭게 '巫의 세계관'으로서 창출시키고 있다.

3. 무속적 향가와 무가의 수용과 변용

『칠조어론』은 무속적 향가 「처용가」와 「풍요」와 서사무가 「바리데기」의 접맥을 보여준다. 박상륭은 무가인 「軍馬大王」을 변용하고 무가와 고시가인 「龜旨歌」를 접맥하여 영적으로 교류되는 巫俗詩的 성향을 보여주고 있다.

먼저 「처용가」의 무속적 해석을 살펴보면 처용의 부인 鬼妾(巫女), 巫의 반신의 문화화 등에서 무속의 접맥을 보여준다. 민속학적 접근에서 처용의 양면성에 의해 처용은 巫로 볼 수 있는데, 처용은 무이면서 동시에 무가 몸주로 모시는 신이다. 특히 처용은 신을 모시고 있으니 강신무이며 처용의 주신은 동해용신[20]으로 보고 있다. 그러나 처용의 처는 보통사람이지만, 巫的인 呪能이나 靈力이 없기에 疫神의 침범을 인지할 수 없었다고 본다. 처용은 다른 사람과 다르기에 역신이 함께 누워 있음을 驅逐하기 위하여 唱歌作舞를 하는 것이며, 이 행위는 무당의 治病굿[21]으로 보았듯이 「처용가」를 무속적 향가로 볼 수 있다.

박상륭의 경우 「처용가」를 무격과 관련지어 풀이한다.

> 물론, 이 자리에서의 우리들의 話頭가 되어 있는, 이 「處容歌」도, 그 현현하기의 형태에 있어서는, 巫覡들의 三世的 娼行, 면행, 竊視 등을 통해 밝혀진 바와 같은, '氣의 降臨'이나, '靈媒' '接神'이라고 부르는 것 등과 다름이 없으되, 그러나 이것은, 그 두번째의 되풀이 이후부터, 갑자기, 그 地方色, 方言性을 뛰어넘어버려 있어, '우주적 형태'를 드러내고 있다는 것이 다르겠습지. (『칠조어론』 1, 110쪽) (밑줄 ― 필자)

위의 장면에서 보이듯 「처용가」라는 무속의 접맥을 표현한 부분은 무격의 三世的 男娼行과 절시, 기의 강림과 영매, 접신 등을 통해 우주적 형태로 보여준다. 또다른 장면인 "(상략) 處容의 각시를 가운데 두고, 저 邪鬼와 處容간에 묘한, 그것은 相剋的, 균형이 이뤄져, 處容은 마누라를 鬼妾(巫女)으로 보낸 일로, 巫界로 들어갑습지. 그래서 저것은, 더 이상 항간 다반사 중의 하나에만 머물지 않고, 하나의 巫儀를 이룹습지."(『칠조어론』 1, 111쪽)에서 처용의 처가 간 곳인 공간에 대해 '巫界'로 설정하고 있다.

---

20) 서대석, 『한국무가의 연구』(문학사상사, 1988), 290~291쪽.
21) 서대석, 위의 책, 292~293쪽.

다음은 무속적 향가 「풍요」의 원문을 보자.

　　　"오다 오다 오다, 오다 인생은 서러워라./ 서러워라 우리들은, 功德 닦으러 오네.(風謠云. 如來如來如來 如來哀反多羅 哀反多矣徒良 功德修叱如良來如.)「풍요」[22]

이어 「칠조어론」에서는 「풍요」가 「바리데기」와 접맥되는 부분을 보자.

　　　오다[如來], 오다 왔네라여 라여 래여(來如) 여래(如來), 비리데가, 비리데가, 봄 밤의 찬 이슬들을 받아모으고, 여름 볕을 누룩으로, 가을 양지스런 구들막에 묻어 익힌, 불의 술 엄동인데, 장천 만리를 날갯짓 한번에 주름는 대붕이라도, 그 酒精 한 실가닥에라도 옮기면, 寒天 枯葉이어 스적여 떨어지거늘, 비리데가, 그 술에 너의 님이 취했내비다, …(중략)…, 비리데가, 너의 님 흰새는 날개털을 모두 잃고, 시꺼먼 알몸만 남아, 너의 그 사랑 純酒精인, 그 못 속에 가라앉아 들어, 살을 녹이고, 뼈를 녹이고 있구나.
　　　(『칠조어론』 2, 194쪽)

　　신라의 향가 「풍요」에는 양지가 영묘사의 장육상을 만들 때에, 온 성 안의 남녀들이 다투어 진흙을 날라다 주었다는 설화가 전한다. 그때 부른 향가가 「風謠」이지만, 박상륭은 그 「풍요」를 「바리데기」와 접맥해서 표출하였다.
　　다음으로 박상륭은 무가 「군마대왕」을 통해 재창조한 면을 보여준다. 전통적으로 巫歌는 마을 공동체의 안녕과 평화를 기원하는 정신적 응집의 역할을 한다. 이 巫歌解說이 특이한 유성음의 반복어법 상황으로 남아있는 것이 고려의 무가 「軍馬大王」이다. 박상륭은 다음과 같이 「군마대왕」을 수용하고 있다.
　　먼저 「군마대왕」이란 무가 원문을 보자.

　　　　리러리 루러러루 런러리루
　　　　러루 러리러루

---

22) 일연, 『三國遺事』, 이민수 역(을유문화사, 1983), 308쪽.

리러루리 러리로

로리 로라리

러리러 리러루 런러리루

러루 러리러루

리러루리 러리로(「軍馬大王」[23], 229~230쪽)

「軍馬大王」은 '르'음 諧調에 의한 여음이 가사전체의 폭을 차지하고 군마와 交靈할 수 있는 신비스런 분위기를 자아낼 수 있도록 된 진귀한 노래이다.[24] 이 가사는 무속의 전통 선율은 물론 무의 정신사를 대변한 노래로 巫俗詩的한 상황이라 할 수 있다. 박상륭은 중편 「유리장」(1971)[25]에도 「군마대왕」을, 새로운 신이 降臨되기를 절규하면서 무가의 기능이 시대 속에 거듭 태어나기를 바라는 소망이자 새로운 구원의 갈망의 노래이자 우주적 영혼과 교통하는 巫俗的인 詩[26]로 서 수용 표현하고 있다. 『칠조어론』에서도 다른 시가와 접맥시킨 「군마대왕」을 보여주고 있다.

박상륭은 전통적인 무가 중 「軍馬大王」의 '르'음 諧調 노래를 변형시켜서 『칠조어론』 2(193~4쪽), 『칠조어론』 4(79쪽)에 등장시키거나 「구지가」와 접맥하여 보여준다. 『칠조어론』 3에 변용된 「군마대왕」과 접맥된 「구지가」는 영적 교류와 영적 출현을 새롭게 조명하였다.

리로 리런나 또드락딱 거북님입지 또드락딱

로라리 리로런나 또드락딱 거북님입지 또드락딱

로라리 리로 리런나 또드락딱 대가리를 내어놓으십지 또드락딱

---

23) 전규태 논주, 「軍馬大王」, 『高麗歌謠』(정음사, 1979), 229~230쪽.
24) 전규태 논주, 위의 책, 230쪽.
25) 리로 리런나
    로리라 리로리
    로라리 리로런나
    로라리 리로리런나
    로리라 리로리로라리
    박상륭의 중편소설, 「유리장」, 『열명길』(문학과지성사, 1986), 317~318쪽.
26) 졸고, "우주적 覺道心詩와 박상륭의 철학소설", 『오늘의 문학연구』(양문각, 1999).

오리런나 또드락딱 만약 내어놓지 않으면 또드락딱

나리런나 또드락딱 구워살라 먹겠습지 또드락딱

로런나 또드락딱 폐 둥둥 또드락딱

로라리로 리런나 또드락딱 폐 둥둥 또드락딱

하으, (『칠조어론』 3, 303쪽)

위의 장면같이 박상륭은 거듭해서 『칠조어론』에 「군마대왕」의 차용 내지 변형을 드러냈으며, 「구지가」까지 덧붙여, 신의 강림을 바라는 神君歌의 변형과 접목하고 있다.

이상과 같이 박상륭은 무속적 향가 「처용가」, 「풍요」에서 '무당 처용'과 '부처 무당' 등의 변형을 통해 접신의 상태, 접맥 메타포를 그리고 있다. 또한 『칠조어론』에서 무가 「군마대왕」의 수용, 「구지가」와의 접맥 등을 통해 작가는 영적 교류와 영적 인간의 출현 강림 소리를 재창출하고 있다.

4. 서사무가 「바리데기」의 플롯과 후일담

박상륭은 대표적인 서사무가 「바리데기」의 플롯을 수용하고 그 후일담과 관련된 다양한 의미를 『칠조어론』에서 보여주고 있다. 「바리데기」 등 「황천무가」가 구송되어야 하는 이유는 영혼불멸관과 원시우주관의 下界觀에 의한 것, 인간의 사후 樂地往生에 있는 것, 사후의 영혼이 他界의 地下界로 가거나 횡사한 冤魂의 경우에는 이승에서 徘徊하는 것 등등, 이 영혼의 타계 낙지왕생을 위한 것[27] 때문이다. 박상륭 역시 이 서사무가를 통해 영혼 불멸관, 낙지왕생 등 의미를 수용하고 있다.

먼저 박상륭은 '바리데기'의 호칭에 대하여 '비리데기'로 부른다. '비리데기'란 호칭은 '바리공주', '비리데기', '바리데기', '베리데기', '비러더기' 등으로 다양[28]한 가운데, 박상륭은 '비리데기'라는 용어를 차용한다.

---

27) 김태곤, 『黃泉巫歌硏究』(창우사, 1966), 120쪽.

「바리데기」는 『칠조어론』에서 플롯의 수용과 「바리데기」 후일담으로 원용하고 있다.

먼저 서사무가 「바리공주」의 서사 단락[29]은 다음과 같다.

1) 바리공주의 부모가 하늘에서 땅으로 귀양을 온다.
2) 바리공주 부모가 혼인을 하기 위해 점복자에게 점을 치나 점의 결과를 무시한다.
3) 바리공주 부모가 혼인을 한다.
4) 바리공주의 부모가 남이 자식 있음을 부러워한다.
5) 바리공주의 부모가 연이어 딸을 낳는다.
6) 아들을 얻기 위해 공을 드린다.
7) 바리공주를 낳기 전 태몽을 얻는다.
8) 일곱 번째도 공주를 낳는다.
9) 바리공주가 버림을 받는다.
10) 바리공주 부모가 버린 자식을 다시 데려 온다.
11) 구조자가 버려진 곳에서 바리공주를 구해낸다.
12) 양육자가 바리공주를 키워준다.
13) 바리공주가 성장한다.
14) 바리공주의 부모가 병에 걸린다.
15) 병에 필요한 약이 약수물임을 알게 된다.
16) 바리공주를 찾기로 한다.
17) 바리공주가 부모를 만난다.
18) 바리공주가 처음에는 약수물 가지러 가기를 거절한다.
19) 바리공주는 자신을 찾아온 사람들과 부모임을 확인하는 시험을 한다.
20) 여섯 딸들에게 약물 떠오기를 부탁하자 모두 핑계를 대고 거절한다.
21) 바리공주가 약수물 가지러 길을 떠난다.
22) 바리공주는 도중에 원조자를 만나 도움을 받는다.
23) 바리공주는 도중에 주어진 課業을 해결한다.
24) 바리공주는 도중에 지옥에 갇힌다.
25) 바리공주는 도중에 죄인들을 지옥에서 구제한다.

28) 김진영·홍태한, 『서사무가 바리공주전집 1』, 12쪽.
29) 김진영·홍태한, 『서사무가 바리공주전집 1』, 16~37쪽.

26) 바리공주는 약수 지키는 이를 만난다.

27) 바리공주는 여자임을 감추려 하나 결국 여자임이 탄로 난다.

28) 바리공주는 약수를 얻기 위해 대가를 행한다.

29) 바리공주가 부모의 위독함을 알게 한다.

30) 바리공주가 약수탕을 다녀온다.

31) 바리공주가 약수를 얻고 돌아 오는 도중에 도움을 받는다.

32) 바리공주가 꽃 구경을 하다가 사람 살리는 꽃을 얻는다.

33) 바리공주는 돌아오는 도중에 저승 가는 배들의 행렬을 구경한다.

34) 바리공주는 시간이 늦어서 벌써 상여가 나온다는 말을 듣는다.

35) 바리공주는 언니들의 방해를 받으나 물리친다.

36) 바리공주가 부모를 살려낸다.

37) 바리공주의 남편이 대궐을 헐고 입시한다.

38) 키를 재어보고 바리공주와 남편이 천생연분임을 안다.

39) 바리공주가 부모 살린 공을 받는다.

40) 바리공주외 다른 사람들도 공덕을 받는다.

이러한 「바리공주」의 서사단락에서 『칠조어론』 1(226~228쪽)에 수용된 「바리데기」 플롯을 정리하면 다음과 같다.

① 천별산 대장님 딸 7명을 낳았으나, 막내딸은 버리고, 6명의 딸 출가시킨다. (「바리공주」의 5. 8. 9번이 수용되어 있다.)

② 대장군 병이 나서, 모든 약을 쓰나 무효이고, 서천서역국의 약물만 효험이 있다.(「바리공주」의 경우 14. 15번이 수용되어 있다.)

③ 6명의 딸 약물을 구해오라는 명령 모두 거절한다.(「바리공주」의 20번이 수용되어 있다.)

④ 오구마님은 비리데기를 수색하라는 명령내리나, 아버지의 화병은 시영산 약물을 먹어야 살아난다.(「바리공주」 16번이 수용되어 있다.)

⑤ 미륵님 말씀이 약을 구하려면 아들 7형제 낳아야 알려준다 하고, 피살린 물, 살생긴 물, 숨터칠 물 세 병, 피살레 꽃, 숨살레 꽃과 7형제를 내세운다.(「바리공주」의 23. 28번이 수용되어 있다.)

⑥ 대장군님 죽고, 피샐물 살살물 피샐꽃 살생길꽃 숨터질꽃 숨터칠물로 되살아나는 것으로 설정되어 있다.(「바리공주」의 32. 36번이 수용되어 있다.)

즉, 기아 모티프, 약물 무효 모티프, 약물 탐색 모티프, 비리데기 수색 명령 모티프, 일곱 아들 출생 시련 모티프, 환생 모티프 등 「바리공주」의 「바리데기」 모티프에서 핵심 의미를 영혼불멸, 낙지왕생의 의미로써 수용하고 있다.

이어 박상륭은 「바리데기」 플롯에 바리데기 후일담인 뒷이야기를 덧붙여 설정하고 있다. 『칠조어론』 1에 집중적으로 나오는 「바리데기」의 플롯과 후일담에 간헐적으로 나오는 모티프를 정리하면 다음과 같다.

① 부모는 오구받는 판관이 되고, 비리데기 오구받는 영혼들 서왕세계 불설문으로 보내준다.

② 7아들의 아비미륵님이 간절한 사랑만 품에 간직한 가난한 비리데기 다시 버림받는다.

③ 비리데기는 죽음길 임박해서, 7아들에게 죽게 될 어머니 위해 약물 길어와라 약물 약초 있는 세천시어곡 가서 산다는 부탁은 안하겠으나 어머니 유언대로 하라고 명한다.

④ 병들면 낫고 죽어도 살리는 약물, 약초있는 세천시어곡으로 떠나라고 명한다.

⑤ 어미 죽으면 화장하라, 뼈를 7묶음으로 1묶음씩 간직, 재는 큰아들이 간직하고, 할비, 할미에게 인사하고 떠나라고 명한다.

⑥ 미륵님 비리데기 불쌍히 여겨 갈린 살과 뼈를 말씀으로 반죽, 당신의 法香 태우는 향로 만든다.

⑦ 향로였던 것, 7형제는 향로에서 일어난 향불 7색, 향내 7이라고 표현한다. (이상 ①~⑦까지 『칠조어론』 1, 228~229쪽)

⑧ 무구무취인 불동 일곱과 비리데기의 7아들 아비 미륵이 유산한 빛 흐트러 버린다. (『칠조어론』 1, 231쪽)

⑨ 7남편의 한 과부로 죽지도 않고 살고, 7남편 죽고 7수캐 데리고 흙집에서 산다. (『칠조어론』 1, 234/5쪽)

⑩ "聲帶의 破裂……비리데기의 죽음. 옌네, 三世의 따님, 의 죽음. 聲帶의 破裂." (『칠조어론』 1, 343쪽)

⑪ 비리데기의 修道, 극에 치우쳐 감. 옥문과 마음과 세상을 닫고 외톨이가 되어간다. (『칠조어론』 3, 218쪽)

⑫ 羑里의 七祖라는 사내가, (아으, 떠난 비리데기!) 鹽分 찌들린, 형태만 남긴, 사막에서, '거북님'을 불러낸다. (『칠조어론』 3, 304쪽)

⑬ 비리데기 떠난 후로는, 용두질 노래가 된다. 떠난 비리데기, '비리데기 舍利'라고, 말(語)만 생각한다. (『칠조어론』 3, 320~321쪽)

⑭ 骸骨의 여자가 만삭이 되어, 해산을 할 때, 붉은 龍이, 後宮을 삼으려 하므로, 에미가 해산을 늦춘 것이, 이승도 아니고, 저승도 아닌 骸骨 속에 버림받은 비리데기. (「칠조어론」 4, 13/14/15쪽)

⑮ 새 수도부들이 약간의 인사 이동이 있었다. 새 수도부들 중의 하나는 떠들어온 비구니 비리데기였다. (『칠조어론』 4, 348쪽)

이상과 같은 장면에서 불설문 모티프, 再遺棄 모티프, 어머니 유언 모티프, 약물 탐색 모티프, 화장 유언 모티프, 향로 모티프, 불동과 일곱 아들 빛의 산화 모티프, 7수캐 모티프, 성대파열 모티프, 외톨이 모티프, 7사내 모티프, 비리데기의 舍利 모티프, 해골 속 비리데기 모티프, 새수도부 모티프, 등 박상륭만의 독특한 세계를 불교계와 아들의 의미를 부각하여, 강화시키고 있다.

이상과 같이 플롯과 후일담으로 수용된 「바리데기」의 의미는 무엇인가?

『칠조어론』에서는 비리데기를 '따님과 비리데기', '비리데기와 늙은 암캐', '비리데기와 곡신', '해서방의 사람각시 비리데기', '祭母 비리데기' 등과 관련지어 나타난다.

먼저 '따님과 비리데기'가 연결된 부분(『칠조어론』 1, 215쪽)에서는 목마른 따님과 비리데기로 불려진 무녀와 연결시키며, '비리데기와 곡신' 이미지(『칠조어론』 1, 220쪽)에서는 흑잠을 깨운 최초의 아낙네, 곡신은 비리데기, 비리데기는 곡신, 주역에서 곡신 개념을 차용하고 있다.

다음은 해서방의 사람각시와 흰 암캐 부분이다.(『칠조어론』 1, 221쪽) 여기에서 비리데기는 해서방의 사람각시이며, 어미년 세 대가리의 흰 암캐. 형상은 12양두의 한 독구렁이, 그리스 신화를 한국적 이미지로 변용하고, 괴수 신화로 이미지를 정립하고 있다. 다양한 의미의 변주를 공의 할미, 비리데기, 늙은 암캐로 창출시키며, 전통적으로 보편적인 여성성의 전형과 동물성을 부합시키고 있다. 이 의미 역할을 "(우리는 지금, 별수 없이, 한 암캐의 뱃속으로 내려가 있다. 자연의 中心, 축생도 말이지. 이 '암캐'의 '비계'가 얹힌 부분이,

公이여, '巫'라고 이르는, 한 이상한 중간이라는 것을 觀해둘지라.) (중략) 그리고 公도 알겠다시피, 이 中間者, 仲介·仲媒者에 대한 이름들은 많고도 많아, 다 열거할 필요를 느끼지 않되, 저 동네에서는, (이제는 公의 귀에도 낯설지 않을 이름) '비리데기'라고 불렀다."(『칠조어론』 1, 225쪽)에서 보여지듯이, 자연의 중심인 축생도로, 무는 중간지역이며, 이 두 지역을 중개하는 중매자가 비리데기 당굴, 인세의 방언 통역자로 나온다. 그밖에도 바리데기는 祭母(『칠조어론』 1, 225~226쪽)로 정립되고 있다.

이상과 같이 박상륭은 '바리데기'를 따님, 곡신, 해서방의 사람각시, 흰 암캐, 중간자, 祭母 등 巫女의 이미지에 괴수 신화를 접합시켜 차용하고 있고, 플롯과 후일담의 수용만큼 그 의미를 새로운 메타포로 神話巫歌 양식으로 창출시키고 있다.

5. 한국적 핵의 메타포 수용 양상

지금까지 한국인의 무속적 메타포 수용 양상을 박상륭의 장편 연작소설 『칠조어론』을 통해 밝혀보았다. 무엇보다도 박상륭의 소설을 통해 한국인의 심층적 저변에 근간이 되어 있는 무속적인 측면에서, 무속의식의 담론, 巫俗적 鄕歌와 巫歌의 수용과 변용, 敍事巫歌의 플롯 수용과 후일담을 살펴보았다.

첫째, 무속의식의 담론은 '巫花', '巫水', '巫鳥'를 통한 '巫物 이미지'의 정립, '巫 관련 인물 메타포'를 다양한 의미로 해석을 가미하면서 표출하고 있다. 먼저 남자 무당의 경우는 半人半鬼가 되어버린 자나 신명 들린 자로 드러내고 있다. 또한, 여자 무당의 경우는, 六道 밝히기와 생식력 관계망, 대지, 달, 운명의 이미지 등으로 표현하고 있다. '巫 관련 인물 메타포'에 대해서는 남자 무당은 '火巫', '語巫', '불화라지', '화라지', '詩巫', '말의 박수', '불의 박수', '말무당'으로, 여자 무당은 '세 따님', '三頭巫女', '12충', '따님, 달님, 땅님' 등을 드러내 새로운 巫人 메타포로 아주 다양하게 창출시키고 있다. 박상륭은 한국의 '巫의 세계관'에 흐르는 원형적 집단 무의식을 다양하게 분화시켜 특성화시키고 있다. 그 결과 공간 명명은 '巫村', 제의 양식은 '巫祭', 하나의 세상은 '巫界'로서 巫의 특성을 설정하고 있다. 나아가 박상륭은 巫/易, 覺+道+色=巫, 반신의 문화화라는 巫哲學을 새롭게 '巫의 세계관'으로 창출시키고 있다.

둘째, 박상륭은 무속적 향가 「처용가」, 「풍요」에서 '무당 처용'과 '부처 무당' 등의 변형을 통해 접신의 상태, 접맥된 메타포를 그리고 있다. 또한 『칠조어론』에서 작가는 무가 「軍馬大王」의 수용과 「구지가」와의 접맥 등을 통해 영적 교류와 영적 인간의 출현 소리로서 차용하고 있다. 즉, 지금 현재 우리에게 어떤 원형적 집단 무의식이 어떠한 의미맥락으로 접맥되고 있는 가가 주요 관건임을 밝혀 보았다.

셋째, 바리데기 플롯과 후일담을 중심으로 살펴보았다. 박상륭은 '바리데기'를 따님, 곡신, 해서방의 사람각시, 흰 암캐, 중간자, 祭母 등 巫女의 이미지를 괴수 신화를 접합시켜 차용하고 있고, 플롯과 후일담의 수용만큼 그 의미를 새로운 메타포로서 神話巫歌 양식으로 창출시키고 있다.

고전의 정신사가 현대의 정신사 속에 끼친 미학적 변용 배경은 무엇보다 중요하다. 이는 한국적 핵의 문학화 작업 현상으로서 박상륭이 접맥하여 새롭게 메타포한 무속의식 등은 다양한 측면으로 한국소설적 상상력의 새로운 지평을 넓히고 있다.

그 결과 정신적 의미 맥락과 메타포 및 수사법에 의해 고전은 현재의 우리에게 계속 접맥되는 것이다. 특히 정신 심리적 원형의 경우, 한국의 巫신앙은 오랜 세월을 두고 한국인의 생활 의식의 기반을 이루고 있고, 한국인의 생활에서 형성되는 성격에도 영향을 주었었다. 이런 바탕들이 박상륭의 『칠조어론』에서 새롭게 재창출되었는데, 이미지 정립, 메타포 수용, 세계관 창출, 무가의 수용과 패러디, 서사무가의 플롯 차용과 후일담의 모티프 수용 등 작가의 창작기법에 의한 소설 육화 과정으로 표출되었음을 살펴 볼 수 있었다.

다시 말해 한국인의 무속의식이 심리 원형적 사유체계로 고스란히 구현된 소설 『칠조어론』은 한국인의 심층적 저변에 근간이 되어 있는 무속적인 측면에서, 한국 정신사의 핵을 문학화한 작업이 되었고, 접맥한 무속에 새롭게 메타포한 무속화 과정 등 다양한 측면은 한국 문학적 상상력의 새로운 지평을 확보한 것이라는 의의를 갖는다.

■ 참고문헌

박상륭, 「유리장」, 『열명길』(문학과지성사, 1986).
───, 『칠조어론』(1~4부)(문학과지성사, 1990~1994).

김열규, 『한국신화와 무속연구』(일조각, 1982).
김진영·홍태한, 『서사무가 바리공주전집 1』(민속원, 1997).
김태곤, 『黃泉巫歌硏究』(창우사, 1966).
───, 『韓國巫俗硏究』(집문당, 1985).
김 현, 『르네 지라르 혹은 폭력의 구조』(나남, 1991).
───, "병든 세계와 같이 아프기"─『칠조어론』의 주변, 『칠조어론』 1(문학과지성사,
     1990).
서대석, "經巫攷", 『韓國巫歌의 硏究』(문학사상사, 1988).
유동식, 『한국종교와 기독교』(대한기독교서회, 1979).
───, 『한국무교의 역사와 구조』(연세대 출판부, 1985).
일 연, 『三國遺事』, 이민수 역(을유문화사, 1983).
전규태 논주, 「軍馬大王」, 『高麗歌謠』(정음사. 1979).
정한모·김용직, 『문학개설』(박영사, 1983).
조흥윤, 『한국의 巫』(정음사, 1983).
───, 『한국巫의 세계』(민족사, 1997).
홍태한, 『서사무가 바리공주 연구』(민속원, 1998).

데미엔 키언, 『불교란 무엇인가』, 고길환 옮김(동문선, 1998).
미르치아 엘리아데, 『샤마니즘』, 이윤기 옮김(까치, 1992).

6
수사학적으로 읽는 『칠조어론』
– 수사학적 통우주주의와 三千大天世界 조각내어 읽기

수사학적으로 읽는 『칠조어론』*
― 수사학적 통우주주의와 三千大天世界 조각내어 읽기

1. 우주적 개인과 32대인상의 통욕망주의

　박상륭의 『칠조어론』(1994)¹⁾은 형이상학적 산을 넘어야하는 山戰을 치르듯이, 또는 형이하학적 바다를 유영해야 하는 水戰을 치르듯이 한 단계씩 한 단계씩 읽어야 한다. 그동안 필자는 "어머니로 읽는 『칠조어론』"(1997)²⁾, "宇宙藏으로 읽은 『칠조어론』"(1998)³⁾, "생명주의로 읽는 『칠조어론』"(2000)⁴⁾, "그리스 사유로 읽는 『칠조어론』"(2002)⁵⁾, "그리스 신화로 읽는 『칠조어론』"(2002)⁶⁾ 및,

---

* 「수사학적 통우주주의와 三千大天世界 조각내어 읽기」, 『문예연구』 통권 39호, 2003년 겨울호, 74~109쪽에 수록됨.
1) 박상륭, 『칠조어론』(1~4부)(문학과지성사, 1990~1994).
2) 졸고, "우주적 어머니像의 형상화에 대한 한 語論"─『칠조어론』읽기의 한 방식, 『창조문학』 제28호, 1997년 겨울호.
3) 졸고, "소설언어로 '宇宙藏 思想' 풀기"─박상륭의 『칠조어론 1』론, 『박상륭 소설 연구』(국학자료원, 1998).
4) 졸고, "몸생명주의와 반에코페미니즘"─박상륭의 『칠조어론』을 중심으로─, 『돈암어문학』 제13집, 돈암어문학회, 2000. 9.
5) 졸고, "그리스 사유로 읽는 『칠조어론』", 『새국어교육』 제63호, 한국국어교육학회, 2002. 1.
6) 졸고, "그리스 신화로 읽는 『칠조어론』", 『돈암어문학』 제15집, 돈암어문학회, 2002. 12.

"巫俗的으로 읽는 『칠조어론』"(2002)[7]까지 여섯 가지 방법론으로 읽어 왔다. 이번 방법론은 '語論(말의 논변)' 및 '수사학'을 동원하여 박상륭의 『칠조어론』의 여러 특징을 조각 내어 살펴보려고 한다. 그의 『칠조어론』의 특성을, 화자와 청자, 공간 구조와 시간 구조, 잡설 구조, 주제적 화두어와 출현 인물 등을 통해, 통우주주의와 삼천대천의 세계에 접근하고자 한다.

『칠조어론』의 표층을 보면 공포 怪奇 수사법 소설처럼 보여 醜惡한 美感을 엿보게 하고, 심층을 들여다보면 중생 解脫 수사법 소설처럼 아름다운 律調적 美感을 느끼게 한다. 또한 전체 플롯은 초인적 용기를 가진 우주적 고독인이 대모험을 취하는 구조로 통우주에서 분화된 개인이 다양한 모습을 띠며, 수사학적 잡설을 통해 우주적 세계의 장면을 보게 되는 새로운 형식의 서사시로서의 소설처럼, 아니면 소설적 서사시처럼 느끼게 된다. 즉, 통우주로부터 분리된 우주적 속성이 함장된 개인으로 출발하여→대모험 중 붉은 용(대운명, 獸欲의 의인화, 衆我, 못 벗은 자의 獸皮)의 퇴치 과정과 三界六道的 사유의 우주를 다양한 어법으로 규명한 후→몸의 해탈 구조로 이루어진 대장광설을 취하고 있어, 이 기법은 無플롯이자 超플롯으로 피력되어 있다. 그 과정을 향해 우주적 무의식이 담지된 영적 여행 구조, 그것을 수사학으로 펼친 모험의 대순례도를 하나하나 따라가 보도록 하자.

이 글에서는 특히 『칠조어론』 1을 중심으로 한 조각 한 조각 뜯어 이해할 수 있다는 전제하에 조각 순례를 떠나고자 한다.

2. 『칠조어론』 1의 超플롯, 통욕망 구조

『칠조어론』 1의 플롯은 우주적 개인이 여러 화두를 연쇄고리 기법으로 꿰어서 우주적 대화를 취하는 양상으로 나타난다. 작가는 우주적 시간과 우주적 공간으로 접근하기 위해 일상의 시간과 일상의 공간을, 초시간과 초공간으로

---

7) 졸고, "무속적으로 읽는 『칠조어론』", 『한국문예비평연구』 제11집, 한국현대문예비평학회, 2002. 12.

변화시켜 플롯이 없는 無플롯이나, 플롯을 초월한 超플롯 구조를 보여주려 한 듯하다.

『칠조어론』1의 특성은 총분량(403쪽)에서 제1장 觀雜說 品一(7쪽에서 181쪽까지), 제2장 觀雜說 品二(185쪽에서 190쪽까지), 제3장 續・觀雜說 品二(193쪽에서 403쪽까지)로 구성하여 각 장마다 다르게 나타난다. 1장은 '村僧'의 설교 방식, 2장은 '村老'의 잡설 방식, 3장은 '村老와 公'의 문답 방식으로, 이 모두는 홀로 우주만방을 향해 얘기하거나, '누구'든지 귀를 기울이기 바라는 구조라고 말할 수 있다.

1) 제1장─觀雜說 品一─불상 앞 설교 방식

먼저 『칠조어론』1 중의 관잡설 품 1의 구조를 도표로 이해하면 설교자와 청자 사이에 이중 분리된 모습에서 매개자 없이 우주 허공이나 우주 만방에 말이 누설되는 인상을 준다. 한 마디로 우주적 설교가 質點的 個我로 하여금 우주적 해방에 이르게 하는 구조라고 하겠다. 우주적 문답 구조상 그 매개 중 개자라는 것은 '글'이자 '논리 어법'이자 '말의 語論' 및 '수사학'으로 그 속에 비약성, 초월성, 자유성이 내재되어 있다.

제1장에 해당되는 내용을 그림으로 나타내면, 공간, 설교자, 설교 방식, 청자는 아래와 같다.

千佛群魔像 앞
설 교 자(法盲僧을 포함한 32이름)
설교의 방식
청 자(道流들에서 有情까지 포함)

제1장에 나타나는 특성을 설교자, 청자, 시간적 구조, 공간적 구조, 설교 구조, 주제적 화두어, 출현 인물군으로 나누어 탐색해보자.

일단 박상륭의 작품은 하나하나 뜯어 조각내어 화두로 삼아 읽기가 가능하다. 無플롯이자 超플롯의 양상을 띠고 있기에 우주적 구성 요소 하나하나를 조각화시켜 그 의미를 천착해보려는 것이다. 그가 지향하는 一當百的 수사는 나선형적 나열과 반복이 수용된 특징을 갖고 있다. 그대로 조각내어 읽기의 한 방법으로서『칠조어론』1을 다음과 같이 일곱 조각으로 내고, 다시 소설의 기본 구성요소로 묶어 접근해보고자 한다. 조각 하나-설교자, 조각 둘-청자, 조각 셋-시간 구조, 조각 넷-공간 구조, 조각 다섯-설교 구조, 조각 여섯-주제적 화두어, 조각 일곱-출현 인물군으로 나누고, 그것을 다시 묶어, 소설의 기본 구성 요소인, 인물, 플롯, 배경, 주제를 중심으로 살펴보자.

(1) 인물

『칠조어론』1에 등장하는 인물은 설교자, 청자, 출현 인물군으로 나눌 수 있다. 인물의 특색은 '32가지 이름'의 설교자, '個人의 宇宙役'의 청자, '東西古今'의 출현 인물군으로 나누어 볼 수 있다.

조각 하나-'32가지 이름'의 설교자

우선『칠조어론』1의 구조에서 중요한 서술자이자 화자는 설교자의 모습을 띤다. 설교자의 이름은 32가지[8] 이름으로 나오는 것이 특징이다. 이 글에서는 부처님의 32가지 특징보다는 다양한 특성을 강조하고자 명칭을 차용했다. 그 모습은 초인적 용기의 대모험을 치르는 영웅에 걸맞게 우주적 개인의 여러 얼굴로 분화된 모습을 보여준다.

---

8) 32인상은 부처님께서 육체상에 구족한 특수한 모습을 말하는 것으로 과거 무량한 공덕을 쌓음으로 인하여 육신상에 갖추어지는 것으로, 당시 인도에서 가장 이상적이요 가장 위대한 사람이 육체상에 갖추는 특징으로 여겨져 왔던 것으로 추정할 수 있다. 고순호,『불교학개관』(선문출판사, 1991), 38쪽.

먼저 수사학적으로 변용된 다양한 이름을 가나다순으로 정리하면 다음과
같다.

> 가―각설이(『칠조어론』 1―719)), 客乞(1―72), 걸사님(1―10), 乞僧(1―7), 公(1―
> 72), 勤事男(1―11), 근사남정님(1―12).
> 다―돌중(1―72), 돌팔이(1―12), 돌팔이중(1―72).
> 마―면노릇(1―12), 無事乞(1―8), 무사걸사님(1 ― 10), 密宗꾼(1―72).
> 바―法盲僧(1―7), 本怒佛(1―11), 本老(1―158), 본어불자(1―179), 本者語魔(1―
> 11), 本者語佛(1―72), 본 잡설꾼(1―128), 佛者(1―181), 不學의 돌중(1―100),
> 비구(1―11).
> 사―사내(1―72), 설법꾼(1―72).
> 아―語魔本者(1―72), 外道漢(1―122), 육조촌장 대변인(1―72), 이방 각설이(1―
> 85), 이방인 돌중(1―83).
> 자―잡설자(1―72), 竊視에 이력이 난자(1―109), 중(1―138).
> 차―촌승(1―7), 7조(1―72).
> 파―怖魔(1―11), 포마근사면나으리(1―13), 품바꾼(1―71).
> 하―호색꾼 몽마(1―72).

위의 설교자의 명칭들은 한 명칭에 고정되어 있기보다는 다양하게 화자를
바꾼 듯한 인상을 준다. 작가가 설정한 설교자의 우주적 무의식은 一當百에
해당하는 인물을 지향하며 대변하고 있다. 이는 시시각각 변모되는 의식과 무
의식 심리와 태도를 個我化한 命名이다. 일개인의 우주적 분산과 집약주의를
명칭으로 펼쳐 보일 뿐만 아니라 다양한 이름은 서술자를 혼란시켜 다양한 파
장을 일으킴과 동시에 인간 개인의 일면이 우주적 양상을 지니고 있음을 반증
하기도 한다. 인물의 속성으로는 떠돎, 부지런함, 돌팔이, 남창, 불학, 말의 부
처, 말의 사탄, 절시자, 호색꾼, 이방인, 사내, 밀종, 대변자, 칠조 등을 내포하
고 있다.

이상과 같이 32가지 이름으로 나타난 설교자 양상은 스님과 떠돌이, 걸인과
돌팔이, 각설이와 호색꾼, 7조와 설법꾼과 잡설자, 밀종꾼과 노인, 남창과 사내,

---

9) 이하, 『칠조어론』의 1과 쪽수만 기록한다.

이방인 등, 하층에서 상층까지, 변방인에서 중심인까지, 유랑객에서 정착인, 종교적 인간과 세속적 인간 등 인간 삶의 다양한 군상들이 우주적 무의식적 심리 이름을 입고 반영되고 있다. 즉, 박상륭 자신이 인간의 분열된 의식의 조각 개체에 하나하나 의미를 명명하고 있는 특성으로 드러낸 것이다.

조각 둘-'個人의 宇宙役' 청 자

박상륭은 청자 역시 '個人의 宇宙役'에 걸맞는 다양한 수사법으로 청자의 존재를 피력하고 있다. 즉 청자는 개인의 청자가 아닌 집단성의 청자인 '個人의 集團役'으로, '個人의 宇宙役'을 내세우는 一當百 수사 어법이기에 다양한 이름을 쓰고 있다.

먼저 다양하게 펼쳐진 청자의 이름을 가나다순으로 정리하면 다음과 같다.

가-관찰력 가진 도류(1—149), 귀신들(1—181).

다-당대민(1—168), 道流들(1—71), 도류들의 귀(1—71), 도류들의 시들한 얼굴(1—93), 도류들의 흰 얼굴(1—128), 『바르도 퇴돌』 十萬讀할 도류들(1—142), 道流圓覺(1—144), 도면을 들여다볼 도류들(1—145), 道流沙工(1—156), 도류의 눈깔(1—161), 道弟들(1—71).

마-만방 사람들(1—71), 모래시계 눈여겨볼 도류(1—144), 민담에 밝은 도류(1—115).

바-본고장 사람들(1—71).

사-사미놈(1—71), 善男善女(1—71), 世末을 사는 우리들(1—128).

아-有情들(1—71), 우리들(1—우리들의 입술(1—우리 자신(1~84), 이 시대 사람들(1—100), 일반적 우리 범부들(1—120), 우리들의 시선과 우리들의 난관(1—124), 우리들 세상(1—131), 우리들의 이해(1—145), 우리(集團的 자아, 衆人)(1—154), 인식하며 사는 유정들의 의식(1—171), 六道의 우리들(1—179), 야행성 유정들(1—181).

자-諸道流(1—71), 諸善男子 善女(1—71), 좋은 귀 가진 도류(1—134), 잡설을 듣기 위한 자(1—154).

차-청중(1—139).

위의 청자의 명칭은 다양하다. 집단을 지칭한 만방 사람들, 도류, 본고장 사람들, 유정들, 우리들, 범부들, 청중, 선남선녀로 나타났고, 개인의 구체적 신체를 지향하는 귀, 시들한 얼굴, 흰 얼굴, 눈깔, 입술, 귀, 시선 등이다. 또한 민담, 모래시계, 사자의 서, 도면, 인식, 관찰력 등이 수식어처럼 붙어 강조되고 있다. 세상 구성원이 도류부터 범부까지, 선남자선녀자에서 당대민, 본방인과 만방 사람들까지, 세상에 사는 모든 이들이 설교 내용에 귀를 기울이기를 바라는 대상으로 설정하고 있다.

이상과 같이 박상륭의 청자는 개인의 우주역으로, 도류든지 유정이든지, 수도자든 비수도자든, 이방인이든 만방사람이든지, 한 국가에 한정한 것이 아니고, 다양한 문명권을 포함한 方言 사용자까지 청자로 설정하고 있다. 나아가 육체 분화 어법(얼굴, 눈, 귀 등)을 쓰면서 청자의 역할을 얼굴과 얼굴에 소속된 구성 요소를 부각시켜 강조하고 있으며, 이는 점점 분화된 명명법을 통해 청자에게 더욱 다양한 역할을 요구하고 있다.

조각 셋-'東西古今'의 출현 인물군

박상륭이 등장시킨 출현 인물군으로는 실제 인간을 등장시키기보다는 동서 고금의 인물과 텍스트 속의 인물, 역사 속의 인물, 경전 속의 인물, 문학 작품 속의 인물, 서사시나 신화 속의 영웅적 인물, 동화 속의 원형적 인물 등을 더 등장시키는 특징이 있다. 즉, 실제 인물을 배치하기보다 관념 인물을 등장시켜 독자로 하여금 추상적 감각이 더 두드러지게 느껴지도록 하였는데, 이는 박상륭 소설이 난해하고 신비적으로 느끼게 하는 초월적 장치로 활용되고 있다.

특히 다종의 세계를 관념 여행의 측면에서 촉구하기에 알맞은 기독교적인 인물과 불교적, 무속적, 도교적 색채가 농후한 인물을 등장시킨다. 아니면 두 종교 색채가 접맥된 인물, 행정가와 접맥된 인물, 박상륭의 냄새가 나는 인물까지 대두된다.

기독교적 인물-기독, 세례 요한(1—109), 아담 여자 동정녀(1—122), 선지자 메시아(1—129), 욥 인간 신(1—132), 바라바(1—153).

불교적 인물-碧眼의 후례중, 달마보리(1—153), 우리의 6조촌장에서 침과 바리 때를 전수받은 낯 익은 중(1—171), 물 속에 앉은 중(1—163), 돌중, 설법자 (1—165).

도교적 인물-도류 장자(1—170), 나비의 꿈을 꾸고 있는 자(1—180).

위와 같이 종교적 인물을 살펴 보면, 욥[10]과 바라바[11]를 포함한 기독교적 인물, 벽안[12]의 후례중을 포함한 불교적 인물, 도교적 인물로 나타난다.

다음으로 행정가에 종교가 접맥된 인물과 박상륭의 냄새가 나는 인물도 접할 수 있다.

불교적 행정가-읍장겸직판관의 보살(1—154), 촌승과 읍장겸직판관(1—166), 촛불중과 관의 앞잡이(1—176).

무속적 행정가-촛불중이라는 한 불의 물(고기)(火魚)의 창자, 박수(1—162), 우리들의 세 따님(1—170).

유·불적 행정가-읍장겸직판관과 유리의 7조촌장(1—169).

박상륭의 냄새가 나는 인물-'불돌'의 유리의 8조촌장(1—163), 소설객(1—165), 衆人-괴물(1—168), 객귀 처용 각시(1—109), 아내 어미론(1—143), 면님(남색꾼)의 짐승수컷(1—162).

특히 이 부분에서의 특성으로 행정적인 사무를 맡는 인물을 등장시켜 최소한의 실제감을 느끼게 하는 인물군을 다양한 종교에 접맥시켜 祭政一致의 성향이 반영되고 있다. 기타 박상륭 색채가 나는 출현 인물을 통해 그의 세계관을 느끼게 한다.

---

10) 구약성서 욥기의 주인공. 부유한 집에 태어났으나, 하느님이 그의 신앙을 시험하고자 재난으로 모든 재산을 잃게 하고 아울러 병마에 신음케 하였으나, 끝까지 신앙을 지키어 건강도 회복되고 잘 살게 됨. 졸고, "주석학으로 읽는『죽음의 한 연구』", 『죽음의 한 연구』 깊이 읽기』(푸른사상, 2000), 700쪽.

11) 예수께서 재판받을 당시 감옥에 갇혀 있던 죄수였으며, 유대인들에 의하여 예수님 대신 특별 사면자로 뽑히게 됨. 졸고, "주석학으로 읽는『죽음의 한 연구』, 490쪽.

12) 박상륭의 작품에 데뷔작 「아겔다마」로부터 「열명길」에 이르기까지 碧眼은 서양적 의식을 가진 인물로 상징화되고 있는 반복된 상징인데, 여기서는 서양식 의식을 갖고 있는 스님.

이상과 같이 박상륭의 東西古今 출현 인물은 우리가 동서고금에서 만날 수 있는 추상적 감각의 인물들이므로 박상륭 소설이 일반적으로 관념 총체 소설 이라는 평을 던질 수 있는 반증이 될 수 있다.

(2) 플롯

박상륭의 소설은 단선적이며 직선적 말하기가 아닌 복잡 미묘하여 난해한 迷宮的 長廣舌 구조로 되어 있다. 마치 실꾸리를 풀며 미궁 속에 들어갔다가 다시 실꾸리를 감으며 탈출하는 신화적 영웅이 체험한 것과 마찬가지다. 관념 적 미궁을 탐험한 자가 그 경험을 되살려서 플롯을 미궁의 장광설로 삼고 있 기에, 초인적 영웅은 이 미궁의 실꾸리를 꼭 부여잡으며 대모험을 피력하는 것이 기본 플롯이다.

조각 하나-'迷宮的 長廣舌'의 설교 구조

『칠조어론』 1 제1장의 설교 구조는 박상륭의 '말의 논변〔語論〕'으로 만들어 진 수사학의 통우주주의를 가장 특징적으로 나타내고 있다. 이는 난해하고 헛 갈리게 하는 구조를 보이는 부분이다. 촌승의 話說과 '語論(말의 논변)'을 펼쳐 가는 방식으로 선형적 방식, 반복적 방식, 끼어들기 방식, 단절의 방식, 대리의 방식 등 수많은 언술 방식을 엿보게 한다.

다시 말해 박상륭이 관념의 실꾸리를 갖고 펼치는 우주적 광장에서 부딪치 는 장광설적 언술 방식을 가나다순으로 정리하면 다음과 같다.

가-앞서 얘기 한 것 강조하기(1-119), 촌승이 읽은 유리의 고뇌 펴기(1-174), 촌 승 고백하기(1-167), 재미있게 들려주기 위해 문학적 구성하기(1-137), 육조가 사미에게 침준 것 깨닫기(1-126), 새 화두 꺼내기(1-70), 화두의 꼬리잇기(1- 70), 단절하고 끼어들기(1-70), 본줄기 얘기하다가 옆길 끼어 들기(1-70), 잡설 끝내기(1-173).

나-말세의 노래부르기.(1-143)

다―촌숭 성실하게 <u>대답하기</u>(1―113), 귀동냥한 것 <u>덧붙이기</u>(1―153), 육조 도면 빌어 <u>圖化해보기</u>(1―124), 촌숭 40일 살아 채우기 위해 <u>돌아가기</u>(1―176), 촌숭 육조 <u>동의하기</u>(1―119), 6조의 견해 <u>동조하기</u>(1―117), 말의 도마뱀에 꼬리 <u>돋과내기</u>(1―173), 얘기로 직접 <u>뛰어들기</u>(1―70), 이해를 위해 예 <u>들어보기</u>(1―144).

마―기회 있을 때마다 <u>말씀드리기</u>(1―150), 누차 걸쳐 <u>말씀드리기</u>(1―151), 하고 싶은 것 <u>말하기</u>(1―90), 촌숭이 훔쳐본 것 <u>말하기</u>(1―90), 6조에 동의해서 <u>말하기</u>(1―107) 되풀이 해서 <u>말하기</u>(1―118), 촌숭이 목도한 것 <u>말하기</u>(1―144), 여담 <u>말하기</u>(1―170), 촌숭의 짧은 혀 길게 늘여 <u>말하기</u>(1―171), 슬픈 목소리로 다시 <u>말하기</u>(1―179).

바―말의 줄 <u>바꾸기</u>(1―97), 촌견 <u>밝히기</u>(1―137), 촌숭의 견해 <u>밝히기</u>(1―79), 촌숭 개인에 적용하여 <u>밝히기</u>(1―131), 촌숭께 일어난 의문 <u>밝히기</u>(1―171), 촌숭의 막돼먹은 어휘용어 <u>밝히기</u>(1―174), 촌숭 이것 저것 한 산통에 넣고 휘젓다 산가지에서 배운 것 <u>밝히기</u>(1―175), 도면에 이름 <u>부여하기</u>(1―126), 촌견 하나 <u>밝혀두기</u>(1―133), 새로 확인된 얘기 그 얘기의 본궤에서 <u>벗어나지 않기</u>(1―134), 바르도 얘기로 이승쪽에서 새로 <u>보기</u>(1―178), 바보 당자의 눈을 통해 <u>보기</u>(1―136), 6조에 의지해 <u>분석해내기</u>(1―100).

사―촌숭 <u>사료하기</u>(1―136), 여담 <u>삽입하기</u>(1―85), 주제의 압력 <u>생각해내기</u>(1―127), 촌숭 재미있는 것 <u>생각해보기</u>(1―121), 예를 들어 <u>설명하기</u>(1―122), 한 가설 <u>세우기</u>(1―133), <u>私談 씨뿌리기</u>(1―162).

아―핵심적 단어 <u>語典的 譯解하기</u>(1―115), 공포를 일으키기 위한 목적의 <u>얘기</u>(1―122), 뜯겨진 제9시 인봉 절시하고 밝힌 <u>얘기</u>(1―122), 다시 듣는 <u>얘기</u>(1―122), 촌로로부터 들은 듣기 좋은 <u>얘기</u>(1―138), 질문 대답되어 있는 <u>얘기</u>(1―139), 아들 셋에 한정해서 들은 <u>얘기</u>(1―140), 촌숭에게 떠오르는 <u>영상보기</u>(1―163), 한두 가지 없어 <u>얘기</u>(1―171), 잡설 불어내기 중 비슷한 <u>얘기</u>(1―171), <u>圖面</u> 정직하게 <u>읽기</u>(1―126), 본어마의 재미있는 잡설<u>얘기</u>(1―129), 촌숭 약간 <u>언급하기</u>(1―127), 육조에 의한 <u>얘기</u>(1―120), 결론적으로 <u>얘기하기</u>(1―89), 촌숭식의 무의식 관련된 <u>얘기</u>(1―179), 촌숭 풍문의 <u>예들기</u>(1―110), 한 가지 <u>예들기</u>(1―131), 한 돌팔이중의 견해 <u>의논하기</u>(1―150), 우리들의 잡설 <u>의어가기</u>(1―172), 촌숭 깜냥껏 <u>이해하기</u>(1―175).

자―좋은 분석꾼 얼을 때 올바른 <u>자리얻기</u>(1―166), <u>정리하기</u>(1―70), 의문 <u>정정하기</u>(1―89), 앞서 드린 것 <u>종합하기</u>(1―136), 우리들의 잡설 <u>중두무이하기</u>(1―177),

촌승 중간자역 자기 지워내기(1-172), 대답없는 질문하기(1-116).

차-이율배반적 상상력 고뇌하기 본宗의 菌론 차용하기(1-177), 6조의 도면 흉내
낸 촌승의 도면 참조하기(1-157).

하-앞서 말씀 드린 것 환기하기(1-89), 진전시켜온 논지 의문에 대한 해답하기(1
-90), 촌승의 음극쪽 확대하기(1-130), 촌승 도류들의 기억 환기하기(1-152),
촌로식의 화두에 대한 화미 보기(1-152).

위의 언술 방식은 아주 다양하다.

이와 같이 『칠조어론』 1의 언술 방식은 강조하기, 고뇌하기, 고백하기, 구성
하기, 깨닫기, 꺼내기, 끼어들기, 꼬리잇기, 끝내기, 노래부르기, 뛰어들기, 대답
하기, 동조하기, 동의하기, 圖化해보기, 덧붙이기, 돋구기, 돌아가기, 말하기, 말
씀드리기, 바꾸기, 분석하기, 밝히기, 부여하기, 새로보기, 삽입하기, 생각하기,
설명하기, 사료하기, 세우기, 씨뿌리기, 얘기하기, 예들기, 譯解하기, 읽기, 언급
하기, 의논하기, 영상보기, 이어가기, 정리하기, 정정하기, 질문하기, 종합하기,
자리하기, 지워내기, 중두무이하기, 참조하기, 차용하기, 환기하기, 해답하기,
확대하기, 화미보기 등이다.

또한 언술의 속성에서는 화두, 본 줄기 얘기, 6조의 도면, 문학적, 잡설, 이
율배반적 상상력, 논지, 견해, 도면, 6조에 의지 및 동의, 촌견, 새로 확인된 것,
결론, 풍문, 핵심적 단어, 여담, 주제압력, 질문 등이 강조된다. 박상륭의 『칠조
어론』 1 중의 제1장은 말의 논변 펼치기 양상이 아주 다양하게 수용된 방법론
으로 단순한 일상사가 아닌, 복잡난해한 얘기로서의 우주적 잡설을 펼치기 위
해 다양한 언술 방식이 동원되었다는 것을 알 수 있다.

이상과 같이 박상륭은 그의 三千大天世界를 그려내려고 다양한 언술 항목
으로서 통우주주의의 욕망을 수사학적으로 드러내고 있다. 또한 인간의 우주
적 무의식 자체를 밝히려는 언술 방식으로서 무의식을 의식의 세계로 이끌어
내려고 미궁의 장광설 구조를 차용했음을 진단해 볼 수 있다. 그러므로 박상
륭의 무의식은 박상륭이 추구하는 우주로서의 삼천대천세계를 표상화시키는
원료가 되며 그 언술 방법에 대한 탐험의 좋은 예라 할 수 있다.

(3) 배경

박상륭의 『칠조어론』1에 나타나는 배경 또한 특이한 면이 보이는데, 그의 배경은 초시간 구조와 초공간 구조로 나누어 볼 수 있다.

조각 하나-'超時間' 구조

『칠조어론』1의 제1장에서 조각에 해당하는 시간 구조는 표층적 시간 구조와 심층적 시간 구조로 나누어 볼 수 있다. 박상륭은 시간을 독특하게 설정하고 있는데, 실체적 감각을 느끼는 시간과 관념적 감각을 느끼는 시간으로 나누어 볼 수 있다.

먼저 실체 감각을 느끼게 하는 시간으로는 '오늘'이라는 어구 사용을 반복함으로써 환기시키고 있다. 현재인 '오늘'을 반복 사용하여 설교하는 시간임을 중간중간 환기시키고 있다. 이는 표층적 시간 구조에 해당되는 대목이다. 또한 매일이란 어휘로 시간을 초탈한 해탈 도인의 모습으로 우주에 대한 대긍정주의를 지향해 나간다.

먼저 표층적 시간 구조를 표상하는 예는 다음과 같다.

> 오늘, 좋은 날, 소주먹기 좋은 날(1—70)(1—114)(1—143)(1—175), 돼지고기 먹는 날, 저육 먹는 날(1—117), 매일이 좋은 날(1—153), 울적해 술 한잔 하는 날(1—176), 새 잔으로 소주내는 날(1—179), 49년간 긴 법설(1—181), 해가 우리들 얘기 한 벌 귀빠뜨리는 시간(1—181).

위와 같은 시간은 한국인의 일상에서 접하는 소주와 돼지고기 안주로 친근성을 발휘하면서도 도의 하루를 즐기는 발언을 좋은 날[13]로 그려내고 있다.

---

13) '날마다 좋은 날'(日日是好日)은 운문의 가장 행복한 발언이다. 이런 삶과 체험이야말로 선사들이 희구하는 가장 이상적 생활이며 그러한 생활을 할 때 비로소 해탈도인이라 할 수 있는 것이다. 이은윤, 『그것은 바로 네 마음이니라-중국 선불교 답사기 2』(자작나무, 1997), 444~445쪽.

또한 창작자의 나이를 느끼게 하는 49년[14]이란 긴 시간도 도출해낼 수 있다.

심층적 시간 구조는, 시간의 3세인 과거, 현재, 미래거나 아니면, 처음(시초, 태초)→중간(40일, 과정)→끝(종말, 말세)에서 도출해 볼 수 있다. 박상륭은 이런 방식으로 태초와 관련된 처음의 시간은 인간의 최초의 모습을 부각시키는 은유로 쓰고 있다. 여기서 중간 40일[15]은 시험받은 시간대나, 거듭나는 시간대, 또는 해탈의 시간대로 그려내고 있다. 그리고 끝인 종말의 시간이나 말세의 시간을 주로 세상이 바뀌는 시간으로 보여주고 있다.

그러면서도 종교적 어휘와 관련된 기독교적 시간, 불교적 시간, 유교적 시간에 등장하는 시간대 관련 어휘를 다음과 같이 찾아볼 수 있다.

> 기독교적 시간－제6시, 제9시(1－118), 말세론, 태초(1－106), 말세(1－179), 천지
> 창조 6일(1－135).
> 불교적 시간－사십일(1－106), 촌승의 40일(해탈).
> 유교적 시간－時中(1－145).

이와 같이 심층적 시간 구조로, '아담이 등장한 최초의 인간이 등장하는 시간', '제6시[16] 및 제9시[17]', '말세와 창세의 개벽 시간', '우주 창세 6일째 사이' 등이 나오고 있다.

이상과 같이 『칠조어론』 1의 제1장에서 박상륭의 시간관은 표층적 시간과 심층적 시간이 겹쳐, 두겹 시간의 양상으로 드러남을 보여준다. 이 시간들은 대시간 속에 소시간이 끼어들어 양시간을 넘나드는 시간으로 제3의 시간인 超時間이라 부를 수 있는데, 박상륭만의 삼천대천세계를 드러내는 宇宙的 時間觀이라 볼 수 있다.

---

14) 작가는 1940년생으로 『칠조어론』 1은 1990년 출판됨. 적어도 쓰여지고 있던 때를 1989년으로 잡으면 작가 나이 49세, 49년으로 긴 법설로 상징적으로 의미화 할 수 있다.
15) 크리스트교 사순절 40일간은 예수가 광야에서 40일간 고통을 당한 기간이다. 부활절에서 승천 축일까지의 부활기간은 40일이므로 40일은 특별한 성스러운 의미를 가지는 기간인데 티벳불교의 시간으로도 볼 수 있다. 여기서는 불교적 시간으로 분류한다. 졸고, "주석학으로 읽는 『죽음의 한 연구』", 551쪽.
16) 오후 6시. 오전 6시.
17) 오전 9시.

조각 둘-'超空間' 구조

박상륭의 『칠조어론』 1에 등장하는 공간 구조는 표층적 공간과 심층적 공간
으로 나누어 볼 수 있다. 그의 공간은 말씀의 설교 공간과 죽음의 해탈 공간
을 찾아볼 수 있고, 비중은 작으나 현재를 치세하는 공간도 있다.

먼저 표층적 공간으로 추출해 볼 수 있는 요소는 다음에서 엿볼 수 있다.

千佛 群魔像 앞(1—7), 죽음의 동굴 속, 읍내 공간, 관에서 붙인 벽보 앞
(1—154).

또한 심층적 공간 구조는 많은 얘기를 담고 있는 분화된 인류 역사가 획을
지어 사건을 일으킨 그곳의 공간에 의미를 부여했을 때 나타난다. 이는 상징
적 공간의 양상을 띠는 기독교적 공간에서 의미를 차용한 해골의 골짜기[18],
가시숲[19], 여리고 사막[20]이라든가, 티벳 불교 공간의 바르도[21], 유교적 공간의
유리[22]와 박상륭 자신이 의미를 부여한 공간으로 아래와 같이 찾아볼 수 있
다.

기독교적 공간-해골의 골짜기, 십자가 처형장(1—106), 예수의 바위무덤(1—
118), 에덴동산(1—136), 가시숲과 여리고 사막(1—146).
불교적 공간-바르도(1—106), 팔만유정의 바르도 이승(1—108).

---

18) 해골의 골짜기는 골고다로 예루살렘 교외의 언덕, 예수가 십자가 형을 받은 곳. 졸고,
"주석학으로 읽는 『죽음의 한 연구』", 329쪽.
19) 불붙는 떨기나무는 모세에게 있어 신이 현현하는 장소로 보인다. 졸고, "주석학으로 읽
는 『죽음의 한 연구』", 296쪽.
20) 가나안 사람들이 거주하였으며 이스라엘인이 공략하던 성지가 남아 있음. 졸고, "주석학
으로 읽는 『죽음의 한 연구』", 669쪽.
21) 두 상태 사이, 죽음과 환생 사이가 바르도로 중간 상태, 과도기 상태로 본다. 파드마삼바
바, 『티벳사자의 서』, 류시화 옮김(정신세계사, 1995), 466쪽.
22) 문왕은 주나라 사람으로 무왕의 아버지. 매우 어질어서 노인을 잘 공경하고 어린이를 사
랑했다. 서백으로 있을 때, 일시 주왕에 의하여 유리에 갇혔다가 석방되었다. 역의 64괘
는 그가 유리에 있을 때 지었다 한다. 그 아들 무왕이 즉위하여 시호를 문왕이라 했다.
이민수 역주, 『新譯 書經』(서문당, 1975), 20쪽.

유교적 공간-유리의 풍속 공간(1—106).

박상륭이 의미를 부여한 공간-지옥인 모태(1—149), 지옥과 자궁 한 곳(1—179), 우주 모든 통시태의 모태 공시태(1—180).

이상과 같이 박상륭의 『칠조어론』 1 중 잡설 1의 공간 구조는 표층적 공간과 심층적 공간이 겹쳐, 두겹 공간의 양상을 보여준다. 이 공간들은 대공간 속에 소공간이 끼어들어 양쪽의 공간이 넘나드는 것을 보여주고 있는데, 일반적인 공간의 의미 맥락이 확장되어 제3의 공간이자 超空間이라 부를 수 있다. 이 역시 박상륭만의 삼천대천세계를 드러내는 宇宙的 空間觀이라 볼 수 있다.

(4) 주제

조각 하나-'質點的 宇宙'의 주제 화두어

박상륭은 촌승을 통해 하고 싶은 얘기를 화두로 삼아 꼬리잇기식의 연쇄법을 크고 작은 주제를 드러낼 때마다 사용하고 있다. 그러므로 소주제가 매번 화두를 바꾸면서 등장하여 전체 맥락을 이해하기 어렵게 하는 면이 있다. 큰 얼개를 읽어내려면 세부적 소화두를 단독으로 이해하는 한편, 대화두로 귀납 총합하는 양식이 취해져야 할 것이다.

이 글에서는 주제 화두어를 관념적 상극주의, 우주적 담론주의, 동화 방식과 기타로 나누어 살펴보고자 한다.

먼저 관념적 상극주의는 박상륭이 우주 자체를 불화로 보면서 그 속성을 상극의 세계와 불화의 세계로 읽을 때 의미가 있다. 그것은 양극이 사회적 양극, 종교적 양극, 시대적 양극, 생명적 양극 등 다양한 양극 용어로 일맥 상통하는 경향이 있다.

다음 우주적 담론주의는 한 개인이 처한 실존적 환경을 개인적, 사회적, 시대적, 국가적, 인류적 환경은 물론, 과거·현재·미래인 三世의 시간을 포괄한 우주적 담론장으로 그 환경을 포괄하여 펼치는 속성으로 나타난다. 즉 담론을 진행할 때 개인의 우주론적 고뇌의 장으로 펼칠 때 두드러진다.

그리고 동화 속에 나오는 핵심적 코드와 박상륭의 냄새가 나는 주제 화두어도 함께 살펴보자.

> <u>관념적 상극주의</u>−가학과 피학(1─71), 고압적 상극력의 엄정한 질서, 禪的 폭력주의(1─71), 말세론(집단적 죽고 싶음의 원형)(1─82), 성욕 및 살욕(1─89), 갈마 분열, 한 유정의 해탈(1─91) 죽음과 최초의 말세(1─105), 처용가 가학증 피학증(1─109), 말세론, 대속론, 기독수난 대속행(1─119), 衆心的(사회적, 우주적) 被虐症(1─146), 프라브리티의 수사학적 괴력, 지옥, 축생도(1─150), 살욕과 생식욕(1─161), 순교와 대속제(1─171), 사람냄새와 짐승냄새(1─175).
> <u>우주적 담론주의</u>−우주적 말씀의 성육신, 우주적 秘儀의 房 엿보기(1─71), 우주적 훼방꾼(1─106), 우주적 加虐의 대환란(1─127), 우주적 모순당착(1─136).
> <u>동화적 방식</u>−꿈을 열연하는 연기자, 붉은 용, 어린 양, 꿈(1─121), 옛뱀─붉은 용, 독룡정복, 영웅의 조건(1─137), 영웅담의 주인공(1─138), 동화 조감하기, 공주 구하기(1─141), 독룡께 납치되어간 공주(1─157), 집단적 꿈 동화와 신화(1─177).
> <u>박상륭의 색채를 띤 성격</u>−靜觀的 空得의 가정 動觀的 空得 가정(1─151), 고통의 연금술 과정(1─157), 우리들의 일상적 삶, 요니 속에 담긴 링감(1─160), 연금술(1─169), 이상스런 속량(1─175).

이상과 같이 『칠조어론』 1에서 주제적 화두어에서는 관념적 상극주의에, 종교적 색채가 많이 가미되어 보인다. 또 우주적 담론주의, 동화적 방식 등을 반복된 어법으로 주제적 화두를 펼쳐 보여주었다. 이는 일상화, 사회화 과정을 우주적 피학과 가학으로 이해하여 일상적 인식 구조를 바꾸면서 폭력성과 성스러움, 갈마와 해탈, 연금술 등, 상극적 우주인식이 주요 화두의 근간이 되었다.

2) 제2장−觀雜說 品二−봄뜰 앞 잡설 방식

다음으로 『칠조어론』 1 중의 관잡설 품 2의 구조를 도표로 나타내면 아래와 같다.

제2장은 잡설자와 청자 사이에 이중 분리된 모습에서 매개자 없이 말이 누설되는 인상을 준다. 이 장은 『칠조어론』 1의 1장과 3장에 비해 아주 짧은 이야기로 펼쳐진다. 잡설자의 이름, 청자, 시간 구조, 공간 구조, 주제적 화두, 인물로 나누어 살펴본 후, 다시 인물, 플롯, 배경, 주제로 나누지만 짧은 분량의 이야기로 압축된다.

봄뜰 앞
잡설자(公, 村老, 품바꾼 등 이름)
잡설의 방식

청 자(제선남자선녀자)

조각 하나에서 여섯까지

　첫째, 인물에서 잡설자의 이름을 통해 등장 인물의 면모를 살필 수 있다. 잡설자는 公(1-185), 村老(1-186), 품바꾼(1-188)으로, 청자는 잡설자가 說푼 것을 듣는 청중, 제선남자선녀자(1-185), 궐자와 늙은 놈(1-185), 젊은 놈(1-185), 후문을 가진 자(1-185), 중이라 이르는 자(1-185), 행자놈(1-186), 행자(1-186), 나찰님들, 공들(1-187), 장자(1-188), 공과 촌로(1-188), 게으른 자(1-189), 출현 인물에 편입된 것은 여래(1-185), 달마보리(1-186), 저승의 최판관(1-187), 佛者, 悲觀論者, 有情들(1-197)로 맡은 역할을 드러내고 있다.

　둘째, 플롯에서 잡설 구조를 찾아볼 수 있는데, 公은 대답하기(1-185), 공 안에서 밖으로 걷기, 밖에서 안 들어가기(1-185), 공의 타정 이물 인지하기, 식별하기(1-186), 공의 간 꺼내먹기(1-186), 공 가난하게 세상헤매이기(1-186), 공의 꿈의 뿌리 묻힌 곳 알기(1-189), 봄뜰나무 날아버린 것 알기(1-189) 등이 그 역할을 맡고 있다.

셋째, 배경에서 봄날 봄뜰(1-185), 볕 좋은 오늘, 백팔범주 풀어내는 날(1-187), 오백세의 봄뜰(1-189) 등이 시간과 공간의 배경으로 볼 수 있다.

넷째, 주제에서 주제적 화두어인 윤회의 고뇌, 바르도와 역바르도(1-185), 풍류적 비유, 수사학적 비유(1-188)로 표출되어 주제를 드러내는데 기여하고 있다.

2장은 잡설의 방식이 주뼈대로서 1장에 비해 종교적 냄새가 탈색되어 있다. 청자도 역시 마찬가지다.

3) 제3장─續·觀雜說 品二─마을의 '村老와 公'의 문답 방식

제3장인 『칠조어론』1 중의 속 관잡설 품 2의 구조를 도표로 나타내면 아래와 같다.

얘기꾼과 청자 사이에 이중 분리된 모습에서 매개자 없이 우주 허공에 말이 누설되는 인상을 준다.

제3장 역시 잡설자와 청자, 시간 구조와 공간 구조, 잡설 구조, 주제적 화두어와 출현 인물군으로 나누고 다시 인물, 플롯, 배경, 주제로 나누어보자.

온 마을
村老와 公
문답의 방식

청 자(누구든지)

(1) 인물

조각 하나─'個人의 二人役'인 교차적 잡설자

『칠조어론』1의 제3장은 제1장과 달리 公과 村老가 문답을 번갈아 얘기하는 구조여서 1장처럼 32가지 이름의 역이 아닌 개인의 2인역으로 나타난다.

잡설자의 이름과 상황은 촌로의 경우, 촌로와 공의 교차, 공의 경우, 공과 촌로의 경우로 나누어 살펴보면 다음과 같다.

> <u>촌로의 경우</u>-촌로의 생각(1-199), 촌로의 지식(1-210), 촌로 흰 암캐의 '호구가' 배워서 알기(1-213), 촌로 모순 의연하게 범하기(1-222), 촌로의 의견 하나 보태두기(1-224), 촌로 한 소아가 우주라는 대아를 정면에서 극복하기(1-277), 촌로 뒤에 올 얘기 미리 읽어보기(1-306).
> <u>촌로와 공의 교차</u>-촌로 흰 밤 벗어나고 공은 들어가는 중(1-213), 촌로 공과 더불어 약과 독을 상대로 백전고투함, 99전 패하기(1-222), 촌로 촌견 밝힐 빚지기, 화두의 이름으로 공의 어깨에 전가하기(1-246).
> <u>공의 경우</u>-公은 민담적 敎義 좇아보기(1-211), 공 無明 벗어보겠다고 헤매다니기(1-213), 부모 스승도 없는 호로놈 公 창남 구걸로 늙어온 자(1-213), 공의 이해하기(1-256), 공같은 행자(1-265), 공 말묻기 말채우기(1-280), 공은 한 집단의 회생선택 알게 되기(1-294).
> <u>공과 촌로의 교차</u>-公은 촌로의 얘기를 통해서 배우기(1-211), 공은 촌로의 말에서 얻어내기(1-224), 공이 촌로의 그럴싸한 대답찾기(1-245).

위와 같이 네 가지 방식의 잡설의 상황은 다양하다.

촌로의 경우에는 생각, 지식, 얘기, 백전고투로, 공의 경우로는 배우기, 좇아보기, 헤매다니기, 얻어오기 등으로 나타난다. 또한 촌로와 공의 교차 방식으로는 벗어나고 들어가기, 백전고투와 99전 패하기, 빚지기와 전가하기, 얘기 통해서 배우기, 말에서 얻어내기, 대합하기 등으로 나타난다. 이는 관념에 대해 방랑할 때에 閱世시대에 만날 수 있는 인물로서의 다양한 상황을 제시하고 있다.

조각 둘-'누구나' 청자

박상륭의 『칠조어론』1의 제3장에서 촌로의 얘기를 듣는 자는 공과 행자와

도인들이 주요 청자로 설정되어 있다. 아울러 작가의 독특한 냄새가 나는 청자도 살펴볼 수 있다.

공의 경우-公과 젊은 놈(1-193), 공들의 양각(1-194), 공의 귀(1-202).
행자의 경우-行者(1-194), 行乞(1-194), 품바꾼(1-213), 乞鬼(1-213), 오지병 흔드는 행자(1-264).
도의 경우-도류(1-194), 佛者들(1-194), 출가길에 오른자(1-195), 기다리는 우리 여래(救主)(1-201), 수부티(1-206), 지혜있는 자(1-288), 선남자선녀자(1-351), 도류들, 선유정(1-352), 좋은 청자(1-397).
박상륭이 창출한 청자-누구나(1-198), 흘러가고 오는 귀(1-199), 인식 인지하는 유정(1-200), 우리(1-204), 凡夫(1-248), 삼척동자(1-250), 동자(1-250), 동민들(1-286), 귀열어 들을 축민들(1-287), 제장에 모인 마을사람들(1-374).

위의 경우에서처럼 청자는 다양하다. 젊은이, 양각, 귀, 걸인, 품바, 귀신, 도류, 유정, 선남자선녀자 등이다.

이상과 같이 박상륭은 청자에 대해서도 다양하게 젊은 부류, 범부, 동자, 도류들, 삼척동자, 축민들, 보통사람이거나, 이제 도에 관심을 기울이는 자들을 중심으로 삼는 모습에서 우주적 잡설이 누구에게나 청취될 사항으로 시사하고 있다.

조각 셋-'삼라만상'의 출현 인물군

박상륭은『칠조어론』1 제3장에서 출현 인물의 역할을 맡고 있는 자를 다양하게 표출시키고 있다. 구도자, 신진세력, 유랑자, 司祭者, 師弟之間, 독력을 드러낸 인물, 노인을 드러내는 인물, 군중 집단적 인물군으로 등장시키고 있다.

이는 구도 계열, 유랑 계열, 독력 계열, 노인 계열, 집단 계열을 아래와 같이 나누어 볼 수 있다.

가) 구도 계열

구도자를 드러내는 인물—달마보리(1-194), 잘 정진한 수도꾼(1-387).

현자 의인 세력을 드러내는 인물—마을의 신진현자(1-293), 의인 겸한 현자(1-300), 될뻔한 의인이면서 될뻔한 현자(1-376).

초월도를 드러내는 인물—스승제신들 하늘어머니들 우리 예배받는자들(1-377), 하늘 어머니(디키니)들(1-377), 수부티23)(1-378).

司祭者를 드러내는 인물—巫를 잘 이해했던 자들(1-200), 비리데기—최초의 아낙네(1-220), 바리데기 처자 오구대왕 부처(1-372), 중년 바리데기 7 횐불 남정 7자식 의붓아비(1-373).

師弟者를 드러내는 인물—수업당굴 수업따님 당굴(1-243), 후보따님 후보당굴(1-244), 아기따님 할아비 당굴(1-313), 당굴과 노걸, 스승당굴과 노걸 당굴 객로(1-331), 늙은네 젊은이 스승과 제자(1-367), 늙은 당굴 늙은 따님(1-321).

나) 유랑 계열

유랑자를 드러내는 인물—병자들, 돌팔이중, 사당패들(1-195), 객기꾼들(1-218), 행자윤회고행꾼(1-336), 본동 잡패들 외로운 노걸(1-347), 고행꾼(1-318), 어떤 객로 어린앙(1-402), 각설이(1-402).

다) 독력 계열

독력을 드러내는 인물—마을 당굴신봉자 독룡(1-305), 12충(1-392), 무—당굴은 자기라는 자기독룡(1-396), 전투가담자 邪魔수도꾼(1-386), 諸神 諸仙들 下界 鬼面 악취의 魔精들(1-376), 공주—치한독용(1-266).

라) 노인 계열

노인을 드러내는 인물—늙은네 좌상과 당굴(1-269), 좌상 노인네(1-332), 도류 객로 洞老 客老(1-337), 당굴—노인어르신(1-348), 늙은탱이 사마(1-349), 당굴 늙은네(1-350), 늙은네 도류(1-353), 좌상네 늙은 마누라(1-354), 늙은네 좌상 公(1-355), 독충이 선주 늙은네(1-356), 늙은네 진화론자(1-357), 늙은네 비구니(1-364), 늙은네 나무꾼(1-365), 노인장과 좌상(1-366), 떠들어온 늙은네, 늙

---

23) 수보데(須菩提) Subbuti 석가 10대 제자의 1. 善現, 善吉, 善業, 空生 등이라 번역. 온갖 법이 공한 이치를 깨달은 첫째 가는 이. 운허용하, 『불교사전』(동국역경원, 1998), 489쪽.

은네 공지니네(1−367), 火龍 늙은네(1−371), 늙은네 어린 양(1−374), 늙은 젖
먹이(1−379), 못난사내 늙은이(1−380), 전투보병꾼들 노인들(1−385), 독룡 어
린양 얼굴의 늙은이 모습(1−391), 늙은 계집 魔들 神들(1−395), 늙은네 절망한
수도자(1−399).

마) 집단 계열
집단성을 드러내는 인물−동민들(1−284), 천오한들(1−289), 여린 백성(1−292), 백
민(1−293), 본천관들 동민들(1−296), 여러사람들(1−302), 백성(1−302), 황중 촌
민들(1−304), 마을 천한들(1−304), 마을兒(重兒) 마을 선남자 선녀자(1−315),
황중 마을 남자, 고통받는 백성(1−318), 도류들(1−339).

위와 같이 박상륭의 출현 인물군으로 구도, 유랑, 독력, 노인, 집단성 등을
드러내는 속성을 띤다. 또한 박상륭의 이들 군상은 사제적 인물, 군중적 인물,
종교적 인물, 공시적 인물, 통시적 인물, 계보적 인물, 구도적 인물, 중심적 인
물, 변방적 인물, 집단적 인물, 개아적 인물, 정착적 인물, 유랑적 인물, 속세적
인물로 다양한 군상 역시 포함된다. 그 중에서도 구도 계열과 노인 계열에 대
한 피력이 앞선다.
이상과 같이 볼 때『칠조어론』1의 제3장은 한마디로 삼라만상의 인물과 네
트워크를 형성하며 살아가는 인간군상을 표출하고 있다. 제1장의 동서고금의
인물군과 달리 세상을 살아가며 만날 수 있는 삼라만상의 인물로 다양하게 표
출하여 작가의 우주적 연민이 느껴지기도 한다.

(2) 플롯

조각 하나−'교차적 연쇄어법'의 잡설 구조

『칠조어론』1의 제3장에서 보이는 '교차적 연쇄어법'의 잡설 구조는 촌로로
서 논리적 언술의 훈련이 덜 되어 있는 자로 대담하고 묻은 방식으로서 일상
사의 담론장에서 나타나는 횡설수설처럼 느껴진다. 크게 촌로의 잡설 구조와
공의 잡설 구조로 대별하여 살펴볼 수 있다.

먼저 촌로의 잡설 구조를 가나다 순으로 정리하면 다음과 같다.

가—촌로의 실 혀의 바늘에 꿰기(1-195), 촌로에게 고하기(1-206), 촌로의 촌스런 생각 마음이라는 마직보 깔기(1-219).

나—공이 내려다보기(1-207), 공의 그림자 놓아두기(1-206).

다—촌로 열린 장에 동의하기(1-199), 자연예배론자 교의 믿고 동의하기, 촌로 주 문부적 권법 들먹이기(1-203), 대답하기(1-206), 프라브리티 속에 구멍 뚫기(1-238), 촌로 사족 붙이기 우주적 대전쟁 집단적 형태 띠기(1-276).

마—요약해 말하기(1-197), 행자여 잊지말고 명심하기(1-201), 행자여 공이 꽃 꺾고 촌로가 물어보기(1-203), 새로 묻기(1-206), 촌로가 맛보기(1-206), 촌로 큰비암님상 본대로 말하기(1-242), 촌로 얘기 끝났으나 시작만 하고 무화시키기(1-373).

바—촌로 난감한 말에 봉착하기(1-199), 공의 귓속 끓는 독 붓기(1-203), 공 사실 밝히기(1-205), 목구멍 가시 뽑기(1-205), 촌로가 즐겨 되내어 보기(1-248), 촌로 그 얘기 다시 감아 북질하기(1-250), 촌로 첫 번째 물음두고 우화 두 번째 물음 두고 반문하기(1-323).

사—행자여 이 말 잘 살피기(1-197), 자연예배론자 교의 믿고 신봉하기(1-200), 고자주의의 설법하기(1-202), 공 발 씻기(1-205).

아—촌로 명하는대로 움직이기(1-195), 촌로가 들려주는 얘기(1-197), 촌로의 신화 짐승의 순교로 이해하기(1-200), 재미있는 일 들어 알기(1-202), 촌로 12충 잡놈 알기(1-205), 음성 엄하게하기(1-207), 동네 12충 얘기(1-210), 촌로 독룡에 대한 모반의 뿌리 뽑히지 않는 얘기(1-251), 촌로가 듣게된 희한한 얘기 이어두기(1-322).

자—촌로식 정의하기(1-194), 축생도 복음 전하기(1-199), 이 자리 지키기(1-199), 촌로 공의 떠나는 길에 노자 한 푼 주기(1-209).

차—촌로의 잔 채우기(1-194), 되풀이해서 까닭 추출하기(1-201), 촌로 실물성 거세당한 실물은 상징화로 취급하기(1-219).

타—의견 사심없이 털어놓기(1-203), 독룡 퇴치하기(1-203).

이와 같이 촌로의 잡설 방식은 꿰기, 깔기, 놓아두기, 내려다보기, 동의하기,

들먹이기, 대답하기, 뚫기, 피기, 말하기, 명심하기, 묻기, 맛보기, 무화시키기, 봉착하기, 보기, 밝히기, 뽑기, 되내기, 북질하기, 반문하기, 살피기, 신봉하기, 설법하기 씻기, 움직이기, 얘기, 이해하기, 알기, 엄하기, 이어두기, 정의하기, 전하기, 지키기, 주기, 채우기, 추출하기, 취하기, 털어놓기, 퇴치하기 등이다.

다음으로 공의 잡설 구조는 촌로와는 다른 구조로 느껴지는데, 가나다순으로 정리하면 다음과 같다.

가-공 편 가담하기(1-198), 공 우리들의 상상력으로 밝혀보는 명계의 사실 기억하기(1-243), 犬公들의 설법 人世 가라앉기(1-260), 한 따님의 견군 주제로 갊설하기(1-260), 공 동정 떼어낸 실학꾼다운 얼굴 꾸미기(1-262), 당굴의 설법 좌상 마을 현자 감복하기(1-288).

나-공도 개의 종교 눈치채기(1-258), 공 이름의 조공화 눈치채기(1-198), 공 높은 데서 내려다보기(1-204), 공의 첫물음 촌로 혀 되게 늘이기(1-250), 공 촌로의 말의 將棋 虛手 눈여겨 두기(1-262).

다-公 인세로 도약하기(1-209), 당굴의 인도에 따라 떠돌이 장한 따님네 성소 들기(1-256), 공 돌연변이를 위한 역동성 돋구어내기(1-264), 당굴 문고난 뒤 스스로 동의하기(1-275), 돈갑술부리기(1-300).

마-공의 명명하기(1-198), 공 촌로께 힐난하듯 묻고 또 묻기(1-250), 공에게 덕 필자에게 악덕 촌로가 난필스럽게 말해주기(1-256).

바-얘기하다 연유 밝혀지기(1-198), 촌로의 말에 요구되어지는 공의 인내심 발휘하기(1-247), 새풍속으로 낡아버린 옛풍속 밝혀두기(1-255), 공 자아 형성하되 온 자아로부터 분리하기(1-263), 도류들 알아듣게 반복하기(1-340).

사-공 이웃들이 입은 사대, 생각해보기(1-208), 공의 궁금증 풀기 위해 따님 家俗 연유 얘기 삽입하기(1-244), 소용없는 짓 시도하기(1-254), 黃中이 혼돈의 의견 삽입하기(1-288), 당굴 洞史家 답지 않은 어조로 얘기 삽입하기(1-261), 공 설득하기(1-262), 공은 모험찾아 길 떠난 세 왕자 얘기 잘 새기기(1-323).

아-스스로 의문키(1-206), 공은 독룡에 대해 알기(1-218), 촌로의 손에 있는 당굴 지 의존하기(1-237), 상극적 균형 양음양무박의 음성적인 것 이해하기(1-249), 공 마녀네 사립짝 이어진 둘째왕자 염두하기(1-255), 촌로 요량껏 미뤄 소박하게 이해하기(1-256), 수업당굴 아비당굴께 말씀 읊어내기(1-274).

자-약간의 <u>주석말하기</u>(1-198), 용두질쳐 중들의 견해 <u>쫓기</u>(1-198), 공의 지혜에 걸맞는 <u>進化하기</u>(1-208), 방 <u>접하기</u>(1-252), 우리가 알게 된 것 큰비암님 종교 종교예술 물활론적 巫라는 <u>증거대기</u>(1-259), 공의 <u>지적하기</u>(1-265).

차-촌로로부터 화대받아 <u>챙기기</u>(1-218), <u>첨부하기</u>(1-258), 당굴 틀린 道尺으로 틀린 심리 <u>측정하기</u>(1-276), <u>添尾하기</u>(1-353).

하-공을 여기까지 움직이게 한 공의 발걸음 수 <u>헤아려보기</u>(1-204).

이와 같이 공의 잡설 구조 방식은 가담하기, 기억하기, 가라앉기, 강설하기, 꾸미기, 감복하기, 눈치채기, 내려다보기, 늘리기, 눈여겨보기, 도약하기, 듣기, 돋구어내기, 동의하기, 돈갑술부리기, 명명하기, 묻기, 말해주기, 밝혀주기, 발휘하기, 분리하기, 반복하기, 산놓기, 생각하기, 삽입하기, 시도하기, 설득하기, 새기기, 의문하기, 알기, 의존하기, 이해하기, 염두하기, 얘기, 읊기, 주석하기, 쫓기, 진화하기, 접하기, 증거하기, 지적하기, 챙기기, 첨부하기, 측정하기, 첨미하기, 헤아리기 등이다.

이상과 같이 볼 때 『칠조어론』 1의 제3장의 플롯은 인생 일대기를 살아온 경력이 있는 촌로와 공이 우주적 횡설수설처럼 교차하는 구조마다 뼈대로 삼아 잡설 1권 분량만큼이나 다양하게 그들의 잡설을 펼쳐 보여주는 언술 방식을 취하고 있다. 이를 규정해보면, 인간이 살아가며 봉착하는 삼라만상을 잡설화하는 보통사람들의 언술 방식이라 볼 수 있다.

(3) 배경

조각 하나-'평균적' 시간의 구조

『칠조어론』 1 제3장의 시간 구조는 세월의 무상감, 평균적 시간화로 나오고 있어, 제1장에 나오는 초시간과는 다른 보통사람의 평범한 시간을 언술화하여 드러내고 있다.

그 시간을 특성화하여 나누어 보면 무상적 시간은 실재감을 탈피한 시간으로, 평균적 시간은 사회적 속성을 보편화시킨 시간으로 나오고 있으며, 내부 육신적 시간과 박상륭의 냄새가 나는 시간도 엿볼 수 있다.

> 무상적 시간-낮(1-204), 하루에 십년씩 늙는 듯한 시간(1-277), 당굴의 시간-혼
> 돈스런 암흑(1-278), 세월은 흐름(1-311), 세월가고 4월 오고 철이감(1-330).
> 평균적 시간-시간 운명 時態(體), 시간 운명 극복(1-338), 삶의 길이 재는 평균시
> 간, 평균화 성취(1-338), 평균시간(1-338), 월력쓰는 사람들의 수명, 도류네
> 마을의 하루, 일력의 고장 하루(1-339), 몇 달 몇 겁파, 반치의 세월(1-373),
> 시간 사십주 사십야(1-389).
> 내부 육신적 시간-염통의 시간, 창자의 시간(1-337).
> 박상륭의 색채가 나는 시간-횡적-중앙의 황방 심소의 시간 한 점의 네 방위 궤
> 적 다섯 종류시간 심소시간 시간의 과거 현재 미래 극대의 시간, 중심을 갖
> 는 시각으로 모든 형태 양상 합류 당굴이 본 것(1-398).

이상과 같이 『칠조어론』 1의 제3장의 시간관은 무상적 시간, 평균적 시간, 내부 육신적 시간으로 평범한 날을 살아가는 대중이 느끼는 시간으로 보여진다.

조각 둘-'온 마을'의 공간 구조

『칠조어론』 1 제3장의 공간 구조는 지옥의 공간, 동네의 공간, 생명체의 공간으로서 공간 역시 생명체로서 느끼는 공간과 샤머니즘을 무의식으로 갖고 있는 마을의 공간과 사람들 마을을 다스리는 장소를 중심으로 펼쳐진다.

그 공간들은 동네의 공간과 지옥의 공간, 내부 육신인 생명체의 공간 및 작가가 독특하게 설정한 공간으로 다음과 같이 나누어 볼 수 있다.

> 동네의 공간-巫洞(1-199), 특정한 마을(1-260), 개의 종교자리인 저 동네(1-
> 264), 어둡고 을씨년스럽고 서러운 마을(1-308), 가라 앉은 동네(1-322), 배고
> 프고 추움 가난 적막한 마을(1-324), 藥說이 받아들여진 마을(1-329), 닭이
> 홰쳐 울고 있는 마을, 늙은네를 쫓아내는 마을(1-333), 마당(1-367), 사랑방
> 아랫목(1-373), 비어있는 마을(1-373).

지옥 공간-독룡느끼게 하는 윈마을(1-269), 저주 지옥(1-274), 머릿속에 암흑의
뻘 늪(1-278), 아편에 취한 마을(1-278), 삼악도(1-383).

내부 육신적 공간-무량겁 구절양장 뱃속(1-194), 허파, 염통, 맹장(1-374).

박상륭의 색채가 느껴지는 공간-고해의 하늘(1-289), 바르도 역바르도(1-356),
祭場(1-374), 생명의 동산(1-199).

이와 같이 작가가 주제를 잘 표출하고 있는 공간 설정은 동네의 공간, 지옥
공간, 내부 육신적 공간, 박상륭의 색채가 느껴지는 공간으로 그 특징을 드러
내고 있다. 작가가 가장 많이 드러내는 동네의 공간은 부정적 음기에 의해 돌
아가는 고향같은 것으로 보고 있다. 이는 보통 사람들이 느끼는 살아가는 공
간이라 보여진다.

(4) 주제

조각 하나-'六道的 宇宙'의 주제 화두

『칠조어론』1 제3장의 주제는 불교에서 말하는 3계 6도 중, 六道를 표출한
주제로 나누어 볼 수 있다. 지옥도, 축생도, 아귀도, 수라도, 인간도, 천상도[24]

---

24) 불교의 우주도에서 欲界에 속하는 지옥, 축생들, 아귀들, 아수라, 인간들, 저차원의 신들
로 보는 견해도 있다. 바닥층에는 지옥이 있다. 지옥은 전생들에서 행한 악행의 결과로
존재들이 고통을 받는 장소이다. 지옥 위에 축생계는 동물들은 야수적인 본능에 지배당
하며, 자신의 상황이나 본질을 이해하거나 향상시키는 데 크게 도움이 되는 지적 능력이
부족하다. 축생계 위에는 아귀계가 있다. 인간 세계의 가장자리를 떠돌며, 불행한 영혼들
이며, 탐욕스럽지만 끝없이 충족되지 않는 허기를 상징하는 거대한 배와 조그만 입을 가
진 망령같이 생긴 존재들로 묘사되고 있다. 아수라는 격렬한 충동에 좌우되며 악마처럼
싸움을 좋아하는 족속들이다. 권력욕에 사로잡힌 그들은 결코 성취할 수 없는 정복을 끝
없이 추구한다. 인간계는 인간으로 환생하는 것은 바람직하지만 성취하기 어려운 것으로
간주된다. 환생이 이루어질 수 있는 더 높고 많은 단계가 있으나, 그 단계들에도 정신적
발전의 장애가 잠재되어 있다. 신들의 거처는 다시는 인간으로 환생하지 않을 깨달음을
얻으려는 순간에 있는 존재들이다. 생명의 바퀴 또는 환생의 6계는 인간에 내재되어 있
는 우주적 무의식을 밝힐 수 있는 요체로 해석된다. 데미엔 키언,『불교란 무엇인가』, 고
길환 옮김(동문선, 1998), 60~63쪽.

가 그에 해당된다. 이 6도적 주제라는 것은 인간에 내재되어 있는 우주적 무의식을 밝힐 수 있는 요체로 보인다. 『칠조어론』 1의 제3장을 분석하면 아래와 같다.

　지옥도를 드러내는 주제어－집단 공통적 공포증의 한 공룡(1－366), 魔羅의 출신처 수육(1－364).

　아귀도를 드러내는 주제어－걸귀를 나타내는 끝없는 갈증인.

　축생도를 드러내는 주제어－우주적 괄태충, 악순환의 순환화(1－216), 염통－죽음을 배태한 생명/죽음과 마멸(1－217), 性力派(탄트라파)(1－260), 개－조상숭배 속(1－260), 무의식－저주며 은총(1－264), 흰 암캐－독룡 12충(1－265), 축생도의 苦(1－340), 축생－獸慾(1－363), 4대의 폭력주의 축생도의 질서와 운명(1－246), 화해 균형 상극성의 의존 가학력 피학력 부정력의 독기 상극적 균형(1－249), 극난한 문제 지주님, 큰비암님 독룡 12충, 집단이라는 증거가 흘리는 젖(1－342).

　수라도를 드러내는 주제어－동화적 어휘(독룡퇴치의 무용담)(1－220), 귀신들－부정력 대력화/큰 비극 안과 밖 구별해내기, 나와 남 나누기(1－239), 怪力－새로운 주인 이익 위해 모든 고역 다 치르기(1－240), 사대의 폭력주의가 지배하는 세상(1－244), 知彼知己 百戰不殆(1－295), 불순한 삶, 분초 다투는 미묘한 일점, 팔자 선택 쌍8자, 평인 장수 영웅단명설(1－341), 신(쉬바)의 농간(1－341), 독룡퇴치할 마지막 기회, 부정적 느낌, 분노 질투 증오같은 느낌 독룡자체 되어감, 우주적 대전쟁 우주적 부정력 감금된 마력(1－344), 12충 법심의 긍정성, 법심의 부정성 제휴(1－347), 수라－질서의 상극성(1－361), 수라－꿈 實肉化를 성취, 人種 흉몽 공포증 한 개인의 수치스러운 상처(1－365).

　인간도를 드러내는 주제어－인간의 우주적 승리와 비극, 영토 정하기 영토 수호하기(1－241), 당굴지 기자－열예의 권태화, 퇴조전이의 연금술 핑계, 어린애다운 순박함으로 수사학 접해보기(1－258), 인류라는 유정사 시작 생명의 동산 아담 여자 뱀(1－266), 인간－순종해 따를 대상－어머니, 어머니 무량의 자애 차생 무량겁 전생에도 유정들의 대자대비를 연금(1－369), 인간－운명의 외로움, 죽을 수 없는 삶, 자기 법의 젖을 먹어 자란 아이의 죽음의 한 읍합(1－398).

　천상도를 드러내는 주제어－신단수 성수(1－242), 祭物 다섯미음물(제주, 술－

바람의 원소, 물의 원소, 흙의 원소, 행위자체-음양합일)(1-257), 희생양
과 대속, 수사학이란 신(1-279), 天上-天身 地身 人身(1-291), 천검과 여
의봉(1-303), 우주적 쌍두사 지혜의 열매 따먹기(1-335).

이렇게 6도적 주제를 통해 작가는 그의 무의식 세계인 지옥도, 아귀도, 축생
도, 수라도, 인간도, 천상도를 빠짐없이 드러내 보여주고 있다. 더불어 6도적
주제 외에 작가의 의식이 투영된 주제어를 살펴보면 다면성을 띠고 있다는 것
을 찾아 볼 수 있다. 인간 심리의 무의식적 변화를 그대로 투영시킨 결과라
본다. 의식적이면서 무의식적 변화까지 투영된 양면적 심리가 결부된 주제어
는 다음과 같다. 천상지옥, 수라인간, 지옥수라, 축생인간, 인간천상, 축생수라
등으로 나누어 볼 수 있다.

천상지옥적 의미를 나타내는 주제어-죽고싶음증 살고싶음증(1-336).
수라인간적 의미를 드러내는 주제어-흙 두터움 비옥함 뿌리 나라카 증오 독룡
     꽃소식(1-348), 사랑 선 증오와 악, 善과 非善의 자리(1-352), 소멸공포증과
     창조(1-395), 파괴적 괴력들의 생식행위(1-396), 양극을 갖는 타원형 화현(1
     -398).
지옥수라적 의미를 드러내는 주제어-苦는 고여야 하는 우주적 목적, 유정의 진
     화(1-353), 呪幻 無明(1-358), 진화의 돌연변이(1-360), 말의 몽상꾼 말을
     사고하는 자들의 열예와 고뇌(1-360).
축생인간적 의미를 드러내는 주제어-수도하는 비구(니)들의 色幻(1-364).
인간천상적 의미를 드러내는 주제어-사랑이란 공을 색화해낸 원동력(1-367), 사
     랑의 苦行 자기부정이라는 난행(1-368).
축생수라적 의미를 드러내는 주제어-여의주-축생도 정의, 여의주 중니의 젖통
     이 중심 속 당 괴물됨(1-402).

이상과 같이 박상륭은 그의 독특한 언술로서 비춰주는 천상지옥, 수라인간,
지옥수라, 축생인간, 인간천상, 축생수라 등의 다양한 속성을 주제어로 표출하
였다. 지난한 삶을 사는 이들이 보통 하루를 보내는 그 짧은 중에서도 3계 6
도를 오르락 내리락 한다고 한다. 박상륭은 그렇게 3계 6도가 오르락 내리락

하듯이 그 순간에 직면하는 주제 화두어를 6도로 내세우고 있다. 뿐만아니라 그것을 표출하고 있는 그 순간에도 작가는 양면적 속성을 띠고 있는 인간으로서의 특성을 면면에 잘 반영하고 있다. 우주적 무의식을 드러내는 합당한 주제 화두가 육도적 주제라 할 수 있다.

3. 수사학적 雜說들, 三千大天世界의 꿈

박상륭의 작품은 그에게만 붙여주는 독특한 자리매김의 문학적 위치를 점유하고 있다. 그런 작품을 향한 긴 관념 여행을 통해 작가가 바라는 우주적 세상이 투영된 우주적 무의식의 세계를 수사학적 잡설로서 三千大天世界를 보여주고자 하였다고 볼 수 있다.

이 글에서는 그의 틀을 이해하기 위해, 설교자, 청자, 설교 방식, 공간과 시간 구조, 주제적 화두어, 출현 인물로 조각내어 본 뒤, 다시 소설의 기본 구성요소인 인물, 플롯, 배경, 주제로 묶어 살펴보았다. 다양한 측면에서 『칠조어론』1의 제1장, 제2장, 제3장을 비교해 볼 수 있다. 제2장은 비교할 특성이 많지 않아 생략하고, 제1장과 제3장만을 비교하며 보면 다음과 같다.

조각 하나로 살펴보면 설교자는 제1장에서 '32가지 이름'의 설교자, 제3장에서 '개인의 이인역'인 교차적 설교자로, 조각 둘로 살펴보면 청자는 제1장에서 '개인의 우주역' 청자, 제3장에서 '누구나' 청자로 뚜렷이 비교할 수 있다. 또한, 조각 셋으로 살펴본 출현 인물로는 제1장에서 '東西古今'의 출현 인물군, 제3장에서 '삼라만상'의 출현 인물로서 비교 대상이 되며, 조각 넷으로 본 설교 구조는 제1장에서 '迷宮的 長廣舌' 설교 구조, 제3장에서 '교차적 연쇄어법'의 잡설 구조이었음을 밝혔다. 조각 다섯과 여섯으로 살펴본 시간과 공간의 배경은 제1장에서 '초시간' 구조와 '초공간' 구조, 제3장에서 '평균적' 시간과 '온 마을' 공간을 비교하여 볼 수 있었다. 끝으로 조각 일곱으로 살펴본 주제 화두어는 제1장에서 '質黙的 宇宙'의 주제화두어로, 제3장에서 '六道的 宇宙'의 주제 화두어로 변화되어 나타났음을 비교를 통해 잘 알 수 있다.

표로 작성하면 아래와 같다.

조각	제1장	제3장
조각 하나—설교자	32가지 이름	개인의 이인역
조각 둘—청자	개인의 우주역	누구나
조각 셋—출현 인물	東西古今	삼라만상
조각 넷—설교 방식	迷宮的 長廣舌	교차적 연쇄어법
조각 다섯—시간 구조	超시간	평균적
조각 여섯—공간 구조	超공간	온 마을
조각 일곱—주제 화두어	質點的 우주	六道的 우주

　그동안 박상륭의『칠조어론』에 대해 필자는 선행 연구를 통해 나름대로 밝혀왔다. 우선『칠조어론』을 통해 우주적 어머니상의 형상화에 대한 한 어론과 우주적 사상으로 살펴보았다.『칠조어론』을 다른 각도로 몸생명주의라는 입장에서 반에코페미니즘을 보여주고 있다는 것도 살펴보았다. 그밖에도『칠조어론』에서 드러낸 그리스 사유와 그리스 신화적인 면뿐만 아니라, 무속적으로 접근하여 읽어낼 수 있다는 것도 찾아내었다.

　그러한 과정에서 본 작품을 더 잘 이해하기 위해 이번 '말의 논변(語論)과 수사학적'으로 읽는『칠조어론』에서 '32가지 이름'의 설교자, '개인의 우주역'의 청자, '동서고금'의 출현 인물군, '미궁의 장광설적' 설교 구조, '초시간과 초공간' 구조, '질점적 우주'의 화두 주제, '개인의 이인역'인 교차적 잡설자, '누구나' 청자, '삼라만상적' 출현 인물, '평균적' 시간과 '온 마을' 공간 구조, '육도적 우주'의 주제 화두어를 나름대로 도출해 보았다. 그 결과『칠조어론』1을 통해 박상륭이 보여 주려한 세계는 수사학적 통우주주의와 삼천대천세계로 분석하였다. 필자는 조각 내어 뜯어내고 다시 퍼즐화시키는 미궁 바로 그 현장으로 분석을 시도하였다.

　인간이 실존하고 있는 세계인 우주 현장의 복잡하고 다면적인 양상에 대해 작가는 정면으로 돌격하는 방법으로 우주적 잡설의 화법을 구사하였다. 작가는 일상의 담론 형식을 해 체시킨 후 다시 조합한 미궁적 장광설과 교차적 연쇄어법이야말로 질점적 우주와 육도적 우주를 넘나드는 양면적 방법론으로 그려보인 것이다. 문체라는 양식에 들어가면 괴물이 된듯 공포 괴기 수사법을 구사하며 추악한 미감을 엿보게 하고, 다른 한편으로 문체라는 양식에서 나오면 중생 해탈 수사법을 잘 구사하여 아름다운 율조적 미감을 느끼게 한다. 그래서 결과적으로 『칠조어론』1은 우주적 美醜의 영혼세계를 드러낸 소설이며, 작가의 우주적 무의식을 수사학적 통우주주의의 방법으로 새로운 형식의 소설적 서사시라 생각해 볼 수 있다.

한 주제적 화두를 떼어내어 사유, 고민, 숙고해 볼 수 있는 인식적 담론과 종교적 측면을 강조한 종교 구도적 소설, 신화적 측면을 강조한 신화적 소설, 인식철학 측면을 강조한 인식 철학적 소설 등의 명칭 모두가 『칠조어론』의 속성에 해당된다고 지칭 할 수 있다. 그런 면에서 박상륭의 『칠조어론』은 소설적 면모를 통합한 통합 관념 소설이라 할 수 있으며, 삼천대천세계가 모두 그의 주제적 화두가 되었고, 미시적 세계와 거시적 세계를 넘나드는 방법의 구도주의가 인생이자 삶의 현장이 아닐까 역설하고 있다.

이렇게 볼 때 박상륭은 일상적 삶 자체를 우주적 삶으로 확장하여, 인생 속에서 만나고 겪게 되는 다양한 삶의 양상을 표출했던 것이다. 삶이야말로 한 마디로 얘기할 수 없는 장이기에 그 삶을 질점에서 대우주인 삼천대천세계까지 지향해가며 드러내고 있는 것이다. 다시 말해 제1장의 求道者인 村僧이든, 제3장의 衆生인 '村老와 公'이든 동서고금이나 삼라만상의 우주적 삶을 향해 서로 다른 방법으로 살아가고 있으나, 결국은 같은 세계 속에서 삶의 위대성을 함장한 존재임을 반증했다고 볼 수 있다.

■ 참고문헌

박상륭, 『칠조어론』 1~4부(문학과지성사, 1990~1994).

고순호, 『불교학개관』(선문출판사, 1991).
운허용하, 『불교사전』(동국역경원, 1998).
이은윤, 『그것은 바로 네 마음이니라─중국 선불교 답사기 2』(자작나무, 1997).
임금복, 『'죽음의 한 연구' 깊이 읽기』(푸른사상, 2000).

이민수 역주, 『新譯 書經』(서문당, 1975).
데미엔 키언, 『불교란 무엇인가』, 고길환 옮김(동문선, 1998).
파드마삼바바, 『티벳사자의 서』, 류시화 옮김(정신세계사, 1995).

7
연구 일기로 읽는 『칠조어론』
– 1992. 1. 10에서 ~ 2002. 1. 10까지

연구 일기로 읽는 『칠조어론』*
─ 1992.1.10에서~2002.1.10까지

1993. 6. 4. 금. 13:30

오늘부터 박상륭의 소설에 나타난 반복되는 모티프를 사전 작업에 관련된 1차 작업으로 카드 정리를 시작했다. 다시 『죽음의 한 연구』를 카드로 정리하기 위해 40쪽까지 읽었는데, 다시 위대성이 느껴진다. 오늘 카드 정리에 나온 모티브들 해, 뱀, 성경, 「남도」, 「7일과 꿰미」, 고자, 말, 바람, 윤회, 오이디푸스, 40일, 숙주, 연금술, 업, 桑田碧海, 走馬看山(고사성어), 동학, 촌장, 동행인, 장, 나, 존자, 「시인일가네 겨울」, 유리(캐나다), 심청전, 흥부전, 스승=아버지, 처용이, 길, 촌로, 단군신화, 신발, 흙=입=속 등. 이러한 작가를 연구하게 도와준 사람은 지도교수님, 작가 선생님이시다. 폭풍 천둥 번개가 아무리 가면의 얼굴로 여기저기서 쳐도 '박상륭 소설' 전편은 고스란히 누구도 허물 수 무너뜨릴 수 태워버릴 수 없다. 그 경지를 누구도 어떻게 할 수가 없다. 아무리 요동을 쳐도 겉껍데기일뿐 속알맹이에 대해서는 그 누구도 터럭 한 알 건드릴 수 없는 것이다.

---

* 1992년 1월 10일부터 1993년 6월 3일까지 기간의 '박상륭 연구 일기'는 필자의 『'죽음의 한 연구' 깊이 읽기』(푸른사상, 2000) 중 "답사 문화로 읽는 『죽음의 한 연구』" 항목에서 언급했다. 이번 책에서는 1993년 6월 4일부터 2002년 1월 10일까지 언급하므로, 총 연구 일기 10년(1992. 1. 10~2002. 1. 10)을 결산한다.

1993. 6. 6. 일. 22:00

작가 선생님이 인도는 그 자체가 정신이고 종교라 더 가고 싶다고 이야기했던 것이 생각났다.

금요일에 생각했던 편린들.

1) 개인 정신과 세계 정신(우주 정신)을 최고(體·用)로 표출 – 박상륭
2) 박상륭이란 Text=박상륭의 Text
3) 먼 시간까지 지배(영원한 고전으로)
   넓은 공간까지 지배(세계, 우주)
4) 우주 지배의 힘 세계 지배
   우주 개혁의 힘 세계 개혁
5) 현실 풍경 속의 인간의 폭풍, 천둥, 번개도 어쩔 수 없다. 정신적 혼의 집약물인 텍스트
6) 모두 벗어난 대안 : 박상륭 사전
7) 후기 : 병원 사진, 서점 전체, 창작실 골방

體=用
나=존자
황폐한 우주=생명, 정신, 대지, 시간, 불
『칠조어론』 몸의 우주=말씀의 우주, 마음의 우주
몸 밖의(體) 우주
남성 말씀=신, 우주
　　마음=우주
　　몸=우주
　　그 밖의 것을 다스리시는 여성
드러낸 텍스트(명명화된 텍스트 – 남성 텍스트, 기록사
숨겨져 있는 텍스트(여성 텍스트 – 여성 텍스트, 구전사
말씀<대지, 우주, 창조
몸<우주, 세계
마음<탄생
남자<여자

1993. 6. 8. 화. 13:50
박상륭의 메시아 탐색기.

　　「시인 일가네 겨울」＝시인＝예술가＝인간
　　「담쟁이네집」＝노인
　　「쿠마장」＝아기
　　「산북장」, 「산동장」＝시간
　　「열명길」＝불
　　「나무의 마을」＝계절, 봄
　　「자정녀」＝여자, 모성, 대지
　　「경외전 세 편」＝흙
　　「남도」＝할머니
　　「산남장」＝대지, 대속
　　「최판관」＝저승
　　「늙은 개」＝고향
　　『죽음의 한 연구』＝죽음, 성
　　『칠조어론』＝말씀, 마음, 몸＝나(자신, 우주),

　「아겔다마」로부터 '메시아'에 대한 끝없는 탐색은 신약 예수 시기에서 나그네 정도로 나왔다가 30년만에 『칠조어론』에서는 자신으로 귀착되고 그 의미를 신적 차원까지 끌어올림. 나＝몸＝人神＝神的
　∴ 메시아 찾기가 그 소설 창작의 일련의 작업임.
　대학로 학전에서 연극 <탈속>을 보았다. 공교롭게 작가 선생님을 우연히 만나 합석을 하게 되었고, 종교신문 한부장이 무봉에 대해 시종 일관 가혹한 비판을 일삼다가 후반에 이제 더 이상 무봉에 대해 젖가락으로 어떻게 할 수 없다는 부분이 大覺이기도 하다고 이야기했다. 또 중간 부분에 불교가 가장 인간 일반을 이해하는 데 우주적, 인간적이란 부분에 대해서도 공감이 간다고 이야기 했다. 그리고 어떻게 불교 문제에 대해서 관심을 가지게 되었냐고 여쭈니, 우리 전통에서 두 번 나라를 말아 먹은 불교를 한번은 검증해 나가야 한다고. 그래서 우리의 기본원류는 아니지 않느냐고 하니 그냥 그 속에 녹아있다고 법통 승계의 문제가 명확치 않다고 하니 그것은 부차적 의미일 뿐이라고 석가모니로부터 기본적 끈이 연결된다면. 그밖에도 박상륭의 『죽음의 한 연구』와 관련되는 부분이 보다 더 실감나게 다가 왔다. 그리고 어떤 작가를 좋아하냐고 하니 "김동리 · 이청준 · 박상륭의 죽음意識 연구"라고 하니 죽음 문제는 종교 문제를 접근하지 않을 수가 없다고. 그 순간 떠오른 것 김동리를 종교적 · 운명적 죽음으로, 이청준을 풍속, 풍수, 민속적 죽음으로, 박상륭은 종교적, 우주적 죽음으로 보면 되겠다는 생각이 들었다.

1993. 6. 9. 수. 22:40

요사이 『토지』를 읽으면서 박상륭적인 냄새를 줄 곳 생각해 왔지만, 여전히 사이사이 풍긴다. 심리적인 용어는 초기 소설들 모습에서와 한치도 벗어나지 않아 너무 박경리의 한계를 보는 것 같다. 지난 5월 박경리 선생님의 박상륭 선생님의 공개적 인정으로 역시 우월히다고 느꼈었는데 다시 의미를 보자면, 문단(박상륭)에 대한 태도는 그럴지 모르지만, 역시 작품만 본다면 박상륭 선생님의 작품만 단연코 남는다. 박 선생님은 世界場에 들어가 宇宙場을 그렸던 것이다. 단연코 홀로 남는 자는 유일하게 한 명(20세기 한국 작가)으로 박상륭 선생님의 작품뿐이다.

1993. 6. 11. 금. 08:50

극장 한마당에서 연극 <잠적-토템>을 보았다. 토템 즉 원시인들이 지금 우리의 시대에 어떻게 그려지고 있으며 왠지 박상륭 선생님의 작품과 통할 것 같아서. <잠적>은 치열한 리얼리티에 입각해 있었고, 방안과 방밖의 풍경은 서로 상관없이 살아가는 현대인의 극단적 소외로 더 읽혀졌다. 「시인 일가네 겨울」처럼 <토템>은 동굴 속의 두 유형의 인간에서 삶의 몸부림을 치나 둘다 죽어가는 이야기 역시 전망이 전혀 없다.

1993. 6. 12. 토. 08:40

"동서양 문명 녹아든 천년 고전-『아라비안나이트』"(조선일보, 1993. 6. 12.) 기사를 보면서 박상륭의 동서양 사상(종교, 철학)의 계보에 대해 연구할 것이 느껴졌다.

1993. 6. 16. 수. 01:30
학생들의 박상륭 리포트를 다 읽었다.

* 사복이라는 한 개인 속에 내재한 모순되는 두 속성간의 긴장과 융화의 드라마 (정보처리과 김종문)
* 유리의 촌을 불교 문화권으로 읍을 기독교 문화권으로 상징, 예수의 죽음과 부활의 변증법 (정보처리과 육상희)
* 불평등과 비극에 관한 당신의 깊은 믿음, 토끼와 거북이 (삶과 죽음에 비유), 열등한 신 프로메테우스, 예수의 탄생 별 폭파, 영아 살해, 인신의 탄생 ─두 스님 죽음, 웃으면서 형장으로 걸어가는 모습을 덜 진보된 생명 형태들은 보통 이해하지 못하고, 당신을 미쳤다고 여기리라 (정보처리과 박창범)
* 충동이 언제나 그의 길잡이. 서구적 발상과 동양적 논리, 그 반대를 접목 융화시키려는 시도. 슬픔 고통을 승화시키려는 방법 (정보처리과 권수현)
* 두 늙은이의 한 죽음. 유리는 사색 득도의 도량, 읍은 행동 실천의 장 (정보처리과 송재섭)

리포트를 검사하면서 든 생각은 수도부의 장옷은 여자의 體가 아닌가? 유리→用, 읍→體의 상징이 아닌가? 동서양의 융합에서 한국의 고유적인 부분이 미흡한 것이 아니가? 동양 사고의 전형을 그대로 따른 듯.

1993. 6. 16. 수. 23:45
내 삶의 정체, 해체론=시간 메꾸기, 시간의 與受法則으로 해명.

1993. 6. 18. 금. 03:10
"人文學도 W理論 만들자─조동일 교수 『우리 학문의 길』"(문화일보, 1993. 6. 17.)을 읽으면서 조동일 교수 기사는 여러 가지를 생각나게 해주고 있다. 내가 인식하고 있는 것과 같은 노선이다. 小異보다 大同을 중시하는 것. 박상륭 선생님의 시각도 小異보다 大同쪽에 더 기울어져 있다고 본다. 동양이 중심이 되어 서양문명(신화, 철학, 사상)을 접합시키고 있지만 선불교(『육조단경』, 『칠조어론』)로 그 맥을 세워 大同쪽에 더 기울어져 있는 것이 아닌가? 한국적인 것을 크게 끌어올려 내세울 때 小異쪽 보다 더 한국을 大異쪽으로 접근해 나갈 수 있지 않을까? 어느 평론가의 아비·누님 콤플렉스, 민족 종교 세계관, 어느 교수님의 샤머니즘이 그나마 한국 평론가에서 小異쪽에 선 것이 아닐까? 大同쪽은 이성복의 『네르발 시 연구—역학적 해석의 한 시도』, 내가 정립할 테마가 결국 한국의 大異化일 것이다.

우주 삼라만상이 道場이라 한다(도를 닦는 터). 오늘 모든 인간은 남녀 노소에 상관없이 나의 거울이자 스승이란 점이 느껴졌다.

1993. 6. 21. 월. 00:40

토요일(6. 19) 동국대에서 개최하는 여성학회에 갔다가, 오후에는 김용옥 강연을 들었다. 여성학회 오전 논문 발표에서 느낀 점은 여성의 자율적 선택에 의한 결혼이 이루어졌고, 재생산(교육) 기능을 맡은 입장에서, 그 의미의 확대를 찾는다면 인류학적으로 가장 큰 의미를 찾는 것도 가정내 공간에서 큰일이라는 점이다. 그러기에 여성의 교육적, 문화적 의미는 지대하다는 요지다. 오후에 <김용옥 강연회>를 들으면서 느낀 점은 나의 생각에 보다 총체적 이해로 다가오는 부분이었고, '이제마' 선생의 발견은 나의 '박상륭 선생'의 발견과 비슷한 것 같다. 단지 한의학의 한 부분 소개인 작은 불은 물로 꺼버릴 수 있으나, 큰 불은 물을 끼얹어져도 더 큰 불이 일기에, 더 꺼질 때까지 기다리는 수밖에 없다고 한 대목에서, '광기'와 鬼神씨가 그의 경우로 느껴졌다.

김용옥과 같은 생각들, 기본틀.

* 동양—중국, 한국, 일본의 차이점에 관심, 인류 미래에 대한 관심, 기여
* 이제마 발견—박상륭 발견
* 인간의 말 한마디 모두 철학—인간 모두가 나의 스승
* 구한국의 업보—전생의 업보
* 해월 사상—동학, 새로운 의미 해석
* 김용옥에서 대발견 몸=소우주×대우주

박상륭 선생님
마음=대우주 몸의 차이

1993. 6. 24. 목. 23:55
원효 성사 특별 기획전, 이기영의 "원효의 화쟁 사상과 오늘의 정치 현실"
─문화체육부 선정 '원효'의 달 기념 학술세미나(1993. 6. 24)는 많은 것을 깨닫
게 했다. 원효 사상에 대입한다면 박경리의 삶과 문학에서 일치되는 면이 있
지만 세계와 삶의 부분이 일치가 안되고, 자신의 문학=자신의 삶이 일치되지
만 문닫아 놓은 세계에서 미흡. 박상륭 선생님의 삶과 문학 역시 마찬가지다.
세계와 삶의 부분이 일치되고 있지 않지만 자신의 문학과 자신의 삶만 일치된
형식이다. 근대 100년 한국문학계에서 '원효'에 대입될 수 있는 작가는 불행하
게도 없다는 것이 우리의 현실이다. 박상륭의 「유리장」과 원효를 관련지어 해
석해 볼 것 사복의 스승이 원효이기에 결과적으로 이기영 교수의 강연은 불교
철학에 대해 새롭게 통찰 한국을, 세계를, 우주를 꿰뚫어 쉽게 철학적 용어로
해석한 점 등에 대해 감명을 받았다.

1993. 6. 28. 월. 10:50
「열명길」, 정치(60년대 후반) 권력의 구조, 민중 패러디, 대통령(왕), 지식인
과 대목수, 민중과 아편, 당시 지식인이 처한 극단적 현실, 젊음의 모험, 펼쳐
보지 못하고 풍랑, 떠날 것의 예언(캐나다) 전초전, 왕의 병적인 조울증, 우유
부단, 게으름, 무정부 상태─이승만 정권, 이승만, 새로 등극한 왕 정치 제도
개선의 의지 수반 수호신 확립, 대신직, 제장직, 인간 이상의 존재가 되고 싶
음. 박정희

> * 노학자─이승만 정권의 지식인 계층. 대목수─박정희 정권의 지식인 계층─
>   권력에 종속된 병든 지식인, 중독성 약품조제, 백성─하나의 인식의 틀, 아
>   편 재배, 우매한 민중, 아편에 의한 추종자들. 왕─권력에의 집착성, 권력 성
>   취, 박상륭─자아 학대 중독증, 운명에 대한 두려움, 살고자 하는 욕망 (중문
>   과 김정임 리포트)
> * 삶─하나의 치명적인, 치유될 수 없는 병 자체. 죽음은 우리가 직면한 단

하나의 진정한 리얼리티. 철학자들의 화병을 통해 금으로 변형시키는 기술. 다양한 재료들을 순수화하는 것으로 구성. 순화의 과정은 금속의 영혼을 해방시키고 금으로서의 재생을 수행하기 위해 기본적인 금속의 신체를 죽이는 것. 죽음과 재생, 신체와 영혼, 금속과 금의 기존의 이분법적 대립 용해됨. 연금술은 우주에 대한 어떤 철학자의 견해의 타당성을 물질적 차원에서 실험적으로 제시하려는 노력. 연금술의 과정은 인간의 영혼을 현재의 감각에 잠긴 상태로부터 그것이 처음 창조되었던 우주적 차원의 완전성과 고귀성을 재생시키는 기술. 금을 키워내는 철학자들의 병으로서의 해골의 골짜기와 불완전한, 언제라도 철학자들의 병에 넣어져 연금술적 과정을 거치면 금으로 될 가능성을 항시 지니고 있는 원초적 질료로서의 인간의 시대다, 그러한 연금술적 과정의 결과로서 생겨날 완벽한 형식인 금으로서 <불멸한 신육> 사이의 유비 발견하기 (중문과 임춘화 리포트)

* 그가 낚으려는 세계의 본질이라는 것은 박상륭이라는 한 역사적 사회적 인간과 관련을 맺는 본질로 추방된 유형지의 무질서를 그대로 수락하는 방법. 그 수락한 무질서를 다시 질서화하는 방법. 세상에 속한 유한한 존재의 인간이, 그 스스로의 내부의 무한을 꿈꿈. 인간의 지혜와 번뇌가 한 몸임. 영혼의 정화. 새로운 탄생을 준비하기 위한 필연적인 자기 훼손의 과정. 떠남과 안 떠남이 마찬가지라는 깨달음 속에서 이루어지는 득도—박상륭의 연금술 (정보처리과 정재훈 리포트)

1993. 6. 30. 수. 01:30

"67년 소설 「분지」(1965. 3) 필화 사건—남정현씨"(중앙일보, 1993. 6. 15)를 읽으면서 公安 한파로 지식인의 저항을 우려. 민족의 주체성을 강조한 상징적 풍자적 작품을 읽으면서 1967년 분위기는 박상륭도 잘 알며 「열명길」 역시 반영했을 것이다.

"불의 가면—권력의 형식"(경향신문, 1993. 6. 21)

문화적 게릴라 이윤택, 탐미적 기획주의자 채윤일, 우리 현대사를 대변하는 독재정권과 권력의 시녀로 전락한 지식층의 존재를 재분석, 묵시적인 지성인의 허약함을 고발. 불가마를 종교화한후 산사람을 제물로 바치는 왕의 행위를 통해 자궁을 그리워하는 인간의 애정결핍증을 잔혹하게 제시한다는 기사를 보며, 박상륭의 「열명길」을 연극화한 것?

1993. 7. 1. 목. 10:35

어제부터 다시 박상륭 사전 준비 작업을 다시 시작했다. 고기, 계집, 고향, 집, 空, 개, 늪, 늙음, 동물, 달, 개미, 모순 공존, 물, 마음, 몸, 박상륭, 뼈, 병듦, 식물, 시조, 새, 설화, 승, 色, 시간, 암코양이, 외눈, 연, 원효, 用, 암컷, 자궁, 죄, 지식(지성), 자아, 體, 최후의 심판, 촛불, 피밭, 팔만, 파괴, 해골 등이 새로 작성한 항목들이다.

1993. 7. 4. 일. 06:00

박상륭의 작품 시대(박상륭 텍스트).

　　1시대~시대를 패러디(공시태 · 통시태 벗어나기)
　　　　황폐함, 계속적인 죽음을 노래 : 한국의 시대(사회, 역사)를 통째로 패
　　　러디한 현실로 신화처럼 느껴진다.
　　2시대~고국에서의 죽음(증거, 증명, 죽음 완성, 생명의 씨 내포)
　　　　다시 태어남을 노래 : 『육조단경』, 유리와 주역(캐나다와 『죽음의 한
　　　연구』로 패러디)
　　3시대~다시 태어남의 나라(왕국) 건설(제2의 왕국 건설기)
　　　　티베트 인도를 패러디한 거대한 왕국 건설 : 티베트 인도(세계에서 가
　　　장 이상적인 요소)를 자신의 말로 패러디, 말씀 · 마음 · 몸을 빌어 이상적
　　　우주 재현 유토피아 우주 재현

　　1시기~자주 경고의 노래 부름, 땅은 병들었고, 땅은 황폐했다고 노래 63년
　　　-69년(7년), 그리고 죽음
　　2시기~죽은 땅 떠나는 과정 그리기 6년
　　3시기~죽은 뒤 새로 태어날 왕국 만들기 15년

　　1시기-인류사의 혼융 시기, 한국의 기법으로 서양 세계(성경, 희랍 신화) 기
　　　법과 동양 세계 기법으로 노래
　　2시기-인류사의 정립기, 동양(육조단경, 주역)+서양(성경, 연금술)
　　3시기-인류사의 대속기, 세계화 시대, 유토피아로 전망, 구원
　　　　티베트 인도, 동양+서양

삶이란 자기 해체 과정과 해체된 자기를 복원(재구성) 하기다.

1993. 7. 5. 월. 10:00
박상륭을 정점으로—박상륭 사전, 박상륭 작가 연구
박경리와 박상륭의 향후 연구 과제로.

1993. 7. 6. 화. 15:15
학생들 리포트 검사 후

  * 그 자신이 죽음으로써 7조 촌장의 탄생을 이루고 그의 깨달음의 결과인 양
    극을 갖는 타원형을 실천하기 위한 것. 스올은 음부와 무덤을 동시에 뜻함,
    종교의 부패한 찌꺼기만 남아 있고 신앙은 죽어 버린 세계, 신에게 신앙 당
    할 자격조차 잃어버린 읍의 정신적 황폐(기독교적인 세계)는 유리의 물질적
    황폐와 함께 세계 전체의 황폐를 은유한 것 (중문과 1, 박영미)
  * 촌장의 불치병으로 인하여 황무지가 되었다는 설화, 자체가 성(생명력)에 바
    탕을 둔 것. 유리의 황폐를 치유할 수 있는 것으로 요나의 신화가 그 해결
    책이 되어 있다. 유리에서 일어나고 있는 갖가지 사건들은 생명력을 잃어
    버린 곳에서의 퇴폐, 타락, 황음의 변수. 황무지에서 희망의 미학, 주역, 불
    교, 집념에 의해 요나서 등의 체계에 맞추어 생명력을 실유하는 예술적 질
    서 찾으러 (중문과 1, 김민선)
  * 양심과 생존 사이에 무능력한 지식인의 모습, 정치의 우주, 몸의 우주, 필연
    적으로 파멸될 수밖에 (중문과 1, 윤애자)

1993. 7. 8. 목. 11:00
어제 산울림 소극장에서 연극 <불의 가면>을 보았다. 박상륭의 「열명길」
(1968)과 비슷하다는 생각은 적중했다. 팸플릿에 그렇게 쓰여있기에, 이윤택이
연출함에 있어 「열명길」과 다른 점은 아기 탄생으로 전망 제시를 했고 「열명
길」에서는 완전 정화로 끝나버린 것이 차이이다.

1993. 7. 12. 월 14:15
리포트 검사 내용 중

* 우주에 대한 철학적 해석, 연금술적 과정은 <한 질료가 금이 되기까지는 열두 번이나 일곱 번의 죽음, 뭉뚱그려 적어도 세 번의 죽음을 완전히 치르지 않고는 안된다> 중생을 위해서는 한 전제 조건으로서의 불완전한 죽음을 거쳐야, 참담한 비극을 겪기 전의 순결한 촌, 우주의 두 개의 큰 힘들이 완전한 균형을 이루는 것, 즉 태극, 서로 교차해서 맞잡은 손의 모습은 바로 이 태극과 유비를 지니며, 자신의 꼬리를 물고 있는 뱀의 형상, 생의 연속성에 대한 강한 의욕 (중문 1, 박필생)
* 죽음이란 재생의 문, 새생명의 모태 人神의 나, 실존적 삶의 현장, 실존적 욕망 문학가는 사상가 (중문 1, 장대욱)
* 미망을 헤매는 존재라는 병을 앓고 있는 환자들의 정신적 상태, 카오스의 시작은 기존 질서의 전복에서 시작, 살인-극복해야 할 대상을 적극적으로 뛰어 넘는 것, 하나의 전도를 보이기 위해 세상은 어쩔 수 없이 다른 곳에서 피를 흘리지 않으면 안된다. 기존 질서 대표 : 아버지, 주인공의 업은 유리에 어머니의 땅에 들어가는 것. 구원의 드라마에 행위자로서 참가해야할 업이 마련, 진정한 연금술은 인간과 자연의 생명 원칙에 대한 인식이며, 세계가 황폐해진 이후 생명이 잃었던 순수함과 충만함, 원초의 권리를 되찾기 위한 과정을 복구 형태의 비극(다수의 비극) 하나로부터 떨어져 나와 들쑥날쑥한 개별자들의 정해진 윤곽안에 머물 수밖에 없는 존재자들의 비극, 이 형태의 비극을 뛰어넘기 위해서 주인공은 원초 물질로의 잠입을 시도, 어머니로의 귀환, 덧없이 흔들리는 자아의 아이덴티티는 깜깜한 태초의 자궁으로 되돌려짐. 굴과 자궁, 동질 유형의 상징. 세계의 숨겨진 본질을 알아내기 위해 끊임없이 형태를 파괴해가면 마지막으로 남는 것 두 개의 남성적인 것, 여성적인 것, 능동성, 수동성의 극성이다. 남성의 원칙과 여성의 원칙의 결합, 철학적 결혼은 바로 새로운 물질 금을 만들어내기 위한 기존의 질료는 죽음으로 표현 태어나는 아기는 금을 상징 (중문 1, 한영희)
* 谷神(암컷신)은 죽지 않으니, 이를 현묘한 암컷(玄牝)이라 한다. 거미는 수컷의 죽음을 통해 번식, 수컷은 죽는 것이 아니라 암컷의 자궁을 통해 재생의 과정을 밟는다. 해골의 골짜기에 세워진 십자가-우주적 음양의 화합 상태 의미

　　地 天 泰 음양의 화합 상태
　'하늘은 하늘대로 높은 위치에서 스스로 높아지기만 하고 땅은 땅대로 제자리만 지키고 있어서 하늘은 하늘땅은 땅이다' 하늘 상태로만 있다면 천지는 삭막한 한 개의 빈 동굴적 존재에 지나지 않을 것. 하늘의 마음은

땅으로 내려와 땅을 생각하는 마음이 되고, 땅의 정성은 하늘로 올라가 하늘을 돕는 정성이 되어서 서로 화합하기에 천지의 경영이 원만해지는 것이다. 天地雙交 하늘은 비를 내리게 하여 땅으로 하여금 땅의 모든 생명을 낳고 기를수 있도록 하며 땅은 땅의 물을 다시 올려 보내 구름이 되게 하여 하늘로 하여금 비를 빚게 하는 것

무극−태극 양 천 산 불 남
　　　　　　음 지 계곡 물 녀

모든 생명은 음양의 조화를 통해 번식해 나간다.

태극이 이동하여 음양을 낳고 음양이 이동하여 만물을 낳는다. 음은 양을 갈무리하여 극에 달하면 양이 되고 양은 음을 갈무리하여 극에 달하면 음이 된다. 성교, 생식을 통해 음양이 합해짐. 1−9까지 분열의 극을 이루어 마지막 순간인 0에 이르러 만물을 생성케 한다. 0을 이룬다는 것 바로 끝인 동시에 시작을 의미, 끝은 죽음 시작은 삶, 생명, 천하 만물은 유에서 생하며 유는 무에서 생한다. 죽음과 부활의 과정 중 중간 단계, 준비하는 과정, 재생과 윤회의 또 다른 측면은 종족 유지와 번영의 부분 부모 남녀 −자식 남녀−번영 멸종

남 : 양(음을 내재) 삶(죽음을 전제)

녀 : 음(양을 내재) 죽음(삶을 전제)

인간의 의식 속에는 누구나 자기는 죽더라도 자기의 자손이 살아있으면 그를 통해 자기도 영원히 함께 한다는 생각이 뿌리 깊게 박혀져 있다.

거미는 죽는 것이 아니라 암컷의 자궁을 통해 재생 즉, 부활의 과정을 밟는 것. 삶을 전제로 죽는 것. 음(죽음 속의 삶)+양(삶 속의 죽음)의 화합이 곧 1−9까지의 분열 과정이 극에 달한 0 바로 끝이자 시작인 상태로 나가는 것, 영원히 이 과정을 되풀이하여 생장 소멸한다 (중문 1, 이상섭)

박상륭이 표현하는 것은 무엇이든지 우주 그 자체의 모습, 존재 원리를 규명하는 것으로 볼 것. 십자가든, 예수든, 주역이든, 연금술이든 모두 다.

1993. 7. 12. 월. 19:30
박상륭 선생님 '우주'라는 그릇에 모든 생의 철학 담기
나, '인류'라는 그릇에 모든 생의 철학 담기

박상륭의 소설 전략
원류(해체-복원)-우주, 우주 콤플렉스, 우주 복원하기
방법론-현실을 내용(시대, 역사, 사회 등) 상징적 패러디로 드러냄
    -현실의 형식(현실의 원리)
     -현실의 정치적 원리(정치적 전략으로)
구체적 방법론-변절, 개종

1993. 7. 20. 화. 08:50

성경처럼 읽혀지는 꿈을 갖고 있다. 또하나의 '경전'인양 즉 '육조단경'이 『죽음의 한 연구』라면 『칠조어론』은 '칠조단경'이란 하나의 경전이다. 즉 경전처럼 읽혀지는 것이 꿈이다. 성경이 세계 곳곳에서 가장 많이 읽혀지는 것처럼. 이제 완전히 평론가라는 虛名은 내게서 떠났고 이제 더 깊고 의미있는 연구서 출판의 꿈을 갖는다. 한국의 작가 모두 더 이상의 비젼을 보여주지 않고 있다.

1993. 7. 21. 수. 19:00

"軍國主義 저항했던 日 천재 작가 中島 창작집"(동아일보, 1993. 7. 21)에서 「산월기」는 암담했던 군국주의의 광기 속에서 일본 지식인들이 겪어야 했던 고뇌를 표현. 사람이 호랑이로 변신하는 비현실적인 듯한 내용을 담고 있다는 내용에서 박상륭의 「나무의 마을」의 나무들, 「7일과 페미」의 물총새들에서 절망과 희망의 상징으로, 인간 부재에서 식물적 상징과 飛翔적 상징이 떠올랐다.

"한국의 학맥, 학풍, 학파 27-정치학 4"(문화일보, 1993. 7. 20) 기사를 읽다가 세계인 박상륭 교과강좌에 대한 가설 인간 박상륭, 박상륭의 정치학, 한국적 박상륭론, 세계적 박상륭론, 박상륭 사전, 박상륭의 종교 사상 철학, 박상륭과 생명 원리, 신화와 박상륭 등이 생각났다.

1993. 7. 22. 목. 02;00

오늘(7. 21) 산책도, 생각할 여유도 전혀 없었다. 하루종일 책장 정리로 시간을 보내서. TV에 백남준이 출현한다 하여 <수요스페셜>을 보았다.

'두고 봐야 한다'

'영원한 수수께끼다'

'시간 관리 잘했다'

'공부는 못했다'

'신세대로서 세계 첫째 되려면 정보 섭취, 새로운 아이디어, 운, 선입견
버려야'

'불교, 동양의 본능이다'

'너무 한국, 한국 하는 것은 열등감의 표현이다'

'예술, 고등 사기며 하극상이다'

'같은 길의 후배가 더 빛내 준다면 자신의 역사적 지위가 높아진다'

'부다페스트 알파벳에서 반시, 반그림으로 표현'

'남자로서 한계 금방 느꼈다'

'무종교-무신론자다'

'한국 민족 자연적 소박 솔직하다'

'민화, 굿, 토속적 소재 찾아야'

'불란서 정명훈, 독일의 윤이상 더 유명하다'

'서양의 스승과 제자 변혁, 혁명, 반항적 변증법 논리 서양 예술 급속도
로 발전한다. 동양 스승과 제자 사이에는 전수가 강하다, 무슨 派로서'

백남준의 모든 말 하나하나가 경험의 축적에서 울어나오는 혼의 소리같다.
확실히 인류학적 차원의 예술 세계에서 남자에게는 한계가 빨리 나타나는 것
같다. 즉 여자를 접합하지 않고는 어렵고, 여자는 그것보다 훨씬 자족적 성향
이 강하다. 결국 나는 창조적 자아를 가진 여성인 인간(인류아)이다. 백남준의
한말 중 너무 한국 한국하는 것은 열등감의 표현이다. 굉장히 거슬리는 말이
다. 어떤 면에서 한국을 떠난 한국인은 한국을 버리고 세계인이 된 것이다. 그
러기에 한국 한국 부를 필요가 없다. 이미 해외에서 살고 있는 박상륭 선생님
도 닮아 있을 것이다.

1) 『죽음의 한 연구』-한국과 캐나다의 양면, 한국에서 떠남(한국에서 죽음), 캐
   나다에서의 정착 과정 언어-한글
2) 『칠조어론』캐나다에서의 삶을 살 수밖에, 한국 기억은 점점 멀어짐 한글보

다는 한문이 더 각인, 내면의 한국, 서양 의식, 현실의 서양 생활
1) 죽음기 1972년부터 창작 우리나이 33세 1973년 외국나이 33세 1974년 완성 고국에 옮. 1975년 출판

　　한국적 외면—한국 사람 외형, 한국 상황 기억 생생, 한글 사용
　　　　　　내면—한국 비판, 암흑 독재, 편견 탐욕←암살, 죽임, 주인공 스스로 죽음 自殺
　　외국적 외면—황폐한 곳에 익숙해져 감, 아무도 없는 곳, 사모님 먼저 와 있음, 헌신적 아내
　　　　　　내면—서양 동양의 접합 이론으로 한국에서의 자신 소멸을 죽음으로 완성해 감, 한국적 내면 강함
2) 칠조기(1986년, 『죽음의 한 연구』 『열명길』 재판 1990, 1991, 1992 『칠조어론』 1·2·3

　　한국적 외면—한국 사람 외형, 한국말 영어 사용(구어체에 사용) 한문(무의식적 내면의 뜻 현실 생활과 괴리됨, 뜻잊지 않으려 한문 사용)
　　한국적 내면—한국적 집단 무의식, 축적된 한국의 내면
　　외국적 외면—생활 자체 외국 공간
　　외국적 내면—동양식에 차용하는 시선으로 서구 지식 이성 접합 시킴(1980년 초반부터 서점 경영하여 수많은 책 읽기 유리함)
박상륭의 정치학(정치학 전공 국회의원 꿈) 창작 배경, 창작 현실, 현실 지배의 꿈

「아겔다마」—스승 김동리 교회 다님+어머니 죽음 결부시킴
　　　　　『사반의 십자가』, 영락 교회 경동 교회 다님, 고교 시절 어머니 죽음
「장씨전」—고향 장수+고향 청년들+고교 시절 어머니 죽음 아이 죽음
「강남견문록」—아버지 이야기+자신의 실패의 삶
「2월 30일」—사모님 병원+상징적 자신
「뙤약볕」—자신의 상황 상징적 표출+자신이 가지고 있는 것 말 (언어)뿐
「시인 일가네 겨울」—고향 마을 과수원, 「서울 1964년 겨울」 패러디
「쿠마장」—황무지+자신의 삶
「산동장」—자신의 삶 정리
「열명길」「숙주」—박정희 독재 상징

「나무의 마을」-강원도 누나집 동네
「자정녀」-사모님 캐나다 떠난 뒤 처음 여자(어머니 누이 인정)
「산남장」-어머님 사모님+자신의 삶 정리
「경외전 세 편」-불경 성경 인간적(자신의 삶) 부분 가미, 변형
「남도 서」-신화(황금가지)+어머니와 자신의 삶
「7일과 페미」-희랍 신화+사모님과 자신의 삶
「천야일화」-천일야화+사모님과 자신의 삶
「세 변조」-전쟁, 성경, 신화, 개변
「산북장」-자신의 삶 정리
「최판관」-저승에 계신 어머니
「늙은 개」-자신의 삶
「유리장」-한국과 캐나다의 삶
「왕모전」-50년대 고향의 삶
『죽음의 한 연구』-한국 캐나다 통째로
『칠조어론』-캐나다에서 한국 사람으로 사는 것

1993. 7. 23. 금. 13:50
박상륭 캐나다에서 물리적 생존권, 미국 서방인과 생존 경쟁
   외-정신적 지배-서양 정신 지배해야/내- 경쟁적 생존

1993. 7. 24. 토. 23:10
한국의 20세기의 한계
한국에서 은둔해서 외적인 것 쓴 박경리
한국에서 세계로 은둔해서 내적인 세계관만을 쓴 박상륭
21세기에는 內的 박상륭형+外的 박경리형이 합쳐진 백남준형 문학가가 나
와야

1993. 7. 26. 월. 20:10
『토지』 5부 274(문화일보, 1993. 7. 26)를 읽으면서 박상륭과 관련되어 생각
된 것들

1) 초기 : 예수>인간 나는 예수, 메시아다

   　　　　예수의 죽음 나는 예수가 될 수 없다. 나의 예수 죽음

   후기 : 예수<인간 나는 인간이다 선언

2) 예수, 요순, 부처 다 되려고

   초기 : 예수가 되려고 한국에서는 서양의 예수를

   후기 : 부처가 되려고 캐나다에서는 동양의 부처를 종합 인간이 됨

3) 지상을 다스리시는 신, 왕, 성인, 부처, 예수

   초기 : 예수→예수+부처→인신→인간 후기

1993. 7. 28. 수. 08;25

신의 체계 지식 지성인→성자→신 박상륭의 人神 하나님－예수 · 석가 · 부처님 · 신

…1975 『죽음의 한 연구』 표지

고기＝남자

연꽃＝여자 비약의 사다리 극단을 잇는 사다리 총체적 내면화×

…1986년 『죽음의 한 연구』 표지 그림×

…1990년 『칠조어론』 1 표지

아들－뱀(남근)－생명－딸－연꽃－보석(금강석, 남자)－불교적 세계관 코끼리 아기 부처

바다 자궁+거북이 남자 남근

…1991년 『칠조어론』 2

　양+음 삼각형 혀, 타액, 정액, 피

　빨간 6조 목→손위에 여자 몸 남자께어

　수많은 죽음을 거쳐(변절, 개종) 해탈, 이리, 말, 까만 사람

…1992년 『칠조어론』 3

연관 사람 5, 호랑이 꼬리 발 눈 3개

손바닥 발바닥 입술－빨강 뱀이 많다.

1993. 7. 29. 목. 23:50

오늘 박상륭 사전 카드 작업 「강남견문록」과 「2월 30일」을 하면서 든 생각

들

박상륭을 이해하는 틀, 기본 창작 구조

말 自 안-마음, 생각, 관념, 믿음, 의지

　　　밖-몸(코, 입, 손, 목, 발바닥, 자루 등)

　他 안-가정-여자

　　　밖-사회<세계, 우주, 시대, 신

　　1) 초기시대-자신-他 밖(세계, 시대, 신)
　　2) 중기시대-자신-여자 他 안
　　3) 후기시대-자신 속에 모두(他, 안, 밖) 집어 넣기, 말을 매개로

　　「아겔다마」 1963년, 처음-끝(죽음)
　　「장끼전」 1964년, 죽음-나그네
　　「강남견문록」 1965년, 황금 시대의 오솔길 찾음 감옥-귀향
　　「2월 30일」 1965년, 전신 마비로 한 인간이 양극으로 A씨 Z씨로 나누어짐

　박상륭 선생님의 경우

유년기 가족적 인정 사회적 인정 학교적 인정

청년기 가족적 인정(사모님)　　문단적 평가×

　　우주적, 세계적 인정으로 건너뛰며 성취 계획

∴ 박상륭의 이해의 가장 핵심적 틀 발견 세계, 시대, 신, 우주를 모두 감싸 안을 수 있는 '우주적인 신'

우주적인 신

① 한국, 캐나다, 이스라엘, 희랍, 로마 등 상관없이 포함되는 '세계 나라' '나라 세계' 한국인이 아닌 그냥 '인간' '인류아'로 보아야

② 불교 기독교 노장 등 모두 포괄될 수 있는(부처님, 예수님 위의 우주적인 신으로 포용)

③ 기원전이냐 기원후냐

황금(신화) 시대냐 제국 시대냐 모두를 포함한 시대를 통째 구워 먹기식, 결국 이 모두를 포함한 것 우주적인 신으로 인식 포괄해야 작년의 박상륭 평론의 서론 제목 중 "우주적인 하늘눈으로 본 60년대 다시 읽기"에서 우주적인 하늘눈을 이제 총체적으로 내면화하여 이해할 것 같다.

동생에게 우주적인 신 이야기를 하니 만화=영화에서 많이 보았다고 결국 우리가 서 있는 20세기를 S.F 만화, 영화, 소설이 많이 보여주는 별들의 전쟁, 우주의 싸움 등을 포괄할 수 있는 옛사람들이 바라본 하늘이란 성층권이 전부라고 했고 지금 가상 문화 장르를 접목시키지 않더라도 우주 총 권역 안에 태양, 지구, 금성, 수성, 달, 별, 모두 함께 운행되고 있으며 단지 지구에 서 있는 인간의 시각이 가장 실체적Reality적, 그러나 문학도 관념 문학이 있듯 우주 권력도 관념적, 공상적 인식이 가능, 그것 다 포함할 때 지구도 하나의 우주의 구성체일 뿐, 각 행성들이 움직이는 거대한 大宇宙律에 따르는 한 小宇宙律일 뿐, 그러기에 이제 강력한 신은 宇宙律까지 포함될 수 있는 '우주적인 신' '우주신'이 되어야 결국 박상륭은 '말씀의 우주', '마음의 우주', '몸의 우주' 한 인간에 모든 자연, 세계, 우주 문제를 집어 넣었다면 결국 나는 한국의 중심에서 바라본 우주적인 신의 마음, 심리를 그려 나가는 것. 박상륭 선생님은 한국의 내면 집단 무의식을 가진 지구에 선 신(우주)의 이야기를 쓴 것.

1993. 7. 21. 토. 00:50

오늘 박상륭 사전 카드 작업은 「뙤약볕」을 하다 말았다.

어제 밤에 사전 작업과 관련된 꿈을 꾼 것 같은데 희미해 정확히 기억은 나지 않는다.

아침에 일어났을 때 「아겔다마」를 生→死 기독교를 빌어, 「장씨전」은 死→生 불교를 빌어, 「강남견문록」은 인류 초기에서 지금까지 시대를, 「2월 30일」은 인간 자체의 끝(머리) A씨과 끝(발바닥) Z씨를 빌어, 「뙤약볕」은 태초의 말과 지금의 말을 빌어 쓴 것이 아닐까 생각이 들었다. 오후에 동생과 산책할 때 이것을 비유하여 표현하니까 특이하다고 한다.

뱀이 '삶은 계란' 통째로 먹기 비유

(박상륭)   (우주)

「아겔다마」 - 뱀이 생계란 통째 먹기(生)

「장끼전」 - 뱀이 삶은 계란 통째 먹기(死)

「강남견문록」 -- 뱀이 옛날의 계란부터 지금의 계란까지 다 먹기

「2월 30일」 - 뱀이 계란의 위와 아래 끝 관찰후 먹기

「뙤약볕」 - 뱀이 계란에 대한 설을 풀면서 먹기

사전용 카드를 정리하면서 든 생각 박상륭을 가장 잘 이해하는 방식은 사전을 만드는 것(작품)과 인간 박상륭 연구(작가론) 두 가지를 정확히 고증하는 것, 사전만이 다섯 권의 소설을 가장 정확히, 통찰적으로 알 수 있으며 작가론만이 작가가 왜 그런 작품을 썼으며 이 작품들을 쓸 때 배경(환경)을 그려야만 박상륭의 안팎을 알 수 있기에

박상륭의 한 심리 중 비겁, 나약, 허약한 심리를 갖고 있지 않은가? 힘이 없다 장애물을 잘 헤쳐 나가지 못함, 좋은 점 온유, 유화적이라고 희생, 죄를 덜지음(타인에게 핑계 돌리기보다 시대의 희생자 피살자라는 인식)

『죽음의 한 연구』를 1/3 정도 읽은 동생이 읽을 때마다 즐겁다고 해 그럼 『칠조어론』을 읽으라고 했다. 말장난 같고, 말이 너무 중언부언하며 이 얘기하다가 관련된 얘기 삽입시키고 또 다음에 할 얘기 또 끌어가고 이어 간다고 한마디로 술먹고 說푸는 격이라고 '~말인데' '~말이고' '~말입지' 등 말장난같다고 그러면서 재미있다고 한다.

1993. 7. 30

<캐나다 현대미술제전 - 낙원의 반영전>을 관람했다.

1993. 8. 2. 월. 11:25

"國際 그룹 他殺의 증언"(세계일보, 1993. 8. 1) 國際號의 정치적 他殺을 읽으면서 他殺, 被殺, 작년에 박상륭 선생님이 가롯 유다를 피살자로 본 것이 생각난다.

극단적 고독(절대 고독)← 희생자, 시대에 피살, 가룟 유다

↓　　　　　　　　　　　　　　　　　　↑

고독 메꾸기 우주에 대한 說풀기　소명 받은자, 부름 받은 자(메시아)

신　　　　생명

우주

예수　　　우주　　　유다

천상의 논리　황폐　　지상의 논리

고독, 간난, 고난, 빈곤

나

메시아

박상륭

박상륭 선생님이 한국에서 피살자로 생각되어 한국을 떠난 것에 대해

나는 메시아다 人神이라 했을 때 캐나다에서 돌아가셔야, 오시지 않아야

나는 메시아다 인신이라 했으면서 한국에 오신다면

나는 인간이다 기회주의 인간이다라고 볼 수 있지 않을까?

초기 단편 :『죽음의 한 연구』(한국 물리적 해방)

『칠조어론』(한국 정신적 경지까지 해방시킴) 인신에서 인간으로 되돌아온다

면 문제없음

1993. 8. 3. 화. 00:30

『탄트라』의 화보에는 박상륭과 많이 연결되며,『칠조어론』2, 3 표지와 거의

비슷한 그림이 있다.

146쪽

* <교합하는 육체 위에 선 마하바디야像> 캉그라, 1800년경, 종이에 안료--
『칠조어론』2

* <多面多璧이 가르다> 라다크 지방 구르堂 벽화, 가루다는 새의 모양, 뱀(나
가)을 먹음으로 각손으로 뱀을 지배

* <大辟벽 마하칼라> 라다크지방 휘얀寺, 18세기, 벽화,『칠조어론』3

1993. 8. 3. 화. 03:00

어제 사온 <국민일보>를 들쳐 보고 스크랩을 했다. 어젯밤 일찍 자고(8시
−12시) 12시에 일어났다. 박상륭 선생님 작품과 연결되면서 내가 작품을 해석
하는 꿈과 신도안이 등장한 꿈이었다.

꿈−현실 개혁 할 것 없다−현실에 맞설 수 있는 것 없다

인간 내면에 잠재된 모든 것 개혁

총체적 인간류/ 총체적 우주류

추상적 인간류/ 추상적 우주류

한국에서는 한국 현실과 유리되는 쪽−신화, 우주 쪽

캐나다에서는 캐나다 현실과 유리되는 쪽−밀교 쪽

메시아　　　　　→　　人神　　→　人間

기독교적, 우주, 신화　불교적　　　　티벳 밀교적

현실 상징으로　　　현실 죽음으로　인간 그 자체로

　　　　∴ 우주 신화론

1993. 8. 3. 화. 20:10

"鄭트리오 실내악 향연"(동아일보, 1993. 8. 3) 기사를 보면서 한국에서는 일
찌감치 해외 무대로 진출해 교육을 받고 활동한 예술가들만이(미술 백남준, 음
악 정트리오) 세계적이다. 지적인 체계 작업으로 아직 세계적 수준의 학자, 철
학가, 사상가가 나오지 않았다. 일본에서는 그래도 나왔다고 볼 수 있다. 일본
과 변별점이 있는 것이 '세계적 작가'이다. 박상륭 소설이 백남준, 정트리오 수
준과 맞먹고 있다. 특히 백남준과 그러나 표현 매체가 영상, 이미지, 그 자체
인 조형 언어와 표현 매체가 언어인 점(특히 한글/ 한문, 장르로 그 수준이 세
계에 알려있지 못한 것이 백남준 예술과 차이.

1993. 8. 4. 수. 20:00

"조정권의 「튀빙겐 가는 길」"(『현대문학』 1993. 8)을 읽으면서 박상륭 소설
은 시의 상상력으로 소설에 그려내기 즉 시의 상상력을 소설의 상상력으로 변
형하기, 또 박상륭 소설은 다른 사람이 그려낸 작품들의 세계 그것들을 이미

다 거대하게 삼켜 버린 텍스트 그 자체. 우찬제의 "이 달의 소설, 박경리의 『토지』"(중앙일보, 1993. 7. 29) 기사를 보면서 박경리의 세계관이 동아시아 중국-한국-일본, 즉 중국 역사와 맞물려 있으며 중국 땅에서 독립 운동 하는 이들, 일본, 서구 지식의 수입 공간, 한국의 일본 지배라는 거대 구조 속에 1897~1945, 50년의 역사이다. 이에 비해 박상륭은 한국적 내면의 집단, 무의식, 동양적 세계관, 서양적 세계관을 모두 상징적으로 아우르고 있다. 보다 큰 세계관이라 볼 수 있다. 그러기에 국제적 위상 속에 한국, 동양, 서양까지 감싸안은 한국인의 작품이라 볼 수 있다. 박경리는 한국, 동양을 실체적으로 부각했다면, 박상륭은 한국, 동양, 서양을 상징적으로 부각.

1993. 8. 5. 목. 11:20
베르나르 베르베르, 『개미』 3(열린책들, 1993)
181. 백과사전

　　* <6>
　　6이란 수는 구조를 만들기에 적합한 수. 6 : 천지 창조를 뜻함, 우주는 서로 다른 여섯 방향에서 창됨. 동서남북과 천장점 천저점. 인도에서 양트라라고 부르는 여섯 뿔박이 별은 사랑의 행위, 즉 요니(Yoni 자연이 지닌 최고의 여성적인 힘숭배)와 링감(Lingam 창조와 파괴를 관장하는 시바신)의 결합을 의미한다. 위로 뾰족한 삼각형은 불, 아내로 뾰족한 삼각형은 물.

박상륭 소설과 연결되는 이미지이다.

1993. 8. 9. 월. 14:00
라디오 국악 프로 밤 12시-1시 일요일(8. 8) 특집에 문학 작품으로 만든 국악 프로의 방영이 있었다. 여기에서 황순원의 「독짓는 늙은이」가 소개되면서 박상륭의 「쿠마장」의 독짓는 늙은이가 떠올랐고 다시 일제 시대 부터의 소설을 읽어야 한다고 생각되었다.
　　"몽중노소문답가(辛酉 作)" 중 '하원갑 지내거든 하원갑 好時節에 萬古없는

無極大道'가 박상륭의 「하원갑 섣달그믐」의 기원

　　「아겔다마」, 서양(서학) 상징적 파괴
　　「장씨전」, 죽음의 세계 상징적 파괴
　　「강남견문록」, 근대화, 공업화 상징적 파괴
　　「2월 30일」, 인간 상징적 파괴
　　「하원갑 섣달 그믐」, 언어(말) 상징적 파괴
　　「시인 일가네 겨울」, 노인 상징적 파괴
　　「쿠마장」, 노인 상징적 파괴
　　「산동장」, 젊은이 상징적 파괴
　　「열명길」, 권력자 상징적 파괴
　　「나무의 마을」, 식물 상징적 파괴
　　「자정녀」, 젊은 여자 상징적 파괴
　　「산남장」, 늙은 노파 상징적 파괴

　1993. 8. 11. 수. 10:25
　"선시풍시 해탈은 삶 본질 외면"(한겨레신문, 1993. 8. 10)을 읽으면서 진정한 해탈 문학은 박상륭 문학이 모두 보여 주고 있다. 변혁 세계, 사회, 우주 모두 포괄되고 있지만 고도의 상징이 장점이자 단점일 수. 과거부터 현재까지 다 포함, 박상륭은 통시적으로 고대 신화 사회, AD. 30년 전후 한국에 근대화 유입 시기, 독재 정권 시대 모두 우주적 사회로 묶어 드러내고 있다. 공시성도 한국, 동양, 서구, 모두 포괄한 원리로 고도의 상징화가 장점이자 흠이다.

　1993. 8. 12. 목. 20:15
　"투기디데스, 펠로폰네소스 전쟁사 상·하"(<영풍문고> 신간뉴스, 1993. 8) 자료를 보면서 내적 생명주의(박상륭)―인간 내면의 양극 원리로 소설에서 파악, 박경리 외적 생명주의로 환경 운동 대표와 집에서 실천하는 것으로 마침 환경 파괴, 생명 문제 거론되면서 내적 생명과 외적 생명이 맞아 떨어진 것, 왜냐하면 그렇게 소중하고 지속적인 생명주의가 왜 최근에야 활발한가? 그것에 대해 과거에 지속 유지되었던 생명주의는 내적 생명 사상이고 지금(시대사적 요구에 의해)은 외적 생명주의임, 그것을 통합적 용어로 '생명 사상'으로 불려졌던 것. 그냥 생명주의에 의문되었던 점 약간 풀림

1993. 8. 12. 목. 23:35
오후에는 『칠조어론』 1 카드 작업을 여섯 페이지 가량 했다. 정리한 부분에서 느껴지는 것은 한국문학(단군신화, 처용가, 시조 등), 집단 무의식, 한국의 내면적 집단 무의식을 느낄 수 있었다.

김승희의 "접촉과 부재의 시학"—이상 시에 나타난 거울의 구조와 상징—(서강대 대학원 논문, 1980)을 읽으면서 박상륭

> 등단 이전—나—부재(현실 속의) 「아겔다마」
> 등단 완료—나—약간 드러냄(현실 속의) 「장끼전」
> 실패 현실 좌절—나—좌절, 실패, 살해, 감옥, 귀향(현실 속의) 「강남견문록」
> 포기의 삶—나—감금(현실 차단, 병원)
> 자신의 현실 인간 초극의 나—A씨
>   전신 마비의 나—Z씨 「2월 30일」
> 자신의 도구 모색—나—절해고도, 말(현실 차단 외딴 섬) 「뙤약볕」1, 2
> 시골—「시인 일가네 겨울」—나—현실과 절대 떨어짐, 인간 교류×
> 모색기—「쿠마장」/「산동장」—현실과 유리—구원의 메시아 찾아 탐색
> 독재정권—「열명길」, 「숙주」—현실 상징
>   「나무의 마을」—인간× 자연 순환 현실 유리
>   「자정녀」   여자 구원   현실 유리
>   「산남장」   모색, 흙 현실 유리

철저히 단점을 찾아내고, 모두 허물을 찾아낸 후, 장점과 단점을 모두 아우르며 장점을 살리는 것이 모든 것의 과정, 인간이든, 작품이든, 박상륭 작품에 대한 나의 현수준 단점 찾아가기의 과정들. 단점을 모두 찾아내는 데 시간이 걸릴 것

오늘 박상륭 연구 관련 두 개의 스크랩을 정리했다. 하나는 사진 자료를 연대기순으로, 또하나는 전화 자료, 여쭈어본 자료를 날짜순으로 정리했다. 그래서 총 자료집이 사진 자료, 전화 자료, 편지 자료이다.

1993. 8. 14. 토. 07:40

바슐라르의 『공기와 꿈』(정영란 옮김, 민음사, 1993)을 읽으면서 많은 생각이 떠올랐다. 모두 떠난 것을 긍정한 후 새로운 출발을 다짐하는 것이 될 것이다. 내가 이루어야 할 문단에 대해서는 한국 문단의 이성적, 실제적 작가들, 한국 독자들에게, 동아시아 세계를 구현한 박경리는 세계 독자들, 세계를 구현한 박상륭은 세계 독자들에게,

몸의 쓰임으로 삶을 해석하기, 몸 육체-숨쉬는 인간, 박상륭 음악적 리듬, 언어적 리듬, 우주적 리듬을 추상적으로 드러냄, 몸의 움직임 가동, 박상륭 극단적 고독, 어둠 죽음의 지배

『공기와 꿈』에서 대지적인 천재들에 괴테의 천재성을 이야기하는 대목에서 박상륭의 역동성은 수평적 천재성은 없고, 수직적 천재성은 비약, 상승, 하강, 파괴, 죽음/ 박상륭 동양의 삶-비약, 하강의 역동성/ 박상륭의 서양적 삶-수직적 정지의 삶, 내면적 역동성이 느껴졌다.

1993. 8. 19. 목. 20:45

박상륭 사전 카드 작업을 하면서 패배감을 느꼈다. 그런데 박상륭 연구의 실마리를 드디어 찾아냈다. 비유, 상징, 은유화한 것 풀어 내기와 외적인 것이 내면화된 것을 반대로 외적으로 풀어내기다. 그럴 때 박상륭의 안팎이 균형있게 보이고 내면화로 드러낼 수밖에 없었는가가 밝혀질 것이다. 그리고 비유, 상징, 은유의 역사도 함께 연구해야.

「창작의 고향-허먼 멜빌, 白鯨」(경향신문, 1993. 8. 19) 기사를 보면서 박상륭의 「뙤약볕」과 연결지어 읽을 것.

1993. 8. 22. 일. 22:10

영풍문고에서 『문학과사회』 가을호를 샀다. 서점에 서서 박상륭 선생님과

성민엽의 대담을 나눈 「색에서 공으로」만 다 읽었다. 또 다시 읽어야겠지만 의미가 깊었던 대목은 심리적인 사실주의/ 육체적인 사실주의/ 우주적인 사실주의/ 개인적인 사실주의/ 사회적인 사실주의, 메시아 콤플렉스, 5천년 동안 피학만을 일삼아왔던 민족? 한국을 떠난 사람이기에 할 수 있는 말이라 볼 수 있다.

1993. 8. 25. 수. 06:25
어제(8. 23) 1교시가 있어 아침 일찍 학교에 가면서 든 생각
성민엽의 「색에서 공으로」가 떠오르면서 박상륭의 작품 활동 시기를

　　1기 단편 소설 : 한국 시대-空의 色化
　　2기 『죽음의 한 연구』 : 한국→캐나다-色에서 空으로
　　3기 『칠조어론』 : 캐나다 시대-色의 空化

체 外體-눈썹 입 발바닥 內體-창자, 장 등

1993. 8. 25. 수. 18:40
요즈음 생각했던 것들 연금술이 나온 환경적 배경
　물자 부족, 아라비아의 마법사들 뭔가 만들어 팔고자한 것이 기원이 되지 않았을까? 물리적 연금술과 정신적 연금술로 나눌 수 있으며 박상륭 선생님의 연금술은 주로 정신적 연금술이다. 인간 정신의 순화, 다시 태어남과 연결지어.
　현장을 떠나 청산했을 때 그 현장을 정확히 보게 됨. 박상륭의 2시기 3시기 현장의 삶 부재. 3기에 처한 상황에서 이야기 할 때 과거의 현실(2시기)로 말함. 한국 5천년 역사를 피학으로만 보는 것 잘못? 말할 때 즉 현장에 없었던 한계를 드러냄.
　그러기에 이 땅에서 생존할 때 부정→끝까지 부정→인정→긍정적인 것 찾아, 상극적 모순 질서 현실에서 찾아 인정해야 박상륭 선생님의 경우 한국을 부정하지만 나아감(한국 생존시) 그리고 다른 땅으로 이주(즉 이 땅을 청산, 이 땅에서 죽음으로, 새 땅에서 생존, 이 땅을 인정하는 것은 내면의 문학적 무의

식의 반영들이랄까? 처용가, 단군신화, 오감도 등.

박경리, 박상륭의 삶의 자세는 주로 구도적 자세다. 그러나 현실과 떨어져 있어 현실에서 계속 덧붙여나가는 아이덴티티가 형성되지 않았다. 그것은 쓰고 생각하고 읽기가 전부이며 그러기에 현실에 유리된 박경리 선생님은 1897-1945까지를 과거의 역사로 쓸 수 있었고, 박상륭 선생님은 색의 공화로 드러낼 수 있었다. 어쨌든 두 작가는 외적 현실(外用, 外體)를 모두 內用으로 하는데 전부를 바쳤다. 작가들의 현실은 생활에서 덧붙여 나갈 수 있는 아이덴티티가 형성되어야 고이지 않고 끝없이 발전하게 된다.

1993. 8. 27. 금. 07:35

"티베트 망명 정부편·상"(세계일보, 1993. 8. 22) 기사를 보면서 박상륭 선생님이 티베트를 이상국으로 보았다고 이야기 한 것과 관련지어 다시 왜 티베트를 얘기했을까와 관련하여 생각하니 망명정부와 관련, 박상륭 선생님이 한국을 떠나 캐나다로 가신 것을 망명이라 생각 티베트와 개인의 삶을 연결지어 해석한 것은 아닌지? 5월에는 전혀 그런 추측마저 없다가 이 신문 기사를 보면서 그런 생각을 해본다.

1993. 9. 1. 수. 10:35

요시다 미즈구니, 『연금술』(오진곤 역, 전파과학사, 1975/1989)에서 연금술사는 모두 과거로만 지향하고 현재를 부정한 비관주의자라는 대목에서 박상륭의 연금술의 기원을 연구할 것이 떠올랐다.

1993. 9. 3. 금. 07:10

어제 자기 전에 국악 프로를 듣던 한 대목. 송만갑의 <판소리> 중 이별가를 고음반으로 들려주며 진행자가 판소리 <서편제>와 너무 다르다고 한다. 이별가는 슬픔의 정서가 가득 차 있는데, 송만갑의 이별가는 그렇지 않다고 하는 대목이다. 즉 1910년대 전후까지는 그렇지 않다는 것. 근대 한국인의 한은 일제 강점(20세기 전반기)과 그것의 후유증, 감정 청산이 안된 것(20세기 후반) 때문이 아닌가 생각이 든다. 박경리가 말하는 한도 특히 20세기에 만들어진 것이 아닐까? 그것을 소급해 그 이전의 한까지도 단순하게 한으로 얼버무 릴 수는 없는 일, 한의 유형은 다양하게 구분지어 말한다면 몰라도, 어쨌든 20 세기만은 한의 시대로 놓을 수 있지만 그 이전은 간단하게 볼 수는 없는 일이 다. 어떤 면에서 한국의 20세기는 (1910년 亡國, 1945년 이후 兩國) 그 자체가 모순이다. 남북 통일 이전까지는 그 시기가 언제일지 몰라도 모순, 아이러니 그 자체가 우리 나라의 특성이다. 그 모순, 부조리, 아이러니 시대에 살 수밖 에 없는 생존 방식은 박경리 유형의 모순, 부조리 그 자체가 한이며, 그 형성 된 한을 풀어가는 것이 바로 사는 것이 아닐까? 박상륭의 유형은 그 모순의 시대를 살 수 없지만 살 수밖에 없는 곳(밖의 것만 드러내기, 한국 시대)을 外 的 밖의 것을 안으로 싸안아 드러내는 방식(캐나다 시대), 즉 밖, 外의 거부로 드러낸 특징은 20세기의 상징, 은유이며 패러디이다.(안으로만 살기) 나의 방식 은 20세기 대화가 불가능, 대화를 할 수 없는 고백의 시대(일기의 시대)가 아 닐런지? 한국의 20세기(1910. 8. 29~   )는 삶의 고통, 비극, 역사 사회적 모순 이기에 그 고통인 한을 그대로 표출, 그 역사 사회적 고통을 생명의 고통으로 내면화, 그 역사 사회의 모순적 고통과 대화가 단절된 혼자 고백하기. 즉, 한 풀기, 상징, 은유, 패러디, 고백의 시대가 바로 한국의 20세기 현실이다.

1993. 9. 5. 일. 06:25

금요일(9. 3) 학교 가기 전까지 박상륭 사전 카드 작업을 약간 했다. 그러면 서 든 생각들

한국 실존 시대-한국을 직접 드러내지 않음, 세계를 빌려 드러냄, 주변부 세계(한국) 드러냄, 땅의 황폐와 정치의 황폐 노래.

캐나다 실존 시대-땅 자체를 거부, 땅이 없고 하늘의 논리로 추구(형이상 학), 우주의 원리로 땅이 없음을 노래, 황폐한 땅 60년대 역사 사회적 모순의 현실을 상징으로, 땅이 없는 70년대 이후 형이하학을 형이상학으로 역사 사회 적 모순을 거부, 한국의 20세기 땅의 황폐(法) 노래, 세계의 땅도 황폐, 세계 논리로, 땅의 거부 하늘의 논리로(言, 말씀으로) 세계의 거부, 우주의 논리로

박상륭-말씀으로 우주 독자에게 말함

나-글로 말함

∴ 공통점 : 침묵

피학, 가학의 한국의 20세기 역사

박상륭의 유퇴피아는 무엇인가?

∴ 20세기 한국 가장 잘 드러낸 작가

한국의 모순, 부조리를 가장 먼저 잘 봄

한국 황폐→세계 황폐를 빌어(AD. 30년)

한국과 세계를 쌍두아로 파악

한국 황폐를 한국의 주변부, 죽음의 세계로, 제국주의 역사 한국 침투로, 유폐 이미지로

한국 시대(한국=세계 쌍두아)

캐나다 시대(한국=세계, 色=空, 세계=우주 쌍생아)

∴ 20세기 한국의 모순

박경리는 한이 맺혀 있는 이 땅의 사람들 그리고 그들의 한 풀기, 한의 맺힘과 풀기→모순의 명시 시대 드러냄.

박상륭은 상징, 은유, 패러디로 드러냄, 명시적 세계는 직접성, 대화성이 불가능→모순의 명시 세계로 상징, 은유.

나는 대화가 거부된 침묵의 세계, 고백의 세계로→명시적 모순의 세계 드러냄

1993. 9. 11. 토. 09:30

이승훈의 『이상 시 연구』(고려원, 1987)를 읽으면서 30년대의 이상과 60년대의 박상륭의 대비가 다시 떠올랐다.

1993. 9. 15. 수. 07:30

임영천의 "神 죽음의 문학의 한국적 전개 양상 2"-기독교 소설에 나타난 우상 파괴 정신과 관련하여-(『인문과학연구』 13집, 조선대, 1992)를 읽으면서 김은국의 『순교자』에서 신의 죽음, 우상파괴 정신을 드러낼 수 있는 것은 그의 가족사, 민족사와 결부되어 있고 또한 한국을 떠난 재미 작가이기에 가능, 박상륭이 한국을 떠나 『죽음의 한 연구』, 『칠조어론』 1·2·3을 쓸 수 있듯이,

한국을 떠나 다른 곳에 살면서 한국을 떠났고(모국, 나라, 민족, 신, 아버지 기타 상징적 고국이자 한국), 한국을 버렸고, 한국을 배신했고, 한국을 이기려(극복하려) 하는 것이 아닐까?

L. 바이스게르버, 『모국어와 정신혁명』(허발 옮김, 문예출판사, 1993)을 읽으면서 인류 언어의 법칙 부분과 관련지어 박상륭의 경우 한문+한글+영어, 언어 제약적인 현 존재의 법칙에서는 한글 口語·영어 口語, 한글 文語·영어 文語로, 언어 공동체의 법칙에서는 밴쿠버는 英語 口語 지역, 생활·서점은 英語 口語 지역, 家族間—영어·한국어 공존 지역, 모국어의 법칙은 소설 한글 위주로(한문, 영어 결부지어)

1993. 9. 22. 수. 23:45

J. 조이스, 『율리시이즈』 I(김종건 역, 정음문화사, 1987)을 읽으면서 정신적 부친 대목에서 나의 정신적 스승들 김시습, 최제우, 프루스트, 박상륭이 떠올랐다.

1993. 10. 1. 금. 10:10

살아있는 삶이 살아있는 소설 1차— 소설, 원본, 재해석하는 삶, 연구하는 삶—2차 소설, 부본, 각 사람마다 進化냐 逆進化=退化냐? 각나라마다 進化냐 逆進化=退化냐? 각 나라별로 그 나라의 특성을 남성적이냐 여성적이냐 붙일 수 있다. 중국—남성적, 인도—여성적, 영국—여성적, 일본—남성적, 희랍—남녀 공존적 조화, 어떤 나라가 먼저 문화를 꽃 피웠느냐 전성기냐(진화) 멸망기냐(퇴화) 각 가정별로 여성적이냐 남성적이냐 남녀 공존적이냐 모두 나누어 볼 수 있음, 소설 각 나라의 性, 각 가정의 성, 각 가정의 진화와 퇴화, 각 나라의 진화와 퇴화.

1993. 10. 3. 일. 23:55

아침 천도교당에 가기 위해 중동역까지 걸어가면서 생각이 든 것 각 인간 삶에 따라

　　　　開花—滿花—발전

退化-落花-萌芽　　굴레, 반복
유지
박상륭 선생님의 진화 역진화 중도론
　　　　개화　퇴화　유지

1993. 10. 6. 수. 13:00
오늘 아침 어제 걷은 법학과 학생들의 박상륭 리포트를 내내 읽었다.

* 소리/침묵, 능력/마비, 자유/폐쇄, 해방/억압, 말/문자 (법 1, 송미영)
* 이성의 실체격인 말의 기원과 본질, 기능들 탐색, 생래적 정서의 충동, 질서의 세계에 대한 본능적 복수심, 유년기적 자기 원형에의 향수, 창조적 자아, 존엄성과 내면에 존재하는 뜨거운 피 (법 1, 김연정)
* 형태의 비극, 다수의 비극, 하나로부터 떨어져 나와 들쑥날쑥한 개별자들의 정해진 윤곽 안에 머물 수밖에 없는 존재자들의 비극 (법 1, 김옥환)
* 하나의 정도를 보이기 위해 세상은 어쩔수 없이 다른 곳에서 피를 흘리지 않으면 안됨. 기본 질서에 대한 카오스의 회복은 오이디푸스적으로 변모 (법 1, 홍수진)
* 안개비는 세계의 황폐함과 고통에 대한 인식의 밑그림. 존재라는 병을 앓고 있는 환자들의 정신적 상태, 반란 부조화, 아비를 배반한 아들로서 치러야 할 업, 인류학적으로 육체의 한 기관의 절단은 정신력의 강화 상징, 오른 손의 운명-의식, 사회화된 가치 상징, 왼 손의 운명-무의식, 직관, 내면 가치 상징 (법 1, 조혜연)
* 한국적 사유의 원형질을 범세계적 주제에 가미시켜 세계화, 과거의 역사를 미래로 승화 (법 1, 장주영)
* 악의 세계 우울, 슬픔, 괴로움, 음산, 침울, 음침, 허무, 비관론자, 우울증 환자, 자신의 모든 것을 비우든가, 자기의 내부로 모든 것을 쌓아 담든가, 자학을 통해서 정신적, 육체적 희생 (법 1, 임진경)
* 칠조의 천국은 장소가 아니라 상태, 악심과 선심, 사랑, 자기 연민, 세계 연민, 자기 완성, 세계 완성, 칠조의 완성과 인류의 진화 (법 1, 강미현)

박상륭 리포트를 읽으면서

* 세계의 황폐함→半세계의 황폐함, 생명의 인정성

　세계의 불모성(男)　여성의 생명 인정 차이
* 구도적 살인→구도적 초극으로
* 기존 질서 여성의 질서로, 아버지 질서→새질서로
* 살욕과 성욕의 상극적 질서, 시작과 종말의 세계관으로 보는 것의 위안. 끝을 상정함으로써 오는 상대적 위안, 육신의 옷 70년간 걸치는 과정. 과정을 송두리째 빼버린 극단성 처음(중간) 끝에서 중간성(과정)을 회복해야 하나의 완성체가 됨
* 성교(우주의 합일)→성교 제외된 삶의 여건일 때, 즉 박상륭의 논법을 전복시켜야 나의 원리이고 남성의 논리와 다른 여성의 논리의 차별성이 보일 것

∴ 총합적인 생각의 화두

나란 무엇인가가 아니라 내가 이미 포함되어 있는 인간이란 무엇인가, 지구상에 한국말과 한국글을 쓰며 한국인의 생김새를 가진 20세기 후반에 사는 인간은 누구인가?

1993. 10. 7. 목. 19:50

박상륭 소설을 사진 작업으로 표현한다면 처용가, 이상시, 기타 모두와 관련된 부분을 책을 찾아 사진 작업을 할 수 있으리라는 생각이 들었다.

"괴테-파우스트"(동아일보, 1993. 10. 7) 기사 중 영국에는 셰익스피어, 프랑스에는 위고, 러시아에는 톨스토이와 도스토예프스키, 독일에는 괴테 대목에서, 한국에는 박상륭이 있다로 떠오름.

1993. 10. 11. 월. 01:30

조카와 천도교당에서 나와 영풍문고 이벤트홀에서 <장승전>을 보았다. 그리고 석장승, 목장승, 장승조각, 토장승의 엽서를 샀다. 박상륭 선생님이 선물로 주신 『조셉 캠벨 전집』 화보에 북미의 샤먼이나 기타 화보가 생각나면서 장승이야말로 한국의 고유 얼굴이란 생각이 들며 수호신의 발달이, 아니면 수호신 신앙이 한국의 정신사와 맞물린 것이 아닌가 하는 생각이 들었다.

1993. 10. 14. 목. 10:15

어제(10. 13) 오후 내내 학생들의 박상륭 리포트를 검사했다. 두 시간 정도에 걸쳐 다 끝냈다. 소설의 감상적 비평 식견이 우수한 학생도 10%는 넘는 것 같다.

학생들 리포트 검사 중 든 생각들

* 극단 사상(양극 사상)의 기원 연구−'사느냐 죽느냐'의 햄릿과 관련지어
* 유토피아 지향 反유토피아 형상의 「열명길」−홍길동전의 '율도국'
* 삶=암호, 삶 알기=암호 해독, 인간=세계, 삶=세계
* 한국 실존 시대 무정부 시대 지향의 마음

학생들 리포트 중

* 먼 彼岸의 세계에 대한 갈망, 그 연약함을 채워주고 보호해 줄 대상을 끝없이 갈구하는 것, 인간 자신이 자신의 가장 큰 敵, 재앙, 숭앙 받는 존재와 인간 자신과의 1:1의 관계, 인간의 한계에 대한 의존체, 절대자 신에 대한 순수한 숭배, 절대적 존재에 대한 믿음 (회계 1, 라채원)
* 여전히 나의 믿음은 불자며, 보살들이며, 신들은 우리들 인간을 입어 내려와야 되며, 칠조, 팔조, 구조들도 대를 이어야 된다고. 우리는 자신을 맨 먼저 포함하여 어떻게 우리 세상을 도울 수 있는가, 그것에만 있다. 왜냐하면 생로병사로, 내가 불쌍하던 것이다.
  자아 완성을 더 꿈꾸는 불교적 인간 적극적인 자아 완성의 (사유의) 소유자. 세상이 텅비어 있는 데, 자신이 그곳을 무엇으로 채워야 할지, 인간은 병에다 그 기초를 둔, 매우 문화적 동물. 동시에 불순한 신. 인간은 고통과 어울려 살지도 못하면서, 그것 없이 살지도 못한다. 그가 앓는 병은, 시작도 없이 쌓인, 모든 악이다. 육체라는 악. 꼭닫힌 한 우주를, 그 자체가 열림인 것−모든 통시태의 모태. 공시태. 꿈의 껍질은 삶의 껍질. 박상륭적인 의미에서건 육체적 의미에서건, 삶은 아픔이며 늙음이다. 그 아픔과 늙음 사이로, 구원의 뜨거운 빛이 스며든다. (전산 1, 장충미)
* 종교는 인간을 위해 존재하는 것. 만약 인간이 종교를 위해 존재하는 역전 현상이 일어난다면 이 사회는 걷잡을 수 없는 혼란에 빠지게 될 것이다. (전산 1, 손선희)

* 죽음은 거듭 자유의 징후가 될 수 있다. 죽음의 필연성은 종국적인 해방의 가능성을 부인하지 않는다는 마르쿠제—사형, 전쟁—인간 문화가 생산한 죽음. 고애자(고독한 비애에 서글픈 자식) 자기 연민, 자기 비하의 감정이 죄업 의식과 짝지워져. 눈물에 젖은 가시와 가시 돋힌 눈물이 곧 죽음이다. 눈물에 얼룩진 가시나무가 죽음이다. (전산 1, 천명재)

* 나의 죽음이 검증 가능한 경험의 대상이 되지 못함. 안으로부터 겪게 되는 확실한 죽음은 나의 죽음뿐 살아있는 동안은 죽음이 경험되지 않고, 죽어 있는 상태에서는 더 이상 우리의 의식이 살아 활동할 수 없다. 우리의 세계 총체와 존재에 대한 관계는 죽음과 더불어 단절. 내적 체험의 내용. 죽음에 대한 주체적이고 내면화된 체험을 강조. 神 앞에 선 단독자. 실존의 단독자. 죽음을 앞둔 인간의 태도. 죽음을 인정하지 않으려는 의지→분노→타협→우울→죽음의 승복. 유기적 생명의 자연적 종말. 평화스런 소멸로서의 죽음. 모든 종류의 폭력적 죽음.

* 4개의 병증 우주적인 가학성, 우주적인 피학성. 개인적 사회적 가학성. 개인적 사회적 피학성, 심리적 사실주의, 육체적 사실주의, 우주적 사실주의, 개인적 사실주의, 사회적 사실주의 (전산 1, 김영호)

* 세계와의 완전한 단절이면서 우주적 질서부터의 일탈. 죽음과 시간의 비밀. 새로운 탄생을 준비하기 위한 자기 훼손의 과정 (전산 1, 김화진)

* 선불교의 견성. 돈오. 기독교의 자기 희생, 자기 구원, 연금술의 제금술. 신비주의의 집단 무의식. 주역의 세계 인식 동일 차원 (전산 1. 김인욱)

* 실증주의적 과학주의적 유토피아. 인간의 유한성의 체념적 수확. 유한으로 끝나는 인생의 통합의 원리. 최고의 싸움은 말 있음과 말 없음 사이의 싸움 (전산 1, 김주만)

* 한 나라의 정치와 종교를 통해 본 삶의 구조, 세계의 본질, 시간은 정지, 역행, 해체되기도 (전산 1, 이선경)

* 그가 앓는 병은 시작도 없이 쌓인 모든 악이다. 그 악에서 벗어나기 위해 세 종류의 정신적 장치를 계발. 무속(명계에 또아리 틀고 있는 문화), 예술(생계에 또아리 틀고 있는 문화, 축생도를 극복한 총계이지만, 다시 그가 갇혀들게 된 세상에서 그보다 더 높은 세계로 이끌어 올리는 것은 못된다) 종교(초월성, 해탈력) (전산 1, 최윤희)

* 연기→假有(非有)→中道(非有非無)로 통시적으로 세계의 본질을 보고, 득도에 이르는 그리하여 나오는 탄성과도 같은 문장을 오도성처럼. 박상륭의 소설은 非非有非非無 (전산 1, 김민정)

* 원시 신앙 소설, 독재 소설, 공허(텅빔), 불－소멸과 파괴 상징, 악마적 독재자 (전산 1, 한서현)
* 죽음은 새로운 삶을 가능케 하는 자리. 우상을 파괴하지 않으면 인신이 될 수 없다. 득도는 불화를 전제, 죽음:귀천, 의식의 세상에서 무의식의 여행(전산 1, 김복원)
* 주인공은 고독 속에서 자기 자신과 대면할 시간을 갖는다. 고독의 시간은 구원의 시간이며 득도의 과정. 주인공은 외부 세계에 전혀 무관심함으로써 자기 자신을 보존하려 한 것. 자기 보존을 위해 외부 세계로부터 도피하는 일은, 주인공의 인신의 경지에 이르기 위한 방랑의 주제였고, 그의 사상의 일면의 표출. 현실과 비현실이 합쳐진 총체로서의 우주를 주인공은 투시 (전산 1, 한은미)

1993. 10. 16. 토. 08:30
밀턴의 『실낙원』(세계문학전집 32, 삼성출판사, 1978)을 읽으면서 글귀 '생명의 책'과 '힌놈의 골짜기' 부분은 박상륭과 관련이 되는 항목이다.

1993. 10. 20. 수. 10:10
어제 수업과 관련지어 생각해 볼 문제
삶의(실존의) 두 원리
失樂(퇴화), 역진화, 상처, 악의 신, 지옥, 전쟁, 메피스토펠레스
실존 생존－중용 평화 중도 중관 치유 연옥
복락 진화 지혜 선의 신, 천국, 평화, 파우스트
밀턴, 나, 박상륭, 나, 단테, 톨스토이, 괴테

1993. 10. 23. 토. 08:10
'인간의 씨'인 나는 어디서 왔는가? 어디로 가는가? 어떻게 가는가? 박상륭 선생님의 공시태·통시태(1960~) 떠오름.

1993. 10. 29. 금. 01:10
작가가 죽음을 다루는 창작 태도

1) 사유의 대상(철학적 주제로, 종교적 주제로, 정신 구원 주제로)
2) 자신의 삶과 맞물려 자기 주변에 일어난 죽음과 관련지어
3) 사후 인간의 구원 의식과 관련지어
4) 작가는 데뷔시절부터 죽음을 다루는가—박상륭

중견 작가로서 안정기에 죽음을 다루는가—이청준
종교적 죽음(순교)을 다룬 김동리

1993. 11. 3. 수. 10:45
요사이 계속 떠오른 것 중의 하나는 죽음과 내면성의 집착이다. 그것이 내 주제이기도 하지만 가장 보수성을 내재하고 있는 것이 아닌가 하는 생각이 든다.

관념과 관련된 생각중의 하나, 관념(추상적)이라는 것이 현실을 잘 모르기에, 현실이 차단되었기에, 현실 정보가 차단되었기에 이루어질 수고 있다는 생각. 박상륭 선생님 한국에 대한 구체적 현실감을 느낄수 없기에 고도의 형이상학, 이청준 선생님의 경우 과거의 삶이 아닌 현재의 삶의 경우 지식인(작가)로서의 삶만 부각시키니까? 관념적이지 않는가?

1993. 11. 3. 수. 23:05
김사인의 시평 "죽음 앞에 선 비애의 위엄"(한국일보, 1993. 11. 3)을 읽으면서 죽음이야말로 이 세상, 이 세계, 이승을 완벽하게 전면적으로 거부하는, 아니면 맞서는 유일한 것이 아닐까? 自殺과 自然死, 물론 차이는 있겠지만.

1993. 11. 6. 토. 08:25
박사 논문 관련 작가 김동리는 산 자로서 죽은 자의 구원에 대한 해설, 육친으로 접근, 예술가·종교가로 접근, 이청준은 산 자의 미래와 죽음, 관념적 죽음에 대한 대안들, 집단 구원(지역적)과 역사 사회의 죽음과 관련지어, 박상륭은 종교가, 자신의 죽음 유예자로서, 죽음 유예까지, 죽음 과정 연구, 철학적 죽음 과정 피력.

산 자는 누구인가? 죽은 자는 누구인가? 죽음을 피력하는 자는 누구인가? 이중 구조로 김동리는 이승과 저승의 이원 구조, 이청준은 현실과 낙원 공간의 산, 섬, 이어도, 박상륭은 색과 공, 읍과 유리의 이원 구조.

> 시제로 김동리는 산 자의 과거 문법, 현재 문법, 죽은 자의 미래 문법
>   이청준은 산 자의 현재 문법, 산 자의 미래 문법
>   박상륭은 죽음 유예자의 과거, 현재, 미래 문법
> 김동리 과거 현재 (미래)
> 이청준 (과거) 현재 미래
> 박상륭 과거 현재 미래 문법 공존

1993. 11. 7. 일. 01:00

서울역에서 전철을 갈아타며 갑자기 성철 스님이 한 말 '山은 山이요, 물은 물이다'가 떠오르며 나는 임금복이고, 나는 34세이다, 나는 임금복, 박상륭 선생님 표현의 공시태이고 34세가 통시태가 아닌가 이 세상의 나의 흔적은 이름 석 자이고, 역사는 33년 6개월이라는 사실, 그리고 선생, 창작가를 덧붙일 수 있을까?

1993. 11. 7. 일. 17:20

고도의 정신적 스승에 대해 직접 통로로는 몇명이 해당될지 모르나 2, 3단계에서 파급 효과를 미치기에 상관 없음. 과거 운동권 문학 우선일 때 관념적 예술적인 것 겨냥했을 때에 대중 문학 베스트셀러 작가와 순수 작가들의 발언 등. 고도의 정신성 1차 통로 일개인(고급 독자 일부) 2, 3차 통로 은은한 힘으로 서서히 다양한 힘 발휘. 예) 박상륭 문학의 통로, 박상륭 문학→나→리포트 쓰는 제자, 인간 모두인 다양한 계층에 구원을 주어야 정신적 구원의 측면에서 형이상학적 문학, 관념적 문학, 사실적 문학, 항쟁적 문학, 노동적 문학, 대중적 문학 모두 보다 함께 공존, 과거 이분법 계층(지식인, 노동자) 논리에서 다양한 계층으로 분화, 모든 계층에 필요한 구원책 특성에 따라 필요

1993. 11. 12. 금. 09:50

영웅 꿈꾸기, 파멸 시키기

노벨문학상 수상작 『쿼바디스』를 읽으며 두 작가가 그것을 변형, 암시를 받았다는 생각이다. 이문열의 「갈리큘라」와 박상륭의 「열명길」, 『쿼바디스』의 내용을 자세히든 대충이든 몰랐던 나였다. 네로 황제 시대, 기독교 박해와 그 정신의 구원이 관계되는 것을, 이미 1959년 '세계문학전집'으로 출간되었기에 박상륭 선생님이 「열명길」의 힌트를 '왕'과 '시의', '시종' 등을 얻었을 것이라는 생각.

1993. 11. 15. 월. 10:10

훌륭한 사람의 한 원형이 '영웅'이란 생각이 들었다. 비범한 탄생→시련 고난기→극복→영웅→죽음, 한 발전적 인생의 총 경로가 아닌지? 박상륭 선생님의 『죽음의 한 연구』의 주인공 '나'는 불교적 영웅이요, 형이상학적 영웅이요, 통종교적 영웅의 완결이 아닐런지? 또 박상륭 선생님의 한 특성이 계보없는 지식 교육이란 느낌이다. 즉 제도권 밖의 지식, 그러기에 스승을 죽이는 구도적 살인이 나오는 것이 아닌지? 제도권 안의 지식에서는 그럴 수 없지 않을까?

1993. 11. 24. 수. 02:00

지난 5월 박상륭 선생님이 하시던 말씀이 떠오른다. 영웅은 9개파 밖에서 나온다고.

1993. 11. 26. 금. 08:15

교수 열람실에서 떠오른 생각들.

이제는 나의 모토를 삶의 공간에서는 사랑의 철학을, 죽음의 공간에서는 구원의 철학을 생각하자.

박상륭 선생님의 漢字 심리 문어적 삶-文語的 상상력, 사유적 삶-문어적 사유, 한국 작가들 口語的 삶-한글, 口語的 상상력

『죽음의 한 연구』-극과 극의 공존, 동양의 맨 처음 기원의 정치적 피살 패러디, 유리와 주문왕, 지금 현실에 패러디, 맨 처음의 시간 현실을→맨 나중

시간 현실로, 지적 사유로 그려낸 것.

1993. 11. 29. 월. 09:25
나의 無이야기
전철역에서 내려 鬼神씨 집까지 걸어가면서 다시 나의 경우는 無家族, 無錢, 有師로 선생님은 남아 있는 경우와 無師 경우로 박상륭 선생님이 떠오르며 불교의 스승이 수평적 사유, 계보가 없고, 자각, 득도, 끝없이 스승을 찾아떠나는 영화 <화엄경>도 떠오르며, 유교의 스승이 수직적 계보라면 구도적 살인으로 스승 죽이기 모티프이지만 그것은 박상륭 선생님이 불교적 입장이고, 현실적 삶에서 제도권 교육이 아니기에 가능한 것이 아닌가가 떠올랐다.

1993. 12. 6. 월. 09;05
김창진 선생님의 "흥부전의 발생지에 대하여"(26차 K어문학회 발표자료, 12. 4)
전북 長水郡 蟠岩面…작년 1992. 4, 박상륭 선생님 고향 장수를 다녀오고 그 누님을 뵙고 박상륭 선생님의 어머님이 번암에서 시집 오셨다고 했는데 김창진 선생이 발표 중 반암면 사람들 실제로는 '번암' 이라 부른다 함.
인간의 삶 발전이냐→진화
인간의 삶 퇴보냐→역진화
인간의 삶 엉거주춤, 유지냐→중도

1993. 12. 7. 화. 11:30
관념만 추구하는 이들 반대급부적으로 다른 삶의 현실에서 소외되고 있는 것은 아닌지? 지금의 나의 경우, 가족이든, 학교든, 뭐든, 나에게 삶의 위안을 주기보다는 유일하게 관념 대상들(신문 기사, 책 등)이나 종교(동학·천도교)가 유일한 구원체이니. 그러니 그것에 주력할 수밖에 없고 그러다 보면 관념 속으로 빠져드는 나의 총체와 실존이 맞물린 삶이 아닐런지? 박상륭 선생님이 현실을 드러낼 수 없는 것 역시 선생님의 삶과 맞물려 내면으로만 빠져든 형이상학으로 가는 것이 아닌지?

1993. 12. 20. 월. 11:10

박상륭 논법을 넘어서기 위해 子宮도 자궁의 외형, 자궁의 내형을 비교 해야.

박상륭 관련 화보를 학생들에게 보여줌 제자들 일개인으로 다가오기, 1학기 때 중문과 제자

『칠조어론』1, 2, 3, 사오신 김창진 선생께 박상륭 화보 보여 드림.

1993. 12. 21. 화. 01:00

내년부터 리포트로 내주던 박상륭론, 박경리론을 그만해야겠다. 2년 네 학기 동안 했으니까? 더 이상 참신한 것도 없고, 내년에는 신문 비평, 노벨문학상 수상작 리포트, 경전(성경, 불경, 사서삼경, 민족 경전) 리포트로 대신할 것.

1993. 12. 22. 수. 08:30

로망 롤랑의 『매혹된 영혼』I (정음사, 1971)을 읽으면서 떠오른 생각들.

박상륭은 그냥 연구일뿐 내면에 동일시로 다가오지 않음, 차라리 이청준의 경우에 더욱 동일적 요소가 느껴진다.

연극 <오구-죽음의 형식>에서 노모의 한풀이를 보며 강한 恨은 굿만이 특효라는 생각이 들었다. 늙은 鬼神氏의 경우도 강한 한이라 굿만이 특효라는 생각, 연극 중 극락 세계 정문, 회심곡 가락, 산 자와 죽은 자의 경계선에 법등이 늙은 鬼神氏와 또는 내 자신이 관련되는 부분 연극이 끝난 뒤 나의 생각 죽음을 웃음으로 가깝게 접근한다는 것이 이제 우리가 어떤 면에서 여유가 있는 것이 아닌가 1989년 처음 공연되었지만 <오구-죽음의 형식> 그러나 한국인 무의식이 불교 세계가(극락 세계, 굿) 가득차 있다는 것이 느껴졌다. 무속적 요소 불교적 구원의 노모였지만, 동학의 죽음 방식이 소설, 연극으로 그려질 때까지는 아직도 멀었다는 생각뿐. 어쨌든 지난주 본 연극 이강백 작 임영웅 연출의 <자살에 관하여>(산울림 소극장)나 어제 본 <죽음의 형식>을 보며 우리가 우리 자신을 되돌아보는 철학이 요구되는 시대라는 생각이 분명히 들뿐이다.

1993. 12. 25. 토. 11:50

TV에서 방영한 영화 <벤허>를 보며 파란눈을 가진 배우를 보니 박상륭의 「열명길」의 侍醫의 파란눈이 떠오름

93년 총 점검

93년 외적, 93/3, 박사 논문 주제 결정, 93/5 박상륭 선생님 만남, 93/7 천도교 다님, 93/12/24 천도교 입교

내적—상처, 절망, 소외, 인간 심리 발견, 배신자, 증오자, 후광자, 편견자

+에너지는 잉여와 축적된 힘, 여유에서 나오는 것 같다. 사람 관계, 권력 관계, 시간 관계

1993. 12. 29. 수. 18:30

부천역까지 걸어 갔다 오며

삶=순환 胎生—死 그 과정, 그 이후

　　　　　태어남 죽음 진화 역진화 중도냐?

순환적 진화냐 육신 자식 인간

　　　　　　　정신

순환적 중도냐　육신 자식 인간

　　　　　　　정신

순환적 역진화냐　육신 자식 인간

　　　　　　　정신

박상륭의 주제들

「아겔다마」 : 기독교→최제우 서양 體 비판 서야 用 수용

　　　　　　　동양 體 최제우의 用—서양용 동양용 일치

　　　　　　　동귀일체로

말 : 잃어버린 말을 찾아서(나)

진화, 역진화, 중도=순환적 진화, 순환적 중도, 순환적 역진화

體用論者

1993. 12. 29. 수. 23:45

부천역까지 걸으며 내 주변인들 모두 떠오르나 더 이상 뚜렷한 큰 것은 떠오르지 않음. 그냥 그동안 일들이 간간이 떠오르다 잔잔히 사라질 뿐. 마지막 부천역 빵집에 이르러서야 아침에 동생에게 발전을 믿느냐 말했던 것이 떠오르며 진화 순환 논리와 관련 박상륭 선생님의 진화 역진화 중도론이 떠오르며 나의 식으로 분화됨 우리집 가족에 적용해봄 다시 부천역에서 돌아올 때도 작년 박상륭 관련 평론을 쓸 때 주제들 기독교─유다, 말의 문제가 떠오르며 예수와 최제우, 서학과 동학의 비교 떠오름, 결국 오고 가며 『칠조어론』의 진화, 역진화, 중도론, 말의 문제, 기독교의 문제로 총집합, 「유리장」과 『죽음의 한 연구』가 의미 있는 작품 박상륭 선생님 세대 결국 동양의 불교를 자신의 세계관으로

불교 부처님＝한울님 천도교
어린 부처＝어린 한울님
해탈
↑　　　　　　　↑
윤회→순환─모두
　　→중도─인간 육적 장생
　　→역진화─동물 영적 장생
　　　　　　덕업 장생
　　불교　　　천도교

1994. 1. 6. 목. 10:05

서구와 동양의 가장 큰 차이가 體用論으로 볼 수 있지 않을까? 형식을 구애받지 않는 서양인, 형식을 존경하는 동양인, 결국 형식과 맞물려 동양은 知行合一 어떤 면에서 그것은 體用一致論이다. 우주 순환론 역시 體用合一論의 동양의 세계관이다. 서양이 자연 정복, 우주 정복을 추구하는 곳은 체용 합일이 아니기에 가능한 것 아닌가? 허구적 신(하나님)에는 인간을 귀속시키고 실제적 하늘, 우주, 자연은 정복하는 현실의 삶의 가치관, 서구를 다시 나누어 세계관

을 보면

　　　이원적 가치관 공존 허구적 體用一致論(허구적 하나님=유일신에 인간 귀속)

　　　　　　　　　　실체적 體用一致論(우주 자연 세계 정복=모험적, 개척적, 유목적, 해양적 특성의 삶)

　　하나님=유일신, 허구, 창조자 인물

　　동양 軍師父 일체 실제적 인물과 연결 하늘-父-王

　　일원적 세계관 하늘=王-父-男子

　　　　　　　땅=女子 귀속 시킴

　　　　　　體用合一論 관념적 상징과 실제적 역할 강요(통합적)

∴ 서양-분화적-실체적-개척 모험 원리

　동양-통합적-관념적-실천 수도 수양 원리

배영기의 『죽음의 세계』(교문사, 1992)를 읽으면서 저승의 문제를 김동리는 生者가 死者에 대하여 인식(개인, 집단으로, 개인의 자격), 이청준, 집단 무의식의 유토피아 설정(미래 의지로)(집단 구성원, 집단 무의식 소유자의 일개인으로), 박상륭은 종말론 죽음으로 생명연속 예언(예견 하기) 상징 표현 하기 우주 리듬, 자연 리듬 등, 단편은 현실적(육신적) 죽음, 상징적(은유적) 죽음, 파괴적 죽음. 『죽음의 한 연구』에서 色의 세계에서 空의 세계 예언후 죽음 과정 그리기

　　종말론→ 생명 신화

　　　　→ 重生的 상상력

　　　　→ 공의 세계로 인식

　　　　색에서 죽음 과정(40일)으로

1994. 1. 7. 금. 18:20

정진홍 교수의 "多元現象과 單元意識"(문화일보, 1994. 1. 7) 기사에서 문화 자체가 자기 탐닉적이거나 唯我論的 誇大妄想症에 빠진다는 대목과 관련지어 박상륭 심리가 떠올랐다.

1994. 1. 12. 수. 08:00

『그리스 로마 신화』를 읽으며 변신 모티프에서 박상륭 선생님의 관념의 세계와 실제의 세계, 그리스 신화+사모님→「7일과 꿰미」, 『사반의 십자가』+자신→「아겔다마」 차이라면 동생이 관념+감각+남성+모성이라면, 박상륭 선생님 관념+감각+여성+정치

박상륭 선생님 자아는 독서가+창작가+사유가→우주 세계로 인간 세계 불신 소외

1994. 1. 13. 목. 21:00

정끝별의 "서늘한 패러디스트의 절망과 모색"(동아일보, 1994. 1. 13) 기사에서 원텍스트에 대한 비판적 재해석 부분에서 원텍스트에 대한 자기 삶을 상징으로 접맥 이어가기, 다른 이야기로 얽어짜기, 「경외전 세 편」, 「아겔다마」, 「7일과 꿰미」, 원텍스트(동양서, 서양서, 경전, 소설 상관없음) 박상륭의 소설 자연과 인간, 삶과 죽음이 단절되어 있음을 보여줌. 박상륭 원텍스트 : 창조적 작용, 독서가로 최고 최다, 창조적 자아 최고의 야망으로, 우주 땅에서 사유로 구원 모색하기-60년대 한국, 역사 신화 색 공으로 분리-70년대 캐나다, 공의 세계 거대 이론으로 90년대 캐나다

∴ 박상륭의 경우, 종교 경전, 신화서, 종교내용들, 그리스 로마 신화, 황금가지 등 역사에서 벗어난 양식들에 창조적 패러디

　　박상륭의 원텍스트(역사와 반대에 있는 종교 신화 관련서) 자신의 현실적 삶을 상징화
　　「아겔다마」 : 기독교 소설-김동리의 『사반의 십자가』+사도행전+정외과 중퇴, 인간과 인간이 분리
　　「장끼전」 : 불교 색채+고전 소설+근대화 이전 시골 마을+자신의 고향, 구원의 부재
　　「강남견문록」 : 그리스 신화+고전 소설+자신의 인생 총정리. 사모님과 갈등

「2월 30일」: 현실에서 극단적 소외, 사모님의 병원

「뙤약볕」: 그리스 신화+극단적 소외

「하원갑 섣달 그믐」: 성경 바벨탑+주역, 동학+말의 탐구

「쿠마장」: 엘리어트 「황무지」+자신의 삶과 세계+시간

「시인 일가네 겨울」: 「서울 1964년 겨울」+인간의 극단적 고독, 고향 과수원

「산동장」: 성경 예수+모색

「열명길」: 『쿼바디스』+박정희 독재 정권과 지식인

「나무의 마을」: 황금가지의 수목 신앙+강원도 마을 인간 은폐

「자정녀」: 여인과 타협+여인의 구원

「경외전 세 편」: 불교 경전 소 황금가지 수목 신앙+어머니의 죽음과 자신

「산남장」: 황금가지+어머니 자신 고향

「남도 서」: 황금가지+어머니와 자신

「7일과 꿰미」: 그리스 신화+사모님 이민, 자신

「천야일화」: 천일야화+자신

「세 변조」: 6·25 근대화 시골

「최판관」: 어머니 계신 저승 세계+자신

「늙은 개」: 자신 자학(정신 노숙+현실 파괴적 육신)

원텍스트(종교 신화 계통): 성경, 불경. 주역. 그리스 신화 『황무지』, 『쿼바디스』, 『사반의 십자가』, 『황금가지』, 『천일야화』

자신의 삶(상징적으로 접맥): 현실 정치에서 소외된 입장, 극단적 고독, 정상적 인간과 분리, 비정상적 인간을 상징적으로 접맥시킴(노파, 변두리 인간, 불구 인물, 여성 노인 등)

60년대 정치적 좌절, 군국주의 제국주의 생명 파괴에 대해 창조적 대응, 생명 고갈, 생명 파괴에 대하여 창조적 대응으로 모색, 타락한 세계(역사)에 대한 응전으로 말세의 (지금의 언어, 사회 정치 언어가 아니라 신화적 색채와 상징적 언어 사용) 상징적인 새로운 언어를 창조함으로 경종.

동·서양의 신화를 읽으며 든 생각 지금의 나로서는 동양과 서양의 차이.

동양에서는 중국과 한국의 차이를 계속 규명해 나가는 공부, 한나라의 극대값과 극소값 발견, 지금까지 고민한 동양—자연 순응, 정보 당함, 회복, 서양—자연 정복—제국주의적 침략, 치유, 서양은 계속 우주 정복+미래 언젠가 우주 회복 치뢰야, 동양은 순환(순응)과 상처 당함의 원죄 수용.

서양 : 정복+자학, 동양 : 수용+피학, 계속 연구하다가 어떠한 가치를 발견해도 지성의 공정함은 양극의 최대값을 찾는 것, 박상륭 선생님이 여성과 남성, 우주 창조와 파괴, 중도일 때, 결국 남성적 입장에서 공정하게 바라본 세계이듯 내가 여자이고 한국인이기에 내 의식이든 무의식이든, 동양인이며 한국인이며, 여성의 자아로 공정한 세계 바라보기 일뿐 연구는 공정하되 입장은 나의 아이덴티티로 나는 여성이며 인간이며 한국인이며 지식인이며 동양인이며 세계인이며 우주인이다.

1994. 1. 14. 금. 22:40

좌석버스 62—1을 타고 오다가 박상륭 선생님 삶을 동생과 이야기했던 것들 그 선생님의 삶

정치+운명 죽음→종교로 대치 긍정적 아이덴티티 관념, 책, 실존적 아이덴티티 관념 한국 문단의식, 사고는 서구의 외형, 신의 눈(거인의 외눈박이) (서구틀) 한국어로 말을 쓸 수밖에 없는 사람, 한국 문학 세계 문학에 남을 것을 의식하는 사람.

1994. 1. 18. 화. 13:15

정끝별의 "서늘한 패러디스트의 절망과 모색"(동아일보, 1994. 1. 17)을 읽다가 과거의 텍스트, 자신의 삶을 (정치적 구조로) 재창조하는 패러디가 박상륭 작품이 아닌가 한다.

오전 내내 박상륭 평론을 다시 퇴고하며 떠오른 생각들. 그러다가 성민엽과의 대담 "색에서 공으로"를 다시 읽고. 육체—심리—개인—사회—우주 5단계로 본 사실주의. 4·19혁명에 대한 여성적 해석. 서양=남자. 신의 정신 분석. 여자에 대해 도전. 지난번과 달리 별로 수긍되지 않는 항목들이 많으며 이제 이름 호칭도 '박상륭 선생님'에서 '박상륭'으로 객관화해야겠다. "색에서 공으로"

를 읽으니 박상륭식 뒤집어 해석 하기가 떠오르며 한국의 문단 평론가들의 입장이 이해가 갔다. 박상륭의 독선, 이제는 자기 이론적 독선에 대해 별로 건드리지 않고 싶은 것 같은 마음—60년대 비평가—성민엽과 박상륭의 대담 중 너무 자기 이론식 발언, 뒤집어(전복적) 해석하기, 특히 한국 역사에 대한 전복적 해석 하기는 한국 마당의 삶을 통째로 거부하겠다는 의도이기도, 한국 땅에 사는 자로서 수긍하기는 어렵다. 그것의 상징적 의미는 한국 땅에 뿌리 내리기가 어렵다는 반증이기도 하다. 결코 한국에 돌아온 해도, 삶의 해석, 역사의 해석, 한국의 해석 모두가 상반된 입장에서 너무 어려움을 내포하고 있다. 진정 死後 작품으로 말할 수밖에, 작품으로 인정받을 수밖에 없으며, '한국 문단의 이단자' 그 값을 톡톡히 치러야만 많이 읽힐 수 있는 생존 경쟁에서 이겨낼 수 있으며, 그것을 이겨내 '한국 문단의 이단자'(text)가 그것을 다 치러내고 세계 문단에 진입했을 때 그때야 비로소 제 값을 발휘하여 빛이 될 것이다. 결국 한국 문단에서의 정통성 확보와 세계 문단에의 진출 그 험난한 길이 놓여있는 셈이다. 영문학을 전공했다는 딸과 인도 철학을 전공했다는 딸이 그 다리에 크게 몫을 발할 수 있으리라. 그게 가장 소설의 길을 밝게 밝혀주는 것일 수도 있고.

박상륭의 작품에 큰 배경으로는 정치 권력, 정치 부조리 종말론, 생명 단절론, 인간 죽음, 인간의 극단적 소외, 고독, 격리를 염두에 두어야 한다. 그런 곳에서 살아남을 수 있는 것이 남성의 성을 가진 박상륭, 작가라는 창작자 박상륭, 말이 무기라는 것, 나중에 사모님인 여자라는 힘이 전부다. 나머지가 모두 도전(전복)의 대상이다. 어제 박상륭과 관련 지어, 삶=생의 지혜=자연=여자=생명 원리, 창조 원리=동양 순환, 하나님=이론=관념의 지혜=남자=파괴 원리, 관념 창조 원리(이론 창조 원리)=서양 발전. 그리고 다시 「아겔다마」를 생각하며, 인간은 신을 필요로 하는 존재다. 그러나 그 시대적, 개인적 분위기와 맞물려 강력히 필요로 하는 때가 있다. 그것이 '석가모니'가 나온 시대, '예수'가 나온 시대, '공자'가 나온 시대, '최제우'가 나온 시대다. 물론 그 나라 그 민족 그 시대의 역사가 총합적으로 안팎으로 작용하며, 그 지역에 맞게 요구되는 때이다. 한국에서 가장 강력한 때는 나라 자체가 위기인 19세기 말이다. 그전 역사까지는 다른 나라 神(불교, 유교)으로 다 통용되거나 우리 나라 자체의 미력한 신앙으로도 구원될 수 있는 시대였다. 그러나 19세기 말 한국 상황은 모든 신이 모든 한국 사람을 다 구원해야만 하는 시기였다. 천주교의 신, 기독교의 신, 동학의 신, 대종교의 신, 모두모두 한국에서 새로운 신, 외국에서 건너온 한국에서는 새로운 신, 유교의 신, 불교의 신은 한국에서 이미 낡았고 기독교의 신, 천주교의 신은 그 지역에서는 낡았지만 한국에서는 새로운 모습으로 환신, 변신할 수 있는 땅이기에, 박상륭은 1960년대 박정희 정권을 또한번 그렇게 읽었던 것. 「아겔다마」에서 두 대응적 신(예수, 유다)을 죽이고 새신이 필요한 시대로(새신을 출현시킨 시대로) 보았던 것, 그러나 人神을 부르짖던 박상륭의 20, 30대는 완전히 실패할 수밖에 없이 이미 창작품에 내재되어 있고, 그것을 『죽음의 한 연구』 경계로 완전히 포기한 것, 한 줌으로 될 수 있는 시대가 『칠조어론』시대, 그 『칠조어론』 시대를 천도교식 한울님인 인내천 사상으로 풀이하면 사람은 형이상학적 이성을 가진 자(한울님)를 최대한으로 풀어낸 것. 이 세계 구조, 이 우주 구조 원리를 박상륭의 입장에서 풀어낸 남성적, 서구적 '형이상학적 이성을 가진 한울님'의 최고값으로.

은행에 가서 일을 보며 남녀의 기본적 차이를 정확히 인식해야 박상륭의 텍스트를 정확히 안다는 것. 나와 가장 걸리는 주제가 세계를 지배한다는 남성적 이상, '절대자, 영웅, 신'의 문제였다. 나의 상상력은 인간 위로, 치유자 정도가 최고였지 세상 지배, 세상 개혁이 없었다. 결국 박상륭을 통해 현실적 세상 지배, 현실적 세상 개혁적 냄새가 초기에는 많다가 후기에는 바뀌는데. 내 연구서든, 내 소설이든 그것이 독서인에게 읽히면 그것이 독서자의 마음에 감동을 줄 때 세계 개혁 정신 개혁이 되며 그 본값을 '인간 치유, 인간 위로, 인간 분배 철학'으로 상정할 수 있는 것이다. 무엇보다 '파괴 원리나 지배 원리'는 나의 속성은 아니다. 그저 나에게 나빴던 심리중 '증오심'이 전부이기에.

남성=지배심(體的)=이성, 말씀으로 '神의 창조', 대중, 사회, 민족에게 신, 종교

여성=소유심(用的)=神 그 자체=종교 그 자체, 개인 가족에게 신, 종교

동생과 서울역 앞 대우학술재단 빌딩에 <역사학 강좌>를 들으러 갔다. 제10회 <한국사 특강>에서 "한국 고대사를 다시 본다"를 들으면서, 떠오른 것들. 삶, 역사, 남녀 역학의 힘 겨루기. 다양한 가면의 얼굴로 변모하여 언뜻 보

면 아닌 것 같지만, 역사, 세계사 속에 어떤 응집된 힘이 있었는가? 박상륭의 가장 강한 도전 서구식, 남성식, 자연 파괴, 우주 파괴, 절대자(신)의 파괴 원리로 이성, 로고스, 말씀의 힘(남성의 가장 강한 힘의 유산)으로 정치 하기(대통령, 왕, 국회의원, 정치가, 각 집단, 각 사회, 각 집안)를 지식인 집단에 여성의 힘, 자연의 힘, 우주의 힘에 대해 파괴로 도전하기, 결국 관념 창조의 힘으로, 여성의 창조성, 자연의 창조성 파괴하기, 서구의 힘으로 동양의 힘 제국주의적 힘을 빌러 파괴 하기가 숨은 큰 박상륭의 구조이자 지배 원리.

인간 박상륭	우주 박상륭	박상륭의 작품 텍스트
남성=몸의 힘, 육신	우주 원리 확대	남성의 힘으로 여성 도전하기
서구적=이성	분화하기	서구의 힘으로 우주 파괴하기
파괴적=방법	이중원리로 인식	여성 파괴하기
말씀 무기=말씀의 힘, 이성	사회, 집단, 역사	남성적 무기인 이성의 말씀의

자기가 소외된 것에는   우주 설파하기(말의 무기)

서구적(자연 파괴, 우주 파괴) 방법론으로
동양식 규명

부정적 양상을 극대로 인식한   불교선승 창조, 여자 저주
하나로 함축하여 부정적 힘으로   서구(파괴, 남성, 서구 원리), 동양 이론(불교,
여성, 창조 원리 접합
인식하기   서구 방법론으로 동양 지향(불교 지향)

서구의 신 창조=박상륭 스님 '7조' 창조
서구의 무기, 말씀='語論' 설파
동양의 여성=서구식 해석, 저주, 윤회
여성의 가장 나쁜 힘 개발, 학대 시킴
서양식 우주 논리=우주 파괴 ơ 동양식 우주 논리=우주 순환 거부

박상륭에 대응할 수 있는 것
서구신=동양 7조=여자 그 자체, 신의 자체, 종교 그 자체를 부각시켜야
서구의 무기 말씀=어론=20세기(난세, 전쟁 시기, 여성의 힘이 폭발된 시기), 21세기(치유기)
말씀(남성적 말씀
여성적 말씀
서구식 여성=동양 여성 서구식화=우주 보호 위해, 동양식 여성 유지하기, 부모-자식-가

족 관계, 동양식 회복하고

서구 파괴성 동양식 가족 관계 도입 수용해야, 지구
우주가 더 파괴적이지 않기 위해
cf 미국 이미 우주 파괴하고 있음
서양식 우주 논리=우주 파괴=서양식 우주 파괴, 우주 발전
동양식 우주 보호, 우주 순환
∴ 양가치 동등
∴ 나는 여자이고, 동양인이기에 후자 지향

파괴가 덜 되게, 상처를 덜 받게, 상처를 치유하게, 균형적, 중도적 가치관, 가족 회복의 입장, 파괴적 가치보다 회복적 가치, 부정적 가치보다 긍정적 가치 지향, 가학보다는 피학.
∴ 발전 진화 논리는 지혜(말씀, 언어, 말, 실천)로
正深智無言行合一의 인간형 그리기

1994. 1. 20. 목. 09:40

"책속의 21세기 3─정보화 시대"(한겨레신문, 1994. 1. 19) 기사를 보면서 예언, 말씀이 필요한 시대는 난세이며, 한국의 20세기 난세로 파악한 자가 박상륭 그래서 '말씀'의 우주로, 20세기에 대한 남성적 방법 난세에 대해 경고, 고발, 예측, 예시, 예언으로 말씀(예언 형식), 여성적 방법은 난세 속의 悲人들 위로, 위안.

박상륭의 단편집의 연보에서 연도별로 발표한 소설 제목만 가지고 간단하게 이야기를 풀어 보았다.

「아겔다마」─피밭이야기
「장씨전」─수컷들의 이야기
「강남견문록」─황금 시대를 찾고자 편력한 이야기
「2월 30일」─세상에 없는 이야기
「뙤약볕」─하늘 밑의 한 점이야기
「토생원전?」─인간의 한 꽤 이야기?
「하원갑 섣달 그믐」─12. 30 말세 이야기

「시인 일가네 겨울」-인간들, 주술사들, 시인 이야기, 모든 자의 말(주술)

「담쟁이네집」-외로운 한 삶의 이야기

「쿠마장」-정착하지 못한 떠돌이 이야기

「여름밤의 소주 두병?」-한 삶의 개체 이야기

「산동장」-떠돌이 이야기

「열명길」-저승의 염라대왕같은 삶 이야기

「나무의 마을」-인간이 다 사라진 이야기

「산실벽 거울 속의 정오?」-한 삶의 이야기?

「사주를 건너서?」-한 삶의 개체이야기

「자정녀」-여인과 결합한 시간의 이야기

「경외전 세 편」-불경, 성경, 신화의 자기식 이야기

「산남장」-한 떠돌이 이야기

「남도 서」-자기 삶을 이어 보겠다는 이야기

「7일과 페미」-일주일을 살아 보겠다는 이야기

「천야일화」-3년간의 한 삶 이야기

「세 변조」-삶의 세 변형 이야기

「늙은 것은 죽었네라우」-생명의 재탄생

「산북장」-떠돌이 이야기

「최판관」-죽음(저승) 이야기

「늙은 개」-육신 자학 정신 조로

「숙주」-저승의 이야기

「십시일반?」-조금이라도 나누어 살자는 이야기?

「유리장」-유배지 삶의 이야기

「심청이」-한 희생자 이야기

「왕모전」-한 왕을 꿈꾼 이야기

『죽음의 한 연구』-한국에서 한 죽음을 총정리하는 이야기

『칠조어론』-칠조가 탄생한 후 사는 이야기

∴ 피밭~수컷들~삶의 편력~세상과 단절~하늘의 한 점~인간의 한 패~말세~주술적 삶~외로운 삶~떠돌이 삶~한 삶의 개체~저승의 염라

대왕~인간 부재~여인과 시간의 결합~경전 외~억지 삶~일주일의 삶~3
년의 한 삶~삶의 세 변형~생명 재탄생~저승에서 여판관~정신 조로~
저승~분배~유배자 삶~희생자~왕~죽음~재탄생

             황폐한 피발   세상   유배

외로움   저승   말세

떠돌이   인간 부재   유배지   피발

한 삶   여인+시간   죽음

∴ 「늙은 개」를 읽고 외로움, 고독을 동반한 슬픈 운명을 사랑할 수밖에

  비극적 고독+정치적 운명 : 박상륭

∴ 박상륭－한국의 정통성 상실(겉모습－한국, 동양/ 속모습－서구, 이단)

  박상륭－세계 속의 한국 상실－동서 혼합으로

1994. 1. 21. 금. 9:00

박상륭

「아겔다마」－서양의 신 파괴

「장씨전」－동양 세계관 파괴

「강남견문록」－자기 생존 시대 파괴

「2월 30일」－세상 부정

「뙤약볕」－말 파괴

「시인 일가네 겨울」－주술의 삶

장타령계열 소설－말의 전파

「나무의 마을」－인간 부재

「자정녀」－여인+시간

「경외전 세 편」－자기식 경전 만들기

「남도」－삶 이어가기, 생명 이어가기, 죽음 이야기, 유배지에서 탐구, 새탄생

죽음(서양신, 동양신, 인간, 세상) 파괴－생명 이어가기(탄생 이야기 삶 이야기)

희생자 유배자

삶=죽음 이야기 죽음=삶 이야기

1994. 1. 24. 월. 20:00

아침 내내 일기를 쓰고 오후에는 동생과 내내 이야기를 하다가 목욕탕에 갔다 왔다. 동생과 이야기를 하던 것들 석류에 박힌 800개의 씨가 유폐된 어린 영혼 800개라고, 지난번 연밥씨 300개와. 박상륭의 『칠조어론』 2의 표지 해골바가지 그리고 동생이 말한 어린 영혼 800개의 얼굴이 왜 겹쳐지는지? 공통점은 둘다 형이상학적으로 얼굴만 떼어 개체를 늘어 놓고 다른 점은 죽은 해골과 어린아이 얼굴이라는 점이 다르다. 어쨌든 동생이 말하는 것을 유심히 들으면 재미있는 말투가 많다.

1994. 1. 26. 수. 19:25

오늘은 삶의 마지막 정리인지, 인생 유전인지 모든 것을 정리한 날이다. 낮에 일기를 쓴 후에만 해도 떠오른 단어는 자기 발견과 자아 실현이었다. 그러다 박상륭의 단편 몇 편을 읽고 난후 농협까지 가게 되었다. 걷다가 오늘 읽은 박상륭의 단편을 중심으로 박상륭의 죽음은 복잡다단한 것 같다. 죽음에 대한 총체라 할까? 죽음을 지배하는 분위기, 죽음의 정의, 죽음의 방법, 죽는 방법 연구, 죽음과 관련된 제도, 종교에서 말하는 부정적 양상의 죽음 : 지옥, 말세, 사탄, 귀신, 신기, 스승과 죽음, 죽음 후 말 이어가기, 죽음 후 생명 이어가기 등 너무나 다양했다. 한 마디로 죽음에 대한 총체적 정보라 할 수 있다. 그것을 한마디로 묶을 수 있는 것이 관념적 죽음(인식론적 죽음)인 것 같다. 『죽음의 한 연구』만 자신의 생이 투영된 상징적 죽음이고 그 전까지 작품은 관념적 죽음 탐구이고, 상징적 죽음 탐구인 것 같다고 다가왔다.

1994. 2. 1. 화. 19:10

박상륭의 죽음 : 해탈적 죽음, 육체적 죽음, 욕망적 죽음, 야심적 죽음+정치 경제 사회와 깊게 결부

전기, 관념가로서 야심적 죽음(연구자, 학자, 인식가, 사변가, 논리가)

후기, 통종교적 형이상학가로서 죽음(위대한 문학가—야심의 씨, 다양하게 계발), 문학적 죽음(관념적, 상징적 죽음), 죽음의 시대(6조 이전), 삶의 시대(칠조기) 6조 경계

「유리장」을 읽으며 박상륭 초기 관념적 형상을 빚은 실제적 왕 꿈꾸기(지배)
중기 수도승 형상을 빚은 정신적 왕 꿈꾸기(지배)
문학 상상력적 죽음

박상륭을 통해 연구하게 된 나의 두 주제, 원래는 별 관심이 없는 정치(권력) 지배 논리와 성의 논리, 상경길 동생이 말하던 미국 대통령들의 성 심리가 생각나 나는 나의 성 논리를 동생에게 이야기하니 특이하다고

1994. 2. 2. 수. 16:40

아침에 일어났을 때 꿈이 특이했다. 우로보로스의 뱀이란 생각밖에는, 누군가가 지팡이를 들고 살아있는 뱀으로 장난하는 꿈이다. 던지면 지팡이를 중심으로 도르르 말리는 꿈이다. 두 서 너번 그러함을 내가 목격하는 꿈이다. 오전 내내는 "박상륭의 1960년대 작품 세계"란 논문의 원고를 컴퓨터로 몇 장 쳤다. 오후에는 박사 논문 주제의 총 목차를 다시 한번 수정하고 그중 "박상륭 소설에 나타난 죽음意識 연구" 1편의 제목을 한번 정리했다.

    1. 서론
    2. 박상륭의 생애와 죽음의 인식 접맥
        1) 어머니의 죽음의 소설화
        2) 인간의 극단적 소외와 죽음의 형상적 이미지
        3) 종말론적 인식에서 죽음 탐구
    3. 박상륭의 여러 죽음의 양상 탐구의 분석
        1) 죽은 자의 가족적 배경
        2) 관념자의 배경과 죽음 이미지
        3) 죽음의 정의
        4) 죽음 · 죽임의 방법
        5) 죽음의 미학
        6) 죽음 이후(저승)의 탐구
    4. 결론

1994. 2. 3. 목. 08:25

"60년대 '라이파이' 펴낸 만화가 김산호씨"(문화일보, 1994. 2. 2) 기사를 읽으면서 고학, 검정고시, 이단자들 하나같이 성공하는데 너무 긴 시간이 필요로 한다는 반증 검정고시 출신인 김산호, 이문열. 스승과 계보가 이루어지지 않은 나, 박상륭. 현실적 계보가 없기에 정신적 계보 닮고 뛰어넘고 종합하기 박상륭. 박상륭 작품을 평가한 부류들 동료 작가 : 최인훈, 박태순, 이청준, 문학과 지성파류 김현, 김주연, 문지 후세대, 김진수, 진형준, 성민엽 등.

어제 박상륭 원고를 컴퓨터로 치면서 두 가지 생각이 떠올랐다. 하나는 '유토피아'를 찾는 자들이 하나같이 남자들이고, 기존 유토피아 관련서를 남겨놓은 자들도 그렇고. 내가 2년전 유토피아는 없다. 단지 반쪽 유토피아만 있을 뿐이다 한 것과 맞물려. 여자는 유토피아를 꿈꾸지 않았던 인류사, 어떤 의미에서 여자 자체가 유토피아이기에 남자들만 그들의 불완전형 구조로 유토피아를 꿈꾸는 것이 아닌지? 또 하나는 은밀한 구조로 박상륭 단편 소설은 박상륭의 남성 지배주의가 강력히 읽혀진다. 사람을 죽여도, 여자를 먼저 강간하고 죽이게 하고, 여자를 죽이고, 남자는 병들었지만 살리고, 남녀 성의 구도도 나중에 박상륭의 모든 작품을 읽는다면 박상륭의 남성으로서의 여성에 대한 심리를 읽을 수 있을 것이다. 내가 오랫동안 여성 해방을 공부한 것을 다시 살려 분석해 볼 일이다.

1994. 2. 7. 월. 11:25

미와 마사시의 『몸의 철학─의미, 언어, 가치』(서동은 역, 해와달, 1993) 차례를 보면서 '육체' '몸'과 관련된 책은 순전히 박상륭을 연구하기 위해 필요한 책이라 샀다. 이 제목들만 보며 박상륭의 핵심 自我는 天上天下唯我獨尊적 인간형이란 생각 중에서 한국에서는 상징적 왕의 논리로 정치 지배자의 입장에서 캐나다에서는 정신적 왕의 논리로 다스리기. 자기가 최고라는 논리를 초기에는 실체를 뒷받침하지 못하는 관념으로 꿈꾸기, 피지배자, 여자, 불구자 모두를 후기에는 정신적 사유로 여성 지배 하기, 그나마 초기에는 여러형의 인간 앞에서 자기가 최고라는 논리라면, 후기 캐나다에서는 어떤 실체적 인간도 수용하지 않는 실체 인간 떼어 버리기식이다. '나' 혼자 사유하고 연구하고, 說

을 푸는, 죽일 스승도(6조기 스승을 내세웠다 죽이고 스스로 스승이 되는 논조) 없고, 단지 자기가 만든 '6조'—자기식 스승 따르기, 이어 받기, 신수—혜능을 나와 촛불 스님으로 한 인간의 두 모습(박상륭의 두 장 분리)으로 그려내 스스로 스승으로 이어 받기를 內存한 채 아무 것도 내세우지 않고 있다. 즉 타인식 스승도, 가족도, 기타 인간도, 자식도 아무 것도 포용, 수용하지 못하는 인간 칠조 '나'만이 전부다. 7조기에도 '天上天下唯我獨尊식' 인간 '나'일 뿐이다. 그것을 '몸의 우주/마음의 우주/말씀의 우주'로 분리해 이야기 하지만 결국 독서, 지식, 관념의 틀을 빌어 '자기'(=我) 드러내기가 전부인 셈. 그 자(我)를 無數의 人間을 향해 '내 말을 들어 봐라'하고 술먹고 떠드는 얘기가 한마디로 『칠조어론』. 추상의 인간 해골 같이 꿰기(『칠조어론』 2 표지), 남녀의 성빌어 이야기하기(『칠조어론』 1 표지), 죽음(저승)도 다스려 보겠다는 이야기(『칠조어론』 3 표지) 아닌가? 윤회에서 혼자만 해탈, 일탈해 나가기. 서구식 인간 인식 (자기만이 전부, 가족 관계 거부), 영웅적 인간 인식(자기가 최고다) 오이디푸스식 인간 인식(내위에 윗사람 없다)(어머니 아버지—한국기, 스승 무—한국기/ 어머니·아버지 무—캐나다기, 스승 살해—캐나다기)

∴ 즉 한 몸의 인간으로 자기 자신 잘났고 인간 모두를 지배할 수 있다고 말하는 얘기—『칠조어론』 1, 2, 3의 이야기 아닌가?

1994. 2. 8. 화. 09:10
박상륭 인간 거부증 환자, 가족 설정, 가족 단절(「뙤약볕」 논리), 박상륭의 어머니에 대한 변모의식, 여자에 대한 변모 의식 연구할 것.

1994. 2. 9. 수. 14:15
박상륭의 결혼관(여성관), 남성 논리, 여자에게 경제력, 知力, 모든 것이 내 세울 것 없는 사람들, 내적으로 남성임을 강력히 주장하는 것 말고는 다른 무기가 없다는 생각, 표면적/ 내면적으로 가부장제적으로 나타내는 유형. 박상륭 선생님은 知力만 사모님보다 앞섬, 그것도 한국의 60년대, 20대 시절은 크게 아직 보여 주지 못하고, 캐나다에서 『죽음의 한 연구』, 『칠조어론』에서만, 그래서 그 내부의 소설 구조에서 남성의 힘을 은근히 여성의 힘을 깎아내리기식으로.

박상륭, 고독한 현실과 죽음의 탐구의 관념, 박상륭 직선적 한국 죽음, 자기 학대 「늙은 개」, 「유리장」(뱀, 남성)-관념 현실 무너뜨리고 둥근 원으로, 『죽음의 한 연구』-수도승(걸사), 6조 창조

1994. 2. 10. 목. 14:25
『죽음의 한 연구』의 아비=스승=슬픔·외로움·비극이라 느껴지며 그 누구도 자신을 위해서 뭔가를 해줄 것이 없는 사람들이란 것이 떠올랐다. 결국 자신이 자신만을 뭔가 할 수밖에 없다는 결론이기도 하다. 누군가가 나를 위해서 해줄 것도, 해받을 것도 없는 나의 현실이다. 이제 돈이 구원이냐, 소유의 책이 구원이냐, 도서관의 구원이냐, 사람이 구원이냐, 아무 것도 없다. 단지 내가 연구를, 생각을, 쓰기를 열심히 해 그 집적물만이 전부가 되는 셈이다. 철저한 고독자이자, 그 고독의 운명적 수락자로 더 이상 누구에게 큰소리를 쳐볼 것도, 칠 것도 없이 운명의 삶만을 살아가는 것뿐이다. 책이나 열심히 읽어야겠다.

1994. 2. 13. 일. 22:30
62-1 버스에서 잠깐 읽은 『죽음의 한 연구』에서 '헐어진 교회당'이 젊은 날(20대) 박상륭 선생님이 신봉했던 기독교 세계관에서 떠나고 있는 것의 상징적 의미로 떠올랐다.

1994. 2. 14. 월. 10:55
『우리말 팔만대장경』을 읽으면서 불교와 기독교는 모두 좋은 이치가 많다. 20대 박상륭이 연구, 독서했던 성경, 불경, 사서삼경을 내 책상 바로 앞에 모두 꺼내다 놓고 시간이 되는대로 다시 읽어야겠다는 생각이다. 이들 경전은 모두 외국 경전이다. 우리 나라 경전은 하나도 없다. 다만 20세기 이전의 우리 나라 땅에서의 삶이나, 인간의 마음이 다른 나라 경전으로도 다 구제가 된 셈이다. 나라가 풍전의 위기 앞에선 최근세사 19세기, 20세기 앞에 남의 말이 더 이상 구원되지 않았다. 새로운 남의 말이나, 우리의 말이나 소용이 되었던 것

이다. BC. 10세기 전의 원조선의 약화에서 지식인(사상가)들은 이 땅을 지키기보다는 외국 땅에(중국 땅) 흘러 들어가 쉽게 고급층을 향유해 사상을 이룩했던 것. 쉽게 인정을 받은만큼. 그 아픔은 한국의 이름을 시간이 오래 지나면서 잃어버리고 중국화의 값을 너무 톡톡히 치러냈어야 했다. 그리하여 흔적도 찾기 어렵게. 동북 아시아에서 모든 것의 선진 문명은 중국에서 출발한 것처럼 보임. 만화가 김산호가 읽었다는 중국 관련 책들을 주시해야 할 것이다. 확실한 증거를 잃어버린 한국의 원초적 역사가 사라진 듯 보이는 지금 '사서삼경'. 19세기의『동경대전』. 그런 면에서 모두 외국의 것에 비해 한국의 주체적 경전은 천도교 경전 외 기타 민족 종교 경전뿐이다. 주체성에 이르러『천도교 경전』의 값이 높고 종교의 탄생은 어떤 의미든 그 나라의 상징적 위기와 맞물려 있는 것, 성경, 불경, 사서삼경, 천도교 경전 등. 또 하나는 기존 경전의 값과『천도교 경전』의 가장 큰 차이는 여성과 어린이의 높은 값이다. 특히 기존 경전이 예전에 나왔기에 여성을 훨씬 억누르는 시기에 나왔고, 아이에 대해서는 비슷한 지경 그러나 천도교에서는 여성과 어린이 값을 최고값으로 올린 것 한울님의 차원. 집안의 한울님으로. 또 하나 왜 경전의 작자들이 모두 남자들인가. 즉 그들이 창안한 하느님, 부처님, 한울님은 모두 남녀 포함 중성적이지만 그것을 창안한 자는 모세, 예수, 석가, 최제우, 공자, 맹자, 모두 남자라는 사실. 20세기 여성 해방 시대의 열려짐에 정신 세계를 추구하는 철학자, 사상가, 종교가가 여성에서 나와야 나올 수 있는 상징적인 시대이기도. 어떤 의미에서 어머니가 하나의 실천 종교였기에 이미 종교를 만들 필요도 없었지만. 종교=여성=어머니=가족. 어머니를 종교 차원으로 승격시켜서 그려낼 수 있어야. 일단 나의 어머니를 주체로. 그랬을 때 우리집의 천도교와 관련된 3대. 실천적 종교를 열심히 믿었던 어머니(天眞敎, 修心精氣, 至極精誠 등). 그리고 뒤늦게 천도교를 다니며, 천도교의 높은 진리를 어제야 실체적으로 목격한 나로서 적당한 것이 아닌가? 한국도, 천도교도 따놓은 당상. 남은 것은 어머니를 종교(특히 천도교)로 승화하는 것과 기타 내 이름의 책이 박상륭식으로 천도교 관련된 모든 것을 고구하며 써야만 하는 일이 남은 것이다. 이제 다시 성경, 불경, 사서삼경, 천도교 경전을 열심히 읽는 것이 남아있는 셈이다.

　주희의 한상갑 역,『논어·중용』을 읽으면서 論語→칠조'語論' 전복적 표현?

1994. 2. 15. 화. 01:30

TV. <신국토기행>을 보며 김만중의 유배지인 남해의 한 섬이 나왔다. 이 다큐멘터리를 보며 조선조의 정치, 문학인들이 유배지에 정치적으로 망명하여 학문이든, 문학이든 많이 쏟아져 나왔다는 것이 떠올랐다. 정약용, 윤선도, 김만중을 보며 조선조의 문인 삶의 외형의 전통이라는 생각이 박상륭의 『죽음의 한 연구』에서 유리로 유배라고 상징적 장치가 연결지어졌다.

1994. 2. 17. 목. 10:00

『죽음의 한 연구』 몇 부분을 보며 떠오른 생각.

* 아버지, 곶감, 아이의 이야기 예 — 금기와 획득의 모티프로
* 예수의 대속 — 서구는 남자가 대속, 동양은 여자가 대속(희생양), 서구와 동양의 차이가 아닌지?
* 구약 — 허구의 하나님. 서구식
  신약 — 인격의 하나님, 예수
        동양식의 깨달음
        부처, 석가, 공자, 예수 — 한 노선에 세계 성인
* 사람 비극적 존재로 인식 — 사람 양면 존재 인식해야
* 유다 — 경제적 구원(가난한 자)/ 단기적인 구원 — 단기간 효과
  예수 — 장기적 구원/ 정신적(생명적 구원) — 장기간 효과
* 유아 살해 — 서양에서의 계보 파악해야
* 박상륭의 성경 활용법 — 한 부분만 떼어다가 자기식 반론 펌
* 박상륭 — 우주란 말의 남용
* 신의 임재가 필요한 시대
* 박상륭의 예증법, 가정법의 문제성 규명
* 박상륭 사고 — 개체적 사고/부분적 사고 — 장기
                통합적 사고 부족/통찰력 부족
* 노인과 어린 아이의 시간 차이 — 인식의 시간과 경험 축적의 시간 차이

1994. 2. 19. 토. 11:45

『죽음의 한 연구』를 마저 읽고

선업의 고리/ 창조의 거부/ 한국에서도(읍) 죽음/ 유리에서도 죽음/ 6조 이전 시기−인식의 대상으로 서구 탐구/ 6조 시기−인식의 대상으로 동양 탐구/ 7조기−동양+서양/ 아비 없는 애(사모님, 딸), 육(죽음) 영(중생, 재생)의 이원화/ 6조기, 여자=자궁, 남자가 어떻게 할 수 없다.

1994. 2. 23. 수. 15:30

한국 종교학회의 『죽음이란 무엇인가』(창, 1990)에서 무속 부분에서 무속 자료의 시왕 열네 명의 대왕과 한 명의 판관, 우리 설화 중에는 죽은 인간이 저승에 가 최판관 앞에서 재판받는 대목과 관련지어 박상륭의 「최판관」이 떠올랐다. 또 서양 철학과 관련된 대목에서는 김동리는 동양적 죽음 탐구, 서양 종교 일부분, 서양 정신 인정, 이청준은 한국 죽음 탐구(집단 무의식), 박상륭−죽음 서구 철학 전통으로 탐구, 6조기 동양 종교로 죽음 접근.

1994. 2. 25. 금. 15:40

박상륭 선생님의 이해가 부분적으로 됨

나의 계획들 無知→知→논문

말 기울이기

분화된 인간(머리, 귀, 입, 몸체) 박상륭 선생님 약간 이해

"사이비 종교는 이렇습니다"(문화일보, 1994. 2. 24) 기사에서 교주 숭배−초인적 능력의 소유자와 選民 사상−독선주의와 샤머니즘 관련지어 박상륭 선생님의 한국 시대 작품들에 나타난 요소라 느껴졌다.

1994. 3. 2. 수. 00:15

동생이 영화 <다웃화이어>를 보러 나간후 혼자의 조용한 시간을 갖게 되어 박상륭 논문의 연구사를 '죽음' 별로 열 개를 짰다. 의외로 죽음 문제는 간단했다. 천이두의 신화적 죽음과 박태순의 종교적 죽음이 두 특징이 후대 평론들은 다 그 언저리들이었다. 내가 쓸 부분은 관념론적 죽음 탐색과 박태순과 비슷하면서 보다 죽음 문제에만 종합적으로 분석하고, 생애와 연결지은 죽음이 다른 부분들이다. 논문 구상도 다시 해보고.

『칠조어론』1을 앞부분 다시 읽으며 떠오른 생각들

* 늙은 여자=어머니=저승/젊은 여자=아내=이승
* 박상륭 연구자보다(학자) 창작자(작가, 시인)들이 더 좋아하는 작가, 스승격
   작가, 전범형 작가, 기타 작가들 전범 닮기, 전범 뛰어넘기
* 속죄양→서양→예수 기독교
   재생→동양→자연 여성(어머니)
* 박상륭 易의 균형 살욕과 생식욕 사이
                  ↓
         중도적(균형적) 세계관   극대, 극소 지리 보며
* 서양−陽氣的 힘(남성의 힘 大)
   동양−陰氣的 힘(여성의 힘 大)
* 서구의 다면적 우주를 수사학적으로 취택
                       수사학적 폭력/수사학적 파괴로 동참
* 삶=과정? 기혼의 아버지로서 자식 이어가기
   cf 죽음=삶?
   나의 경우 삶=죽음 미혼인 경우, 자식 이어가기×

  저녁 TV 중 <해외 예술가의 예술혼> 프로에서 在파리 화가 한묵씨 그림을
보다가 1969년 달나라 정복을 과학으로 보아야 한다며 우주 얘기를 하고 있다
는 기사에서 박상륭은 언어로 우주를 정복하고 있고, 한묵이 그림으로 우주를
정복하고 있는 것.

1994. 3. 4. 금. 07:35
학교가기 1시간 전까지 읽었던『칠조어론』1을 읽으며 떠오른 생각들.

  * 해탈 성불−道成德立 한울님
  * 생체내 윤회 당함−삶 속에 고통(고해) 치러야/ 당대 윤회 끝/ 후대 윤회 고
    리 이어 가기
  * 우주 간 자기 자신보다 더 두려운 것 말할 수 있는가?
  * 수사적 우주
  * 위대한 절망의 성취

* 수사학적 해탈…박사 논문 후 박상륭 사전 작업 컴퓨터로, 가족의 굴레 씌우
  는 사람들
* 피학증―모두에게
  가학증―모두에게 언어로(수사학적으로)
* 수사학적 휘두르기
* 道流…인간 일반(우주의 미지 독자)
       …한울님流(道成立德)
* 잡설의 이삭 줍기―동생말 줍던 시기
* 모순 당착…자기 모순 깨닫기
* 도류네 교의의 해석꾼/ 도류네 경전의 구절들
* 기독이란 '우리들 필멸할 육신 속의 불멸의 자아'의 상징
* 운명 : 씨
  시간 : 날, 시간과 운명
* 苦田…나, 苦田의 소설화
* 학대를 가하는 자도 우리=당하는 자도 우리들 자신, 생존 경쟁, 마음 시간의
  與受 법칙
* 假面―각개 자기…道成立德한 자기 지향
  本面―기독, 부처…道成立德한 한울님 지향
* 문법 이름의 三頭大(형태, 구조, 의미)
* 心田
* 非化現―意種―化現의 도식
 …始   통시태 임금복   終
       生死―나, 우주의 수레바퀴, 공시태 임금복
       생사―육신적 잇기―母 임금복
           정신적 잇기―50%―사후, 작가, 학자 임금복
                    50%―생전에만
       공시태+통시태→저작, 형태+의미+구조

  오고가는 전철, 도서관에서 읽는 『칠조어론』 1에서 중요한 구절, 떠오르게
하는 구절

* 전우주, 한우주

…心田에 苦받기, 苦田 만들기의 반복 : 나

…아담과 前生, 유아와 前生

…6조기(死生)/ 7조기(파괴(살육)・창조(성욕))

…운명의 책. 前生, 此生, 後生

…全純全善, 不純非善

…重力의 고장－동양

…해탈과 탈선

…亡者의 지각자/ 亡者만의 우주

…말세론－서구/ 윤회론－동양

* 善의 집적과 覺道는 별개의 것

* 神의 精神分析

* 우주적 훼방꾼

* 相剋的, 규형

* 개벽＝重生

* 인간은 위대한 모순, 예술적 모순

* 원초적 상처

* 막내딸이야말로 위의 언니들에 비해 총명 영특. 근면하고, 그 마음이 大地처
  럼 넓고 깊어 國母가 되는 결과…동생

* 아버지를 타도(극복)하기

* 삶 자체가 末世

* 창세와 말세…서구

…운명적 加虐症/운명적 被虐症

* 살상과 정복

* 알파, 오메가 균형 유지

* 想像兒, 幻兒

* 사실주의와 허무주의 표리 관계

1994. 3. 5. 토. 08:35

전철에서 『칠조어론』 1을 읽으며

* '얼굴의 편견'의 幻子

* 윤회란 단면적 환(뫼비우스의 고리)

* 삼천대천세계의 易理
* 열린 場
* 초월적 無明
* 이웃들의 운명…나의 94년 계획, 책출판용 논문 준비/ 道成立德한 인간
* 악순환의 순환, 상극의 질서화
* 마멸…영겁의 사명
* 半聖半俗의 고뇌
* 식물적 윤회론/동물적 윤회
  …진화와 물질(경제), 문명진화론. 진화론의 각 종류 생각됨-경제적 진화/
  문명적 진화/ 문화적 진화

1994. 3. 6. 일. 01:45
부천 시청앞 62-1버스를 타고 연대 앞까지 『칠조어론』 1. 2를 읽으며

* 俗兒
* 殉死
* 하루라는 시간의 生理的 길이
* (고정) 관념의 파괴
* 의견의 평균화
* 月曆-세월의 분류법
* 생명 우주적 춘사, 우발 자체?
* 순수한 마음으로 행하는, 끊임없는 변절과 환속뿐
* 위대한 자유의 성취
* 진화의 궁극
* 말의 몽상꾼, 말을 사고하는 자…나의 언어 문제점, '엉' '존대말'
* 사랑이야말로 神들이며, 보살들이며, 중생을 돕기위해, 중력을 입어, 내리는
  층계
* 자비의 법륜 굴리기
* 聖法을 修業하기
* 원초적 지혜의 퇴적. 축적된 원초적 지혜
* 될뻔한 의인, 될뻔한 현자
* 사랑(善)의 성분-포용적
  미움(惡)의 성분-적대적

* 五毒酒(욕망, 증오, 무명, 아집, 질투)
* 순교자적 정신

『칠조어론』 2

* 어머니 天國↔읍의 상극…상극적 질서의 세계관 : 박상륭
* 세계혼
* 우주적 善
* 佛紀 25세기 말경…한국 仙紀 50세기말경(BC. 2333 – AD. 1994)
　　　　　　　…단군 할아버지로부터 儒佛仙 東學까지
* 천국이란 위대한 도서관…善의 도서관(善관념, 善지혜)
　　　　　　　　　　　惡의 도서관(惡관념, 惡지혜)
* 인도인－신의 인육 입었기의 중도로 침…한국인(천도교)－인간의 신(한울님)
　입히기 중도
* 우주적 언어
* 무에의 긍정적 체험…동생이 그림 그림, 의식(인식)할 수 없는 속 나의 한 부
　분. 내가 말하지 않았으나 동생이 순수로 그려진 순간의 그림, 그 그림에서
　'악마' '살무사'의 한 심리가 반영된 듯한 그림, 밖에서 벌어진 안 좋은 일
　이야기 한 후 그려진 그림 무섭게 반증 조심해서 말해야

1994. 3. 8. 화. 07:00
어제(3. 7)의 하루
11시－12시 반까지 『칠조어론』 2 읽음, 그리고 머릿 속에서 자꾸 떠오르는
생각들

* 神의 언어
* 끝없는 열림에 대한 공포증
* 天國－상태이지 장소가 아님
* 어떠한 학문에고, 태초에는 스승이 없었던 것도
* 中極
* 中－수사학적 결론, 상상 임신에서 태어난 鬼面
* 지혜 주머니

* 자기를 哲學化
* 파괴력의 中和를 성취할 것
* 上昇을 성취
* 사탄과 학정꾼, 아비도 없이, 어미 혼자서 임신했다가 분만한 자식들, 후레자
  식들
  …어미와 아들의 관계, 부정적 通過祭儀
* 地質學과의 관계…책의 역사, 관념의 역사, 지식의 역사, 지혜의 역사
* 부정적 氣는, 파괴력을 수반하는 것이 축생도의 역의 법칙
* 우주적 난관
* 삶은 허무
* 碩學, 藝人, 治者, 庶民, 勢꾼
* 前生 닦아놓은 功德德力에도 한계
* 不死수업

1시 외출 오후 수업을 위해 일찍 나감. 62−1버스 타고 『칠조어론』 2 읽음

* 여분의 지혜
* 미래의 불확실함
* 順民
* 자기 확대, 확산의 변이 과정
* '잠'의 심연
* 時代相에의 연구
* 지혜 주머니, 무지 주머니…내가 많이 쓰는 무의식 언어 '특이'하다, '재미'있
  다, '좋다' '열심히 하자'
* 꿈과 도덕적 책임
* 염세증
* 천편일률적 비극…유교의 여성에 대한 세계관(여성의 힘) 모두 묶어 놓기,
                예) 아들 낳은 어머니만 예외 : 조상 숭배 적격자)
        …조선 500년 남성→여성
        1876년 외세력=일본 세력=형제 싸우기
        19−20세기 : 뒤섞이는 시기
        20세기 후반 '여성의 힘' 폭발적으로 외현되는 시기
        고려, 삼국 시대 여성(어머니)가 아들 관계로 박상륭 이론 반발하기

일제, 전쟁, 분단→남성의 힘 적멸기

여성(어머니)의 힘 키우기

1910 - 지금까지

…결국 박상륭 이론이 나온 시대적 배경

조선조 세계관 연속선 상에 어머니(여성)+서구 지식+동양 종교

* 저승의 누가 이승에다 세운 무덤
* 어머니-문학적 어머니/ 심리학적 어머니/ 생물학적 어머니
* 종교적 상상력
* 天國
* 종교가 없는 고장
* 우주적 교의
* 상극적 상합
* 수사학적 혼돈
* 聖者
* 낮과 밤의 균형

…어머니와 아들의 관계 잘못 치렀을 때 안팎에서 파괴 성향적

어머니와 딸의 관계 잘못 치렀을 때 안에서 파괴적 밖에서 도전적

…어머니 파괴하기/ 어머니 도전하기/ 어머니 회피하기/ 어머니 극복하기/ 어머니 수용하기

…아버지 수용하기/ 아버지 회피하기/ 아버지 극복하기/ 아버지 파괴하기

* 땅의 아집
* 삶, 회심곡적 산법
* 상징적 소리
* 우연성과 허구성
* 不死永生

교수 휴게실에서 『칠조어론』 2 읽음

* 시간의 미래를 시간의 과거 속에다 매장하기
* 여덟울음(天上天下唯我獨尊)
* 복수자궁, 복수적 탄생
* 열린 場, 間場
* 우주적 씨앗(의미)

* 운명의 기호
* 횡적 우주에 종적 임신
* 단면적 윤회만 거듭
* 무업의 의지
* 자궁 속에 상상임신, 분만에의 희망
* 익명, 상징의 형태 : 色界의 법칙
* 신→인간 창조/ 인간→우주 창조…서구적 세계관
* 자살론/ 전쟁예찬론
* 미래에로 헤엄쳐 나가기
* 피안물새들의 차안에의 그리움
* 죽음이 산 고장
* 우주적 凡理
* 모태를 이룬 세포는 시간
* 시간에 의해 조직된 생명 필멸
* 낳음과 죽음사이의 시간적 거리
* 문화적 짐승들의 비극은 그 혼에
* 진화의 거보
* 苦의 자루 부정적 측면
  快의 자루 긍정적 측면
* 목적을 달성하기 위한 과정/ 가장 모순에 찬 과정
* 이상적 무정부/ 비이상적 정부
* 수사학적 장애
* 수업꾼에 요구되는 것-신실성/ 회의·의문/ 성도하고 말겠다는 결심

1994. 3. 9. 수. 09:20
전철에서 오고가며 시간날 때 읽었던 『칠조어론』2

* 俗家수사학
* 한 벌의 우주
* 人間=文化
* 한 우주의 구조 二元論
* 습관적 사고
* 능동적 힘 用/수동적 대상 體

* 실다움은(眞理)은 하나인데 이름은 여럿, 자기부정과 고행을 통해 자기를 구원하기 완성. 우주의 질서가 상극적으로 질서화
* 의미와 기호간의 괴리현상
* 약간의 외로움/ 약간의 비애
* 無의 씨눈－없음의 의지/ 無→변용전신
* 한 유정의 무의식
* 유정들의 편견
* 어머니의 부정적 영상/ 긍정적 영상. 一元化
* 잃기의 고뇌의 道場
* 인류사 서장부터 금기와 불복종 기록
* 어떤 종교든 자기부정이라는 고행 난행. 스스로 된 고자를 찬양. 제약과 금기 위대한 세계의 구현은 주춧돌
* 신→그 자체가 음양의 두 성기. 至難 至福
* 편견, 편애, 소유욕→폭력주의
  남주시대, 부계사회의 척추
* 凡性的 도덕
* 남성과 폭력성(상처)
* 인류. 人世
* 독재주의보다 화백제도(상상적 제도)
* 어머니 희생적…한국의 어머니
* 유교적 여성관
* 지구와 인류의 삶
* 소화불량증과 우울증
* 未來史
* 이승적 자유
* 善德
* 佛者(마음의 우주)와 基督(말씀의 우주를 개벽한 자)은…천도교, 인간의 우주(한울님)을 개벽
* 二元論의 극복
* 공간에의 상상력
* 한 우주를 명명하기, 모험하기, 행운찾기
* 문장의 邑史
* 돌연변이를 도모하는 진화론자

* 기독 : 개인적 운명을 집단화, 범우주화
* 우주는 홑겹
* 자기부정과 죽기라는 法輪
* 神의 삶, 평균적 인간의 삶
* 몸과 마음의 분리/ 자기와 외계의 괴리
* 수사학적 질서
* 순교의 교리
* 복된시대란 衆心 속에, 무엇의 피라도 내고 싶어하는 부정적요소가 덜 함량
  된 시대, 비극적 시대는 마술사를, 복된 시대는 연금술사를
* 트인 귓에 대한 몽상
* 종교적 복합성
* 우주의 맥박, 신의 숨결
* 中道:불안정한 돌팔이의 敎義
* 기호와 내용간의 풀기의 집착
* 葬婚式

1994. 3. 10. 목. 10:00
『칠조어론』 3을 읽으며, 또는 읽으며 떠오른 생각들

* 人神的 구원을 향한 방대한 사유…한울님적 구원, 개인의 구원만이 아닌 집
  단적 구원 포함
* 『칠조어론』 1, 3 차례

* 觀雜說…說
* 눈썹과 배꼽
* 觀音品…音
* 觀夢品…夢
* 觀語品…語
    …눈썹…中道
    …배꼽…진화
    …성기(항문)…역진화?
* 童話 한 자리…유년기 고착(동화적 상상력)

* 말의 역사(언어의 역사)…쌓기의 실존/ 모험의 실존
* 유태민족－말의 개발
　…중국 민족－윤리(제도) 개발
　…인도 민족－여성 개발
　…동이족－仙·巫 개발
* 運命의 기호, 運命의 내용
* 안에의 想念,밖에의 偏見
* 말의 탐색꾼
…박상륭, 이승에 德?, 피학자 의식만 강함
* 태어나기－죽기－태어나기－죽기의 악순환
* 유리(사막)…서구적(유태인적)으로 적용 변용, 동양은 大地이기에
* 爲의 有/ 無가 가름
* 서구 신화비평…동양에 잘 적용되는 이론. 동양의 세계관, 윤회 세계관에 부
　합되기
　　　　　　　　　…동양 땅의 서구 땅화. 서구 땅의 동양 땅화
* 40주야 비가 안오는 지역, 사막 지역이나 해당, 동양 땅 해당 안됨
　…東西 古典의 역사/ 경전의 역사－책의 역사
* 허무주의－운명론↔사실주의
* 이중적 연금술
* 동물의 해탈
* 돌연변이라는 역동적 비상
* 1차적 해탈/ 2차적 해탈
* 실언과 무의식
* 육신의 死生 윤회
　땅 속 : 땅 위 반복
* 인간의 우주 창조하기
…神이 필요한 땅(사회)－유태 민족
…人神적 王이 지배한 땅(사회)－중국 민족
…인간 위주로 산 땅－한국 민족
* 괴로움과 지옥
* 말씀(신의 승리)
* 자기혐오, 부정성, 자기파괴
* 창조주에게 있어서는 가학의 피학. 살욕과 성욕. 낳기와 죽기가 갈아드는 고

통의 세계 자체
* 인간－혼의 장소
* 지옥에 가까운 고행－증오/ 천국에 가까운 고행－사랑…地上天國/ 道成立德
* 體/ 用論
* 單面. 無面(뫼비우스의 고리)
* 無元化
* 갇혀진 공간
* 신들과 인간의 상상력
* 我執을 여의기. 解脫을 성취하기
* 신들의 상상력에 갇힌 공간
* 지우개 科學
* 우주라는 한 原人
* 易(갈아듦)
* 生門과 死門
* 不死門
* 늙은 피로
* '살기'라는 宗敎
* 禪的 無
* 文化的 연금술에 의해 文化化
* 有라는 質料
* 늙은 巫面
* 無意識의 全意識化
* 善에의 갈망…道成立德(內成外成)
* 우주적 주제
* 日常的 고뇌
* 자신이 속임을 당하는 것을 발견하기
* 方言性. 地方性
* 총화. 복합성…인도의 어머니와 자식의 관계
* 분노를 슬픔으로 바꾸기
* 하향성 감정…성내기, 미워하기, 시기, 질투, 저주
* 사내와 애…육신 자궁의 體만 여자. 남자x. 여성의 의미를 크게 봤기에, 남성의 의미를 작게 봤기에. 여성, 남성의 힘 결합＋애…어머니와 아이의 1년 바꾸기

* 우주적 위대한 모순
* 육신적 윤회
* 도덕적 타락의 상징
* 육 속에 억류된 영의 해방
* 희랍인 아도니스교의 (物活論)
* 기호와 의미(體와 用)
* 小我가 大我에 귀의 합일
* 추상적 진리
* 반영과 굴절
　수용－굴절－반영이라는 변증법
* 문화와 야만
* 인연의 점질대
* 가정적 진리
* 각설이의 한 주변감
* 깨우치기 我執과 편견으로 이루어진 色
* 無라는 話頭
* 二元論을 一元化
* 상대성적(二元的) 어휘
二元論은 우주를 觀하는 눈의 여성성에 의해 이뤄진 언어
* 天國 왼통 깨어있기
* 慾望 : 배가 고픈 자궁
* 9년 面壁
* 우주적 權勢櫃 : 地獄
* 幻地
* 두 眞理의 동등성(밖/ 안)을 인정하기 위해
* 幻鬼의 이름은 二元論
* 심리적 발작
* 順調/ 逆調의 변증법의 돌연변이
* 易의 補償의 法則
* 大悟徹底한 정신에 비유
* 군중 : 衆我. 집단
* 왕은 역사의 노예
* 정신상태의 불균형

* 하나의 힘은 道
  道가 비대해지면, 治가 여의고
  治가 강대해지면, 道가 쇠약해지는 겨우
* 道 : 治勢의 억누름
* 겨울 : 棺속에 담긴 欲望
* 태초에 말씀…신약적 세계관
* 우주적 시간과 개인적 시간
  大我를 축소→小我化
  小我를 확대→大我化
* 천로역정에 쓰이는
* 우주의 기원
* 禪門의 文化

1994. 3. 10. 목. 22:25
"포스트 모더니즘은 아이들 놀이일뿐"–도정일, 퇴행 문화 시대의 예술(문화일보, 1994. 3. 9) 기사에서 어른은 없고 아이만 있는 퇴행적 나르시즘의 문화가 그 종착역을 보며 박상륭이 떠올랐다. 퇴행성 나르시즘과 유아적 실존과 관련.

1994. 3. 17. 목. 19:45
"생명의 초현실 세계"(문화일보, 1994. 3. 17)를 보며 박상륭의 물고기론『칠조어론』1 표지.『죽음의 한 연구』내용 연결됨

1994. 3. 23. 수. 08:35
『종교사개론』을 읽으며 생의 우주적 순환을 보며 영원 회귀는 김동리를, 인간과 식물에서는 박상륭을, 시간의 죽음과 재생에서는 이청준이 연결되는 것 같다.

1994. 3. 24. 목. 18:40
"極東 폴리그램 클래식회의 참석"–레불라 사장(문화일보, 1994. 3. 24) 기사

를 보며 한국 音樂 시장 세계 8위 성장에 매력과 각 신문마다 최인훈 특집 기사를 보며 한국인의 상식들

⊙ 세계 최대를 우호적 선호. 세계적인 음악가−호세카레라스/ 휘트니 비엔날레−세계적 미술가/ 세계적 연극계 캐츠/세계적 무용계−발레단 등
ⓛ 한국인이 세계에서 먼저 文名을 날려야 그 다음에 인정−백남준, 정경화, 정명훈 등
ⓒ 한국 땅에서만 한국 최고, 세계인 수준에 못이르며 세계속의 잣대로 생각하지 않음−한국의 여러 문인들
ⓔ 한국인이나 한국에서 뿌리도 못내리고 외국에서 문명도 날리지 못한 박상륭의 경우−한국 문단의 세계적 수준이냐? 국내의 강한 텃세로 밀쳐내기 20년 절필했던 최인훈의 최신작 『화두』와 관련지어 여기저기 신문지상 떠들썩 박상륭은 『죽음의 한 연구』 이후 15년 이후 『칠조어론』 1, 2, 3이 나와도 최인훈과 너무나 다름.

1994. 4. 7. 목. 11:20
"김병선, 전정구 교수의 '소월시어 쓰임새 색인집 펴내'(한겨레신문, 1994. 4. 6) 기사를 보며 박상륭의 소설어와 그 쓰임새에 관심을 가져야겠다.

1994. 4. 14. 목. 13:35
신문을 보며 아니며 기타 떠오르는 단상들 연구 주제들

* 박사 논문과 관련지어 한국의 20세기 상징적 죽음
  인간의 죽음−김동리
  인간, 공간, 땅의 죽음−박상륭
  인간, 시간의 죽음−이청준
* 한 인간의 이름으로 한국 벗어나기 결국 박상륭처럼 한국어, 한국 무의식만 남게 됨
* 소외된 장에서 떠난 새공간 찾기 (개발하기) 국제화 공간, 한국의 땅에 모두 공통 적용. 세계 모순과 한국 모순. 모든 곳(차별, 소외, 좌절된 장)에서 완전 포기 도태하느냐. 거기에 끝없이 부딪쳐도 도저히 상처의 겹겹이 뿐. 다른 장 개발(민족 대이동처럼, 새로운 땅 찾기) 기존의 공간과 차별화. 박상륭 선

생님 이해됨
* 말의 세계에 주력하는 자 관찰
  말/ 글의 양면성－박상륭의 「열명길」, 권력가→말, 지식인→글, 일지
* 한국의 나, 초월, 비약/ 한국 밖 박상륭

1994. 4. 24. 일. 18:00
1부 예배를 드리며 나의 기도 제목은 나도 모르게 하나님 아버지가 나오지를 않나 '인류 사랑' '박상륭을 이해할 수 있는 지혜' '기다리자'로 생각되었다. 찬송가를 부를 때는 나도 모르게 눈물이 흘러나오고 공교롭게 목사님도 오늘 장애인 얘기를 많이 하셨다. 동생에게 이야기 하니 장애자날이 지나서라고 나는 장애자날 생각도 않했지만 공교롭게 장애인을 생각하게 된 것. 목사님 설교 중 부정적 생을 가진 자들 부정적 사고, 열등의식, 피해 의식, 비교 의식 많다고 하시며, 부정적 자아 형성의 6가지를 말씀하셨다.

1994. 4. 26. 화. 01:35
어쨌든 오늘 『어문학』 6집이 나와 기뻤다. 내 논문 "박상륭의 1960년대 작품 세계"－생명, 땅, 성의 황폐와 생명주의의 상상력이 실렸기 때문에

* 김동리…정치, 한국인의 삶(의지) →종교. 한국 것 소외
  박상륭…정치, 경제, 한국 땅, 불모의 땅→우주 신화. 한국 정신 구원
  이청준…사회 경제. 정치×, 정치 중심부 차지(S대), 경제 중심부 차지×→공간.
  남도. 시골. 근대 자본주의 체계에서 소외

1994. 4. 27. 수. 01:00
박상륭 불교적 외형적 죽음(『죽음의 한 연구』), 기독교 시대 외형적 죽음(「아겔다마」)와 『사반의 십자가』와 차이

1994. 4. 28. 목. 02:15
  김동리－한국인의 生. 정신, 한국 정신
  박상륭－20세기 한국인의 생

20세기 후반 박정희 한국 정치 공간 – 通宗敎的/ 신화 구원관
이청준 – 한국 남도인의 생 – 경제 이승이 아닌 저승 구원(기독교적?)

1994. 4. 28. 목. 18:25

논문의 얼개를 잡다보니 나의 평소 한국 역사관/ 세계관이 다시 연관되었다. 20세기 한국은 세계사의 논문과 맞물려 그 자체 한국도 모순이라고. 그리하여 20세기 세계의 모순과 한국의 모순을 죽음의 상징으로 읽고 그 정신성을 드러내는 작업으로 해야겠다고.

김동리의 경우. 미국(서구)이 침투된 것(기독교) 일본의 태평양 전쟁에 학병으로 끌려간 것. 이승만 정권기. 군사 혁명기, 군사 정권기. 타민족이 침투되는 과정 중 타민족 정신이 아닌 우리의 정신성을 찾기에. 우리 현실에 필요한 정신 모색.

　　박상륭의 경우. 서구 정신 세례기. 박정희 정권. 서구 지식(서구 근대) 편향. 파란눈. 진화론. 인식론 흡수. 서구성과 한국성, 동양성의 접합
　　이청준의 경우, 한국에서 한국 읽기, 경제 제일주의 시대에 이청준
　　종교자로→ 김동리→한국 민족 위기, 한국 정신 찾기
　　떠돌이로→ 박상륭→한국 정치 암흑기 정신 구원 찾기
　　변방인의 죽음→ 이청준→한국 정치 변방지에서 정신 구원 찾기

1994. 4. 30. 토. 01:45

增谷文雄의 『佛敎槪論』을 읽으면서 「육조단경」은 중국 불교(선종) 『죽음의 한 연구』, 『사자의 서』 – 인도 불교/ 티벳 불교 – 『칠조어론』

박상륭 선생님이 60년대 관념이 승하듯 92년 글을 94년 지금에 읽으면 92년의 나 자체도 얼마나 관념이 승하고 60년대 박상륭 선생님 내면의 복사관이 아닌지?

1994. 5. 4. 수. 00:25

나에게 있어 10년간 바쳐 얻을 수 있는 것은 박상륭 연구가. 박상륭 학자가

가능할 것 같다. 92년부터 시작했으니 2000년까지 박상륭 연구에 매달려야겠다는 생각이 들었다.

1994. 5. 10. 화. 00:45
* 낮에 편린적으로 떠오른 생각들
人間史의 반복 구조 ① 창조적 성격(파괴 공존) ② 진화론적 성격의 반복(퇴화 공존) ③ 수용, 순응, 中道的 성격(발전이 아닌 유지나 안정)
*『죽음의 한 연구』를 읽으며 고향터＝황폐한 터 그 자체, 황폐한 뻘흙뿐
『죽음의 한 연구』를 읽고 소정리한 것

>   외형 불교적 외형의 成佛
>   구원 양상 인류 구원 죽음과 영성
>   행동 살해, 마른 늪 고기 낚기. 살해와 속죄
>   인간의 生死 바르도
>   황폐한 세계　　　　요한 계시록
>   말세적 풍경　　　　창세기　　　패러디
>   (박상륭의 내면세계) 예수 등장
>   假死와 完死

* 62−1버스를 타고 집에 돌아오며 떠오른 생각

>   육신−未進化→進化(성숙)→退化(노쇠)→死
>   정신−未進化→進化(성숙) 퇴화・고착・중도
>   문명의 진화/자연의 퇴화

1994. 5. 11. 수. 07:32
박사 논문의 목차 중 II번 항목과 죽음의 정치 경제학으로 III번 항목은 죽음의 死後 인식학으로 나의 고향 터는 정치 공간이었다. 중국, 경주, 개성, 신도안 모두 정치 공간과 관련됨

김동리−국제 정치 배경

박상륭-국내 정치 배경
이청준-국내 경제 배경

정신사의 심리적 독법에 따라 나의 승부 걸기 : 박상륭 연구, 인간의 운명, 인류사, 세계사, 한국사 읽기→정신, 문화, 종교, 관념사로 표현, 문화 인류 의식

1994. 5. 12. 목. 08:55
이동하의 "우리 소설과 구도 정신"은 "소설과 역사와 우주", "우주의 암호와 우리 소설", "땅의 말, 하늘의 말" 제목이 뛰어나고 거창함에 비해 그 미흡한 점이 보이는 것은 한국 문학의 현주소인 듯/. 과거에도 보면 평론 제목은 너무 좋지만 그 작품을 보면 그렇게 뛰어나지 않기에 그래서 평론가의 안목 좋은 작가, 작품을 설명하는 것이 상당히 중요하다는 생각. 모두가 박상륭을 빼놓고 있으니. 외국 문학 전공 평론가가 약간 거론한 것과 한국 문인들이 私的 공간에서 박상륭을 이야기하는 것이(이들은 연구자가 아니어서 박상륭 소설의 직접성 연구와 무관) 전부이다.

1994. 5. 17. 화. 01:40
논문 김동리 : 서구 정신-동양 정신 대항
　　박상륭 : 동양 정신+서양 정신 결합
　　이청준 : 서구(합리, 개체 정신)-한국의 집단 정신 대항
박상륭의 人神, 人間과 단절된 속의 神
박경리의 쥐벼룩과 붕새

1994. 5. 25. 수. 12:15
메시아에 물질적 메시아(유다)와 정신적 메시아
진화론은 유물론적 진화/ 육신적 진화/ 정신적 진화/ 문화적 진화

1994. 6. 1. 수. 09:40

"한국 철학회 학술 대회-지구촌 미래, 인간-자연 조화가 과제"(동아일보, 1994. 5. 31)와 박상륭론과 관련

1994. 6. 5. 일. 16:25

교회에서 성시 교독을 하며, 박상륭 선생님의 주제가 떠올랐다. 빌립보서 2장 중 '너희 안에 이 마음을 품으라 곧 그리스도 예수의 마음이니'의 부분을 보며, 『칠조어론』이 말씀의 우주, 마음의 우주, 몸의 우주의 주제라 하셨는데 구약에서 하나님의 말씀→말씀의 우주로, 신약에서 예수님의 마음이→마음의 우주로 그리고 몸의 우주 서구의식(말씀, 몸, 마음)+동양 의식(우주)=박상륭

박상륭의 이원 체계. 겉옷(體)=동양, 우주/ 속옷(用)=말씀, 마음, 몸

박상륭 작품의 이원 구조. 體(西)=말씀, 몸/ 用(東)=마음, 우주

나의 경우라면 몸의 우주를 자연의 우주로 바꿈. 인간이 절대자를 초월할 수 없다. 인간이 우주를 뛰어넘을 수 없다. 끊임없이 변해가는 하나의 진리. 하나님이라 표현/ 우주라 표현/ 자연이라 표현/ 기라 표현-人格神의 입장 삶은 진리를 깨우쳐가는 과정. 오늘의 교회에서의 소결 사랑을 분배하자.

1994. 6. 8. 수. 11:10

사이드의 『오리엔탈리즘』을 읽으며 제국적 자아/ 정치적 자아/ 인신적 자아와 박상륭이 떠올랐다.

1994. 6. 9. 목. 11:10

오고가는 전철에서 사이드의 『오리엔탈리즘』을 읽으며, 또 박상륭의 「산해기」를 읽었다.

박상륭, 「山海記」(『월간에세이』, 1994. 6)의 해석

* 새 神의 탄생…人神的 自我→새 신적 자아, 인간과 신의 접맥
* 짜라투스트라…朴
* 서른…1969. 5. 캐나다 이민
* 고향과 호수…한국

* 산…캐나다
* 고독과 법륜…삶의 모습
* 10년…79년 이후
* 두 行者 숫독수리 암독사
* 암독사는 20년 동안 蓮모양으로 또아리…63-83년 사모님, 선생님의 경제 담당
* 아랫녘 세상의 소문 먹어옮…정치적 자아
* 진실로 진실로 내가 이르노니…성경적(예수님)
* 고독과 법렬…정신적 獨我, 불교我
* 암독사, 암흑, 대지…『칠조어론』에서의 여자, 여성
* 독수리, 아비…하늘(동양적)
* 독사, 어미…땅
* 말씀(로고스, 언어)…성경적, 서구적
* 꼬끼요…한국적
* 하나의 불꽃, 지혜의 불꽃…정신의 응집체
* 과거 십 년 동안…현실我
* 짜라투스트라…박상륭의 神我(用我)
* 한 늙다리 은둔자…박상륭의 體我
* 사람들 : 맹수들의 세상
* 聖者…늙은내
* 노래하기, 훌쩍이기, 웃기, 넋살하기로 신을 찬양…경제적 自我 완전 배제
* 병, 우주적 구상…별+人格
* 물체에 대한 추상
* 우국적 구상
* 상징화, 예술, 종교
* 동짓날 아도니스-그리스로…서구적 새해, 동양적 새해
* 연금된 지혜
* 배고픈 가마귀…자기 폄시
* 디오사우르
* 고고학적 발굴작업…영화, 쥬라기 공원, 서구사고, 땅
* 성스러운 어미, 대지의 배, 하체 욕 보임, 땅 목숨 대량 학살…(동양적인 것의 완전 파괴)

* 마을 가운데 거대한 한 예배당···『죽음의 한 연구』의 '나'
　　　···집단성 거부···집단성···독자/ 문화 연구가/ 평론가 집단들
* 남성적 황금 시대의 그리움···지금 여성 파워 시대
* 서양 니체···동양적 서양
* 거대한 의지의 탄생···쇼펜하우어
* 흙목숨···土靈
* 신, 입, 생식기, 항문···몸적 현실
* 암컷 속에 투신···『칠조어론』

사이드의 『오리엔탈리즘』을 읽으며 떠오른 것들
　　　···박상륭의 양극 유태 신화 : 하늘 속－하늘 아래 : 유럽, 바다 위 영국
　　　　　　　힌두교 신화 : 땅 속－땅 위 : 중국/ 산 위 : 한국, 바다
위 일본
　　　···박상륭, 지구 위의 한 사람, 한국말, 한국 무의식
　　　　　서구원초적 현실 유태교+동양 원초적 현실 힌두교
　　　···박상륭의 현실 : 신구약 변이인 말세 시대
　　　　박상륭의 내적 현실 : 여자→부정→긍정→부정·긍정 공존
　　　···국제 정치 : 김동리/ 국제 경제 : 박상륭/ 국내 정치, 경제(지역 사회) :
이청준
　　　···박상륭, 상징적 한국 대남, 서구적
　　　　　　　63년까지 한국 교육
　　　　　　　한국 사회, 한국 말, 한국 교육, 한국 내면 의식
　　　···『칠조어론』 : 남의 이야기
　　　　『죽음의 한 연구』가 끝(한국과 외국의 상징화)
　　　···『칠조어론』 '남자 인간'이 중심
　　　　　　여성－성－우주－극과 극
　　　　　　'남자 인간' : 지식, 말
　　　···박상륭 : 서구 서점 : 인도 연구서 많을 것
　　　　중국, 일본 등 동양 지식 중 한국에서 구하기 어려운 것, 인도(힌두
교) 경전

1994. 6. 13. 월. 08:25

어제 <국어국문학 논문> 발표 요지를 들으며 내 논문 관련 떠오른 생각

20세기 한국 정신사의 위기, 한 인류我로서 어떻게? 20세기 한국 정신사가 죽는 시기

정치적으로 파괴시키고, 경제적으로 파괴시키고 ㉠ 과거 정신 회귀-김동리 ㉡ 서구 정신 접맥-박상륭 ㉢ 서구 정신 이입-김동리 ㉣ 한국적인 것 회귀 -이청준

죽음 탐색 人物 형이상학적, 관념적 고뇌인들, 형이상학적 自我, 정신적 自 我

　　　타국 것에 한국것 내세우기, 찾기-김동리

　　　서구 것에 한국 것+서구 것-박상륭

　　　남한 정치 소외 지역 중앙적, 지방적 복귀-이청준

　　　김동리-한국 정치 위기, 정치와 죽음, 정치와 종교의 죽음, 정신사의 죽음

　　　박상륭-한국 경제, 지방 경제성, 장타령 소설-중앙, 시골, 지방, 시장 을 무대로 자본주의 경제 도입

　　　　　　중앙 정치, 중앙 경제(자본주의 경제) 소외

　　　이청준-지방 정치, 경제성(영, 호남 갈등 내포)

　　　김동리-한국 정치× : 정치의 죽음(경제×)

　　　박상륭-중앙 정치 : 중앙 경제 : 정치, 경제의 소외

　　　이청준-중앙 경제 : 지방 경제 소외(지방 정신) 정치×

1994. 6. 14. 화. 08:35

어제 논문과 관련지어 서구촌과 동양촌의 대결 문제가 상기되었다. 서구촌 유입으로 동양촌이 깨어져 나가고 있다. 그것에 맞서 동양촌을 회복할 것이냐? (「등신불」) 서구촌 이입(「무녀도」, 「아겔다마」)이냐? 서구촌과 동양촌의 접합이 냐(『사반의 십자가』, 장타령, 『죽음의 한 연구』), 한국촌 찾기냐(「무녀도」, 이청 준의 소설) 결국 '自國의 魂' 찾기의 반성 계기가 他者에 의해 이루어진 때가 20세기 한국

∴ 결국 20세기에 산 한국인들의 魂의 해방 문제가 주 핵심 주제

1994. 6. 15. 수. 06:25
어제(6. 14. 화)의 단편들
김동리 소설을 검토해보며 그의 內思想性은 신라 정신, 화랑 정신, 불교 정신, 경주 정신, 단군 정신 등 민족 정신이며, 한국 것의 회귀인 것 같다. 기타 정신사로 유교, 기독교, 불교, 주역, 속신, 범신론 등. 범신론/ 속신론/ 자연론 여성성, 동양성, 수용성, 다양성 등.
이청준의 內思想性은 고향 정신(집단 제의), 남도 정신, 고향 회귀, 지식 세계, 예술 세계에 주력
박상륭의 內思想性은 관념 세계 지향, 형이상학적 세계 지향, 내면 회귀, 자아 회귀, 우주 지향, 생존 我 정신, 실존我 정신

1994. 6. 15. 수. 14:50
유병덕의 『한국 민중종교 사상론』에서 관념의 정신사, 형이상학의 정신사로 박상륭이, 종교가는 體用 겸비자라면 박상륭은 體× 用만 觀念家, 形而上學家
"栗谷 개혁 강조한 실학의 시조"—국제 학술 대회서 사상 재조명(동아일보, 1994. 6. 15)에서 王道論 관련지어 박상륭의 我. 王道我(王我), 신하 제자 수용×, 수직 우월 논리, 수평 논리(평등 논리) 지향 ×

1994. 6. 18. 토. 09:45
박상륭 선생님 我는 王我(英雄我)와 메시아我가 아닌가 한다.

1994. 6. 20. 월. 09:10
교회에서 나와 인사동 학고재 화랑에 갔다. 강운구의 사진전 <우연 또는 필연>을 보기 위해 오래된 사진 모습에서 옛 삶을 알 수 있는 것이 인상적임
<1973년 전북 장수>…아마 60년대 장수를 떠났던 박상륭 선생님 60년대, 50년대 장수의 삶 연상됨

1994. 6. 21. 화. 07:00

박상륭의 소설 몇 편을 검토해 본다. 「왕모전」을 통해서 박상륭의 한 자아 의식을 엿보게 된다. '삼대 영웅'이니 '삼대 웅변가'니, '삼대 철인'이니, '삼대 성인'이니에서

"만다라−탄트라 그림 조각전 내달 國內 첫선"−티베트 미술(문화일보, 1994. 6. 20) 시바 여신 그림, 반은 男神 시바의 몸, 반은 女神 파르바티의 모습, 음양 상징, 人骨 피리. 삶의 덧없음을 상징, 頭蓋骨 북. 자연 채색 탱화− 파트마삼바하바.

1994. 6. 23. 목. 09:15

"베네데토 크로체(1866~1952)"−이탈리아 정신의 큰 뿌리(한겨레신문, 1994. 6. 23) 기사를 보며 '일반 언어학' 항목이 눈에 강하게 들어왔다. 특히 유럽 지성들은 누구나 즉 언어학자가 아니어도 언어에 매달린다는 사실이다. 푸코의 말과 사물, 크로체의 일반 언어학, 기타 무수한 철학자 등 성경에서도 '말씀'의 계보에서 분석해낼 수 있지만 박상륭의 스승(당굴)의 말이 직접 정치어, 통치 어이던 신화적 시대가(스승=말) 그려진 말의 세계나 이청준의 「언어 사회학 서설」, 즉 「잃어버린 말을 찾아서」에서 말의 탐색, 지금 『칠조어론』의 박상륭 세계에서는 말씀의 우주로까지 나아갔고, 나도 이제 '말'의 문제에 대해 주력 해 봐야겠다. 지금 좋은 대안이 생긴 것이다.

나에게 문제가 되었던 말, 말의 연구를 해야겠다. 政治의 근원 특히 한국에 서는 巫女王이 男王(차차웅, 이사금, 남신, 남왕)으로 변했다. 政治語는 母語이 자 어머니 말이다. 하나님 말씀 父語, 男語에 비해, 한국의 특성을 어머니 힘 이 센 나라, 母國이자 母語로 어머니=言(말씀)의 나라가 아닐까 생각해 보자. 박상륭, 기독교 경전 모두 남성이 핵으로 되어 있지만 동양, 한국에서야말로 여성의 핵이 말, 말씀일 수 있는 곳이리라

1994. 7. 1. 금. 08:25

광화문에 와 좌석 버스를 타고 산 책들을 쭉 검토하며 귀가했다.
『월간에세이』 7월호(박상륭 선생님의 「산해기」)

* 짜라투스트라
* 오이디푸스
* 파우스트
* 巫女
* 남성위주사회, 남존여비사회
* 정신적 어지자지…인도 소설 『델리』에도 나옴 남녀추니, 어지자지
…박상륭 선생님이 서서히 대중, 집단, 군중을 새롭게 보기 시작했다는 생각이
   듬
…박상륭의 한 我는 南道我 전라도 사투리, 전라도 쌍욕의 표현으로 그 흔적

1994. 7. 4. 월. 10:10

어제 교회에서 나의 기도 제목이란 인간의 생(삶)에 대해 애정을 갖자와 논
문이었다. 목사님 설교에서 자기의 十字架를 지는 것, 자신을 포기하고, 자기
부인의 삶이 필요하다는 것. 욕심 편견이 있는 자는 무기력한 자. 정치적 메시
아냐 구속주로서의 모습이냐에서 하나님의 아들로 선택한 예수와 관련 지어
박상륭의 「아겔다마」와 정치적 메시아? 부자유 속의 자유, 자유 속의 부자유가
떠올랐다.

"유영모의 생각과 믿음"―하늘 아버지, 땅 아버지(문화일보, 1994. 7. 2)를 읽
으며 한국인의 틀에 묶여 있는 보이지 않는 굴레가 강하게 느껴짐. 남자 사상
가, 남자 평론가, 남자 작가들 모두 중국적 이상(동양적 이상) 유교 이데올로기
를 무의식적으로 크게 신봉한다는 것, 王, 선비, 사대부, 군자 등. 동양인의 틀
(중국 유교)을 벗어나기 상당히 힘든 것이 강한 남자 모방 원리인 듯. 그것을
벗어나는 것이 인도 정신사 수용(박상륭 후기) 샤머니즘 정신사 수용(어머니
정신사), 불교 정신사가 아닐까?

1994. 7. 6. 수. 09:40

어제 아침부터 어제 잠을 자기 전까지 돌고 도는 인생사를 기록해 보고자
한다. 어문학회 모임 이전에는 주로 논문 구상에 매달렸었다. 20세기 한국의
정신사를 규명하며 19세기 한국의 정신사는 무엇이며, 20세기 정신사와는 어
떻게 연결지을 수 있는가와 그 변별성은 무엇이며, 또 20세기 정신사와 21세

기 한국 정신사에 어떤 지표를 안내해 줄 수 있는가다. 19세기 정신사는 주로 유교 정신사, 샤머니즘 정신사, 불교 정신사에서 유교 정신사가 현실적 정신사이고 샤머니즘, 불교 정신사는 비현실적(비합리적) 정신사이다. 20세기의 정신사는 샤머니즘 정신사는 자연과 접맥으로, 불교 정신사는 소생의 꿈을 근대 과학 침입으로 기독교 정신사, 진화론적 정신사가 자리 잡혀 동양 정신, 서양 정신의 혼합 현상을 보여주었다. 정치사의 격동기, 군부 정치(영남 출신)의 한국것 깨기(남도에 보존된 한국 정신 깨기 즉 남도의 집단 정신 깨기) 정치 경제적 물적 기반으로 땅의 파괴를 신화적 정신적 땅 기반으로 변환시킴. 시대 죽음, 시대 살림, 죽음의 시대 읽기(정치, 경제사 읽기), 망국, 분단 등 죽음의 대가로 구속. 92년 박상륭론 황폐한 우주와 생명 살리기(93년 논문 공백) 94년 논문은 죽음의 상징 시대에서 생(살림) 찾기, 죽임의 상징 시대에서 生 정신 찾기로, 김동리의 경우 體는 외부, 亡國 기타 세력 침투─미국, 서양, 일본 제국주의, 用은 내부, 민족 정신 죽음─정신 살리기, 시대 정신 읽기, 기독교의 한국식 토착화 고뇌─『사반의 십자가』, 샤머니즘으로 읽기, 한국 것 살리기─『乙火』, 샤머니즘 정신사.

박상륭 1961. 5. 16 이후 정치 경제사, 모두 죽음으로 읽기 서구화 침투

이청준 호남의 정치, 경제사, 집단 정신사 파멸

김동리─경주 정신(고향 정신 내포)/ 이청준─南道 정신(고향 정신 내포)/ 박상륭─고향×, 남도×, 원형×, 죽음, 땅, 여자가 기반, 죽음 정신

박상륭, 경제 제일주의(물질 위주 시대)에서 心神 소외, 인간 소외, 관념神 개발.

　　　정치 자아 파멸, 정치 제1주의, 황폐한 정치 어부왕 신화, 정치적 자아, 인간 소외

20세기 한국 근대화의 3단계

일제 강점기(김동리) 근대화 1단계─민족 정신 파괴 해체, 나라 파괴

60년대 근대화 2단계(박상륭)─경제 제일주의, 인간 소외, 物神 위주

70, 80년대 근대화 3단계(이청준)─영호남 지역 갈등 야기 시킴(호남 소외), 개체성 위주, 근대 개체성, 집단 정신 파괴

김동리─종교에 초점(기독교, 불교, 무교)

박상륭—정치 경제 원리의 땅에 초점(「아겔다마」—말세 땅과 메시아, 「경외
전 세 편」—황폐 땅, 장타령— 땅(시장 원리 내포), 『죽음의 한 연구』—황폐한
땅)→신화적, 상징적 땅으로

이청준—호남의 집단 무의식에 초점, 남도 정신사 깨짐—근대화의 3단계, 「
석화촌」—근대 교육, 학교, 「이어도」—근대 문화, 신문사 권력, 군부 정치, 「비
화밀교」—근대 역사, 한국 역사 중 악의 정치사

       집단 위로, 집단 치유

박상륭—제국주의, 군국주의, 근대화(공업화) 시대, 자연 파괴, 자연 정복—
       서구 원리

    정치, 경제 김동리→한국 파괴(한국인 소외)—한국인 죽음
          박상륭→근대화(인간 소외)—자연, 땅 죽음, 인간 죽음(인간 소외)
        이청준→근대화(호남도인 소외)—남도 집단인 소외, 정치 경제적
                억압, 압박 소외
              (경찰서, 군부, 검사, 학교, 신문사, 등)

1994. 7. 8. 금. 10:25

어제는 압구정동 다도 화랑에 전람회를 보러 갔다가 서강대에 들러 아태 재
단의 학술 세미나를 들을 것이 전부였다. 아직까지 시간 전이와 공간 이동에
따른 기록이 가장 유용한 것 같다.

<탄트라·만다라 그림 조각전>을 보러 갔다. 박상륭 주제와 관련되어서 인
도인들(티벳인)의 세계관의 특이함과 멕시코 가면은 처음 보는 모습이었다. 얼
굴 가면에 또하나 사람의 전체 모습이 덧붙어 있는.

"티벳 고원을 넘고 갠지스강을 건너"(팜플렛)—탄트라 만다라 그림조각전
티벳과 인도의 문화와 미술을 고고학적 면과 미학적 면에서 유추

    * 비쉬누(Vishnu) 神像—힌두교의 삼위일체의 신가운데 두 번째 신으로서 브라
      흐마, 쉬바와 함께 최고신. 우주의 유지와 보존을 맡고 있으며 10명의 化身
      으로 나타나기도 한다.
    * 쇠똥 위에 그린 그림—천에다 쇠똥을 바른 위에 요구르트로 그림
    * 아르다나리스바라神(Ardhanarishvara)—반은 남신인 쉬바의 몸이며, 반은 여신

인 파르바티의 모습이다. 陽과 陰이라는 두 개의 극을 가지고 창조된 우주의 본성을 상징. 여성적인 것이 남성적인 것과 평등

* 깔리(kali)-시간의 힘, 우주의 균형과 파괴의 상징. 그녀는 모든 신의 권력, 힘 그 자체로 여긴다.
* 두루가(Durga)-우주의 어머니이며 사랑의 화신으로 이 우주의 창조, 유지, 소멸을 맡은 여신으로 칭송됨. 악마를 물리치는 평화의 상징이기도.
* 파르바티(Parvati)-온화하면서도 무서운 양면성 지님. 7명의 작은 모신들을 자신의 분신으로 만들어
* 아낙네와 뱀
* 바하바챠크라(Bhavachakra)-生老病死의 윤회를 거듭하는 인간의 운명, 저승 세계의 모습, 깨달음을 이루어 生死의 윤회에서 벗어난 부처님의 세계를 그린 티벳 탱화
* 힌두교의 여러 神像들-다신교인 힌두교
* 푸루샤(The purusha)-인간의 내면에는 쿤달리니(Kundalini)라는 우주 에너지가 잠재해 있다. 이 쿤달리니가 각성하여 인체의 정신적 에너지 센터인 챠크라를 통해 상승하여 마침내 최고신인 쉬바 샥티와 합일함으로써 해탈 이룸. 眞我(purusha)를 실현한 큰 우주의 사람(Cosmic man)과 그 내면에서 일어나는 영적우주로의 여행과정
* 크리쉬나(Krishna)와 고삐(Gopi)-최고의 영웅, 철학자, 정치가이고 무사의 상징
* 람(Ram)-신들중의 신으로 우유의 바다에 살았으며 우주에 가득한 신. 서사시 라마야나(Ramayana)를 담은 그림
* '우주와 사람'(World-image in human form)-우주와 사람의 모습을 인체에 담아 형상화. 시간과 세상 모든 것을 드러내 보임.
* '우주 인간'(The universe as a cosmic man)
* 멕시코 가면(Mexican Mask)-삶과 죽음을 한 얼굴로 나타낸 멕시코 인디안들의 가면
* 나타라즈(Nataraj)-쉬바신의 한 형상. 쉬바는 파괴의 신, 영적, 학문의 스승이며 예술의 원천.
* 티벳의 十二干支圖-시간을 상징하는 파괴의 신…인도, 역사가 없다와 시간 파괴 상관 관계
* Linga와 Yoni

* 가네쉬(Ganesh) 神像 – 머리는 코끼리, 인간의 몸
* 비쉬누의 손바닥

1994. 7. 9. 토. 07:30
몸, 마음, 말의 생존에서
···몸의 생존/ 마음의 생존/ 말의 생존, 知行合一/ 言行合一/ 心身合一
인간 복합적 인간 생존
···몸의 정치 – 행동, 행실/ 물질, 돈/ 육신, 일, 노동
　마음의 정치 – 공부/ 정신/ 영혼/ 마음
　말의 정치 – 겉말/ 속말/ 글

1994. 7. 14. 목. 00:30
어제 생각한 인간의 총 변수 4가지 – 어느 땅에 태어났는가?/ 어느 시대에 태어났는가?/ 어떤 부모(의 외적 입장, 내적 입장 포함) 아래 태어났는가?/ 가족의 운명적 죽음이 인생을 좌우하는 가장 큰 가지가 아닌가? 중 세 가지를 논문 세 작가에 대입하면
　어느 땅 – 한국 땅 경주 땅 김동리/ 60년대 땅 박상륭/ 호남 땅 이청준
　어느 시대 – 일제 망국 군부 정치 말세적 시대 – 김동리
　　　　　　60년대, 박정희 경제 시대, 말세적 시대 – 박상륭
　　　　　　70·80년대 군부 독재 정치, 이청준
　　　　부모 早死父 – 막내아들 김동리
　　　　　　早死母 – 막내아들 박상륭
　　　　　　早死父 – 막내아들 이청준

1994. 7. 16. 토. 23:20
박상륭 소설도 다시 분석하니 즉 「아겔다마」를 보니 너무나 억지가 많고 부정적인 면이 많다. 성경의 한 구절만 떼어다가 자기식 부정의 극치를 보여주어 죽음의 정신사는 찾기 어렵고. 왠지 박상륭이 한국에 있을 때 평가 받지 못한 것을 알 것 같다. 그리고 특히 부정적인 면이 보일 때는 鬼神씨와 똑같

다고 떠올랐는지 고향이 없고, 삶의 기반이 없고, 경제적 능력이 없는데서 남성적 육신만 강한 것이 똑같은 데서 떠오른 것인가? 어쨌든 작년에 신, 우주, 메시아와 관련 동생이 떠오를 때와 정반대의 노선에서 보였다. 지금 생각으로 박상륭 작품은 거두절미하고 「최판관」과 『죽음의 한 연구』만 할까하는 생각이 든다. 어쨌든 『죽음의 한 연구』는 남을 수 있는 작품이기에

한 인간 누구도 단독의 힘으로 되어가기 어려움 한 인간 되어가기는 운명의 총합 덩어리에서 살아가는 것, 자기 자신이 만나는 운명, 자기 자신이 만들어 가는 운명, 긍정적으로 끌어 올리기, 부정적으로 내리기, 부정→긍정으로, 긍정→부정으로, 삶은 함께 살아가는 것, 공범, 동조, 공존, 半半의 얽힘체

박상륭 선생님과 나와 삶의 기본적 노선이 근본적으로 차이. 인간 공존의 삶, 더불어 살기와 단독자의 삶, 홀로 살기의 차이.

60년대 비평가들 K선생님 등이 박상륭의 평가에 대한 유보 이해됨

자기의 삶, 半은 자기 자신의 책임, 共生의 삶 인정, 共生의 인간 이해, 일방적 피해는 없음. 박상륭 선생님 자기만의 자기식의 피해 의식이 강함. 한국의 모순 사회와 맞물려 있음. 지도 교수말 박상륭이 한국 떠나지 말았어야 더 좋은 작품을 쓴다는

『죽음의 한 연구』가 최대 작품, 『칠조어론』기는 공존의 삶 무시

한국에서 경제적 부유/ S대 진입 속성 길 출세, 나, 박상륭 선생님에게 없는 것, 돈 지위, 권세가 없는 경우?

1994. 7. 18. 월. 00:20
『죽음의 한 연구』를 다시 읽으며

인간 차단의 삶, 인간 기피의 삶이 느껴지며, 주변인이 주인공을 우러러 보게만 하는 미숙성적 요소나 자기 도취적 영웅 요소라 할까? 어쨌든 내 정서와는 맞지가 않아 논문 대상으로서 「최판관」도 빼버리고 『죽음의 한 연구』 한 편으로 해봐야겠는데 잘 될지 모르겠다.

1994. 7. 19. 화. 23:20
세 작가의 특성은 김동리의 경우 주인공, 부주인공에서 곁가지(이교)의 갈등,

우세 드러냄

박의 경우 인간 소외, 나의 부각, 이의 경우 집단 삶(역사, 경제) 파괴 공동체 삶 정신

『죽음의 한 연구』의 주인공 나는 고향도 없고 바다가 고향격이다. 아무 것도(기반도, 삶의 터전도) 없는 곳에서 중이 되어 도를 닦다가 죽는 이야기다. 한 여자가 관계되어 있지만. 그렇다면 저런 주인공같은 자가 여자에는 없는가? 여자라면 무속(무당)이 떠올랐다. 그러면서 고향도 아무도 없는 늙은 鬼神氏가 떠올랐다. 한 여자로서 『죽음의 한 연구』 주인공격이다. 무속과 죽음으로 연결지어진

1994. 7. 21. 목. 23:35

박상륭의 아버지(스승) 살해 콤플렉스, 관념僧

…예수, 基督道 완성(하나님, 예수님)−제자에게 설법 가르침, 제자가 어론 완성

석가, 佛道 완성(부처님)−제자에게 설법 가르침, 제자가 어론 완성

공자, 儒道 완성(공자님)−제자에게 설법 가르침, 제자가 어론 완성

훌륭한 죽음← 인류의 고전

『죽음의 한 연구』 나 道完成−제자×−고전?→죽음

…박상륭, 어머니(여자) 콤플렉스

고향 상실 콤플렉스

사람   콤플렉스

主   콤플렉스

정치적(지배자적) 메시아 콤플렉스

1994. 7. 23. 토. 01:30

『죽음의 한 연구』와 관련, 박상륭의 남근적 자아(남성적 자아) 강력히 드러냄, 『죽음의 한 연구』를 페미니즘적 입장에서 글을 쓴다면…

…인류 삼대성인 스승의 公生涯/ 私生涯

죽음의 한 연구의 私生涯

···박상륭, 스승 매매, 인신 매매
···집단적 정치적 피살자들 - 헤롯 시대 집단 영아 살해
『죽음의 한 연구』中

* 성령(保惠師) 代言者
* 顯現 삼위일체/ 본질적 삼위일체
* 현실의 집단적 기원
* 心所의 시간
* 순조 전이/ 퇴조 전이(역조 전이)
* 시대민의 고통, 시대민의 사고, 시대민의 풍속, 시대민의 경향
* 자기속의 重生, 자기속의 천국, 자기속의 악령, 자기속의 죽음

1994. 7. 25. 월. 01:35
『죽음의 한 연구』 관련 좋은 제목이 잡히질 않는다. 황폐한 시대의 죽음 병
존의 삶, 중생, 부활, 불모 시대. 죽음과 삶의 병존, 바르도 시대 등등 교회에
가다가 언뜻 『죽음의 한 연구』 관련 스승 관련 육의 죽음, 靈의 부활 정신사,
본인은 구도적 살인, 죄→죽음, 죽음 연구가 떠오름

1994. 7. 25. 월. 16:00
『죽음의 한 연구』를 분석하며 생각할 소설 대목들

* 서쪽 대륙 - 부유 풍요로우나 도가 우세하지 못한 땅
* 북쪽 대륙 - 장수, 후덕하나 도가 우세하지 못한 땅
* 동쪽 대륙 - 은총, 안식이 있으나 도가 우세하지 못한 땅
* 남쪽 대륙 - 기쁨이 있으나 비어 있음
* 수컷 - 수컷의 감정, 知覺者 속에 하나의 수컷으로 자리, 아버지의 증오, 질투,
  어머니 호애, 수컷 출생
* 암컷 - 암컷의 감정, 知覺者 속에 하나의 암컷으로 자리, 어머니 격렬한 증오,
  아버지 애정
* 정충, 난자 순간 靈氣가 자궁으로 드는 것. 獨存의 헤설픔
  ···서구 이원론 관련지어 떠오른 대목들

* 생로병사의 윤회와 해탈
  생로병사 허무시대 속 죽음
* 完死 상태
* 스승 : 육의 죽음, 촌장 계보 잇기
* 자신 : 죽음 완성, 해탈
* 여인 희생
* 死亡 思望
∴ 구도적 살인과 죽음 연구(생명 연구) - 나
스승의 죽음과 계보 잇기
예수의 죽음과 부활
여인의 죽음(여인 희생)과 희생사
∴ 전생의 업에서 인연 끊기
『칠조어론』을 검토하며 - 박상륭의 비판 요소들

* 과거의 굳어진 한국역사로(60년대까지) 반영
* 서양적 인식(二元論)
  여성의 수난, 저주적 측면 연구
* 굳어진 우주 인식
  단일적 우주(동양)/ 다면적 우주(서양)/ 발전적 우주(서양)
* 여자 동물성 자연성 강조. 시대 무시 여자 정신사 무시
* 자기 자신이 자기 계보 이어 연구
* 비약, 생략, 극과 극의 생존, 관념의 과정뿐/ 철학의 과정뿐/ 역사의 과정×
* 한 여자 어머니 - 아내 - 딸이듯
  한 남자 아버지 - 남편 - 아들이어야
* 영웅, 동화적 과장법, 유아기 고착 현상, 성인 거부 증세(아내, 어른, 남편과
  관련×)
* 인간 누구나 한계를 안고 있듯이 박상륭도 마찬가지, 아비 역할 아비 입장
  자식 입장 드러나지 못함. 사회경제사적 접근이 안됨. 아내보다 여자, 계집,
  어미로 더 접근, 스스로 스승 되고, 스스로 제자 되기, 경전의 성인 : 예수,
  2천년전 인류 스승. 동료× 친구× 가족× 스승× 자식×
* 핵심 남근과 영웅, 왕
  학승(스스로 스승되고 스스로 제자되기)
  小說客, 說法者

사회 경제사× 우주. 역사× 군중× 집단× 타인×
* 여성-印度식 우주격으로(大地的)
남성-관념적 동양 우주론 의지, 고정적, 단일적 우주론 의지
　　　　서양의 우주 발전 개척론, 다면적 우주론 미흡
* 여성의 거부, 남성의 여성화되기
* 神의 相似化
　朴, 인간을 끌어 올려 신의 상사화(어설픈 서양주의자, 동도 서도 아닌)
　동양, 인간 속에 한울님, 부처님 구현, 모든 개체 인정
　朴, 혼자만 끌어 올림. 다른 개체 통털어 집단으로 무시
* 현장 부재
* 律士, 治者, 祭司長
* 一人의 三役 담당
* 수사학적 정치체제
* 무정부주의 형태
* 사실주의와 허무주의 표리 단계
* 사람, 동물, 우주
* **實學, 名學,** 염세증

1994. 7. 26. 화. 11:00
　어제 오후에는 내내 답답했다.『죽음의 한 연구』가 명쾌하게 풀리지를 않아서 그리하여 불교계통의 책『만다라』,『화엄경』,『육조단경』,『임제록』을 보아도 역시 마찬가지였다. 속세와 인연 끊기라고 간단하게 해석할 수 없는『죽음의 한 연구』이기에『만다라』에서는 세상이 개판이라 구도의 길을 떠나고, 자기를 구도하고 사회를 구도할 목적이라 하지만『죽음의 한 연구』는 간단하고 명쾌하지도 않음. 그런데 오늘 아침 꿈에 약간 실마리가 보였다. 이런 꿈도 처음이다. 외적 형식만 관련된 것이 아니라, 꿈속에서 본질론을 고민하는 것이다. 관념론과 실재론 二元論 서구지성사 등 한국의 통합론. 一元論을 깨어버린 서구 지적 풍토라고 떠올랐다. 그러니 朴은 서구 지성사 계보로 한국을 읽었던 것이다. 정치적 차단, 치외 법권. 한국 땅 떠나 서구 대륙 이식하기 등 고민의 주제가 보다 여러 가지 떠올랐다. 한국 정신사의 서구 계보 침투(데카르트식

합리론 二元論)를 소설에 드러내기 개체화 되기, 『육조어론』에서 몸과 마음을 분리했다면 『칠조어론』에서는 한 몸에서 분리한 마음, 몸, 입(말씀) 자신을 이원 분리에서 삼원 분리로 넘어간 것이 『칠조어론』이다. 거기다가 우주를 부처 몸의 우주, 말씀의 우주, 마음의 우주로 표현했지만, 서구+동양의 변종 탄생이 바로 박상륭의 관념 계보라 할 수 있다.

1994. 7. 27. 수. 09:55
"한국 문학인 대회"(한국일보, 1994. 7. 26) 1주제 : 광복 50년 한국 문학의 성과, 2주제 : 오늘의 한국 문학 무엇이 문제인가, 3주제 : 21세기 한국 문학의 방향, 기사를 보며 朴의 작품 중간단계 역할(독자가 자기 자신을 인식, 발견하는 계기, 자기 자신의 공부를 재점검할 수 있는 몫) 과정의 문학, 경전형 문학이라면 覺道 認識論이 더 도움, 평론가 작가(창작인)에게 더 알려진 현실에서
    朴, 人類救濟僧의 야망

1994. 7. 28. 목. 09:00
박상륭의 『육조어론』 작품에 대한 명쾌한 해석 기준을 자꾸 고민하나 더 분명한 제목은 다듬어지지 않는다. 어쨌든 그 제목이 확실히 잡히지 않으니까? 김동리 연구사로 넘어가지도 않는다. 과정, 과정에 떠오른 것이 쌓이다가 어느 날 좋은 제목이 떠오르리라 믿으면서 지금은 중간 단계니까 이것 저것 잡힐 뿐이다. 작년 이청준 선생님을 잠깐 뵈었을 때 하셨던 말이 떠오른다. 박상륭 문학은 '삶으로 죽음을 껴안기'라고 하셨던 말. 『육조어론』(나의 『죽음의 한 연구』에 대한 표현')은 서구의 二元論 철학─법 정치·종교 실재론에서 도피(고립) 부재(기피) (독존) 肉死 실재론과 永生 관념론 실재 세계와 관념 세계. 현실 이분론, 육의 죽음, 영의 살림. 治者의 법·종교 질서에서 기피하는 인간/ 은닉하는 인간/ 소외된 인간, 治者의 법·종교 질서의 不在, 경제 제일주의 속에 법, 정치, 종교 질서 부재 등등. 동생과 산책길에 박상륭의 문학이 과정의 문학, 경전형 문학이라고 하니까? 특이하다고 하면서 자신이 머리와 꼬리가 없어 과정형이라 했던 것을 다시 말한다. 그리하여 나는 박상륭 문학이 '과정의 문학' '경전형 문학'이듯 동생은 '과정의 사람' '경전형 사람'이라 했던 것. 어제

또 박상륭과 관련하여 그의 또다른 특징은 자기 작품 자기가 해석(비평) 하기 완전한 개발은 아니고 초창기에 쓴 소설이 후기 창작 작품에 대목대목 약간 들어가는 것. 그러나 이청준의 평론 소설과는 약간 다름(전짓불 콤플렉스 등) 박상륭의 원작품과 후기 작품과의 작가 세계관 차이를 읽어내는 연구도 재미 있을 것 같다. 「아겔다마」 경제적 입장→후기 소설에서, 정치적 피살자, 어린 아이 죽이기→집단적 살해, 「뙤약볕」→당굴지, 장타령 등등

또하나는 박상륭의 세계관 변화에서 초기 60년대 소설기, '육조어론기'를 거쳐 '칠조어론기'에야 드디어 균형 감각, 중도 감각이 자리잡히지 않았는가 하는 점이다. 적어도 진화론, 역진화론, 중도론 제목이 입증하듯이.

"禪僧의 깨달음"(문화일보, 1994. 7. 27) 관련 기사를 보며 지양해야 할 승려 권력승을 보며, 『육조어론』 속의 '나'는 유랑 잡승, 현실 도피승, 참여승

1994. 7. 29. 금. 06:45

김병국의 "한국과 멕시코의 정치경제"−분단과 혁명의 동학를 보며 六祖기의 박상륭 二元 분리, 양자택일? 七祖기의 박상륭 三元 분리, 中道論 가미, 시대 변화, 자신 변화 반증

…박상륭, 치자 질서 부재/ 정치 신화, 政敎 신화?

『월간에세이』에 시린 박상륭의 「산해기」를 읽으며

　　…역사권 밖에서 역사 읽기(바라 보기)
　　　정치권 밖에서 정치 읽기
　　　　법, 정치, 종교 부재권으로 관념으로 읽기
　　　남녀 관념 땅에서 정치 땅 읽기
　　* 땅−숫독수리→하늘 읽기−문화
　　　　　　암독사→땅(지옥)−자연
　　* 장소−體
　　　존재−用
　　…윤회, 상승적 윤회(긍정적 윤회, 찬양적 윤회)
　　　　　하강적 윤회(부정적 윤회, 저주적 윤회)
　　　　　중도적 윤회

…政(法)・教 밖에서 안쪽 읽기
…기억 정치/ 기억 현실/ 기억 역사 풀어 내기/ 이해 하기
현실 차단 관념적으로 한국 역사 정치 현실 읽기

1994. 7. 30. 토. 07:05
김병국의 『분단과 혁명의 동학』을 읽으며, 유교 전통 깨기와 지키기 박상륭
요순 시대, 왕 지향(지키기) 군사부 일체(스승과 아비 일체) 그러나 스승 아비
죽이기, 깨기
혜화 우체국에서 그저께 전화로 통화, 약속했던 '문학동네' 출판부 여직원
장윤정 씨를 만나 문학동네 소식 및 여러 안내지 받음. 혜화로타리에서 읽은
박상륭의 나의 문학 수업 시절
박상륭, "돌아보지 않아도, 이미 소금기둥이 되어있으니"(『문학동네』 3호,
1994. 7. 4)
서점에서 본 책과 관련 지난 시대를 반성하며, 지난 시대가 '개'로 상징될
수 있지 않을까 하는 생각이 든다.
박상륭의 「늙은 개」/ 김천학의 「춤추는 무녀」 중 개, 김원두의 소설, 「어느
개의 인간적인 고백」 관련

1994. 7. 31. 일. 14:40
『분단과 혁명의 동학』을 읽으며 떠오른 것, 메모한 것 아침에 박상륭 선생
님 수필 내용을 중심으로
동생과 얘기를 나눈 것들, 기타, 소정리 내용들
역사란 생명의 연속선, 朴의 역사, 무생명, 굳은 역사이기에, 朴, 서구적 자
로 동양 읽기(한국 읽기)
朴의 가족사, 사회 경제사적으로 파악, 역사로 6 · 25. 시대로 4 · 19, 無, 한
국에서 中道論, 朴, 인도 中論, 중국 中庸
朴 군은 한국 역사로 보나
생명의 한국 역사, 세계 역사와 함께 맞물려 가기에 영향받음. 즉 세계 생명
을 빠뜨림

한국 생명(한국 역사) 부정적, 위기적, 비극적/ 긍정적, 상승적, 희망적
세계 생명(세계 역사) 부정적, 위기적, 비극적/ 긍정적, 상승적, 희망적
우주 역시 굳어진(닫혀진) 우주로 봄
굳어진 생명으로 정형 읽기 진화, 역진화, 중도론은 맞음
성숙한 사회 양자 포괄(동서양 성향) 균형 중도 감각 포용되는 사회

1994. 8. 4. 목. 10:50
박상륭 : 한국에서 다룬 죽음(한국 안)과 외국에서 다룬 죽음(한국 밖) 비교

1994. 8. 5. 금. 09:15
『광주, 전남지역 연구』를 읽다가 한국에서의 학연, 혈연, 지연의 문제, 그리
고 가족사에서 학연, 혈연, 지연의 문제, 박상륭 관련, 『유교사상과 종교문화』
를 읽으며 떠오른 것들
　박상륭과 나의 기본적 차이
　성−남성적 시각(남성의 입장)/ 여성적 입장(여성의 입장)
　공간−한국 밖 공간(스승 죽이기)/ 한국 안 공간(스승 적응 하기)
　시대−1940년생−1970년/ 1960년생−1990년 한국 역사, 사회 차이
　박−남성 : 문화/ 여성 : 자연
　나−여성도 문화, 관념, 지적 체계 가능
　92. 93. 94년(3년간)의 나, 총정리
　92~93년 박상륭 선생님−세계사, 인류사, 한국사 연구로 뛰어 넘기, 동학으
로 뛰어 넘기
　93~94년 학교 권력 관찰(지도 교수) 천도교 가족과 운명, 스승과 자매
　92년 박상륭 선생님 도움 관계
　93. 5. 박상륭 선생님 뵙기, 뛰어 넘기의 의식
　93. 10. 박상륭 선생님 유예
　금장태의 『유교사상과 종교문화』를 읽으며 죽음 연구 인위 공간−행정, 읍,
읍청, 재판소
　산 공간, 자연 공간−유리, 사막, 수도청

1994. 8. 6. 토. 11:20

마르크 블로크의 『프랑스 농촌사의 기본성격』(김주식 역, 신서원, 1994)을 읽으면서 박상륭은 관념 정치 종교적 영웅, 박상륭 세계에서 한국 읽기, 한국의 모순 드러내기를 한국을 떠나게 만든 요소들(한국의 모순), 한국의 모순과 세계의 모순, 세계에서 이민 받아들이기.

1994. 8. 9. 화. 11:40

"국내 전시 여는 재독작가 김영희씨"(한겨레신문, 1994. 8. 9) 기사를 보며 북미 사회에서의 동양남자 박상륭 선생님

동생과 부천역 문방구까지 걸어가며 한 말 소설에 반영된 유교 의식의 정신사 비교 연구 과제, 김원일의 『마당 깊은 집』의 어머니는 주로 유교적 體, 이윤기의 『하늘의 문』의 어머니는 유교가치 用의 세계 비교 연구할 것, 또 박상륭 소설과 이윤기 소설의 비교를 연구할 것. 동생은 내 얘기를 들으며 안정효, 박상륭, 이윤기가 같은 노선인 것 같다고, 적어도 영어를 기반으로 한 것은 공통점인 것 같다.

1994. 8. 16. 화. 07:35

마리나 야켈로의 『언어와 여성』(여성사, 1994)을 읽으면서 퀘벡인들 모계 언어는 불어이고, 노동 언어는 영어라는 항목에서 박상륭의 이중 언어가 떠오름 구어 현장 언어, 노동 언어에서는 영어, 문어 관념 언어 문자 언어로서는 한국어, 고대 동양 언어

1994. 8. 17. 수. 10:50

송재학의 "칠조의 공간"(『현대시학』, 1994년 8월호)에서 율법사와 衆人이 그려짐

1994. 10. 8

『토지』 완간 잔치 참관, 원주 박경리 선생님 댁 마당에서.

1994. 10. 13.

샤를르 달레의 『조선교회사서론』을 읽고 정치와 격리, 조선 시대 학자 전용 (外體 정신사 계보) 박상륭 소설 정치와 유배, 學僧으로 전통 계승 떠오름.

1994. 10. 14.

노벨문학상 日 오에 겐자부로 수상.

1994. 10. 15.

우리 부모의 60년대 삶, 박상륭 소설의 60년대와 상통함. 60년대 양극만 공존, 중도적 균형적 가치관이 부재인 시대

1994. 10. 16.

박상륭의 「7일과 꿰미」─희랍 신화의 관념 실존의 소설화

박상륭의 신화 관념 소설화, 희랍 신화─「강남견문록」/「뙤약볕」/「7일과 꿰미」

어부왕 신화─「세 변조」

『황금가지』

한국신화 『삼국유사』─「유리장」

92년부터 內面 정신국 욕망 삼각형, 박상륭 선생님

박상륭의 내적 연대기─철학의 시대 필요

생각 관념 인식→종교 관념, 신화 관념, 우주 관념, 생명 관념→종교 철학, 신화 철학, 우주 철학, 생명 철학, 형이상학으로

94. 10. 18

데카르트의 『방법서설』을 읽으며, 탁월한 선구자 박상륭, 버림받은 사막에서와 같이 가장 고독하고 한적한 생활을 영위

1994. 10. 20

박상륭의 중층 구조

한국>중국 주역, 동북아>불교 동남아, 인도>성경 세계 서구>주역 우주→
관념 관통, 생각 관념 형이상학

1994. 10. 22
『파우스트』를 읽으며
박상륭의 현 비극과 관념 행복

1994. 11. 08
『삼국유사』 교재 준비, 원효 사복 관련
『삼국유사』의 사복=시대 그 자체 無常 시대, 지혜 시대
「유리장」의 사복= 시대 그 자체 性 시대, 관념 시대, 시간 시대
박상륭의 「유리장」을 생각하며 자연(우주) 생명 시간과 시대 거부
시대(사회, 역사) 시간 거부
시간의 모순 실체 시간(합리 시간) 거부
　　　　　　　生命 시간(우주 시간) 관념 시간화
　박상륭 극도의 생략법, 적어도 땅위에 居者 기반하나 사회인, 역사인, 시대
인 거부 실체생명 일부분 생명, 총체적 생명 불가, 性 생명, 여자 생명, 기타
모든 것 관념으로 인식, 관념 생명, 우주 생명, 인식 생명/ 말, 정치적 말의 상
실, 정치적 말의 회복 불가, 신화적 말로 가능
　상징적 우주, 남녀 공존, 파괴와 창조, 정복과 수용
　박상륭의 여성 양면성 관념 여성/ 철학 여성 부재, 자연성(우주) 여성 집착
　박상륭의 여자관 우주성. 자연성, 생명성, 성성, 동물성, 지혜성 (관념성/ 지
식성/ 지성성 예외 거부 시킴) 선천적으로 주어진 것 중 남성의 가장 강한 힘,
남성성/ 시대적 한계 개인적 한계에서 여성의 한쪽 편향성으로 나타남, 균형적
거리로 여성의 양면 파악 못함
　박상륭의 여자 인물들
　여자 노인과 홀애비, 젊은 여자와 젊은 남자들, 여자의 주체성 표현해줄 때
남성임을 필요로 할 때만 인물로 드러냄, 여성을 단일하게만 읽어냄, 다른 여
성이 나오지를 않음, 여성에 대해 남성위주론자. 박상륭 초기, 박상륭의 칠조

기, 여성에 대해 양극으로 읽기 창조와 파괴(저주) 본성적 우주 창조(여성) 우주 파괴(남성성)

박상륭의 여성 개발 性 우주성, '우주 모성'

여성 미개척 분야: '관념 우주 여성', '철학 우주 여성', '지성 우주 여성'

1994. 11. 09
「유리장」을 읽으며
어머니 부재와 노인 손자 생존 - 「남도」 2
박상륭 웃음의 체질학/ 울음의 체질학/ 愚民化 입장?

1994. 11. 10
「유리장」을 읽으며
죽음을 연구하나 '열명길'에 가고, 다시 '칠조'로 태어남
박 현실에서 잘 된 것
　공화국의 통치자, 부자와 소작인, 정신적 지도자(요순, 仁)
7조의 道流
박상륭이 역설적으로 현실에서 꿈꾸는 세계
　왕, 정치가, 부, 권력자
　정신 세계 요순, 인
　종교 세계, 메시아
박상륭의 「유리장」 연구 - 내년 『비평문학』 원고

1) 신화적 소설화(불모의 현실과 창조의 신화)
2) 뱀 시대(자연 시대)
　할례 이후 성년 시대
　여성, 시계로 회복 의지
3) 한 인간의 소설 신화적 自傳化, 신화와 형이상학

1994. 11. 10

박상륭 인식적 우주/ 형이상학적 우주/ 여성적 우주

박상륭 접맥 生命, 접붙이기 生命, 한 우주 生命

1994. 11. 11

환생의 윤회 예수의 부활(집단적 부활)/ 어머니의 부활(개인적 부활)/ 박상륭의 부활(자기 자신의 부활, 실재 세계가 아닌 허구 세계에서)

1994. 11. 11

"완간『칠조어론』박상륭 전작 장편 소설"(한겨레 광고, 1994. 11. 11)

> "20년 동안의 외롭고 괴로운 창작의 대장정 끝에 완성한 한국 문학 최대의 形而上小說. 제7조 스님의 죽음으로부터 환생의 윤회에 이르는 우주적 운명을 그린 이 작품은 기독교적 모티프에 불교적 세계관을 뼈대로 구성하여 밀교와 설화로 살을 입히면서 人神의 궁극적인 경지에의 도달을 설교함으로써 진정한 구원의 길을 제시한다. 그 說諭는 때로는 까다롭고 때로는 유장하며 그래서 손가락으로 가리키는 그 길은 상징이고 혹은 화두이며, 그 말씨는 토속적이며 창조 설화이기도 하고 또는 법어적이기도 해서 우리를 우주적 遊泳을 통해 존재의 비의와 세계의 오의에 침잠하도록 만든다."

1994. 11. 12

「유리장」, 집단의 추상화, 마을의 어버이들, 마을. 이 세상. 사람들
  .   마을 안과 밖의 이원 구조
         따님과 사복의 관계
         변하지 않는 요소들 봄 여름 가을 겨울 해와 달 웃음과 울음, 지
         혜와 정
      박상륭의 우주, 자연 우주 여성적 우주→남성적 자연 우주 개발할 일
                인식적 남성적 우주→여성적 인식 우주 개발할 일
『문학동네』창간호 구입, 박상륭, "누가 이 공주를 구해낼 것이냐"-童話 한

자리

박상륭의 자아, 관념적 男雄의 세계 정신사의 정치 의지

『칠조어론』 4 나의 언어적 도전, 언어적 반발, 언어적 수용으로 생각해 보기

* 死神의 힘…生神의 힘
* 道流…한울님流

  有情…有覺道

  無情…無覺道
* 無重力의 無障碍…有重力의 有障碍
* 색공…불교, 인도 동양, 정신 세계 물질 세계 이원화 서구 성향

  …박상륭 超過多, 言流증
* 잠, 사랑, 저승 도량, 저승방, 月姦. 巫姦, 어린양
* 父-母 : 어머니-아버지
* 巫姦…한국적
* 붉은 용, 바리데기…최악의 예들, 상처가 두꺼운 경우, 중독증이 심해 강력한

  것(최악어)이 심리적 상관관계 끼침
* 죽고 싶음의 병증
* 하늘의 약초밭
* 無音…有音
* 羑里邑
* 菩薩王
* 야심을 품은 자에겐, 천국은 천국에도 없다
* 無常…有常
* 埋葬俗, 七朔, 八朔 埋葬, 조산된 埋葬, 소리까지도 매장
* 罰面…罪面
* 仁함…유교적 남성 위주 이데올로기
* 말의 무게/ 마음의 무게
* 균형/ 불균형
* 창조와 파괴의 춤
* 앓기도 우발적 사고같은 것
* 無動…有動

* 우주의 전 나이테…원형 우주…양쪽 열린 우주여야
* 생공룡…死공룡
* 바르도場
* 생각(意念) 생각의 몸(念態)
* 어머니의 젖꼭지
* 氣의 유실, 지옥문
* 거세된 아담
* 살의 정통
* 한 솥의 명상
* 無想…有想
* 소리, 말의 사닥다리
* 中庸…中愛
* 야심, 기대
* 한 솥의 질료
* 그리움, 두려움
* 유방, 엉덩이
* 땅…남성적 땅?/ 여성적 땅?
* 四大가 상속한 자산
* 情 퍼쓰기
* 경계 허물기
* 공평
* 허무주의…虛有주의?
* 몸의 우주 개벽→말씀의 우주 개벽→마음의 우주 개벽
* 情(생명)
* 무색…유색, 무명…유명
* 僧匠
* 代言, 통역, 千手를 가진 자
  …박상륭 선생님 남성 껍질 벗기, 남자 인간, 男人間되어야
    작가의 사모님, 여성 껍질 벗기, 여자 인간, 女人間 되어야
* 중생의 고통
* 감로수병
* 요니의 형상/ 링가의 형상

* 자기가 자기를 분만해낸다
* 통째로 한 몫의 자기를 부화
* 몸, 世事로부터 出家
* 인식
* 自由만세
* 인간, 자유
* 중도
* 자기를 자기가 보고 있다
* 세상의 때
* 진본, 복사본, 가본, 나쁜 용
* 慾望 : 독룡
* 바룬다새의 둥지
* 자기가 자기로부터 벗어나 떠나고 싶음
* 존재가 존재였기 전
* 此生살이…彼生살이

　박상륭이 5년에 걸친 집필과 작가로서의 30년 생애에 걸친 고뇌로써 태어나 이제 완성되는 『칠조어론』은 종교와 철학, 설화와 비의의 세계에 대한 언어적 논쟁을 통해 삶의 진리와 세계의 진상을 초월적인 명상의 화두로…

1994. 11. 13
『칠조어론』 4 읽음

* 세 살배기의 지혜
* 균형의 법칙
* 거대한 도마뱀꼴
* 사람의 얼굴의 도마뱀
* 시간의 逆流
* 緣의 粘質帶, 中年比丘
* 自我에 粘液根
* 갓난아이, 어미의 젖꼭지
* 我執키우거나

* 되돌아오기의 아름다움
* 낳기, 늙기, 병들기, 죽기의 아름다움
* 유리촌사
* 自我, 業
* 우주적 감옥
* 우주의 맥박
* 저쪽 세상
* 대아의 맥박
* 소아의 맥박
* 부정력, 邪魔
* 왼갖道, 손톱道, 요강道
* 소리로 화두, 수사학적 압력
* 원초적 맥동
* 우주적 교통, 교동, 교감
* 훼방꾼
* 言語의 샘
* 먹고 먹히고
* 세상의 왼갖 상처
* 지옥의 웅덩이
* 먹히고 있는 자를 먹고 있는 자는
* 상념의 눈
* 자기라는 마라
* 우주라는 한 교재
* 오독 무의 미화 나! 남 生! 死 ? /? O/O
* 仙餠仙酒
* 삶과 죽음의 의미
* 부정적 음극적 해탈
* 중생이 당하는 고통과 악
* 法悅과 法德
* 한 솥의 質料
* 알맹이를 강탈당한 메피스토펠레스
* 山野에서 입은 모든 상처

* 독을 중화
* 평균적 시간
* 수사학적 통시성
* 질서 문법
* 작은우주, 큰우주
* 언어의 바르도
* 스승을 뵈셔본 적 없는 돌중…스승 유무에서 볼 때 스승 유—보살핌, 빨리 잘 완성됨/ 스승 무—내 팽개쳐짐, 오래 걸림 포기하지 않는다면 특이한 것이 이루어짐
* 도류는 상처 자체
* 수업의 위험
* 도류 미아꼴
* 불학무식의 후레중
* 運의 질서
* 無定無處
* 적선의 과보
* 세상의 모든 여자, 한 남자의 욕망을 위해
* 자기의 조강지처

1994. 11. 14
「유리장」을 읽으며
어머니와 마을, 인간 관념 동물, 시계=아버지, 생명의 울음, 하늘 땅, 세월, 죽음
　따님과 巫敎 마을의 요순과 王祖 사회(유교 사회)
　극단의 사와 生, 따님과 사복 사이, 계집애와 사복이 사이 연결 극단적
　극단의 養子 가족사
　극단의 거시적 관념의 거리 좁혀주지 못함
　삼국유사 설화 소설화
　생명 유형, 생명 이동, 생명 환생
　작가론에 더 유용이 되는 소설—자전적 박상륭의 여성상 연구
　「7일과 페미」—희랍 신화

「유리장」-『삼국유사』→자전의 삶에 패러디(작가론에 더 유용)
극단의 관념 이해하기 어려움, 환생과 윤회
박상륭의 여성상 上古 여성상, 여성의 전형 변하지 않음

1994. 11. 15
『칠조어론』 4에서

  * 죽음의 은총 해탈 성취
  * 속사람과 겉사람
  * 生門
  * 세계는 二元論的구성
  * 스승 못 뇌신, 이 胡奴僧
  * 유리의 8조촌장
  * 情의 그리움
  * 운명책
  * 화두, 화미, 역동적 존재
  * 암흑공포증
  * 비극적 권태…희극적 권태
  …박상륭의 상처, 개인 심리적 상처, 사회 국가적 상처, 역사적 상처 승화되지
    못함
  …박상륭 한국 정신 상처와 한국 정신 치유책, 상처와 약의 상관 관계, 다양
    한 상처 다양한 약 개발, 경험 인식 노력
  …박상륭, 관념 돌리기, 인식 돌리기
          실체 돌리기, 구체성 돌리기×
  …박, 과거의 기억을 변명할 기회를 안줌 과거 기억사 고착 다만 세월이 지나
    자기 인식 바꿔기 어려움, 삼라만상 고착장, 우주 고착장, 관념장에서, 세월
    시간이 약, 자식, 작품 그 자체가 약
  …박상륭의 사회적 원핵, 가정적 원핵 사랑(어머니), 사회적 원핵 유교 아버지,
    상처 울음, 외로움
  …박상륭의 연구의 집착 풀기

1994. 11. 16

생명 고립, 극단적 고립의 삶, 극단적 고독의 삶, 교통이 없는 삶, 인간 관계
단절의 삶, 고립적 삶, 사회적 관계 생략―「시인 일가네 겨울」, 「나무의 마을」,
「유리장」 등에 반영됨

「세 변조」를 읽으며 68―69년 1년 스스로 고자주의 인간 소멸주의 「나무의
마을」, 「최판관」

불변의 요소를 계절, 자연, 동식물, 죽음, 늙은이 생식기와 젊은이, 원초적
고독과 부모 생존 양식

1994. 11. 16

…한 존재론적 고독 인간의 존재 일대기―박상륭의 자서전―소설통한 작가
론 인간론

『칠조어론』 4를 읽으며

* 향수스러움
* 고자의 욕망
* 情을 살해치 않으면 안될
* 極痛
* 원한이 없는 귀신, 귀신의 살기, 귀신의 감통
* 메시아, 人間道
* 有情一家 무시로 학살당함
* 諸神, 諸仙, 諸鬼, 諸靈
* 편재성
* 모순어법, 윤회
* 자기 소멸
* 爲界/ 無爲界
* 不死不滅의 神
* 자기몫의 죽음
* 자기보호본능의 사회화, 집단화
* 마을(사회)
* 자기의 공덕을 소비하기

* 閉所恐怖症
* 解脫複合症
* 우주나무 天路오르기
* 속이 밖 가두기
* 눈 추운 고장으로 유형
* 땅의 자식을 패배시키는 것, 허무주의뿐
* 亥鬼氏
* 自然途의 지혜
* 賢者의 돌
* 兵法을 연구한다는 仙
* 氣의 비축량
* 兵仙의 주석
* 지구적 장기전, 속전속결 장책
* 우주적 은총
* 觀戰者
* 甲子氏
* 兵學
* 聖人과 大人, 전쟁을 하지 않는다
* 軍歌, 격앙가
* 유리의 7조
* 자기 前生에의 기억
* 마음이라는 보자기
* 말(언어)의 보자기
* 복수, 증오, 원한
* 꿈의 껍질
* 운명의 기호
* 귀거래사
* 죽음에의 욕망
* 신들세상, 부익부 빈익빈
* 힘세고 정의로운 참 권세 있는 자, 슬픔, 외로움, 유적
* 本源에의 환원을 성취하지 못하는 한
* 求心力的/ 反求心力的(遠心力的)

* 法의 젖줄
* 不動에의 운명에 대한 한
* 새로운 情, 새로운 緣
* 주객전도, 인생의 항다반사
* 生物時計
* 시계-본능과 야합, 욕망의 형태
* 情, 죽음
* 大情, 小情
* 뫼비우스의 水仙花
* 아담 창조
* 재생의 욕망
* 몸, 삶의 맥동
* 하향성적 느낌
* 人間이라는 유정
* 인간, 모순어
* 천국, 늘 갱신, 재수리, 재조직, 재축
* 지옥 시간 속에서 더욱 더 새로워짐
* 열린 虛, 상처
* 쏘아진 화살 惡業
* 불리워진 노래 善業
* 전쟁담…朴, 고향 회복의 꿈
* 먹고 먹히기
* 식은 재 같은 세상, 고적, 침묵, 황폐
* 몸이 不在
* 대속의 문제, 희생…朴, 자기 자신 생(삶), 대속(환생) 탄생-朴의 텍스트
* 언어의 힘
* 자기파괴력
* 몸과 욕구사이 화합성취 못함
* 풍요 속에서 결핍의 충족을 성취하기 바람
* 촛불중의 치리권 : 몸…다른 모든 것 모두 거부, 자기 자신만을 위해 삶, 남을 위해 산 것이 무엇인가? 無言의 독자에게 인류 공헌 말고는
* 神들과 魔들
* 원망, 저주

* 色化空
* 새情, 옛情
* 열의 情人, 하나의 情, 情의 量…朴, 幼兒自我, 男雄我, 관념 大我, 유아 고착
  증(왕자 공자 모티프, 동화 지향 모티프), 情 콤플렉스
* 신의 影像
* 光年, 想年
* 어미의 품에 안긴 아이의 잠
* 실어증 : 외폭성(외향성)
* 치매증 : 내폭성(내향성)
* 삶과 죽음 : 우주적 진화/ 역진화의 고리
* 죽음 : 고리를 깨뜨리는 궁극적 은총…육신적 죽음 : 고리 깨뜨림, 우주가 동
  량이라면 똑같은 머문 원, 정신적 죽음(영혼적 죽음)−진화? 역진화?
* 정복자의 용기
* 새옷, 새삶의 원유회
* 상처를 아물리는 샘
* 自我…최고로 늘리기
* 易道의 보편성
* 우주적 自由 성취
* 죽음을 잃어, 우주적 고아
* 시간, 계속성, 축적, 삶, 역사
* 不學돌중, 마음−몸−떠나기 선법
* 弓/ 乙의 가라듦
* 한세상 성, 쇠…朴, 극단적인 것에 매달림, 극단에게만 의미 부여, 중간 과정
  빠져 사닥다리 역할 없다, 生 □ 死(중간 빠짐)
* 巫地삗
* 黃道辺 金枝
* 증오의 화신
* 正史學, 革命
* 女神
* 무기한 유형, 무기한 추방형, 유기형, 중노동
* 부계사회에서 여성들이 경험해온 무능무력함
* 毒學

* 소설적 복선, 돌연변이
* 三次元的 世事
* 제사하기와 사랑하기
* 야사 극복, 추측의 시력
* 무남독녀, 독자, 과도기간
* 未來史, 正史 부족, 야사
* 제정일치제도, 여자읍장, 황금시대
* 새읍장의 치세를 위한 철학적 배경
* 여성득세, 남성중심화
* 동학경전, 용담유사
* 생명의 상징
* 죽음의 상징
* 횡적 우주
* 선덕 쌓기
* 늙은−어린 얼굴−관념 늙음 아고착
* 九祖
* 동등함의 은총
* 변화무쌍 행위
* 師母, 後祖 女祭長
* 無, 苦
* 子宮−女宮
* 化現力/ 非化現力
  …지옥은 거대한 도서관(부정적)/ 천국은 거대한 도서관(긍정적)
* 땅, 창조자의 언어로 씌어진 책
* 말씀의 우주의 어휘사전
* 텍스트 고아, 독자 유능한 산파
* 大我的, 小我的, 人心天心
* 축생도 방언 인세 방언 신 방언
* 무시무종 생사윤회
* 자기의 내부를 객관화
* 언어가 주제, 세월이 주제
* 장생불사 제조자
* 인류사, 파시즘, 나치즘, 공산주의, 불만족, 욕구불만, 부정적 동경, 자기파괴

의 날을 준비
* 힘과 빵의 결핍
* 천하만국과 그 영광, 실제 꿈속 역사 예술 히틀러와 파우스트
* 스승을 못뫼신 不學의 구도자
* 밖에서 밖을 觀하는 자, 단테
* 인신주의 선언
* 인세의 수사학
* 비접촉과 수욕 거부
* 선천적 고자, 스스로된 고자
* 종교 교리 편식
* 인간이 동물보다 우월하다, 철학적 배경
* 잃어버린 신에 향수
* 오류, 이단, 사도
* 인간의 퇴진화론
* 신의 운명
* 불치의 병
* 이원론 극복
* 식물적 윤회의 신화화
* 토템俗
* 자연도, 구역주의
* 축생도 윤회
* 동물적 윤회
* 보상의 법칙
* 시간, 중화, 해소
* 종교내의 다신성
* 최도사(수운), 동학경전해의
* 변절과 개종의 미학
* 구원, 피동태
* 개죽음과 순교
* 복합자궁론
* 육조전－色界 연구
* 7조기－空界 연구
* 언어의 이민, 정착, 토착화

* 언어의 윤회담
* 수동태 환속
* 능동태 환속
* 몸과 혼의 결합
* 挿腰語的 우주
* 허무주의, 무종교주의
* 면벽 9년
* 大地와 민중
* 심리 연구
* 심리를 우주화
* 호서−사실주의
* 代母 童話
* 자기부정 고투
* 메시아 콤플렉스
* 운명의 마주침
* 저승 文學
* 시인적 상상력, 기자적 상상력
* 기자, 시인, 승
* 문학꾼, 환자와 분석학자 겸한다
* 현재한 신들을 보는 눈
* 생명자체가 원죄
* 唐語 傳用體
* 종교, 언어 성장과정 비슷
* 우주적 인간
* 역사와 언어 별개
* 中庸之道
* 신, 인간의 특이한 삶의 자전
* 우주적 탐관오리
* 어머니 魂 어머니 大地
* 아버지 靈 아버지 天國
* 이완, 동결 정치적 숙적, 政治的 연맹
* 사람(文化) 짐승(자연)
* 사람 형상 짐승 (잡종)

* 인간도의 종교(신화) 예술 역사 심리, 상징, 비유
* 동화
* 지혜의 보고, 성경
* 相生, 相和의 원리
* 주의, 이념, 사상
* 정태적 대중 동태적 군중
* 말=사고의 능력
* 語系

1994. 11. 17
"元曉 사상 국제적 조명"—서울서 韓—美—日—佛 학술회의, 佛家 계율보다 속세 구제 중시, 인간—자연 공생하는 세계 지향(동아일보, 1994. 11. 17)

> "우리는 원효로부터 무엇을 배울 수 있는 가를 주제로 한 신라 고승 元 曉(617~686)의 생애와 사상을 재조명하는 학술 회의 열림. 이번 회의는 동 서양을 불문하고 가치관과 혼돈과 불확실성의 시대에 살고 있는 인류가 모범으로 삼아야할 가르침의 하나로 원효 사상이 본격토의 된다. 이기영 교수는 원효 사상 연구 노트를 통해 대승과 소승의 종교적 편협성을 뛰어 넘어 부처가 인간의 마음 안에 자리함을 깨우친 점을 높이 평가."

1994. 11. 17
인간 부재 사회, 朴
사람 부재 사회
인간 영혼 죽음 사회
朴, 生魂의 부재 시대/死魂의 매달리기

1994. 11. 17
구노 오사무 外 『일본 근대 사상사』를 읽으며 박상륭이 읽은 20세기 한국 관념론(서구 관념 세계에서 읽은 한국 관념론), 박상륭 20세기 소설로 한국 관 념 드러내기, 한국의 20세기가 만든 한국 관념 소설, 朴의 텍스트 자체가 한국, 한국 관념, 한국을 한국 관념어로 표현, 세계 속의 한국 위상이 어떻게 될 것

인가? 한국에서 박상륭에 대한 비평이 많아지고 진지한 평가가 이루어진 시대와 맞물려 있음, 한국 위상이 세계적 위상 그 자체로 내면화된 상태이기에 세계 속의 이단아 그 자체가 한국이기에 관념으로 이단의 한국을 세계 속에 잘 드러낸 것임.

∴ 한국＝관념국＝七祖國

時間道場

오빠를 생각하며 박선생님 自我는 한국에 남아 있다는 생각 육신은 캐나다이지만 自我는 서울에, 한국에 『육조어론』, 자아만 남아있게 관념만 남아 있고 관념 소설이 탄생할 수 있음, 실체는 빠져버린 것.

1994. 11. 18

박상륭, 개인이 창조한 祭政一致 理想國(유토피아)

1994. 11. 19

박상륭 幻生 시대, 우주적 孤兒에게 꿈, 구원

육신(母)－육신(子) 육신적 幻生

6조(관념부)－자(관념자) 관념적 幻生, 실체 허용은 안함

머리뿐 관념인인 朴

불모의 생식기, 자녀 산출 없음, 육신인 거부, 육신 분신을 만들지 않았기에 현실인에게 여파 미치기는 어려움. 관념을 연구(고민) 하는 자에게만 읽힌다는 결론. 觀念場에 관념을 뿌렸으니 관념만을 거둘 수 있음 관념 自種自得

···박상륭의 어휘 사전

···박, 生肉人 거부, 글人, 觀念肉人 입히기 만들기

···예수, 유태 민족 남성적 대속－인류

　한국 어머니, 한민족, 여성적 희생－－家

　박(관념의 대속) 육의 대속－관념 구원

···박 부부, 여 희생－남자를 위해

　　　　　남 희생-관념을 위해
　　　→「산북장」읽기, 유랑 자체 고향 場, 세상 소멸, 정신사 부재
　　　→「최판관」읽기
　　　→「천야일화」읽기
　　　→「자정녀」,「산남장」,「천야일화」,「세 변조」,「경외전 세 편」,「심청이」
　　　60년대, 어머니 여성의 죽음 식물적 윤회, 대지 관념
　　　70년대 남성의 죽음 관념적 환생, 남성 관념
　　　→오비디우스의『변신이야기』를 읽으며
　　　낮과 모래시계를 든 크로노스 시간 자체를 상징-박상륭의 「유리장」중
모래 수정병
　　　무한 지옥, 오비디우스 중 대지 세계와 박상륭의 대지, 박상륭의 신화계
소설
　　　아도니스 탄생-「세 변조」
　　　쿠마에의 시뷜레, 쿠마에의 무녀-「쿠마장」

1994. 11. 20
어부왕, 늙은 왕, 정치력 상실, 땅의 황폐, 불모 시대
박 60년대 자연 시대
　　70년대 물, 사막 시대
→박의 단편 읽기,「산남장」,「자정녀」,「심청이」,「천야일화」
　부분적 생명 인식 60년대
　　　↓
　총체적 생명 관념 탐구　70년대
　　　↓
우주 생명에 대해 어론, 장광설　90년대
…박, 사생 관념 부분적 인식→死生 관념 총체적 탐구
…박, 총체적 부재(고향, 어미, 아비, 자식 부재)
　　한국 100년(20세기) 모든 관계 해체됨, 개인 자아만 남음

1994. 11. 21

→박상륭의 「아겔다마」 읽기…관념, 모든 종말, 자기, 이단아, 그리스 관념, 사내 자아, 선지자, 인간의 극단적 단절

→「장씨전」

박의 삼대, 노인, 노파/ 젊은 아비, 어미꼴 부재/ 손주

60년대 박의 나그네 시대 문학, 떠돌이 문학

박의 세계관 파괴 고립 인간 교류 부재

까마귀 눈으로 풍경을 읽기. 개체로 읽기, 공동체 융화 읽기 부재, 작가의 생존 여건 정치적 지위, 경제적 지위 관련 인간 부재 세계관

→「강남견문록」

→「2월 30일」 읽기

→「뙤약볕」 1 읽기

→「뙤약볕」 2 읽기

→「시인 일가네 겨울」

→「산동장」

→『황금가지』

…박의 주술사, 사적 주술사

…박, 관념국의 관념인 전형 만들기

…박, 인식의 비약과 부분적 인식 표현과 거리, 독자에게 불친절 소설

1994. 11. 22

박의 삼기

단편시대 죽음 시대 多

『육조어론』시대 외표 연구형 소설 학자형 소설－내면 多宗敎－부활 의지

『칠조어론』시대 외표 어론－우주의 원리, 祭政一致 학자 정치 종교 학자형 소설

→이윤기의 『하늘의 문』 읽기

1994. 11. 23

…박상륭, 박사, 祭政一致 시대 무당, 우주 풀기, 자연 풀기, 시대 풀기

…공부하는 자 논선 독학-백과사전적 지식-이윤기, 박상륭, 이문열

계보-한 전문성

…인식의 우주-진화의 우주 인식/ 퇴화의 우주 인식/ 중도의 우주 인식

…스승 계보 부재 이문열/ 이윤기/ 박상륭 박학다식 지향, 스승 콤플렉스

박상륭의 「열명길」을 읽으며 우울증, 게으름, 우유부단, 통치력 약화/ 제장직 섭력 약화시킴, 정치 이외의 일에 종사시킴/ 마누라 혼령을 책 속에서 확신, 체계/ 노학자, 신성/ 곳, 풍속, 사고 방식, 인식에 따라 여러 모양 보이는 것, 인식 되어지는 것, 상징 없이는 무소부재 드러내기 어려움/ 多신앙→하나의 인식으로 승화하기/朴…우주, 신에 도전/ 전체 찾고 귀의시키는 노력/ 해부실, 선친들 진리/ 지식 독점 왕과 대목수/ 정신이 작위할 수 있는 것 고독과 슬픔/ 한 삶이 수백수천의 신의 얼굴을 갖게 됨, 많은 모습 하나의 전체를 만듦/ 정진 방법-채우는 방법, 비우는 방법, 고행법, 자기 대상 관찰/ 정기적 집회, 설교, 전문가 인식/ 성공한 종교/ 朴…물리적(진행)시간 거부 환원 시간, 자연적 시간, 고정 시간 수용/ 흐르지 않는 것에서 흘러가는 것에 대해 영원한 소외/ 朴, 정신적 정치, 종교적 제장 王→백성, 합일 독자…60년대 통치자, 지식인 제물 희생 시대/ 태평 성세 꿈/ …60년대 여인을 타락시키는 시대/ …朴, 王, 연설, 설교, 웅변 지향, 남자 口語 생존자, 文語 생존자-저서, 책/ …60년대 우민의 극단/ 朴, 세상 저주, 세상 파괴→세상 인식/ …朴, 울음의 정치학, 웃음의 정치학/ 상극의 아들-고뇌/…60년대 통째 제물 시대

박상륭의 「숙주」

…박상륭의 백성론/ 민중론/ 집단론/ 군중론

『황금가지』 1을 읽으며

…朴, 관념 인간신 창조, 관념신, 지적 영혼의 구원/ 관념적 구원

1994. 11. 24

『황금가지』 1을 읽으며

…朴, 관념 유토피아

박상륭의 「7일과 꿰미」를 읽으며

시간=죽음, 시간=국토/ 유랑민의 공화국→유토피아/ 우주에 도전/ 마음 경제적 자립, 지식 계층/ 口傳 족보 권지1—권지10/ 낱말 사전/ 하늘, 땅, 바다

1994. 11. 25

『황금가지』1을 읽으며

…박상륭, 야만적 시대 문명적 인식

노자의 無言과 성경, 박상륭의 말씀과 동서양의 인식 체계가 양극으로 다르다고 하니까? 원효가 이미 한말이라고 하면서 얘기 해보라고 하니까? 확실히 논지도 잘못 폄. 그래서 나는 대단한 Idea. 여태까지 박상륭의 '말씀의 우주'에 찬동적이었는데 그것의 정반대의 동양적 노선 '無言'의 착상 신기하게 떠올라 동생에게 이야기했는데 한마디로 동생은 내 아이디어에 초치는 꼴임. 관념의 허위끼를 버리라고 충고해줌.

1994. 11. 26

박상륭 인간 지배×, 지배 심리, 세상 지배 심리, 자연 지배 심리, 우주 지배 심리

「남도」1, 2를 읽으며

물신과 종교/ 육신적 생명(목숨) 잇기/ 우주 물체, 겉 껍데기 혼사 이어가기/ 세상 물체 암수 혼사 속/ 죽음 뒤의 가난 문제/ 자연물 의인화 투영/ 자연의 의인적 울음/ 시대, 치세에서 고립

『죽음의 한 연구』

울음의 문학/ 행보(길 떠남, 고행)의 문학, 한국에서의 죽음(외부 體 관련, 죽음 다 해봄/ 외국에서의 죽음을 다룬 방법(내부 죽음, 用 관련 죽음)

1994. 11. 27

나의 소신적인 말 '뿌린데로 거둔다'의 총체적 이해, 외면을 뿌리면 외면을 거두고, 내면을 뿌리면 내면을 거둔다.

1994. 11. 28

내 박사 논문 목차 수정 처음으로 확실하게 전체감이 들어옴

    I. 서론
    II. 작가의 생애와 창작 세계관
    III. 죽음의 정치 경제학적 배경과 정신 부재
    IV. 작품 속의 죽음 세계와 정신사
    V. 결론

···그동안 애매했던 박상륭을 60년대 속류 치세주의와 총체적 부재 불모의 시대/ 치세에서 정신성 부재/ 관념의 계보 단절, 이청준은 제주섬 세계의 구원 부재, 전남 산 음지 비교의 파국

박상륭 사생 관념의 부분적 인식, 여인과 대지의 관념, 시간의 관념, 죽음과 생의 총체적 탐구, 영생 관념, 중생 관념, 이청준 이어도 전설과 저승 유토피아, 비교 전승과 집단 무의식 정신사

1994. 11. 29

박상륭 선생님 외로움, 자기 스스로 모두 단절, 가족에서 외로움, 사회에서 외로움, 사모님만 유일, 박상륭 孤立無援에서 세상과의 유일한 끈, 언어 文語, 고독과 초월

1994. 11. 30

도서관에서 『죽음의 한 연구』를 분석하고 길의 의인화, 추상의 의인화 朴.

이단은 이단으로 끝나는 경우가 많다. 이단이 뿌리 내리기 위해 순교와 집단 의식 따라야, 1970년대 초중반 박상륭은 이단으로 왔지만 결국은 하나의 凱歌가 될 것으로 시대 속에 생각되어야.

불교 인연 끊기 사실 하나만으로도 구원이 될 수 있다. 이 세상 사람에게 힘든 짐, 상황인 사람에게 박상륭—실제 인연(한국, 아버지) 관념승 출가로, 스님 형식으로

1994. 12. 01

『기탄잘리』를 읽으며 박상륭, 불교의 운명설, 주역의 운명설, 현대의 고대성 인식, 자연 동식물 등장, 道流 치세주의

1994. 12. 03

귀가길 전철에서 『포스트모더니즘과 권터그라스의 '넙치'』를 읽으며 박상륭 선생님 언어의 형이상학적 탐색, 우주적 탐색

1994. 12. 4

박상륭의 『죽음의 한 연구』, 교회당 교인 부재, 믿음의 사람들 부재.

박상륭 '뱀 상징' 변천 사탄의 뱀, 남성 생명 상징=남근

박상륭 모두 거부했지만 부재라고 파헤쳤지만 결국 그 부재 탐구가 자기 완성된 것 인식되어야

박상륭의 성경 관념 「창세기」, 「요한 계시록」, 「마태복음」 취함, 처음 끝에서 死觀念 취함

1994. 12. 5

도서관에서 『칠조어론』 1을 분석하며

* 천불과 군마
* 짐승과 법맹승
* 촌승 인정
* 어머니의 음력 극대화
* 어머니, 자급자족종교
* 사회경제현실 부재
… 여성의 이성, 인식성이 개발되어야
… 남성의 힘 극대화될 때 인식, 형이상학의 힘, 여성 힘도 극대화
…朴의 지표 남성 인식력 극대화/ 여성 음력 극대화→대안 남성 양력 극대화
  (인위력)/ 여성 음력 극대화(자연력)
…혜능의 『육조단경』을 읽으며 朴 성경-「창세기」, 「요한 계시록」, 「마태복음」/

「육조단경」-신수, 혜능 게송/ 주역-하수, 낙도, 6조-소설법 설교 7조-語
論說

1994. 12. 08 木
박상륭 60년대 한국 직접 드러내기 보다 상징화로, 시대 자체를 관념으로
표명 패러디

1994. 12. 09 금
존재 영역 개발(창작 영역 개발)-박상륭의 치열성(관념, 우주, 세계, 현실)

1994. 12. 12 月
거세 콤플렉스 박상륭 선생님 문학에 聖文學家, 聖學者, 사마천의 『사기』,
박상륭의 『토지』?
박상륭의 구원 개인 구원, 인류 구원
『부완혁과 나』에서 박상륭의 「릴리펏의 갈리버」 사전을 찾아보니 『걸리버
여행기』의 소인국이름, 대인국 이름은 브라브딩나그, 확실히 박상륭 선생님은
동화적 상상력이 기반, 어쨌든 박상륭 선생님은 한국의 60년대를 릴리펏 소인
국으로 읽음, 어떤 면에서 지금의 한국은 브라브딩나그인가?

1994. 12. 13 火
박상륭의 기독교 두 가지 부활과 재생, 메시아 기대, 박상륭의 메시아 시대
인식과 영아 살해, 구주 탄생, 신구현 메시아

1994. 12. 14 水
박상륭의 내면 예수와 相似(60년대 부분적)
　　　육조+예수 相似(70년대) 상징적
　　　칠조 탄생(신탄생) 육조 예수 포함, 90년대 총체 형이상학
박상륭 완전 불가능한 시대, 새롭게 태어나야만 하는 시대, 새로운 신이 필
요한 시대, 결국 30년이 걸려야 가능

박상륭→직선 사고→발전적 사고→서양 시간 개념
박상륭 75년 이전 직선적 사고 신요청 시대
　　　　　75년 죽음의 이후 재생 유예, 육신적 회귀, 자궁→말
　　　　　90년 칠조→동양적 우주(인식적 우주)
　　　　　　진화, 역진화 서구식 사고
　　　　　　중도　　　　동양식 사고
박상륭 비현실 그룹 중심
　　　　문단중심 질서 소외
박상륭의 60년대 말 최고 논리, 정치가, 권력가
　　　　　　　글 최고 논리, 지식인
　　　　70년대 말→설교/ 종교 연구가
　　　　　　글→관념가(종교 계보)
　　　　80년대 공백, 재기
　　　　90년대　　말 語 내용
　　　　　　7조 글 論 (우주 인식, 세계 질서)
　　　　　　體用一致
…박상륭, 말, 글, 최고의 지식인
　　　　한국의 현실 거리 멈
　　　　한국의 정신성/ 형이상학적 추구 시대에 큰빛
　　　　말·글 세계에서는 인정
　　　　　다른 세계에서는 인정 안됨
　　　　　시대 인식이 바뀌면 가능 최고의 말 지식인?/ 최고의 글지식인?
…박상륭, 종교 경전 통해 세상 읽기/ 시대 읽기/ 우주 읽기
　　　　기독교와 불교 경전
…불행한 시대에 이단의 탄생?

1994. 12. 16 금
…3년간 박상륭 경도/ 박상륭 경도 깨어나기, 94년 박상륭 균형감 갖기
…긴, 혼미의 세계/ 카오스의 세계 바로 나

한국, 관념, 박상륭
−나의 삼위일체−세계 관념, 한국 관념, 박상륭
박상륭 원점 회귀
…나의 통시사 고소설사의 체계
　　　　자연사와 인간사의 원리
　　　　세계사와 우주사의 원리
…10년 세월 어디서든 뿌리를 내릴수? 무수한 나를 심으며 재탄생되기를,
대학원 이식, 대학 소외, 92년의 나, 박상륭 연구가로 재탄생

1994. 12. 17 土
『죽음의 한 연구』 떠남→40일 시련 기간 죽음→환생(인식적 바르도 재생 기
간)
　　　　　　여자→죽음→혼 분리, 말로 재생

1994. 12. 18 日
박상륭 삶의 문학 : 서양(북미)→우주 인류(인식적)
겐자부로의 삶의 문학 : 동서 삶(일본)→우주 인류(실체적)
한국 삶의 문맥, 일본처럼 동서가 공존할 때 동서 우주, 인류 세계 질서 보
여준 것. 결국 한국 상황이 정신적인 면에서 어떻게 선진국형에 진입하느냐?
성숙한 나라가 되느냐에 따라 박상륭 문학 꽃피움.
…박상륭, 관념적 죽음/ 정신적 죽음/ 인식적 죽음

1994. 12. 19 月
종말론 정치 신화 보여주기 박상륭

1994. 12. 20 火
박상륭 서구 지적 관념 삶의 배경
　　　　동양인 동양 교육 내면
　　　　서구식 지적 저작물로 한국 읽기, 세계 읽기

1994. 12. 21 水
박상륭 사진 확대와 관련

㉠ 박상륭 연구가 확실, 외국 작가 제임스 조이스, 기타 등등 포스터처럼 제작
㉡ 논문에 대한 다짐 확실하게 하기
㉢ 허전한 마음 확실하게 박상륭 관념으로 현실화하기 위해

박상륭은 나에게 절대적 의미
∴ 나의 고뇌 결과 : 정신 구조
  박상륭 구도 : 우주 인류 결국 모두 논문에 수용
…더이상 새롭게 문제를 던져줄 사람 내 소속 범위에서?
3년간 고통, 인식, 독서의 시간으로 고통을 대신 했기에 박상륭 선생님 예외

1994. 12. 22 木
박상륭 결국 통 관념 지향, 방법적 접근 차이(철학, 종교, 신화), 내용 공통 : 우주
…순수관념 유지하려면 주변 관련 魔가 끼지 말고, 책을 위해 물질적 풍요, 뒷받침 되어야, 박상륭의 현재적 조건 가능, 절대 자유, 절대 순수, 인간 관계학 완전 파기
…스승을 고스란히 이어받지 못하는 것 불행 이 공간에 스승 부재, 저 공간에 스승 찾기, 나, 박상륭

1994. 12. 23 金
…93년 박상륭의 거대 관념 이해 못함 인도, 역사가 없다.
  그때의 나, 박선생님처럼 세계를 다 읽는 것 부러워 함. 박상륭 관념에 도전, 기독교←동학, 한국 읽기 이해 하기, 세계 읽기 이해 하기
…초지성, 초인적 수준, 정신수준, 인간의 궁극적 성취 …박상륭의 超知性, 超관념

…관념의 거대에 해체하고 다시 성쌓기, 박상륭과 나

1994. 12. 28 水
…93, 94, 95년 넘나들며 시간이 뚜렷이 생각 안남 시간 경계가 허물어진 삶, 박상륭 선생님 삶의 시간도 이해갈 듯 『칠조어론』 소설 나올만한 배경 이해감
…박상륭 지적 기반 서구, 삶의 기반 서구 內省的 기반 동양
… 박상륭에 대한 관념적 도전 역학 관계
92 박상륭 이해 작업 1학기
　　박상륭 극복한 주제(한국 역사, 세계 역사) 찾기 2학기
93 기독교←동학 1학기
　　천도교와 박상륭 관념 2학기
　　논문 탈락, 박상륭 사전
94. 4. 박상륭 소논문
94. 10 『한글새소식』
　　박경리와 박상륭에서 박상륭 연구가로 자리 잡혀감
94. 11. 19 논문 매달리기 시작

1994. 12. 30 金
여로-40일 바르도-환생
『죽음의 한 연구』 세 구도 재생, 중생, 통관념 탐구

1995. 1. 13. 금. 21:10
동화적 영웅, 형이상학적 영웅, 박상륭 선생님

1995. 1. 14. 토. 21:30
불경을 읽으며, 化生, 태, 化-『죽음의 한 연구』 中

1995. 1. 22. 일. 14:53

교회에 가서 기도내용으로 처음 상대방의 최고값을 고스란히 인정하자는 생각을 하게 되었다. 박상륭 선생님이 상대방의 최고값을 지향하듯 특히 호칭에서

1995. 1. 25. 수. 20:20

나, 92년 박상륭 연구

93, 94년 나, 한국, 세계, 우주 탐구

95년 논문 쓸 것

92. 93. 94 논문 작업과 거리가 있기에 구체적 실제는 상관없는 듯 하기에 논문 결국 쓸 수가 없었음, 주체성, 정체성, 뿌리 찾기 작업 등등 나, 인류 만들기에 찾아가기

1995. 1. 30. 월. 23:00

사고의 스승 : 박상륭

…인류형 지식인 : 단군 홍익인간→정치+제사장

종합 사상 지성인 : 최치원(견당 유학파)→정치가+학자형

　　　　　　　　　김시습(한국 왕조 교체기)→정치가+학자형, 소외

　　　　　　　　　최제우(새정신 부흥 시대, 종교가)→종교가+사상가

　　　　　　　　　박상륭(해외 거주, 한국 서구 지성 유입기)→多종교+철

　　　　　　　　　　　학가, 문학가

1995. 2. 3. 금. 00:27

크리스챤 아카데미 30주년 기념 한·일 심포지엄 "해방 50년과 패전 50년－화해와 미래를 위하여", 아카데미 하우스에 청강하러 가 알아듣는 말만 경청하며 떠오른 생각들, 오에 겐자부로가 20세기말 이 혹성의 한 소설가 세계공통의 언어를 들으며 박상륭의 바벨탑 언어 생각남.

1995. 2. 4.

교보문고, "오에 겐자부로와 독자와의 만남" 방청.

1995. 2. 5. 일. 01:53

박상륭 한국 떠남 신비주의

자신의 성장 체험에서 형성된 스스로의 검열주의 나도 모르게 무의식적으로 형성. 박상륭의 주제의식과 오에 겐자부로의 제목 『구세주의 수난』을 보며 아무 상관없는 데 박상륭의 '메시아' '왕'에 대해 과민 반응의 나를 보며 60년 대의 박상륭 주제 의식의 비약성, 형식 논리 뒷받침 미약 격차.

1995. 2. 6. 월. 00:35

개인의 집착 박상륭을 떠남, 즉 객관화되고 마지막 개인의 집착이 오에 겐자부로가 아닐까 하는?

오에 겐자부로의 『구세주의 수난』을 보며 바벨탑 언어 박상륭, 세계 공통 언어 오에겐자부로?

1995. 2. 7

"캐나다, 영화─드라마 촬영 장소로 각광"(조선일보, 1995. 2. 7)

1995. 2. 10

"『周易 철학의 이해』"─현대 문명의 파괴성 周易통한 극복 모색, 高懷民 著 (동아일보, 1995. 2. 10)

"주역 철학의 원류는 기원전 4700년경의 복희씨로 올라간다. 중국 역사 상 첫 임금인 복희씨는 문자가 발명되기 이전에 우주 자연의 원리를 간단 한 철학적 부호로 표시한 8괘를 그림으로써 역학을 창시했다. 天道 사상이 지배하던 당시의 8괘는 자연계의 가장 보편적인 현상들을 음양의 불균형 적 존재 형태로 해석한 것. 이후 기원전 13세기경 문왕은 8괘를 중첩해 64 괘를 만들고 길흉을 점칠 수 있는 도구로 변형시킴. 문왕 시대는 神道사상 이 지배하던 때로 64괘는 역학을 일반 대중에게 보급해 세상의 이치를 깨닫게 하는 수단이었다는 것."

1995. 2. 12. 일 22:10
…사람 단절의 삶, 극단 관념의 사랑－박상륭/ 물체, 개체화 집착, 鬼長씨－
나
…박상륭 몸 개체화
…완전한 관념인 탄생, 관념 사랑, 자신만의 사랑 인간 사랑 완전 차단→우
주 사랑, 세계사 사랑 넘어가기, 통로 : 사모님
한국에서 소외의 삶(단편)
한국에서 떠나 캐나다 정착하기(『죽음의 한 연구』)
『칠조어론』(완전 인간 차단?) 단독자 우주, 몸·마음·말씀의 우주
→박 : 파괴 해체 능력 대단→ 자신을 해체(삶) 관념인으로 우주화, 관념의
대발견 실체 댓가 ×
…「천일야화」, 한 이야기…→대 이야기 구성

1995. 2. 14
"언어와 죽음의 부조리 해부－이오네스코 희곡"(문화일보, 1995. 2. 14)
다아윈의 『종의 기원』을 읽으며(한국일보, 1995. 2. 14)
박작가, 진화론＋주역＋중용(중론)
…그동안 역진화, 중도적 삶
이제 진화 중도적 삶
『칠조어론』 틀과 내 삶 연결

1995. 2. 19. 일. 22:50
김인환, "신화와 종교통한 근대의 뿌리 찾기"－박상륭의 『칠조어론』, 이윤기
의 『하늘의 문』
우주적 독룡
박상륭의 참선학－동물학, 육신학
진화 : 언어의 윤회

박상륭 산문, "아으, 누가 저 독룡을 퇴치할 것이냐"

세상의 남녘 불의 고장, 세상의 북녘, 얼음의 고장
…문학동네 구입 검토후 박상륭과 '뿌리'의 내적 싸움
박상륭, "아으, 누가 저 毒龍을 퇴치할 것이냐"
…모든 개체의 우주화 작업
…우주 콤플렉스

* 小神의 생각
* 물질적 우주
* 千眼, 千手千足
* 神族譜
* 권세와 부
* 라이오스 복합증
* 운명록
* 以毒治毒
* 자궁우주
* 인세의 모래시계, 인세의 시간
* 샨티(평화)

1995. 2. 24
『문학과 사회』 광고, 서정기의 "칠조어론 : 말씀의 마을"(조선일보, 1995. 2. 24)

1995. 2. 25
종로2가 코아 아트홀에서 <희생> 관람
주제 인류 문명사적 절망과 구원, 희망의 상징
暗 明→暗의 이미지→明의 이미지
…박상륭의 소설을(소설의 주제를) 영화로 표현한 것 같음
서정기 교수의 『칠조어론』: "말씀의 마을-정념passion에서 수난Passion으로

피학과 가학의 형이상학", 일단 한 번 읽고 박상륭에 대한 세 편의 논문을 쓴 박상륭 전문가 서정기 교수, 서양 문학 전공자로 참신한 이론으로 접근할 때 두 손 두 발 놓게 된다. 대단한 찬사, 세계 문학 속에도 이런 문학이 없을 것? 국문학 하는 자로서 동양의 전통, 한국의 정신사 전통으로 접근하는 방법밖에 없다는 생각이다. 어학을 못하는 나로써 서교수 수준, 특히 불란서어는 나하고 전혀 상관없는 일, 내식대로 하는 수밖에

1995. 2. 25
"손연칠전, 천수천안관세음"(한국일보, 1995. 2. 25)

1995. 2. 27. 월. 00::25
…하늘 콤플렉스(박상륭)…동양 콤플렉스, 정신 인식 형이상학, 생활주의 삶의 주의

땅 콤플렉스(서구)…서양 콤플렉스, 땅, 과학, 실체, 형이하학, 삶의 주의
…박상륭, 한국 땅의 소외자 觀念·行 일치(知行 일치)
1단계 부정적 소외적 운명→60년대, 관념 外體主義化　　　　단편
2단계 인식적 죽음, 말의 이입→70년대　　　　　　　　『죽음의 한 연구』
3단계 긍정적 운명 연금화→90년대　　　　　　　　　『칠조어론』 1-4

1995. 2. 27. 월. 01:45
…해외 유학파 최치원 7세기 유불선 사상 직시
11세기 국내 국수파 김부식
12세기 국내 사상파 일연
14, 5세기 국내 사상 종합파 유불선 사상 소설로 국내 유랑주의자 김시습
19세기 국외 충격 국내 사상 종합파 종교가로 최제우
20세기 국제 국내 사상 종합가로 국외 유랑파로 박상륭 불 기독 무로 소설로
21세기 국내 사상가로 동서 사상 종합파로

1995. 3. 9

"기독교서 출발 儒·佛·仙 섭렵"-多夕 유영모 선생 탄생 105주년 재평가 활발, 모든 종교 진리는 하나 '歸一' 깨달음(문화일보, 1995. 3. 9)

1995. 3. 11

"종교 多元시대 寬容모델 제시"-다석 선생 105돌 기념모임, 救援은 예수 석가 공자 통해 가능. 배타주의 지양, 英 신학자 존 힉과 상통"(문화일보, 1995. 3. 11)

1995. 3. 12. 00:11

연구의 원점을 잘 살려나가자는 생각, 그러면서 林의 논문 목록표를 보니
92년부터 92. 7, "꿈을 지향하는 예술가이기를"(수필)
93. 5, "우리 시대의 샤먼 : 이청준의 정치적인 외상과 고백의 예술 행위"
93. 10, "한국적 외디푸스 콤플렉스의 초상"
94. 2, "박상륭의 1960년대 작품 세계"
94. 10, "1960년대 생명 관념 드러내기의 소설"
95. 2, "여성 성장 소설에 나타난 사춘기의 성장 담화"이다.
그러나 솔직히 말하면 이청준론은 91. 12에, 외디푸스는 1991. 10에, 여성 성장 소설은 91. 6에, 박상론은 92. 10에 쓰여졌던 것이다.

92. 7 수필이후 실제 쓴 논평론은 92. 10 황폐한 우주와 생명신화적 전망(94. 2. 박상륭의 1960년대 작품세계로 바꿔서) 94. 10 "1960년대 생명관념 드러내기의 소설"(한 작품을 보완 강화로) 92. 93. 94년 3년동안 실제 논문은 1편 밖에 쓰지 않은 것이다. 올해 95년은 3년만에 세 작가 김동리, 박상륭, 이청준의 죽음意識을 박사 논문으로 준비하고 있지만 , 어쨌든 이제 박상륭 연구의 원점(기원)을 92, 7 수필을 계기로 하여 발표한 94. 2 박상륭론이 첫글이 되고 94. 10이 두 번째 글이 된다. 세 번째 글이 잘 통과된 이후 박상륭 연구를 심화 발전시켜 확실한 박상륭 연구 학자가 되어야겠다. 어쨌든 오늘의 과학자 전상운, 국문학자 김진세 두 선생님을 통해 나의 학자적 방만한 삶을 반성하며 공고히 계기가 된 것도 감사한 일이다.

1995. 3. 15. 수. 09:27

티벳-세계 오지의 체험 TV. 특집을 볼 것을 생각하며

인류 신화와 현대 소설의 내 주제를 다시 떠올리며

박상륭 선생님 초기 희랍 신화

　　　　　중기 『삼국유사』 신화(신라 불교 신화)

　　　　　후기 티벳 신화, 동화 신화

　　　　　　　(달라이 라마)

박상륭 선생님 사모님 인도(다 생명) 신화가 생각남

1995. 3. 20. 월. 11:25

85 무서운 말/ 추상 관념말/ 88 현실 목적 지향말-가족 어른어. 부정어. 현실 계산어, 타인 폄시어/ 93 관념 好語(박작가)/ 94~95 정서어, 수직 관계어, 수평 관계어

1995. 3. 25.

티베트인의 死後 세계관, 티베트 비록, 사자의 서 (동아일보, 1995. 3. 25)

1995. 3. 29. 수. 10:43

…박상륭 평론들을 다시 읽으며, 기호론적 분석들은 부분적 개체화로 인식하기에 총체적 안내가 어려움. 적어도 총체적 인식 방법론은 아님. 해체화, 개체화, 부분화, 성향론인지…

박상륭의 생명력의 변이는 초기에 정치 생명력/ 종교 생명력, 중기 인류 생명력/ 신화 생명력, 후기, 우주 생명력/ 세계사 생명력에 인류+우주+신화+세계+정치+종교 통복합 생명력임.

1995. 3. 30. 목. 00:00

방법적 전략으로 박상륭 자연인과 작품 속 주인공 일치시키는 경향 분리시켜 객관 인식해야

善政治(꿈, 이상, 유토피아공화국), 惡政治(권력, 현실)

1995. 4. 1. 토. 10:35
…박상륭, 정치 생명, 정치 우주적 생명
…영어 성경, 박상륭 선생님
　박상륭 선생님: 총체와 부분

1995. 4. 2. 일. 22:00
…관념 사랑, 박상륭 선생님, 사람 사랑 부족
…박상륭 선생님, 기독교, 불교
　　　　　자연(생명)
　　　　　남자(노인, 젊은이, 손자)
　　　　　여자(할미, 여인)
　　　　　서구 신화를 통한 동양의 자연 신화를 재발견

1995. 4. 6. 목. 22:55
김종건의 『율리시즈 연구』 목차를 보며, 지성의 궁지, 박상륭 텍스트 해체
…박상륭, 이청준 20세기 분리 시대, 21세기 한국내 두 성향 공존해야.
박경리와 박상륭 이중 분화, 20세기 한국, 21세기 이중 융합 되어야. 박경리
와 박상륭
…너무 거창, '우주적 생명'(논문 지도 중)

1995. 4. 14
역사의 젖줄 풍성한 神話의 세계-『그림으로 보는 세계신화사전』 번역 출간
(동아일보, 1995. 4. 14)

1995. 4. 29. 토. 15:50
…감기까지도 道의 계기 박상륭 선생님 말

1995. 5. 1. 월. 23:20
『칠조어론』 운명과 고투/ 운명과 역투

절대 절명 고독자 인간 관념자로서
절대 운명과 고투, 역투
두 자매 작가 운명
…박상륭, 소외我 : 소외
　　　　死我 : 죽임, 절제
　　　一我(外我) : 고독, 절연, 단절
…박상륭 선생님, 한 몸으로 다양화(관념의 다양성)

1995. 5. 4. 목. 20:00
엘리아데의『샤마니즘』을 읽으며 우주의 의미 : 극대, 나의 의미 : 극소
극대와 극소의 양극값 공존 박의 우주 : 남성, 임의 우주 : 여성

1995. 5. 7. 일. 22:30
『소피아를 사랑한 스파이』를 읽으며
박상륭의 장타령 시리즈의 '각설이'가 총체적 이해됨

1995. 5. 8. 월. 09:50
…진정 사람은 처음부터 끝까지 가지고 있는 것 직업, 나이, 계층 상관없이
가지고 있는 것이 자신의 성과 말이 아닐까? 박상륭의 일부분이기도 하지만.
그랬을 때 나의 경우 성의 소외, 말, 글의 집착이 아닐까?

1995. 5. 9. 화. 23:20
…세상 패배자/ 세상 성공자/ 세상 방관자/ 세상 유기자—朴

1995. 5. 10. 수. 11:00
오에 겐자부로의『흔들림』—타오르는 푸른나무 2부을 읽으며
…박상륭, 세계 본질, 직선적→서구적→남성적, 진화, 역진화 우주
　　오에 겐자부로, 우주 본질, 직선적→일본적→남성적, 파괴와 화해

1995. 5. 22. 월. 04:35

…박상륭, 우주적 주재자, 세상나무도, 우주적 대왕, 짐의 국토의 유정, 물질주의의 대왕, 죽음증

1995. 5. 25. 목 15:15

아침에 『창작과 비평』 여름호를 읽으며 생각했던 어휘가 우주적 고아, 우주적 모성, 우주적 스승(선생), 우주적 언니, 우주적 동생(친구), 우주적 자매였다. 운명과 형식에서 고아 운명과 일인의 세 목소리를 과거 鬼氏와 대화법, 끝나고 나서 아쉽게 말을 못한 경우나 얘기를 잘못한 경우의 나가 떠올랐다.

∴ 우주적 고아이자 무자격자인 '나' 아닌 '그녀'

林 우주를 사랑하는 우주를 사랑할 수 있는 자격자가 되느냐?

내 주체 의지와 관련되는 운명이다.

1차적으로 1995년 11월말까지 일기 쓰기를 유예하면서…

1995. 11. 25(목). 16:00까지

만 6개월, 반년동안 1차적 실천을 해보자. 그리고 동생에게 좋은 언니가 되자.

1995. 6. 2.*

"이집트 오시리스 조각"(동아일보, 1995. 6. 2)

"이집트 룩소지방에서 이집트 고대왕 람세스 2세의 아들 무덤에서 저승신 오시리스의 조각이 발견됐다는 기사"에서 박상륭 소설에 나타난 오시리스, 이시스 신 이미지 때문에 관심을 끌었다.

1995. 6. 11

---

* 1995. 6. 2부터 신문 스크랩 내용만 필사함. 신문 스크랩(1995. 6월부터 2002년 1월 10일까지)하면서 가슴으로 다가 왔던 것. 2000. 12. 24일부터 실제 컴퓨터 작업함.

"세계평화 위한 불교인 역할 모색", 하와이 대원사 20주 기념 학술회의(조선
일보, 1995. 6. 11)

"하와이 대원사 창건 20주년을 기념하는 제7차 국제불교학술회의가 「불
교와 평화- 그 이론과 실천」을 주제로 하와이 주립대에서 열림. 하와이
대원사는 1975년 대원 스님이 한국 승려로는 처음 하와이에 건너가 창건했
다."

1995. 6. 15
"트레킹/ 캐나다"(동아일보, 1995. 6. 15)

"캐나다 밴쿠버섬에 있는 웨스트코스트 트레일 트레킹 코스 모습, 전진
아니면 후퇴 77Km 지옥코스"
"캐릭터산업 1천억시장 잡아라, 만화영화 「아마게돈」 설명회 성황,"

1995. 6. 28
"서양과 인도의 사고방식 차이 조명"-H. 침머의 『인도의 신화와 예술』 출
판(한겨레신문, 1995. 6. 28)

"인도인의 세계와 우주는 거대한 해체와 순환의 과정이다. 그 가운데 있
는 개체의 존재는 극도의 제한성만을 갖게 된다. 신화에 담긴 인도의 정신
이 예술에 배어있는 모습을 해석하는 대목 중 남근과 여근은 시바신전에
서 흔한 예배의 대상으로 그 결합은 생식적 조화와 더불어 세계의 원형적
부모로 나타난다는 식."

1995. 7. 14
"연금술 이야기" 앨리슨 쿠더튼, 연금술의 신비주의에 주목(조선일보, 1995.
7. 14)

"이 책은 연금술의 불합리와 신비주의에 주목. 연금술에 대한 다양한 상
징과 문헌들을 동원해 연금술 이론의 종교적인 배경과 신화적인 측면, 야

사 등에 초점을 두었다."

1995. 8. 3
박사학위청구논문연구계획서 제출 "한국현대소설의 죽음의식 연구"-김동리·박상륭·이청준의 작품을 중심으로

1995. 8. 21
"20대감독 배우 촬영진 야심찬 데뷔작-박상륭 소설 『죽음의 한 연구』 영화화"(문화일보, 1995. 8. 21)

　　"하명중 영화사가 기획, 제작하는 영화 '유리'는 주인공 '유리'가 40일간 겪게되는 밀교의 수행과정을 통해 죽음을 넘어선 人神이 된다는 내용으로 인간존재의 불안과 끊을 수 없는 욕망, 우주의 근원을 탐색한다."

1995. 9. 3
"해외소식. 獨신학자, 성경은 인간언어 주장 파문"(동아일보, 1995. 9. 3)

　　"독일 괴팅겐 대학의 신학교수 게르트 뤼데만은 「예수의 부활」, 「이단」이라는 저서에서 성경의 神聖 자체를 통째로 거부. 특히 예수 직후의 초기 기독교역사에서 생각을 달리하는 각 그룹들이 치열한 권력투쟁을 벌인 결과 패자가 사용하던 경전은 완전히 폐기되고 승자의 경전만이 2세기말에 正經으로 확정됐다는 것. 1945년 이집트에서 기적적으로 발견된 靈智主義 그룹의 경전 등 초기기독교 문서들을 연구의 주요텍스트로 삼았다고 밝힘."

1995. 9. 15
"訪美 달라이라마", 중국 대항 힘겨운 티베트 독립 외교(한국일보, 1995. 9. 15)

1995. 9. 16

"고전여행 24(동서양 고전 200선)-토머스모어의 「유토피아」"(한국일보, 1995. 9. 16)

"이상적인 사회를 가리키는 말로 쓰는 유토피아는 토머스 모어(1467-1545)가 쓴 정치적 공상소설의 제목. 이성에 의해 지배되는 공산주의적 도시국가의 이름인 유토피아는 '아무데도 없는 곳'이라는 뜻의 그리스어를 합성한 단어. 하나의 이상적인 지향점으로서, 현실사회를 바로잡는 시금석으로서 유토피아를 받아들였음을 짐작케 하는 작명."

1995. 9. 21
"안젤름 키퍼의 최신 조각 '날개달린 책'. 인간 예지의 연면한 계승매체로서의 책에 대한 키퍼의 찬양이 담긴 작품.(조선일보, 1995. 9. 21)

1995. 9. 22
"사진으로 보는 영화화제"-불교 등 소재 실험영화 「유리」 제작 한창(한국일보, 1995. 9. 22)

"신화와 무속과 불교가 뒤엉켜 우주의 근원과 삶, 죽음 등을 탐색하는 양윤호 감독의 실험영화 「유리」(음양오행 사상이 완성된 장소이자 주인공 이름)의 제작이 한창이다. 박상륭의 소설 『죽음의 한 연구』를 영상으로 풀어가는 이 영화를 위해 제작진이 신인들로만 구성됐다."

1995. 9. 29
박사학위청구논문신청서 제출-"한국현대소설의 죽음의식 연구"-김동리·박상륭·이청준의 작품을 중심으로

1995. 10. 1
"신화 입체적 조명 다큐멘터리 방영" EBS 「신화의 힘」 6회에 걸쳐 방영(한국일보, 1995. 10. 1)

"신화를 통해 인간의 탄생과 죽음, 성과 사랑의 의미 등을 규명하는 다큐멘터리가 방영된다. EBS는 1일부터 11월5일까지 매주 일요일 6회에 걸쳐 미국의 미스틱 파이어 비디오가 1984년 제작한 다큐멘터리 「신화의 힘」을 방여한다./ 제1부 「영웅의 모험」에서는 오이디푸스와 프로메테우스 등의 영웅이미지를 분석해 인류의 역사에서 「시험과 도전」의 의미를 모색하며 제2부 「신화의 메시지」에서는 기독교 창세기와 다른 문화권의 창세신화를 비교해 신과 인간, 인간과 자연의 관계를 규명한다."

1995. 10. 4
유예제출로, 1995. 11. 25 일기운명 박사논문 6개월 후 1996. 5. 25까지 1년간 일기 공백

1995. 10. 4
"사후세계에서 영원한 자유를 배운다"-티베트 불교 최고의 경전, 사자의 서 번역출간(한겨레, 1995. 10. 4)

"사후세계의 중간상태에서 존재의 근원으로 인도하는 방법이 있다. 평화의 신들과 분노의 신들에 대한 명상을 통해 의식의 해방을 얻는 심오한 가르침, 이것은 듣는 것으로 영원한 자유에 이르는 길. 티베트 불교 최고의 경전 '바르도 퇴돌'이 <티벳 사자의 서>란 이름으로 서방세계에 알려진 것 1927년. <티벳 사자의 서>는 8세기 인도 탄트라 불교의 대가로 티베트에 불교를 전한 파트마삼바바('연꽃 위에서 태어난 자'라는 뜻)가 티베트 산중에서 쓴 1백8개의 경전중 하나로 원제 '바르도 퇴돌'은 사후세계의 중간 상태에서 듣는 것만으로 영원한 자유(해탈)에 이르게 하는 가르침'이란 뜻. 죽음과 다음 환생 사이의 중간상태에 머물러 있는 사자의 영혼을 위한 안내서. 죽어 사후에 든 영혼은 최초로 투명한 빛을 만난다. 그 빛은 근원적인 진리의 빛으로 그것을 깨달으면 영원한 자유의 길로 들어선다. 그렇지 못한 영혼들 앞에는 평화의 신과 분노의 신들이 또다른 빛으로 나타난다. 두 번의 7일이 지나 이 빛에 귀의하지 못한 영혼들은 대자유의 길에서 멀어진 채 고통만 있고 죽음은 없는 나락에 빠진다. 고통에 시달린 영혼은 차라리 다시 태어나길 애원하며, 마침내 무의식의 어둠 속에서 황급히 한 자궁 속으로 뛰어들게 된다. 그때 전생에 쌓은 업의 정도에 따라

그 자궁이 인간의 것인지 미물의 것인지가 결정된다. 사후세계의 49일이 지나고 인간은 고통스런 생과 사와 가없는 윤회를 또다시 반복하게 되는 것이다. 위대한 구도자였던 파트마삼바바는 비밀스런 가르침을 한권씩 히말라야의 깊은 동굴 속에 감춘 뒤, 죽음에 이르러 그의 제자들에게 때가 이르면 환생하여 책 속의 진리를 전하라는 사명을 내렸다."

1995. 10. 7
"선불교 용어-인물-出典정리 8년 大役事-『禪學辭典』 국내 첫 발견"(문화일보, 1995. 10. 7)

"'不立文字'. 禪불교의 핵심을 표현한 말. 禪은 문자를 여의어야 만날 수 있다. 그러나 어떤 방법으로 문자를 떠나야 할 것인지는 설명이 필요하다."

1995. 10. 8
"한국종교 구세·구원사상 탐구"-세계종교硏 관련지도자 60여명 토론(경향신문, 1995. 10. 8)

"지난 5-6일 아카데미 하우스에서 「한국종교의 구세사상과 그 사명」을 주제로 토론회. 모든 종교는 나름대로의 구세·구원사상을 갖고 있다. 메시아, 미륵불, 마호메트, 정도령, 말세, 후천개벽…. 오늘날의 종교인들은 이같은 구세·구원사상을 어떻게 이해하고 있으며 어떤 사명을 가지고 있을까."

1995. 10. 18
박사학위청구논문신청서 반환

1995. 10. 20.
"세계 10대 절경 자랑 名畵의 무대-加 반프 국립공원"(한국일보, 1995. 10. 20)

1995. 10. 25

"원초적 '자연의 나라', 캐나다 집중 탐구", KBS 2TV '생방송 아침을 달린다'는 캐나다 전국토를 탐방하는 해외특집 마련.(동아일보, 1995. 10. 25)

1995. 11. 15

"문학소식에 박상륭의 「로이가 산 한 삶」, 『창작과 비평』 겨울호에 발표"(한겨레신문, 1995. 11. 15)

"신작 단편 「로이가 산 한 삶」, 서점을 경영하고 잇는 경험을 살려 이상비대증으로 인해 직업이 없이 사회보장기금으로 먹고 사는 인물의 한 살이를 통해 우주 속에서의 삶과 죽음의 의미를 묻고 있는 작품이다."

1995. 11. 16

"20대가 만든 영화 '유리'의 여주인공"(중앙일보, 1995. 11. 16)

"유리라는 인물은 창부의 아들로 태어나 자기존재의 뿌리없음에 고통받다 33세 때 구도의 길로 들어선 인물. 모든 현세적 가치를 무의미하게 느껴 살인과 정사와 자학으로 구도하는 인간을 상상. 스무살 나이에 세상을 다 살아버린 조로한 허무주의자. 누이 초월을 꿈꾸면서도 단 한치도 자궁을 벗어나지 못하는 주인공들. 그들이 꿈꾸는 것은 자궁 속에서 해탈하는 것."

1995. 11. 18

창작과 비평 광고-로이가 산 한 삶(조선일보, 1995. 11. 18)

1995. 12. 8

"제36회 한국출판문화상 출품도서 1,732권 목록"(한국일보, 1995. 12. 8)

"문학·창작집, 문학과지성사 출품 작품집, 사랑과 권력(김주연 지음), 칠조어론(박상륭 지음), 풍장(황동규 지음)"

1996. 1. 16

"신영복의 千手관음보살의 손"(중앙일보, 1996. 1. 16)

　　"觀世音은 세상의 소리(世音)을 듣는다(觀는 뜻이라고 생각. 많은 소리를 듣기 위해서는 많은 귀를 가져야야 합니다. 그리고 세상에서 가장 많은 귀를 가진 사람이 가장 현명한 사람이다."

1996. 1. 21

"유재원의 행복한 책읽기"-조지프 캠벨의 『세계의 영웅 신화』(중앙일보, 1996. 1. 21)

　　"캠벨의 말대로 영웅이란 자신이 알고 있던 세계의 모순과 속박을 깨닫고는 새로운 세계로 모험을 떠나 보다 나은 새로운 질서를 창조하는 존재다. 이런 의미에서 부모의 세계를 떠나 미지의 세계로 나아가는 아이들은 영웅 그 자체이다. 그들을 이해하지 못하고 자기 곁에 계속 잡아두려는 어머니의 존재는 새로운 세계로 나아가기 위해 영웅이 퇴치해야 할 괴물이다."

1996. 1. 26

"神話관련書, 잇단 기획 출간"-인류-우주-문화의 起源 밝혀준다(조선일보, 1996. 1. 26)

　　"신화에 대한 관심은 현대 도시생활의 무의미성에 대한 반발, 과학기술적 세계관과 이성 만능주의에 대한 반성, 산업화로 인한 환경파괴에 의해 제기된 자연과의 근원적 관계회복 필요성에 바탕을 두고 있는 것으로 보임. 이데올로기의 종언 이후 마땅한 의지처를 찾지 못하던 고급독자들에게 他문문화에 대한 호기심, 새로운 사고에 대한 욕구 등을 충족시켜주며 주요한 知的 경향으로 자리잡을 전망. 신화연구는 종교학뿐 아니라 문학, 역사학, 인류학 등 인문학 전반을 포괄하는 성격을 갖고 있다. 화보로 '17세기 연금술서 '우울한 소우주'에 나오는 그림으로 태양, 삼각형, 독수리, 사자, 비둘기 등 23개의 상징을 사용해 연금술의 변용단계와 과정을 상징적으로 묘사하고 있다."

1996. 1. 31
"신화로부터 찾아낸 사상양식의 발자취"—프레이저 '황금가지' 축약본(한겨
레신문, 1996. 1. 31)

　　"인류학과 신화연구의 기념비적 저작인 『황금가지』(The Golden Bough:a
　　Study in Magic and Religion)를 이해하기 쉽게 축약한 <그림으로 보는 황금
　　가지>가 번역돼 나옴. 황금가지의 비밀은 자연의 질서와 권력을 유지하기
　　위해서는 새로운 자연의 힘(건강한 신임 사제)이 쇠락하는 자연의 힘(늙은
　　전임 사제)을 타도(살해와 추대)해야 하는 것으로 여긴 고대인의 주술적 자
　　연관과 세계관이었다. 참나무에 기생하는 겨우살이에 불과한 황금가지는
　　고대인들에게는 생산력과 영혼의 유지·계승을 책임지는 '사제 왕권'의 표
　　상이었던 것."

1996. 1. 31
"『그림으로 보는 황금가지』, 제임스 조지 프레이저, 도서출판 까치 출간"(문
화일보, 1996. 1. 31)

　　"로마 근처 네미라는 마을에는 고대 로마시대부터 숲과 동물의 여신, 풍
　　요의 여신인 디아나와 그녀의 남편인 비르비우스를 섬기는 신전이 있다.
　　이 신전에서 남자라면 누구나 신전의 숲에 있는 성스러운 나무에서 가지
　　하나(황금가지)를 꺾어서 그것으로 전임사제를 죽이면 '숲의 왕'이란 칭호
　　와 함께 사제가 될 수 있었다. 사제가 되기 위해 왜 성스러운 나무의 가지
　　를 꺾어 전임사제를 죽여야만 했는가."

1996. 2. 4
"삶과 죽음을 생각하는 會"—제1회 '죽음학' 강연회(한국일보, 1996. 2. 4)

　　"'삶과 죽음을 생각하는 회'는 삶의 존엄성—어떻게 살아야 하나를 주제
　　로 강연회를 가짐. 1991년 4월 죽음을 삶의 한부분으로 받아들임으로써 삶

에 대한 새로운 의미를 찾기 위해 창립됨."

1996. 2. 5
"우리시대의 新고전 20, 멀치아 엘리아데의 「샤머니즘」"(한국일보, 1996.
2. 5)

　　"엘리아데는 인간이 聖과 俗 두 겹의 세계에 살고 있다고 봄. 천사같은
성스러운 상태로 올라갔다가 악마같은 상태로까지 떨어질 수 있는 것이
인간이다. 그는 인간의 내면에 있는 이 양극의 상징을 한 덩어리로 체험하
는 것을 종교적 경험이라고 정의하면서 巫敎라고 부르는 샤머니즘은 이
聖과 俗의 질서를 한데 묶어 체험하는 종교라고 설명. 무교는 자연현상이
나 인간사가 신의 의지이며 무당을 통해 소원을 빌면 무엇이든 성취되고
善惡의 두 신을 마음대로 움직일 수 있다고 믿음. 신에게 말할 수 있는 接
神의 경지에 있는 무당, 즉 샤먼은 원시부족사회에서 지배적인 위치를 차
지했다. 샤먼의 기적은 꿈과 현실 사이의 장벽을 헐고 신들이 사는 우주의
세계를 열어 젖히는 것이라고 엘리아데는 말함."

1996. 2. 5
"母性觀 변화 논란", 『어머니의 신화』 등(문화일보, 1996. 2. 5)

　　"우리 사회 최후의 금기영역으로 남아있던 모성에 대한 논쟁이 본격적
으로 전개될 전망. 보스턴대 새리 서러 교수의 『어머니의 신화』, 애드리언
리치의 『더이상 어머니는 없다』 등 모성론을 비판한 서구페미니스트들의
저서가 나와 모성논쟁을 부채질하고 있다. 서구에서 모성논쟁이 시작된 것
은 70년대 여성운동의 발달과 함께 이루어짐. 모성논쟁을 주도한 페미니스
트들은 생물학적, 심리학적, 사회학적 연구를 통해 모성이 여성의 피할 수
없는 운명이라는 신화에 도전하면서 여성의 지유로운 선택과 모성의 사회
적 변형을 주장했다."

1996. 2. 21
"예수탄생 2천년 성지순례"(한겨레신문, 1996. 2. 21)
　　"예루살렘에선 예수가 죽음을 예감하고 기도한 곳, 최후의 만찬장이자

오순절에 성령이 강림한 곳, 부활한 지 40일만에 승천한 곳 등 예수의 자취 곳곳에."

1996. 2. 27
"新이민물결-캐나다 1", '天國의 삶'-고독 교차하는 대륙(조선일보, 1996. 2. 27)

"'코리안 드림을 찾는 한국인들의 발길이 캐나다로 이어지고 있다. 지난 1962년 첫 진출이 이뤄진 후 캐나다는 한인들로부터 각광받는 신대륙. 95년말까지 공식이주자 약 7만명, 현재 4천여명이 수속 중. '천당에서 한가지가 부족한 999堂'."

1996. 3. 7
"新이민물결-캐나다 2", 최고수준학교를 無料로 한국인엔 교육 신대륙(조선일보, 1996. 3. 7)

1996. 3. 14.
"독서에세이-라다크리슈난의 「인도철학사 1」"(동아일보, 1996. 3. 14)

"「인도철학사」는 '베다 시대' '서사시 시대' '6파 철학' 등 모두 2권 3부로 구성."

1996. 3. 19
"新이민물결 10-캐나다 3", 환상버리고 일할 각오 단단히(조선일보, 1996. 3. 19)

1996. 4. 5
"다시부는 프로이트 바람"-정신분석학 형성과정 문화해석서 속속 출간(조선일보, 1996. 4. 5)

"잉에 슈테판 독일 훔볼트대 교수의 「프로이트를 만든 여자들」은 프로이트 이론형성에 중요한 역할을 한 여성환자와 부인, 그와 학문적 토론을 벌인 동료-제자 여성학자들의 생생한 이야기를 담음. '천재이자 예언가로 알려진 프로이트에게 이론적으로 중대한 통찰을 제공했으나 철저히 가려졌던 여성들의 몫을 복구하고 싶었다고 밝힘."

1996. 4. 7
"神話통한 인류의 공통점 찾기"-「세계의 유사신화」 번역출간(중앙일보, 1996. 4. 7)

"'눈에 보이는 현상 속에 내포된 진리에 대한 한차원 높은 통찰'(토마스 만). '끝없는 우주의 에너지가 인류의 문화로 발현되는 은밀한 통로'(조지프 캠벨). 최근 서구에서 고개를 들고 있는 동양종교에 대한 관심, 과학으로 설명이 불가능한 인간의 靈性을 강조하는 뉴에이지운동도 같은 시각에서 해석."

1996. 4. 9
"캐나다 5, 新이민물결 12", 중국계가 몰려온다 韓人 상권 위기감(조선일보, 1996. 4. 9)

1996. 4. 19
"친근한 神話로 상상력 훨훨"-세계의 유사신화(조선일보, 1996. 4. 19)

"J F 비얼레인이 쓴 『세계의 유사신화』이다. 현대인에게 신화란 어떤 의미를 갖는지에서 시작해 창조 홍수 사랑 도덕 영웅 죽음 종말 등 인생의 영원한 주제들이 그리스-로마는 물론 중국 인도 아즈텍 폴리네시아 이스라엘 이집트 등에서 어떻게 다뤘는지를 살핀다."

1996. 4. 21
"칸영화제 초청작 <유리>"(조선일보, 1996. 4. 21)

"유리라는 주인공이 살인, 정사, 광기와 대결하는 人神이 되어가는 수행
과정을 통해 세상의 부조리함을 표현한, 실험성 높은 작품."

1996. 4. 27
"칸영화제 비평가부문 후보작 <유리>"-심의보류로 출품 불투명(경향신문,
1996. 4. 27)

"<유리>는 박상륭의 소설 「죽음의 한 연구」를 영상화한 아트무비. 스
승으로부터 죽음이란 무엇인가라는 화두를 받은 한 수도승이 40일간 기존
상식을 깨부수는 파격적인 수도생활을 통해 해탈하는 과정을 그렸다."

1996. 4. 28
"美·英 출판계 뜨거운 '창조-진화' 논쟁"(중앙일보, 1996. 4. 28)

"'창조냐 진화냐'. 1859년 찰스 다윈의 『종의 기원』이 발표된 이래 끊임
없이 이어져온 논쟁이다. 제1차 세계대전후 전쟁의 발단이 국가간의 약육
강식으로 풀이되면서 한때 진화론에 대한 반성이 제기되었을 뿐 이 논쟁
에서는 언제나 진화론이 우위를 지켰다. 존슨 교수는 '세계의 모든 신화에
는 나름대로 우주만물의 탄생을 말하는 설화가 있다고 전제하고 진화론도
서구문화권에서 생물 탄생기원에 관한 설화의 하나에 지나지 않는다고 역
설. 진화론은 과학, 역사학, 경제학, 정치학, 사회학, 문학, 종교분야까지 영
향을 미친 것."

1996. 4. 29
"公倫 영화 <유리> 부분삭제 요구에 제작진 반발"(한국일보, 1996. 4. 29)

"작가 박상륭의 소설 『죽음의 한 연구』를 영화화한 <유리>는 33세 수
도승의 치열한 수행을 그리고 있다. 음양의 조화, 생명의 본질 등을 이해
하기 위한 방법의 하나로 감독은 수도승의 섹스와 살인을 집어넣었다."

1996. 4. 29

"20세기 列傳-「황무지」의 T. S. 엘리엇(1888-1965)"-전통 틀 깬 '몰개성의 詩學'(동아일보, 1996. 4. 29)

　　"「사월은 가장 잔인한 달/ 죽은 땅에서 라일락을 키워내고/ 추억과 욕성을 뒤섞고/ 잠든 뿌리를 봄비로 깨운다./ 겨울은 오히려 따뜻했다./ 망각의 눈으로 대지를 덮고/ 마른 球根으로 가냘픈 생명을 키워왔다…」 1차대전 후의 시대적 환멸과 허무사상을 노래한 시라고, 또는 현대문명의 불모성을 노래한 시라 보기도. 다면성을 갖춘 「황무지」는 20세기 모더니즘의 대표작. 다양한 인용과 다채로운 어법 등을 통해 여태까지 보지 못했던 혁신적인 기법의 시세계를 선보였기 때문. 1920년 최초의 비평선집 「신성한 숲」을 펴낸 비평가이기도."

1996. 5. 2
"죽음의 관념 영상에 담은 실험작"-마침내 심의통과한 <유리> 시사회(중앙일보, 1996. 5. 2)

　　"박상륭의『죽음의 한 연구』를 각색한 <유리>에 관심이 쏠린 이유는 인간 사유의 극한인 생명과 죽음의 본질에 관한 방대한 관념체계를 어떻게 영화로 풀어낼 것인가 궁금. '유리' 지역은 정신적인 세계, '읍내'는 물질중심의 사회로 구분되고 유리가 죽어가는 누이와 정사를 하면서 혀의 일부를 떼어 입속에 넣어주는 장면은 탄생과 죽음의 두 꼭지점을 이음으로써 생명의 본질에 도달한 유리의 사상을 함축."

1996. 5. 3
"지구촌 여행-밴쿠버섬"(한겨레신문, 1996. 5. 3)

　　"때묻지 않은 자연을 간직한 캐나다의 밴쿠버섬은 북태평양 연안에서 제일 큰 섬. 브리티시 컬러비아주를 동쪽에 끼고 한면이 길쭉한 이등변 삼각형 모습."

1996. 5. 14

"양윤호 감독 화제작 <유리>"(문화일보, 1996. 5. 14)

"거대한 관념세계를 독특한 색채 미학으로 표현해낸 문제작이란 찬사와
함께 줄거리가 혼란스럽고 내용이 난해하다는 반응도 많았다."

1996. 5. 15
"21세기 학술계 新패러다임-몸學"-육체-정신 구분 않고 '몸으로 통합(조
선일보, 1996. 5. 15)

"1980년대부터 서구의 인문사회과학계에서는 몸에 관한 연구가 활발하
게 진행됐다. 문화학 인류학 사회학 철학 역사학 문학 종교학 여성학(혹은
남성학) 등의 분야에서 몸에 관한 책이 쏟아져 나왔다. 몸에 대한 집착과
연구의 활성화를 통해 알 수 있는 점 중의 하나는 서구 근대성의 기본틀
을 이루고 있던 자연/문화, 이성/감정, 육체/정신의 이분법이 이제 걷잡을
수 없이 무너져 내리고 있다는 점. 이같은 이분법은 우리사회에도 기독교
를 통해 소개됐고 서구 근대성의 수용과 더불어 하나의 모델로서 정착됐
다."

1996. 5. 16
"<유리> '난해' '신선' 엇갈린 평가"-칸영화제 통신(중앙일보, 1996. 5. 16)

"제49회 칸영화제의 비평가주간에 초청돼 상영된 한국영화 <유리>가
현지 관객들로부터 대체적으로 난해하다는 반응을 얻었다."

1996. 6. 1
"영화관람석-<유리>"-모험 나서는 젊은 호기 돋봬, 난해한 상징체계 뒤
범벅 흠(한겨레신문, 1996. 6. 1)

"산은 산이요, 물은 물이다. 성철스님의 법어. 성철스님은 일상어법으로
는 담아 내지 못하는 높은 진리를 표현하기 위해서 사용되는 메타 언어로
말씀하셨기 때문. 스님의 불립문자 강조론은 책을 읽지 말라는 것이 아니

라 깨달음의 공부를 문자나 책의 한계에 가두어 두지 말라는 메타언어인 것. 물은 물이요, 산은 산이로다. 상징은 대단히 위험한 장치. 의미의 축소와 확대, 양극을 경우 없이 자의적으로 넘나들 수 있기에."

*1996. 6. 4. 화. 10:05

5. 31 논문이 최종적으로 끝난 후 만 1년 후 1995년 5월 말경에서 1995년 10월 다시 연장, 유예 1996. 5. 31 끝난 후 일기를 재기하려고 하지만 잘 안 된다. 그래서 마음과 달리 6. 1, 6. 2, 6. 3 사흘을 그냥 보냈다. 어쨌든 만 1년간 연속적인 글쓰기를 안한 결과의 '글'적 후유증인 모양이다. 만 1년의 공백, 그러나 서서히 복구하자. 총체 일기 메모 일기(원고 용지 노트에), 화면 일기(한지 노트에), 그리고 원래 일기의 회복 다시 시도해 보자. 되면 되는대로, 안되면 안 되는대로.

캐나다 박상륭 선생님께 그간의 경과를 써서 편지를 보내고 나니, 다 끝난 것 같다.

어제 약간의 허탈감과, 광야에 외롭게 서 있는 나를 보며 이제야 경제적 독립과 관념적 독립을 완전히 이루어야 할 때라 생각된다. 그리고 목표 지향적 삶을 좋아하는 나로서는 "『칠조어론』에 나타난 여성상 연구"에 목표를 두고 준비하는 것이다. 이제는 관념적 저작물 출산을 향해 총력을 기울일 때다. 그동안 죽음(假死)에서 再生, 復活했으니 이제 뭔가 관념적 출산을 할 때다. 지금은 바로 과도적 子宮에 있을 때니 말이다. 열심히 관념 작업을 해보자.

1996. 6. 5. 신문 해설 병기
"지옥에 가보셨나요"—김정희씨 「조선시대의 지장시왕도」 지옥 다룬 불화모아 정리(한겨레신문, 1996. 6. 5)

"세상이 변해도 죽음은 누구에게나 공평하다. 피할 수 없는 죽음 앞에서 인간들은 죽고 난 뒤 어디로 갈까 두려워한다. 사후의 세계를 천상과 지옥으로 나누는 이분법은 대부분의 종교 공통적이지만 불교는 '지옥으로 떨어

---

* 논문 3차 통과 후 다시 일기를 쓰기 시작함.

지는 고통'에 주목하여 중생들에게 생전에 덕을 쌓아 극락·정토에 가도록 가르치는 실천의 보시를 강조해 왔다. 절마다 지옥에 가지 않도록 비는 冥府殿이 있었으며, 이곳에 지옥을 연상시키는 온갖 불화와 불상을 모셔 불자들이 지옥을 실감하는데 도움이 되도록 하였다. 명부는 사람이 죽어서 가는 암흑의 세계를 뜻함. 흔히 저승, 황천이라 부르는 곳. 불교에서의 명부는 지옥. 지장보살과 시왕은 이 명부의 주인들. 시왕(十王)이 죄를 묻는 10명의 심판관이라면, 지장보살은 혹심한 지옥의 고통으로부터 중생을 구하는 구세주였다."

박상륭의 「최판관」의 저승 판관과 『죽음의 한 연구』의 부자가 저승에 가서 영혼의 저울을 재보라는 대목이 떠오르는 부분이다.

1996. 6. 7
"삶의 근원 좇는 수도승의 파격―<유리>"(경향신문, 1996. 6. 7)

"삶과 죽음이란. 양윤호 감독의 유리는 그것으로부터의 해방과 구도에 이르는 길을 그린 아트영화. 생명의 본질을 탐구하기 위해 자신의 영혼과 육체를 수단으로 삼은 한 수도승의 이야기를 충격적 영상에 담았다. 주인공은 청년수도승 유리. 그가 관념의 유토피아 유리로 떠나면서 시작된다. 그는 실오라기 하나 걸치지 않은 알몸으로 유리지역과 현실세계인 읍내지역을 오가며 수행을 거듭한다."

『죽음의 한 연구』가 영화화된 제목은 <유리>이다. 소설 공간의 무대이지 주인공의 이름을 유리라 부르고 있다.

1996. 6. 7
"정승석의 인간을 생각하는 다섯가지 주제"―죽음에서 비롯되는 인간고통 불교적 해석(동아일보, 1996. 6. 7)

"사랑 번뇌 고통 마음. 저자는 인간을 이해하기 위한 수많은 개념들을 이 다섯가지로 정리하고 불교 경전을 통해 각각의 의미에 대한 사색을 보여주고 있다."

『죽음의 한 연구』에서는 불교적 죽음으로 선불교의 계보 단절과 후대 계보 잇기로 나타나고 있다.

1996. 6. 8
"양윤모의 <유리> 영화평", 유리는 우주－수행의 공간 의미 도발적 형식으로 기본틀 탈피, 자연－인간－예술 엮는 퍼포먼스(조선일보, 1996. 6. 8)

"영화에서의 유리는 개인이며 우주 또는 수행의 공간이다. 즉 시간이며 공간이고 길 위에 있으며 내 안에 있다."

1996. 6. 8
"불교－기독교의 대화, 意識변화 차원서 이뤄져야", 加리자이나대학 오강남 교수(문화일보, 1996 6. 8)

"우리나라 양대 종교인 불교와 기독교는 현재의 독백과 고립적 발전의 시대를 마감하고 근본적인 의식변화를 통해 함께 일하고 함께 생각하는 관계를 정립해야. 두 종교의 활성화와 한국사회의 평화스럽고 조화로운 미래를 위해 불가결한 요소. 한국어로 깨우침, 중국어로 悟, 신약성서의 용어로 메타노이아(회개)라고 하는 의식의 변화 차원에서 이뤄져야."

불교와 기독교의 접맥이 『죽음의 한 연구』에서는 수도승의 나의 겉모습이 불교적 모습으로 33세 나이가 예수의 나이를 상기시키는 것으로 보여주고 있다.

1996. 6. 13.
"박평식의 영화평"－양윤호 감독의 <유리>(문화일보, 1996. 6. 13)

"자기 스승을 포함하여 세명의 승려를 죽인 사내가 유리라는 마을로 들어간다. 그는 그곳 촌장이 되기 위한 과정으로 광기어린 수행을 계속하지만 결국 판관인 촛불승에게 처형을 당한다는 내용. 결말부의 자막 '死亡으로써 思望하기 시작한다.'"

임제록의 '살불살조론'이 떠오르는 대목이다.

1996. 6. 14
"이나미의 독서일기"-슈테판 츠바이크의 『천재와 광기』(조선일보, 1996. 6.
14)

　　　"츠바이크가 분석한 아홉 명의 문인들은 천재인 동시에 광인들이다. 모
　　두 우리가 가서는 안될 경계를 넘어 孤獨地獄에 빠지기를 자처하는 이들.
　　교교한 마성을 지닌 천재를 만날 때 평범한 사람들은 그가 '죽음과 파멸로
　　부터 단 한 뼘 정도밖에 떨어져 있지 않다는 것을 느끼고 놀라' 뒤로 놀라
　　서기 마련. 그러나 진정한 천재란 자신의 추락을 두려워하기는커녕 '정신
　　이 혼란해지기 직전 최고의 도취를 춤추는 듯한 황금의 언어로 토로'하는
　　마법의 존재가 아닐까."

박상륭 소설의 주인공은 광기 쪽에 기울어지는 인물이 많이 등장하고 있다.

1996. 6. 16
"유재원의 행복한 책읽기"-헤로도토스의 『역사』(중앙일보, 1996. 6. 16)

　　　"서력전 5세기에 살았던 헤로도토스는 수많은 일화와 전설, 民族誌 등을
　　기록. 왕비의 아름다운 육체를 자랑하고픈 마음에 침실에 신하를 몰래 숨
　　기고 왕비의 벗은 몸을 보게 한 대가로 바로 신하에게 목숨을 잃는 왕 이
　　야기도 나온다. 국법에 따라 왕비의 벗은 몸을 볼 수 있는 사람은 왕뿐임
　　을 상기시키면서 왕이 죽든가 자신이 죽든가를 결정하라고 추상같은 명령
　　을 내리는 왕비의 모습에선 고대 여인의 기개가 느껴진다."

『칠조어론』에는 왕비의 이 대목으로 수용하고 있다.

1996. 6. 17. 일. 00:32
요즈음은 아마 心所의 時間과 實際의 시간 거리가 너무 먼 모양이다. 하루

가 어떻게 지냈는지, 아침에는 어떻게 살았는지, 또 낮에는, 그리고 저녁에는, 어쩌면 한 생각은 들었다. 작가들이나 창작인들의 삶이 아마 그러지 않을까? 작품에 빠져 살다보니 현실과 유리된 듯한 느낌이 아닐까 한다. 나중에 소설을 쓴다면 '잃어버린 유토피아를 찾아서'를 이중 체계화하면 '失樂園傳'과 '復樂園傳'이 되지 아닐까 한다.

너무 많은 파편적 인식어들이 떠올라 어떻게 정리할 수가 없다.

관념 주머니, 관념의 바랑, 사회적 관념의 無, 물질 헌금, 물질 보시, 마음 보시, 시간 노력 보시, 노동 보시, 우주적 男人, 우주적 女人, 우주적 정치인, 우주적 兒人에서 우주적 學人으로, 우주적 풀, 우주적 열매, 우주적 꽃, 또 논문 제목으로 박상륭의 「남도」와 이청준의 「축제」 비교 연구ー할머니와 손자의 생명 잇기, 1) 원형적 생명 잇기ー박상륭 2) 가족적 생명 분배, 전이, 보시ー이청준 약간 재미있을 것 같다. 아마 이청준, 박상륭 영원한 쌍벽인지? 한국에서 한국 읽기ー이청준, 한국에서 세계 읽기(한국 초월하기) 세계에서 한국 읽기와 세계에서 세계 읽기 박상륭

1996. 6. 28
"미국에 佛敎 바람"ー사찰 늘고 신도數도 80萬 넘어서(중앙일보, 1996. 6. 28)

"뉴욕타임스지는 최근 캘리포니아주에 대규모 불교사찰이 건립되는 등 미국 곳곳에 절이 들어서고 있으며 신도도 날로 늘어나 현재 최소 80만명이 넘는다고. 명상과 선문답을 강조하는 일본의 젠(禪)불교에서 신비주의 색채가 강한 티베트불교쪽으로 관심이 바뀌고 있다고. 티베트불교는 달라이라마의 명성과 히말라야 고승들의 일화 등으로 호기심을 자극해, 젠불교는 대학 부설연구기관이나 가라테 등 무술도장과 연계해 각각 입지를 넓혀가고 있다."

1996. 6. 28
"小우주 '사람의 몸' 탐사여행"ー사진 작가 윌리엄 유잉의 『몸』(조선일보, 1996. 6. 28)

"독일 철학자 라이프니츠는 인간을 小宇宙라고 갈파함. 인간의 신체를 12개의 테마로 덧붙임. 단편성, 인물상, 탐색, 육체성, 강건미, 에로스, 소외, 우상, 거울, 정치성, 변신, 마음. 인간의 육체가 보여주는 무한한 변주곡을 추출해 냄."

1996. 6. 30. 일. 22:25
어제 박상륭 관련 논문이나 그 목차들

* 박상륭의 죽음意識 연구
* 박상륭의 상징적 重生 연구
* 박상륭의 자연 回生意識 연구
* 박상륭 이청준 소설에 나타난 祖母—孫 생명 계승 모티프 비교 연구
　　南道 場外人/ 南道 場內人
　　생명 신화의 배경—식물 擬人신화, 자궁 태아 신화
　　신화의 소설화, 삶의 신화화
* 박상륭의 『칠조어론』에 나타난 여성상 연구
　　인류 우주사　인식별 여성상 분석
　　중도론 시대—『칠조어론』 1, 2
　　진화론 시대—『칠조어론』 3
　　역진화론 시대—『칠조어론』 4

1996. 7. 1.
"한국인 왜곡된 恨의 풀이…韓國病 원인"—백상창 사회병리연구소장(세계일보, 1996. 7. 1)

"10여년간 프로이트를 비롯한 서구의 정신분석학자들의 이론에 동양사상 즉 유교 불교 도교 주역 등의 사상을 혼합하여 '洞察治療法'을 개발함. 서양인이 3천5백년의 역사 속에서 자유를 쟁취하기 위해 神—王—父와 투쟁했고 그 과정에서 원죄의식이 형성되었다면, 한국인에게는 '죄 안지은' 5천년의 역사 속에서 평화로운 '정태적 한'이 생겨난 것. 天地人의 조화정신, 자연에 순응하는 농경문화, 효의 미덕을 중심한 유교사상, 我慢과 욕심을 경계한 불교의 가르침, 체념과 달관을 가르쳐준 주역, 포괄적 자아를

형성해준 대가족제도 등이 복합적인 영향을 끼쳤다. 큰 인물 콤플렉스는 집안과 가문의 한을 풀기 위해 권력자, 재벌 되라 하는데 자기동일성의 혼란에서 비롯된 것,"

박상륭은 메시아, 영웅 등 한국인의 한이 수용된 콤플렉스를 인물로 형상화하고 있다.

1996. 7. 3.
"무의식 꿈세계서 인간탐구"-칼 융의 『인간과 상징』(한겨레신문, 1996. 7. 3)

　　"융은 인간의 무의식 속에 인류 대대로 축적된 신화, 곧 원형이 있다고 보고 그 덩어리를 '집단무의식'이라 부르면서 이 무의식의 언어가 꿈에서 계속 나타나는 하나의 '상징'이라고 봄. 나날의 삶 속에서 이 꿈의 언어와 소통하는 것이 일상적 언어생활만큼이나 중요하다고 강조."

1996. 7. 4.
"<유리> 영화 감독 양윤호"-손꼽히는 컬트영화작가 창작·독창성으로 승부(경향신문, 1996. 7. 4)

　　"<유리>는 한 수도승의 파격적인 수행과정을 그린 작품. 우리영화사상 최초로 제49회 칸국제영화제 비평가부문에 선정, 황금카메라상 후보에 올랐고 공연윤리위원회에 맞서 완전등급심의에 대한 여론을 불러일으킴."

1996. 7. 5. 금. 01:10
7월 1부터 도서관을 다니면서 그저께까지는 『칠조어론』 1을 분석했고, 어제부터는 『칠조어론』 2를 분석하기 시작했다. 상하 전철길에서는 『죽음의 한 연구』를 다시 읽는 중이고, 「남도」 1, 2, 「유리장」에 이어 『죽음의 한 연구』도 많이 이해하기 시작했다. 色지대→다른 色지대, 空지대→다른 空지대로 4차원에서 보아야 할 것을 과거 읍과 유리를 色지대 空지대 미분화된 것에서 본 것이 정확치 않음이 보였다. 읍의 색성, 공성 모두 폐허, 낡음으로 유리의 色性, 空性, 다시 개척해야할 황폐성에 생명 세우기로 그러나 자신의 죽음을 상징적 제물로 삼고, 고양이는 내면에 빠진 인간의 몸성의 상징적 동일성. 하루하루는 (40일) 현재 유리 시간과 새벽, 자정 무렵으로 시간 흐름이 서사적 구조로 나타낼 수 있는 부분이고 그 사이 사이 과거 읍에서 살던 것이 기억으로 재생되고 있다는 것 촛불승과 나의 관계는 28세, 박의 외면성 33세의 나는 지금 지필하고 있는 73. 74년경 박상륭의 내면 정신 세계성 즉 박상륭의 두 자아의 양극성을 시간적 편차 그러나 한 장에 얽혀 넣기로 느껴졌다.

그밖에 또 떠오른 것은 박은 시대의 중심에 서고 싶던 한국인의 큰 울부짖음, 그러나 중심을 옆에서 바라본 자, 60년대는 그 사회 중심에서 벗어나고 있음을 사회적 소외인으로 그러나 자기식 사회깨부수기, 건설 하기 다음 형상화를 상징화, 은유화로, 그 다음은 自傳의 관념화로, 그리고 자전의 인류화, 자전의 우주화가 되면서 인간이 해방되는 것으로 나타난다. 개인적으로 60년대 사회 개혁하고 싶은 상징적 욕구를 썩은 사회인 죽이기, 깨버리기, 파괴하기로→ 그 사회에서 소외되고 생명만 남고 생명의 인류학화→그 생명을 담보로 관념 귀착, 정신 세계 귀착 죽음 선언으로→80년대 공백 상징적 죽음 재생(『죽음의 한 연구』 재간, 『열명길』 재간)→90년대 한국어로서 말 해방, 인간 해방, 시대 초월 완전 해탈식

한 인간의 自傳

소외적 한국인의 사회, 시대 상징, 자전의 상징화 은유화

(인간 삶의, 사회 파괴, 사회 유랑)

자전의 관념화, 인류화(사회 거세, 사회 소외)

인간 속에 臨在된 佛神, 神, 神性, 宇宙性 끌어 올리기, 사통관통한 신성 바라보기, 시대 세계, 우주, 인류, 天地史 읽기, 허구 실상사, 男 女史

1996. 7. 13. 토. 09:30

막상 일기를 쓰려니 쓸 것이 없다. 단지 어제 잠깐 생각했던 이제 욕심, 조급성을 마지막까지 다 버려야한다는 것. 지난번 그렇게 빨리 하는 것을 좋아하면 죽는 것도 빨리하지? 그러니 더 이상 할 말이 없었다. 그래서 조급성은

떨쳐야 한다고. 또 며칠전 책을 그렇게 많이 사면서 읽지 않고 쌓아두면 무얼하나, 무의미한 더미처럼 보였다. 책의 거세, 책의 생명줄 끊기로. 이제 내책 내는데 더 주력해야한다는 사실로 학원 다니는 것도 그만 두었고 마지막 『칠조어론』 4까지만 과거의 나의 수법대로 하고, 독서까지도 욕심, 조급성을 벗어버리고, 신문 스크랩도 서서히 그만두고, 박상륭 고착도 서서히 뽑아내. 이제야말로 통합된 나로 자유롭게 살 것이 중요하다. 단지 일기 1권과 영일신문 공부만을 남겨두고 가지치기를 해야

1996. 7. 14. 일. 23:58
내일로 마지막 욕심(『칠조어론』 4 여성상 분석 이후)을 버리기로 하자. 이제 빨리도 조급도 많이도 욕심도 다 버리자. 천천히 정교하게 조탁하여 고급 상품화를 지향하는 방법론을 취하자 또한 혈연 의무, 정보다 인간 자존심, 인간 자의식을 행동보다 고뇌를 선택하며 아버지 성도령의 딸들, 雙父史(1910-1982), 雙師史(1991. 9~1995. 8)의 얘기를 쓸 수 있을지?

1996. 7. 18.
"교황과 추기경", 山行사색 휴가(경향신문, 1996. 7. 18)

1996. 7. 19
"기자의 예리한 눈에 비친 이슬람 무장조직 현주소"-밀러 著 『신은 99개의 이름을 가졌다』(경향신문, 1996. 7. 19)

    "코란에서 신이 99개의 이름을 가진 것처럼 이들이 지나치게 다양한 파를 형성, 힘이 모아지지 않기 때문이라는 분석."

『칠조어론』에 나타난 자아의 분열된 모습이 아마 99개의 이름을 붙일 수 있을 것이다. 『죽음의 한 연구』에서는 아흔아홉개의 눈, 아흔아홉개의 위로 등 작가가 즐겨 쓰는 99개 논리이다.

1996. 7. 24.

"티베트서 찾은 미래의 길―스웨덴 학자 헬레나 「오래된 미래」"(한겨레신문, 1996. 7. 24)

> "'라다크'는 티베트 말로 '고갯길이 있는 땅'이란 뜻. 히말라야의 그늘 속에 있는 라다크는 커다란 산맥들이 얽혀있는 고지대의 황무지. 고승 달라이 라마의 정신적인 지도 아래 13만여명의 주민들이 평화롭게 살아온 라다크는 오랜 세월을 전통적인 공동체가 누릴 수 있는 완벽한 행복 속에 자냈다."

1996. 7. 25. 목. 21:45

며칠 상관으로 돌고돌아 제자리를 찾았는지 모른다. 나의 소설을 쓴다고 하니 나만의 얘기가 안되 가족사 소설로 확대되어 갔고 가족사 소설을 쓴다하니, 우주사 소설로 나아가고, 그것이 다시 4부작 城. 진화론 성, 중요론 성, 퇴행론 성, 그림 성까지 그러다가 1억 고료 예상을 하고 4년 계획을 하다, 오늘은 그 욕심(5단계를 거쳐온 욕심까지 다 버리고) 연구만 해야겠다는 생각으로 몰아지면서 평론으로 돌아온 듯하다. 평론과 연구는 한통속이지만 분명 소설은 다른 통속이여 머리를 분화시켜야 한다, 그러기에 이제 평론, 연구 작업만 열심히 하고 소설은 원래대로 일기 작업으로 대치시킨다는 것이 떠오른 것이다.

오늘부터 긴긴 화면 스크랩을 총 마감했다. 작년 1995년 5월 글(문장) 거부로 나아가다가 신문스크랩북이 되었고, 그것이 나의 아이덴티티가 화면, 시각, 그림, 고착 이해증까지 발견하게 되었다. 박사 논문 통과까지 유보했던 일기를 이제 쓰기로 시작하고, 마지막 강박 관념을 풀고 이제 자유롭게 일기의 門을 열고자 한다. 신문 스크랩북이여 안녕 안녕.

1996. 7. 27. 토. 00:30

사고의 간헐적 내용, 주관적 심리의 이동은 그렇다. 어제밤 박상륭 단편에 나타난 死産兒 모티프는 생명 거부, 생명 윤회(자식 윤회) 거부로, 나중에는 관념 道兒 출생으로 이어지는 것으로 나탄난다는 것, 다음 어린 날 모성 부재, 모성 상실인 경우 합리적으로 설명하기 어려운데 원초적 생명력 콤플렉스로 생명애 부재 현상의 운명이 아닐까? 母性 부재는 父性 부재와 달리 드문 현상이고 박상륭이나 나나 강한 모성 콤플렉스 환자같다. 그러기에 생명아를 거부하고 박상륭 콤플렉스, 고향 부재, 모성 부재, 부모 부재, 스승 부재와 마찬가지로 나 역시 콤플렉스 고향 상실, 모성 부재, 부모 부재, 이중 고행 부재, 정통 스승 부재 마찬가지 운명이다.

1996. 7. 30
"동·서양 종교 이해 폭넓혀"—원광대 '종교철학 학술회의'(한겨레신문, 1996. 7. 30)

> "중세 기독교 철학자 터툴리아누스는 '불합리하기 때문에 믿는다'고. 당나라 임제 스님은 '부처를 만나면 부처를 죽이라'고 했다. 절대자에 대한 상반된 태도에도 기독교와 불교는 모두 '종교'라는 이름으로 불린다. 황필호 교수는 '종교철학의 오늘과 내일'을 통해 비교 종교철학의 필요성을 제기. 세계 어느나라든 대체로 하나의 종교가 우세를 점하는 데 반해, 한국은 기독교·불교·유교·무속신앙이 백중세를 유지하고 있다. 융의 이론에서 종교란 인간의 의식과 무의식을 하나로 연결할 수 잇는 매개적·초월적 기능을 담당하는 상징체계다. 융은 종교현상을 초월적 세계에서 다루지 않고 인간의 심층심리에서 다룸으로써, 종교들이 서로의 교리를 건드리지 않고도 만날 수 있는 이론틀을 제공했다."

1996. 7. 30 화
『칠조어론』 2 읽기 시작

1996. 7. 31
"죽음 뒤엔 삶이 있었다—로스 '사후생' 임사체험 모아 분석. 죽음은 높은 의식상태로 변화과정"(한겨레신문, 1996. 7. 31)

> "'죽음학'의 대가인 퀴블러 로스가 쓴 『死後生』은 인간이 죽는 순간부터 겪게 되는 새로운 삶의 이야기를 담은 책. 죽음의 순간을 세 단계로 정리. 첫째, 육체의 죽음은 나비가 고치를 벗어날 때의 현상과 똑같다는 것. 두 번째 단계는 물질적 에너지 대신 정신적 에너지를 제공받는 시기. 온갖 육

체적 결함이 다시 온전해지고 시공을 초월하게 된다. 누구나 장엄한 빛 속에서 자신을 보호해 주는 영적 보호자를 만나게 되고, 생전의 모든 경험을 한 순간에 돌아보게 된다. 세 번째 단계에에서는 앎을 소유하게 된다. 지상에서의 최대의 적이 바로 자신이었음을 알게 되고, 잘 산다는 것이 근본적으로 사랑하는 법을 배우는 것임을 깨닫게 된다."

1996. 7. 31
"죽음의 공포극복 부활 염원─「죽음과 회생의 미학展」 포스코갤러리에서"
(한국일보, 1996. 7. 31)

　　"인간의 삶과 죽음, 부활을 다룬 「죽음과 회생의 미학전」이 열리고 있다. 인간에게 필연적으로 찾아오는 죽음의 공포를 극복하고 부활의 희망을 염원하는 작품을 선보이고 있다."

1996. 8. 7 수
『칠조어론』 3 읽기

1996. 8. 9
"티베트 1만km를 가다 1"(중앙일보, 1996. 8. 9)

　　"국사책에 토번국으로 소개되고 있는 티베트는 한때 당나라와 맞설 만큼 강성해 641년 당태종이 딸 문성공주를 송첸캄포 티베트왕에게 시집보냄. 이때 문성공주가 시집오면서 가지고 온 불경·불상이 티베트에 불교를 전파한 계기가 된 것임. 티베트 불교인 라마교는 대승불교에 티베트 고유의 토속신앙과 풍속이 가미된 신."

1996. 8. 9 금
『칠조어론』 3 읽기

1996. 8. 9
"김호석作 '산은 산이요 물은 물이다'(성철스님)"(세계일보, 1996. 8. 9)

"수묵인물화의 새로운 경지를 개척해온 한국화가 김호석씨 동산방화랑
에서 여는 '역사속에서 걸어나온 사람들'이라는 제목의 전시회."

1996. 8. 13 화
『칠조어론』 3 읽기
…6조, 자기 化
  7조, 제3자 化
…6조, 기독+佛 세계 化, 語佛
  7조, 巫+佛, 한국 化, 語巫
…말의 환신, 語佛/ 언어 무당

1996. 8. 15 목
『칠조어론』 3 읽기
박상륭 연구,『칠조어론』 연구
千佛과 한 염태,
『칠조어론』 3과 語片들
『칠조어론』 4 읽기

1996. 8. 16
"바다, 그 영원한 미의 근원"―신사갤러리, 한만영 작「시간의 복제」(세계일
보, 1996. 8. 16)

    "한만영씨는 내부가 거울로 된 정사각형의 상자에 바다풍경이 담긴 작
    품을 통하여 실재세계가 인간의 의식 속에서 어떻게 재현되는지를 보이고
    있다."

과거 시간의 미래 시간화, 미래 시간의 과거 시간화 박상륭의 시간 어법이
다.

1996. 8. 20. 화

···박상륭 연구 10년 (92-01)
  소설 읽기 10년 87년-96년 총정리

1996. 8. 24
"달라이라마와 만델라", 남아공 대통령과 함께 산책(중앙일보, 1996. 8. 24)

1996. 8. 28.
"메시앙의 '아기예수' 全曲 도전", 백건우 명동성당서 독주회(경향신문, 1996.
8. 28)

    "백건우 명동성당에서 '아기예수를 바라보는 20개의 시선'을 연주. 국내
    초연하는 '아기예수를 바라보는 20개의 시선'은 20세기 음악계를 주도했던
    올리비에 메시앙(1908~1992)의 파아노곡으로 고난도의 기교가 요구되는
    작품."

1996. 8. 28
"인류 문화유산 탐방 1-인도"(중앙일보, 1996. 8. 28)

    "아잔타 석굴, 1819년 호랑이 사냥을 하던 영국군 병사 일행에 의해 우
    연히 발견됨./ 제2굴은 마야 왕비의 석가 회임도·석가탄생도 등 벽화가
    있는 천장의 그림 당시 생활상 전해줌. 제19굴은 부처의 설법 자세 등 다
    양한 형태의 조각상들이 세밀하게 묘사돼 있다."

1996. 8. 28.
박사학위 수여식

1996. 8. 29. 목. 23:00
드디어 박사학위를 땄다.

1996. 8. 30

"티베트 1만km를 가다 4"(중앙일보, 1996. 8. 30)

　　"포탈라궁은 티베트를 최초로 통일한 송첸감포 왕이 서기 641년 당태종
의 딸을 맞아들이면서 지은 궁. 당시 궁은 화재로 소실, 5대 달라이라마가
포탈라궁의 중건을 추진. 1693년 현재의 모습으로 완성. 14대 달라이라마가
1959년 인도로 망명할 대까지 티베트 政敎일치의 절대권력자 달라이라마의
상징임."

1996. 8. 31

"형이상학적 스승의 세기 도래와 그 탐구"－박상륭의 『죽음의 한 연구』론
다시 집필

1996. 9. 6.

"라마승 퉁소불자 鳥葬터에 독수리떼", 티베트 1만km를 가다 5(중앙일보,
1996. 9. 6)

　　"티베트의 조장은 새에 보시한다는 라마 불교적 믿음과 티베트인들의
이상적인 장의 방법을 말함./ 장의 풍속중 최상은 靈葬. 영장은 국왕인 달
라이라마나 왕의 스승인 린포체의 시신을 미라로 만들어 탑에 모시는 왕
장./ 티베트인들은 적어도 조장을 지낼만큼 성실하게 살아온 인간이라면 49
일만에 환생한다고 믿고 있다. 티베트의 장례의식은 결국 다시 이 세상에
태어난다는 환생을 목표로 하고 있다."

1996. 9. 6. 금. 11:05

오늘 인생－삶의 오로보로스가 떠오른다. 나의 삶의 기원→어머니, 어머니의
삶의 기원→아버지, 아버지 삶의 기원→한국 사회, 한국 사회 전체 삶의 기원
→한국 집단 성향 통칭 이데올로기, 통치이데올로기 기원→한국 통치 전통사,
한국 통치 전통사→세계 국사, 주변 역사와 맞물린 동아시아 통치 이데올로기.
세계 통치 이데올로기(특히 강대국의 이데올로기)

　나의 직접 기원은 어머니와 관련된 삶이지만 어머니는 아버지와 그러나 반

대쪽으로 읽으면 나는 강대국 선진국 통치 이데올로기와 여파 관계가 있다. 적어도 한국 통치 이데올로기

나→어머니→아버지→한국 사회→한국 집단→한국 통치 이데올로기→동아시아 통치 이데올로기→세계 강대국 이데올로기

한국 사회 속의 한국 집단 속에 후퇴와 전락, 퇴행 삶의 모습이 부, 모며, 거기에 자녀의 人生까지 빼앗아 먹는 것이(비극적 먹이 사슬 공생 관계) 아버지→큰딸, 鬼長씨→아들, 아버지→나,→동생 긍정적 먹이 사슬 공생 관계???

한국 남성의 중요한 벗어나지 못하는 집단 무의식 이데올로기가

정치 신화→동양권 요순 시대, 정치 신화

스승 신화→고려의 王師 제도

첨예하게 현실의 촌장, 교사와 관련된 것이 남성들의 정치 신화, 스승 신화 이데올로기가 아닐까? 보통은 아버지 신화로 되어 있고, 여성은 어머니 신화, 무속 신화?

관념 신화의 배경 유배자, 방외인 관련 정약용, 윤선도, 문왕(주역)이 아닐까?

그랬을 때 박상륭은 정치 신화 촌장 신화로, 스승 신화를 불교 선종 계보 신화로 관념 연구 신화를 주역 신화, 음양 이론을 복합한 것이 아닐까 한다.

구조적 열악이나 하층 계층의 상승 신화나 구조적 우등인으로 되기까지에는 희생이나, 협조, 자기헌신, 노력이 절대 필요한 것, 그것 아니고는 될 수 있는 길이 없는 듯하다.

고아 심리→가난 궁핍+정서 결핍+정신 궁핍

이제 내 인생에 새롭게 변화시킨다면 그 요소는 무엇인가 특히 가능한 세 안으로, 일단 평론가 데뷔, 교수 취직, 소설가 데뷔일 것이며, 동생의 대학원 진학까지가 해당될 것이다. 결혼은 불가항력적 조건 자체를 아무 것도 가지고 있지 않으니, 젊음, 청춘, 처녀를 바쳐 이루어낼 수 있는 것이 學者的 야망이요 성취다. 50대 세계적 大家를 이루기 위해서 정진하는 수밖에 없다.

1996. 9. 7

"詩人과 함께 떠나는 가을산책", EBS 특선 4부작, 파운드－엘리엇, 등 삶－

작품세계 조명(동아일보, 1996. 9. 7)

"TS 엘리엇은 '프루프록의 연가' '서곡' '황무지'를 소개."
초기 박상륭에게 영향 준 세계.

1996. 9. 8. 일. 23:50
오늘의 표면사는 이렇다.

6시에 일어났다가 피곤해서 다시 자고 일어나니 7시반이었다. 동생이랑 목욕을 갔다오고, 아침을 챙겨먹고 나니 10시반이었다. 조간 신문을 부지런히 오리고 12시가 넘어 교회를 향해 집을 나섰다. 시청 앞에서 2호선을 기다리다 L 권사님을 우연히 뵙고 졸업식에 오셔 감사하다는 말씀을 드리고, 특히 권사님은 동생이 예쁘다고 하셨다. 교회뜰에서 헤어져 나는 본당으로 들어와 4부 예배를 드렸다. 최창범 목사님 설교에서 '과학의 바벨탑' '자녀의 바벨탑'이란 어휘가 강하게 각인되었다. 교회에서 종각 영풍문고까지 걸어갔다.

오늘 읽었던 책『남자가 겪는 인생의 네 계절』에서 '애착과 분리' 심리로 떼어내며 창조성으로 나갈 것은 물론, 그동안의 사회적 교우 관계를 무조건적, 앞뒤안보고 주던 것에서 더 이상 그러지 말자는 생각이 섰다. 국어학, 고전문학, 현대문학시, 소설사 장르의 경쟁자들에게 내가 너무 무방비한 것이 아닌지? 이제 철저히 세련되고 성숙한 방법으로 현대문학자 국문학 관련인들을 대해야 할 것이다. 내 창조력을 위해 정진하고 사회인과 완전 부리시킬 것이 하나이다. 또 하나는 에즈라 파운드 관련 텔레비전을 시청하다가 나의 총인생을 총체적으로 본다면 20대까지 작은언니와 시골사, 40대까지 한국 소설사, 박상륭사, 대학사 40대부터 60대 인생끝까지 나를 드러내는 시기가 아닐까? 그러기 위해서는 창조성, 창조력을 활발히 개진시킬 것이 무엇보다 중요하다는 사실이다. 어쨌든 99년까지 박상륭 연구 작업을 1차 마무리하고 나서 소설 창작을 위해 헌신해야 할 것이다.

현실 정치 죽음 선포시대 :「열명길」
현실 정치 －병 죽음 시대, 신화화,『죽음의 한 연구』
현실 정치 －병 구원 시대, 종교 해탈,『칠조어론』

자기 정치 의지, 현실 정치 의지 죽음 이원화, 이원화 성공 분리시킴, 자기 정치화, 자기 죽음 선포, 이원화(현실-관념화), 이원화 계보(語宗敎-정치) 정치를 빼고는 이야기가 안되는 작가라 할 수 있다. 어쨌든 내가 넘어야 할 사람이 작가계-학자(P선생과 Z선생)계이다.

…모든 사람을 내적 노선에 각인되었던 것 다 끊고, 철저히 객관화시키고, 창조력을 위해 정진해야 할 것이다.

1996. 9. 9 월
박상륭…정치 이상주의자/ 인류 정치사/ 정치 외교사, 정치 치세 지역과 소외
정치 이상국 건설(가상 공화국)/ 佛者, 學국 공화국, 통치 형태 부조화, 통치 체용의 부조화, 이상비대주의자, 현실 부재와 과거인 상징화

1996. 9. 9
"김광수 교수의 논리와 글쓰기 53"-배신자 유다가 인류를 살렸다?, 예수를 팔았기에 구원됐다는 논리…결과주의 함정 빠져(한겨레신문, 1996. 9. 9)

> "성서에는 유다가 단돈 몇 푼을 받고 예수를 팔아넘긴 이야기가 있고, 유다는 비난을 받음. 유다의 배신이 있었기 때문에 예수는 십자가에 매달리게 되었고 인류를 구원할 수 있었다."

데뷔작 「아겔다마」에서 가롯 유다를 다루고 있다.

1996. 9. 9.
"이색강좌-서강대, 죽음의 심리적 이해", 죽음도 삶의 한 부분(동아일보, 1996. 9. 9)

> "죽음이 무엇인지를 생각하고 그 죽음을 준비하는 법을 배우는 이른바 '죽음學'강좌가 서강대에 개설된 '죽음의 심리적 이해'. 이 강좌의 목적은 죽음의 과정과 비탄을 경험하고 죽음이 삶의 일부분이라는 긍정적 시각을

형성해 죽음의 공포에서 벗어나고 생명 중시, 인격 성장을 꾀하려는 것. 이 강의는 철학적 정서적 종교적 측면 등 다양한 각도에서 죽음을 생각하고 동시에 간접적으로 죽음과 그 과정을 경험할 수 잇는 기회를 제공함."

1996. 9. 9
"중국의 이방지대 티베트를 가다1"(한겨레신문, 1996. 9. 9)

"티베트인들이 '환생한 부처'라고 믿고 있는 달라이 라마는 중국 정부에 의해 국가분열을 꾀하는 '최고의 범죄자'로 지목됐으나 티베트인들에게는 여전히 정신적 · 정치적 지주로 남아 있다."

1996. 9. 10 화
박상륭의 야망장→學場, 語場, 治場

1996. 9. 11. 수
"설치미술가 조덕현씨 개인전, '상자속 갓난아기'", 반복되는 죽음-탄생 상징(동아일보, 1996. 9. 11)

"조덕현씨는 고향의 땅속에 3개월간 파묻었다 꺼낸 나무상자 1백여개를 사용, 설치작업 '매장을 위한 발굴'을 발표. 그 속에 들어있는 갓난 아기의 얼굴. 평화롭게 잠을 자거나 혹은 큰소리로 우는 모습을 담은 그림들이 상자안에서 광목에 싸인채 들어있다. 땅속에 묻혀있는 상자는 과거나 죽음을 상징. 상자를 열어보면 그안에서 새로운 생명을 상징하는 갓난 아기가 나옴. 죽음과 탄생이 반복되는 우주의 생성소멸 원리를 다룬 작업이다."

갓난 아기가 낳자 마자 죽는 것을 행복하다고 한 소설과 연관지어

1996. 9. 13 금
남진우의 『죽은 자를 위한 기도』 중 자기 살해의 감미로움을 읽으며, 『죽음의 한 연구』 자기 파괴와 자기 살해, 내면적 俗我 죽이기, 외면적 俗我 죽이기 …오에 겐자부로 소설, 한 단계 더 내면화 시킴, 박상륭 소설, 즉 외면적 형

상을 내면적 상황으로 이동시킴

1996. 9. 13. 금
…92, 박상륭/ 96, 박상륭의 방법론

1996. 9. 14.
"禪을 찾아서-중국선불교 답사기"(중앙일보, 1996. 9. 14)

"운문종풍은 후일 선불교 5가 7종을 제패하고 우뚝 선 임제종에 흡수돼 임제선풍을 원류로 하는 오늘의 한국불교 선종에까지 이어지고 있다. '산은 산, 물은 물(山是山 水是水)'이라는 조계종 성철선사의 종정취임식 법어도 운문이 상당법어에서 설파했던 화두였다."

1996. 9. 15.
연세대 장기원 기념관에서 『토지』 심포지움 참가, 박상륭이 타자(박경리 문학) 해독을 통해 더 잘 잡혀 들어오고, '박경리와 박상륭' 저서도 계획해보면 좋다는 생각이다.
박경리의 '토지' 연구 발제문에서 떠오른 문안들
정현기의 "토지연구의 문학사적 검토"-토지해석을 위한 집짓기 공리 요지-
말씀탑 관련 지어, 박상륭의 말씀의 집, 관념의 집 짓기.
토지는 여러채의 이야기 집을 짓는 한국인들 생애의 긴 여로에서는 박상륭은 인간인들, 정신적 인간인들이며 집짓기로
김정란의 "토지 번역을 통해 살펴본 한국문학 번역의 문제점"에서 개별 이름의 사람이름 지우기, 나, 대사, 촌장, 촛불승, 즉 개별이름의 추상화, 상징화, 형이상학화, 박상륭, 개별 이름 거세하기, 名學 거세, 6조, 7조
姓名학적 분석…초기 소설은 「장씨전」에 '상문', 「시인 일가네 겨울」의 '정엽' 각설이, 「열명길」의 목수, 「2월 30일」의 A씨 Z씨, 장타령, 「유리장」, 「7일과 페미」 모두 상징화, 추상화, 신화화 이름(名學)

약정토론, 종합 토론에서

정교수님의 우주집 변방성 파괴, 극복의 길이란 말에서

…불균형적 생명 관념－박상륭 초기작

균형적 생명 관념－박상륭 중기작

확산적(해방적) 생명 관념－박상륭 후기작

박상륭, 우주 신화, 완벽, 조화로운 세계

…현실, 공간 파괴, 새로 시작→「아겔다마」

　　　　, 시간 파괴(역사, 시대 파괴), 죽음→「열명길」

신화적 공간화→「남도」 외

　신화적 시간화→「유리장」

신화적 시공간화→『죽음의 한 연구』

파편(부분) 관념→중도(종합) 관념→해방 확산 관념(초기 시대→중기 시대, 6조→후기 시대, 7조)

∴ 박경리의 『토지』 심포지움을 통해 박상륭의 독법 아이디어의 발견은 무엇보다 큰 성과다.

96. 9. 15. 일

→『죽음의 한 연구』 읽기

…박상륭의 중도관. 낙관론자,

진화론/ 중도론 비중// 역진화

우주 설법 인류 설법 語佛

…비정통 사제 3대

김동리－이청준－박상륭

1996. 9. 18

"형이상학적 인생의 네 계절과 다원적 生命語法"－『죽음의 한 연구』론 다시 시작

1996. 9. 20 금

…관념적 사건—장편 소설, 박상륭
…覺道語論 가득 채움, 『칠조어론』

1996. 9. 21.
"환경운동 불교—가톨릭 '山寺의 만남'"(동아일보, 1996. 9. 21)

"지리산 실상사에서 가톨릭 신부가 특강연사로 참석한 가운데 스님들의 수련결사가 열리는 모습. 정홍규 신부는 현대사회가 직면한 당면과제로 환경문제를 지적하며 인간과 자연의 관계에 초점을 맞춰 그리스도와 불교의 세계관에 언급. 직선적 시간관을 지닌 그리스도교는 인간을 중심에 놓고 자연을 대상으로 바라보고 있지만 불교는 자연과 인간이 함께 연결된 순환적 세계관을 지니고 있다고. 그물코와 같은 연대가 필요하다고."

1996. 9. 21
"禪을 찾아서 2—중국 선불교 답사기"(중앙일보, 1996. 9. 21)

"혜능의 心偈 깨달음엔 본래 나무 없고/ 거울 또한 대가 아니다/ 본래 한 물건도 없거늘/ 어 티끌이 있으랴./ 제1, 3구의 본은 왕필의 노자주에 따르면 시간적으로 앞서고, 가치면에서 우월하다는 두가지 의미를 갖는다. 一物은 주인공이 있는 절대 무의 세계, 즉 眞空妙有를 말한다. 그러나 남종선은 절대무의 공을 체득했더라도 그 자체에 집착하거나 안주하며 도를 도식화하는 것을 금기시하는 적극적인 깨침의 실천구조를 강조한다./일본의 스즈키 다이세쓰는 절대 무를 부정하는 이같은 즉각적인 무한부정을 통해 얻는 긍정법을 '卽非의 논리'라 함./ 혜능—남악—마조 3대에 걸쳐 거듭 강조된 '무일물'이라는 남종의 불성론은 오늘도 그대로."

『죽음의 한 연구』주인공 수도승 나의 게송으로 인용됨.

1996. 9. 22 일
…박상륭을 찾아서

1996. 9. 23
"중국의 이방지대 - 티베트를 가다 3"(한겨레신문, 1996. 9. 23)

　　"다음 생의 행복을 기원하는 티베트인들의 강한 바람은 '轉經桶'에서도
엿볼 수 있다. 손잡이 끝에 달린 회전하는 통속에는 '옴마니밧메훔'이라는
경문을 1만번 인쇄한 종이가 말려 있다. 내세의 행복을 기원한다는 뜻의
이 경문을 넣은 경전통을 한번 돌릴 때마다 입으로 1만번 외운 효과가 있
다고 믿는다."

『죽음의 한 연구』의 노승이 떠나며 비는 말 옴마니밧메훔.

1996. 9. 23
"이스라엘 갈리리湖"(조선일보, 1996. 9. 23)

　　"가버나움 바로 옆에는 프란치스코 수도회교회가 위치한 탑가 지역과
만난다. 이른바 '빵 5개와 물고기 2마리로 5천명의 식사를 해결하는 기적'
(五餠二魚)를 형상화한 모자이크가 바닥에 새겨진 기념성당과 프란치스코
수도회교회가 모습을 드러내는 곳."

1996. 9. 23.
"신화상징총서 - 신비의 지식, 그노시스"(한겨레 광고, 1996. 9. 23)

　　"국내 최초로 소개되는 기독교 신비주의, 그노시즘 입문서!. 신비의 베
일에 싸인 그노시즘(영지주의)의 다양한 견해, 일반적인 특질 및 현대 영지
주의의 출현에 이르기까지, 도도한 생명력을 자랑하는 영지주의의 대역사
를 탐험함."

1996. 9. 24. 화
"장 자크 아노의 '티베트에서의 7년'", 오스트리아 산악인 '영혼여행' 실화
(조선일보, 1996. 9. 24)

"장 자크 아노가 9월부터 촬영에 들어갈 신작은 동양의 신비에 매료돼 새로운 영혼을 향한 여정을 떠났던 오스트리아 산악인들의 실화를 담은 작품. 전세계적으로 불고 있는 '티베트와 달라이 라마'붐도 크게 작용."

1996. 9. 24
"禪을 찾아서 3 – 중국 선불교 답사기"(중앙일보, 1996. 9. 24)

　　"중국 선종 분파도
　　1조 달마 – 2조 혜가 – 3조 승찬 – 4조 도신 – 5조 홍인 – 6조 혜능 – 하택신회 · 남악회양 · 청원행사(남악회양 – 마조도일 – 백장회해 – 황벽희운 – 임제의현 – 석상초원 – 황룡혜남)"

1996. 10. 2 수
…우주 속에서 나 읽기, 우주 속에서 박상륭 읽기

1996. 10. 3.
"마당극으로 보는 원효 민중불교" – 신새벽 술을 토하고 없는 길을 떠나다, 탈춤과 어울린 신명 한판(한겨레신문, 1996. 10. 3)

1996. 10. 5.
"프로이트 全集 20권으로 선뵌다", 「새로운 정신분석 강의」 등 3권 1차 발간(중앙일보, 1996. 10. 5)

1996. 10. 11.
"티베트 1만km를 가다 9"(중앙일보, 1996. 10. 11)

　　"티베트인들은 열악한 환경 때문에 스스로 울지 않는 아기는 병약한 아기로 간주해 탄생을 인정하지 않는 오랜 풍습을 갖고 있었다. 어느 정도 시간이 지나면 스스로 울기 시작. 그때야 비로소 아기의 탄생을 인정하는 것이 티베트인의 불문율."

1996. 10. 12.
"고전여행 74-괴테의 「파우스트」"(한국일보, 1996. 10. 12)

　　"악마 메피스토펠레스는 신에게 찾아와서 신의 걸작인 인간은 대단한 존재가 아니어서 신의 믿음직한 종 파우스트교수마저 타락시킬 수 있다고 내기를 제안하고 신은 이 제안을 수락함. 파우스트는 악마의 힘을 빌려 젊어진 뒤 순수한 처녀 그레첸과 사랑에 빠짐. 그러나 그는 악마의 농간으로 그레첸과 육체관계를 맺고, 그레첸은 사생아를 낳아 살해한 죄로 감옥에 갇힌다. 파우스트는 도망가자고 설득하지만 그레첸은 이를 거절하고 하늘의 심판을 기다린다. 이때 하늘로부터 '그 소녀는 구원됐다'라는 소리가 들리면서 그레첸은 승천함. 2부에서 파우스트는 신성로마제국으로 간 뒤 스스로 창조한 그리스 미녀 헬레네와 사랑에 빠진다. 그러나 둘 사이에서 태어난 아기가 하늘을 날다 죽은 뒤 사랑도 끝난다. 신성로마제국으로부터 습지를 하사받아 개간한 뒤 자유로운 민중과 함께 이상사회를 건설함. 파우스트는 마침내 '멈추어라. 순간이여. 너는 진정 아름답구나'라고 노래하며 자신이 얻은 것에 만족함."

1996. 10. 12.
"禪을 찾아서-중국 선불교 답사기 5"(중앙일보, 1996. 10. 12)

　　"6조 혜능이후의 선종은 마음밖에 부처가 따로 없다(心外無佛)는 심지법문으로 일관해오고 있다. 마음이 어떻게 생각을 일으키는가에 따라 비구니와 같은 색정의 마음이 되기도 하고, 조주와 같은 무심의 불성이 되기도 한다./선은 인간과 우주의식의 본질적인 구조를 파헤치는 작업이다. 이를 위해 선은 우선 기존의 사유체계를 단호히 거부한다. 관념적인 추론이나 이론적인 분석, 스테레오 타입의 지식, 낡은 관습, 고저 장단 귀천 凡聖으로 나누는 이분법적인 분별심 같은 것을 헌신짝처럼 버리라고 한다. 오직 직관을 통해서 있는 그대로를 보는 것으로 선은 한마디로 주관적 유심론의 최고봉./ 개인적 인격과 우주 전체성이 훌륭하게 일치할 때 의식적 인격과 무의식적 인격간의 갈등은 해소된다. 이것이 건전한 心的 存在方式이며 현대 정신치료법이다."

1996. 10. 14.

"영혼을 보고 싶으면 영혼 속을 응시하라" 48회 칸느영화제 그랑프리 수상, 율리시즈의 시선(동아일보 광고, 1996. 10. 14)

…모성 분리(원형적 분리)/ 사회적 분리/ 국가적 분리

1996. 10. 15

"인문학 시대 한국의 학회 순례 9-인도철학회", 논리-신비 조화의 길 모색(한국일보, 1996. 10. 15)

"1960년대초 동국대 불교대학 안에 인도철학과가 설치되었고 우리 인도 철학자들의 학문공동체인 인도철학회가 탄생되기까지 30년 세월 걸림. 1988년 학회 창립. 인도에서 철학과 종교는 하나였으므로 종교학적 연구와 철학적 연구는 분리될 수 없다. 최근 산스크리트어 원전의 讀解를 통한 엄밀한 문헌학의 바탕 위에서 철학적 사색을 전개하고자 하는 방법론이 주된 것으로 받아들여짐."

1996. 10. 16

"인도 석굴사원, 아잔타 엘로라"(조선일보, 1996. 10. 16)

"인도는 세계종교의 탄생지. 불교와 힌두교, 자이나교. 이들은 모두 육신의 죽음이 삶의 종말이 아니라는 메시지를 가르치고 있다. 순환(윤회)의 생사관을 갖고 있는 자에게는 이승의 삶의 무게는 그만큼 가벼울 수밖에 없다. 그들에게는 현실(이승)은 「현실+제로」가 아니라 「현실+∂」(∂는 내세적인 삶)인 것이며 修行은 힘들거나 괴로운 것이 아니라 오히려 즐거운 마음으로 맞이해야 할 신성한 의무."

1996. 10. 16 水

…박상륭 균형 작업

하루, 일기/ 하루, 평론

…「아겔다마」, 전혀 엉뚱한 제3자 구원, 직접적 운명인, 비관련인?

…「장끼전」, 하느님 횡포, 연민

…新公國/舊國, 유토피아와 반유토피아

1996. 10. 18

"인류문제 불교관점서 조명", 세계불교학술회의 개막(한겨레신문, 1996. 10. 18)

"달라이 라마 제자로 티베트 불교 전문가인 로버트 서먼 콜롬비아대 교수는 서양인으로서는 처음으로 티베트에서 승려가 됐던 인물로 영화배우 리처드 기어 등과 함께 뉴욕에서 티베트 하우스를 운영하고 있다."

1996. 10. 18

"자전적 소설 「X經」 펴낸 현몽", 「만다라」등 소설 4편의 실제주인공, 예쁜 여인 만나면 成佛도 내일로(조선일보, 1996. 10. 18)

"실제주인공 현몽 스님이 19세때 출가 이후 수행의 길목마다 만난 여인이 백팔 염주를 세듯 백여덟명에 이르렀고, 특히 가까웠던 7명의 여인들과의 인연을 담은 이야기가 소설의 주요 축을 이룸. 허무와 연애는 인간의 가장 순수한 면, 두 가지 화두. 파계승, 천하의 땡초라는 별명 가짐."

1996. 10. 18

"좀처럼 모습 안드러내는 '신비의 聖山' 카일라스", 티베트 1만km를 가다(중앙일보, 1996. 10. 18)

"카일라스 산돌기는 불교에서는 '코라', 힌두교에서는 '파리카마'라 부른다. 산을 한바퀴 돌면 순례자가 평생 지은 모든 죄를 용사받을 수 있고 1백8바퀴를 돌면 깨달음의 최고경지인 니르바나에 이르게 된다고./ 순례객들은 앞으로 나아가며 '옴마니반메훔' 6자 진언을 외고 있었다. 석가모니의 고행을 몸으로 느끼고 있는 듯."

…인간의 최소의 출발 여건 모로부터 출산, 모

부—역사 속의 괜찮은 父形 찾기, 한림학사, 정치 諫言, 은둔, 임선미 학사, 학자, 현실 비극 상징투영, 『죽음의 한 연구』—5조, 4조, 1조 촌장, 촌장 역사 속에 편입

1996. 10. 19
"한국불교 세계화, '體用的 접근론' 제기"—중생해탈 부처의 무아사상 '體', 불전번역·자본주의적 효율 '用', 재미 박성배 교수 논문(경향신문, 1996. 10. 19)

> "불교의 바람직한 세계화 방안은 무엇인가. 한국불교의 세계화를 위해서
> 는 불교의 전통적 논리인 體用的 접근이 필요하다는 주장이 제기됨. 박교
> 수에 따르면 자본주의적 경제질서의 효율성을 활용한 제도혁신과 효율적
> 사찰운영 및 佛典번역 등 눈에 보이는 활동은 用. 일체중생을 고통에서 해
> 방시킨다는 불교의 근본정신은 體. 눈에 보이는 용과 눈에 보이지 않는 체
> 를 함께 견지해야 세계화가 이뤄진다는 것."

"출판 화제—예수 죽음 다룬 異論書 3권 英·美 독서계"—「인간예수」, 「요
한계시록의 예수」, 「신의 무덤」(중앙일보, 1996. 10. 19)

> "세기말을 앞두고 미국과 영국에서 기독교의 뿌리부터 뒤흔들만한 내용
> 을 담은 책들. 바버라 시어리가 펴낸 「인간예수」와 「요한계시록의 예수」
> 등."

1996. 10. 20.
"高大교수서 한의사 변신 김용옥씨, 성서강좌"(중앙일보, 1996. 10. 20)

> "최근 '조선사람을 위한 성서강좌'를 열어 관심 모음. 「로마서」, 「고린도
> 전서」, 「고린도후서」 등 사도 바울의 서한이 근거가 된 성서를 택한 것은
> 철학적 내용이 많기 때문. 『절차탁마대기만성』에서 한국사회의 기독교 물
> 결은 '한국특유의 샤머니즘의 근대적 변용'이라는 파격적인 관점을 제시.
> 1993년 7월 도올서원이 개설된 이래 士林을 배출 林이란 용어 사용."

1996. 10. 22.

"서울국제무용제 25일 개막"(문화일보, 1996. 10. 22), 서울국제무용제에 참가하는 서울현대무용단의「황무지」

1996. 10. 26

"교황청 '進化論' 첫 인정"-요한 바오로 2세 서한(경향신문, 1996. 10. 26)

1996. 10. 29 화

…『죽음의 한 연구』를 읽는 일곱가지 방법 계획.

1996. 11. 2

"禪을 찾아서-중국 선불교 답사기 8"(중앙일보, 1996. 11. 2)

> "불교는 인체가 地·水·火·風 4대 원소로 구성돼 있다고 본다. 죽으면 뼈는 썩어 흙으로, 살은 썩어 물로, 호흡은 바람으로 돌아간다. 그래서 선승들은 죽음을 본래면목으로 돌아가는 일상적인 자연회귀로 받아들였다고 볼 수 있다."

1996. 11. 2

"俗世에 던지는 백척간두 깨달음"-高僧 33인의 육성법어집 '중생이라는 이름의 부처에게'(문화일보, 1996. 11. 2)

> "한국 불교계의 대표적 高僧 33명이 각박한 사회속에서 허둥대며 살아가는 현대인들에게 참된 삶의 길을 밝혀주는 육성 法語가 책으로 묶여 나옴. 도서출판 여시아문이「중생이라는 이름의 부처에게」로 수십년동안의 참선수행 끝에 깨달음의 경지에 이른 것으로 평가받는 원로 禪僧들을 山寺로 찾아가 육성법어를 녹음, 글로 옮긴 것."

1996. 11. 4 월

…관념의 왕, 擬似 예수형 삶, 의사부처형 삶, 생명의 왕과 비교, 박상륭

1996. 11. 4.
"해골에 키스", 부두교(동아일보, 1996. 11. 4)

　　"부두교(voodoo)에 신들린 아이티의 한 남자가 '죽은자의 날'을 기념하는
행사중 해골에 입을 맞추고 있다. 부두교는 가톨릭과 아프리카 및 이교도
전통이 혼합된 미신의 일종으로 죽은자를 섬기는 것을 특징으로 한다."

『죽음의 한 연구』에 수도승 내가 가지고 다니는 해골이 연상됨.

1996. 11. 4 월
…한국의 4대 사상가, 최치원, 김시습, 최제우, 박상륭

1996. 11. 9.
"加 밴쿠버, 가장 살기 좋은 도시"(조선일보, 1996. 11. 9)

　　"인간자원정보, 자문 및 훈련 문제를 다루는 기업은 정치 및 경제안정,
범죄, 공해, 보건, 환경 및 교육 등 42개 요인을 기준으로 전세계 1백61개
주요 도시 '삶의 질'을 분석한 자료에서 캐나다 서부의 밴쿠버를 꼽았다.
밴쿠버와 토론토는 사회적 안정, 우수한 산업 기반 및 훌륭한 레저 시설
등으로 평점 받음."

제38차 K어문학 연구회 연구 발표 요지(1996. 11. 9. 토. 오후 3시, S대 한림
관 602호)
　"인간, 인생 존재에 대한 한 解法"－박상륭의 『죽음의 한 연구』론

　　1. 생명 죽음과 생명 회복의 이분법
　　2. 인생의 네 계절의 상징적 죽음과 그 생명 解法
　　　1) 유년기－원형적 분리와 말 배우기
　　　2) 청년기－사회적 소외와 재생 관념 탐구
　　　3) 중년기－정신성의 배제와 생의 향유
　　　4) 노년기－생의 완성과 죽음의 우로보로스

3. 우주적 존재자로서의 인간 생명 탐구

96. 11. 11 월
박상륭 연구서 -「유리장」연구

1996. 11. 12.
"각설이에게 다가오신 예수"(국민일보 광고, 1996. 11. 12)

96. 11. 14 목
…박상륭 언어의 특성

96. 11. 15 금
…박상륭서, 운명 패배에서 인류 확장서
박상륭 통과서/ 박상륭 초월서/ 박상륭 독파서/ 박상륭 읽기서

96. 11. 17 일
…박상륭과 그의 정치, 박상륭과 나를 찾아서 시작.

96. 11. 19
문학동네 광고, 박상륭의 산해기(한겨레신문 광고, 1996. 11. 19)

1996. 11. 20 수
…박상륭 인터넷으로 검토.

1996. 11. 22 금
…박상륭과 그의 정치 철학, 정치학, 정치 이상국 건립

1996. 11. 23

"禪을 찾아서 - 중국 선불교 답사기 10"(중앙일보, 1996. 11. 23)

　　"약산선사는 나말여초 9산선문의 하나인 강원도 사굴산문 개산조로 일
상생활이 곧 도(平常心是道)라는 '마조선'을 전파시킨 신라통효범일선사(810
－889)가 참문했던 선장임. 범일은 마조의 제자 염관제안선사를 6년 동안
시봉하면서 일상생활의 모든 행위가 불성의 노출이고, 중생이 곧 부처라는
'평상심시도'를 철저히 깨친 후 약산을 찾아갔다."

1996. 11. 23
"종교 장벽 뛰어넘어 심오한 대화", 수녀·승려·학자가 역은 「선불교와 그
리스도」(경향신문, 1996. 11. 23)

　　"길희성 교수는 불교와 그리스도의 핵심사상을 비교하면서 불교의 空사
상과 그리스도의 神觀 간의 장벽을 뛰어넘어 깊은 대화가 가능함을 보여
주는 한편 구원론의 시각에서 예수와 보살의 역할 비교."

96. 11. 23 토
…20세기 전형 인간
人神的 인간

96. 11. 26 화
…박상륭 공간, 섬, 사막, 외딴 마을, 장터

96. 11. 29 금
…박상륭과 나를 찾아서 92. 8→ 사람이라는 존재의 한 절규
…40세, 1999년 20세기 끝, 책 출판 두 권, 박상륭 연구서, 박상륭과 나를 찾
아서,

　　박상륭 연구 1

　　1. 서론

2. 이론적 배경
   1) 사회 역사적 배경　(1) 한국 사회 정치사
                    (2) 세계 발전 후퇴사
   2) 종교 철학적 배경　(1) 불교—선불교, 티벳 불교, 불교
                    (2) 유교
                    (3) 기독교
                    (4) 주역
                    (5) 천도교
   3) 동화 신화적 배경　(1) 중국 신화
                    (2) 그리스 로마 신화
                    (3) 동화
                    (4) 생명 신화
3. 작품의 변화 과정
   1) 초기 단편 1기
   2) 초기 단편 2기
   3) 중기 전환기　(1) 유리장기
              (2) 죽음의 한 연구기
   4) 후기 완성기　(1) 칠조 진화론기
              (2) 칠조 중도론기
              (3) 칠조 역진화론기
4. 결론

1996. 11. 30
…박상륭과 나를 찾아서,
→사람이라는 존재의 절규, 평론
'박상륭 소설 연구 1' 시작,

1996. 12. 2
"참여광장 서평 『죽음의 한 연구』", 깨달음과 현실적 권리를 지닌 존재로
환생 (M대 신문 637(1996. 12. 2)

"유리는 음의 세계를, 읍은 양의 세계를 상징. 깨달음·형벌의 땅이란 점에서 음 상징. 읍은 현실적인 모습에서 양의 상징. 주인공은 음의 세계인 유리와 양의 세계인 읍을 왔다갔다 하면서 음·양의 조화, 깨달음의 경지에 다가간다고. 나는 정신적 깨달음의 경지에 작가 자신의 모습을 상징, 정치적 지배자라 할 수 있는 촛불 중은 정치가의 상징. 주인공이 죽어서 그 정신적 깨달음이 촛불 중에서 더해지면서 작가 자신의 이상형인 정신의 깨달음과 현실적 권리를 모두 가진 완벽한 존재로 태어나는 것."

1996. 12. 5
"梵語문헌 번역 신기원 이룩", 이재숙씨, 「우파니샤드」 출간(세계일보, 1996. 12. 5)

"인도의 철학과 종교사상의 근간이자 인류 최고 지혜의 산물로 평가되는 「우파니샤드」. 작품 전체가 상징과 은유로 가득차 있다. 베다전통의 우파니샤드가 순수한 사상적 가치를 지니고, 후기 우파니샤드는 특정 종파 혹은 특정 철학의 사상을 강하게 담고, 푸라나(신화)나 탄트라(秘術)에 가깝다. 자기 자신과 세상과 우주의 원리 그리고 그들의 상호관계에 관심을 가진 우파니샤드는 인류 공통의 난제인 정신세계와 자아추구의 문제에 대하여 가장 오랫동안 가장 많은 사람들이 집중적으로 탐구해 왔다고. 우파니샤드에서 가장 중요한 개념 중의 하나인 브라흐만(우주의 '나')과 아트만(개체의 '나')의 관계는 진리의 핵을 관통하고 있다."

1996. 12. 7
"기독교, 巫俗 장점 긍정적 수용해야, 세계", 기독교사상 12월호서 정진홍 교수 등 주장(세계일보, 1996. 12. 7)

"기독교는 무속이 지닌 자연성, 감성, 현세주의, 공동체적 한풀이와 집단 신명 등을 긍정적으로 수용해 21세기 탈근대주의 시대에 대비해야 한다는 지적. 정진홍 교수는 '기독교와 무속'을 무속은 우리가 지니고 잇는 종교의식의 모태로 우리의 종교문화안에서 찬란하게 자신의 자리를 확보하고 있다고. 정희수 교수는 '무속과 그리스도교 세계관의 유비'에서 기독교가 무속의 구복적이고 기복적인 문화정서를 비판할 것이 아니라, 이를 한국기족

교의 생명성으로 받아들이고 내면화해 정체성을 확실히 하는 일이 중요하
다고 강조함."

1996. 12. 10
"신화는 살아있다", '우파니샤드' '수메르신화' 등 잇단 출간…고대 사유세계
로 인도(한겨레신문, 1996. 12. 10)

　　"세계의 신화와 신-신화는 인류가 가장 오래 간직해 온 말이요 이야기
다. 날씨나 계절같은 자연에 대한 이야기부터 삶과 죽음처럼 철학적이고
종교적인 이야기까지, 인간사의 모든 것을 담고 있다. 신들 사이에 벌어지
는 싸움과 힘겨루기의 내용은 곧 인류 역사가 되풀이해 온 생존과 영생,
권력다툼의 역사다. 브라흐마・비슈누・시바-힌두교의 세신인 삼신일체.
조화의 신이자 우주 만물의 창조신인 브라후마는 붉은 색 몸에 머리가 4
개며 손에 지팡이나 염주, 활, 사발 등과 함께 경전인 '리그 베다'의 사본
을 들고 있다. 세상을 지키고 유지하는 신 비슈누는 힌두교 신자들에게 인
기 있는 신으로 충만한 존재 질서와 정의가 위기에 빠졌을 때 지상에 내
려온다. 파괴의 신 시바는 일체의 피조물을 움츠러들게 하는 불타는 눈을
가짐. 호랑이 가죽을 입고 뱀을 목에 두른 채 악마들을 데리고 시체가 버
려진 곳을 찾아다닌다. 보디다르마-달마라 불리는 중국의 정신이 만들어
낸 독자적 인물의 하나. 면벽을 하고 명상 속에서 삶을 마침 수수께끼 같
은 인물은 지혜와 도를 추구하는데 공식적이고 체계적인 사고가 필요 없
다고."

1996. 12. 11
"사상의학 기보다 마음 중심", '이제마의 생애와 학문' 세미나 과학・이론화
일환(한겨레신문, 1996. 12. 11)

　　"사람의 체질을 태양・태음・소양・소음인의 네 가지로 나누어, 체질에
따라 처방을 달리한 이제마(1837-1900)의 사상의학은, 세계의학사에 길이
남을 독창적 의료사상이라는 평. 정우열 교수는 이제마의 의학사상이 주자
학이나 실학의 흐름에서 벗어나 있었으며, 유・불・도 삼교를 종합한 위에
당시 이미 들어와 있던 서양의학의 일부 요소도 받아들여, 시대가 요구하

는 의학체계의 정립을 시도한 것으로 봄."

1996. 12. 15
"話頭 먼저 탐구하는 수행하는 잘못", 강정진 거사, 觀조-念선-의심의 단계 거쳐야 진정한 깨침에 이를 수 있다(조선일보, 1996. 12. 15)

　　"한국불교의 중심은 禪불교이고 그중에서 禪師들의 법어인 話頭를 끝까지 탐구하는 看話禪이 대종을 이룸. 수행을 시작하면서 화두를 들면 중생의 두 속성중 번뇌는 없어지지만 無記(멍한 것)는 더욱 깊어집니다. 올바른 수행은 觀(본 모습을 들여다 봄), 念(골똘히 생각함), 疑心의 단계를 거쳐야 하며 화두는 이중 마지막인 의심법에 해당하는 것임. 강정진 거사의 「영원한 대자유인」."

1996. 12. 21.
"禪을 찾아서, 중국 선불교 답사기 14"(중앙일보, 1996. 12. 21)

　　"만법귀일이라는 화두 조주종심선사(778-897)와 한 중의 문답에서 나옴. 만물의 뿌리는 하나(萬物一體)라는 동아시아인들의 天命觀 잘 나타남./ 한자의 一은 하늘과 땅이 합쳐지는 지평선 모양으로 무한과 영원을 상징. 노자는 '도는 하나를 낳고, 하나는 둘을 낳으며…셋은 만물을 낳는다'고 했다. 노자 당시에는 0이라는 숫자개념이 없어 1을 무·진리·우주만물의 근원으로 보고 모든 존재(有)가 여기서부터 비롯된다고 봄. 만법의 귀의처인 '하나'란 곳은 일체의 상대적 차별성이 사라진 곳, 오직 신성한 밝은 빛만이 내리쬐는 절대평등의 지평선이다./ 물아통일은 T. S. 엘리엇의 시에도 잘 나타나 있다. 음악은 너무 깊이 들려/ 전혀 들리지 않네, 그러나 당신이 음악인 것을/ 음악이 지속되는 한. '4중주'의 일부."

1996. 12. 21
"물질문명에 지친 현대인의 정신적 고향, 인도로 가는 길 붐빈다"(중앙일보, 1996. 12. 21)

"인도가 서구인들에게 관심을 끄는 것 60년대부터 서구인들이 인도를 찾기 시작했으며 요즘도 인도의 큰 사원에는 수백명의 유럽인들이 명상과 수행대열에 참가./인도는 인류정신사의 보고다. 물질문명의 한계를 본 사람, 물질적 욕구가 충족된 사람들은 정신세계를 찾아 인도로 간다. 60년대 유럽인, 80년대 일본인에 이어 90년대 한국인이 물질문명 속에 잃어버린 정신세계를 찾아가고 있다고."

1996. 12. 21
"밀교의 대가 석지현 스님"(중앙일보, 1996. 12. 21)

"77~78년 인도·에루살렘 성지순례에 나섰고 84년 미국 골든 스테이트 대에서 '밀교의 철학적 연구'로 박사학위를 받음./ 77년 인도성지순례 8세기 혜초이래 첫 시도. 한국불교에 密敎(顯敎의 대칭개념으로 개체와 전체의 신비적 합일을 꾀하는 불교, 힌두교의 탄트라와 결합해 性力 <sakti>을 숭배하는 불교를 일컫기도 함)의 힘을 부여해 세계불교의 정상정복을 노려 보겠다는 그의 비전이 간단치가 않다."

1996. 12. 23
"티베트 달라이라마 생애담은 「쿤둔」 제작", 디즈니社, 중국과 영화전쟁(문화일보, 1996. 12. 23)

"티베트의 망명지도자 달라이 라마의 생애를 소재로 한 새 영화 「쿤둔」 (Kundun)에 중국이 강한 불쾌감을 나타냄."

1996. 12. 23
"90년대 작가가 다시 읽는 한국문학(7)"-성석제가 본 박상륭의 「열명길」과 「유리장」(한국 일보, 1996. 12. 23)

"'리로 리런나 로리라 리로리 로라리 리로런나 로라리 리로리런나 로리라 리로리로라리'의 노래가 들려오고 끝나지 않을 듯한 요설, 呪文이 풍년든 세계로. 또 연꽃자세, 시럽, 매독, 火龍, 대제장, 아편, 자신을 비우고 비

워 진공이 될 때까지 비우는 방법, 사면 육십사방이 바다, 인구 이천삼백
여명, 그 모든 것이 뒤섞인 중음계 열탕 같은 나라 속으로. 박상륭의 일갈
'아으, 누가 저 毒龍을 퇴치하고 공주를 구할 것이냐."

1996. 12. 24
"현실 속에 살아 숨쉬는 신화", 프랑스 신화관련서 2권 번역 출간(경향신문,
1996. 12. 24)

　　"독서시장에는 20여종의 신화관련서. 과학기술의 맹목적인 추종과 이성
중심주의에 대한 반성, 산업화로 인한 환경파괴에 의해 제기된 자연과의
근원적 관계회복 필요성 등에 바탕을 두고 있음. 드니 랭동은 「신들은 신
난다」에서 '신과 영웅적 인간들은 어떤 관계를 맺고 있는가', '영웅들이 신
에게 특별한 능력을 부여받은 까닭은?', '신은 왜 영웅들이 빚어내는 수많
은 모험에 끼여든 걸까' 등의 주제를 탐색함."

1996. 12. 28.
"禪을 찾아서, 중국 선불교 답사기 15"(중앙일보, 1996. 12. 28)

　　"새로운 제3의 눈, 正法眼裝이라는 선적 방법으로만 가능./ '평상심이 도
다(平常心是道)' '뜰앞의 측백나무(庭前柏樹子)' '無' 자등 모두 조주선사의
것들."

1997. 4. 15.
"죽음, 그 영원한 수수께끼"(한겨레신문, 1997. 4. 15)

　　"프랑스 역사학자 마르크 볼린의 「상대적이고 절대적인 저승의 백과사
전」은 동서고금의 종교·철학·과학에서 '죽음'과 관련해 등장하는 신화적
설명, 개념 등을 항목별로 설명./ 한국종교학회가 엮어 펴낸 「죽음이란 무
엇인가--여러 종교에서 본 죽음의 문제」 등은 유교·기독교·불교·도교
등 각 종파와 철학사조에서 이해하고 있는 죽음의 문제를 비교 소개하고
있다."

1997. 4. 30.
"상상의 시간 속으로 문학여행" - 장끼전(경향신문, 1997. 4. 30)

　　"여자의 말이라고 까투리의 말을 무시하다가 덫에 치여 죽는 장끼와, 장
　끼가 죽은 뒤 곧 다시 결혼을 하는 까투리를 통해 남존여비의 사상과 과
　부의 개가 금지라는 당시의 유교 도덕을 비판, 풍자하고 있다."

박상륭의 「장끼전」이 떠오르는 고소설임.

1997. 5. 13.
"박홍 前총장 이번엔 '사상의 菌'論"(국민일보, 1997. 5. 13)

　　"온나라가 어려움을 겪고 있는 근본원인은 사회전반에 퍼져 있는 잘못
　된 사상때문이라는 '사상의 菌'論을 펼쳤다."

『칠조어론』에 나오는 菌界가 연상됨.

1997. 5. 22.
"내 아들이 티베트에 간 까닭은…아버지와 아들", 「승려와 철학자」(조선일
보, 1997. 5. 22)

　　"철학자인 아버지와 승려인 아들이 만났다. 둘은 프랑스인. 서양 기독교
　의 은총과 동양 불교의 자비는 어떻게 다른가/달라이라마는 '우리가 종교
　없이 살 수는 있어도, 사랑과 자비없이 지낼 수는 없다고 했다."

1997. 6. 5.
"加 밴쿠버는 홍쿠버"(서울신문, 1997. 6. 5)

1997. 6. 10.
"악마는 유전자" - 생물학자이면서 철학자 뱅상 「인간 속의 악마」 찾아나서
악마는 호르몬의 장난(한겨레신문, 1997. 6. 10)

"「인간 속의 악마」에서 인간이라는 생물체 안에 깃든 악마를 찾아 나선다. 그는 중세기적 냄새를 풍기는 '악마'란 용어를 쓰고는 있지만, 실제로는 인간의 일탈행위가 물리적 신체의 어떤 결함에서 기인하는가를 추적하는 데 지면의 대부분을 쓰고 있다. / 악마는 구체적으로 두뇌에서 분비되는 호르몬을 통해 인간의 악마성을 부추긴다. 사탄이 인간의 영혼을 정복하기 위해 사용하는 최고의 무기인 권태는 도파민이라는 호르몬을 통해 증폭된다. / 권태에 지친 인간은 종종 악마의 편으로 기운다. / 우리는 대뇌를 통해 작용하는 이 악마를 이제 어쩔 것인가? 뱅상은 복종·투쟁·타협의 세 가지 방법이 있다. 악마에게 복종해 마약중독자·연쇄살인자가 되거나, 악마와 맞서 싸우는 도덕주의자가 되거나, 아니면 악마와 타협해 건배를 들 수도 있다. / 우리는 자기 자신이기도 한 악마와 건배함으로써 우상을 위해 인간을 희생시키고 권력을 지닌 몇몇 극악무도한 인간들의 비열한 계략을 은닉시켜주는 이데올로기에 굴종하는 것을 거부할 수 있다는 결론."

박상륭의 『칠조어론』 중의 語魔가 연상됨.

1997. 6. 17.
"성서가 역사를 만났을 때", 「신의 전기」, 「성서 이야기」(한겨레신문, 1997. 6. 17)

"잭 마일스는 <구약성서>를 △하느님이 역사 속에서 집접 행동하는 부분 △하느님이 행동은 하지 않지만 직접 말씀하는 부분 △ 하느님이 침묵하는 부분 등 셋으로 나눈다. 기독교의 <구약성서>는 행동-침묵-말씀의 차례로 배열돼 있고, <히브리 성서>는 행동-말씀-침묵의 차례로 돼 있다./ 지은이는 행동-말씀-침묵의 차례로 발전한 <히브리성서>가 하느님의 유년기와 장년기와 노년기의 성격 변화를 더 잘 드러내고 있다. 그는 야훼 하느님의 모순되고 복합적인 성격을 <창세기>에서부터 발견한다. 이는 선악과에 대해서 야훼는 '그것을 따 먹는 날, 너는 반드시 죽는다'고 경고했다. 그런데 뱀은 여자에게 선악과를 먹더라도 죽지 않는다고 말한다. 뱀은 진실을 말한 것이다. 여기서 지은이는 풀리지 않는 수많은 의문을 제기한다. '뱀이 야훼의 계획의 허를 찌를 수 있는 능력을 가지고 있다는 것은 야훼의 능력의 한계를 반영한 것인가? 뱀은 그의 경쟁자인가? 아니면 의도적으로 배치된 것인가? 그렇다면 뱀은 야훼의 비밀스런 대리인이거나 아니면 부지불식간에 대리인 노릇을 하고 있는 것인가?'/ <구약성서>에 나오는 뱀 이야기는 이런 신화의 잔영이다. 뱀은 임 창조신과 대립되는 혼돈의 시닝 아니라, 단순한 하느님의 피조물 가운데 하나이다. 이렇게 신화가 개정된 결과 '뱀을 만들어낸 창조자는 뱀이 행한 일에 대해 책임을 면할 수 없다. (…) 다신론이라면 경쟁자 신을 향해 바깥으로 내뱉을 수 있는 분노가 유일신에서는 야훼의 내적 후회로 나타날 수밖에 없다."

1997. 6. 20.
"신들림은 한민족 삶의 원동력", 「巫 - 한국무 역사」출간(세계일보, 1997. 6. 20)

　　"조흥윤 교수의 무에 대한 천착은 '神들림은 한민족 백성 누구나 갖고 있는 특징이며, 우리로 하여금 이 세상을 살아가게 하는 원동력'이라는 믿음을 바탕으로 하고 있다. 무의 원리는 조화이며, 이는 모든 사물을 天地人이 고루 어우러지는 가운데 풀어가고 창조적으로 전개시키려는 정신이라는 것."

1997. 6. 27.
"교황 바오로 2세 진솔한 인간고백", 육필에세이 '은총과 신비' 번역 출간, 문학·연극 사랑했던 가난한 청년시절 조국 폴란드 비극적 체험후 사제의 길로(경향신문, 1997. 6. 27)

1997. 7. 1.
"철학신동의 심오한 '무'의 세계"—왕필 '노자도덕경주' 완역 출간(한겨레신문, 1997. 7. 1)

　　"만물의 종주가 있는 것은 어디에도 매이지 않는 '무's일뿐이라는 결론. 그의 이런 철학을, '무를 귀하게 여겼다'는 듯에서 '貴無論'이라고 부른다. 이는 당시 유를 중시한 배위의 '崇有論'과 더불어 위진현학이라 불리는 사변철학의 가장 심오한 부분 형성."

1997. 7. 4.
"눈길 끄는 종교서 2권"(조선일보, 1997. 7. 4)

　　"틱낫한은 베트남 출신으로 유럽과 미국에서 활동하고 있는 저명한 불교승려의 저서./ 「살아계신 붓다, 살아계신 그리스도」는 불교와 기독교, 붓다와 그리스도를 통해 두 종교가 개인의 구원과 인류의 평화에 협력할 수 있음을 보여주려 한다. 자신의 처소에 佛像과 예수상을 함께 모시고 있다는 저자는 靈性, 공동체, 평화, 구원 등 주제들에 대해 성서와 불경의 가르침을 비교함으로써 양대 종교가 같은 목표를 지향하고 있다."

1997. 7. 8.
"티베트 佛畵 '탕가' 국내 첫소개"(조선일보, 1997. 7. 8)

1997. 7. 11.
"讀經 꽹과리 소고춤…큰 굿판"(문화일보, 1997. 7. 11)

　　"'독경'은 충청도 일대에서 많이 하는 굿의 일종으로 인간의 대소사에서 액을 물리치고 복을 받아들이는 문서를 낭독하는 것이다. 독경의 소재는 대부분 불경에 바탕을 두고 있으며 목소리가 제일이고 다음이 곡조, 그리고 유려한 문서가 세 번째."

1997. 7. 15.
"한민족기원 대탐사－바벨탑은 어디에"(국민일보, 1997. 7. 15)

　　"성경이 대홍수이후 인류 분단의 원인으로 기록한 바벨탑은 어디 있었을까. 대홍수와 같은 큰 재난을 겪고도 왜 사람들은 다시 하나님의 권위에 도전하는 바벨탑을 쌓기 시작했을까. 성경에는 바벨탑을 쌓은 장소가 시날 평지라 되어 있다. '이에 그들이 동방으로 옮기다가 시날 평지를 만나 거기 거하고…'(창 11 : 2)/바벨론이라는 그 이름 자체가 바벨탑과 관계가 있을 것으로 보였고 메소포타미아의 역대 통치자들이 가장 중요한 장소로 여기고 그 권력의 중심지로 삼아왔기 때문이다."

1997. 7. 16.
"캐나다에 '한국' 알린다"(동아일보, 1997. 7. 16) 11월 캐나다 밴쿠버에서 열리는 아시아태평양경제협력체정상회담에 앞서 열리는 「아시아 태평양 문화축전」에 창무회와 한국복식예술가협회가 초청돼 공연 전시를 갖는다.

1997. 7. 25.
"중국의 전통적 문화구조를 야유하는 쉬빙의 <천상의 책>(한겨레신문, 1997. 7. 25)

1997. 7. 28.
"무거운 작가-박상륭 씨를 다시 본다"(국민일보, 1997. 7. 28)

"이제 동화적 테마를 다시 풀어쓰는 데 관심을 두고 있다. 백설공주와 일곱 난장이 이야기를 쓸 예정."

1997. 7. 28.
"형이상학적 난해함 속 '불멸성' 탐구"-加 거주 박상륭씨 장편소설 「죽음의 한 연구」 재발간(문화일보, 1997. 7. 28)

　　"재생을 위한 죽음을 구도의 완성으로 설정한 이 난해한 작품이 지닌 감동은 육신이라는 누더기를 걸치고 살아가는 일의 고달픔과 슬픔으로부터 유래한다는 평론가 김진수의 말./ 작가 자신은 우주는 마음, 몸, 말씀으로 이루어졌고 인간이 도달할 곳은 마음의 우주다. 자신의 소설이 찾아가는 원형은 바로 생명이라고 밝힘."

1997. 7. 31.
"몸-인문과학 새주제로 떠올라"(조선일보, 1997. 7. 31)

"'몸'은 정신과 분리되지 않는 인간 존재의 가장 중요한 요소로 떠오르게 된다. 이를 바탕으로 현대문화와 미래문화를 선형적 사고의 몰락과 카오스의 부상, 이원성의 몰락과 전체성의 부상, 중력성의 몰락과 공감몽환의 부상, 메타포의 몰락과 압축재현의 부상, 신의 몰락과 자연의 부상 등 6가지 도식이다."

1997. 8. 1.
"1997 갤러리 사비나 여름 특별 기획전, '죽음 앞에선 인간'전"—1부—죽음, 그 다양한 얼굴들, 2부—침묵—죽음, 그 너머의 세계, 팜플렛. 박지숙의 '요람에서 부르는 죽음의 노래', 한영실의 '죽음—그 영원한 대자유의 서막'

1997. 8. 8.
"일그러진 남성의 육체를 보라"—공성훈 작 '다지류'(한국일보, 1997. 8. 8)

"자신이 만든 가부장의 틀 속에서 신음하는 존재, 욕망의 늪 속에서 헤어나기 위해 몸부림치는 존재./ 프로젝터를 이용한 '추락', 자신의 나날을 찍은 후 사진의 몸통과 다리를 분리해 이어붙여 마치 지네를 보는 듯한 이미지를 만들어 낸 사진콜라주 '다지류' 등. 욕망 덩어리 남성을 보는 것 같다. 공포영화 '캔디맨'의 주인공을 연상시키는 연출된 사진을 찍는 사람은 이상원. 구체적 육체의 모습은 드러나지는 않지만 너무 허무하고 고독해 차라리 유령처럼 살아갈 수밖에 없는 이 시대의 소외된 인간군상을 보여준다는 점에서 주목할만한 전시이다."

1997. 8. 11.
"印度독립 50주년 전통 民畵인 한자리에"(문화일보, 1997. 8. 11)

"미틸라민화는 다양한 형태의 물고기(미루야신의 화신) 뱀(비쉬늬신) 코끼리(가네쉬신) 등이 등장한다. 雙魚紋(풍요의 상징)."

1997. 8. 12.
"20세기를 만든 책—T. S. 엘리엇의 「황무지」"(조선일보, 1997. 8. 12)
"「황무지」는 개인적인 상상력으로 만든 것이 아니라 그리스 신화, 오비드의 「변신」, 「바이블」, 「우파니샤드」, 단테의 「신곡」, 셰익스피어의 「템페스트」, 보들레르의 「악의 꽃」 등 인류 고전의 유산들을 풍부하게 인용하거나 기묘하게 변형한 것. / 엘리엇은 요정의 노래 소리 가득했던 신화 세계에서 추방된 현대인의 빈곤한 내면을 그리면서 그같은 현대문명의 황무지 상태를 극복하기 위해 신화적 상징을 활용. /「황무지」는 현대에 창조된 신화. 엘리엇은 「황무지」를 통해 인류가 신화, 종교, 철학, 예술 작품을 통해 끊임없이 강조했던 구원의 지혜를 재생함으로써, 황무지 상태의 현대인을 영원한 생명과 평화의 길로 인도하려고 했다."

1997. 8. 28.
"박상륭의 문학세계"(조선일보, 1997. 8. 28)

　　"소설 속에서 삶과 죽음은 서로 꼬리를 물고 있는 두 마리 뱀처럼 끊임없는 순환과 재생의 고리에 묶여 있다. 소설의 서술 방식도 걸승의 입을 통해 시작도 끝도 없는 인간과 우주에 대한 형이상학적 관념 독백에 토대를 두고 있다 그 문체는 유장한 가락과 시적 몽환에 휩싸인 산문미학을 보여준다."

1997. 8. 29.
"지구촌 미술지도 새로 그린다−97 광주비엔날레"−속도·공간·혼성·권력·생성 등 5개의 소주제에 맞춰(한국일보, 1997. 8. 29)

　　"속도·물(水) : 현대적 문명, 정신, 자연의 양상을 해석. 속도와 물에 대한 동서양, 전통과 현대의 상이한 시각과 욕망을 나타내고 있다. 빌 비올라의 비디오 설치 「물, 불, 공기」, 물과 신체를 결합시킨 피필로 티리스트의 작품./ 공간·불(火) : 지역적 정체성을 고수하려는 관성과 이를 해체하려는 이질적 요소의 갈등 관계를 묘사./ 혼성·나무(木) : 문화적 정체성에 초점을 맞춰 세계적으로 확산되고 있는 문화의 혼성 양상을 탐색./ 권력·쇠(金) : 전통적인 권력개념과 현대사회의 다양한 구조 안에서 나타나는 권력의 양상을 보여준다. 파시즘, 냉전 같은 고전적 권력구조, 테러리즘, 언더그라운드 등 최근의 정치적 상황, 후기산업시대의 노동과 기술문제 등이 작품으로 해석./생성·흙(土) : 남성중심의 문명사에서 소외되어온 여성, 어린이, 동물 등에 초점을 맞추어 삶과 죽음이 동시에 존재하는 세계를 보여준다. 물신주의와 토테미즘, 신체사이클 등을 소재로 한 새로운 생명의 미학을 선보인다."

1997. 8. 29.
"뒤러 作, 「계시록의 4기사」"(세계일보, 1997. 8. 29)

"뒤러의 「요한계시록」은 종교개혁 전야의 불안한 시기에 선이 악을 누를 것이라는 신앙을 굳건히 하라는 요한계시록의 내용을 담은 16점의 목판화 연작./ 요한계시록에 의하면 예수가 최후의 심판에 대한 예언이 들어있는 네 개의 봉인을 처음 열었을 때 네명의 기사가 나타났는데 한 기사는 활을 든 채 흰말을 타고 정복하기 위해 달리고, 한 기사는 커다란 검을 든 채 붉은말을 타고 파멸시키기 위해 내달렸으며, 검은말을 탄 기수는 천칭을 들고, 마지막 기사는 지옥을 거느리고 기아와 질병으로 멸망시키기 위해 달리고 있다. 계시록의 4기사는 이런 계시록의 내용을 생생하게 재현하고 있다. 뿐만 아니라 기사들의 말발굽 아래는 탐욕스런 성직자와 간악한 기사 등이 신음하고 있다."

1997. 8. 30.
"聖書세계 역사탐방 – 요단강"(조선일보, 1997. 8. 30)

"요단강은 기독교인들에게 특별한 의미를 지닌다. 예수께서 세례요한에게 세례를 받으신 강이기 때문."

1997. 8. 31.
"禪을 찾아서 38, 중국 선불교 답사기 38"(중앙일보, 1997. 8. 31)

"임제의현선사(?~866)의 "부처를 만나면 부처를 죽이고, 조사를 만나면 조사를 죽이고 부모·친척을 만나면 부모·친척도 죽여라. 이래야만 해탈경계에 도달하여 人惑과 物惑을 꿰뚫고 자유자재하게 된다./임제의 사자후는 육체적 살인을 말하는 것이 아니라, 무명이라는 아버지와 貪愛라는 어머니를 죽이라는 번뇌망상의 살인이다. 임제의 할아버지인 백장회해선사는

'무명은 아버지고 탐애는 어머니이며, 자기는 병이면서 약이다'라고 설파. 부처도 조사도 죽이라는 얘기는 털끝만큼이라도 어디에 의지하고 집착하면 속세의 도일뿐 본래 한물건도 없는 본무(本無)를 지향하는 불도는 아니라는 것이다. 즉 부처·조사에 대한 집착을 죽여버리라는 뜻."

1997. 9. 3.
"한 명이 나를 팔리라/ 주여 저입니까, 레오나르도 다빈치 作, 「최후의 만찬」"(세계일보, 1997. 9. 3)

"복음에는 '그때 제자 한사람이 바로 예수 곁에 앉아있었는데 그는 예수의 사랑을 받던 제자였다. 그래서 시몬 베드로가 요한에게 눈짓을 하며 누구를 두고 하시는 말인지 여쭈어 보라고 하였다'라는 대목이 추가되어 있다. /베드로가 요한의 귀에 무언가 이야기하기 위해서 무심코 유다를 앞으로 떼밀어, 유다는 다른 사람들과 분리되지는 않았으나 고립되어 보인다. 유다만이 몸짓도 질문도 하지 않는다. 그는 몸을 젖히며 의심과 분노에 찬 모습으로 올려다보고 있는데, 이 모습은 갑작스러운 소란 속에 조용히 체념한 듯 앉아 있는 예수의 모습과 극적인 대조를 이룬다."

1997. 9. 9.
"영상과 조각의 하모니", 獨백 비디오조각 한국전, 백남준 작, '부처 신 악마 기적'(1990)(세계일보, 1997. 9. 9)
백남준은 한 작품에 네 무거운 주제를 함축시켜 형상화하고 있다.

1997. 9. 11
"소설가 박상륭 재조명 불붙다"(문화일보, 1997. 9. 11)

"김치수씨는 박상륭의 소설은 30년대의 李箱 이후 가장 철저한 모더니즘 방법으로 쓰여졌으나, 토속적인 표현과 불교적 개념이 그를 모더니스트로 보이지 않게 한다고 평했다."

1997. 9. 12.

"노는 계집 娼"―몸파는 여인의 사랑과 애환(조선일보, 1997. 9. 12)

  "우리 사창가 풍속사에 대한 사회사적 탐구이자, 사연많은 인생을 살아
  온 몸파는 여인들을 누이로, 딸로 껴안으며 부르는 哀歌."

『죽음의 한 연구』의 여자 주인공 수도부가 똥갈보로 등장하고 있는 이미지
와 상통하고 있다.

1997. 9. 14.
"티베트 박준의 노인의…白骨 귀향"―SBS 다큐 '히말라야 고원의 망향가'
눈물사연 공개(중앙일보, 1997. 9. 14)

1997. 9. 14
"영화이야기로 푼 몸과 문화의 관계―「몸으로 생각한다」"(중앙일보, 1997. 9.
14)

  "현대인들이 변화되는 세상의 모든 조건들을 극복하고 지혜롭게 삶을
  살아가는 방법과 논리를 설명한 일종의 철학적 수상록./ 80년대가 이념·
  집단(정신의 시대)였다면 90년대는 실리·개성(몸의 시대)."

1997. 9. 19.
"명상의 나라 인도 上 골든 트라이앵글", 거리엔 종교가 흐르고 사람들은
모두 철학자(세계일보, 1997. 9. 19), 코브라뱀을 부리는 뱀꾼들.

1997. 9. 22.
"한국·몽고 한판 굿 벌인다"(한겨레신문, 1997. 9. 22), '97 한·몽 문화교류
2000년―巫의식 심포지엄 및 합동공연'은 국내 최초로 몽골 무당의 무의식을
선보인다.

1997. 10. 8.

"티베트…美영화 소재로 각광"-달라이라마 독립투쟁 후원작 잇단 제작(중앙일보, 1997. 10. 8)

1997. 10. 11.

"명작 명품 세계순례, 베로키오의 '그리스도의 세례'"(세계일보, 1997. 10. 11)

> "'그리스도의 세례'는 스승인 베로키오가 착수하고 있던 작품으로, 그리스도의 의복을 들고 있는 천사를 레오나르도가 그려넣은 것. 십자가 예수 고뇌하는 예수."

1997. 10. 14.

"독서 에세이(남진우), 「죽음의 한 연구」"(동아일보, 1997. 10. 14)

> "그의 대붕문학에 비하면 이 땅에서 행해진 숱한 글쓰기는 좁쌀문학에 지나지 않는다고./야만성의 적나라한 현현. 삶의 의미에 대한 뜨거운 추구와 탐색은 그 극한에 이르러 원형적인 벌거벗음의 상태, 동물적 욕망의 폭발과 광란의 상태에 도달한다. 살인 방화 강간 같은 끔찍한 일들이 태연히 저질러지며 몰아의 황홀경과 처참한 살육이 동시적으로 벌어진다. 박상륭이 걷는 구도의 길은 맑고 화사한 탈속의 세계가 아니라 어지럽고 혼탁한 난장의 현실을 가로지른다."

1997. 10. 14.

"키신저 고용 영화 「쿤둔」 갈등 무마노력"(조선일보, 1997. 10. 14)

> "티베트어로 '존재'란 뜻의 '쿤둔'은 티베트의 정신적 지도자인 달라이라마의 젊은 시절, 지난 1937년부터 그가 독립운동의 실패로 망명한 1959년까지의 삶을 그린 것."

1997. 10. 14.

"몸-영혼의 감옥인가 정신의 원형인가"(동아일보, 1997. 10. 14)

"인간은 욕망하는 존재이고 욕망은 우선 몸에서 비롯된다. 인간의 몸은 욕망의 바탕이자 최초의 發現 장소이다. 서양철학사에서 육체는 진리를 위해 극복해야할 대상, 영혼의 감옥 정도로 비하./ 가부장적 남성중심사회에서 여성의 몸이 어떻게 통제되고 착취당해 왔는지를 논의하는 페미니즘운동의 확산 역시 하나의 이유./ 푸코는 계몽사상의 기치를 내걸었던 18세기 서구에서 권력과 근대적 제도(감옥 병원 등)에 의해 인간의 몸이 어떻게 통제되고 억압돼왔는지를 예리하게 고찰, 신체론의 새 지평을 열었다./ 정복수의 패널유화 '몸의 추억'"

1997. 10. 14.
"육체-정신 조화…이젠 '몸'의 시대다"-김용옥이 말하는 몸 동양의 氣몸철학(동아일보, 1997. 10. 14)

"기철학은 기라는 개념으로 우주를 설명. 우주 자체를 기가 끊임없이 모이고 흩어지는 프로세스로 봅니다. 기를 다섯가지 형태로 풀어낸 것이 오행이요, 기가 구체적으로 구현된 것이 인간의 몸이에요. 몸철학은 우주의 모든 진리가 인간의 몸에 구현돼 있으며 우주의 궁극적 실체가 몸이라고 믿거나 몸으로부터 도출돼야 한다고 믿는 철학적 신념이나 체계를 말합니다. 동양철학은 몸을 기의 복합체라고 봅니다. 인간의 몸에는 수십억년에 이르는 우주진화의 모든 흔적이 담겨 있다. 동양에서는 몸을 서양처럼 철저하게 물질화시키지 않는다. 서양은 인간의 정신을 뇌로 집중화시키지만 동양에서는 정신을 몸 전체로 분산시킴. 한의학의 五臟六腑論. 오장육부론은 인체의 주요기관을 경락이란 체계를 통하여 몸 전체를 통제하고 정신을 지배한다는 이론."

1997. 10. 20.
"인도 엘로라"(서울신문, 1997. 10. 20)

"카이라시 寺院. 3층으로 된 건물 바깥쪽에는 힌두교 신들의 이야기를 소재로 한 온갖 형상의 부조물들이 장식돼 정신이 아뜩했다. 힌두교의 대서사시 '라마야나'를 형상화한 부분. '라마야나'에 나오는 악마 라바나는 히말라야에 있는 시바신의 거주지 카이라시 산을 통째로 들어 올려 역발

산기개세를 뽑낸다. 시바신의 아내인 파르바티는 화들짝 놀란다. 그러나 시바신은 라바나가 치켜든 산을 한쪽 발로 지긋이 내리눌러 그를 꼼짝달 싹 못하게 한다는 내용. 힌두사원의 조각들은 시바신의 위업이나 '링가 워 십', 곧 남근숭배를 다룬 것들이 주류를 이룬다."

1997. 10. 21.
"문학과지성사의 '소설명작선'"(동아일보, 1997. 10. 21)

　　"중편연작 「낯선 시간 속으로」(이인성)와 장편 「죽음의 한 연구」(박상륭) 가 출판되자마자 재판에 들어간 곳. 두 작품은 외국어보다 더 생소한 소설 문법과 '참을 수 없는' 난해함으로 독자들의 인내력을 시험하던 바로 그 소설들."

1997. 10. 23.
"삶과 죽음 뒤이은 재생, 생명의 원형 회복"-「아겔다마」 출간(세계일보, 1997. 10. 23)

　　"박상륭 문학의 진수는 정작 고립된 언어의 섬에서 그 꽃을 화려하게 피운다. 73년 고독하게 집필해낸 대표작 '죽음의 한 연구'"

1997. 10. 29.
임금복의 논문 2편, "실존적 생명력과 형이상학적 이미지". 『창조문학』 27호 (1997년 가을호)의 목차. 실존의 위기와 생명복구의 사유/ 실존적 생명력의 형 이상학적 이미지/ 회복의 사유와 실존의 각성, "형이상학적 인생의 네 계절과 우주적 존재자로서 생명 탐구"-『죽음의 한 연구』론, 『새국어교육』 54호(1997. 6)의 목차, 생명 苦海와 생명 해법의 총체읽기/ 인생의 네 계절의 상징적 죽음 과 그 생명 해탑/ 우주 형이상학 존재자로서의 생명 탐구.

1997. 11. 1.
"깨달음의 길라잡이-불가 「화두」 엮어내"(한겨레신문, 1997. 11. 1)

"'번뇌를 끊는 법을 가르쳐 주십시오.' '그래, 끊고자 하는 번뇌가 어디에 있느냐.' '어디에 있는지 모르겠는데요.' '어디 있는 지도 모르는데 어떻게 끊는단 말이냐.' 중국 선종의 2대 조사인 혜가 선사가 제자와 나눈 선문답이다. 혜가 선사는 이 문답을 통해 번뇌란 마음 속에서 스스로 만들어 내는 것이라는 점을 깨우쳐 주려 했던 것이다."

1997. 11. 1.
"소아시아 초대교회를 찾아서─밧모섬"(국민일보, 1997. 11. 1)

"사도요한이 요한계시록을 저술했던 밧모(Patmosa)섬의 동굴입구에 적힌 감동적인 默言이다. 밧모섬은 에게해에 떠 있는 3천여개의 섬가운데 암석뿐인 작은 땅이다. 길이 16km, 면적 34.6km2로 초생달모양을 이루고 있는 울릉도 절반정도의 크기에 해당하는 섬./ 이 동굴에서 사도요한은 '새로운 세계'/ '새로운 역사' '새로운 시간'을 체험했다고 신학자들은 증언. AD 96년 89세의 나이로 고도 밧모섬에서 18개월의 유배생활에서 풀려나 에베소에 돌아가 AD111년 104세의 나이로 그가 체험했던 하늘나라로 여행을 떠난 것."

1997. 11. 6.
"난해한 박상륭 소설 재조명", 초기작 「아겔다마」(서울신문, 1997. 11. 6)

"「아겔다마」를 비롯한 박상륭의 초기작품들은 기독교적 세계관의 소설적 연장이라고 할만큼 기독교 신화의 메타구조. 메시아콤플렉스와 대질적 생명력이라는 이질적 원리들이 연금술적 세계관에서 융합·용해되면서 죽음과 재생의 주제를 변주해낸 것."

1997. 11. 10
"원작소설 영화화 WORST 5"(조선일보, 1997. 11. 10)

"2위 유리. 박상륭의 「죽음의 한 연구」가 70년대 우리 문학의 놀라운 성과인데 반해 <유리>는 90년대 우기 영화의 가장 안타까운 실패작이 됐다.

우주와 생명의 연결고리를 담아내기엔 스크린 깊이가 너무 얕았던 까닭."

1997. 11. 11
"설교-베데스다의 38년된 환자"(요한복음 5 : 1~9)(국민일보, 1997. 11. 11)

　　"베데스다란 은혜나 자비 혹은 긍휼의 집이란 뜻. 수많은 환자들이 모여 북새통을 이룸. 가끔 천사들이 내려와 물이 動하게 하는데 이 때 가장 먼저 물에 들어가는 사람은 어떠한 병이든 깨끗이 낳는다. 베데스다 연못에 모인 사람들. 육신의 질병은 없다해도 영적 소경이요 절름발이요 앉은뱅이요 벙어리요 혈기 마른 자들이라면 베데스다 연못가의 환자들의 모습은 오늘 우리들의 모습. 베데스 연못에서 38년된 병자는 소망을 갖게 되었고 고침을 받을 수 있었다. 예수님이 찾아오셨기 때문."

1997. 11. 11
"베르나르 포르의 「동양종교와 죽음」"-죽음의 개념과 의미·윤회관념 등 고찰(서울신문, 1997. 11. 11)

　　"죽음으로 완성되는 동양종교의 실체와 신화를 고찰한 연구서. 불교의 가르침은 나의 존재를 부정하면서도 죽음 이후의 '간다르바'를 인정한다. 간다르바는 '향기를 먹고 사는 존재'라는 뜻으로 죽은 후에 새로운 육체를 입고 다시 환생하기까지 의식체의 상태로 남아 있는 정신적 실체를 일컫는 말. '인간들이 낡은 옷을 벗어 던지고 새 옷을 입듯이, 환생한 영혼도 낡은 육신을 벗고 새로운 다른 육신 속으로 옮겨간다 이같은 인도의 윤회관념은 중국의 轉生관념과는 차이가 있다."

1997. 11. 12
"자아 분열시대 '정체성 찾기' 길은 있다"-다원화 사회 複數 자아로 멀미하는 현대인에 희망 메시지(문화일보, 1997. 11. 12)

1997. 11. 16
"참선--채식-명상 심취 서구사회 불교열풍"(동아일보, 1997. 11. 16)

"서구사회에 불교바람이 일고 있다. 이성과 합리성에 기대고 살아온 서구인들이 상대적 진리를 존중하는 불교의 오묘한 세계에 빠져들고 있다. 유럽에서 불교가 활발한 나라는 프랑스와 독일. 프랑스의 불교신자는 10만 --60만명으로 추산됨. 프랑스인 4명중 1명이 불교의 인과응보와 윤회를 믿는다는 조사 결과도 있다./죽은 후에도 환생을 통해 자아와 인격의 동일성이 유지될 수 있다는 윤회사상은 죽음에의 공포를 덜어주기도. 서구에 보급된 불교에는 죄 벌 지옥에 대한 관념이 없어 서구인들의 쾌락주의와 개인주의에 잘 부합된다."

1997. 11. 17
"도서신문 서평(김사인)―「아겔다마」"(도서신문 174호, 1997. 11. 17)

"조선말로 읽고 쓰는 이들 대부분에게 박상륭의 단편들은 번거롭고 고답적인 백일몽 환자의 혼자소리거나, 기껏해야 현실도피의 관념소설, 종교소설, 우화소설이라는 딱지를 면하기 어렵다./ 오늘 우리가 누리는 일상적 삶과 의식이 유일하고 불변하는 것이 아니라 가능한 여러 형태 중의 하나라는 점을 잊을 때, 우리의 총체적 존재망각은 구제받을 길 없이 깊어지고, 근원에 직면하는 형식으로서의 예술과 종교는 그 진정성을 지탱할 수 없는 것이다. 박상륭 문학의 외침은 '망각'된 '존재'를 겨냥해 '본질사유'를 감행하는 것으로 실천되는 것이다. 그는 병든 세계를 위한 예술적 대속으로서 자신을, 자신의 글쓰기를 지불하려는 듯이 보인다."

1997. 11. 18
"죽음은 시대 따라 다섯가지 모습"―서양미술에 등장한 죽음의 이미지들 '춤추는 죽음'서 까닭을 캐본다(한겨레신문, 1997. 11. 18)

"죽음을 형태학적으로 분류한 아리에스는 중세부터 현대까지의 죽음을 다섯 가지로 나눴고, 죽음의 모습이 시기마다 달라지는 이유를 풀이하는데 힘을 쏟았다./ 중세의 초기부터 전성기까지의 죽음을 정의하는 '우리의 죽음'/ 중세 전성기이후 르네상스까지는 '나의 죽음'에 해당하는 시기./ 18-20세기초의 낭만주의 시대는 혁명전 변화를 겪는다. 나의 죽음보다는 너의 죽음이 중요해지고, 죽음은 동경의 대상이 된다./ 현대인에게 죽음은 썩어

가는 시체일 뿐. 원자화한 개인은 죽음에 맞설 아무런 방법이 없다. 현대는 대량학살의 시대. 죽음은 다시 공포의 대상으로 돌아온다."

1997. 11. 19
"차옥승의 「한국인의 종교경험 巫敎」"(문화일보, 1997. 11. 19)

"굿의 바탕을 이루는 구조와 원리는 조화에 있다. 즉 굿의 목적은 天地人의 합일을 통해 부조화를 조화로 회복하는 것./ 굿이 죽은 자와 산 자, 산 자와 산 자의 깨진 조화를 회복하는 역할을 담당한다고 긍정적 측면을 주목하면서 굿을 정리하고 있다."

1997. 11. 25
전산학과 안예미, 『죽음의 한 연구』에 대한 분석 리포트(문학의 이해)

원전	죽음의 한 연구	주역	육조단경	성배전설 어부왕신화	신약	구약	연금술
주인공	나	주문왕	혜능	퍼시발	예수	요나	연금술사
배경	유리 · 읍	유리	동풍무산 조계산	위험성당	골고다언덕	스올	화로
목표	인신의 달성	역의 완성	남종선의 시조	성배찾기	부활	중생	제금

국문학과 이상은, 40일간의 구도(문학의 이해)—젊은 중의 삶과 죽음의 탐색을 통한 해탈과정을 '만남—이별—재결합—이별'의 윤회적 모습으로 변형해 그려낸다.

	시간	장소	등장인물
제1장	제1일－제9일	유리	젊은중, 존자승, 염주승, 스승, 도보승, 촌장, 수도부, 촛불승
제2장	제10일－제14일	마른늪	젊은 중, 촛불승, 수도부
제3장	제15일－제22일	읍내	젊은중, 수도부, 장로의 손녀, 목사의 딸, 마을사람들
제4장	제23일－제33일	마른늪과 유리	젊은 중, 수도부, 촛불승, 장로의 손녀, 큰형장나으리
제5장	제34일－제40일	형장	젊은중, 촛불중, 새벽별나으리

1997. 12. 5
"티베트 다큐멘터리 상영"(조선일보, 1997. 12. 5)

　　"티베트를 다룬 걸작 다큐멘터리가 주한 독일문화원에서 상영됨.「티벳
에서의 7년」,「쿤둔」등 국제적 화제 영화들이 일으키고 있는 티베트붐 속
에서, 티베트 이해에 대한 다가갈 독일 클레멘스 쿠비 감독이 찍은「티벳
의 저항정신」과「살아있는 부처」."

1997. 12. 6.
"文化 프리즘－모성 神話가 무너져 내린다"(문화일보, 1997. 12. 6)

　　"母性 신화가 깨진다. 자애롭고 헌신적인 어머니상, 영원한 희생과 인내
의 상징인 모성이 흔들리고 있다. 모성신화가 깨진 바로 그 지점에서 추악
하고 이기적인 욕망의 덩어리로서의 어머니, 갈등하고 분란하는 인간적 존
재로서의 어머니가 새롭게 부각되고 있다. 영화와 소설, TV드라마들 가운
데는 어머니에 대해 새로운 이미지를 제시함으로써 성녀(어머니), 아니면
창녀라는 여성에 대한 오랜 이분법에서 탈피한 작품들이 적지 않다. 인간
적 한계로부터 자유롭지 못한 불완전한 존재로서의 어머니상을 통해 가부
장적 억압의 수단으로 신비화한 모성신화에 정면으로 도전하고 있는 것이

다."

1997. 12. 6.
"금주의 다이제스트−오경웅의「禪學의 황금시대」"(조선일보, 1997. 12. 6)

"'달마가 동쪽으로 간 까닭은?' 중국 남북조시대 남조 양나라 무제때. 남경에 도착한 그를 황제가 초청했다. 달마는 황제와 연분이 없음을 알고 양자강을 넘어 하남의 숭산 소림사로 갔다. 그는 그곳에서 벽을 바라보고 (面壁) 참선을 했다. 중국의 禪의 시작. 신수가 '몸은 보리수요/ 마음은 맑은 거울/ 부지런히 털고 닦아서/ 때묻지 않도록 하는'는 게송을 지었다. 이를 들은 혜능은 '깨달음에 나무 없고/ 거울 또한 臺가 아니라/ 본래 한 물건도 없나니/어느 곳에 티끌 일어나리오'라는 게송을 신수의 게송 옆에 붙였다. 15년 뒤 혜능은 선의 핵심인 사상을 만들었다. 흔히 달마의 四句偈로 알려진 教外別傳, 不立文字, 直指人心, 見性成佛이라는 게송은 실상 혜능의 사상을 집약한 것."

1997. 12. 6.
"한국 禪불교−美 사회서 인기 상한가", 사찰 禪院 60여곳 포교활동 활발(문화일보, 1997. 12. 6)

"한국 禪불교가 미국에서 큰 인기를 모으며 확산되고 있다. 파란 눈의 미국인 승려와 불교신자들이 한국어로 염불하며 예불을 올리고, 한국 사찰에서와 마찬가지로 跏趺坐를 틀고 참선하는 모습. 뉴욕에만 한국사찰과 한국선원이 10개 넘음. 조계사 원각사 한마음선원 인터내셔널禪센터 등. 티베트를 비롯한 일본 스리랑카 중국 등의 불교도 뉴욕에 진출해 포교활동을 펼치고 있다. 한국불교를 미국에 확산시키고 있는 본부격은 로드 아일랜드주의 프로비던스에 있는 홍법원. 화계사 조실 숭산스님이 1973년 이래로 설립한 참선전문 사찰로 미국인 제자 현각스님과 도안스님이 각각 주지와 선원장을 맡고 있다."

1997. 12. 8.

"이은윤의 「그것은 바로 네 마음이니라」"-중국 선불교 거물선사 발자취(서울신문, 1997. 12. 8)

　　"화두란 옛 선사들이 깨닫게 된 奇緣을 격언식으로 압축해 표현한 것으로 간결하고 명쾌하게 불법의 진리를 전해준다. 중국 선불교의 頓悟 남종 선풍을 확립한 6조 혜능조사와 그가 주석했던 노계 남화선사를 비롯해 동산 5조사, 운문산 운문사 등 선종사찰과 유적, 그와 관련된 선사를 다룸."

1997. 12. 10.
임금복의 연구 일기-'박상륭과 그의 소설을 찾아서 1' 기획.

1997. 12. 10.
"책과 세상-禪詩로 읊은 깨달음의 경지들"-석지현 스님 著 「선시감성사전」(한국일보, 1997. 12. 10)

　　"禪詩는 인간정신이 도달하기 어려운 아득한 경지를 표현한다. 선은 원래 不立文字를 주장했기 때문에 언어사용을 극도로 절제했다. 그러나 깨달음을 제3자에게 알리자면 어떤 식으로든 표현의 방법이 있어야. 그 깨달음의 섬세한 느낌을 전달하기 위해 시를 택함. 시를 빌려 깨달음의 경지를 읊은 최초의 선시가 중국의 신수와 혜능에서 나왔다."

1997. 12. 12.
"서양인 시각서 본 동양의 신비"-佛 아노 감독, 「티베트에서의 7년」(중앙일보, 1997. 12. 12)

　　"서양인들이 祭政이 합쳐진 티베트의 지도자 달라이라마를 존경하는 이유 종교적 분위기 때문. 돈이 최고인 자본주의, 이성을 신봉하는 합리주의, 힘의 논리로만 성립하는 국제관계로부터 완전히 초연하는 듯하다. 그보다는 따스한 인간애와 무목적의 신뢰감이 풍부한 문명으로부터의 해방지역일 것 같다. 13세의 달라이라마가 보여주는 신비로운 영혼의 모습은 2차대전의 아픈 기억이나 오랫동안 가족과 떨어져 있는 서구인의 고독을 씻어

내주는 감동으로 비친다."

1997. 12. 14.
동생 캐나다 밴쿠버 공항 사진 증(캐나다 어학연수 중 찍어온 사진)

1997. 12. 15.
"불교－천주교 아름다운 만남"(동아일보, 1997. 12. 15), 성북동 옛 대원각에서 열린 길상사 개원식에는 천주교 김수환 추기경이 내빈으로 참석.

1997. 12. 16.
"티베트 정신담은 영화 3편"(한겨레신문, 1997. 12. 16)

> "주한독일문화원에서 쿠비 감독의 <옛 라다크－영혼과의 조화> <티베트의 저항정신> <살아있는 부처> 등 1986년부터 10년동안 발표한 불교 3부작을 상영."

1997. 12. 17.
"티벳에서의 7년"－거장의 영상미학 2색반응 지루한 풍물기행(문화일보, 1997. 12. 17)

> "서구인의 눈에 비친 동양의 신비인가. 세계최초로 아이거 북벽을 오른 오스트리아의 산악인 하인리히 하러가 티베트의 종교적, 정신적 지도자인 13세의 어린 달라이 라마를 만나 교분을 나눈 실화를 바탕으로 제작."

1997. 12. 21.
"티벳에서의 7년" 영화 팜플렛(명보극장)

> "어느날, 낯선 땅 티벳의 이방인이 된 하인리히. 티벳의 모든 국민에게 추앙받는 종교적, 영적 지도자인 13세 어린 나이의 달라이 라마를 만나면서 그의 인생은 바뀐다. 그리고 달라이 라마에게 서방세계의 문명을 가르쳐주며 우정을 나누게 된다."

1997. 12. 24.

"성경해석 문제점 지적--역사적 맥락 소개"(문화일보, 1997. 12. 24)

　　"'성경을 새롭게 해석해야한다'는 주장을 편 책, 유니온신학교의 레이먼드 E 브라운 신부가 쓴 「신약성서 입문」 하버드대학의 제임스 L 쿠켈이 지은 「본래의 성경」"

1997. 12. 25.

"1997문학계 결산-대형문제작 없이 소소한 잔치만"(세계일보, 1997. 12. 25), 30여년 동안 캐나다에 거주해온 박상륭 씨가 두 번째 소설집 「아겔다마」 출간.

1997. 12. 25.

"문화비평「샨티」", 인터넷에 문학공간 신설 붐(조선일보, 1997. 12. 25)

　　"인터넷이 새로운 문학공간으로 등장하고 있다. '웹진 샨티' 인터넷에 창간. 시인 송재학, 소설가 구광본씨 참여. 인터넷은 또하나의 우주다. 지금 이 순간에도 팽창하고 있다는 것이 느껴질 정도로 영향력을 무시할 수 없다고 샨티는 창간사에서 밝히고 있다. 샨티는 절대적 평화를 뜻하는 산스크리트어에서 따옴."

1997. 12. 26.

"교황의 성탄 자정미사"(한국일보, 1997. 12. 26)

1997. 12. 30.

"참혹한 주의 고통…우리 죄 사하셨네", 명작 명품 세계순례-마티스 고타르트 니타르트 「십자가형」"(세계일보, 1997. 12. 30)

　　"거친 망토를 걸친 채 맨발로 버티고 선 세례자 요한이 죽음의 책임을 우리에게 상기시키려는 듯 예수를 가리키고 있으며 그의 입에서는 '그는 흥하여야 하겠고 나는 쇠하여야 하리라'는 요한복음의 구절이 나오고 있다. 발 아래에는 예수를 상징하는 어린 양이 십자가를 진 채 성배에다 자신의 희생으로 흘린 피를 쏟고 있다. 막달라마리아의 무릎 언저리에 놓인 향유병은 그녀를 상징하는 물건이자 곧 예수의 시신이 내려지고 씻겨질 것이라는 것을 의미한다."

1998. 1. 4.
"심은진, 죽음의 극복을 위한 글쓰기－박상륭소설론", '98 경향 신춘문예 평론 당선작(경향신문, 1998. 1. 4)

"「로이가 산 한 삶」의 로이, 살아있지만 진정한 의미에서 삶을 살지 못한다. 육중한 몸으로 풍선모양 부표하는 로이는 삶의 현장에서 밀려난 존재, 역사적 현실에서 퇴장 당한 존재. 로이에게 육체는 가누기 힘든 크나큰 짐일뿐. 로이가 할 수 있는 유일하게 즐기는 일은 책을 사고, 책을 읽는 일. 책은 로이의 욕망을 투시시킬 수 있는 유일한 대상./로이에게 육체가 지옥인 것은 그의 정신이 부정적 상상력과 하향성 몽상 때문을 탐닉하고 있기 때문. 부정적 상상력이란 불모의 상상력, 생산을 하지 못하는 상상력을 의미. 로이가 즐겨 읽는 책들이 괴기소설과 공포소설인 것의 상징적 의미, 내용이 공포스럽고 괴기하기보다는 소설 그 자체가 공포이자 괴기가 되는 상황을 의미함. 괴기소설은 독자의 말초적인 감각만을 자극하여 독자의 지식과 지혜 그리고 상상까지도 모두 빼앗은 책들, 즉 독자를 거세시키는 책들. 이러한 책들은 독자의 내장을 다 갉아먹는 악귀와도 같다. 로이의 허기를 달래주지 못한다. 책속의 글자들은 로이에게 먹히는 것 같지만 오히려 로이를 잡아먹는다./「미스 앤더슨이 날려보낸 한 날음」은 다발성 경화증이라는 불치의 병에 걸린 한 여인의 이야기. 이 병은 세균이 척수에 들어가 몸의 근육을 점차 마비시키는 병. 미스 앤더슨은 살아있지만 움직이지 못하는 존재, 나무와도 같은 존재. 움직이지는 못하지만 하늘을 향해, 위로만 자라는 나무처럼 미스 앤더슨은 자신의 지옥과도 같은 고통을 '위를 행한 몽상'으로 견딘다. 하마로 비유되는 로이의 무거운 육신이 아래로만 잠수의 몽상을 즐겼던 것과는 반대로 마른 나뭇가지처럼 점차 야위어가는 가벼운 몸을 가진 앤더슨은 나비처럼 새처럼 하늘을 향해 오르고 싶어한다. 로이의 하향성의 몽상이 비생산적인, 부정적인 상상력으로 설명됨. 위를 향한 앤더슨의 몽상은 비약에로의 열망, 창조적이고 생산적인 상상을 의미함./ 박상륭은 엄청난 수다꾼이다. 소설가란 목에 逆鱗을 한 조각 갖고 있어 그것이 건드려지면 불을 뿜는 용처럼 말의 마려운 배설증 탓에 말을 토해 내지 않으면 안되는 존재라고 박상륭은 표현한다. 목젖이 근질근질한 그는 여기저기에서 말의 배설물을 뱉어낸다./ 기괴함은 동양적인 것과 서양적인 것, 더 나아가 신비스럽고 관념적이며 비현실적인 담론들과 현실적인 담론들이 한데 어우러진 역설의 공간을 만든다. 말의 비빔밥이라고 박상륭의 소설적 상상력이 만들어지는 곳."

1998. 1. 13.
『박상륭 소설 연구』-「아겔다마」에서 『칠조어론』에 이르는 멀고 긴 소설의 여로, 임금복 비평집, 서문 : 우주·생명·죽음, 국학자료원, 초고본.

1998. 1. 15.
임금복, "박상륭의 철학적 죽음의식"-『죽음의 한 연구』론, 『국어국문학』 120호(1997. 12. 31) 논문의 목차. 박상륭의 종교철학적 죽음과 탐구형의 세계/ 은유적 죽음과 상징적 재생 탐구.

1998. 1. 24.
"국내 첫 사이버가수 '아담' 데뷔"(서울신문, 1998. 1. 24), 어제 63빌딩서 탄생기념 공연.

1998. 2. 3.
"달라이라마-티베트에서 온 편지", 인류의 미래에 보내는 순수한 영혼의 메시지(서울신문, 1998. 2. 3)

"달라이는 티베트어의 '갸초'에 해당하는 몽골어로 '큰 바다'를 의미. 라마는 티베트어로 '無上의 스승'이란 뜻. 달라이라마는 곧 대해와 같이 넓고 큰 덕을 지닌 고승을 말한다./ 달라이라마는 5대에 이르러 구파 불교세력을 몰아내고 티베트 전토를 통일했으며 聖俗 양권을 아울러 지니게 됐다./ 티베트 사람들은 달라이 라마 14세를 아발로키테시바라 곧 자비의 부처님으로 받아들인다. 그들은 또한 존경하는 스승을 특별히 '쿤둔'은 '존재'를 뜻하는 말로, 보이지 않는 정신적인 힘과 달라이 라마의 영험함을 동시에 나타냄."

1998. 2. 6.
"영장류 세계를 통해 본 '악마같은 남성' 출간(경향신문, 1998. 2. 6)

"남성을 포함한 수컷 패거리는 때로 악마가 된다. 악마적인 남성을 가진 인류는 전쟁과 제국주의적 팽창을 계속할 수밖에 없었다./ 남성의 성공적인 악마성을 흠모하는 여성들 자신이 폭력의 실타래를 풀어야 한다는 주장."

1998. 2. 9.
"활발해지는 '유토피아 연구' 중요한 것은 낙원을 좇는 인간의 노력"(동아일보, 1998. 2. 9)

"유토피아의 의미는 유토피아가 완벽한 세상을 그리고 있다는 데 있는 것이 아니라, 완벽하지 않은 것을 고칠 수 있는 방법을 제시하고 있다. 얼핏 보기에는 공상에 불과한 것으로 보이는 유토피아가 정치적 프로그램을 결정하고, 발전을 향한 영감의 원천이 됨./ 유토피아의 이상을 되살리려 하고 있다. 이들이 원하는 것은 유토피아 그 자체가 아니라 유토피아에 도달하려는 인간의 노력."

1998. 2. 21.
"성경 2197개 언어로 번역 출간"(세계일보, 1998. 2. 21)

"성경이 97년 12월말 현재 전세계 2천1백97개 언어로 번역—출간돼 1년 전보다 30개 언어가 늘어난 것으로 세계성서공회연합회가 최근 집계. 대한성서공회에 따르면 전세계에서 통용되는 6천여개의 언어 가운데 신구약 합쳐 성경전서가 번역한 숫자는 3백63개 언어이며 신약정서만 번역된 것은 9백5개."

1998. 2. 23.

"여가 본 남, 남이 본 여", '여성-남성 거꾸로보기 展'(동아일보, 1998. 2. 23)

　　"김세진의 영상작품 '심장마비'. 식사를 막 끝낸 남자가 텔리비전앞에 앉았다. 순간 심장을 죄어오는 압박감과 뒷목을 당기는 뻣뻣함. 계속되는 고통의 증상. 모든 것을 잃지 않으려는 발버둥. 그러나 시간은 흐르고…. 남자의 힘과 권위가 여러 가지 요인에 의해 위협당하며 소멸되어가는 과정을 담았다. 'P씨의 증언부언'은 여성의 보호아래서 살아온 남성들, '흔적'은 남성들의 유아적 본성, '욕망'은 남성이 짊어진 멍에를 표현했다. '자웅동체'는 남녀를 하나의 性인 자웅동체적 이미지로, '그들과의 인터뷰' '그 남자의 여자' 등은 남녀의 역할분담과 관계를 사각공간에 갇힌 해학적 인물을 통해 표현했다."

1998. 2. 28.

"천주교-불교 宗敎 초월한 교감 확산", 김추기경-법정 스님, 법회-미사 참가(조선일보, 1998. 2. 28)

　　"한국 천주교와 불교가 유연하고도 적극적으로 교감, 송광사 법정스님은 천주교 서울대교구 명동성당에서 강연회를 가짐. 법정 스님은 '인연에 따라 왔지만 천주의 섭리'라고 말함."

1998. 3. 5.

임금복의 "1960년대 박상륭의 소설사회 세계"(『대전어문학』 제15집 논문, 1998. 2)의 목차. 공동체 인사이드의 해체와 아웃사이더의 個我주의/ 인간 상실 사회, 물성과 관념적 憑依의 상상력/ 미숙한 어른 사회와 유년기적 상상력/ 비건강한 사회와 병적 증후 투영/ 비합리적 해결 사회와 주술 구호주의의 반영.

1998. 3. 9.

"몸의 우주, 말씀 통해 마음의 우주로", 심은진이 만난 박상륭(경향신문,

1998. 3. 9)

　　"좋은 작품이 나오기 위해 두 가지 정도 생각해야. 집단적인 수준의 높은 사회이거나 작가가 해탈하든지 해야합니다. 이 사회에서는 작가가 해탈하기 힘들어 집단의 수준을 끌어올리는 정신적인 혁명이 필요하다. 그 몫을 담당하는 것이 비평가. / 문체는 옷과 같아서 상가에 가면 상복을 입어야 되는 것과 같은 것./ 서구 문화는 몸의 우주, 즉 물질과 기술에 머물러 동양의 마음의 우주에 도달하지 못하고 있다."

1998. 3. 11.
"소설가 박상륭 29년만의 고국회귀", 나는 소설가가 아닌 法輪 굴리는 사람 (한국일보, 1998. 3. 11)

　　"한국어처럼 문학에 약한 말은 없습니다. 한국문학에 대해 내가 뭔가를 했다면 그건 내 말이 가장 문학적으로 승화된 말이라는 것./ 세계문학을 통틀어서 20세기 후반에는 대가가 없다. 작가의 잘못이 아니고 집단의 잘못이다./ 21세기에는 새로운 법설이 나올 것이다. 새로운 法乳가 나올 것이라고."

1998. 3. 12.
" '七祖 어른' 30년만에 회귀", 소설가 박상륭씨, 캐나다서 영구 귀국…우주적 사유로 생명의 길 개척(시사저널 1998. 3. 12)

　　"우주를 몸의 우주(그리스 신화)-말씀의 우주(예수의 등장)-마음의 우주(생명)의 진화라고 파악하는 그는 데뷔작 아겔다마부터 칠조어론에 이르기까지 상극적 질서를 가로지르는 우주의 원형질, 진화와 역진화의 중심축, 즉 생명으로 나아가는 길을 개척해옴."

1998. 3. 16.
『현대소설연구』 제7호(1997. 12), 임금복의 논문, "영적 절망과 죽음의 수사학"-1960년대 박상륭의 소설적 죽음론의 목차. 죽음의 환경 실존적 배경/ 절망의 세계와 죽음의 수사학.

1998. 3. 19.
"파드마삼바바의 「티벳 사자의 서」"(조선일보, 1998. 3. 19)

"중심 개념은 죽음과 재탄생 사이의 기간과 과정을 가리키는 中間界다. 죽음 직후에 영혼이 거치게 되는 중간계에는 의식이 존재한다고 본다."

1998. 3. 31.
"천국과 지옥의 사회문화사", 「천국의 역사」 「지옥의 역사」(한겨레신문, 1998. 3. 31)

"천국과 지옥은 매혹과 두려움의 대상이다. 천국은 천국대로 지옥은 지옥대로 이들 상반되는 심리적 반응을 불러일으킨다. 천국과 지옥은 당연히 죽음 이후의 삶에 대한 믿음과 관련되어 있으며, 종교의 산물이다./ <천국의 역사>에서 역사적으로 두 가지의 천국관이 교차하면서 발전해 왔다는 사실이다. 신 중심적 천국관과 인간 중심적 천국관으로, 기독교인들의 마음 속에 있는, 신에 대한 사랑과 인간에 대한 사랑 사이의 긴장에서 비롯된다. / <지옥의 역사>에서 중세는 지옥의 전성기로 봄. 마녀사냥과 면죄부 발행과 같은 파행으로까지 종교재판소로서 지옥관념을 활성화한 탓./ 천국에 관한 생각이 경직되고 무미건조한 반면, 지옥은 풍부한 상상력과 짜릿한 긴장의 영토이기 때문."

1998. 4. 4.
"수메르 文明 꽃핀 '바벨탑'의 현장"(조선일보, 1998. 4. 4)

"구약성서 창세기에 기록된 바벨탑의 이야기는 이렇게 시작 '온 땅에 口音이 하나이요, 언어가 하나이었더라. 이에 그들이 동방으로 옮기다가, 시날 평지를 만나, 거기 居하고…'. 메소포타미아지역은 인류 문명의 발상지. 유프라테스와 티그리스 두 강 사이의 땅인 메소포타미아 지역 중에서 문명의 요람지가 된 곳은 그 남부지역. 메소포타미아 남부지역을 성경은 시날 평지라고 불렀고, 바로 그곳이 바벨탑의 무대가 된다."

1998. 4. 9.
"윤청광의 「불경과 성경 왜 이렇게 같을까」"(조선일보, 1998. 4. 9)

"예수가 이스라엘 백성을 구원하기 위해 하나님의 아들로 하늘에서 내려왔다는 것과 똑같이 석가모니도 하늘나라 도솔천에서 중생을 구제하기 위해 세상에 내려 왔다./ 사람을 위해 종교가 필요한 것이지 종교를 위해 사람이 필요한 것은 아니다라는 입장."

1998. 4. 11.
"최후의 만찬 재연", 교황 요한 바오로 2세가 부활절 앞두고 예수가 12제자의 발을 씻어주는 의식 재연(세계일보, 1998. 4. 11)

1998. 4. 14.
"짤막 소식─『박상륭 소설 연구』 펴내", 임금복씨, 「아겔다마」에서 『칠조어론』에 이르는 박상륭 소설의 멀고 긴 여로를 꼼꼼하게 추적한 평문들 수록(세계일보, 1998. 4. 14)

1998. 4. 14.
"새로 나온 책,『박상륭 소설 연구』, 임금복 지음, 「아겔다마」에서 『칠조어론』까지 박상륭의 소설세계에 관한 연구서(한겨레신문, 1998. 4. 14)

1998. 4. 17.
"극단 미추 열네번째 작품 <뙤약볕> 연극 팜플렛"

1998. 4. 17.
"다윈의 연구업적과 진화론 둘러싼 논쟁 정리", 마이어의 「진화론 논쟁」(세계일보, 1998. 4. 17)

"베를린 대학교에서 철학박사를 받은 마이어는 '진화의 종합설'이라는 새로운 학문틀을 형성하는 데 선도적 역할을 한 세계적 석학./ 다윈은 번쩍이는 사고력, 위대한 관찰력, 철학적 이론 제기, 그리고 실험가들이 지니는 속성을 하나로 묶을 수 있는 위대한 인물이었다고 평한 저자는 진화론을 둘러싸고 되풀이 되어온 창조와 진화의 논쟁은 진정한 의미의 과학적 논쟁이 아니라 개인의 종교적 신념이 결합된 가치관 투쟁의 성격을 띠고 있다고 파악. 다윈주의는 진실이야 거짓이냐에 관한 단순한 이론이 아니라 계속해서 변형-개선되고 있는 아주 복잡한 연구 프로그램이라는 주장."

1998. 4. 17.
"'태초의 말씀' 그 근원 찾는 사색여행", 연극 <뙤약볕> 평(국민일보, 1998. 4. 17)

"무대는 시작부터 말장난 같은 언어의 유희로 막이 오른다. '말이 말을 낳고 말도 아닌 말이 말을 하고…' 말(언어)을 사당에 모시고 사는 어느 섬 사람의 삶과 죽음, 이를 통해 사회, 나아가 우주적 질서를 정의하는 형식. 말의 섭리를 찾아가는 길에는 언제나 뜨거운 뙤약볕이 내리쬐는 법."

1998. 4. 20.
"中 禪宗의 육조 혜능(638-713)"(세계일보, 1998. 4. 20)

"혜능 중국 남쪽 오랑캐 땅 신주사람. 일찍이 아버지를 여읜 그는 땔나무 장수 노릇을 하면서 홀어머니를 극진히 모심. 하루는 나무 판 값을 받고 나서는데 집주인의 경읽는 소리 들림. '머뭇거리지 말고 내 마음을 내어라'하는 경의 한 구절이 청년 혜능의 마음을 뒤흔들었다./ 어느날 홍인대사가 '세상사람들에게는 죽고 사는 일이 큰 일인데 너희들은 마음밭을 갈고 있을 뿐, 생사고해에서 벗어날 공부는 하지 못하고 있다. 각자 참 마음자리로 돌아가 그 마음자리를 지혜로써 살피고, 깨달음의 노래를 하나씩 지어 오너라./ 신수는 스승이 다니는 복도에다 노래를 붙여 놓음./ 몸은 깨달음의 나무 같고/ 마음은 밝은 거울 바탕 같은 것/틈틈이 부지런히 닦아야 하리/ 때 묻고 먼지 앉지 않도록./ 장별가 받아 쓸 차비를 하자 혜능이 읊었다. / 깨달음은 본래 나무가 아니요/ 마음 거울 또한 틀 위에 놓인 것

이 아니다/ 본래 한 물건도 없는데/ 어디에 때가 묻고 먼지가 앉는단 말인
가./ 승주 송광사가 자리한 산 이름 조계산이고, 서울의 조계종 총림이 조
계사인 것 우리 선종이 혜능의 법통을 이어받았기 때문."

1998. 4. 23.
"박상륭 30년 역작 긴호흡 추적"-임금복씨 평론집 출간(문화일보, 1998. 4.
23)

　　　"작가의 문학세계를 3기로 나눔. 초기인 60년대는 황폐한 우주를 무대로
상상력을 펼쳤고, 중기인 70년대는 우주적인 생명을 탐구하는 데 바쳤으며,
후기인 90년대는 그의 독특한 宇宙藏 사상을 정립하고자 했다는 것."

1998. 5. 28.
"보르헤스의 불교강의", 윤회설의 핵심은 業에 있다(문화일보, 1998. 5. 28)

　　　"보르헤스의 불교이해 방식을 보여줌./ 싯다르타는 순간적으로 자신과
모든 중생의 수많은 전생을 보았다. 한눈에 우주 구석구석의 수많은 세계
를 全觀하였다. 그 뒤 因과 果의 사슬도 모두 보았다./ 인연의 천이란 그물
구조에서 시간의 미로라는 생각을 끄집어내 서양철학의 근본문제인 죽음
과 시간의 문제로 이끈다. 그리고 시간-현실을 幻影이라고 보는 불교사상
과 色卽是空이라는 敎說로 완고한 자아와 존재의 세계에 갇혀 신음하던
서구인을 逍遙遊의 세계로 인도하는 것./ 그가 이해한 부다의 교설의 핵심
은 四聖諦- 즉 苦集滅道와 八正道. 불교가 인간 존재의 참모습을 설명하
는 諸行無常, 諸法無我는 자아와 중심이 해체되고 多元과 상호관계성을 핵
으로 하는 포스트모더니즘의 특징과 연결된다."

1998. 6. 11.
"소설언어로 우주장 사상 풀기"-임금복의 논문 실림, 목차, 우주사유의 세
기와 우주장 사상 풀기/ 일원론적 대우주의 삼원론적 소우주론/ 우주의 우주장
사상 소설말 풀기(『창조문학』 여름호)

1998. 6. 11.
행정학과 김현수의 『죽음의 한 연구』(문학개론) 중

　　"작품마다 여성의 실체를 천하고 남성에게 종속되어 있는 대상으로 그리고 있는 지 궁금. 정반대로 글을 쓰셨으면 편지를 보냅니다."

1998. 6. 15.
국문과 김연옥의 '죽음에 관한 단상'(글쓰기의 실제) 중

　　"태어남과 죽음/ 태어남의 한 연구/ 죽음의 한 연구/ 죽음의 한 단상/. 이 소설의 제목은 '죽음의 한 연구'보다 '한 죽음의 연구'가 더 옳지 않을까/ 작가는 탄생에서 업을 알아냈고 죽음에서 재생을 알아냈다."

1998. 6. 19.
문창과 임민정의 『죽음의 한 연구』(문학연구방법론) 중

　　"신해철은 무대위의 대마왕이라는 무시무시한 별명과 더불어　일명 '교주'라고 불리울 정도로 관객들을 압도. 몇 개 안되는 박상륭의 사진으로 그의 카리스마를 느꼈다."

1998. 7. 24.
"구세주 향한 민중의 염원", 도나텔로 作「막달라 마리아」(세계일보, 1998. 7. 24)

　　"막달라 마리아는 피골이 상접한 몸위에 낡고　허름한 옷을 걸친채 맨발로 서 있다. 절실하면서도 경건해 보이는 표정과 간절히 성스러운 무엇을 갈망하는 눈이 돋보인다. 성서의 시대에 그리스도를 받아들였던 사람들은 대부분 사회적으로나 경제적으로 높은 지위에 있었던 사람들이 아니었다. 하루하루를 고달프게 살아가는 배고프고 가난하고 억압받는 사람들이 대부분으로 그들에게 지상에서의 삶은 피곤하기만 하였다. 그들의 삶을 상징하는 막달라마리아는 그리스도를 향해 절실한 마음을 내비친 작품."

1998. 7. 31.

"건국 이후 뛰어난 소설 53선", 문학평론가 31명에 의뢰, 1위, 『토지』, 『광장』, 『난쟁이가 쏘아올린 작은 공』, 12위 『엄마의 말뚝』과 박상륭의 『죽음의 한 연구』(조선일보, 1998. 7. 31)

1998. 9. 1.

"김용옥씨, 또 佛敎 비판"(조선일보, 1998. 9. 1)

"20세기는 소유의 욕망이 빚어놓은 문명이고, 21세기는 그런 욕망이 해체되는 시기이므로 無所有 등을 골자로 하는 불교원리가 대안이 될 수 있다. 불교계는 해탈이라는 몰가치적 명분 때문에 사회적 가치를 외면하고 있다면서, …정신적인 오염만 가중시키는 것이라고 시대를 읽지 못하는 일부 꼬집음."

1998. 9. 5.

동생이 고대에서 가져온 1998년 2학기 강의계획 및 진도표(고려대 현대문학사(김인환)), 14주 박상륭 계획.

1998. 9. 11.

"극단 미추 <뙤약볕>", 인간세상의 율법·혼돈 그린 소설가 박상륭의 관념적 작품(한국일보, 1998. 9. 11), 난해한 言의 세계 몸짓으로 거침없이, 끊어진 말의 자리는 음악과 몸짓이 메운다.

1998. 9. 17.

"티베트", 해발 4,000m 고원위에 숨어있는 신비의 나라(동아일보, 1998. 9. 17)

1998. 10. 17.

"스스로 진리 깨닫는 불교 미국인들도 매력느껴", 北美 포교 앞장 삼우 스님(조선일보, 1998. 10. 17)

"미국인들 불교가 自力종교라는데 매력 느낌. 바깥에서 구원을 찾고 절 대자에게 의지하는 他力종교가 아니라 스스로 자기안에 있는 진리를 깨닫는다는 불교원리에 매혹됨./ 미국의 불교인구는 78만명. 20년전에는 1만1천명에 불과. 서양인 대상 불교선원 225곳은 동양 10대 불교국가 가운데 일본과 티베트가 주도하는 형편./ 화두를 통한 선문답, 소리질러 질타하는 할(喝)과 몽둥이로 때리는 방(棒)은 극단적인 수단으로 현대에 맞지않는 방법 문제."

1998. 10. 17.
"신앙 이성적 이해 가능 믿음에 회의 품어선 안돼", 교황 즉위 20주년 회칙 발표, 불가지론—상대주의에 일침(동아일보, 1998. 10. 17)

1998. 10. 28.
김명신의 서평, "우주·생명·죽음에 대한 존재론적 탐구"—임금복의 「박상륭 소설 연구」(『작가연구』 6호(1998. 10))

1998. 10. 28.
"춤사위로 승화한 '바리데기의 한'", 창작발레 '바리' 내달 국립극장(동아일보, 1998. 10. 28)

"왕자 없는 왕실의 일곱 번째 공주로 태어난 탓에 강물에 띄워진 바리. 장성해 출생의 비밀을 알게 된 이후 병든 부모를 위해 藥靈水를 구하고자 저승길로 향하는데…."

1998. 11. 5.
"신화학자 캠벨의 「신화의 세계」 번역 출간"(경향신문, 1998. 11. 5)

"캠벨은 인간은 초월적 신비로부터 태어나지만 자라면서 사회가 씌워주는 '원초적 가면'탓에 비극을 안고 살게 됐다는 메시지를 전한다./ '성스러운 원천—영구불변의 동양철학' '正覺에 이르는 길—불교' '이드에서 자아로-쿤달리니 요가 1' '천상계로의 하강-티베트 死者의 書' 등."

1998. 11. 12.

노귀남의 "유리의 기원과 현실적 의미", 『소설 구경 영화 읽기』(청동거울, 1998)

1998. 12. 15.

"불교-천주교 아름다운 만남"(동아일보, 1998. 12. 15)

1998. 12. 15.

"'변화의 경전'에서 뜻을 얻는다", 주역 왕필주(한겨레신문, 1998. 12. 15) 주역은 변화의 성경〔易經〕

1998. 12. 15.

"있는 그대로 보는 정복수씨의 <몸의 초상>"(한겨레신문, 1998. 12. 15)

"<짐승의 시간> <몽정> 등의 작품에서 인간의 무의식에 자리잡고 있는 폭력적인 성욕을 표현해 옴./ 몸은 더 이상 스스로의 욕망에 시달리며 절규하지 않는다. 운명철학관 간판에 그려진 관상도와 닮은 그의 작품은 '몸은 몸이다'라는 깨달음을 얻은 듯하다. 눈은 보는 것, 귀는 듣는 것, 항문은 내뱉는 것 따위의 거역할 수 없는 몸의 진실이 절제된 강렬함으로 담겨 있다."

1998. 12. 30.

『육헌한상수박사화갑기념논총』(간행위원회, 1998. 12), "한 生命人間의 傳記 -박상륭의 「유리장」론, 임금복 논문의 논문 목차, 운명의 아웃사이더로서의 한 삶/ 한 남성인간의 생명전기/ 우주적 시간과 體用的 人間 탐구/ 사회적 관념아들의 한 삶의 전형.

1999. 1. 23.

"민중 고통 감싸는 종교로 거듭 태어나자", 21세기 종교문화 토론회(한겨레 신문, 1999. 1. 23)

"불교·개신교·천주교인들이 한 목소리로 종교인들의 자기 개혁을 촉구./ 21세기의 한국불교 무엇을 해야 하나에 대해 현대인들이 출가자들에게 도덕적 스승으로서의 이미지를 요구하고 있음에도 선종을 표방하는 조계종은 선종 이념을 상실했다고 진단."

1999. 1. 23.
"세계최대 불교사전 1·2권 출간"(한겨레신문, 1999. 1. 23)

"지난 1982년 편찬작업에 들어간 <불교대사림>은 2004년까지 모두 15권으로 완간할 예정. 이 사전은 알기 쉽게 풀이하되 표제어 하나하나마다 한자어와 산스크리트어는 물론 팔리어와 티베트어를 병기한 것이 특징."

1999. 2. 2.
"작가와의 대화, 박상륭·김치수"(현대문학, 1999. 2)

"도척이보다도 더 흉악망측한, 한 삼류 글꾼을 불러 무슨 훈계를 하려는지./ 절망의 시대, 젊어서는 뱃놈 신밧드 병증./ 그 시대의 풍운 혼돈을 명철하게 관찰할 수 있을 정도. '난제, 시련들이 상처가 아니라 성장을 위한 고통./ 기독교 주제 중의 하나 대속양 신화. 밀종은 두 개의 얼굴 가짐, 하나는 巫의 얼굴이며, 하나는 불교적 大乘의 얼굴./ 무엇이 희생됨으로 하여 무엇을 속량한다는 法은, 巫俗的임과 동시에 大乘的이라는 것./ 雜說, 글쓰기의 禪的 폭행./ 모든 종교며 萬神을 다 믿는 허무주의자. 악테옹 콤플렉스, 그것의 대부분의 것은 자기의 내면에서 끓어올라온 독이며, 자기가 길렀던 毒狗, 황충, 독사 같은 것들. 그것들로부터 해방을 성취하지 못한 정신은 악테옹 콤플렉스에 당한 것."

1999. 2. 2.
"삶을 떨치면 삶이 보이나니 죽음과도 친해지자꾸나", 소갈 린포체의 「티베

트의 지혜」(동아일보, 1999. 2. 2)

"자신을 기쁨에 묶어둔 그는/ 숭고한 삶을 망친다./ 기쁨이 날아다닐 때/ 그것에 입맞추는 그는/ 여원의 해돋이에서 산다…(윌리엄 블레이크"

1999. 2. 9.
"삶은 죽음 준비하는 유일·최선의 시간", 소걀 린포체의 <삶과 죽음을 바라보는 티베트의 지혜>(한겨레신문, 1999. 2. 9)

"티베트 불교를 바탕으로 티베트인들이 오랜 세월 온축해 온 죽음에 관한 통찰력을 풀어쓴 책./ '바르도'는 한 상황의 완성과 다른 상황의 시작 사이에 있는 과도기 또는 틈. 바르도에는 바로 지금의 삶이라는 일상적인 바르도, 죽어가는 고통스러운 바르도, 밝게 빛나는 바르도(다르마타), 카르마에 따라 다시 생성하는 바르도 등."

1999. 2. 18.
"속세 먼지 털어내고 마음 비웠네", 재연스님의 행자일기, <입산>(조선일보, 1999. 2. 18)

"俗人도 아니고 그렇다고 제대로 승려도 못된 반승반속의 행자가 1년의 수행을 거치며 승려로 성장하는 과정을 그대로 보여준다./ 수행이란 없는 것을 만들어간 것이 아니라 있는 것을 털어내고 비워내는 일."

1999. 3. 12.
"교황-이란 대통령 하타미 역사적 만남 가톨릭-이슬람 화해 논의"(동아일보, 1999. 3. 12)

1999. 3. 13.
"내면의 깨달음으로 돌아가야죠", 성철스님 이어 100일 법문 펼치는 法輪스님, 서울 정토회관에서(동아일보, 1999. 3. 13)

"법륜스님은 하나로 연결된 인간과 자연, 종교와 문화를 분리시켜 생각하는데서 모든 위기가 발생했다며 부처의 깨달음으로 돌아가자는 의미에서 법문 마련./ 주말엔 타종교와 문화 예술 과학인들을 초청해 종교간 화합과 21세기를 전망하는 특별 강연 마련."

1999. 3. 16.
"세기말 열린 종교 길찾기", 「종교의 위기」, 「종교 다시 읽기」(한겨레신문, 1999. 3. 16)

"우에다 노리유키의 <종교의 위기>에서 지은이는 우리가 사는 20세기는 한순간에 세상을 멸망시킬 수 있는 핵무기의 존재(아마겟돈 이미지), 서열화·차별화로 인한 주체성 상실(절대자와의 대화를 통한 자기 찾기)로 특징지을 수 있다고 분석."

1999. 3. 23.
"한국禪 알리는 '파란눈 포교사'", 현각스님 영어로 4개월간 강의(동아일보, 1999. 3. 23)

"禪이란 트루 셀프(True Self, 眞我)를 찾는 과정. 진리는 어떤 지식이나 경전, 부처상에 있는게 아니라 우리 마음 속에 있기 때문. 마포구 서교동의 법화정사.에서 선을 강의./92년 그가 수학하던 당시 하버드대 도서관에 중국불교 서적이 3천권, 티베트불교서적 2천8백여권, 일본 불교서적 2천5백여권이 소장돼 있었지만 한국불교 서적은 고작 5권 뿐. 현각스님은 영어로 선불교를 설명한 '선의 나침반'(Compass Of Zen)이란 책을 저술 미국에서 화제."

1999. 3. 23.
"사라진 古書찾아 시간여행", 「최후의 세계」(조선일보, 1999. 3. 23)

"시인의 집에서 불꽃이 오른다. 문밖엔 무수한 군중. 불길이 사그라들면서 문을 열고 나온 시인의 뒤론 새빨갛게 달아오른 원고뭉치들이 방 바닥에 나뒹굴고, 시인은 세상의 끝으로 유배한다./ 소설 속에서 오비디우스는 로마사회의 타락을 풍자하고, 황제를 능멸했다는 이유로 로마에서 쫓겨난다. 유배지인 토미로 떠나기 전 그는 그리스-로마 신화를 집대성하던 미완성작 '변신이야기' 원고를 불살라버림."

1999. 3. 23.
"죽음·재생 그리고 해탈…"재조명되는 작가 박상륭(불교신문 1711호, 1999. 3. 23)

"내게 탄트라와 선은 청천벽력같은 충격. 힌두교 탄트라는 몸(體)을 질료로 삼아, 마음의 우주를 뛰어넘는 해탈이란 금을 구어내게 했고, 선은 말(話頭用)을 질료로, 다시 말해 요가의 대상으로 삼아 오히려 그것을 쳐부수기로 마음의 우주를 벗어나 해탈을 성취하도록 이끌었다./ 삶은 苦다. 그러나 삶은 이미 주어진 것이다. 따라서 그 목적은 다시 태어나지 않기 위해 투쟁하는 것. 즉 해탈을 위해 투쟁하는 것. 모든 진화의 원동력이 고에서 비롯된다 할 때 바로 고통의 극한점은 곧 해탈에 이르는 길이다."

1999. 3. 24.
"티베트. 같은 장소 다른 느낌", 원로 육명심씨, 제자 여동완씨 나란히 사진전 열어(한겨레신문, 1999. 3. 24)

1999. 3. 25.
"흉악망측 어려워도 재미있다", 잡설의 예언자 30년만의 귀향…허무에서 해탈로 향하는 그의 세계를 만나다(한겨레 21 250호, 990325)

"뜻이 통하지 않은 언어라는 게 장벽이고 강추위고, 끝없는 사막으로 여겨지더군요. 그러니 그 사막에서, 그 추위에 잡아먹히지 않으려면 더 강하게 자신과 싸워야 했다. 피를 토해내 그걸 잉크 삼아 쓴 것이 죽음의 한 연구, 칠조어론. 문학을 한 것이 아니라, 소설은 자신이 생각한 것을 실어 나르는 도구나 수레였다./ 말세를 이기고 새로 올 메시아는 종교간 울타리를 없애는 이 일 것./ 만종교와 만신을 다 믿는 허무주의자. 허무는 절대적

긍정으로 나아가면 해탈이요, 절대적 부정으로 가면 소멸이다./ 저짓거리에
서 떠도는 밑도는 말(잡설)과 논리적이며 사변적인 웃도는 말(예언자 말)이
정신없이 뒤섞여 돌아가는 박상륭 소설은 독자에게는 유황불을 뿜어올리
는 지옥에서의 한철을 경험하게 한다./ 흉악망측한 도척이./ 문학제 하는
날 그는 칠조어론의 촛불승처럼 나를 죽이며 앉아 있을 것이다."

1999. 3. 26.
임금복 논문 "殺佛殺祖의 求道 패러다임"-박상륭의 「羑里場」론 2-『한국문
예비평연구』3집(한국현대문예비평학회, 1998. 12), 목차로는 1. '臨濟禪'의 求道
패러다임과 而立自己 모색하기/ 2. 舊靈魂 실질상징계의 殺母殺父 패러다임/ 3.
新靈魂 인식상징계의 生佛生祖 패러다임/ 4. 신·구 패러다임의 조율과 '宇宙
的 體·用人'으로 覺醒하기

1999. 4. 2.
"'인간의 아들' 예수 그 새로운 모습", 부활절 맞아 최인호가 본 '가드 오브
에덴'(한국일보, 1999. 4. 2)

    "초월적 존재의 신이 아니라 소외된 인간으로서의 예수 성서에 없는 1
2~30세 사생활 객관적 시선으로 묘사./ <벤허> <왕중왕> <나자렛 예수
> <지저스 크라이스트 슈퍼스타>등 수많은 영화들이 예수를 주인공으로
하거나 예수의 고귀한 인간적 가치를 묘사하는 것으로 생명력을 삼고 있
다./ 예수를 어떤 초월적인 힘을 가진 신으로 묘사하지 않고, 악과 맞서 싸
우고 고독과 외로이 투쟁하는 대자연속의 소외된 인간으로 묘사함으로써
예수가 신이다라는 사실을 오히려 예수는 철저히 인간이었다는 점으로 승
화시키는데 성공."

1999. 4. 10.
"신화상징총서-대장장이와 연금술사"(한겨레신문 광고, 1999. 4. 10)

    "야금술과 연금술의 정신세계를 통해 본 인간 존재의 신화적 밑그림 물
질의 변화를 통해 우주의 시간을 지배하고 정신의 완성을 추구한 사람들

의 이야기."

1999. 4. 14.
법륜 스님의 100일 법문, 복사물, 정토회관.

1999. 4. 16.
"늙은탱이한테 文學祭라니", 화려한 새출발 박상륭씨(조선일보, 1999. 4. 16)

　　"자아와 이성에 갇힌 서양식 '말씀의 우주'와 달리 무아와 공을 강조한
비서양적 생사관을 통해 '마음의 우주'를 성찰하자는 것./ 자연의 먹이사슬
에서 우리는 살생이 있으므로 생명이 가능하다는 것을 배운다. 그런 相剋
的 질서 속에서 삶과 죽음은 서로 어우러져 영혼의 연금술적 變轉을 낳지
않는가./ 15년 동안 서점을 운영하면서 로맨스 소설 따위는 팔지 않고 자
신이 읽고 싶은 종교 책들만 갖다 놓았다고."

1999. 4. 20.
"마음을 넓히면 우주가 그 안에 있다", 박상륭 소설집 「평심」 산문집 「산해
기」 출간(한겨레신문, 1999. 4. 20)

　　"몸의 우주란 아름다운 육체를 경배하던 그리스신화의 우주이고, 말씀의
우주는 말씀의 성육신인 예수가 깨우쳐 알린 것이며, 마음의 우주는 선불
교가 보여주는 깨달음의 세계./ <산해기>에서는 니체의 차라투스트라는
신은 죽었다고 말했지만, 박상륭의 차라투스트라는 새로 신이 탄생했다고
설법./ 잡설은 경전에 이르지는 못했지만 무명중생이 알아듣기 쉽도록 풀
어놓은 말이다."

1999. 4. 21.
"'性-죽음' 화두로 삶의 근원 파헤치기"-『평심』, 『산해기』(동아일보, 1999.
4. 21)

　　"박상륭의 작품은 세기말의 두 키워드인 에로스(性)와 타나토스(죽음)을

426　『칠조어론』 깊이 읽기

치밀하게 구사하며 삶의 근원을 파헤쳐 들어간다./ 깨닫게 하는 방법으로
서 글을 쓴다. 나는 문학하는 것이 아니라 法輪을 굴리는 중이다."

1999. 4. 22.
"죽음과 인간구원의 성찰"－박상륭 산문집 『평심』과 『산해기』(문화일보,
1999. 4. 22)

　　"박상륭 문학제 개최. 작가는 또 마음을 찾아 길을 떠난한 젊은 왕자의
구도기인 표제작을 보면 '마음을 넓히면, 그 한 마음이 우주 자체'라고 말
한다. 물질주의에 빠진 축생도적 인간을 '몸의 우주'에 갇혀있다고 말한다.
예수가 등장하면서 '말씀의 우주'가 도래했지만, 이를 뛰어넘어 깨달음의
세계인 '마음의 우주'로 가야한다는 것. <산해기>는 축생도를 벗어나지
못한 채 물신의 노예가 돼버린 자본주의의 세기말적 징후를 신화적으로
재구성해 조롱한 글들./ 雜說이란 경전에 이르지는 못했지만 무명중생이
알아듣기 쉽도록 풀어놓은 말이다.// 박씨의 초기단편은 '시인일가네 겨울'
을 춤으로 각색한 '시인의 죽음 99'는 소설의 주제인 존재의 본질에 대한
탐구를 인체 언어로 표현. 한 인물이 세 인물로 분화되는 과정을 통해 자
아의 분열을 드러내고, 이를 다시 재통합하는 모습을 통해 구도적 자아살
해를 나타낸다."

1999. 4. 23.
박상륭 문학제, 예술의 전당, 팸플릿(4. 23－4. 24),

　　김정란, 자기 구원의 전략－자아 분열과 통합,/ 언어 탐구에 덧붙여져
회디휜 최초의 <아 퓸>, 순수 영혼 프류사의 이미지로 발전하게 된다.

1999. 5. 8.
"교황, 가톨릭과 분리 후 1천여년만에 그리스정교國 방문"(동아일보, 1999.
5. 8)

1999. 5. 11.

"서울 시청앞 '자비의 연꽃', 부처님 오신날을 앞두고 대형 인조 연꽃 설치 중생들에게 부처님의 자비를 전함"(동아일보, 1999. 5. 11)

1999. 5. 22.
"천주교성당 부처님 오신날 축하", 경기도 도척면 천주교 도척성당 입구에 부처님 오신날을 현수막이 걸렸다.(동아일보, 1999. 5. 22)

1999. 5. 30.
법화정사, 현각스님 수업, 홍대앞 법화정사에서 청강.

"연기,— 이 세계는 내가 만드는 세계다. 신은 신의 세계를 만들었다. 부처는 부처의 세계를 만들었다./ 내가 좋은 세상을 만들면 나는 좋은 세상을 가지는 것이다. 나쁜 세상을 만들면 나쁜 세상을 가지는 것이다. 내가 여기 존재하면 이 세상은 내 것이다. 내가 없어지면 세상도 사라진다./ 내가 시간과 공간을 만드는 것이고 원인과 결과를 만드는 것이다. 이 모든 것이 우리를 통제한다../ 생각은 또한 공간을 만든다./ 우리가 스스로 시간과 공간을 만들고 원인과 결과를 만들고 이것이 우리 삶을 지배하도록 한다. 어떻게 이것이 연기와 연결이 되는가? 공간이 조건과 결과를 지배한다면 시간은 원인을 지배한다. 시간이 흐름에 따라 원인은 변한다./ 십이연기설—무지란 이 세상이 무상하다는 것을 모르고 실체 혹은 존재한다고 믿는 것이다./ 무지는 모든 것이 실체라고 믿기 때문에 우리 생각 욕망 감각에 집착하도록 만든다. 무지는 우리를 어떤 어이디어 혹은 정신구조를 이끈다. 이 정신구조란 이 생에서 혹은 이 전생에서 길러진 강한 습관의 힘 즉 업이다. 습관의 힘을 통해 의식이 나타난다. 이 의식이란 것은 '내가 존재한다'는 생각이 나오게 하는 씨와 같은 것이다. 여기서부터 생각과 의식은 이름과 형태라는 것을 만들어 내기 시작한다./ 三學—소승불교의 목표는 열반을 얻는 것이다. 모든 것이 완벽하게 공하다는 것을 얻으면 이러한 공은 그 자체가 이 세상 우주 우리의 모든 마음의 본질이다."

1999. 6. 5.
제2회 전국학술발표대회, 한국현대문예비평학회 임금복 논문 발표, "삼계적 인식의 패러다임과 우주적 상상력, 박상륭의 『죽음의 한 연구』론", 용인대 교수회의실에서.

1999. 6. 15.
박상륭, 한국시문화회관 행사장에서 열리는 제570회 '꿈과 시' 토요문학행사에 초대손님으로 참가.(한겨레신문, 1999. 6. 15)

1999. 6. 25.
정해성씨, "박상륭 소설의 죽음변이 양상연구", 부산대 석사논문 기증 받음.

1999. 7. 3.
"죽비소리, 박상륭 소설집 『평심』(현대문학 1999. 7)"

> "시도 때도 없이 튀어나오는 사투리, 소리나는 대로 적기, 어색한 종결어미, 이상한 의성어들 등등은 우리 말의 질서를 크게 어지럽히는 것이다. 여기에 무수한 쉼표와 말 끼여들기와 어색한 접사 그리고 한없이 늘어진 만연체는 혼란을 몇 배로 가중시킨다. 우리말을 아끼고 발전시켜야 할 작가가 이렇게 우리말을 혹사한다는 것은 크게 잘못된 일이다./때때로 박상륭이 사용하는 어휘와 비유법은 독특한 매력을 보여주기도 한다. 그러나 그것마저도 난삽하고 혼란된 문장 속에서 죽어버리고 만다. 나는 박상륭 소설의 형이상학적 깊이가 지극히 혼란된 문체와 개인적 방언 속에 갇혀 잇어 제 모습을 다 보여주지 않는다. 다 보이지 않는다는 점 때문에 어떤 사람들은 박상륭 소설을 신비화하는 것 같기도 하다. 잘 이해할 수도 없는 것에 대한 신비화는 문학의 적이며, 지성의 적이다. 그리고 박상륭 소설의 무질서하고 난삽하고 혼란된 문체는 한국어의 毒龍이 아닐까 생각해본다. 박상륭 소설이 정말 대단한 형이상학적 사유를 지니고 있다면, 나는 그 사유를 내가 이해할 수 없는 개인적 방언 속에서가 아니라, 누구나 이해할 수 있는 명료하고 정확한 문장 속에서 만나고 싶다."

1999. 7. 3.
수료증, 제5차 1. 2. 3기 정토불교대학의 교육과정 이수, 법륜스님.

1999. 8. 10.

"신비감 벗고선 '주역' 철학"—주뷔쿤 베이징대 교수의 「주역산책」(한겨레신문, 1999. 8. 10)

　　"세상만사에 변화하지 않는 것이 없고, 음과 양은 서로 대립하면서 서로 의지하고, 만물은 서로 연계돼 보편적 전체를 구성하고 있다는 사유는 주역의 풍부하고 체계적인 사유를 가장 잘 보여준다."

1999. 8. 17.

"달라이라마 美강연 4만명 운집", 미국 뉴욕의 센트럴파크에서,(동아일보, 1999. 8. 17)

1999. 8. 21.

"문학동네 1999 가을호"—문학을 찾아서 : 박상륭, 한국문단에서 비켜나, 이국땅에서 삼십 년 동안이나 '구도와 해탈'의 시간을 보낸 자가 박상륭, 한국문학의 신화를 다시 한번 확인해주는 그의 진지한 육성을 통해 동서고금의 형이상학을 아우르는 박상륭 문학의 근원을 들어본다.(한겨레신문, 광고, 1999. 8. 21)

1999. 8. 23.

"티베트 불교 美國 사로잡았다", 訪美 달라이 라마 인기 급등(조선일보, 1999. 8. 23)

1999. 9. 4.

"티베트의 정신과 예수의 만남", 다릴 앙카의 「달라이라마 예수를 말하다」(동아일보, 1999. 9. 4)

　　"1994년 9월 영국 런던 미들섹스대 강의실, 티베트의 영적 지도자인 달라이 라마가 350여 청중 앞에 섰다. 세계그리스도교 명상공동체가 각국의 명상 수행자들을 위해 마련한 자리. 주최측은 성경의 4복음서에서 뽑은 구절을 전달하고 '당신의 의견과 느낌을 말해달라'/ 달라이라마는 강연을 통해 '사람의 감성과 문화 배경이 다양하므로 오직 하나의 길만이 진리일 수는 없다'고 말함. 그는 불교와 그리스도교는 근본이 같지만 단지 서로 다른 언어로 표현되어 있을 뿐이라는 주장에 대해서는 부드럽지만 단호하게 반대했다. 자비와 형제애와 용서를 강조."

1999. 9. 6.
『한국문예비평연구』 4집, 임금복 논문, "삼계적 인식의 패러다임과 우주적 상상력 - '죽음의 한 연구'론, 한국현대문예비평학회(1999. 6)의 목차. 조감도적 영의 서술자와 삼계적 인식의 패러다임/ 欲界적 세상 읽기/ 色界의 다원적 靈性주의와 우주적 생명주의/ 欲界·色界 세계관과 宇宙적 상상력.

1999. 9. 12.
"성배의 탐색", 인간과 인간의 운명에 관하여, 내면의 삶에 관하여, 불변의 진리에 관하여(동아 일보 광고, 1999. 9. 12)

1999. 9. 16.
"티베트 불교미술품 특별기획전" 이태원 2동 화정박물관에서 열린다.(동아일보, 1999. 9. 16)

1999. 9. 28.
"동양 神話 그 뿌리와 변형", 조지프 캠벨의『신의 가면 Ⅱ』(조선일보, 1999. 9. 28)

"동양과 서양 신화의 가장 큰 차이는 전자가 신과 인간을 일치시키는 데 비해 후자는 신과 인간을 분리시킨 점에 있다./ 인도는 내면으로 들어가 자기 통제를 강조하는 독특한 신화 체계를 발전시켰으며 중국에 와서는 천지의 道와 자연스럽게 일치하는 것을 목표로 하게 된다. 눈을 감고 앉아 잇는 붓다와 눈을 뜨고 소요하는 賢者는 인도와 중국을 대표하는 인간상./ 힌두교 최고여신 마하데비의 변신인 두르가가 지옥의 왕 마히사와 싸우고 있는 그림"

1999. 10. 5.
탕가의 예술-한광호 수집품, 티베트 불교미술의 신비와 아름다움, 한빛문화
재단 화정박물관 관람. "티베트 死者의 書, 전시회 관람.

1999. 10. 21.
"라캉의 정신분석-自我는 거울 속 이미지일뿐", 20세기 思想을 찾아서(조선
일보, 1999. 10. 21)

> "라캉은 언어와 관련된 무의식에 주목./ 라캉이 목표하는 세 가지. 첫째,
> 우리가 보통 실재한다고 미고 있는 '나'(자아)는 실제로는 상상의 구조물이
> 라는 사실을 깨우쳐 주는 것. '거울 단계'와 밀접한 관련을 맺고 있다. 라
> 캉에 따르면 어린 아이는 처음 자신의 육체를 '조각난' 것으로 여기다가
> 거울 속에 비친 자신의 이미지를 다른 생물체라 생각하고, 마지막 그것이
> 자기 자신이라고 알고 크게 기뻐한다는 것. 거울 속의 이미지는 자아의 개
> 념 형성에 필수적이고, 그 결과 자아의 개념 속에 반드시 상상계가 스며들
> 게 마련./ 말하는 주체를 통해 드러나는 욕망의 주체. 진정한 주체라는 말
> 이 함축되고 있는 주체의 분열은 말의 차원에서 나타난다. 말에 의해 말하
> 는 주체와 그 말의 대상-주체로 분열되는 것."

1999. 10. 30.
"영혼의 여행-티베트 라체에서의 1년"(한겨레신문, 1999. 10. 30), TV 프로,
영혼의 안식처 티베트에서의 1년, 일요스페셜.

1999. 10. 30.
"한민족 '메시아 신앙'의 새 천년 전망", 미륵사상연구협의회 주최 토론회
(한겨레신문, 1999. 10. 30)

> "민족 고유의 메시아론으로 흔히 알려진 미륵사상이 이땅에 내린 1500
> 년 역사의 뿌리는 넓고도 깊다. 도탄에 빠진 세상을 구하기 위해 미륵불이

하생한다는 불교교리에서 비롯된 미륵신앙은 민중들의 기층신앙 속에 촉수를 박고 국토 곳곳에 전설과 유적을 남겼다. 구한말 개벽사상에 융합되며 민족종교 발흥의 기폭제가 도기도 했던 토종사상이 다시 세기말을 맞아 새롭게 암시하는 것은./ 미륵신앙은 변경문화적 성격이 특징으로 유불선 삼교가 융화되면서 민중의 잠재적 원망상태로 정신적 뿌리를 이어왔다. 서구문화가 중심가치로서의 지위를 잃은 상황에서 규범에 속박되지 않은 미륵사상은 대안적 가능성을 지녔다."

1999. 11. 1.
"생명—中道—환상"(동아일보, 1999. 11. 1)

"생활주변의 풍경을 즐겁고 화폭에 옮겨온 이왈종. 이왈종의 그림에는 바다에서 고기잡는 배의 모습에서부터 전화 자동차 집지키는 개 등 생활주변에서 볼 수 있는 대상들이 골고루 등장. r,t hr에서 한가롭게 누워 책을 읽는 사람의 모습. 어느 한 곳에 치우치지 않고 中道를 지키며 편안한 삶을 살아가는 흥취를 자아낸다. 생활 속의 중도 시리즈."

1999. 11. 3.
"여러 종교 넘나들며 통념을 깨트린다"—김용옥의 「금강경 강해」(문화일보, 1999. 11. 3)

"김씨 사유의 출발점이 된 老莊사상은 물론이고, 기독교, 불교, 유교, 천도교, 원불교 등의 제 종교가 책에서 어우러져 춤추며 한바탕 향연을 벌인다./ 예수의 부활에서 문제가 되는 게 色身, 즉 몸의 실체를 가진 역사적인 에수라기보다는 法身, 즉 진리체로서의 예수일 것이라고 보면 예수의 색신에 관계없이 법신은 이미 살아 움직이고 있기 때문."

1999. 11. 4.
"신화, 그 상상력의 보고", 경희대 대학원 99년 가을 학술 특강 청강. 유재원—왜 다시 신화인가, 로고스의 실패와 뮈토스의 대반격, 조철수—고대 근동의 저승 여행 신화와 한국 신화 외.

1999. 11. 5.

동숭공연 영상아카데미, "신화와 샤머니즘 : 그리스 신화의 서사 구조에 나타난 죽음과 재생의 문제"(도정일 교수), "신화론 : 저승여행 신화"(조철수 교수), 옥랑문화재단 수강.

1999. 11. 5.

임금복의 논문 "우주적 리듬을 꿈꾸는 覺道心詩와 박상륭의 철학소설",『오늘의 한국문학 연구』(동천홍문표박사화갑기념논총간해위원회 편, 양문각, 1999. 10), 목차로는 1. 새로운 영혼 읽기와 '覺道心詩'의 신방법론 모색/ 2.『論語』의 "朝聞道 夕死可矣" 노래-「쿠마장」(1967)/ 3. 巫歌의 「軍馬大王」과 交靈 巫詩-『菉里場』(1971)/ 4. 偈頌 頓悟派・漸悟派의 求道 방법론 시-『죽음의 한 연구』(1975/1986)/ 5. 默照禪 十牛圖의 시『칠조어론 4』(1994)/ 6. 새 밀레니엄의 우주적 통합 선율, 깨달음의 방법론적 시와 철학소설의 만남

1999. 11. 9.

"세기말 여성학계 '모성 담론' 뜨겁다", 한국사회 3가지 母性論(동아일보, 1999. 11. 9), 교육론-현모양처 내세워 여성 통제/ 보호론-출산 육아 등 기능 보호 강조/ 자유론-가부장적 사회의 산물 주장

　　　"성과사회연구회는 「모성의 담론과 현실」에서 모성 문제가 '여성으로서 한국적 현실속에서 학문과 가정을 동시에 꾸려나가야 하는 연구자들의 가장 절실한 문제였기 때문'. 기존에 모성에 대한 연구는 '모성'이라는 개념 자체가 주는 '희생'과 '피억압'의 이미지 때문에 여성학 연구자들에게 관심을 끌지 못했다./ 모성자유론은 여성과 모성의 관계가 자연적 필연적이 아니라는 것을 강조. 모성을 여성에게 부과된 일종의 사회제도로 파악하고 나아가 모성을 가부장적인 사회의 재생산 논리로 규정하여 모성혐오나 모성극복으로까지 나아간다./ 80년대부터 기혼여성의 노동시장 참여가 증가하면서 전통적인 자기희생적 모성과 자아실현적 여성 사이에서 한국여성은 심각하게 고민."

1999. 11. 10.

"엄마, 뱃속이 너무 시끄러워요"-박문일 著,「태교는 과학이다」(조선일보,
1999. 11. 10)

> "임신 중 자궁 내 환경이 사람의 지능지수를 크게 좌우한다는 연구가
> 나왔다며 태교는 인성과학으로 임산부 혼자서가 아니라 남편, 가족, 직장
> 동료까지 모두 참여할 일이라고 강조. 태아는 맛을 느끼고 냄새를 맡으며
> 엄마의 체취도 기억. 뱃속에 울려드는 소리 중 가장 많이 접하는 것은 엄
> 마의 목소리, 엄마와 대화를 나누는 사람들 소리도 다 듣고 기억하므로,
> 엄마가 자주 접하는 사람들은 결과적으로 모두 태교에 참여하는 셈."

1999. 11. 13.

"태아가 자살을? 불가사의한 태교"(한겨레신문, 1999. 11. 13)

> "태아도 인간과 똑같음을 보여준다."

박상륭의 『칠조어론』에서의 자궁의 태아론은 자궁에서 사내아이로 상정해
자궁부터 오이디푸스 콤플렉스로 투영시키는 태아 폭력을 그려내고 있다.

1999. 11. 13.

"不然 이기영 全集 중 '임제록 강의' 출간"(조선일보, 1999. 11. 13)

> "당말의 대표적인 선사인 臨濟 義玄(?-867)의 법문과 언행을 수록한 임
> 제록은 동양 삼국 불교사에 큰 영향을 미침. '부처를 만나면 부처를 죽이
> 고 조사를 만나면 조사를 죽여라' '가는 곳마다 주인이 되어라' 등 寸鐵殺
> 人의 명구들은 오늘날에도 회자되고 있다."

1999. 11. 16.

"박상륭씨 등단 37년만에 첫 수상", 『평심』으로 제2회 김동리 문학상(중앙일
보, 1999. 11. 16)

1999. 11. 19.

『작가연구』7・8호(새미, 1999. 10) 임금복 논문, "여자살해와 부조리한 페미니즘"-『죽음의 한 연구』론의 목차, 청년기의 남권 상상력과 영혼 폭행/ 異名同人 상극적 남성의 여성 살해와 부정적 여성 심리학/ 아이러니 페미니즘과 상극적 관념/ 패러독스 남성 靈性, 여성 靈性 구원의 전망 부재.

1999. 11. 19.

"김용옥, 교육강단 강단에"-56회 걸쳐 '老子' 특강(조선일보, 1999. 11. 19)

> "인도문명을 대표하는 '금강경'가 중국문명을 대표하는 '노자'는 새 천년을 앞두고 짚어봐야 할 지혜의 책. 금강경에서 금강은 다이아몬드가 아니라 벼락을 뜻하는 산스크리트어 '바즈라'라고 설명한다. 한마디로 벼락을 치듯 자기를 부정하는 것이라는 의미. 자기와 대상 사이 집착의 고리를 끊은 것이 아니라 자기(我相를 無化시키는 것이라고 강조. / 노자철학은 反제도적이고 反자본주의적으로 無爲, 즉 마음 속의 虛를 극대화시키자는 것."

1999. 11. 22.

"1999 조철수 8, 저승여행신화"(동숭공연아카데미) 사복설화, 蛇福 뱀아이. 12살. 암소-과부/ 사복 母-지혜의 호랑이. 연화장세계-佛國土-西方淨土. 연화장-지혜림

1999. 11. 24.

한국출판문화회관 강당, 박상륭의 『평심』으로 제2회 김동리 문학상 수상식 참석. 김윤식 선생님, 김병익 선생님 축사를 듣다.

1999. 11. 26.

"여성은 남성의 동반자", 교황, 상・하 개념 벗어나 '완전한 평등' 강조(한겨레신문, 1999. 11. 26)

1999. 12. 2.

"예수는 부처의 제자였다"-요기예수(한겨레신문 광고, 1999. 12. 2) 열두 살에서 서른 살까지, 예수에게 무슨 일이 있었나? 성서는 왜 그 세월에 대해서 철저히 침묵해야만 했을까?

1999. 12. 2.

"원효는 잠들지 않았다"-전통 창작극 '옴'(조선일보, 1999. 12. 2)

"불경에서도 얻지 못하던 가르침을 해골 바가지 물을 마시고 얻었다던 원효의 삶과 깨달음의 드라마가 무대에 올려진다./ 옴(범어로 완성이란 뜻)./ 원효와 요석공주의 러브스토리 극속에 전개."

1999. 12. 4.

"거지 성자, 페터씨, 실상사 道法 스님", 모두 지극히 단순함으로 돌아가야 (조선일보, 1999. 12. 4)

"도법 스님은 緣起法을 충실히 익힌다면 인간이 삶에 대한 외경심을 갖고 총체적, 근본적으로 대하는 것이 가능하다는 주장."

1999. 12. 11.

"다양성 존중…인류 공동체 이루자", 세계 종교인 평화회의(조선일보, 1999. 12. 11)

"세계종교인평화회의 제7차 총회가 요르단의 수도 암만에서 열림. 세계의 종교 지도자들이 종교적, 사회적 갈등으로 인한 각 지역의 문제들을 함께 풀기 위해 노력하고 있는 국제 종교기구다. 1970년 창립./ 한국종교평화회의에 참가하고 있는 6대 종단(개신교, 불교, 유교, 원불교, 천도교, 천주교) 대표 25명 참가."

1999. 12. 14.

수료증, 제5차 제4기 정토불교대학의 교육과정 수료증. 정토불교대학장 법륜 스님.

1999. 12. 17.
"버리고 끊어 본래 자아로 돌아간다"－인도철학 퍼올리는 이거룡, 이재숙씨 (한겨레신문, 1999. 12. 17)

"산스크리트학이 우리 사회를 다원주의로 이끌어가는데 좋은 길잡이 될 것이라고. 힌두교는 수많은 종파로 나누어 있지만 서로를 용인하는 관용 정신을 바탕에 깔고 있다. 힌두교 성전인 <베다>에 하나의 진리를 두고, 여러 현명한 사람들이 여러 가지 방법으로 설명하도다라는 구절이 있는데, 특정 종파의 진리독점권을 애초부터 부정하고 있음 명시./ 인도철학에서는 진리의 실현. 인도사상은 내면으로 침잠하는 기술이다. 내면으로의 침잠이 곧 우주로의 확산이다, 왜 내면으로 침잠하는가 고통으로부터 해탈하는 길이 거기에 있기 때문./ <우파니샤드> 기원전 8~3세기에 형성된 경전은 인도사상의 원천인 베다사상의 핵심. 우파니샤드는 제자가 스승 가까이 앉아 전수받는 지식이란 의미. 범아일여로 요약되는 우파니샤드의 핵심은 정통 인도철학의 변함없는 주제.윤회, 해탈, 업 우파니샤드의 핵심언어들. 바가바드 기타는 '거룩한 자의 노래'라는 뜻 인도사상의 저수지."

1999. 12. 18.
"예수는 千의 얼굴을 가졌다", 야로슬로프 펠리칸의 「예수의 역사 2000년」 (동아일보, 1999. 12. 18)

"예수 탄생 후 20세기에 걸친 예수상의 변천을 거대한 모자이크화로 그려낸 역작. 문화사 속의 그리스도의 위치. 당대 예수의 모습을 신학자와 교회의 해석에서만 찾지 않는다. 링컨 톨스토이 간디의 사회적 발언과 레오나르도 다빈치, 엘 그레코, 샤갈의 회화 및 괴테와 도스토예프스키의 소설 한 구절이 모두 '당대 예수'를 증거하는 사료로 동원됨. 1세기부터 20세기까지 '라비' '왕''중왕' '평화의 왕' '해방자' '세계에 속한 분' 등 거의 매 세기별로 바뀌는 예수상이 묘사됨./ 20세기에 부각된 예수상은 제국주의라는 19세기의 업보에 잇닿아 있다. 제국주의를 통해 기독교를 이식당하는 것은 '나는 동과 서의 우스꽝스러운 혼합물, 어디에서도 고향을 느끼지 못하는…'(간디)이라는 소외의 시작이었기 때문."

1999. 12. 18.
"부카툰, 펄펄 '책'이 옵니다…"(동아일보, 1999. 12. 18)

1999. 12. 19.
제4학기 교육 정토불교대학 졸업장, 법륜스님.

2000. 1. 10.
"갠지스가 강물에 흘러드는 삶과 죽음, 갠지스가 흐르는 도시, 바라나시"(조선일보, 2000. 1. 10)

"죽음은 이렇게 진행됐다. 화려한 황금빛 천으로 감싼 시신이 들것에 실려왔다. 강물에 담가 정화된 시신은 장작더미 위에서 불이 붙었다. 그 위로 또 쌓이는 장작…불길…그리고 허물어지는 장작더미…. 아무도 울지 않았다. 장례꾼이 숯으로 변한 시신의 머리를 사정없이 대나무로 내리쳤다. 뼈가 바스러지는 음울한 소리. 육신 속에 갇혔던 영혼이 드디어 해방됐다."

2000. 1. 11.
"신화와 문학에 투영된 어둠의 제왕", 제프리 버튼 러셀의 「악마의 문화사」 (한겨레신문, 2000. 1. 11)

"이 책은 악마 관념의 탄생과 성장, 변모를 3천년 서양 역사를 따라가며 추적한 책. 20여년 동안 악마의 역사를 연구해온 지은이는 악마를 주제로 한 자신의 저서 4권을 압축 보완 신화와 문학의 영역에서 악마의 개념이 어떻게 수용됐는지를 진지하게 탐구./ 유대인에게는 그들의 신이 선하다고 믿으면 믿을수록 세상에 만연한 악의 기원을 설명하는데 곤란. 이런데 탄생한 것이 타락천사, 곧 악마였다. 유대교의 이 악마관이 기독교로 옮겨짐. 중세 수도원설교자들은 사람에게 죄를 짓지 않게 한다는 목적의식 아래 악마의 존재를 믿고 강조함. 민중은 악마의 권능이 두려울수록 그 공포를 덜기 위해 악마를 우스꽝스러우면서도 친근한 존재로 받아들였다./ 밀턴이 형상화한 사탄의 마력 훗날 낭만주의자들에 의해 반란의 상징으로 받아들임. 18세기 계몽사상 때문. 계몽주의적 합리주의는 지옥을 해체하고 악의 본질을 사회에서 찾음. 그래서 사탄은 낭만주의와 함께 '동경과 고통을 일깨우는 슬픈 반란자', 19세기 혁명기에는 '구체적 폭군에 맞선 저항의 표상'으로, 19세기 후반 퇴폐주의 시대에는 '사탄 숭배'로까지 나아감. 로트레아몽은 악을 껴안고 자기 영혼의 가장 메쓰꺼운 심층을 탐구. 도스토예프스키는 악의 문제를 심리적으로 가장 깊숙한 곳까지 파고 들어감. 프로이트는 '악마는 억압된 무의식적 충동의 인격화일 뿐'이라고 선언. 저자는 악 그 자체를 있는 대로 볼 것 권함. 근본적인 악은 전체적인 수준에서는 대량학살·테러리즘·핵군비 등으로 그 모습을 드러내고, 개인적 수준에서는 잔인한 행동들로 나타난다. 사랑만이 악을 치유."

2000. 1. 17.
"나를 찾는 인도 기행, 聖殿에 펼쳐진 관능의 세계"(조선일보, 2000. 1. 17)

　　"시바와 비슈누를 모신 그 성전에는 너무도 현실적이기에 오히려 비현실적인 장면들이 펼쳐졌다./ 카마수트라― 4세기에 만들어진 인도인의 성교육 교과서. 사람들은 카주라호 사원 외벽은 그 카마수트라의 세계를 그린 것. 성을 통해 진리에 도달하려는 아주 쾌락적인 求道. 성은 '어렵게 생각할 필요없이 그저 행하기만 하면 되는 것. 그래서 남과 여, 음과 양의 교합을 통해 신이 되려는 염원을 담았다고 했다."

2000. 1. 20.
"화해의 기도. 교황 바오로 2세, 그리스정교의 수석 대주교와 함께"(조선일보, 2000. 1. 20)

2000. 1. 24.
"나를 찾는 인도기행, 온 가슴을 뒤흔드는 求道의 울림", 불교 성지 보드가야(조선일보, 2000. 1. 24)

"2500년 전 싯달타 왕자가 보리수 아래에서 진리를 깨우친 곳. 불교 聖地 보드가야./ 네발 땅 룸비니에서 태어난 왕자 고마타 시달타. 29세에 왕궁을 뛰쳐나와 구도의 길을 걷는다. 雪山 고행 6년 끝에 지금 사원에 서 있는 보리수 아래에서 깨우침을 얻었다. '집착하지 말라, 諸行無常, 태양아래 변치 않는 것 이 없나니.' 그 진리에 조금이라도 다가가기 위해 사람들은 모두 신발을 벗어 차가운 대지를 밟고 걸었다."

2000. 3. 2.
"동쪽에 온 달마가 '9년 參禪'했던 동굴이…달마와 숭산 소림사"(조선일보, 2000. 3. 2)

"달마는 사찰 경내에서 머물지 않고 뒷산 동굴 속으로 들어갔다. 달마의 '9년 面壁 參禪' 신화 시작./ 선의 진정한 가치는 捨敎入禪(교를 버리고 선에 들어감)에 있는 것. 버릴 敎도 갖고 있지 못한 상태에서 禪만을 고집할 때 그것은 마치 모더니즘조차 제대로 이루지 못한 상태가 포스트모더니즘에 휩쓸리는 것이나 다름 없다. '禪 없는 敎는 공허하고 敎 없는 禪은 맹목적이기 쉬운 것.'"

2000. 3. 10.
"새 천년을 여는 神話 에세이, 작가 이윤기의 東西문화 뿌리 기행", 못다한 뱀이야기(문화일보, 2000. 3. 10)

"아폴론은 수뱀 퓌톤을 죽인 뒤, 암뱀, 퓌티아를 祭尼로 삼는다. 퓌티아는 땅틈에서 솟아오르는 뜨거움 김을 쐬고는 신통력을 얻고, 신의 뜻을 전하는 巫女가 되어 신과 인간을 중재한다."

2000. 3. 22.
"교황, '약속의 땅' 바라보며 平和기원"(동아일보, 2000. 3. 22)

2000. 3. 25.
"소설로 본 현대 프랑스 철학의 흐름", 카트린느 클레망의 「악마의 창녀」(동

아일보, 2000. 3. 25)

"1960년대의 마르크시스트들에게 가장 큰 영향력을 행사한 알튀세르가 자기 아내를 목졸려 죽였다는 사실을 지적하며 '理性'의 위기를 화두로 던진다. 이성을 '악마의 창녀'라고 표현했다는 루터의 말에 주인공이 공감하는 대목에 이르면 저자가 '이성의 시대'가 종말을 고했다고 생각하는 듯하다."

2000. 4. 8.

"달라이라마가 동쪽으로 못오는 까닭은?", 정부 중국의식 방한불허 대책위 100만명 서명운동 돌입, 다른 서방국가선 중국눈치 안본다(한겨레신문, 2000. 4. 8)

2000. 4. 11.

"21세기에서 보는 '주역'", TV 문화기행 <주역, 미래는 어떻게 오는가?>(한겨레신문 티브이프로, 2000. 4. 11)

"천하의 보편적 진리를 밝히고 인간 자체의 착한 덕성을 이룩하는 길을 알리고 있는 주역은 인간 존재의 구조를 밝히려는 인문과학부터, 만물생성의 상수를 밝히는 자연과학, 천하 국가의 정치사회와 정의와 윤리를 밝히는 사회과학도 함께 담고 있다."

2000. 4. 18.

"WWW. spiritandeye.com 문화관광부 2000 새로운 예술의 해 문학분과위원회. 언어의 새벽 하이퍼텍스트와 문학 풀 http://ego.mct.go.kr"(한겨레신문 광고, 2000. 4. 18)

"쇄캄브하리(Grass−robed) 쉬바神(힌두교)의 배우자 파르바티(Parvati)는, 여러 이름으로 불리웠는데, <풀옷 입은 여신(Sakambhari)>도 그 중의 하나이거니와, 그 옷을 너무 오래 입었거나, 그네를 쫓는 자식들이, 그 치마폭에 매달려 너무 칭얼거렸거나 하여, 여기 저기가 해지고 찢겨, 무참히도

속살이 들어나, 긁힌 神肉에서는 썩은 풀즙의 고름이 흐를 뿐만 아니라, 乳根도 말라, 갈증난 입술들을 적셔 주지를 못하게 되었거늘, 물질적 풍요의 이념 아래, 자식들이 에미를 너무 혹사했나볐다, <입이 없는 (Aparna-Leafless)> 풀대궁으로 빼말라 가고 있다. * <아파르나>도, 저 여신의 많은 이듬 중의 하나이다. 박상륭"

2000. 4. 21.

"새 천년을 여는 神話 에세이, 작가 이윤기의 동서문화 뿌리 기행", 데메테르 이야기(문화일보, 2000. 4. 21)

"곡물의 여신 데메테르. 穀神의 딸 페르세포네의 운명은 씨앗의 운명./ 데메테르는 땅의 여신. 땅의 어머니./ 저승(죽음)과 씨앗(썩음) 및 곡식(부활) 의 운명과 관련된 축제로 추측."

2000. 4. 22.

"시골 신부의 장자·우파니샤드 읽기", 정호경 신부(한겨레신문, 2000. 4. 22)

"하느님을 보는 사람은/ 하느님 안에서/ 세상의 모든 것을 보고/ 모든 것 안에서/ 하느님을 보느니/모든 것이 하느님 아닌 것이 없어/ 모든 것을 사랑하는도다. 정호경 신부가 우파니샤드를 해석한 것.그의 진리 탐구는 분명히 하느님이나 브라흐만, 부처 등 단어의 분별과 구속을 훌쩍 넘어 가 고 있다."

2000. 4. 24.

"한국 절을 지어야 한국 佛敎 알리지", 美 스님 無量 남가주 산속 태고사 세워(조선일보, 2000. 4. 24)

"미국인 스님이 미 캘리포니아 중부 테하차피 산중에 한국 전통 사찰 '태고사'를 건립."

2000. 4. 28.

"새 천년을 여는 神話 에세이, 작가 이윤기의 동서문화 뿌리 기행", 페르세포네 이야기(문화일보, 2000. 4. 28)

"이른 땅은 딸이 납치당한 현장, 데메테르는 죄없는 대지에 죄값을 물리려고, 배은망덕한다면서 땅을 저주. 그러자 곡식은 모두 말라죽었고, 쟁기는 이랑을 파다 부러졌으며, 씨는 싹을 틔우기도 전에 새의 먹이가 되었다. 땅위에는 가뭄이 계속되었다. 가뭄 때문에 말라가던 샘, 땅속 깊은 곳에서 솟던 샘의 요정 아레투사가 여신에게 귀띔. '대지를 나무라지 마소서. 대지는 어쩔 수 없어서 따님이 지나갈 길을 열어주었을 뿐입니다. 따님은 저승 왕비가 되어 저승에 계십니다./ 제우스는 페르세포네에게 1년의 반은 어머니 데메테르, 나머지 반은 지아비 하데스와 살게 하는 타협안을 내놓았다."

2000. 4. 29.
"불교와 천주교의 만남", 관세음보살석상 봉안(동아일보, 2000. 4. 29)

2000. 4. 29.
K어문학회 2000년 봄 학술대회 안내문, 김명신의 「박상륭 소설의 기독교 의식 연구」 토론자 임금복, 총신대 대학원 세미나실에서 있었다.

2000. 4. 30.
강남회보, 원불교 강남교당, 원불교 우이동 수련원 탐방. 박청수 교무님께 인사 드렸다.

2000. 5. 2.
"율법과 주역, 자연이 東西洋의 독특한 세계관 낳았다"(동아일보, 2000. 5. 2)

"우리 동양인들이 일상에서 만나는 것은 물기가 있는 녹색의 공간. 생명의 원천인 물이 있어 이곳은 무언가가 태어나고 자라며 쇠하고 멸하는, 늘 움직임이 있는 생명의 세계인 것. '세상은 늘 변한다. 고정불변하는 것은 아무 것도 없다'는 메시지야말로 이곳에서 태어난 위대한 지혜의 書, 도덕경과 주역의 핵심./ 율법의 세계에선 창조론이 지배. 메마른 곳의 주된 생업은 유목. 그러나 인간은 가축들에게 먹일 목초를 키우지 않는다. 목초가 있는 풀밭으로 가축을 데려다 놓을 뿐이다. 그러면 가축들이 스스로 배를 불린다. 그리고 풀이 떨어지면 새로운 풀밭을 찾아 떠나면 된다. 누군가가 풀밭을 가꾸어 놓았기에 내가 그럴 수 있다고 믿는 그들은 신의 존재, 나아가 신의 창조작업을 인정하지 않을 수 없던 것이다. 그러나 자기 몸을 움직여 생명체를 키워야만 삶을 이어갈 수 있는 동아시아 농경문화권에서는 스스로가 창조작업에 참여하는 것인 만큼 별도의 창조자를 끼어들 수가 없는 것이다. 대신 자연과 생명체가 만나서 이루어내는 뭇 변화에 주목했다."

2000. 5. 11.
"부처님 오신날 특집 다큐 <큰스님 숭산>, <인도로 간 한국불교>(한겨레 TV 프로, 2000. 5. 11)

　　"눈 푸른 이방인들을 불교 수행 길로 들게 하는 데 큰 구실을 해온 숭산 스님을 조명하는 특집이 마련됨. 1972년 미국에서 포교를 시작한 이래 전세계 32개 나라에 130개가 넘는 포교센터를 세운 숭산스님을 통해 5만명에 이르는 외국인들이 한국식 법명을 받고 승려가 되었다."

2000. 5. 12.
"신비의 밀교 미술품 한자리에", 티베트 불교미술전(동아일보, 2000. 5. 12)

　　"호사스러울 정도의 화려함, 때론 관능적인 농염함…. 티베트 불교 미술의 신비로운 매력을 느껴볼 수 있는 전시회가 열린다."

2000. 5. 12.
"종교간 화합의 바람 분다", 개신교-천주교 석탄일 축하(동아일보, 2000. 5. 12)

2000. 5. 19.

"80회 생일 맞는 교황"(한겨레신문, 2000. 5. 19)

2000. 5. 19.
"문학과 사회, 2000년 여름호 광고 소설부분, 박상륭의 '混紡된 상상력의 다른 한 형태' 발표 광고"(한겨레신문, 2000. 5. 19)

2000. 6. 8.
"달라이라마와 파바로티", 이탈리아 모데나에서 열린 국제기금 마련 음악회에 앞서(조선일보, 2000. 6. 8)

2000. 6. 12.
"교황, '남북회담 성공 기원'" 특별 성명 발표(한겨레신문, 2000. 6. 12)

2000. 6. 15.
"달라이라마 정상회담 성공기원"(동아일보, 2000. 6. 15)

2000. 6. 16.
"불교는 종교 아닌 마음의 과학", 달라이라마 인 다람살라 현지 인터뷰(동아일보, 2000. 6. 16)

2000. 6. 24.
"세속주의를 넘어서자", 아셈2000 종교분과 워크숍 등, 물신주의 거부 생명존중 움직임(한겨레신문, 2000. 6. 24)

> "한국에는 여러 종교가 있는 것이 아니다. 오직 세속주의 종교 하나박에 없고, 세속주의라는 유일사상이 있을 뿐이다.'라고 법륜 스님의 한국종교의 현실 진단/ 서강대 생명문화연구원 세미나에서도 각 종교인 300명이 모여 '21세기 생명문화와 종교'에 대해 토론."

2000. 6. 24.

"남북 화해와 상생 전령으로", 한반도 방문 관심 끄는 교황·달라이라마(한겨레신문, 2000. 6. 24)

2000. 6. 27.

"인도 다람살라 문화기행"(동아일보, 2000. 6. 27)

"달라이라마를 관세음보살의 '환생'으로 믿으면서도 과학적일 수 있을까. 누군가 '환생 여부와 환생자를 결정할 수 있다'는 말./ 僧과 王이 일치하는 祭政一致사회로 알려진 티베트 망명정부의 정치체제는 의외로 민주적."

2000. 7. 22.

"그림·조각·사진으로 보는 그리스 '신화속으로'의 여행", 이주헌의 「신화, 그림으로 읽기」(조선일보, 2000. 7. 22)

2000. 8. 3.

"온누리에 평화를…", 교황의 알프스 휴가(동아일보, 2000. 8. 3)

2000. 8. 4.

"神話, 그 영원한 생명의 노래전", 울산 암각화에서 무신도까지, 예술의 전당 미술관 관람.

2000. 8. 31.

"무안 연꽃", 풍요와 다산의 상징(한겨레신문, 2000. 8. 31)

"연꽃은 씨주머니 속에 많은 씨앗을 담고 있으므로 풍요와 다산을 상징. '순결'이란 꽃말을 갖고 있으며, 물밖으로 웅장한 잎과 순박한 꽃을 피워 험난한 인간세계의 고달픈 중생을 구원한 서가모니를 상징하는 꽃으로 알려져 있다. 석가 탄생때 마야부인 주위에 오색 연꽃 위에서 태어났다는 인연으로 불교를 상징하는 꽃이 되었다. 불좌상의 연좌대, 사찰지붕 기와의 막새 등."

2000. 9. 1.
"티베트 文化 논쟁", 달라이라마 전통문화 사라져(조선일보, 2000. 9. 1)

"최근 중국 정부가 티베트 문화의 발전이란 방대한 분량의 백서를 내고, 달라이라마 측을 공격./ 라디오 방송국은 '티베트의 소리' 등 달라이라마를 지지하는 언론매체들은 티베트의 정체성을 뿌리부터 없애려는 지속적인 노력을 중국 정부가 하고 있다며 세계에서 가장 오래된 문화 하나가 지금 사라지고 있는 중이라고."

2000. 9. 2.
"무한히 깊고 거대한 인도사상"—하인리히 짐머의 「인도의 신화와 예술」(조선일보, 2000. 9. 2)

"인도인들의 웅장하고 우주적인 시간이 펼쳐진다. 신들의 왕인 인드라는 71劫을 살고, 그런 인드라 78명이 소멸하면 브라마의 하루 낮과 밤이 흐른다. 브라마는 자신의 날 수로 108년을 산다. 다시 브라마 하나가 소멸할 때 가장 위대한 신 비쉬누는 눈꺼풀을 한 번 깜박인다./ 이 거대한 시간의 단위로 윤회가 되풀이된다. 비쉬누는 자신의 몸을 열어 우주를 이루었다가 (비쉬누의 마야) 피곤해지면 우주를 해체하여 도로 몸 안에 불러들이고 잠에 빠져든다. 그리고 원기를 회복하여 다시 우주를 열고, 이런 일이 무수히 되풀이되는 것이다."

2000. 9. 8.
김명신, "박상륭 소설 연구", 연세대 박사논문 송부해옴.

2000. 9. 15.
"새 천년을 여는 神話 에세이, 작가 이윤기의 東西문화 뿌리기행"—영웅과

凡人은 무엇이 다른가(문화일보, 2000. 9. 15)

2000. 9. 20.

"제4학기 동숭공연 영상아카데미 '신화, 상상력의 뿌리를 찾아서…', 최인학 교수의 신화와 설화 : 일본의 신화/ 조철수 교수의 신화론 : 고대 전쟁신화의 기원과 발달."(한겨레신문 광고, 2000. 9. 20)

2000. 9. 24.

"딴짓문화축제 1, 2인극 페스티발, 「南道」－늙은 것은 죽었네라우, 동숭아트 센터 관람.

2000. 9. 25.

"문학으로 모든 경계 허뭅시다", 세계문인들 서울로…국제문학포럼 내일 개 막－국내 참가문인 박상륭 외(조선일보, 2000. 9. 25)

2000. 10. 2.

"프랑스의 달라이라마 바람"(조선일보, 2000. 10. 2)

2000. 10. 4.

"신화와 설화 : 일본신화"－옥랑문화재단 신화, 상상력의 뿌리를 찾아서 수 강.

2000. 10. 5.

임금복의 『'죽음의 한 연구' 깊이 읽기』 초고본, 푸른사상.

2000. 10. 6.

"비교종교학", 한 종교만 알면 아무 종교도 모르는 것, 장석만(조선일보, 2000. 10. 6)

"1960년대 이래 비교종교학의 발전에 크게 기여한 학자 멀치아 엘리아데. 신학의 독단주의와 사회과학의 환원주의에 맞서 종교학적 관점의 필요성을 역설./ 엘리아데가 다양한 종교 현상을 비교해 추출해낸 원형적 패턴이 너무 정태적이어서, 역사적 역동성이 소홀하게 취급되었다는 지적./ 한국종교연구회는 1987년 연구모임. 1992년 '세계종교사입문'를 시작으로 '한국종교문화사강의' '종교 다시 읽기' '종교 읽기의 자유' 등 펴냄."

2000. 10. 21.

"종교다원주의, 김경재교수", 唯一神 개념 바르게 알면 다른 종교 인정(조선일보, 2000. 10. 21)

"기독교에서 신이란 모든 것을 統攝라고 근원지우는 존재를 말합니다. 여호와, 야훼 등은 고정된 존재가 아니라 이스라엘 민족이 체험한 신의 모습을 일컫는 것입니다. 로고스(Logos), 법(法), 도(道), 이(理)는 모두 진리를 가리키는 영어들로 문화권에 따라 달리 표현하는 것입니다. 이중 로고스만이 옳다고 주장할 근거는 없는 것이다./ 이스라엘 민족의 종교가 예수와 바울을 거치며 그 울타리를 벗어났듯이 역사적 종교인 기독교도 다른 문화와 전통을 만나면서 새로운 시각을 필요로 하고 있다. 한국 기독교는 이런 인식이 늦은 편이지만 인터넷 보급 등으로 21세기 후반에는 보편화될 것이다."

2000. 10. 23.

임금복의 논문, "몸생명주의와 반에코페미니즘"-『칠조어론』, 『돈암어문학』13집(돈암어문학회, 2000. 9) 목차, 병든 우주의 시대와 생명주의의 이중 맥락/ 살해되는 몸생명, 가부장적 지도자의 우주현실 읽기/ 남성이란 절반의 생명주의 : 남성 생명력의 신화적 회복/ 여성이란 절반의 반에코페미니즘.

2000. 10. 25.

"현각스님-백일간 默言 정진 들어갑니다"(동아일보, 2000. 10. 25)

"전생. 영어로 커즈 엔이펙트(Cause and Effect · 인과)."

2000. 10. 28.

"話頭만이 불교의 최고는 아니다"-한형조 교수·도법 스님 '看話禪 중시' 비판(조선일보, 2000. 10. 28)

> "話頭를 내려놓고 불교 전체를 들어 올려라. 간화선(화두를 집중적으로 탐구하는 참선의 한 방법)에 대한 신랄한 비판./ 한교수는 화두는 最上乘의 根基를 지닌 일부에게만 적합한 수련법이고 그들조차도 敎學의 충분한 준비가 필요하다며 일반대중에게는 교학과 좌선, 정토 신앙 등 불교의 다양한 전통을 고루 잉요해서 가르쳐야. 頓悟(한 순간에 도를 깨치는 것)는 없고 오직 漸修(점진적으로 수행하는 것)와 그에 따른 漸悟(서서히 도를 깨닫는 것)만 있을 뿐이라며 한국불교는 잃어버린 언어를 회복하지 않으면 미래가 없다고 단언./ 치열한 문제의식과 온몸을 바치는 실천에 의해 뒷받침되지 않는다면 死禪에 지나지 않는다고 경고."

2000. 11. 4.

"한발 더 가까이 다가온 원효사상"-원효의 「금강삼매경론」(동아일보, 2000. 11. 4)

> "원효의 핵심사상인 一心과 和諍의 방식을 통해 궁극적 진리의 추구에 역점을 둔다. / 佛性을 가지고 있으면서도 깨닫지 못하고 있는 인간의 마음을 한 단계 한 단계 분석해 가며 원효 자신의 유식사상을 체계적으로 서술한다."

2000. 11. 10.

"2000년도 푸른사상 신간도서 목록 중 임금복의 『'죽음의 한 연구' 깊이 읽기』(컬러 광고 팸플릿) 출판사에서 받음.

2000. 11. 11.

"프란시스코 바렐라의 「달라이 라마와의 대화」", 과학-불교철학으로 잠 꿈 죽음 등 풀이(동아 일보, 2000. 11. 11)

"2년에 한번 망명지인 다람살라에서 '마음과 삶'이라는 모임. 세계적 학자들과 종교 철학 과학 환경 등 다양한 주제를 토론한다./ 서로 다른 체계를 걸어온 서구와 동양의 정신이 단숨에 합일할 수 없는 일. 편저자는 두 세계의 다리를 놓는 작업은 여러 세대에 걸쳐 이루어져야 할 것이다."

2000. 11. 13.
"소설가 이청준이 본 '쿤둔'"(조선일보, 2000. 11. 13)

"영화 <쿤둔>의 달라이라마는 티베트 민족에게 석가모니의 불법을 널리 펴나가는 최고의 지체이자 절대 믿음의 대상으로서 신의 반열로 숭앙받는 半人半神의 존재./ 한 인간이 살아있는 신의 지위에까지 이르는 신앙의 수평적 구세주관과 상상력."

2000. 11. 17.
"쿤둔－달라이라마 2～24세 등극과정 티베트 탈출기"(동아일보, 2000. 11. 17)

2000. 11. 20.
"한겨레신문의 새로나온 책" －임금복의 「'죽음의 한 연구' 깊이 읽기」, 박상륭 소설 『죽음의 한 연구』를 철학·심리학·페미니즘 등의 관점에서 다채롭게 해석하고 어휘 풀이와 출전을 밝혔다.(한겨레신문, 2000. 11. 20)

2000. 11. 30.
"바리데기 공주와 리어왕이 만났다", 총체극 '우루왕'(조선일보, 2000. 11. 30)

"김명곤은 셰익스피어 비극 '리어왕'과 우리나라 바리데기 설화를 결합. 배경은 알 수 없는 어느 시절 고대국가. 배신한 두 딸에게 버림받은 우루왕이 미치광이가 되어 광야를 헤매는 게 리어왕을 닮았다면 갖은 고난을 무릅쓰고 막내딸 바리가 아버지의 광증을 치유하려는 천지수를 구하려 헤매는 것은 바리공주 이야기./ '우루왕'은 마지막을 해원의 굿판으로 장식,

생명과 相生의 화두를 풀어낸다."

2000. 12. 2.
"새로나온 책-『'죽음의 한 연구' 깊이 읽기』"(푸른사상, 임금복 지음)(동아일보, 2000. 12. 2)

　　"소설가 박상륭에게 바치는 소장 국문학자의 헌사. 죽음의 한 연구란 태산의 초입에 철학 심리학 불교 페미니즘의 이정표를 세웠다. 600쪽에 이르는 주석이 이채롭다."

2000. 12. 5.
"한 난해한 소설에 대한 성실한 주석서-<'죽음의 한 연구 깊이' 읽기>"(출판저널 292호, 2000. 12. 5)

　　"박상륭의 대표작 <죽음의 한 연구>를 답사문화·철학·심리학·불교·페미니즘·주석학의 여섯측면에서 고찰. 답사문화는 텍스트와 관련자료를 섭렵하고 작가의 행적을 찾아다니며 기록한 사유. 철학적 접근에서는 죽음과 재생의식의 종합적 유형으로, 심리적 접근에서는 레빈슨의 인생의 네 계절 개념을 빌어서 박상륭의 작품을 분석. 주인공의 세계인식을 용계·색계·무색계로 분할해 살펴본 불교적 접근도 독특. 이 책의 '눈'은 주석학적 접근. 작품에 나오는 종교어휘와 방언의 뜻을 새기고, 그 어휘가 등장하는 본문을 병기."

2000. 12. 8.
"독자와 작가의 정겨운 만남-금요일의 문학이야기"-이윤기 문학을 넘어서, 금요일 7시, 문예진흥원 강당에서 동생과 청강했다.

2000. 12. 20.
"아기예수와 교황"(동아일보, 2000. 12. 20)

2000. 12. 20.

"신화관련서－고대신화붐 대중적 확산 주도", 이윤기의 그리스 로마신화(문
화일보, 2000. 12. 20)

    "올해 인문학 출판분야에서 두드러진 현상은 고대신화붐. 새천년이란 시
    간적 의미와 함께 고대 정신을 되새겨 보자는 기운은 문화의 발원지로서
    고대 그리스 로마에 대한 관심 이어짐. 네티즌을 중심으로 일기 시작한 판
    타지 문학붐의 텍스트로서 고대신화에 대한 관심을 불러온 이유로 해석되
    기도. 벌핀치의 그리스 로마 신화, 이주헌의 신화 그림으로 읽기, 이끌리오
    의 신화와 의미, 베트남의 신화와 전설, 아니누 신화, 이집트 신화, 중국 신
    화의 세계 등."

2001. 1. 8

"오늘의 神學은 문화속에 숨은 종교성 밝혀야", '종교와 신의 해체' 주창자
－마크 테일러(조선일보, 2001. 1. 8)

    "해체신학이란 해체철학적 방법의 신학적 적용./ 사이버 스페이스는 정
    신과 육체를 완전히 하나로 만드는 기회를 제공하리라 생각. 테크놀로지의
    발달은 인류의 오랜 숙원인 이원론적 차별을 극복하게 될 것이며 기독교
    의 핵심사상인 成肉身이 명실공히 이루어지는 세상을 가능케./ 우리는 지
    금 '언어 중심주의'로부터 '그림 중심주의'로 넘어가고 있다."

2001. 1. 19

"마음을 붙잡아 죽이라", 무심－나는 진아다. 참된 깨달음 '참나' 찾는 스승
과 제자의 대화록(한겨레신문, 2001. 1. 19)

    "사람이 한 번 나서 세상을 살다가 다시 무로 돌아가기까지 '참된 깨달
    음'을 얻는 길은 여러 가지. 남인도의 성산 아루나찰라에서 가르침을 베풀
    었던 라마나 마하르쉬는 그 깨달음이란 眞我를 아는 것. 도를 구하고 삼라
    만상에 대한 의문을 제기하는 바로 그 사람이 누구인지를 먼저 알아야 한
    다는 것. 나는 누구인가라고 자기 내면을 탐구하다가 에고를 없애는 순간,

'참나'는 찾아온다고."

2001. 1. 22.
"동과 서의 벽을 넘어—기호학자 이도흠씨", 원효 和諍사상이 21세기 패러다임(동아일보, 2001. 1. 22)

"화쟁은 여러 사상과 논쟁 가운데 그 핵심을 파악해 곡해와 대립을 낳고 있는 부분을 서로 통하게 하며, 一心으로 세계의 실체를 파악해 모든 시비와 망령됨을 끊고 圓融을 이루는 사상체계./ 화쟁기호학이 포괄하는 다양한 관점 이면에는 원효가 제시한 일심사상이 있기 때문. 세상에 드러나는 것은 그것이 변치 않는 실상이든 변하는 현상이든, 아니면 體(본체)나 相(현상)이나 用(작용)이든, 그것은 모두 일심이 드러나기 때문에 이 일심에서 이분법적 대립이나 개별이론의 편협성을 넘어설 수 있다는 것."

2001. 1. 22.
"<쿤둔>, 비디오 출시"(동아일보, 2001. 1. 22)

2001. 1. 27.
"제2회 옥랑희곡상", 바리데기 수상, 주인공 바리의 숭고한 희생을 철학적으로 깊이있게 해석했다는 평(조선일보, 2001. 1. 27)

2001. 2. 18.
만 7년만에 시일식에 동생과 함계 천도교당에 가서 예배를 드려, 어머니와 다니던 천진교를 간 느낌 30년전으로 영혼이 복귀된 느낌이어서 영혼의 정통 계보를 이제야 찾은 듯 하다.
영풍문고 잡지 코너에서 우연히 『한국문학』 겨울호를 펼쳐보았다. 박상륭의 "비서구에서의 글쓰기"라는 산문이 실려 있었다.

"'鯤'은 '침묵 속에 기복해 있는 언어의 상징', '鵬'은 '침묵을 벗어난 언어'"

2001. 2. 19.

"홍역 치르듯 어려운 소설 읽어야, 고급 文學 즐길 수 있다", 형이상학 소설의 상징 '박상륭 깊이 읽기'(조선일보, 2001. 2. 19)

> "畜生에 불과한 미물을 인간으로 만들어 주는 게 문학을 비롯한 예술이라는 것."

2001. 2. 20. 화

"이윤기와 함께 하는 「우리 삶 속의 신화」", 세종문화회관 4층 컨퍼런스홀 동생과 청강.

2001. 2. 23. 목

『박상륭 깊이 읽기』 출판 기념회에 참석했다. 김주연 교수님이 축사를 하였다. 이어 작가 박상륭의 답사가 있었다.

2001. 2. 24. 금

임금복의 "한승원의 『동학제』 연구"가 『문학비평』 2호(한국문학비평가협회, 2000. 12)에 실렸다. 목차는 『동학제』에 수용된 동학문화의 영혼 양식/ 동학의 정신 계보자문화/ 동학의 영혼문화/ 동학의 尙武문화

2001. 2. 26.

"난해성으로 유명한 박상륭 문학 안내도"(한겨레, 2001. 2. 26)

> 『박상륭 깊이 읽기』는 박상륭 문학이라는 성채에 이르는 길을 가르쳐주는 안내판 구실. 작가는 자신의 문학을 문학의 한계를 초극하려는 열망의 한 소산이라 자평.

2001. 3. 1.

"현각스님 특별법회 4일 서울 길상사에서"(동아일보, 2001. 3. 1)

그는 물질만능주의게 쉽게 휩쓸려 가는 세태속에서 자주적인 삶과 깨달음에 대해 법문한다.

2001. 3. 3.
"메리 크레이그의 <쿤둔>. 티베트 지도자 달라이 라마와 가족 이야기"(조선일보, 2001. 3. 3.)

영국의 저널리스트 Mary Craig가 쓴 달라이 라마와 그 가족 이야기, 저자는 북인도 다람살라로 망명한 달라이 라마와 그 가족들을 10년에 걸쳐 만나면서 '세상에서 가장 불행하지만 가장 강인한 의지와 고운 심성을 가진 왕족'을 꼼꼼하게 그려냄. Kundun은 모든 사람들에게 추앙받는 존재라는 뜻으로 성스러운 지도자 달라이 라마에 대한 존경어린 호칭이다.

2001. 3. 2.
"통일염원 1000일 기도"(한겨레, 2001. 3. 2) 정토회 신도들 밤샘정진 1년째 매일 20여명 참여

어디가 분단된 것일까? 동포가 굶어죽어가도 모른체할 만큼 얼어붙은 마음의 빗장이 분단은 아닐까? 서초구 서초동 정토회관에선 이 마음의 빗장을 흔드는 목탁소리가 1일로 1년째 울리고 있다. 굶주리는 북녘 동포 돕기에 앞장서온 정토회 실무자들과 신자들이 합심으로 민족을 위한 1000일 기도에 들어간 것은 지난해 3월 11일부터

2001. 3. 6.
無門關 3년 회향 앞둔 원산스님－침묵으로…고독으로 여는 깨달음(동아, 2001. 3. 6)

아주도 드나들 수 없으니 없는 것이나 다름 없는 문, 무문관. 말 있음으로써 말없는데 이르는 것이 教라면, 말 없음으로써 말 없는데 이르는 것이 禪이라고.

2001. 3. 12.

동과 서의 벽을 넘어 - 길희성 서강대 교수, 불교 - 기독교 접점 반평생 연구 (동아일보, 2001. 3. 12)

아널드 토인비는 20세기의 가장 중요한 사건으로 불교와 기독교의 만남

2001. 3. 16.

대승적 기독교 씨뿌린 선구자들 개신교 쇄신 에너지 될겁니다 - 김경재 크리스챤아카데미원장(한겨레신문, 2001. 3. 16)

기독교가 이 땅에 들어온지 200년 되었지만 소승적 기독교 운동에 머물렀다. 함석헌과 김재준은 대승적 기독교의 서막을 열었다. 그들은 서구 기독교의 한계를 벗어나 아시아적, 한국적 영성의 뿌리를 이 땅에 내렸다.

2001. 3. 17.

숭산스님 설법 쉽게 정리한 불교개설서 - 현각 엮음, 『선의 나침반』 1, 2(동아, 2001. 3. 17)

숭산스님이 강조하는 것은 참선이다. 삶은 무지를 깨닫는 것이고, 내면을 돌아보는 것이다. 그 핵심은 참선 수행이다. 허공처럼 청정한 마음, 언어 이전의 마음, 즉 무심을 깨닫는 것이 선이다. 참선수행을 통해 삶을 혁명적으로 바꾸고 타자를 위해 살아갈 수 있다고 말했다.

2001. 3. 17.

동학교주 최시형 일대기 - 개벽 MBC 밤 12시 20분(동아, 2001. 3. 17)

감독 임권택, 도올 김용옥 교수 시나리오 쓴 1991년 작품. 동학 1대 교주 최제우가 처형당한 뒤 해월 최시형은 관의 추격을 피해 산중을 돌아다니며 잠행 포덕을 시작한다. 갑오농민전쟁을 인본주의 시각에서 재조명하는 것과 동시에 도망자와 추격자의 간단한 구도로 이야기를 이끌어가 액션영화로서의 재미도.

2001. 3. 18

포덕 142년(2001년) 대인접물 실천의 해(리플릿) 천도교

　　사람을 대하고 물건을 접함에 반드시 악을 숨기고 선을 찬양하는 것으로 주를 삼으라. 저 사람이 포악함으로써 나를 대하면 나는 어질고 용서하는 마음으로써 대하고, 저 사람이 교활하고 교사하게 말을 꾸미거든 나는 정직하게 순히 받아들이면 자연히 돌아와 화하리라. 이 말은 비록 쉬우나 몸소 행하기는 지극히 어려우니 이런 때에 이르러 가히 도력을 볼 수 있느니라.

2001. 3. 30.

어려운 이들의 "우리 마더"─원불교 강남교당 박청수 교무(한겨레, 2001. 3. 30)

종교와 중생구제는 관념이 아니죠 말이 아니라 연습이 필요하답니다. 불보살은 중생을 복밭삼고, 중생은 불보살을 복밭으로 삼는답니다.

2001. 4. 4.

스캔

동학 제2영부(시천교 동경대전)

동학 제1영부(상제교 시의경교)

2001. 4. 9.

동과 서의 벽을 넘어─푸코…禪…정약용…자유로운 글쓰기, 철학아카데미 이정우 원장(동아, 2001. 4. 9)

　　현대 프랑스의 사유와 동북아의 사유를 통합하는 새로운 사유라는 거창한 철학을 구상하는 원장. 스토아철학과 禪불교를 연결시킨 '삶·죽음·운명', 주역과 라이프니츠와 현대과학을 거시적 관점에서 통찰한 '접힘과 펼쳐짐' 등 그의 사유는 동서고금을 자유롭게 넘나듦.

2001. 4. 10.

불교계 기복신앙 벗고 생명사랑 실천 한마당(한겨레, 2001. 4. 10)

불교 생태학교, 1991년부터 일반 시민을 위해 환경강좌를 운영해온 법
륜스님의 생태학교 10년을 맞음. '내가 있으므로 내가 있고, 네가 있으므로
내가 있다'는 연기적 관점에 따라 모든 것이 하나의 생명임을 깨달아 삶
속에서 이를 실천하도록. '깨달음과 영성, 마음의 생태학', 이현주 목사는
'바람, 물, 흙, 그리고 자연의 생명력과 우리의 미래'를 주제로 강연.

2001. 4. 20.
원불교 대안학교 이사장 박청수 교무(동아일보, 2001. 4. 20)

원불교에서는 또 여성 성직자에게도 설교할 수 있는 기회가 주어집니다.
제가 가진 것은 없지만 마음 속에 분출하는 생각을 말로 하면 사람들이
믿고 도움을 준다는 것이 제겐 행복입니다.

2001. 4. 25.
하느님과 공자의 天은 일맥상통해요-KBS TV 도올의 '논어이야기' 출연 김
수환 추기경(동아일보, 2001. 4. 25)

2001. 4. 27.
원불교 내일 대각개교절-박중빈 대종사 교단 창시일 기념 행사(조선, 2001.
4. 27)

원불교 교조인 少太山 박중빈(1891-1943) 대종사가 1916년 교단을 창시
한 것을 기리는 大覺開教節

2001. 4. 30.
<다원주의자가 기독교인이 될 수 있는가?>-진화-창조론 접점 가능 신념
공격 말고 비교해보자(한겨레, 2001. 4. 30)

철학자이며 동물학자인 마이클 루스의 저서. 평행선을 달릴 것만 같은
진화론과 창조론의 접점에 관해 이야기.

2001. 5. 1.
경축 부처님 오신날 성탄절 축하합니다. 신학대-山寺 아름다운 인연, 한신
대 대학원생들 96년 화계사 화재때 이웃돕자 온정손길 계기(동아일보, 2001. 5.
1)

2001. 5. 4.
천도교 신임 김철교령 인터뷰(조선일보, 2001. 5. 4)

천도교의 우수성은 철학과 정치 양족에 모두 있다. 서양에서는 수백년
간 창조론과 진화론의 대립이 계속되고 있지만 천도교에서는 일찍이 造化
論으로 이 문제를 해결했다는 것. "한울님께서 진화적 방법으로 우주를 창
조하셨다"는 조화론은 결과만은 창조론과 과정만을 강조하는 진화론을 모
두 극복했다는 주장. 극좌와 극우를 배격하고 無極大道를 지향하는 천도교
야말로 좌우를 아우르며 남북한 평화통일의 이념을 제시할 수 있다는 것.

2001. 5. 11.
타종교와 열린대화 앞장-크리스찬아카데미 김진 목사(동아, 2001. 5. 11)

기독교 중심주의 빠져나와 多중심으로 가야. 불교 유교 등 예비성직자
와 4년째 모임 가져.

7개 종단 다른 종교문화와의 대화-종교인평화회의 이해강좌 개설(동아 5.
11)

2001. 5. 19.
노자와 예수는 다르지 않다-위대한 스승 예수와 노자의 대담(한겨레, 2001.
5. 19)
누구든지 자기를 높이는 사람은 낮아지고 낮추는 사람은 높아질 것이다

(마태복음)

　성인은 자신을 맨 나중에 두지만, 결국은 가장 앞서게 된다(도덕경), 오랫동안 도교와 기독교 선, 티베트 불교, 수피즘을 두루 수련하고 연구해온 학자이자 수행가인 마틴 아론슨의 저서.

2001. 5. 27.
'박상륭 어휘 사전' 착수하다.

2001. 5. 28.
일군 지휘부, 동학농민군 5만명 조직적 살육 명령─내달 동학혁명 107주년 국제학술대회(동아일보, 2001. 5. 28)

2001. 6. 5.
살기 좋은 도시 살고싶은 도시─캐나다 밴쿠버(조선일보, 2001. 6. 5)

　원주민 토템기둥─새와 곰 등 캐나다에 서식하는 동물들의 형상을 본떠 만들어진다.

2001. 6. 18.
求道소설 담무갈 펴낸 작가 남지심(조선일보, 2001. 6. 18)

　담무갈에서는 불교의 스님, 원불교의 교무, 가톨릭의 신부, 기독교의 목사 등이 함께 모여 공동체 삶을 시도, 특정 종교가 배타적 패권을 주장하지 않는 세상, 궁극, 진리는 바다요 각 종교는 강줄기라고 보는 공존이지요.

2001. 6. 21.
한국문학도서관에 가입한 후 임금복의 문학서재에 등록된 책과 개별작품론을 등재했다.
　저서, 『죽음의 한 연구 깊이 읽기』, 『현대여성소설의 페미니즘 정신사』, 『박상륙 소설 연구』와 논문 「몸생명주의와 반에코페미니즘-칠조어론」, 「살불살조의 구도 패러다임-유리장 연구」를 등록했다.

2001. 6. 28.
동양철학과 占-이번엔 周易이 뜬다-EBS 성태용의 주역 방송(조선일보, 2001. 6. 28)

　　도올 김용옥의 노자와 21세기, 김홍경이 말하는 동양의학에 이어, 성태용의 주역과 21세기 방송

2001. 7. 3.
그리스 로마 신 서울서 만난다(동아일보, 2001. 7. 3).

　　신화속 주인공 담은 伊진품 유물 151점 전시 2500년 뛰어넘는 걸작들 살아 숨쉬는 듯 착각

2001. 7. 7.
티베트 문화 한자리에-현장스님, 전남 대원사에 티베르 박물관 열어(조선일보, 2001. 7. 7)

2001. 7. 8.
동학(천도교) 소개 강좌(리플릿)

　　無極大道도 귀일되어야
　　"사람은 한울사람이니 사람 섬기기를 한울 섬기듯 하라."(해월 선생 말씀)
　　혁명이 좌절 된 후 제자가 묻기를 "언제 우리나라가 잘 되겠습니다까?" 해월 선생 대답하시기를 "만국병마가 우리 강토에 왔다가 돌아갈 때이니라."

2001. 7. 12. 스캔

천진교와 동학, 천진교총본부, 동기 137년, 단기 4293년 동학 4세 宗統 천진
교주

　　　천진교 체계도
　　　대법석(교주)
　　　대성전(執事 奉禮)
　　　춘추전(집사, 봉례)
　　　左道觀(奉規 奉敎 奉道)
　　　右道觀(奉規 奉敎 奉道)
　　　元老院(總裁)

　　　본부
　　　修道院(靈符科 교수 練性科 교수 聖經科 교수)
　　　敎務院(원장 교무원장) 敎化觀 敎籍觀 敎禮觀 經理觀 總務觀
　　　明道院(원장) 宗位審議事 敎史編纂會 議事會
　　　지부(지부장) 敎化部 敎籍部 敎禮部 經理部 總務部
　　　宣敎所(소장 남 여 宣敎員)

2001. 7. 14.

동학사상 소개강좌(한겨레신문 광고, 2001. 7. 14)

　　통일이 되려면 제도가 같아져야 하고 제도가 같아지려면 이념이 같아져
야 됩니다.
　　제3의 길을 동양에서. 유물론과 유심론을 통합한 물심 一元論 평등 사
회주의와 자유 자본주의를 공히 포용하는 중도노선으로 합일되어야, 東學
至氣一元論과 평등 자유를 공유한 人乃天의 中道노선이 100여 년 전부터
있어 왔다.

2001. 7. 15.

김철 교령, 사상 최초로 북한 천도교 방문—북한 평양교당 개축 성금 전달,

천도교 남북 교류와 중원포덕 방안 협의(천도교월보 252호, 2001. 7. 15)

2001. 7. 16.
동학사상 소개 강좌(한겨레신문 광고, 2001. 7. 16)

    동학사상의 이해 1강 우주관, 신관, 2강 사회관, 인간관, 3강 선악관, 4
강 사후관, 행복관, 5강 동학의 정치사상

2001. 7. 21.
지구촌 모든 신화 한눈에—『세계 신화 이야기』(조선일보, 2001. 7. 21)

    살아 있음의 경험. 엘리아데는 신화란 우리의 이성이 기억해 내지 못하
는 아득한 그때에 대한 근원적인 회상이다. 인간의 창조적인 힘이 시적으
로 표현된 것을 신화로 이해한 저자 골로빈

2001. 7. 25.
그리스 로마 신화전, 예술의 전당 미술관 동생과 관람.

2001. 7. 26~7.29
포덕 142년도 하계수련 일정, 의창 수도원, 서울 교구 수련회 및 아동극 캠
프

2001. 8. 17.
"목사가 쓴 佛經해설서—번뇌 깨부수는 지혜 가득"—이현주 목사 『금강경』
읽기 펴내(조선일보, 2001. 8. 17)

    經은 육안으로 볼 수 있지만, 法은 혜안으로만 볼 수 있다는 부분을 보
면서 '문자는 사람을 죽이고, 성령은 사람을 살린다'는 성 바오로의 말을
떠올리며 '어떤 중생도 滅度를 얻는 바 없다'는 구절에서는 '나라는 幻에서
깨어난 사람, 더 이상 나라는 허깨비에 놀아나지 않는 사람'을 강조하는

라마나 마히리쉬의 가르침을 연상하는 것.

2001. 8. 17.
'하나님은 어떤 분이십니까?'펴낸 이현도 법사(한겨레. 2001. 8. 17)

　　영원하신 하나님은 이 우주를 창조하고 섭리하십니다. 시간과 공간을
두고 무소부재하시며 무소불능하신 하나님이십니다. 이 길을 열어 주신 예
수님은 거룩하십니다. 하나님과 예수에 대한 찬탄을 담은 원불교 원로법사
가 쓴 것.

2001. 8. 22.
신화로 읽는 『칠조어론』이란 글을 시작함. 그리스 신화(아도니스, 오이디푸
스, 아킬레스, 시지푸스 신화 등), 성경신화(아담, 모세, 욥의 신화 등), 한국신
화(단군, 바리데기 신화 등),

2001. 8. 23.
문학과 삶의 공간－소설가 박상륭(『동서문학』 가을호)

　　고쳐 쓰고 고쳐 쓰고 또 고쳐 쓴다 칠조어론 9번 가량 다시 썼다. 몇
군데를 손 본 것이 아니라 아예 처음부터 다시 쓴 것이 아홉 차례였다. 캐
나다 밴쿠버에서 아내와 함께 경영하던 서점 한 구석에 또아리를 틀고 앉
아 그는 우주를 무려 아홉 번이나 개축했던 것이다.

2001. 9. 1.
김윤식 교수의 "갈마분열에 대한 박상륭 문학의 두 번째 제안"(『문학사상』,
2001. 9월호)

　　『칠조어론』의 층위, 샤머니즘의 진오귀굿의 세계, 인도 중국 사상 체계,
희랍적 세계.

2001. 9. 1.

성천아카데미 10돌 관련-주역에서 코란까지 공자에서 화이트헤드까지 동서 고금 열린강좌(한겨레신문, 2001. 9. 1)

류 이사장은 한국 종교다원주의의 선구자라 할 수 있는 다석 유영모의 사상을 알린 것을 보람으로. 종교간, 학문간, 학교간 벽을 넘어서 학자들이 때로는 강사로, 수강생으로 참여하기도 한다.

2001. 9. 8.

"불멸의 신화-이성의 힘으로 극복할 수 있을까"-안진태의 『신화학 강의』 (동아일보, 2001. 9. 8)

신화의 열풍, 20세기를 합리성의 광기로 몰아넣었던 이성의 과잉을 반성하면서 신화는 다시 인간들을 사로잡아 가고 있는 것 같다.

2001. 9. 14.

동학학회 월례발표회에서 최민자 교수의 "우주진화적 측면에서 본 해월의 삼경사상"을 들었다.

해월의 삼경사상- 경천 경인 경물/ 우주는 한생명/ 우주진화와 삼경사상- 순수의식으로의 길, 진화의 3법칙, 順天의 삶./ 물질시대에서 의식시대로 大 小 空으로 보았다.

2001. 9. 15.

분단 후 최초로 남북천도교 합도시일식 봉행-8월 19일 오전 8시에 평양교당서 남북천도교인 모여(천도교월보 254호, 2001. 9. 15)

평양통일대축전에 참가한 남측 교인들은 8월 19일 오전 8시부터 9시까지 한 시간 동안 조선천도교회 평양교당에서 분단 후 최초로 남북천도교인들이 모여 합동시일식을 봉행하였다.

2001. 9. 18.

김윤식, "헤겔의 시선에서 본 박상륭 문학"-어떤 각설이의 힘겨운 귀향(『우리소설과의 대화』, 문학동네, 2001. 9)

> 교조가 되고자 한 사나이/ 벤쿠버 책장수의 3부작/ 스탠리공원과 노인과 바다/ 고해청문사인 책장수인 나/ 칠조어론의 번안자와 소설의 관련성/ 헤겔적 처방으로서의 잡스러움을 위하여

2001. 9. 24.

유적기 순례를 경북 풍기읍 순흥면 청구 1리로 떠났다.

해월신사님의 행적과 의암성사님께서 101년전, 포덕 41년(1900) 7월 법대도주 직임을 추대받으신 발자취와 숨결이 담긴, 경북 풍기읍 내 순흥면으로 유적지 순례 떠났다.

2001. 9. 25.

마당극-칼노래 칼춤(劍訣), 천도교 중앙대교당 앞마당에서 공연(리플릿)되었다.

> 첫째마당-용천검 드는 칼을 아니쓰고 무엇하리(비상하는 깃발춤과 호쾌한 북춤으로 농민군의 진격, 승리, 농민군의 패배를 상징적으로 형상화하는 힘차고 신명나는 춤마당)
> 둘째마당-우물가의 아낙네들(아들과 남편을, 마지막 피붙이마저 전쟁터로 내보낸 여인네들의 참담한 삶의 정경이 우물가에서 펼쳐지는 해학과 눈물이 함께하는 재담마당)
> 셋째마당-광대마당(동학농민군의 진격, 승리, 패퇴 등 일련의 참전과정을 떠돌리 탈광대들의 걸쭉한 재담과 몸짓으로 풀어내는 탈춤마당)
> 넷째마당-효수거리(동학장두들의 줄줄이 엮어져나오며 망나니의 춤 속에 목이 베인다. 베너진 탈들이 허공에 매달리고 그 밑으로 살아남은자의 소리없는 행렬이 이어지는 마당)
> 다섯째마당-청수한동이(정화수 한그루 정성들여 모시듯 맑은 물 한동이 길어 모셔 원혼을 천도하고 살아남은 사람들이 새로운 세상을 향해 마음 다짐하

는 판씻음 춤마당)

2001. 9. 29.
"경전으로 본 세계종교"(한겨레, 2001. 9. 29)

기독교·도교·불교·유교·이슬람교·힌두교·동학 등 한국사회와 인연을 맺어온 일곱 종교의 기초 교리와 경전의 주요내용을 간추려 실었다. 종교인들이 자신이 신봉하는 특정 종교의 교리에만 집착하는 편협한 태도에서 벗어나 거시적인 안목으로 다른 종교와 문화에 대한 이해의 폭을 넓히는 상생적 노력이 필요하다고 지적. 일곱 종교의 경전이 사이좋게 한 권의 책안에 묶인 이 책의 출간은 우리 사회가 다양한 가치를 인정하는 열린 사회임을 입증.

2001. 10. 5.
목사가 힌두교경전을 만났을때－이현주 목사 『바가바드 기타』해설서 번역 출간(동아일보, 2001. 10. 5)

바가바드 기타는 마하바라타에서 가장 널리 읽히는 부분. 간디는 1926년 2월부터 11월까지 힌두교사원에서 매일 새벽기도를 마친 후 기타를 강의하며 아힘사(비폭력)사상을 펼쳤다. 간디는 남의 목보다 자신의 목을 먼저 칼로 칠 수 있는 군인만이 의무로서의 살인을 할 수 있다는 것으로 철저히 비폭력의 정신을 강조한 것.

2001. 10. 6.
"손에 잡히지 않는 신화"－마르셀 데티엔의 『신화학의 창조』(동아일보, 2001. 10. 6)

문명/야만, 종교/신화, 역사/신화, 과학/신화, 과학/신화 등의 다양한 편가르기를 간파하고, 그들이 명시적으로 암묵적으로 기대고 있는 인식의 도그마를 해체한다. 인식의 도그마들은 철학적 합리성을 기준으로 경계선이 지어지면서 한편을 배제하기 하지만 신화를 구어적 전통, 문어적 전통으로 넘나드는 곳에 위치시킨다.

2001. 10. 8.
강단-현장에서 인류애 실천하는 여신학자, KBS 1 한민족 리포트(동아일보,
2001. 10. 8)

미 유니온신학교 정현경교수 이야기, 세계평화 만들기편, 강의과목은
'기독교와 불교의 대화', '신비주의 영성과 사회변혁' '아시아 신학' 그는
우리가 만들어 놓은 틀에서 벗어나 각자의 다름(difference)을 인정할 것을
강조.

2001. 10. 11.
최성민의 느낌이 있는 여행-티베트 고원횡단기 자연과 삶(한겨레, 2001. 10.
11)

영혼의 빗장 푸니 천·지·인이 한몸이라

2001. 10. 12. 금.
"예수? 마호메트?…진리 향해가는 길벗이죠"-『예수는 없다』 오강남 교수(동
아일보, 2001. 10. 12)

종교란 회의 21세기를 살면서도 여전히 部族神觀에 사로잡혀 있는 것.
신이 자기들만의 신이라고 생각하고 그 신에게서 용기와 확신을 얻어 이
웃을 무찌르고 자신의 독단을 절대화한 것. 서구에서 신관의 한계를 깨달
아 빛이 어둠을 물리치는 것이 아니라 빛과 어둠이 공존한다는 식의 超이
분법적인 사고의 동양종교에서 무언인가를 배우자는 흐름. 캐나다에서 유
학을 한 후 그 곳에서 산스크리트어를 배우고 바가바드 기타를 읽고 한문
을 다시 공부하며 그는 자기 안에서 기독교와 타 종교가 대화하는 핵융합
의 과정을 겪게 된다. 예수님의 성령체험이 成佛과 무엇이 다를 것이며,
노장에서 말하는 붕새처럼 변화와 초월의 체험을 통해 인간의 한계를 극
복하는 것인 아니겠냐는 인식.

2001. 10. 13.

"그리스 여신 남성화 됐거나 남성 보조자—『신화 속의 여성, 여성 속의 신화』펴낸 장영란씨"(한겨레, 2001. 10. 13)

그리스 신화 속에는 그리스인들의 가부장적 사고방식이 그대로 녹아있다. 땅인 어머니인 헤라 결혼 뒤 보조적이고 주변적 존재로 전락시킴. 처녀신은 신으로서 품위와 권능을 지키지만 남성과 다를바 없는 남성화하거나 남성의 가치를 적극 옹호하는 구실을 맡음.

2001. 10. 18.

최성민의 느낌이 있는 여행—티베트 고원횡단기—종교와 도시(한겨레, 2001. 10. 18)

영혼의 귀향길 오체투지로 가리라. 삶이 곧 종교요 사원이 곧 도시다 라싸의 포탈라궁을 향해 온몸을 땅에 던져 기도하고 마니차를 쉼없이 돌리고. 종교는 또 논쟁이다 손바닥을 치며 갑론을박하는 학승 그들이 이 나라 미래가 아닌가.

2001. 10. 19.

교황 '대화—관용으로 종교전쟁 피해야"(동아일보, 2001. 10. 19)

교황요한 바오로 2세는 종교전쟁이라는 '무서운 악령'을 피하기 위해서는 종교간에 진심 어린 대화와 상호 관용이 필요하다고 강조함. 인간이 중심이 되는 유익한 대화가 인류역사를 피로 물들인 종교전쟁이라는 무서운 악령을 피할 수 있다는 희망을 키워나가는 유일한 방법이라고 말함.

2001. 10. 20.

"책의 발견, 산해경"(한겨레, 2001. 10. 20)

<산해경>은 아시아 대륙에 넓게 분포되었던 문명들의 성쇠를 들여다볼 수 있는 역사자료이며, 어떤 물산들이 나는가 하는 풍물지이며, 제례의식

과 의식문화 등의 풍습은 어떠했는가 알 수 있다.

2001. 10. 25.
"한국인 눈으로 세계神話 재해석 — 총서 발간하는 공동연구모임 '신화아카데
미'"(동아일보, 2001. 10. 25)

신화에 대한 관심은 국내뿐만 아니라 1970년대 후반부터 유럽을 중심으
로 확산돼 옴. 서구 근대의 이성중심주의에 대한 반성의 결과라고 봄.

2001. 10. 25.
김윤식의 우리 소설 길찾기(한겨레, 2001. 10. 25)

TV, 책을 말하다, 김윤식의 우리소설은 죽었는가(KBS 1 밤 10시), 『당신
들의 천국』, 『은어낚시통신』, 『칠조어론』 등 세 작품을 통해 한국 소설의
위기와 생존 방향을 이야기한다.

2001. 10. 26.
"기도와 참선은 일맥상통" — 벽안의 현각스님 『예수는 없다』 캐나다 비교종
교학 오강남 교수 대담(동아일보, 2001. 10. 26)

한 사람은 크리스천 부디스트, 또 한 사람은 부디스트 크리스천이로 불
러볼까. 그들은 求道의 길에 함께 선 道伴이요 길벗이 아닌가.

2001. 10. 29
"동화로 읽는 그리스 신화"(한겨레, 2001. 10. 29)

신화는 인간이 당시 갖고 있던 자연에 대한 공포감이나 경외감, 인생에
대한 무력감이나 희망 등등이 버무려져 만들어진 결과물이라는 것.

2001. 11. 7
2001 인문과학연구소 초청강연회 유재원 교수의 "그리스의 處容, 헤파이스

토스"라는 제목이었다.

2001. 11. 26.
한국종교연합선도기구, 기획포럼 이슬람과 종교간의 대화, 이희수 교수의 이슬람의 포용성과 다양성에 대한 역사적 고찰, 세종문화회관에서 있었다.

2001. 11. 30.
한국종교인평화회의(동아일보, 2001. 11. 30)

> 종로성당 강당에서 '문명간의 충돌위기와 종교'라는 주제로 이웃종교 이
> 해 강좌를 연다

2001. 12. 1
임금복의 권두칼럼, "空門의 바깥뜰에서 본 경전의 패러다임"(『신인간』, 2001. 12월호)
현행경전 체제 살펴보는 계기. 1. 한국역사에서 동학 천도교가 어떠한 위상인지 한국역사표, 동아시아 연대표, 세계사 연대표를 부록으로, 2, 천도교경전에 해의를 서문이나, 개략 등 친절한 안내, 3. 어려운 어구에 대한 주석, 4. 시천주 주문과 십무천을 경전 앞뒤표지에 병기, 5, 어린에 맞는 경전, 영문 경전, 6, 다양한 크기의 경전 등에 대해 썼다.

2001. 12. 7.
"한국종교 페미니스트들의 여성지위 고민"-종교는 性차별의 마지막 성역인가?(동아일보, 2001. 12. 7)

> 국내 개신교 불교 천주교 유교 등의 페미니스트들이 최근 페미니즘이
> 종교를 바꿀 것인가를 주제로 세미나를 열었다. 최혜영 수녀는 1976년 교
> 황청의 여성 사제직 불허 선언을 정면으로 비판하면서 세례받은 남녀는
> 평등하며 모든 聖事에 참여할 권리가 있는데 왜 사제 서품에서만 유독 여
> 성을 제외하는가라고 물었다. 세동 스님은 불교계에 八敬法(비구니들이 비

구에게 순종해야 하는 계율)이 여전히 지켜지고 있음을 지적하면서 아직도 젊은 비구가 노비구니의 절을 앉아서 받는 것을 쉽게 목격할 수 있다고 밝힘.

2001. 12. 10.
"월드컵 통해 한국불교 알리자"－불교계 템플스테이 적극 확대 禪문화 전파 기회로(동아일보, 2001. 12. 10)

중국에서는 거의 사라지다시피 한 臨濟禪(화두를 중시하는 선)의 정통 맥을 이어오고 있는 한국의 사찰은 수십억 세계인의 눈이 지켜볼 월드컵 기간 중 최대의 볼거리가 될 것이라. 문화체험 프로그램 제공. 절에서의 문화 체험은 사찰의 전각이나 불상 탑 범종 등의 유형적 문화보다 예불 참선 발우공양 다도 등 무형적 문화 체험에 비중을 두고 있다.

2001. 12. 13.
임금복의 "유현종의 『들불』 연구"가 『21세기와 동양적 사유』(돈암어문학회, 2001. 10)에 실렸다. 목차는 『들불』에 수용된 동학문화의 영혼 양식/ 동학의 지도자들의 思想문화－수운 최제우, 해월 최시형, 남북접지도자의 노선/ 동학의 靈魂문화－개벽세상, 人乃天 사상, 侍天主 주문과 弓弓乙乙 부적/ 동학의 尙武 문화이다.

2001. 12. 20.
"무선 인터넷 종교채널 개통"(동아일보, 2001. 12. 20) KTF 무선인터넷의 매직의 종교채널 개통식이 열렸다. 종교채널은 휴대전화로 성경이나 경전내용을 전달해준다. 각 종단 대표들이 개통을 자축함.

2001. 12. 20.
"경전 아닌 책으로 만나는 성경－TV, 책을 말하다(교양 KBS 1 밤 10:00)(동아일보, 2001. 12. 20)

크리스마스를 맞아 종교의 경전이 아닌 책으로서 성서를 만나본다. 올 여름 프랑스에서 새롭게 번역된 성경이 출판 2주만에 베스트셀러 1위를 기록했다. 다양한 문화에 따라 새롭게 출판되고 있는 성서를 소개하고 각종 문학 속에 담긴 성서를 만난다.

2001. 12. 21.
"한국인들 종교 달라도 진리는 같다."-정신문화연구원 논문(한국일보 2001. 12, 21)

한국인은 다른 종교를 인정하는 종교적 다원주의에 대해 긍정적인 태도 취함. 개신교의 다른 종교에 대한 태도가 불교나 가톨릭에 비해 매우 배타적임.

2001. 12. 25. 화.
"따뜻한 크리스마스-예수와 부처는 이웃"(동아일보, 2001. 12. 25)

정우 스님은 '부처와 예수, 마호메트께서 세상에 오신 의미와 정신은 모두가 같을 텐데 그를 따르는 분들이 서로의 아집과 편견 때문에 세상이 시끄러운 것 같다'고. 박 신부는 '예수님이 이 땅에 오신 것은 인류가 보다 인간다운 삶을 살아야 한다는 것을 몸소 실현하기 위해서였고 전쟁보다는 공존이 우리들의 화두여야 한다고 생각합니다'라고 화답.

2001. 12. 29. 토
"파리에서-성경에 문학적 언어 각색 '새 번역 성경' 화제"(동아일보, 2001. 12. 29)

'새 번역 성경'(La Bible, nouvelle traduction)는 성경 연구 전문가들이 아닌 시인, 드라마 작가, 소설가, 수필가 등 문인'들이 집필진에 대거 참여했다는 점. 지난 6년 동안 20명의 저명한 현대 작가들은 27명의 성경연구 전문가들과 긴밀한 협조 속에 성경을 현대 문학언어로 각색하는 최초의 모험에 도전. 편집위원회는 오늘날 서구사회를 일컬어 위대한 신앙 텍스트인

성경이 미술, 음악, 문학 등 예술 분야의 코드로 사용되지 못하는 탈종교화된 사회라고 진단하고, 성경이 현대문화 속에서 살아 숨쉬고 미래 세대에 전수되기 위하여 성경의 메시지는 현대적 언어로 탈바꿈돼야 한다고 역설.

2002. 1. 9.
"'토지' 3년만에 재출간 작가 박경리씨의 소회"(동아일보, 2002. 1. 9)

작가는 자본주의의 상품이 되어버린 문학과 문학의 본질을 망각해 버린 작가, 전체 국가의 형태를 띤 우리 정치에 비판, 商人과 작가의 차이는 무엇이며 기술자와 작가의 차이는 어떻게 다른 것인가, 차이가 없다면 문학은 죽을 수밖에 없다. 의미를 상실한 문학, 맹목적으로 존재할 수밖에 없는 삶, 우리는 지금 그런 시대에 살고 있다. 비옥한 평사리 땅에 이념 대결과 수난의 현장이었던 지리산이 발을 걸치고 있는 형상을 목격하고 그는 역경 속에서도 이상향을 지향하는 인간의 질긴 삶을 읽어냈다.

(1992. 1. 10에서~2002. 1. 10까지 본인의 "박상륭 연구 일기"와 박상륭 관련 스크랩에 의거 총 10년 결산한 것임.) 1부 『'죽음의 한 연구' 깊이 읽기』에서는 1992. 1. 10부터 1993. 6. 3일까지이며, 2부 『'칠조어론' 깊이 읽기』에서는 1993. 6. 4부터 2002. 1. 10일까지임을 밝혀둔다.

『칠조어론』 관련 참고문헌

1. 朴常隆 연보

1940년 8월 26일 전북 장수군 장수면 노곡리 부친 박봉환과 모친 최달대의 사이에서
        9남매중 막내로 출생.

1953년 장수초등학교 졸업.

1956년 장수중학교 졸업.

1959년 장수농고 졸업.

1963년 서라벌예대 졸업. 1963년 「아겔다마」로 『사상계』지를 통해 데뷔.

1964년 경희대 정치외교학과 중퇴.

1967년 사상계 입사.

1969년 캐나다로 이민.

1970년 큰딸 CHRISTINA 출생.

1971년 『박상륭 소설집』 출판(민음사).

1973년 「왕모전」 발표.

1974년 한국 『죽음의 한 연구』 출판하기 위해 일시 방문.

1974년 둘째딸 ONDING 출생.

1975년 『죽음의 한 연구』 출판(한국문학사).

1977년 셋째딸 AUGUSTINE 출생.

1982년 캐나다에서 READERS RETREAT 서점 개업.

1986년 『열명길』, 『죽음의 한 연구』 재출판(문학과지성사).

1990년 『칠조어론』 1 출판(문학과지성사).

1991년 『칠조어론』 2 출판(문학과지성사).

1992년 『칠조어론』 3 출판(문학과지성사).

1993년 5월 한국 방문, 박경리 선생 탐방.

1994년 『칠조어론』 4 출판(문학과지성사).

1994년 12월 NORTHSHORE BOOKS 서점 운영.

1997년 2월 EBS 문학기행 녹화차 한국 방문.

1997년 『아겔다마』 출판(문학과지성사).

1998년 9월 영주 귀국.

1999년 『평심』, 『산해기』 출판(문학동네), 4월 박상륭 문학제 개최. 12월 제2회 김동리
    문학상 수상.

2002년 7월 소설집 『잠의 열매를 매단 나무는 뿌리로 꿈을 꾼다』 출판(문학동네).

2003년 6월 장편소설 『神을 죽인 자의 행로는 쓸쓸했도다』 출판(문학동네).

2. 박상륭의 『칠조어론』 관련 판본

박상륭, 『칠조어론』 1(문학과지성사, 1990).

———, 『칠조어론』 2(문학과지성사, 1991).

———, 『칠조어론』 3(문학과지성사, 1992).

———, 『칠조어론』 4(문학과지성사, 1994).

3. 박상륭의 『칠조어론』 관련 논문

김 현, "병든 세계와 아프기"─『칠조어론』의 주변, 『칠조어론』 1(문학과지성사, 1990).

김인환, "짐승세계로 역진화하는 무속적 편력"─박상륭의 『칠조어론』, 동아일보, 1990.
    5. 14.

서정기, "사랑의 연금술, 人神되기"─『칠조어론』─, 『한국논단』, 1990. 8.

성민엽, "인류학적 상상력과 언어"─박상륭의 『칠조어론』, 한국일보, 1990. 8. 17.

김진수, "<몸입기>의 지난함과 지복함"─『칠조어론』 1·2, 『세계의 문학』, 1991. 여름

　　　　호.

서정기, "『칠조어론』: 말씀의 마을－정념passion에서 수난Passion으로, 피학(被虐)과 가
　　　　학(加虐)의 형이상학", 『문학과 사회』, 1995. 봄호.

김인환, "신화와 종교 통한 근대의 뿌리 찾기"－박상륭『칠조어론』, 이윤기『하늘의
　　　　문』, 『문학동네』 2호, 1995. 봄호.

임금복, "우주 십우도와 선인생"－박상륭의 「아겔다마」에서 『칠조어론』 4까지, 『한국
　　　　문예비평연구』 창간호, 한국현대문예비평학회, 1997. 12.

──, "우주적 어머니상의 형상화에 대한 한 어론"－박상륭의 『칠조어론』 읽기의
　　　　한 방식, 『창조문학』 제28호, 1997년 겨울호.

──, "소설언어로 '宇宙藏 思想' 풀기"－박상륭의 『칠조어론』 1론, 『박상륭 소설 연
　　　　구』(국학자료원, 1998. 3).

──, "우주적 리듬을 꿈꾸는 覺道心詩와 박상륭의 철학소설", 『오늘의 한국문학 연
　　　　구』(양문각, 1999. 10).

김명신, 「박상륭 소설 연구」, 연세대 박사논문, 2000. 8.

임금복, "몸생명주의와 반에코페미니즘"－박상륭의 『칠조어론』을 중심으로, 『돈암어문
　　　　학』 13, 돈암어문학회, 2000. 9. 20.

김사인, 『박상륭 깊이 읽기』(문학과지성사, 2001).

임금복, "그리스 사유로 읽는 『칠조어론』", 『새국어교육』 63호, 한국국어교육학회,
　　　　2002. 1.

──, "그리스 신화로 읽는 『칠조어론』", 『돈암어문학』 제15집, 돈암어문학회, 2002.
　　　　10.

──, "무속적으로 읽는 『칠조어론』, 『한국문예비평연구』 11집, 한국문예비평학회,
　　　　2002. 12.

변지연, 「박상륭 소설 연구」, 동국대 박사논문, 2002. 12.

임금복, "수사학적 통우주주의와 삼천대천세계 조각내어 읽기", 『문예연구』, 통권 39
　　　　호, 2003년 겨울호.

◆ 저자 약력 : 임금복(林今福)

　　1960년 계룡산 신도안에서 출생, 1996년 「한국 현대소설의 죽음意識 연구」로 문학박사 학위(성신여대 대학원)를 취득하였으며, 1997년 「우주적 어머니상의 형상화에 대한 한 어론」으로 문학평론가(『창조문학』)로 데뷔했다.

　　그동안 대전대, 서경대, 장안대, 협성대에서 강사를 역임했다. 기초학문 프로그램 학진프로젝트 「고전문학의 현대적 계승과 장르적 변용 연구」(KRF−2002−074−AS1559)로 지원을 받았고, 성신여대 인문과학연구소 전임연구원(2002. 12−2003. 11)을 역임했다.

　　현재는 명지대, 성신여대, 천안대에서 강의하고 있으며, 성신여대 인문과학연구소 연구원으로 재직중이다.

저서로 『박상륭 소설 연구』(국학자료원, 1998)
　　　『현대여성소설의 페미니즘 정신사』(새미, 2000)
　　　『'죽음의 한 연구' 깊이 읽기』(푸른사상, 2000)
　　　『박상륭 어휘 사전』(푸른사상, 2004)이 있고
논문으로 「한승원의 『동학제』 연구」
　　　　「유현종의 『들불』 연구」
　　　　「박태원의 『갑오농민전쟁』 연구」 외 다수가 있다.